용의 나라

下

선지 장편소설

목차

九
백암의 사초

사라졌던 해가 다시 뜨고 어두웠던 사방 천지가 다시 빛을 되찾았다. 상장군의 공석을 대신하여 선군들을 이끌고 동선으로 왔던 검용군 대장군은, 빛 아래에서 여실히 드러난 도깨비집을 보며 혀를 내둘렀다. 어둠에 의해 가려진 형상을 보면서도 기이하다 생각했지만, 실제로 빛 아래에서 제대로 보니 인정하고 싶지 않지만 장관은 장관이었다. 저 집이 고작 며칠 새에 세워졌다는 것을 그 누가 믿을 수 있을까. 직접 눈으로 보고서도 믿을 수 없을 지경이었다. 도깨비답게 형식도 우아함도 갖추지 않은 제멋대로의 집이었지만, 그 위용만은 인정해야 했다.

도깨비 요술의 위력을 실감하며 예의 주시하는 동안 하루가 지났다. 겨우 떴던 해가 지고 하늘이 온통 붉게 물들었어도 도깨비들은 아무런 영향도 받지 않고 도깨비집 주변을 날아다니며 경계를 유지했고, 그 탓에 선군들도 경계를 놓지 못했다. 그렇게 해가 뜨고도 삼 일을 지겹게 도깨비집만 쳐다보고 있던 검용군 대장군이 갑작스러운 선군의 보고를 들은 것은 또 해가 지고 하늘이 어둡게 물들었을 때였다.

"무슨 일이냐?"

어둠 사이에서 밝게 빛나는 달을 뒤로한 채 용마를 타고 날고 있던 검용군 대장군이 묻자, 고개를 숙여 인사한 선군이 답했다.

"용마 두 마리가 접근 중이라고 합니다."

보고를 들은 검용군 대장군이 검을 들어 손짓을 했다. 활을 쏠 준비를 한 선군들이 탄 용마가 위로 날아올랐다. 머지않아, 용마 두 마리가 구름을 뚫고 나타났다. 선군들이 소란스러워졌다. 용마들이 크게 울며 나타난 용마들을 향해 날아가기 시작했다.

동시에, 대기를 하고 있던 도깨비들이 그 용마 소리를 들었다. 그들 또한 어둠에 물든 하늘을 날아오는 용마를 발견했다. 두 마리의 용마 중 앞에 있는 용마는 그들이 이미 본 적이 있는 새까만 용마였다. 담장 안쪽에서 대기하고 있던 도깨비들이 감투를 쓰고 일어났다. 그들은 도깨비신발로 하늘을 날아 선군들과 마찬가지로 두 마리의 용마에게 향했다.

흑뢰를 몰고 있던 시건은 선군들이 그들을 먼저 발견했음을 알았다. 그러나 그는 멈추지 않고 계속 흑뢰를 몰았다. 그가 용마를 거칠게 몰수록 뒤에 앉은 사예는 그저 시건을 더 세게 안을 수밖에 없었다. 뒤를 따라오는 귀호 또한 멈추지 않고 그의 용마를 몰았다.

화살을 활시위에 걸고 두 용마를 겨눈 선군들이 일제히 화살을 쏘았다. 어두운 하늘을 불화살이 가르고 날아갔다. 흑뢰는 검은 빛깔만 남기고 화살을 지나쳐 날아가고, 귀호의 용마도 아슬아슬하게 그 화살 세례를 피해 날아갔다. 계속해서 날아오는 화살이 갑자기 허공에서 제멋대로 방향을 틀고 반대로 날아갔다. 날아온 도깨비들이 요술로 화살을 막고 있었다. 몇몇 도깨비는 요술을 부려 용마 두 마리를 더 빨리 날게 했다.

"화살을 쏴라! 들여보내선 안 된다!"

선군들의 불화살이 포물선을 그리며 날아갔지만, 두 마리의 용마는 기어코 그 화살을 피해 도깨비들이 만든 담장 안쪽으로 들어갔다. 용마들이 도깨비집 너머로 사라지고 나서도 선군들은 포기하지 않고 활을 쐈다. 덕분에 경계를 하고 있던 도깨비들과 요선들이 날아올랐다. 선군들이 쏘는 화살을 도깨비들이 요술을 부려 지푸라기로 만들었다. 소군강을 필두로 한 요선들이 그들의 환술로 녹두군사와 짱돌군사를 만들어 보냈다.

잠깐의 충돌이 이어지는 동안, 두 마리 용마는 무사히 도깨비집 담장 안의 구름 위로 내려섰다. 사예는 얼른 시건의 뒤에서 내렸다. 현록이 시건에게로 다가와 인사를 했다.

"무사히 다녀오셨습니까."

"그래. 양상과 유신은 돌아왔나."

"예. 하온데……."

현록이 몸을 틀어 그의 뒤가 보이게 살짝 비켜섰다. 그의 뒤에는 도깨비들과 유신이 있었다. 사예는 안절부절못하는 마음으로 유신에게 물었다.

"사초! 사초를 찾았소?"

유신은 창백하게 질린 얼굴로 침묵했다. 사예는 그와 도깨비들을 둘러봤다. 그들의 손에는 아무리 봐도 사초라 불릴 만한 것이 없었다. 사예는 유신을 쳐다봤다. 유신은 시선을 제대로 맞추지 못하고 구름만 쳐다보고 있었다.

"양상은 어디에 있나."

사예의 뒤로 다가온 시건이 물었다. 그 물음에 사예도 고개를 돌려 주위를 둘러봤다. 유신과 도깨비들에게선 대답이 없었다. 그들은 어떤 대답도 하지 못했다. 대답이 없고, 그들 사이에 양상도 없었다.

"……남선에서 도사님이 사초를 가져갔다가, 사라지셨습니다."

유신은 잠긴 목소리로 말했다.

"중간에 요선이 그 사초를 가지고 나타났고, 도사님이 죽었다 했습니다."

유신은 도사가 도망갔다고 했던 자희의 말은 입에 담지 않았다. 그 또한 농으로 하곤 했던 말이었으나, 이젠 그 말을 입에 담을 수가 없었다.

"그사이 요선과 함께 왔던 주석호가 사초를 가지고 도망쳤습니다. 혹시나 싶어 기다렸으나, 도사님은 나타나지 않았습니다. 생사를 확신할 수 없습니다."

유신은 차라리 그 요선의 말대로 도사 양상이 도망을 간 거라면 좋겠다고 생각했다. 그는 고개를 숙이고, 무릎을 꿇었다.

"송구합니다. 제 실책입니다. 하계로 보내 주십시오. 제가 도사님을, 찾아오겠습니다."

유신은 차마 도사의 시신을 확인하고 오겠노라 말하지는 못했다. 그의 말이 끝난 후에도 아무도 그 어떤 반응도 보이지 못했다. 침묵만 흘렀다. 사예는 멍하니 서서 무릎 꿇은 유신의 머리만 응시했다. 떠나기 직전에도 얄미운 말이나 하며 그녀를 약 올렸던 양상의 모습이 떠올랐다. 그런데 돌아오니, 죽었다고. 사백 년이나 산 도사가 단 며칠 새에 죽었다는 말인가.

"아니죠?"

사예는 순간 자신도 모르게 입을 열어 말했나 생각했다. 그러나 아니었다. 입을 연 것은 그들 사이에 서 있던 홍례였다. 어린 도깨비는 커다란 눈을 깜빡거렸다. 눈가를 따라 어느새 투명한 눈물이 한가득 고였다.

"도사님이……. 아니죠? 형님……."

파적은 그의 아우를 쳐다보지 않았다. 그 어떤 도깨비도 대답하지 못했다. 그들은 스스로의 입으로 도사가 죽었다고 말할 수 없었다. 그러나, 단박에 아니라고 대답할 수 없어서 그저 침묵할 뿐이었다.

사예는 저절로 시선을 옮겨 시건을 쳐다봤다. 사예와 시건의 시선이 마주쳤다. 그때, 시건은 이미 무언가를 떠올리고 있었다. 그가 하계에 있을 때 봤던 광경. 그건 가슴이 파헤쳐진 도사의 시체였다. 피가 엉겨 붙고 잔인하게 도륙당한 모습이 선명하게 떠올랐다. 그는 그 모습을, 다른 누구도 아닌 도사 양상과 함께 봤다.

당사자인 양상과 함께 그 모습을 봤던 시건조차 상상할 수 없었다. 도사 양상이 그리된 모습을. 죽음. 그건 이 자리의 그 누구도, 도사 양상을 대상으로 생각해 본 적이 없는 단어였다.

✻ ✻ ✻

사예와 시건, 귀호는 물론 유신과 도깨비들이 동선에 돌아가기 전에, 문제의 사초를 가지고 사라졌던 석호는 발이 묶인 상태였다. 그와 자희가 막 남선을 빠져나갈 무렵 해가 뜨고 날이 밝아 오고 있었고, 석호는 최대한 서두르고자 했다. 그러나 상황이 변했다. 그의 뒤를 따라오던 자희의 검은 환술시, 무영이 그의 앞을 막아섰기 때문이었다.

"이게 대체, 무슨 짓이냐. 이 요물아."

무영은 석호를 둘러싸고 있었고, 그 사이에 자희가 서 있었다. 자희는 활짝 미소 지으며 석호에게 말했다.

"그 사초. 소녀에게 주시지요."

"뭐라?"

"장군께서는 이 남선에 유배당하신 몸이 아니시옵니까. 이제 그만 유배지로 돌아가셔야 하옵니다. 해가 뜨고 있으니 이보다 더 늦어지면 괜한 오해를 사게 될 테지요. 사초는 소녀가 안전히 폐하께 전하겠사옵니다. 그러니 어서."

자희는 묻은 피가 굳어 검은 자국이 남은 손을 앞으로 내밀었다. 석호는 그 손을 보며 차마 떨칠 수 없는 꺼림칙함을 느꼈다. 해가 뜬 하늘 위에서 그 손은 상처와 함께 검고 붉은 색으로 뒤덮여 있었다. 긴 손톱 사이를 채운 검붉은 빛깔이 자희가 지난밤에 무슨 짓을 했는지를 똑똑히 증명하고 있었다. 석호는 사초를 뒤로 숨기고 일단 한 발 뒤로 물러났다.

"그 전에, 한 가지 묻겠다. 네가 진정 도사를 해했느냐?"

자희는 대답 없이 미소 지었다. 그 모습에 석호는 울컥 성이 나 소리쳤다.

"네년이 진정 미치지 않고서야! 폐하께서 함부로 나서지 말라 했거늘 어찌!"

"허나 그 덕분에 그 사초를 손에 넣지 않았사옵니까."

"뭐라!"

자희는 일그러진 석호의 얼굴을 보며 혀를 쯧쯧 찼다.

"그리하지 않았다면 아마 장군께서는 지금도 도깨비들의 사이에서 조롱거리가 되었겠지요. 이리 사담을 나눌 시간도 없답니다, 장군. 소녀가 폐하께 그 사초를 전해 드리겠사옵니다. 어서 그 사초를 소녀에게 넘겨주셔요."

석호는 자희를 빤히 응시했다. 그는 느릿하게 시선을 내려 자신의 손에 들린 사초를 쳐다봤다. 사초 위에 알알이 튄 검붉은 빛. 그리고, 반드시 그의 손으로 사초를 가져오라고 말했던 무진.

"……말도 안 되는 소리."

석호가 사초를 꽉 쥔 채로 말했다.

"허튼수작 부리지 마라. 당장 비켜."

그의 손이 화행의 술법 수인을 맺었다. 화기가 모여들었다. 그 모습을 보며 자희가 서운해하는 얼굴로 달래듯 말했다.

"이러지 마십시오, 장군. 소녀를 믿지 못하십니까?"

"너를 믿을 바엔 류시건이 역적이 아니라고 믿겠다."

자희는 놀란 얼굴을 하며 입을 가렸다가, 눈을 가늘게 뜨며 웃었다.

"소녀가 어여쁜 처자식이라도 잡아 와야, 그 사초를 넘기실까요?"

"……네 이년!"

자희가 말을 내뱉기 무섭게, 화기가 불꽃이 되어 타올랐다. 석호의 주변을 에워싸고 있던 무영도 석호에게로 달려들었다. 불꽃과 무영이 한데 얽혔다. 석호는 어떻게든 사초만은 지키기 위해 몸을 틀었다. 그 순간, 석호에게 달려들고 있던 다른 무영들이 그대로 허공에서 불타올랐다. 그러나 그것은 석호의 공격이 아니었다.

"숨어서 정말 귀찮게 하네!"

얼굴을 일그러트린 자희가 환술의 수인을 맺었다. 새로 생겨난 무영들이 텅 빈 하늘로 날아가며 손톱을 빼 들었다. 그사이 석호는 불꽃으로 앞을 가로막은 무영들의 몸을 태우며 길을 텄다. 그런 석호의 뒤를 쫓아가려던 무영들은 갑자기 몸을 뒤틀었다. 이번엔 그들의 검은 가슴팍을 찢고 싹이 나기 시작했다. 돋아난 싹은 길고 긴 나뭇가지로 자라나 무영의 몸을 이리저리 파고들며 찢었다. 그렇게 무영이 알 수 없는 공격에 당하며 허공에서 찢어지고 부서지는 동안 석호는 하늘을 있는 힘껏 날아갔다. 구름이 자희의 앞을 가리고 무영의 몸은 계속 자라나는 나뭇가지로 덮여 갔다. 손으로 수인을 맺고 있던 자희가 일그러진 얼굴로 웃었다.

"언제까지 숨어 있을 셈인지 모르겠네……. 아니면, 겁에 질리기라도 한 걸까?"

환술의 수인을 맺어 또 다른 무영을 만들어 내며 자희가 읊조렸다.

"두려움에 벌벌 떨다 죽어 가던 네 지아비처럼."

자희의 앞을 가리고 있던 구름이 흩어졌다. 하얀 구름 너머에서, 붉은 신수와 함께 숨어 있던 하선이 모습을 드러냈다.

"치욕으로 떨었겠지."

술법의 수인을 맺기 위해 손을 모은 채로 하선이 말했다.

"오물을 두려워서 피할쏘냐."

그 말을 끝으로, 모인 목기가 매서운 속도로 가지가 되어 뻗어 나갔다. 자희가 만든 무영이 하선에게로 달려들었다. 하선은 구름 위를 날며 계속 술법의 수인을 손으로 맺었다. 하선의 뒤로 솟아난 나뭇가지가 달려드는 무영의 몸을 찌르고 나아갔다. 하선이 잠시 무영에게 시선을 돌린 사이, 자희가 사라졌다. 하선은 급히 몸을 돌렸다. 수인 맺는 그녀의 뒤로 자희가 나타나 손톱 세운 손을 휘둘렀다. 간발의 차로 피한 하선의 뒤로 또 하나의 자희가 나타났다.

하선은 두 번째 자희가 휘두르는 팔을 피하며 두 손으로 술법의 수인을 맺었다. 무영을 찌르고 있던 나뭇가지가 순식간에 방향을 틀어 먼저 나타난 자희의 분신을 휘감고 또 다른 자희의 팔 하나를 옭아맸다. 벗어나지 못하도록 두 자희를 붙잡은 하선이 화행의 술법 수인을 맺는 순간, 자희를 묶은 나뭇가지 위로 불꽃이 확 타올랐다. 불꽃은 순식간에 나뭇가지를 타고 올라가 자희의 팔까지 노리고 덮쳤다. 그 순간 하선의 뒤로 또 다른 자희가 나타났다. 세 번째 자희가 하선에게 팔을 휘둘렀다. 놀란 하선이 고개를 돌리는 순간, 불꽃과 붉은 피가 동시에 터졌다.

고통에 찬 소리를 흘리며 하선과 자희 모두 뒤로 물러났다. 둘 다지지 않으려는 것처럼 나온 신음을 단박에 입술 사이로 짓이겼다. 하선의 어깨는 붉게 물들었고, 분신 둘이 사라지자 혼자 남은 자희는 붙잡혔던 한쪽 팔이 화상을 입어 엉망이었다.

잠시 피 터진 어깨를 내려다본 하선은 곧 경계가 서린 시선으로 자희를 응시했다. 백암의 사초를 가진 선인이 얼마큼 날아갔는지는 알 수 없었다. 피와 함께 힘이 주르륵 새어 나가는 느낌이 들었다. 그러나 지금 이대로 물러날 수는 없었다. 자희도 같은 생각을 한 듯했다. 잠시 물러났던 둘은 팔의 고통을 외면하고 다시금 술법과 환술의 수인을 맺었다. 누가 먼저랄 것도 없이, 하선의 술법과 자희의 환술이 다시금 서로를 향해 돌진했다.

✖ ✖ ✖

혜강과 혜렴은 명계의 귀문을 뒤로한 채 용수궁으로 향하고 있었다. 헤어진 역적 류시건 외의 선인 둘과 거리가 제법 멀어질 때까지 참고 있었던 혜렴은 그들과 웬만큼 거리가 벌어지자 드디어 그의 누이에게 궁금한 것을 물었다.

"대체 어찌 된 일입니까, 누님. 용수궁 궁관이 요선이라니요. 더군다나 저 여선이 하는 말은……. 도무지 이해할 수가 없습니다. 누님은 대체 뭘 알고 계신 겁니까?"

혜강은 망설였다. 쉽사리 답하지 못하는 혜강을 보며 혜렴도 걱정스러운 얼굴을 했다.

"말씀하시기 곤란한 겁니까?"

혜강이 계속 망설이자 혜렴은 답답해서 질문을 쏟아 냈다.

"용수궁 궁관이 요선이라는 말을 들었을 때 누님의 반응이 조금 이상하다 생각했습니다. 혹, 누님은 이미 뭔가를 아시고 계셨던 겁니까? 선녀 자희는 폐하의 바로 곁을 지키는 궁관이 아닙니까. 폐하께서도 그 요선에 대해 알고 계십니까?"

"전혀 모르시지는 않지."

그 말에 혜렴은 놀랐다. 그 말은 천제가 요선을 바로 그의 곁에 두었다는 말이었다.

"어찌 그럴 수 있습니까? 혹, 누님. 폐하께서 누님께 이번 일을 맡기신 것도 누님께서 무언가를 알고 계셨기 때문입니까?"

안 그래도 혜강에게 갑작스레 큰일을 맡겨 이상하다고 생각했었다. 주석호가 없어서 그러려니 할 수도 있겠지만, 그 대상이 혜강이라는 것이 왠지 마음에 걸렸다. 더군다나 혜강이 시건과 대화할 적에 천제 무진에 대해 언급했으니, 혜렴도 무언가 그가 모르는 복잡한 사정이 있다는 것 정도는 짐작할 수 있었다.

혜렴의 계속되는 물음에 혜강도 고심이 큰 듯했다. 그녀는 잠시 고민하다가 짧게 답했다.

"부정하지는 않겠다."

혜강의 답에 혜렴의 표정이 굳었다. 더 긴 설명은 없었지만 이미 납득할 수 없는 이야기투성이인지라 어찌해야 할지 알 수 없었다. 혼란스러워하는 혜렴을 보며 혜강도 한숨을 내쉬었다.

"허나 내 지금 쉽사리 입에 담을 문제는 아니지 싶다. 일단 돌아가 폐하께 보고를 드린 후 사정을 보아 말해 주겠다."

혜강이 끝내 그녀가 아는 사실을 털어놓지 않자, 결국 혜렴도 어쩔 도리가 없었다. 혜렴은 그게 실망스러우면서도 이번 일이 보통 일이 아닌 것만은 분명히 알겠어서 그저 고개를 끄덕였다.

"……알겠습니다."

그 후에는 대화가 없었다. 둘은 조금의 말도 나누지 않은 채 용마를 몰아 서둘러 용수궁으로 돌아갔다. 그들이 용수궁으로 돌아가는 중간에 하늘에 해가 떴다. 용수궁에 있는 천제 또한 해와 달이 돌아왔다는 사실을 알았을 터였다.

그대로 삼 일을 꾸준히 날아가니 드디어 용수궁의 지붕이 보이기 시작했다. 둘이 용수궁에 도착했을 때는 이미 해가 지고 있어 용수궁에 들었던 선인 관리들이나 선녀들이 대부분 퇴궐했을 무렵이었다. 용수궁의 담을 따라 날던 용마를 세운 혜강은 그녀의 옆을 따르고 있는 혜렴에게 명을 내렸다.

"일단 나는 폐하를 찾아뵐 것이다. 너는 지금 당장 선녀 자희를 찾아라. 너도 그 요선에 대해 들었으니, 섣불리 나서선 안 된다는 사실을 알 것이다. 신변을 확보하고 예의 주시하라."

"예, 누님."

혜렴이 인사를 하고 용마를 타고 날아갔다. 진실에 대해 속 시원히 털어놓지 못한 혜강도 마음이 불편하긴 매한가지였다. 그러나 그녀로서도 어찌할 도리가 없었다.

금세 다가온 술시가 용마 고삐를 넘겨받기 위해 혜강에게 손을 내밀었으나, 혜강은 용마에서 내려서는 고삐를 넘기지 않고 제 손으로 잡고 걸어갔다. 당황해서 따라오는 술시를 외면한 채로 걸어가던 혜강은 용수궁을 지키는 좌우위 선군 여럿이 모여 있는 모습을 발견했다. 심상치 않은 분위기를 읽고 그쪽으로 다가간 혜강은 모여 있는 좌우위 선군 사이에서 봐선 안 되는 인물을 보고야 말았다.

"주석호!"

그녀가 가까이 다가오자 좌우위 선군들이 시선을 돌렸다. 혜강은 바로 석호와 그를 포위한 좌우위 상장군과 그 수하 선군들을 향해 다가갔다.

"대체 이게 무슨 일이오!"

"상장군."

선군들이 혜강을 발견하고는 고개를 숙이며 한 발 물러났다. 석호가 혜강을 보고 급히 입을 열었다.

"폐하께 전할 것이 있다!"

"뭐?"

좌우위 상장군이 주석호를 향해 위협적으로 검을 들었다.

"무슨 말도 안 되는 소리를! 대체 적오위 선군은 무얼 하기에 죄인이 유배지에서 탈출하여 여기까지 날아왔단 말이냐!"

"날아왔다고?"

혜강은 석호의 상태를 제대로 살폈다. 석호는 제대로 된 의장도 갖추지 않고 용마도 없이 용수궁으로 홀로 온 것이 틀림없었다. 그의 얼굴에는 지치고 피곤한 기색이 한가득이었다. 선군들에게 포위되며 반항을 했는지 몸에 상처도 나 있었다. 석호는 오로지 혜강을 보며 외쳤다.

"제발! 폐하께 전할 것이 있다! 반드시 폐하께 전해야만 한다!"

혜강은 대답 없이 등을 돌렸다. 석호가 간절하게 그런 그녀의 이름을 불렀다. 돌아서는 혜강에게 좌우위 상장군이 따라붙었다.

"어찌할까요?"

"어찌 주석호가 여기 있소?"

"용수궁 주변으로 날아오는 것을 발견하고 포위하여 압송하던 길이었습니다. 내내 입을 다물고 있다가 상장군께서 오시자 겨우 입을 열었습니다. 당장 하옥하려 하였으나 갑자기 술법을 부리는 바람에 이러지도 저러지도 못하고 있었습니다."

"그 전엔 아무 말도 하지 않았소?"

"예."

혜강은 곤란해하는 얼굴로 서 있었다. 저리 간절한 것을 보아하면 어쩌면 무진과 관련된 중한 일일지도 몰랐다. 비록 죄를 지었다고는 하나 무진에 대한 석호의 충성심만큼은 의심할 수 없었다. 혜강은 좌우위 상장군에게 말했다.

"전하고자 하는 것을 내가 가져가 확인할 테니, 일단 죄인을 압송하여 하옥시킨 후 폐하께 고하시오. 또한 이 일에 대해서는 함구하는 게 좋겠소."

"허나……."

"무언가 잘못된다면 내가 책임을 지겠소."

단호하게 내뱉은 혜강의 그 말에 좌우위 상장군은 결국 알았다고 대답을 하며 물러섰다. 혜강은 바로 주석호에게 다가갔다. 비켜선 좌우위 선군들을 스쳐 지나가, 석호의 바로 앞에서 물었다.

"무엇이냐? 폐하께 전하고자 하는 것."

석호는 품에 안고 있던 서책을 내밀었다. 혜강은 피가 묻은 서책을 의아해하는 얼굴로 응시했다. 그리고, 겉표지에 붉은 주묵으로 쓴 이름을 확인했다.

"이것은……."

혜강이 석호를 쳐다봤다. 석호는 이제 굳건하게 입을 다문 채로, 고개를 끄덕였다. 석호와 시선을 나눈 혜강은 석호가 내민, 백암의 사초를 가지고 뒤로 물러났다. 좌우위 선군들에 의해 끌려가는 동안에도, 석호는 계속해서 뒤를 돌아보며 혜강을 쳐다봤다. 혜강은 사초를 가지고 바로 몸을 돌렸다. 그녀는 다시 용마를 끌고 무진이 있는 위정전으로 향했다.

※ ※ ※

위정전 안에는 무진이 자리를 지키고 있었다. 술시가 혜강의 방문을 고하자, 무진이 들이라 명했다. 혜강은 텅 빈 위정전에 홀로 들었다. 얇은 창호지 너머에 지는 해의 붉은빛이 비쳐 방은 붉은 기가 맴돌았다. 그 안에 무진은 그 붉은빛을 고스란히 맞으며 앉아 있었다. 그의 황룡포가 붉은 햇빛을 입고 주홍빛으로 빛났다.

무진을 향해 다가가는 혜강에게는, 손에 든 서책 한 권이 입은 갑옷보다 무거웠다. 이 서책이 아니더라도 그녀는 지금 차마 덜어 내기 힘든 무거운 짐을 가슴속에 많이 품고 있었다. 겨우 마음을 다잡은 혜강은 앉아 있는 무진을 향해 무릎을 꿇고 인사를 먼저 올렸다.

"폐하. 신 백호위 상장군 호혜강. 명하신 바를 수행하고 돌아왔습니다."

"일어나게. 그간 수고했네. 참으로 큰일을 해 주었어. 두 신선을 구하고 이리 무사히 돌아오다니 참으로 고맙네."

혜강이 자리에서 일어나 무진에게 말했다.

"폐하. 폐하를 뵈러 오던 와중에 좌우위 선군들에게 포위된 주석호를 발견했습니다. 어찌 된 영문인지 아십니까?"

"석호! 석호가 잡혀 왔단 말인가?"

무진이 놀라 소리쳤다. 그는 금방이라도 앉아 있는 자리에서 벌떡 일어나 달려올 것만 같았다.

"용수궁 주변에서 좌우위 선군이 발견했다 했습니다. 그리고, 주석호가 이것을 폐하께 전해 달라 청했습니다."

혜강이 손에 들고 있던 백암의 사초를 들어 보였다. 무진도 그녀의 손에 들린 사초를 봤다. 피 묻고 낡은 서책을.

"그것이 백암이 쓴 사초인가."

"어찌 아십니까, 폐하."

단번에 알아보고 놀라지도 않는 무진을 보며 혜강은 그가 무언가 알고 있음을 알았다. 무진이 한숨과 함께 신음을 흘리고는 말했다.

"짐이 석호에게 부탁했네. 그 사초를 짐에게 가져다 달라고. 믿을 수 있는 이가 없어 석호에게 부탁을 했네."

"폐하. 어찌 그런 일을 명하셨습니까? 주석호는 다른 누구도 아닌 폐하의 명으로 유배된 죄인이 아닙니까."

혜강은 답답하고 이해할 수 없는 마음에 저도 모르게 질책하는 듯한 어조를 입에 담고 말았다. 그같이 무례한 언사를 입에 담은 혜강 스스로도 놀랐으나, 무진은 혜강의 그런 무례를 책하지는 않았다. 그는 단지 자신의 잘못을 인정한다는 듯 고개를 끄덕이며 말했다.

"백암의 사초가 꼭 필요했네. 그러나 다른 이들에게 맡기기엔 너무 위험했어. 짐이 직접 확인하기 전에는 다른 이의 손을 거치게 할 수 없었네. 그래, 짐이 잘못했다는 걸 알고 있네. 허나 어쩔 수 없었네."

"어찌 그런 판단을 하셨습니까? 이 사초가 위험하다는 것이 무슨 의미입니까? 혹, 사라진 황룡에 대한 것입니까?"

무진은 잠시 입을 다물었다. 그는 피곤하고 지친 얼굴로, 혜강의 물음에 답했다.

"류가의 반역 전에, 북선에서 그 사초가 발견되었네. 짐이 알기로 당시의 강왕과 간용군 상장군 류의민이 그 사초를 봤지. 그리고 그들이 짐에게 그 속에 담긴 진실에 대해 전했네. 아바마마께서 신수 황룡과 계약하지 못한 반선이라는 사실 말일세. 하여, 필시 그 사초에 황룡과 관련된 사실이 있을 거라 믿어 의심치 않았지."

"그런……."

"역모로 그들이 처형될 때 짐이 그 사초를 다시금 확인하고자 하였으나, 그땐 이미 그 사초가 사라지고 난 후였네. 그러니 짐이 남선에서 사초가 다시 발견되었다는 이야기를 듣고 어찌 가만히 있을 수 있었겠는가."

무진은 손을 들어 피곤한 듯 마른세수를 했다. 연거푸 한숨을 내쉬던 그가 물었다.

"헌데 이상하군. 어찌 석호가 그 사초를 가지고 오다 선군에게 발각이 되었단 말인가? 선녀 자희는 함께 있지 않았는가?"

그 말에 혜강은 눈을 크게 떴다.

"선녀 자희? 자희를 주석호와 함께 보내셨습니까?"

"그렇네. 유배된 석호를 데려오려고 하자 자희가 나서서 그 일을 맡기를 자처했네. 짐이 생각하기에도 석호의 흔적을 감추자면 자희의 환술이 큰 도움이 될 것 같아 불안을 무릅쓰고 허했네."

혜강은 탄식을 내뱉었다.

"폐하. 감히 아뢰건대 큰 실책을 하셨습니다. 선녀 자희는 폐하께서 생각하신 것 이상으로 위험한 요선입니다."

"그게 무슨 말인가?"

"신이 해님과 백호위 대장군과 명계에 갔다가, 역적 류시건과 흑귀위 상장군 연귀호, 그리고 용과 계약한 여선이 달님을 모시고 빠져나가는 모습을 보았습니다."

무진은 빠른 반응을 보이지 않았다. 다만 그는 굳은 얼굴로 혜강의 말이 이어지길 기다렸다. 반면 말을 이으며 마음이 조급해지는 이는 오히려 혜강이었다. 혜강은 그녀도 모르게 빨라지는 말의 속도를 조절하려 노력했다.

"먼저 역적을 보고도 바로 잡아들이지 못한 신의 불충을 용서하여 주십시오. 달님을 구출하는 게 우선이라 생각하여 역적과 일시적으로 손을 잡았습니다. 그에 대한 처벌은 추후에 달게 받겠습니다."

무진은 고개를 저었다.

"사안이 사안이니만큼 자네의 선택을 존중하겠네. 계속 말해 보게."

"그들이 말하길, 그 여선과 가족은 거의 천 년이 되는 긴 시간을 어떤 이에게 쫓겨 왔으며, 최근 그게 선녀 자희라는 사실을 알았다 했습니다. 또한 역적 류시건이 말하길 선녀의 행세를 하고 있는 그 요선이 바로, 선제 폐하셨던 헌정제 시절 그가 발견하여 궁에서 내쫓았던 요선이라고 했습니다."

"……뭐라?"

무진이 잠시 이해하지 못한 듯 되물었다. 혜강은 그런 무진에게 계속 설명했다.

"그 요선이 하계에 있는 도사의 간을 취해 그 영험한 힘으로 오랜 시간을 살며, 청룡과 계약한 선인들을 추적해 온 모양입니다. 그리고 그사이 선녀인 척하며 선계에 머무른 게 분명합니다. 밝혀진 바로는 헌정제 시절과 현재이지만, 실상 천 년이나 되는 시간 동안 얼마나 많은 거짓을 일삼았을지 알 수가 없습니다. 그 요선이 어찌하여 그토록 오랜 시간 동안 용과 선인의 뒤를 추격했는지는 당사자조차 연유를 알 수 없다 했습니다."

"……연유도 모르고 그토록 오랜 시간을 쫓겨 왔다?"

무진이 다시 되묻는 것밖에 하지 못하는 사람처럼 또 한 번 되물었다. 혜강은 고개를 끄덕였다.

"예. 폐하께서 어찌하여 그 요선을 곁에 두시는지는 신도 잘 알고 있사오나, 그 요선의 수상함이 도무지 정도를 헤아릴 수 없을 지경입니다. 심지어 그 여선은 감사부에서도 그 요선의 공격을 받았다 했습니다. 하물며 지금 주석호 또한 그 요선과 함께가 아니라 홀로 용수궁으로 돌아온 상황이 아닙니까. 이런 중대한 사안을 섣불리 입에 담음이 송구스러우나, 신은 혹 그 요선이 행방을 알 수 없는 신수 황룡과도 무언가 연관이 있는 게 아닐까 하는 우려가 듭니다. 폐하께서 천 년 전의 사초가 신수 황룡의 실종과 연관이 있을 것이라 말씀하시니 더더욱 그렇습니다."

무진은 아무 말도 하지 못했다. 겨우 말을 멈춘 혜강 또한 아무 말도 할 수 없었다. 혜강은 지금 그녀와 무진 사이에 흐르는 침묵이 마치 그때와 유사하다고 생각했다. 현무에게 조쇄를 채운 감사와 그에 대해 알면서도 묵인한 주석호에 대해 고했을 때. 그때와 비슷한 침묵이었다.

생각에 잠긴 듯 고민하던 무진은, 고개를 끄덕이곤 말했다.

"좋네. 일단 석호가 위험을 무릅쓰고 짐에게 사초를 전했으니, 이 사초를 읽어 봐야겠네. 만일 이 사초에 그 요선이나 신수 황룡에 대한 이야기가 있다면, 짐 또한 진실을 알 수 있겠지. 먼저 사초를 확인해 줄 수 있겠나."

혜강은 피 묻은 사초를 놓고 환술을 푸는 수인을 맺었다. 아무런 변화도 일지 않았고, 그리하여 그 사초는 환술로 만든 가짜가 아닌 진짜 사초임이 분명해졌다. 확인을 마친 혜강이 사초를 무진에게 가지고 가 두 손으로 바쳤다. 무진은 떨리는 손으로 사초를 받아 들고는 잠시간 시선을 내리깐 채 손에 든 사초를 응시했다. 지금 그의 손에 들어온 것이, 바로 천 년 전 천서제가 줄곧 찾아왔던 사관 백암의 사초였다. 사관 백암을 놓치고 계속 찾았으나 결국 그 손에 넣지 못했던. 그 시절의 진실이 가감 없이 고스란히 적힌.

어딘가 긴장한 얼굴로 사초를 응시하던 무진이, 드디어 사초를 폈다. 무진은 사초의 뒤에서부터 내용을 확인했다. 빠르게 내용을 눈으로 훑었다. 짧으나 길게 느껴지는 시간이 지났다. 혜강이 차라리 무진이 홀로 사초를 확인할 수 있도록 물러나야 하나 고민하는 와중에, 사초 전체를 대강 훑은 무진이 고개를 들었다. 혜강과 무진의 눈이 마주쳤다. 무진은 씁쓸한 얼굴로 웃었다.

"좋지 않군."

무진은 다시 시선을 내려 사초를 펴 봤다. 이번엔 아까처럼 빠르게 보는 게 아니라, 천천히 한 장, 한 장을 제대로 읽는 것 같았다. 그가 진지한 만큼 그의 모습을 바라보는 혜강은 긴장했다. 그녀가 조심스럽게 물었다.

"사초에, 신수 황룡에 대한 내용이 있습니까?"

무진은 사초의 어느 한 부분에 시선을 꽂은 채로 입을 열었다. 그가 입을 여는 게 그 순간 혜강에게는 굉장히 느리게 보였다.

"그렇네."

혜강은 저도 모르게 멈추고 있던 숨을 내뱉었다. 대답하는 무진의 표정이 아주 좋지 않았다. 그러나 혜강은 무진의 대답에 차마 입을 열지 않을 수 없었다.

"신이 그 내용에 대해 감히 여쭈어도 되겠습니까?"

무진이 한숨을 내쉬었다. 사초는 평치제 시절부터 기록된 것으로, 천서제가 제위에 오른 후 사관 백암이 죽을 때까지의 내용이 기록되어 있었다. 그리하여 지금 감춰진 진실의 대부분이 기록되어 있었다. 무진이 사초를 보고 있던 시선을 들어 혜강을 보며 대답했다.

"신수 황룡은……. 천서제 시절부터 계약을 맺지 않았네. 이유는 바로 조쇄 때문일세."

"그 무슨……. 지금 조쇄라 하셨습니까?"

혜강은 아까 그녀에게 되묻기만 하던 무진을 이해하게 되었다. 진심으로 놀라니 그녀도 그저 되묻는 것밖에는 할 수가 없었다. 그리고 혜강의 물음에 무진의 입술이 비틀리듯 호선을 그렸다. 혜강이 보기에 무진의 얼굴에서는 그토록 알고 싶었던 진실을 알게 된 자의 후련함 따위는 보이지 않았다. 사초의 진실이 준 것이 후련함이나 시원함이 아닌 지독한 씁쓸함뿐인 듯했다.

"천서제 이전은 신수에게 조쇄를 채우는 게 당연했던 시절이었지.

그리고 당시 천제였던 평치제께서도 신수 황룡에게 조쇄를 채우려 했던 모양일세. 그에 분노한 황룡이 다른 신수들과 함께 도가로 떠나 버린 모양이고. 당시는 천자도 아니었던 평치제의 차남이 그 사실을 알고는 더 이상 묵과할 수 없다 여겨, 아비와 형제를 몰아내고 제위에 오른 것이지."

"어찌 그런……."

혜강은 말도 안 된다고 생각했다. 신수 황룡은 하늘의 상징이요 그 어떤 신수보다 위대하고 신성한 신수였다. 그런데 그런 신수에게 조쇄를 채우려고 했다니, 평치제가 폭군이었다는 이야기는 익히 들어 알고 있었지만 그 정도가 상상 이상이었다. 무진이 들려준 이야기는 선계의 선인이라면 누구나 믿을 수 없고 부정할 만한 사실인지라, 무진의 손에 들린 사초를 혜강 본인이 직접 건네지 않았다면 분명 허언이라 무시했을 터였다. 그녀는 차라리 주석호가 가져온 저 사초가 가짜이길 바랐다. 그러나 저 사초가 진짜라는 걸 확인한 이는 다른 누구도 아닌 그녀 본인이었다.

무진은 차분하게 가라앉은 어조로 이어 말했다.

"천서제께서 제위에 오르셔서 하신 일들, 그의 친부와 형제를 해하고 조쇄를 금지시킨 것 모두 그리하면 신수 황룡이 혹 마음을 돌려 돌아오지 않을까 해서 한 일이었네."

비록 평정심을 유지했어도, 천서제에 대해 입에 담는 무진은 억지로 미소 짓는 게 여실히 느껴지는 어색한 얼굴을 하고 있었다. 어찌 보면 아픈 사람처럼 느껴지는 얼굴이었다. 혜강도 그의 마음을 충분히 이해할 수 있었다. 실상 지금 저 자리에 있는 무진도 천서제가 제위에 올랐기에 현재 제위에 오를 수 있었던 그의 후손이 아니던가. 무진이 그간 힘들게 지켜 온 자리는 천서제 시절부터 그렇게 이어져 온 자리였다.

"폐하, 허면 그 사초에 신수 청룡에 관련된 일도 기록되어 있습니까?"

무진은 사초를 한 장, 한 장 넘기며 고개를 끄덕였다.

"그렇네. 정확히 말해…… 청룡과 계약한 여선의 가문은 천서제에 의해 멸문당했네. 그리고, 그 가문에 대한 흔적을 지운 것도 천서제일세."

"그게 무슨 말씀이십니까? 천서제께서 어찌 그런 일을 하셨단 말입니까?"

혜강은 긴 시간 도망 다녔고, 그리하여 선단조차 취하지 못했다고 말했던 여선을 떠올렸다. 무진은 사초의 글자를 손으로 짚어 내려가며 설명했다.

"그 역시 황룡을 돌아오게 하기 위한 일환이었네. 아무래도 그 여선의 가문이 목행을 타고난 모양이지. 대대로 천제가 토행을 타고나니 그와 상극인 목행으로 조쇄를 만들기 위해, 평치제께서 그 가문에 조쇄를 만들라 명한 모양일세. 그러니 천서제께서는 신수 황룡이 도가로 떠난 데에 그 가문의 죄가 크다 생각하셨던 걸세. 어쨌든 그 여선의 가문은 그 시절 제법 권위 있는 가문이었고, 그 가문이 멸문당하자 많은 혼란이 있었네. 선인들이 하계에서 선계로 승천하며 생긴 혼란도 많았겠지. 자희는 그 혼란을 틈타 선계에 숨어들었고, 더불어 그 가문의 생존자들을 쫓고 있는 듯하네. 자희에 대해서는 짐도 좀 더 읽어 봐야 알겠는데."

무진은 사초를 뒤적거리며 중얼거렸다. 사초를 넘기며 빼곡한 글씨를 읽어 내려가는 무진의 표정은 점점 더 안 좋아졌다. 그 요선의 정체와 의도가 생각 이상으로 더 큰 문제인 모양이라고 혜강은 생각했다. 잠시 기다리던 혜강이 결국 입을 열어 무진에게 물었다.

"송구하오나 폐하, 그 요선 또한 천서제나 사라진 황룡과 더 깊은 연관이 있습니까?"

무진은 사초에서 시선을 떼고 혜강에게 답했다.

"그렇네."

근심이 가득한 얼굴의 무진은 잠시 망설이다가, 결국 그대로 입을 다물었다. 혜강은 갑자기 입을 다문 무진의 태도가 답답했지만 그에 대해서 더 자세히 알려 달라고 채근할 수는 없었다. 지금 이 자리에서, 무진이 사초에 별다른 이야기가 없다고 모르쇠로 일관했어도 혜강이 어쩔 도리는 없었을 터였다. 그러나 그럼에도 불구하고 무진은 천서제의 진실을 그의 입에 담았다. 스스로에게도 그 진실을 받아들일 시간이 필요할 텐데도.

무엇보다, 입을 다문 무진의 모습을 보는 순간 그 요선의 정체에 대한 게 천서제가 반선이었다는 사실보다 더 안 좋은 문제일지도 모른다는 생각도 들었다. 혜강은 지금 그녀가 안 사실만으로도 충분히 놀랐고, 만일 이보다 더한 진실이 선인들에게 알려지면 어찌 될지 상상도 하고 싶지 않았다. 그녀가 받아들였다고 하여 다른 모든 선인들 또한 천제가 반선이라는 사실을 쉽사리 받아들일 것이라고 생각할 수는 없었다. 더욱이 그 시작은 천서제였다. 천서제 시절부터 모든 천제들이 그간 거짓으로 그 자리를 유지해 왔다는 사실을 선인들이 어찌 받아들이겠는가.

혜강은 무진이 그녀 이상으로 깊게 고민하고 있음을 알았다. 그 모습을 보며 혜강은 전에 무진이 그녀에게 말했던 두려움에 대해 떠올렸다. 벗이었던 류시건에 대한 두려움. 그리고 진실이 밝혀질 것에 대한 두려움. 혜강은 조심스럽게 입을 열었다.

"폐하. 신이 명계에서 나왔을 때, 역적 류시건에게 물었습니다."

사초만 보고 있던 무진이 시선을 돌려 혜강을 쳐다봤다. 혜강은 그때의 대화를 떠올리며 말했다.

"폐하께서 그를 외면하는 것, 그에 이유가 있다면, 과연 그 이유를 받아들일 수 있겠느냐고. 옳고 그름에 관여하지 않고 그리할 수 있겠느냐 물었습니다."

"……시건이 뭐라 하던가."

"그에 대해 물을 이가 신이 아니라 했습니다."

무진은 무슨 생각을 하는지 알 수 없는 얼굴로 혜강을 빤히 쳐다봤다. 혜강은 무진을 똑바로 바라보며 말을 이었다.

"어쩌면, 그렇습니다. 폐하께서는 역적 류시건이 그의 아비와 같은 결단을 내릴까 두려웠다고 하셨습니다. 선제 폐하께서 류의민의 배신으로 배신감을 느끼셨다 그리 말씀하셨지요."

"그렇네."

"하온데 이런 생각이 들었습니다. 그건 어쩌면, 지당히 감수해야 하는 몫은 아니었을까, 하는 생각이. 선제께서 반선이라는 사실을 숨기신 것은, 그분께 평생을 충성한 선군 류의민에게는 큰 충격이었겠지요. 폐하……. 먼저 상처를 받은 쪽은 과연 누구이겠습니까? 진실을 감춘 쪽일까요? 그간 속았다는 사실을 알게 된 쪽이었을까요?"

혜강은 지금 그녀가 꺼낼 말이 어쩌면 천제의 기분을 상하게 할지도 모른다고 생각했다. 하지만, 그녀는 말해야만 했다. 또한 그녀는 무진이, 화를 내기 이전에 그녀가 전하고자 하는 의미를 알 거라고 생각했다. 그간 그녀가 봐 온 무진이 성급한 이가 아니었으므로.

"드러난 거짓을 감춰 주지 않았다 하여 분노하기 전에, 그간 속아 온 상대의 분노가 먼저 있었겠지요. 그것은 현재 폐하께 외면당한 류시건 또한 마찬가지일지도 모릅니다. 폐하께서 자의셨든 타의셨든, 어쨌든 류시건은 아무 잘못도 없이 수십 년의 세월을 잃어버린 이입니다. 그런데 폐하께서 두렵다는 이유로 피하는 것은, 어쩌면 변명이 아닙니까?"

무진은 아무 대답도 하지 않았다. 안 한 건지 못 한 건지 혜강은 알 수 없었다. 그는 여전히 알 수 없는 표정으로 앉아 있었고, 입도 열지 않고 있었다. 그에게 잠시 시간을 주고 답도 줄 겸, 혜강은 그녀 또한 줄곧 잊고 있었던, 과거의 일을 입에 담았다.

"폐하께서 기억하실지 모르겠습니다만, 신이 선군이 되기 이전에 폐하를 따로이 뵌 적이 있다는 걸 아십니까?"

무진은 그제야 입을 열어 대답했다.

"……그런 적이 있었나?"

"예. 그때는 아직 폐하께서 제위에 오르시기 전이었고, 신은 선녀였습니다. 이미 류시건은 역적이 된 후였고 폐하께서는 즉위를 앞두고 계셨습니다. 그리고 신은 날 때부터 정해졌던 혼약이 깨지고 방황할 때였지요. 천서즉위일 연회 때문에 용수궁에 왔다가, 우연히 천자이신 폐하와 독대할 기회가 생겼습니다. 그때, 폐하께서는 신과 처음 보셨음에도 불구하고 신의 아우에 대한 이야기를 들었다며 유감이라 하셨습니다."

무진은 기억이라도 되새기듯 시선을 내리깔았다. 혜강은 그때를 되새기며 말을 이었다.

"어쩌면 그때 신은 누구라도 대화할 상대가 필요했던 걸지도 모르겠습니다. 그때 신은 폐하께 앞으로 어찌해야 할지 알 수 없다 투정을 늘어놓았습니다."

무진이 피식 웃었다.

"상상이 안 가는군."

혜강도 설핏 웃었다.

"저도 그때 왜 그리했는지 후회를 많이 했지요. 하온데 그때 폐하께서, 신에게 뭐라고 하셨는지 아십니까?"

"짐이 뭐라고 했나?"

"혼약이 깨졌어도 달리 할 수 있는 바가 많을 거라 하셨지요. 신이 아우와 혼인하지 않으면 왕위에 오르지 못한다 말씀드렸더니, 폐하께서는 홀로 왕위에 오르라 하셨지요. 신이 어찌 그럴 수 있겠느냐 말씀을 드리자, 폐하께서는 본래 그리 정해진 규율을 깨는 것은 아주 조금만 용기를 내면 가능한 것이라 하셨지요. 큰 용기까지 낼 필요도 없다고. 그저 더 중요한 것이 무엇인지를 생각하라, 그리 말씀하셨습니다."

무진은 입을 다물었다. 그는 더없이 진지한 얼굴로, 혜강의 말을 듣고 있었다. 혜강은 무진이 그때의 일을 기억하는지, 하지 않는지 알 수 없었다. 그러나 그녀조차 잊고 있었던 일이기에 무진이 기억하는지 안 하는지는 그다지 중요하지 않았다. 다만, 혜강은 이 말만은 전하고 싶었다.

"기실, 폐하께서는 기억도 하지 못하실 정도로 가볍게 건네신 위로였는지도 모릅니다. 허나 돌이켜 보면 그 말이 신에게는 큰 힘이 되었던 것 같습니다. 어쩌면 폐하 덕분에 지금의 신이 있는 걸지도 모르겠습니다."

"과분한 평이로군."

"아닙니다, 폐하. 신이 지난 이야기를 구구절절 꺼내는 연유는, 지금은 그 말이 폐하께 더 필요한 말이라는 생각이 들었기 때문입니다."

"짐에게?"

예, 하고 혜강은 고개를 숙이며 대답했다.

"폐하께서 두려워하시는 것, 어쩌면 아주 조금만 용기를 내시면 해결할 수 있는 일일지도 모릅니다. 일전에도 말씀드렸듯, 신은 감히 신수 황룡과 천서제에 대한 진실을 반드시 온 천하에 밝히시라고 아뢰지는 않겠습니다. 무려 천서제께서 반선이셨다면 더더욱 저는 폐하께 자격이 없다 말씀드릴 수는 없습니다. 그러나 어쨌든 이제 폐하께서는 진실을 아셨고, 칼자루를 쥐신 셈입니다. 칼을 휘둘러 타인을 찌를 수도 있으나, 그 타인이 누구냐에 따라 칼의 쓰임새가 나뉠 것이며, 검집에 넣어 감출 수도 있으나, 그 검집이 잘못되어 외려 폐하를 찌를 수도 있겠지요. 그리고 폐하께서는 이미 그 칼을 안전하게 쓰는 방도를 알고 계십니다."

"짐이 알고 있다?"

혜강은 웃으며 답했다.

"예. 폐하께서는 직접 신에게 폐하께서 반선이라는 사실을 밝히시지 않았습니까."

혜강의 말을 들은 무진은 아무 말도 하지 않았다. 그런 무진에게 혜강이 다시금 덧붙였다.

"진실을 밝히고 신의 믿음을 구하신 그때처럼 하십시오. 이제라도 모두에게 모든 진실을 낱낱이 밝히시라고 아뢰는 게 아닙니다. 이제 폐하의 곁에는 주석호가 없고, 폐하께는 다른 신뢰할 수 있는 신하가 필요합니다. 폐하께서 믿을 수 있고, 또한 믿고 싶은 이에게 진실을 밝히십시오. 용서를 구해야 한다면 그리하시고, 그런 이를 곁에 두어 그 자리를 굳건히 하십시오. 신뢰할 수 없고 언제 어찌 변심할지 모르는 요선을 곁에 두고 전전긍긍하는 것보다는, 그쪽이 비교할 수 없을 만큼 안정적입니다. 폐하 스스로를 위해서도, 그편이 옳을 것입니다."

혜강의 말을 들은 무진은 웃는 것도 같고 아닌 것도 같은 애매한 표정으로 조용히 있었다. 혜강은 구태여 채근하지 않고 무진의 결정을 기다렸다. 무진은 혜강이 한 말을 되새기듯 말했다.

"칼자루를 쥐었다……."

그러나 고민할 수 있는 시간은 길지 않았다. 때마침 밖에서 선군이 방문을 고했기 때문이었다. 무진과 혜강 사이에 이어지던 무거운 침묵이 삽시간에 깨졌다. 무진이 허하자 좌우위 상장군이 위정전 안으로 들어왔다. 공손히 인사를 한 좌우위 상장군이 무진에게 보고했다.

"폐하, 죄인 주석호가 유배지를 탈출하여 용수궁으로 잠입했습니다. 용수궁을 지키던 좌우위 선군이 발견하고 급히 구금하여 하옥시켰습니다."

"죄인 주석호에 대한 일은 일단 함구하고, 그가 지금 하옥된 사실이 알려지지 않도록 하라. 현재 안팎으로 혼란이 많으니 짐이 고심하여 그 처분을 결정할 것이다. 짐의 뜻을 남선 적오위 상장군에게 전하고, 이 일이 결단코 외부로 알려지지 않도록 주의하라."

"예. 또한, 명계에 사절로 갔던 흑귀위 상장군 연귀호가 동선에 있는 역적의 무리에 합류했다고 합니다. 현재 동선을 지키고 있던 검용군 대장군으로부터 흑귀위 상장군 연귀호의 동선 합류가 확실시되었습니다."

혜강에게 귀호에 대한 이야기를 이미 들었으므로 무진은 선군의 보고에 많이 놀라지 않았다. 그는 고개를 끄덕이고는 침착하게 답했다.

"상장군은 지금 즉시 선군을 보내 동선에 대기 중인 검용군 대장군에게 짐의 명을 전하라. 동선을 주시하고 있던 세 위의 선군들 모두 본래의 자리로 귀환하라. 그리고 짐의 새로운 명을 따르라."

무진은 놀란 얼굴로 쳐다보는 혜강과, 좌우위 상장군을 차례대로 응시했다. 어쩌면 혜강이 한 말, 아니 사실은 천자 시절의 무진이 한 말이 옳았다. 결단은 아주 미세한, 그야말로 얇디얇은 종이 한 장만큼의 작은 경계를 넘어서느냐, 넘어서지 않느냐에 따라 달려 있었다. 그리고, 무진은 드디어 그 경계를 넘어설 때가 되었다는 사실을 인정했다. 그간 외면하고, 모른 척하며 버텨 온 경계를 이제 넘어설 때가 왔다. 어쩌면 숨겨 왔던 칼날을 뽑아 들 때.

"하명하십시오, 폐하."

좌우위 상장군이 공손히 말했다. 무진은 굳은 결단이 서린 얼굴로 펴 놓은 백암의 사초를 덮었다. 무진이 가장 먼저 해야 할 일은 이미 정해져 있었다. 그는 그의 칼을 어찌 써야 하는지 이미 옛날부터 알고 있었다. 알고 있으나, 피해 왔을 뿐이었다. 지금 그가 고려해야 할 것, 더 중요한 것은.

덮은 백암의 사초를 손에 쥔 무진이 고개를 숙인 상장군을 향해 명했다.

"지금 당장 선녀 자희를 잡아들이라."

❈ ❈ ❈

무진이 명을 내린 후 혜강은 위정전에서 물러났다. 그녀 또한 천제의 명에 따라 좌우위 선군들과 함께 선녀 자희를 잡아들이기 위함이었다. 선군들이 용수궁 주변을 수색하는 동안 해가 완전히 지고 밤이 찾아왔다. 무진은 날이 밝는 대로 위정전으로 모든 선인 관리들과 선군, 선녀들로 하여금 모이라 명했고, 그리하여 아침 일찍부터 용수궁으로 선인들이 모여들었다.

전날 선녀 자희를 찾기 위해 혜렴과 함께 용수궁 밖을 시찰했던 혜강도 지금은 용수궁으로 돌아와 위정전에 들어 있었다. 위정전에는 현재 정황도 모르고 해와 달이 돌아와 다행이라는 이야기를 하고 있는 선인 관리들이 태반이었다. 그들은 돌아온 해와 달에 대해 이야기하며 안도의 한숨을 내쉬고 있었다. 그들과 달리 혜강은 그들이 주석호의 유배지 탈출 사실을 모른다는 사실에 안도했다. 그녀는 부름을 받아 온 선녀들 사이에 익숙한 얼굴을 발견했다.

"도화."

우울한 얼굴로 서 있던 도화가 고개를 들었다. 도화와 혜강은 선녀들 틈에서 조금 떨어져 나와 거리를 두고 대화를 나누었다.

"네 얼굴이 반쪽이 되었구나."

"저는 괜찮습니다. 사저(師姐)께서는 명계에 다녀오신 것으로 아는데, 무사하셔서 다행입니다. 다치신 곳은 없으십니까?"

"그래. 고맙다. 지금 남선 상황은 어떠하냐?"

"저나 단우나 모르는 것이 많아 수시로 관리들을 만나 조언을 듣고 있습니다. 안 그래도 여쭙고 싶은 말이 있습니다, 사저. 지금 제 서방님께서 용수궁에 계신 게 사실입니까?"

목소리를 죽이며 혜강에게 물은 도화의 얼굴은 걱정과 불안으로 새하얗게 질려 있었다. 혜강은 착잡한 얼굴로 고개를 끄덕였다.

"단우도 그 사실을 알고 있느냐."

"……예."

무진이 명을 내릴 때 혜강도 있었으니 놀랄 일은 아니었다. 현재 남선은 단우가 다스리고 있었고, 그 때문에 단우도 적오위 선군으로부터 보고를 받은 모양이었다. 단우가 아직 어리니 그 어미인 도화에게도 이야기가 걸러지지 않고 들어간 게 분명했다.

"이 일을 대체 어찌합니까? 폐하께서 그 일로 큰 벌을 내리시려고 이리 선인들을 불러 모으신 게 아닙니까?"

도화가 겁먹은 얼굴로 주변을 살폈다. 혜강은 안심하라는 듯 고개를 저었다.

"아니다. 폐하께서 이리 모두를 불러 모으신 것은 다른 까닭이다. 주석호의 일은 당분간 함구해야 한다. 적오위 선군 또한 아마 다른 일에 차출될 것이다."

"그 일이 무엇입니까? 더 큰일이 있습니까?"

도화는 상상도 할 수 없어 놀란 입을 손으로 가린 채로 물었다. 그러나 혜강은 자세한 대답으로 도화의 불안을 잠재워 줄 수는 없었다. 위정전에 천제 무진이 들어왔기 때문이었다. 들어온 무진은 손에 백암의 사초를 직접 들고 있었다. 도화와 혜강은 바로 무진 쪽을 향해 인사를 했다. 모든 선인들이 공손히 인사를 할 동안, 무진은 가장 상석의 옥좌에 앉았다. 무진은 선인들을 내려다보며 평소보다 유독 가라앉은 목소리로 입을 열었다.

"모든 선인들은 들으라. 이제부터, 중대한 사실을 공표하도록 하겠다."

무진은 잠시 틈을 준 후, 그가 손에 들고 왔던 백암의 사초를 들어 보였다.

"이것은 평치제 시절의 사관 이백암이 남긴 사초이다."

이전에 남선에서 사초가 발견되었다는 이야기가 이미 화두에 올랐으므로, 선인들은 그렇게 많이 놀라지는 않았다. 물론 그중에 천서제가 그토록 찾고자 했던 사초가 드디어 천제의 손에 들어왔다는 사실에 감탄하는 이들은 있었다.

"이 사초에는 평치제 시절부터 사관 이백암이 죽기 전까지의 기록이 있다. 그 기록 중에는 그간 숨겨졌던 사실이 있고, 짐은 모든 진실을 안 이상 이대로 묵과할 수 없다는 생각에 입을 열게 되었다."

무진은 사초를 내려놓고 말을 이었다.

"이 사초에는, 그대들이 그토록 궁금해했던 신수 청룡과 그 계약 가문에 대한 사실이 적혀 있다."

이건 분명 모든 선인들이 기다렸던 이야기였다. 호기심과 염려에 가득 찬 선인들의 시선을 한 몸에 받으며 무진은, 이 자리가 줄을 타는 것이나 진배없는 자리라고 생각했다. 조금이라도 균형을 잡지 못하면 떨어지고 말, 스스로를 다치게 만들 그런 자리. 어쩌면 칼날 끝에 서 있는 것과도 같은. 그러나 그는 이 자리에서 이제껏 버텼고, 앞으로도 그리해야만 했다.

"그 가문은 건원제 시절의 선인 진사담의 후손으로, 그 이후 줄곧 동하에 자리 잡아 천제의 하명에 따라 왕으로서 동하를 다스렸다. 그러나 진가는 천서제께서 즉위하신 이후 남은 세 왕의 가문이 선계로 승천했을 적에 유일하게 멸문당하고, 역사에서 그 기록이 지워졌다. 그것은 바로 그들이 평치제의 명으로 신수 황룡을 구속할 조쇄를 만들었기 때문이다."

무진은 굳은 얼굴로 잠시 입을 다물었다. 이제부터 그가 입에 담을 이야기는 명백한 거짓이었다. 그러나 그 사이 진실도 숨어 있었다. 교묘한 거짓과 은밀한 진실. 진실을 감추기 위해 거짓을 흩뿌린다. 무진은 그 거짓으로 스스로를 지탱하고, 줄 위에서 균형을 잡을 셈이었다. 그는 이제 그가 알고자 했던 것들을 알았다. 그러나 그 모든 걸 감추기엔 한계가 왔다는 걸 알았기에, 인정하고 결단을 내렸다.

그는 모든 진실을 밝히지는 않을 셈이었다. 그러나 진실을 모두 덮을 생각도 아니었다. 그는 이 자리를 지키기로 했고, 이제껏 무수히 많은 거짓을 반복했다. 그 거짓은 천서제 시절부터 이어져 온 것이었고, 실제로 천서제 시절부터 일궈 온 업적은 그 누구도 부정할 수 없으리라. 어차피 돌이킬 수 없다면 계속 갈 수밖에. 이게 바로 그가 선택한, 그의 칼 쓰는 방도였다.

"천서제께서는 제위에 올라 조쇄를 금지하며 그 가문의 죄를 엄히 물으셨고, 결국 흔적도 남기지 않고 멸문시키셨다. 네 개의 하를 다스리던 가문 중 하나의 가문이 멸문하자 요선들이 동하를 점령하고 큰 혼란이 있었다. 그사이를 틈타 요선 하나가 선인들에게 악감정을 품고 선계로 숨어들었다. 그 요선은 호괴(狐怪)이며, 그간 도사의 간을 통해 그 정기를 취해 긴 생을 살며 선녀 행세를 하고 있었다."

명확하지 않은 설명을 들은 선인 관리 하나가 입을 열었다.

"하오나 폐하, 요선이 선녀로 둔갑했다면 그토록 오랜 세월 동안 들키지 않았을 리가 없사옵니다."

"호괴는 환술이 아닌 도술로 선녀 행세를 하고 있었다. 하여 그간 밝혀진 바가 없었으나, 선제셨던 헌정제 시절 당시 선군이었던 류시건에 의해 그 정체가 탄로 나 용수궁에서 쫓겨난 일이 있었다. 그 호괴가 바로 이 용수궁의 궁관, 상의인 선녀 자희이며, 짐은 그 사실을 알고 즉시 선군으로 하여금 호괴를 잡아들이라 명을 내렸다."

무진은 잠시 선군들을 향해 시선을 돌렸다가, 선인 관리들을 향해 말했다.

"또한 오십 년 전에, 남은 세 가문 중 이번에는 북선을 다스리던 제후 가문인 류가가 역모 혐의로 또다시 멸문을 당했다. 세 제후 가문이 둘로 줄고 또 한 번 많은 혼란이 야기되었고, 이제 선계는 물론이요 하계와의 균형 또한 무너졌다. 그리하여 현재 비어 버린 동선은 하계의 도깨비가 올라오고 정처를 잃은 선인들이 무단으로 점령하고 있다. 이는 천하의 한 부분인 동선과 동하를 계속 비워 뒀기 때문이며, 각 선을 다스리던 가문들 사이에 균형이 깨어졌기 때문이다. 하여 이제 짐은 무너진 균형을 조금이라도 바로잡기 위해, 적합한 주인에게 동선을 다스릴 권한을 주고, 동선에 있는 도깨비와 선인들을 동선의 백성으로 받아들여 새로운 제후로 하여금 다스리게 할 것이다."

무진의 쏟아지는 말에 정신을 못 차리고 있던 선인들이 놀라 입을 열었다.

"폐하! 어찌 도깨비를 선계에 머무르도록 허할 수 있단 말입니까!"

"더불어 현재 동선을 차지하고 있는 선인들은 모두 역적들이옵니다!"

무진은 숨을 들이마셨다. 그는 더없이 단호한 어조로 선인들에게 답했다.

"멸문당한 류가의 반역에 대해서도, 짐이 다시금 그 진상을 밝히겠다. 선제께서 류가의 선인들을 역적으로 명하셨으나, 그에 대해 명확한 조사가 이루어지지 않았고 의심의 여지가 많다. 현재 류가의 후손인 역적 류시건이 하계는 물론이요 선계를 오가며 많은 혼란을 야기하고 있는 이유 또한 그에 대한 울분 때문일 터. 역적 류시건은 짐의 명에 따라 그의 수하 선인들과 함께 무장을 해제하고 용수궁으로 오라. 짐이 직접, 류가의 역모 혐의에 대해 진상 조사를 명하겠다."

위정전 내부에 혼란이 일었다. 그러나 무진은 그 모든 혼란이 보이지도 들리지도 않는 사람처럼, 그의 말만 이어 했다.

"진사담의 살아남은 후손 또한, 용수궁으로 오라. 짐은 비록 평치제 시절의 죄가 있으나 천명에 의한 것이었고, 그들이 그간 겪은 수모와 고초를 감안하여, 동하의 진(眞)가(家)를 복권시키겠다. 진가의 후손에게 새로이 동선을 다스릴 제후의 직위를 하사하고, 본래 동선과 동하의 수호를 책임졌던 청진위 선군에 대한 권한을 양도하겠다."

그때까지 시선을 내리깐 채로 무진의 설명을 듣고 있던 혜강은 천천히 고개를 들어 무진을 쳐다봤다. 무진은 이제 그가 준비한 말을 모두 끝낸 듯 입을 굳게 다물고 있었고, 끝내 호괴에 대한 중요한 사실은 감추기로 결단을 내린 것 같았다. 황룡에 대해서는 당연히 입에 담지도 않았다. 다른 선인들을 내려다보는 무진의 얼굴만으로는 무슨 생각을 하는지 알기가 힘들었지만, 속사정을 어느 정도 알기에 혜강은 무진의 선택이 무엇인지를 알았다. 혜강은 여전히, 그에 대해 옳다, 그르다를 판단 내릴 수는 없었다. 그녀는 숨겨진 진실이 무엇인지 알 수 없고, 그 진실이 숨겨진 역사 덕분에 평화를 누리며 살아온 선인이므로.

'그러나.'

진실을 덮는 대신 무진이 밝힌 사실 또한 놀랍기 그지없는 사실들이었다. 덕분에 혜강은 점점 불안한 생각이 들었다.

'대체 무엇이기에.'

그럼에도 불구하고 덮어야 하는, 호괴의 비밀은 대체 무엇인가.

많은 선인들의 혼란을 뒤로하고, 무진은 그만 자리에서 일어서려고 했다. 그 순간, 위정전으로 선군이 급하게 들어왔다.

"폐하!"

모든 이들의 시선이 무릎을 꿇고 무진에게 인사하는 선군에게 향했다.

"무슨 일이냐."

무진이 묻자 무진에게 고개를 든 선군이 고했다.

"폐하. 폐하의 하명을 받아 수색을 하던 중 용수궁의 궁관인 선녀 자희를 찾았습니다. 하오나⋯⋯."

"무슨 문제가 있느냐?"

무진의 물음에 선군이 잠시 망설이다 고했다.

"선녀 자희는 이미 숨을 거두었습니다."

도화와 함께 서 있던 혜강이 놀라 선군을 쳐다봤다. 무진 또한 그에게 말을 고한 선군만 쳐다봤다. 무진이 금방이라도 앉은 옥좌에서 일어날 것처럼 상체를 기울인 채로 빠르게 물었다.

"그게 사실이냐? 시신을 확인했느냐?"

"예. 지금 시신을 옮겨 오고 있습니다."

"⋯⋯."

무진은 침묵했고, 선인들은 영문을 알 수가 없어 무진의 눈치만 봤다. 선인들 사이에 있던 혜강은 무언가 좋지 않은 느낌을 받았다. 석호는 홀로 백암의 사초를 가지고 나타났고, 그 직후 자희는 숨을 거둔 채로 발견되었다. 무언가 남선에서 그들이 알지 못하는 일이 있었음이 분명했다. 그러나 그 일은 백암의 사초에도 적히지 않는 일이며, 그들이 알 수 없는 일이었다.

놀란 얼굴로 있던 무진이 단호한 어조로 명했다.

"선계에 숨어든 후 호괴는 도술을 이용하여 선녀들의 몸을 빼앗고 선녀 행세를 하고 있었다. 숨을 거두었다곤 하나 그것은 호괴가 빼앗은 선녀의 몸일 뿐임으로 아직 안심할 수는 없다. 당장 선녀 자희의 사인을 조사하라."

"예, 폐하!"

선군이 고개를 숙이며 대답했다. 단호히 명을 내린 무진은 그대로 일어나 그 자리를 벗어났다. 무진은 오래 동요하지 않고 바로 명을 내렸지만, 그래도 요괴가 선계 어딘가에 숨어 있을지도 모른다는 가정은 선인들로 하여금 불쾌하고 받아들일 수 없는 것이었다. 무진의 갑작스러운 명과 요선에 대한 사실 때문에 선인들은 한동안 위정전을 벗어나지 못했다. 그 사이에서 도화가 혜강에게 물었다.

"허면, 대체 어찌 되는 것입니까? 제……."

도화는 석호에 대해 입에 담기 전에 망설였다. 주변의 눈치를 보며 말 꺼내기를 망설였다. 혜강은 무진이 석호를 유배지 밖으로 빼낸 장본인이라는 사실을 알고 있었고, 따라서 석호가 그 일로 큰 벌을 받지 않으리라는 사실을 알고 있었다. 그러나 그에 대해 지금 이 자리에서 자세히 설명을 해 줄 수는 없었다. 그저 도화의 어깨를 토닥이며 말했다.

"너무 걱정하지 마라. 다 잘될 것이다. 내 조만간 너를 찾아가마."

"예……."

도화는 힘없이 대답했다. 혜강이 단순히 안심시키기 위한 것이 아니라 무언가를 알고 있음이 도화에게도 전해졌다. 그래도 하얗게 질린 도화의 얼굴은 나아지지 않았다. 그런 도화가 걱정스러워 응시하던 혜강은 무진이 사라진 쪽으로 고개를 돌렸다. 무진은 칼을 뽑았고, 이제는 지켜봐야 할 때였다.

❉ ❉ ❉

동선에서는 내내 도사 양상에 대한 일로 분위기가 좋지 않았다. 도깨비들은 어린 도깨비들이 울기 시작하자 눈물 바람이라도 불었는지 모두 울며 양상 허깨비를 만들었다. 양상 허깨비는 우는 도깨비들을 못났다고 놀리며 도깨비집을 돌아다녔다. 그 모습을 보고 도깨비들은 더 울었다. 그사이 시건은 유신에게 자초지종을 제대로 듣고, 그의 수하 선인들과 이야기를 하고 있었다.

도통 고개를 들지 못하는 유신을 옆에서 현록이 위로하고 있을 무렵, 동선을 주시하고 있던 검용군과 그 외 선군들이 물러났다. 담장 쪽을 지키고 있던 도깨비들과 요선들에게 선군들이 물러났다는 소식을 들은 시건과 선인들은 의아함을 느꼈다. 그들은 선군들이 물러갔지만 의아해서 도통 안심하지 못하고 그날 밤을 불편하게 보냈다.

날이 다시 밝자마자, 동선으로 천제의 사절이 용마를 타고 날아왔다. 시건은 천제의 사절이 보낸 교서를 받았다. 어느새 무진이 그에게 보낸 두 번째 사절이었다. 그리고, 사예 또한 천제가 보낸 교서를 받았다. 파적과 몇 명의 도깨비들이 교서를 가져온 천제의 사절에게 이제 그만 가라고 등을 떠미는 동안, 사예와 시건은 교서를 다 읽었다. 교서를 확인한 사예는 기분이 이상했다.

그간 상상하고, 한편으로는 궁금했던 사실들이 밝혀졌는데도 어쩐지 후련하거나 마음이 편하지 않았다. 그건 어쩌면 그녀의 조상이 신수 황룡을 구속하기 위한 조쇄를 만들었다는 사실 때문일지도 몰랐다. 그래도 청하의 조쇄에 대한 사실을 이미 안 터라 그리 많이 충격적이지는 않았다. 그녀는 천서제를 원망해야 할지, 평치제를 원망해야 할지 알 수 없었다. 그녀의 조상들이 청하를 지키기 위한 명목으로 조쇄를 채운 것과 같은 이유로 황룡의 조쇄를 만들었거나, 그저 천제의 명에 따른 것이기를 바랐다.

무엇보다 의문의 여지는 아직 남아 있었다. 천제의 교서 내용에는 그 악독한 요선과 그녀의 가문 간의 관계에 대한 부분이 빠져 있었다. 교서를 보니 천제가 백암의 사초를 손에 넣은 것이 분명한데, 어찌 그 요선과 관련된 이야기는 없는 건지 알 수 없었다. 심지어 그 선녀는 죽은 상황이고, 천제는 선군들에게 다시금 그 요선을 찾으라고 명을 내리지 않았던가. 그러나 그 이상의 설명은 없었고, 덕분에 그 요선에 대해서는 여전히 오리무중이었다. 그래서 죽은 건지, 아니면 살아서 도망친 건지.

그래도 천제가 그녀의 가문에 대한 진실을 공공연히 밝히고 가문의 명예를 되돌려 주겠노라 공표했고, 시건 가문의 누명 또한 다시 진상 조사를 하겠다고 했으니 그것만으로도 상황은 조금 나아진 셈이었다. 여러 정황상 천제에 대해 부정적인 생각만 가득했는데, 일이 이리되고 보니 천제도 달리 보였다.

'이제 도사님만 돌아오면, 되는 건데.'

사예는 여전히 도사 양상이 죽었다는 이야기를 믿을 수가 없었다. 그래서 시간이 좀 걸리더라도 결국은 도사가 다시금 나타날 거라고 생각했다. 어쩌면 믿고 싶지 않기 때문일지도 몰랐다. 그리고 그건 도깨비들이나 선인들 또한 마찬가지인 듯했다. 특히 도깨비들이 혼란스러워했다. 그들은 기껏 명계에 있는 전설의 김 서방에 대한 이야기를 전해 들었어도 도무지 기뻐하거나 즐거워할 수 없었다. 몇몇 도깨비들은 교서의 내용을 듣고 이리 물었다.

"그럼 우린 계속 여기 있으면 되는 거야? 여기서 기다리면 도사님이 돌아오겠지?"

"여선님이 여기 주인이 되는 거예요? 여선님이 그렇게 대단한 사람이 되면 사라진 도사님도 찾을 수 있어요?"

도깨비들이 허둥대는 와중에 홍례는 사예의 치맛자락을 붙들고 울었다. 사예가 곤란해하는 와중에, 홍례가 소리쳤다.

"요술을 부려서 도사님을 살려야겠어요!"

그 말에 파적은 화를 냈다.

"말도 안 되는 소리! 그럼 넌 요술을 못 쓰게 된다!"

"왜요?"

눈물을 뚝뚝 흘리는 홍례를 보며 다른 도깨비들이 설명했다.

"예전에 어떤 도깨비가 요술로 죽은 이를 살리려다 영원히 요술을 쓰지 못하게 된 적이 있어. 그 도깨비는 죽어서 바위가 되지도 못했지."

"도깨비 요술은, 바위가 된 죽은 도깨비 몸을 깎아 방망이를 만들고 그 방망이에 서린 도깨비 영혼으로 부릴 수 있는 거야. 죽음이 있기에 가능한 거라고."

그렇게 말하면서도 도깨비들 모두 우울한 얼굴로 그 자리를 벗어나지 못하고 서성댔다. 늘 유쾌한 도깨비들이 우울해지자 도깨비집 전체의 분위기가 가라앉았다. 떠 있는 구름까지 축축 처지는 느낌이었다. 도깨비들은 그렇게 좋아하는 메밀묵도 찾지 않은 채 도사의 행방에 대해 계속 이야기를 나누었다.

그리고 그사이, 시건이 드디어 결단을 내렸다. 교서를 읽고는 그날 해가 다 질 때까지 별말이 없던 시건은 밤이 되고 나서야 그의 수하 선인들을 불렀다. 무사히 달이 떠 어둠을 비춘 도깨비집 마당 아래에서, 선인들이 모여 있었다.

"용수궁으로 갈 준비를 할까요?"

부름을 받아 온 귀호가 시건에게 물었다. 시건은 짧게 답했다.

"아니."

"예?"

시건의 수하 선인들이 놀라 눈을 크게 떴다. 슬쩍 와서 그 자리에 껴 있던 사예도 마찬가지였다. 시건은 너무나 담담하게, 그의 뜻을 전했다.

"용수궁으로 가지 않는다."

❈ ❈ ❈

시건은 그의 수하들과 용수궁으로 가지 않고, 남선으로 갈 셈이었다. 이유인즉 그곳에 있다는 하선이 가져간 아버지의 유품 때문이었다. 시건은 그 유품이 분명 누명의 진상과 연관이 있다고 생각하고 있었고, 용수궁에 가서 진상 규명을 하더라도 그 유품이 필요할 거라고 여겼다.

그리하여 우선은 시건과 그의 수하 선인들 몇을 추린 소규모 일행의 남선행이 결정되었다. 시건은 요선들과 나머지 선인들에게는 그대로 남아 도깨비들과 함께 동선을 함께 지키라고 명을 내렸다. 남선으로 가는 데 너무 많은 인원이 움직이면 기껏 천제가 마음을 돌렸는데 괜한 의심을 살 가능성이 있기 때문이었다. 그리하여 현록이 동선에 남아 대표로 선인들과 요선, 도깨비들을 지휘하게 되었다.

시건의 결정이 내려지자 그의 수하 선인들은 내일 날이 밝는 대로 동선을 떠나기로 했다. 그 사이에서 사예와 도깨비들의 선택이 남았다.

"뭐가 어떻게 되는 거야?"

"우린 여기서 도사를 기다리면 되는 거야?"

"도사님을 찾으러 가야 되는 거 아니에요?"

혼란스러워하는 도깨비들을 내버려 두고 사예는 그녀도 떠날 준비를 해야겠다고 생각했다. 별로 시건을 따라갈 생각인 건 아니었다. 다만 어머니 하선이 남선에 있다고 하고 시건도 남선으로 간다고 하니 가는 길이 겹칠 뿐이었다. 아무도 안 가는데 혼자 용수궁에 뭘 받으러 가기도 애매했다. 사예는 교서나 용수궁에 대한 문제는 남선에 있다는 어머니를 만난 후 하선의 의사에 따라 결정해야겠다고 생각했다.

천제에게 받은 교서는 후에 하선과 만난 후 용수궁에 가게 된다면 필요할 테니 잘 챙겨 두기로 했다. 교서를 방에 꼭꼭 숨겨 두고 나오던 와중에, 사예는 그녀에게 다가오는 시건을 발견했다. 선인들에게 명을 내리고 그녀를 찾아오는 모양이었다. 방에서 나와 마루를 걸어온 사예가 시건에게 물었다.

"준비 다 끝났소? 유신이라는 선인은 좀 괜찮소?"

기분이 좋지 않아 보이던데, 하고 덧붙이며 사예가 마루에 걸터앉았다. 시건은 고개를 끄덕이고는 그런 사예의 옆에 나란히 앉았다.

"양상의 일은 아직 확실하지 않으니 너무 마음 쓰지 말라 했다."

유신이나 도깨비가 하계로 가겠다고 우겼으나 시건은 허락하지 않았다. 그로서도 도사 양상이 그리 쉬이, 짧은 시간 내에 요선에게 당했다고는 생각할 수 없었다. 그러나 확실하지도 않은 일 때문에 지금 이 상황에 유신과 도깨비를 하계까지 보낼 수는 없었다. 이제 와서 하계 상황만 다시 어지럽히는 일이 될 터였다. 그것이야말로 도사 양상이 바라지 않는 일일 터였다. 도사 양상이 나타나지 않는다면, 필히 무언가 이유가 있을 터였다.

"도깨비들은 어찌할 셈이오?"

"천제의 교서 내용을 전달했다. 소기의 목적은 달성했으니 이 이상 도깨비들을 이 일에 끌어들이지 않는 게 낫겠다 싶어 동선에 남으라고 했다."

도깨비 힘이 유용하여 하계에서 일을 벌일 때부터 계속 그들의 힘을 빌렸지만, 양상의 일로 모든 도깨비가 울고불고 난리가 나니 시건도 영 마음이 편치 않았다. 그의 가문이 쓴 누명도 해결의 실마리가 보이니 이제 도깨비들에게도 그들의 평화를 돌려주어야겠다고 생각했다. 도깨비들이 하계에 다시 내려가는 것은 좀 곤란했지만, 천제가 그들의 동선 거주를 허락했으니 하늘 위에서라도 저들이 원하는 대로 씨름하고 사는 데는 무리가 없을 터였다.

시건의 말을 들은 사예는 아무래도 마음에 걸려 물었다.

"헌데 그대들은 이리 떠나도 괜찮겠소? 천제가 용수궁으로 안 왔다고 마음이 변해 해코지라도 하면 어찌하오? 도깨비들을 다시 선계에서 내쫓겠다고 한다던가."

사실 사예는 그 점이 좀 걱정됐다. 시건이나 그녀가 부름에 응하지 않은 일로 천제가 마음이 상해 갑자기 동선을 공격이라도 하면 정말 곤란해질 터였다. 그러나 시건은 그런 걱정은 추호도 하지 않는 태연한 얼굴로 답했다.

"그럴 일은 없을 것이다."

"어찌 확신하오?"

사예가 도끼눈을 뜨고 물었다. 시건의 단언 때문에 그녀는 명계에서 돌아올 때 혜강을 그대로 보내도 될 거라고 확신했던 그의 모습을 떠올렸다. 갑자기 이것저것 캐묻고 싶은 마음이 마구 피어났다. 시건은 답을 피하고는 사예의 시선도 피했다. 사예는 그런 시건에게 본격적으로 캐묻기 시작했다.

"대체 어찌 그리 확신하오? 천제가 진상 조사 좀 하겠다고 하니 그새 마음이 풀리기라도 한 거요? 그쪽 신수도 풀어 주지 않고 협박했던 일을 잊었소?"

"허나 무진이 마음을 돌린 것을 보아하면 무언가 큰 결단을 내린 모양이니, 그리 금세 다시 번복하지는 않을 것이다."

"그거야 그쪽이 교서에 따라 용수궁으로 갔을 때의 이야기지. 저번에도 그 백호위 선군의 일도 확신에 가득 차 있던데, 대체 뭐요? 심지어 그 여선과는 알던 사이도 아니라고 하지 않았소?"

"그렇다."

"근데 어찌 그리 확신하냐고. 아는 사이도 아니었으면, 그럼 잠깐 새에 그 여선을 그리 믿게 된 이유라도 있을 거 아니오? 잘 알지도 못하는 여선을."

사예가 계속 말꼬리를 물고 늘어지자 시건이 그녀의 얼굴을 쳐다봤다.

"그게 중요한가?"

"……뭐?"

"내가 그 선군을 믿고 안 믿고가 중요한가? 왜 신경을 쓰지?"

사예는 놀라 입을 다물었다. 그녀는 당황했다. 신경 따위 별로 쓰지 않았는데 시건이 마치 그녀가 집착이라도 하는 것처럼 말해서 기분이 확 상했다. 그녀가 인상을 확 찌푸리고 뭐라고 하기도 전에 시건이 물었다.

"내게 흑심이 있나?"

그 질문이 사예의 입이고 목구멍이고 아무 소리도 새어 나오지 못하게 틀어막았다. 순간 지난날 저 질문을 한 후에 겪어야 했던 민망

함과 부끄러움이 떠올랐다. 그녀는 그때 시건이 그랬던 것 이상으로 단호하게 외쳤다.

"아니!"

사예는 흥분해서 답을 하고는 혼자 씩씩거렸다. 당장 그녀는 흑심도 없고 혜강을 신경 쓴 것도 아니라고 변명하려고 준비하고 있었다. 그러나 시건이 이번에도 사예보다 조금 빨랐다.

"그럼 내게 연심이 있나."

준비한 말이 쏙 들어갔다. 사예는 시건과 시선을 마주한 채로 눈만 깜빡거리다가, 슬그머니 시건의 시선을 피했다. 전에 그가 조금의 망설임도 없이 내뱉었던 부정의 의미를 내심 알 것 같았다. 사예는 입술을 깨물며 고민했다. 대답이 막 나오려다가 자꾸만 입술 끝에 걸렸다. 그녀가 망설이는 동안 시건은 계속 사예의 얼굴에 시선을 둔 채로 답을 기다리고 있었다. 그러나 아무리 생각해도, 사예는 그녀 입으로 먼저 연심을 운운할 수는 없었다. 그리하여 한참을 망설이다가 결국 나온 대답은 부정이었다.

"……아니."

덕분에 아까보다 더 민망하고 곤란해졌다. 손가락만 모은 채로 꼼지락대고 있는데 시건의 목소리가 아주 가까이에서 들렸다.

"유감이군."

시건의 손이 다가와 사예의 양 뺨을 감쌌다. 뺨을 감싼 손이 조심스럽게 고개를 움직였다. 사예는 버티지 않고 그의 손이 이끄는 대로 고개를 돌렸다. 제대로 눈을 마주할 틈도 없이, 시건의 얼굴이 코앞까지 다가와 있었다. 다가온 얼굴이 옆으로 기울어졌다.

"이번엔 나와 생각이 달라서."

그 말의 의미를 이해하기도 전에, 입술 위에 차가운 감촉이 닿았다. 사예는 눈을 감았다. 온몸이 움츠러들었다. 놀라 벌어진 입술 사이를 낯선 질감이 파고들었다. 그대로 숨이 먹혔다. 사예는 저도 모르게 손을 들어 시건의 어깨를 짚었다. 사예의 얼굴을 잡고 있던 시건의 손 하나가 내려가 사예의 몸을 바싹 끌어당겨 안았다. 남은 손은 뒤로 넘어가 그녀의 머리를 더 가까이 끌어당겼다.

사예는 눈을 꽉 감은 채로 시건을 잡은 손에 힘을 줬다. 입 안을 휘젓는 움직임이 어쩔 줄 몰라 움찔대기만 하던 혀와 함께 망설이는 마음을 낚아챘다. 휘어잡고 감질나게 뒤흔들었다. 닿은 감촉과 입 안의 움직임이 이상하고, 묘했다. 파고든 움직임이 입천장을 긁을 때 제 뱃속을 긁는 듯 저릿했다. 저도 모르게 오므린 다리에 힘이 들어갔다. 오가는 숨과, 흘려 넣는 신음이 혀와 함께 계속 그녀를 자극했다. 이미 충분히 가까운데도 더 가까워지고 싶었다. 부드럽거나 포근한 것도 아닌데 그 품 안에 그대로 잠기고 싶었다. 바로 마주한 채로 빨리 뛰는 심장은 도무지 익숙해질 수가 없었다. 그 언젠가 흑뢰가 어둠 사이로 거침없이 내려찍은 말발굽처럼, 보이지 않음에도 그 펄떡임이 느껴지게 내달리고 있었다.

입맞춤이 이어지는 사이, 차오른 숨에 제 입 밖으로 달뜬 음성이 새어 나오는 것도 몰랐다. 그 덕에 입 안을 훑던 움직임은 빨라지고 넘어오는 숨도 거칠어졌다. 시건은 입 안을 모조리 헤집고도 모자란 듯 계속 파고들었다. 사예는 숨이 차올라서 그만 벗어나려고 했다. 그러나 시건은 사예를 놔주지 않았다. 사예가 몸을 뒤로 빼자 그대로 따라왔다. 세게 안고 있던 손은 어느새 옷고름을 풀고 저고리를 파헤치고 있었다. 그 순간 사예는 번쩍 눈을 떴다. 그러나 보이는 건 눈 감은 시건의 얼굴뿐이었다. 방향을 틀며 입이 겨우 틈이 생긴 사이 사예가 얼른 말했다.

"잠, 잠깐……."

물러나는 사예를 붙잡던 시건이, 아예 그녀를 덮쳐눌렀다.

"으악!"

사예는 뒤로 넘어갔다. 딱딱한 대청마루에 부딪친 등이 아팠다. 일어날 새도 없이 시건이 몸 위를 덮치고 다시 입을 맞췄다. 그녀는 얼른 두 손으로 시건을 밀려고 했다. 그러나 지금 사예를 위에서 짓누르는 것은 시건이 아니라 넘친 욕망에 함락된 사내였다. 그는 사예의 위에서 쉼 없이 그녀의 입술을 노리고 달려들었다.

입 안을 훑는 혀의 움직임을 따라 터져 버린 욕망이 묻어났다. 넘친 욕망이 시건의 눈을 가리고 귀를 막고 숨쉴 틈 없이 사예에게 밀려들었다. 저고리 앞섶 사이로 파고들어 치마와 가슴가리개로 눌러 묶은 살을 만지는 손에 아플 정도로 힘이 들어갔다. 여유도 없고 배려도 없었다. 그 탓에 저절로 나온 신음도 시건의 입에 막혀 제대로 나오지 않았다. 입술에 집착하듯 머물던 시건의 입술이 잠깐 떨어진 사이 사예가 얼른 말했다.

"아니……."

그러나 떨어졌던 입술이 이번엔 목을 타고 내려가자 제대로 말을 할 수가 없었다. 온통 탐이 나 어찌할 바를 모르는 것처럼 입술이 목 이곳저곳을 배회했다. 목에 그의 급한 호흡이 느껴질 때마다 사예는 어깨를 움츠렸다. 그리고 아래에 낯선 감각이 닿았다.

"헉."

사예는 놀라 시선을 내렸다. 속치마를 들추고 들어간 손이 다리를 누르고 정신없이 만지기 시작하자 이제 진짜 경각심이 들었다. 얇은 속바지는 시건이 그녀의 다리를 느끼는 데 어떠한 방해도 되지 않았다. 반대로 그녀가 그의 손길을 느끼기에도 마찬가지였다. 사예는 얼른 정신을 차렸다. 지금 여기, 이대로는 아니었다. 지금 그녀가 누워 있는 곳은 사방이 훤히 뚫린 대청마루였다. 누가 보기라도 하면, 상상만 해도 끔찍했다. 당장 멈춰야 했다. 사예는 오직 그 일념 하나로 치마 속으로 들어간 시건의 손을 있는 힘껏 잡고 소리쳤다.

"멈추시오! 멈추라니까! 안 멈추면, 안 멈추면!"

그러나 역부족이었다. 천하장사는 따로 있었는지 사예가 있는 힘껏 잡아도 시건의 손을 도무지 멈출 수 없었다. 이제 다른 손이 치마를 묶은 치마끈을 풀기 시작했다. 말 그대로 정신없이, 시건은 사예의 옷을 벗기고 있었다. 그녀의 말은 들리지도 않는 모양이었다. 치마끈이 다 풀리고 마루 위에 푸른 치마가 펼쳐졌다. 속치마가 훤히 드러나자 사예의 얼굴이 하얗게 질렸다. 버둥거리던 사예는 시건의 손이 속치마끈을 잡는 순간, 저도 모르게 손을 휘둘렀다.

"야!"

짜악!

살이 살에 맞는 차진 소리가 울려 퍼졌다. 시건의 움직임이 멈췄다.

"헉……."

사예는 들어 올린 자신의 손을 한 번, 그 손에 맞은 시건의 뺨을 한 번 쳐다봤다. 손바닥이 따끔따끔하고 손이 부들부들 떨렸다. 고개가 획 돌아갈 정도로 세게 맞은 시건이, 느리게 사예에게로 다시 고개를 돌렸다. 그제야 시건과 다시 시선이 마주쳤다. 사예는 침만 꼴깍꼴깍 삼키며 굳어 있었다. 마주하는 눈이 어두워 잘 보이지 않는 게 다행이라면 다행이었다. 사예와 눈을 맞추고 있던 시건의 시선이 아래로 향했다. 정확히는, 그의 손길 아래에서 엉망이 된 사예의 옷차림새를 봤다.

"……."

"……."

어색한 침묵이 흘렀다. 두 사람 다 가빠진 숨만 급히 내쉬었다. 사예는 이러지도 저러지도 못하고 있었다. 사예는 괜히 그녀가 진땀이

나는 것을 느꼈다. 심지어 이제는 숨소리가 안정된 탓에 들리지 않던 심장 소리가 제대로 들리고 있었다. 심장이 뛰는 게 가슴 안쪽에서 밖으로 터져 나올 듯 거셌다. 이 심장이라는 놈은 눈치를 하계 암굴에 묻어 두고 온 것이 분명했다. 지금이 저가 신나게 날뛸 상황이 아닌데 도통 분간을 하지 못했다. 펄떡펄떡 심장 소리 덕에 둘 사이에는 더 어색한 분위기가 흘렀다. 겨우 진정이 된 시건이 가라앉은 목소리로 말했다.

"미안."

사예는 어떤 대답도 할 수 없었다. 시건의 따귀를 날린 손만 든 채로 이러지도 저러지도 못하고 있었다. 엉망이 된 사예의 옷차림을 빤히 바라보고 있던 시건이 사예의 위를 덮쳐누르고 있던 몸을 일으켰다. 사예는 순간 살았다, 하고 생각했다. 시건이 그런 사예의 어깨를 잡고 그녀도 일으켰다.

결국 다시금 마루 위에 나란히 앉은 상태로, 시건은 자신이 풀어헤친 사예의 옷을 정리했다. 들췄던 속치마를 제대로 내려 주고, 노리개를 다시 매 줬다. 치마끈도 다시 묶은 후 속적삼 앞섶을 제대로 여미고 저고리 고름을 묶어 줬다. 고름을 반듯하게 내려 주고, 구겨진 옷을 조심스럽게 쓰다듬었다. 아까까지 무뢰배처럼 거칠었던 손길은 찾아볼 수 없었다. 아끼는 도자기 인형에 혹여 금이라도 갈까 저어하듯 섬세하고 조심스러웠다. 그러는 동안 사예는 차마 시건을 쳐다보지 못하고 움찔거리며 앉아 있었다.

시건은 사예의 옷차림새를 한참 만져 준 후에, 자신의 뺨을 인정사정없이 친 사예의 손을 잡아 올렸다. 그에게 잡힌 손의 손바닥은 아직 뜨거웠다. 아마 시건 본인의 얼굴도 마찬가지일 터였다. 그러나 시건은 자신의 맞은 얼굴 한쪽은 신경도 쓰지 않으면서 오로지 사예의 손바닥만 만지작거렸다. 손을 잡고 손가락으로 사예의 손바닥을 쓸다가, 그대로 입가로 가져가서 손바닥을 호 불어 줬다.

"됐소……."

사예는 죄책감에 마음이 콕콕 찔려서 시건이 잡고 있는 손을 빼 버렸다. 따귀 친 사람의 손을 따귀 맞은 사람이 걱정해 주다니 우스운 일이었다. 손을 내린 사예는 다시금 제 손으로 옷차림새를 가다듬었다. 시선을 내리깔고 옷자락만 만지작거리는 사예를 보며 시건이 말했다.

"그대는 용수궁으로 가라."

사예는 놀라서 시건을 쳐다봤다. 언제나 그랬듯, 시건은 농을 하는 표정이 아니었다. 왜라고 질문하는 것조차 잊었다. 용수궁으로 가 버리라니. 머릿속으로 하지 못한 질문에 대한 답만 지레짐작했다. 마음에 걸리는 것은 아직도 아픈 손바닥과, 그에 맞은 시건의 뺨이었다. 사예는 그녀가 찾은 답을 제멋대로 기정사실화했고, 시건이 화가 날 만도 하다고 생각하면서도 이 상황을 받아들일 수 없었다. 아까까지 시건이 거칠게 탐해 부었는지 입술이 새삼 아프게 느껴졌다. 애초에 지나치게 앞서 나간 것은 시건 본인 아니던가. 입만 맞추고 끝냈다면 그녀도 그렇게까지 하진 않았을 터였다. 사예는 억울한 마음이 들었다. 때리든 무엇을 하든 다 괜찮다고 한 지가 언젠데.

"따, 따귀 한 번 때린 건데, 그거 가지고 나를……."

벌써 헌신짝 내버리듯 하냐고 물으려는데 시건이 말을 잘랐다.

"궁으로 가서 잃은 것을 되찾아. 자리도 되찾고, 선단도 취해라."

사예는 시건의 말을 이해할 수가 없었다. 그저 그녀의 생각이 틀렸다는 것만 알았다. 그러나 달라지는 것은 없었다. 어쨌든 시건은 지금 본인은 용수궁에 가지 않겠다 단언한 주제에 그녀에게는 용수궁으로 가 버리라고 하고 있었다. 왈칵 성이 났다.

'왜 항상 날 다른 데로 보내려고 안달이야?'

이해할 수 없어서 서러움이 폭발해 따지듯 목소리를 높였다.

"무슨 소리요? 그대는 남선에 간다고 하지 않았소? 그럼 그쪽도 용수궁에 가서 누명부터 벗든가! 그리고 우리 어머니가 남선에 계신데, 그럼 어머니는……."

"그 요선에 대해 무진이 명확히 공표하지 않은 것이 마음에 걸린다. 무언가 그 요선에 대해 쉽사리 밝힐 수 없는 중한 사정이 있는 거겠지. 그 요선이 어찌 된 건지 명확히 알 수가 없고, 그리 오랜 시간 집요하게 추적한 걸 떠올리면 쉬이 포기할 리가 없다. 이 상황에 그대가 지금 나와 남선에 함께 가는 것은 위험하다. 무진이 내린 명도 있으니 그 요선이 지금 다시 용수궁에 숨어들지는 못할 것이다. 그러니……."

"아니, 위험하면 나만 위험하오? 우리 어머니도 위험하고, 도깨비도 위험하고, 그쪽도……."

위험하지. 사예는 그리 말하며 시선을 피했다. 양상이 죽었다고 말하던 유신의 모습이 떠올랐다. 당연히 멀쩡히 돌아와 그 얄궂은 웃음과 함께 농이나 건네리라 생각했던 도사가 사라졌다. 그녀는 양상이 죽었다는 말을 믿을 수 없었지만, 선인들의 분위기가 좋지 않고 도깨비들이 그렁그렁 눈물 흘리는 걸 보며 불안함을 느꼈다. 그리고 이제 그녀는 요선에 의해 다친 양상의 모습 위로 시건의 모습을 상상했다. 상상도 할 수 없는 일이라고 생각하면서도 머리는 그 모습을 착실하게 그려 냈다. 사예는 고개를 푹 숙였다. 손을 뻗은 시건이 사예의 턱을 받쳐 고개를 들게 했다. 그는 피하려는 사예의 시선을 그렇게 계속 마주하며 물었다.

"내가 걱정이 되나?"

또 이 질문이었다. 사예는 답답하고 화가 나는데 저도 모르게 웃음이 나왔다. 그녀는 웃는 것 같기도 하고 우는 것 같기도 한 애매한 얼굴로 마지못해 말하는 척, 읊조렸다.

"……조금쯤은."

그 대답에 시건은 손을 옮겨 이번에는 사예의 뺨을 쓰다듬었다. 피하려고 해도 피할 수 없이 그만을 바라보도록 얼굴을 그의 손으로 감쌌다.

"나는 그대 걱정이 아주 많이 된다. 그대가 고되고 위험한 일을 하길 바라지 않아. 그러니, 용수궁에 가서 안전하게 기다려라."

다시금 가까워진 거리에서, 시건이 나지막하게 속삭였다. 속삭임은 귀보다 입술에 간지럽게 닿았다.

"그대가 내게 돌아왔던 때처럼, 이번엔 내가 그대에게 갈 테니."

눈을 감은 시건이 다시금 사예에게 입을 맞췄다. 흥분하여 거칠게 헤집을 때와 달리, 입술만 맞춘 채로 그대로 있었다. 사예도 눈을 감았다. 잠시 그대로 입술만 맞추고 있던 시건의 입술이 벌어졌다. 그 움직임이 입술 위에서 고스란히 느껴져, 사예는 긴장했다. 정신 놓고 그녀를 덮치던 그의 모습이 떠오른 것은 당연했다.

시건은 바로 마주 보고 있던 고개를 기울이고, 그대로 다시 한 번 사예의 입술을 열 듯 그 위에서 헤맸다. 그러나, 잠시간 헤매다가 그대로 떨어졌다. 입술이 떨어지자 사예는 왠지 모르게 아쉬운 마음으로 눈을 떴다. 순간 괜찮다고 말하려다가, 그랬다가 또 아까처럼 곤욕스러운 일이 생길까 걱정되어 조용히 있었다.

입술을 떼고 나서도 시건은 사예를 놔주지 않고 가까이에서 빤히 응시했다. 사예는 몸을 슬쩍 뒤로 뺐다. 시건이 자신의 입술을 쳐다보는 것 같아 괜히 손을 들어 손등으로 입술을 쓰는 척 가렸다. 입술이 부은 것처럼 계속 땅겼다. 시건 때문에 부은 입술임에도 불구하고 기이하게 그의 입술이 닿아 있을 때는 그것조차 느낄 수 없었다. 사예는 입술을 만지작거리다가, 시건이 계속 쳐다보기만 하자 불편해져서 대충 말을 꺼냈다.

"그럼, 내가 용수궁에 가서 천제 폐하께 다 이야기해 주겠소. 지금 그대의 사정이랑, 하계에서 어떤 오해가 있었고, 왜 용수궁이 아닌 남선으로 갔는지……."

"그래. 고맙다."

"그러니까, 우리 어머니를 꼭 모셔 와야 하오."

"그래."

"무사히 꼭."

"그래."

사예는 아래만 쳐다보고 있다가, 그쪽도, 하고 덧붙이고는 자리에서 벌떡 일어났다. 그러곤 신을 벗고 마루를 가로질러 달려가 버렸다. 마루 위에서 발걸음 소리가 울리다가, 곧 쾅 하고 문 닫는 소리가 울렸다.

사예가 떠난 자리에 홀로 남은 선인은, 그의 여선이 밟고 지나간 자리를 그대로 따라가지 않기 위해 안간힘을 써야 했다. 시건은 사예가 들어가 버린 밀폐된 공간으로 향하는 시선을 스스로 바로잡았다. 사예와 입 맞추기도 전부터 밀집하여 계속 고개를 드는 욕망을 억눌렀다. 이 이상은 안 된다고 되뇌며 자리에서 일어섰다.

아주 잠깐, 헤어지기 전에 입이라도 맞출 요량으로 다가갔다가 저도 모르게 이성을 잃었다. 맞은 뺨이 제법 아파서 다행이었다. 시건은 따귀를 날리고 놀라서 굳어 있던 사예를 떠올렸다. 놀란 사예를 내려다보는 와중에도 스스로의 욕망을 포기할 수가 없어 고민한 게 미안했다. 급하게 오르내리며 숨쉬던 앞가슴이 어찌나 생생하게 그를 자극하던지. 그래도 그는 그의 뺨이 아팠던 만큼 사예의 손도 아팠으리라는 사실을 알았고, 자신 때문에 아팠을 사예의 손을 생각하며 흥분했던 마음을 가라앉혔다.

만약 그리 따귀를 맞지 않았다면 그는 이 밤, 닿은 입술이 주는 감각에 취해 스스로를 내던졌을 터였다. 부드럽고, 뜨거웠다. 인내는 썼고 열매는 달았으나 그 도가 지나쳤다. 그의 혀를 녹이고 이성을 마비시켰다. 지금 이곳이 어디인지 어떤 상황인지 그따위 것은 모두 잊은 채로, 시건은 진정으로 그의 온몸을 사예에게 모조리 바치고 싶었다. 그의 온 애정을 불살라 그녀에게 열락을 느끼게 해 주고 싶었다.

'그럼 안 되나.'

순간적으로 마음속에서 다시금 욕망에 취한 짐승이 고개를 들었다. 이 밤을 함께 보내면 안 되는 이유라도 있나. 어차피 안을 건데. 그것이 언제가 되더라도, 어차피 그는 성심을 다해 그녀를 품을 텐데.

"……."

마루를 돌아보며 저도 모르게 그 위로 올라서려던 시건은, 가까스로 마음을 다잡았다. 그 모든 생각이 변명에 불과했다. 아까 그는 사예에게 이성을 잃고 덤벼들었을 뿐이었다. 만일 사예가 뺨이라도 때리지 않았다면 단순히 그녀의 손바닥이 얼얼한 정도로는 끝나지 않았을지도 몰랐다. 시건은 사예의 손바닥이 다시금 떠올라 반성을 하며 몸을 돌렸다. 순진한 그의 여선은 뒤도 돌아보지 않고 방으로 돌아가 버렸고, 시건은 그게 다행인지 불행인지 모르겠다고 생각했다. 한 번이라도 뒤를 돌아봤다면 그는 지금쯤 이 자리가 아니라 그녀의 방에 있었을 터였다.

마루를 등지고 걸어가며 시건은 저도 모르게 아까 닿았던 입술을 혀로 핥았다. 입술에 그를 미치게 한 온기가 아직도 남아 있었다. 손에 맞은 뺨보다, 채 해소되지 못한 욕망보다 닿았던 입술이 더 뜨거웠다.

❋ ❋ ❋

밤새 베개를 품에 안은 채로 이불 위를 구르다 동이 터 버렸다. 사예는 어제 시건과 말한 대로 용수궁으로 가기 위하여 준비를 해야 했다. 그녀는 제일 먼저 일어나 그녀의 입술을 살폈다. 곧 도깨비들이나 선인들, 혹은 시건을 마주하게 될 텐데 혹 그녀의 입술이 빨갛거나 부어 있으면 어쩌나 걱정했다. 자꾸만 신경이 쓰여서 사예는 오행궁의 수기를 모아 조그맣게 구름을 만들었다. 제법 찬 기운으로 이루어진 구름을 입술 위에 모아 놓고, 부적을 쓸 준비를 했다. 시건이 남선으로 가서 수월히 하선을 찾을 수 있도록 피를 내어 추적부를 써 주기 위해서였다. 하선의 신수 자운영은 모든 흔적을 감출 수 있었고, 덕분에 신수의 힘으로 자취를 감춘 동안에는 추적부가 있어 봐야 무용지물이지만 그래도 혹여 도움이 될까 싶어서였다.

추적부를 완성한 사예는 방 안에서 부적에 쓴 하선의 이름을 연신 만지작거렸다. 지금이라도 그냥 어머니를 뵈러 간다고 할까 고민을 하다가, 또 하선이 그녀가 찾아올 때까지 얌전히 기다리라고 말했던 게 생각나서 안 되지 싶었다. 부적에 쓴 하선의 이름을 빤히 쳐다보는데, 방문을 열고 도깨비 덕향이 들어왔다.

"여선님. 이것 좀 드…… 입술에 그게 뭐예요?"

"으므긋드."

"예?"

사예는 손을 휘휘 저어 입을 가린 구름을 없애 버렸다. 저절로 부끄러워져서 빽 소리쳤다.

"아무것도 아니라고요!"

덕향과 도깨비 둘은 영문을 몰라 고개만 갸웃거리다가 방으로 들어왔다. 그들은 사예의 앞에 소반을 내려놨다. 소반 위의 그릇에는 사예에게 줄 메밀전병이 가득 담겨 있었다. 사예는 도깨비들의 눈치를 봤다. 다행히 도깨비들은 그녀의 입술에 관심이 없었다. 사예는 헛기침을 하고는 말했다.

"웬 전병입니까?"

"여선님이 묵을 지겨워하는 것 같아서요. 그래서 다른 걸 준비했어요."

도깨비는 사예가 메밀묵을 왜 지겨워하는지 전혀 이해하지 못한 얼굴로 말했다. 덕향의 말대로 사예는 도깨비들이 하루 세끼에 반드시 포함시키는 메밀묵이 지겨웠던 참이었다. 어쨌든 고마운 배려였던 터라 사예는 웃으면서 잘 먹겠다고 인사했다. 도깨비가 큰 손으로 만들어 메밀전병이 너무 큰 탓에 사예가 젓가락을 세워 전병을 찢고 있는데, 옆에서 덕향이 말했다.

"여선님 가는 길에 혹 위험할지도 모르니 용수궁으로 갈 때 저희도 가기로 했어요."

"저와 말입니까?"

"예."

전에 용수궁에 갈 때 치렀던 고난을 기억하고 있는지라 사예는 내심 잘됐다고 생각하고는 알았다고 대답했다. 그 요선이 아무리 날고기는 재주를 부린다고 한들 도깨비 요술로 단숨에 해결할 수 있을 터였다. 도깨비들과 함께 메밀전병을 다 먹은 사예는 자리에서 일어나 옷차림새를 가다듬고 천제의 교서를 챙기며 용수궁으로 갈 준비를 했다. 그녀가 준비를 할 동안 도깨비들이 뒷정리를 하고, 위험하지 않도록 그들의 갑옷을 입고 왔다. 준비를 다 마친 넷은 같이 뜰로 걸어 나왔다.

뜰로 걸어 나오던 사예는 이미 밖에 나와 있던 시건과 선인들을 발견했다. 사예는 반사적으로 시건이 안 보이는 반대쪽으로 고개를 돌렸다. 덕분에 담장 한쪽에 모여 있는 많은 도깨비를 발견했다. 그들은 모여 앉아 메밀묵을 먹고 있었다. 그 옆에서 기다리고 있던 파적과 그의 아우들, 몇몇 도깨비들이 일어났다.

시건과 선인들은 그런 도깨비들을 쳐다보고 있었다. 그중에서도 시건은 파적을 빤히 쳐다봤다. 파적은 담장에 기대 놓았던 도깨비방망이를 손에 들며 말했다.

"이제 나왔냐? 그럼 빨리 가자!"

"뭐 하는 거지?"

파적은 당연하다는 듯 오히려 그가 되물었다.

"뭐가?"

"이제 도깨비들은 이 일에 나서지 않아도 된다고 했지 않나. 천제가 너희가 선계에 머무는 걸 허락했다. 너희 원하는 대로 하늘에서 씨름 대회를 열어도 상관없다. 하계로 돌아가는 것은 마음대로 할 수 있는 일이 아니지만. 어쨌든 너희가 우리와 함께 갈 필요는 없다."

파적은 어이없다는 듯 헛웃음을 흘렸다. 그는 버럭 소리쳤다.

"넌 네 일이 해결되어야 나와 씨름을 할 거라면서? 내가 바본 줄 알아? 네 일은 아직 해결이 다 안 된 거잖아!"

"그래서?"

"그러니까 난 너와 함께 가서 네 일을 빨리 끝내 버릴 거야! 그리고 너와 제대로 씨름을 할 거란 말이다! 그래야 씨름 대회도 열고!"

"맞아! 맞아!"

"그때까지 우린 기다리기로 했어!"

뒤에 모여서 메밀묵을 먹고 있던 도깨비들이 소리쳤다. 파적은 도깨비방망이를 어깨에 얹은 채로 말했다.

"그리고. 듣기를 도사를 죽인 그 요선이 사라졌다면서? 그걸 알면서도 여기에 가만히 있을 수는 없어. 나가서 꼭 그 요선을 잡아 혼쭐을 내 줄 거야!"

메밀묵을 먹고 있던 홍례가 소리쳤다.

"아니에요! 도사님이 죽었을 리가 없단 말이에요!"

"누가 도사가 죽었대! 말이 그렇다는 거지! 아무튼 그렇게 알아! 거기 선인 놈! 너만 그 요선을 잡아 그날의 분을 풀 셈이냐? 우리도 그날부로 그 요선한테 받아 낼 빚이 있단 말이다!"

파적은 절대 물러설 수 없다는 듯 그리 말했다. 파적과 함께 가려고 기다리고 있던 도깨비들은 그 요선이 그때 이간질을 하고 나쁜 말만 했다고 꼭 혼쭐을 내 줄 거라고 소리쳤다. 시건은 그의 뒤에 서 있는 선인 중 유신을 쳐다봤다. 양상의 일로 계속 마음이 좋지 않았던 유신은 조금쯤 감동을 받았다. 지금 기다리는 도깨비들은 그와 함께 남선으로 갔던 도깨비들이었다. 파적의 말은 전혀 따뜻하지 않은 말이었지만, 홀로 책임을 느끼고 있던 유신에게 그날의 잘못이 오로지 그의 실책만은 아니라고 위로해 주는 것 같았다. 유신은 사내대장부가 되어서는 볼썽사납게 감격의 눈물을 흘리느니 차라리 뻔뻔해지기로 했다.

"분을 풀긴 누가 푼다고……. 누가 내 분을 풀기 위해 그 요선을 잡는다더냐? 난 도사님의 원한을 풀어 줄 거란 말이다! 너희의 좁은 속내와는 차원이 달라!"

"뭐라고!"

"우리도야! 우리도 도사의 원한을 갚아 주려고 하는 거야!"

도깨비들이 얼른 발끈해서 소리쳤다. 옆에서 피식 웃은 현록이 힘내라는 듯 유신의 어깨를 쳤다. 흥분해서 따라가겠다고 소리치는 도깨비들을 바라보던 시건은 결국 그들의 동행을 허락했다.

그리하여 파적과 몇몇 도깨비가 시건을 따라가기로 결정됐다. 대신 남은 도깨비들은 그대로 동선의 도깨비집에 머무르며 기다리기로 했다. 용수궁으로 가기로 한 사예가 전날 시건과 약속한 대로 천제에게 시건의 결정과 도깨비들의 거주에 대해 알릴 예정이었다.

교서를 두 손으로 잡은 채로 함께 갈 도깨비들과 기다리고 있던 사예는 다른 도깨비들과 선인들과 대화하고 있는 시건을 쳐다봤다. 그녀는 저도 모르게 어젯밤의 시건을 떠올리곤 얼굴을 붉혔다. 선인과 도깨비 사이에 서 있는 그는 언제나와 다름없이 차분해 보였다. 사예는 괜히 손을 들어 입술을 만졌다. 시선은 저절로 말을 하고 있는 시건의 입술로 향했다. 입술이 움직이는 모양새를 보니 저 입술이 어제 그녀와 닿아 있었다는 게 이상했다.

그때, 시건이 고개를 돌려 사예를 쳐다봤다. 사예는 바로 다른 방향으로 고개를 돌렸다. 그녀가 무슨 생각을 하며 쳐다보고 있었는지 시건에게 들키지 않았길 바랐다. 진땀이 줄줄 났다. 부적이고 뭐고 그냥 주지 말고 가 버릴까 생각하는 동시에, 시건이 지금 어떤 얼굴로 그녀를 보고 있을지도 궁금했다. 그러나 고개를 꺾은 채로 눈을 힐끔거려 시건 쪽을 쳐다봤다. 시건이 아까보다 커졌다.

"헉?"

커진 게 아니라 가까워진 거였다. 시건은 그 즉시 몸을 돌려 사예에게로 다가오고 있었다. 그걸 깨달은 사예는 시건의 뒤에 서 있는 선인들의 눈치를 봤다. 갑작스러운 상관의 행동에 선인들의 놀란 눈이 그녀에게 꽂혀 있었다. 문득 사예는 시건이 이리 다들 보는 데서 또 무언가 낯 뜨거운 언사를 건넬까 봐 걱정이 됐다. 어젯밤 거칠게 그녀를 탐하던 그의 모습도 떠올랐다.

'설마. 설마.'

설마가 사람 잡는다고 시건은 거침없이 사예에게로 다가왔다. 사예가 고개를 절레절레 저었다. 그러나 시건은 계속 사예에게 걸어왔다. 멈추지 않고 계속 다가왔다. 이대로는 부딪칠 것 같았다.

"잠깐, 멈……."

놀라 주춤한 사예를 시건은 다가와서 그대로 와락 품에 안았다. 안긴 채로 사예는 굳어 버렸다. 그녀는 완전히 얼어붙었다. 시건 때문에 가려져 보이진 않아도 갑자기 조용해진 주변과 느껴지는 분위기로 하여금 뒤에 있던 선인들과 도깨비들이 지금 이 상황을 어찌 보고 있을지가 눈에 선했다.

"이거 놓으시오."

사예가 목소리를 죽인 채로 속삭이자 시건이 말했다.

"가기 전에 그대 마음만은 내 곁에 두고 가라."

"……."

"내 마음은 그대와 함께 보낼 테니, 그 빈자리는 그대 마음으로 채울 수 있게."

"……그래."

사예는 이를 악물고 완전히 포기한 마음으로 대답했다. 뒤에서 덕향과 도깨비들이 어머, 어머 하고 부끄러워하는 소리가 들렸다. 지금 이 순간 차라리 다른 이들이 보이지 않아 다행이다 싶었다. 이리 빨개진 흉한 얼굴을 감출 수 있으니. 어차피 빨개진 얼굴 그냥 아예 안 보이게끔 완전히 시건의 가슴팍에 묻었다.

사예가 제발 빨리 끝내고 그만 가라, 하는 심정으로 얌전히 있는데, 시건이 드디어 그녀를 안고 있던 팔을 놓고 떨어졌다. 사예는 안도의 한숨을 내쉬는 한편 시건에게서 벗어나 다른 이들의 얼굴을 마주할 상황이 두려웠다. 그러나 다행인지 불행인지 바로 부끄러운 시선을 마주하게 되는 일은 없었다. 시건이 그대로 물러서지 않았기 때문이었다. 시건은 이번에는 손을 그대로 올려 사예의 양 뺨을 감싸고, 그대로 사예에게로 고개를 숙였다.

'아니, 잠깐만!'

사예는 기겁해서 얼굴을 마구 일그러트려 하지 마라는 의사를 전달했다. 그녀의 배려와 노력에도 불구하고 시건은 진짜로 눈이 멀었는지 눈치가 없는지 멈추지 않았다. 그리고 그대로 사예의 이마에 입을 맞췄다.

눈을 질끈 감았다 뜬 사예는 입술을 꽉 깨물고 고개를 푹 숙였다. 시건이 이리 보는 이가 많은 데에서 입이라도 맞추는 줄 알고 지레 겁먹었는데, 상상대로 됐어도 그 부끄러움을 감당하기 힘들었겠지만 그대로 되지 않았어도 부끄럽긴 매한가지였다.

시건이 잡고 있던 손을 놓고 물러났지만 사예는 차마 고개를 뻔뻔하게 들고 아무렇지 않은 척할 수가 없었다. 그녀는 나중에 시건을 가만 안 놔두겠다고 작심했다. 수하들 앞에서 시건의 체면 생각해서 차마 뿌리치진 못했지만 속에서는 열불이 나고 있었다. 그나마 다행으로 시건은 그 이상의 행동은 하지 않고 물러났다. 사예는 본인을 제외한 모든 이들을 충격과 당황에 몰아넣은 주제에 홀로 태연한 시건을 보며 이를 악물고 추적부를 건넸다.

"이거나 요긴하게 쓰시오……."

"고맙다."

시건은 사예가 내미는 부적을 두 손으로 소중히 받아 들었다. 그의 뒤에서 선인들은 도깨비 요술에 걸려 돌이라도 된 듯 움직이질 못했다. 그리고 마찬가지로 시건의 뒤쪽에 있던 도깨비들은 선인들과는 다른 의미로 놀라서 시건에게 엄하게 소리쳤다.

"저 처자랑 혼례 치렀어?"

"아니지, 머리를 안 올렸잖아!"

"혼례도 안 치렀는데 입술부터 부대끼면 어떡해?"

"맞아! 맞아! 남들 다 보는 데서 말이야!"

도깨비들은 생각보다 지고지순한 사고방식을 가지고 있었다. 도깨비들의 열띤 타박에 시선이 단숨에 시건에게로 향했다. 도깨비들의 말에 놀란 사예는 당장 입술이 아니었다고 말하고 싶었다. 그러나 도깨비가 그녀에게 물은 게 아니라 차마 대답하지 못하고 그저 입만 뻐끔거리고 있었다. 사예는 시건이 부정하기를 바라며 교서만 꽉 쥐었다. 그러나 그녀의 기대와 달리 시건은 이렇게 답했다.

"혼례를 치를 사이다."

사예는 더 이상 참지 못하고 버럭 소리쳤다.

"입술이 아니었다고 해야지!"

얼굴이 빨개져서 소리치니 모두가 이번엔 사예를 쳐다봤다. 조용해진 터라, 도깨비들 덕분에 그새 기운을 차린 유신이 옆에 있던 현록에게 속삭이는 소리가 모두에게 잘 들렸다.

"혼례를 치르기로 한 건 맞나 봅니다……."

"아……!"

반사적으로 아니라고 소리치려던 사예는 말을 멈췄다. 허공에서 시건과 눈이 마주쳤다. 시건은 늘 표정 변화가 거의 없는 주제에 지금은 우울해하는 표정으로 사예를 쳐다보고 있었다. 덕분에 사예가 이 말도 저 말도 못 하고 입만 벙긋거리는데, 덕향이 박수를 쳤다.

"아이고, 축하해요! 혼례는 도깨비식으로 성대하게 치르세요!"

다른 도깨비들이 같이 박수를 치며 덧붙였다.

"그래! 씨름도 하고 메밀묵도 놔."

"근데 입 아니면 어디다 뭘 한 거야?"

"그런 건 왜 물어봐, 음탕한 놈아!"

사예는 두 주먹을 꽉 쥐고 부들부들 떨었다. 그러나 시건은 도깨비의 질문에 착실히 대답했다.

"이마에."

도깨비들이 동시에 사예의 이마를 쳐다봤다. 사예는 도깨비들이 그녀를 보지 못하게 재빨리 홱 돌아섰다. 그녀는 이마를 두 손으로 가린 채로 소리쳤다.

"난 그만 가겠소!"

"어, 여선님!"

사예가 구름 위를 날아오르자, 덕향과 다른 도깨비들도 얼른 하늘 위로 날아올랐다. 덕향이 도깨비방망이를 휘둘렀다. 사예는 덕향이 부려 준 요술의 도움으로 빠르게 동선 하늘을 벗어났다. 뒤에 남은 선인들과 도깨비들이 어찌 남선에 가는지 볼 수도, 인사나 배웅을 제대로 할 여력도 없었다. 그저 당장 그 자리를 벗어나고 싶은 생각뿐이었다. 뒤에서 그녀를 따라온 도깨비 셋이 깔깔거리며 혼례가 어쩌고 이마가 어쩌고 이야기를 할수록 그 생각은 더 커졌다.

그래도 한참을 날아오고 나니 조금 후회가 됐다. 이대로 용수궁에 가면 한동안 못 볼 텐데 그에게 제대로 인사도 못 하고 나와 마음에 걸렸다. 그러나 이제 와서 속도를 늦추고 하늘을 뒤돌아봐도 보이는 것은 그녀와 함께 날아온 도깨비들과, 멀리 있는 구름 위의 도깨비집 뿐이었다. 시건과 선인들, 도깨비들은 도깨비 요술로 모습을 감추고 남선으로 은밀히 향할 터였다. 지금 그들이 하늘을 날고 있을지, 아니면 아직 동선에 있을지도 알 수 없었다.

사예가 잠시 멈춰서 동선의 도깨비집 쪽을 쳐다보고 있으니 덕향이 물었다.

"왜요, 여선님. 아무래도 신랑이 마음에 걸려요?"

"아무렴, 그렇겠지! 깔깔깔!"

"마음에 걸려서 도통 발을 떼지를 못하네, 이 일을 어째!"

"……아닙니다!"

사예는 빽 소리를 지르고는 다시 하늘을 날아갔다. 사예는 깔깔대며 놀리는 도깨비 셋에게서 도망치다시피 날아갔고, 도깨비들은 그런 사례를 연신 놀리며 계속 그 뒤를 따랐다. 사예는 다시 보면 진짜 시건을 가만 안 놔두겠다고 이를 갈았다.

도깨비 요술의 도움으로 그들은 한 걸음 내디딜 때마다 몇십 리를 훌쩍 날아갔다. 몇 걸음 날지 않아 동선을 벗어나고, 그대로 한참을 날아가니 용수궁의 기와가 보였다. 구름 주변으로 용마를 탄 선군이 날아다니고, 그 아래 구름 위에 선 거대한 궁궐이 있었다. 전에 서선에 가서 본 포호궁보다 거대하고, 감사부보다도 위용이 어마어마했다. 하늘 위에 선군들이 용마를 타고 줄을 지어 날고 있었다. 하늘을 나는 선군과 매끄럽게 빛나는 푸른 기와지붕을 발견한 사예가 용수궁과 거리를 두고 잠시 멈췄다. 그녀를 뒤따라온 도깨비들도 멈췄다. 덕향이 사예에게 물었다.

"저기가 하늘 임금님이 있는 궁인 모양이지요?"

"……그런 듯합니다."

사예는 가지고 있던 교서를 들어 바로 쥐었다. 결국 그녀는 천제의 교서를 가지고 천제의 궁에 오게 되었다. 다행히 주변으로는 어떤 살기도 느껴지지 않았고, 그녀를 쫓아오는 무영의 모습도 보이지 않았다. 보이는 것은 그저 하얗게 쌓인 구름과, 그 위의 궁.

'결국 이 궁에.'

그녀의 어머니가 가라고 했고, 그 속에서 누구도, 설령 천제조차 믿지 말라고 했던 곳에 드디어 도착했다. 지금 사예는 가문의 감춰진 진실을 알고 있었고, 심지어 천제는 가문의 권위를 되돌려 주겠노라 천명했다. 손안의 교서가 그걸 증명했다.

'긴장할 필요는 없어.'

시건이 남선에서 어머니 하선을 무사히 만나고, 부친의 유품을 되찾고 오면. 그간 꿈꿔 왔던 일이, 이제 코앞까지 다가와 있었다.

'어머니. 그리고…… 아버지.'

진정하려고 노력하는데 궁이 가까워질수록 반대로 점점 더 긴장만 차올랐다. 긴장 반, 걱정 반으로 날뛰는 심장 탓에 숨이 점점 가빠졌다. 모든 불안을 잊고 사예는 좋은 생각만 하려고 노력했다. 꿈으로 남겨 둔 채 기대하지 않았던 미래가 바로 한 걸음 앞에서 기다리고 있었다. 이제 하선과, 그녀의 삶은 확실히 그전과는 달라질 터였다. 이제 도망 다니지 않고 평범한 선인들처럼 살 수 있을 터였다. 하선과 다시 만나고, 함께 선단을 취해 오랜 세월, 평화롭게…….

"어서 가요, 여선님."

"예."

도깨비의 채근에 사예는 굳은 얼굴로 고개를 끄덕였다. 마침 하늘 위를 날다가 그녀들을 발견한 선군들이 용마를 타고 날아오고 있었다. 교서를 품에 꼭 안고, 그녀와 도깨비들은 선군이 있는 용수궁 쪽으로 날아갔다. 다가오는 선군에게 교서를 보이기도 전에, 숨어 있던 푸른 용이 모습을 드러냈다. 청하는 빛을 뚫고 나타나 푸른 하늘 사이를 푸르다 못해 눈이 아플 정도로 파란빛을 내며 날았다. 용을 확인한 선군들의 용마가 물러났다. 용수궁까지 펼쳐진 그녀의 앞길이 고스란히 열렸다. 시건이 말했던 대로, 그녀는 드디어, 조상과 가족이 천 년 동안 잃어버렸던 모든 것을 되찾으러 왔다.

❄ ❄ ❄

북선의 중심, 검안궁(黔安宮)의 하늘 위로 먹구름이 끼어 있었다. 현 북선의 제후인 화탁은 벌써 며칠째 그가 머무는 방 밖으로는 절대 나가지 않고 내내 그의 방 안에만 숨어 있었다. 그는 용수궁에서 천제가 내린 명을 들은 후로 도통 밖으로 나오지 못했다. 화탁은 발을 쳐 어둠에 묻힌 방 안을 서성거리며 그의 손에 쥔 편지를 구겼다. 그는 광인처럼 중얼거렸다.

"그놈이……. 그놈이 오면, 내, 내 자리를 뺏을 거야. 다 빼앗아 갈 거야."

화탁은 두려움에 벌벌 떨며 자신이 있는 방을 쳐다봤다. 검은 빛깔 기둥이 서 있는 거대한 이 방은 본래는 전 북선 제후였던 강왕이 썼던 방이었다. 화탁은 북선의 류가가 역모에 몰려 멸문당한 후 북선의 제후가 되었고 그 후 이 궁의 주인이 되었다. 제후 자리에 앉아 있어도 그에게는 항상 불안의 여지가 남아 있었다. 바로 류가의 후손인 류시건이 여전히 살아 있었기 때문이었다. 그래도 암굴에 갇혀 있으니 다시는 선계로 돌아올 일이 없을 거라고 안심했다. 그러나.

"그놈이 왔어……. 그놈이 왔다고!"

류시건은 암굴 밖으로 뛰쳐나온 것만으로는 모자라 하계에서 선계로 올라와, 이제는 천제에게 용수궁으로 오라는 부름까지 받았다. 그러니 화탁이 불안해할 수밖에 없었다. 화탁은 손안에서 구겨 버린 편지를 바닥에 던져 버렸다.

"끝났어! 이제 다 끝났어! 이제 난 다 빼앗길 거야! 모조리 잃게 될 거라고!"

화탁이 불안함에 몸을 떨며 손에 찬 오행궁을 만지작거렸다. 그것은 북선 제후 가문이었던 류가에 전해 내려왔던 오행궁이었다. 화탁이 방 안을 연신 서성거리는데, 그의 방문이 소리 없이 열렸다.

"서방님. 이제 그만 진정하시지요."

문을 열고 들어온 선녀는 화탁의 아내인 화영(花英)이었다. 그녀는 방 안으로 사뿐사뿐 걸어 들어와 그녀의 지아비를 붙들고 위로했다.

"너무 걱정하지 마시어요. 그는 이미 반역자이고, 설령 이제 와 진상조사를 한다고 해도 달라질 것은 아무것도 없답니다. 이제는 명실상부 서방님께서 이 북선의 제후이신 것을요."

화탁은 그의 팔을 붙잡은 아내를 뿌리쳤다.

"꺄악!"

화탁은 눈을 부릅뜨고 신경질적으로 소리쳤다.

"에잇! 저리 꺼져! 아무도 내 방에 들이지 마! 아무도!"

"……뭐라고?"

순간 웃고 있던 화영의 얼굴이 확 일그러졌다. 그녀는 날이 선 시선으로 화탁을 응시하다가, 손으로 환술의 수인을 맺었다. 그러자 펑소리와 함께 연기가 나고, 화탁의 모습은 어느새 검은 환술시의 모습으로 바뀌었다. 검은 환술시는 언제 팔을 휘둘렀냐는 듯 얌전히 두 팔을 내리고 서 있었다. 환술을 부린 화영 선녀, 아니 진실은 이제껏 용수궁에서 선녀 자희의 몸을 가로채고 있다가 얼마 전 그 몸을 버리고 도망친 요선 호괴가 이를 갈며 말했다.

"하는 것도 적당히 해야지 어딜 감히!"

호괴의 꾸지람에 환술시, 무영은 그저 조용히 서 있었다. 호괴는 헛웃음을 흘렸다. 안 그래도 불안함에 반쯤 미쳐 제정신이 아닌 선인 화탁을 다루기가 번거로워 처리하고 대신 환술시로 그 자리를 채워 넣더니, 이젠 환술시에게 별 해괴한 꼴을 다 당한다 싶었다. 콧방귀를 뀐 호괴는 품에서 주머니 하나를 꺼냈다. 그러곤 그 안에서 머리카락을 꺼내곤 손으로 수인을 맺었다. 머리카락이 날아가 무영의 모습을 감쌌다. 무영은 다시 선인 화탁이 되었다.

"건방지게 굴지 말고 얌전히 누워 있어라."

호괴가 손짓을 대충 하자 무영이 둔갑한 화탁은 얌전히 보료 위에 가서 누웠다. 머리를 싸매고 누운 화탁을 만족한 얼굴로 쳐다본 호괴는 진즉 그럴 것이지, 하고 말하며 주머니를 품속에 집어넣었다. 호괴는 우아한 걸음걸이로 걸어가 둔갑한 화탁이 아까 집어 던졌던 편지를 주워 들었다. 편지를 들고 그녀는 누운 화탁의 보료 앞에 방석을 깔고 앉았다. 호괴는 구겨진 편지를 잘 펴고, 그 안의 내용을 읽었다. 내용을 다 읽은 그녀는 표정을 일그러트리며 웃었다.

"하! 선군을 보내 나를 잡겠다고?"

호괴는 손에 들린 편지를 좍좍 찢었다. 남선에서 있었던 일을 떠올리며 손안에 힘을 줬다. 편지는 완전히 갈기갈기 찢어져 바닥에 떨어졌다. 찢어진 편지만으로는 분이 안 풀렸다. 중간에 성가시게 방해만 받지 않았더라면 백암의 사초를 그녀의 손에 넣을 수 있었을 터였다. 그러나 그리하지 못했고, 시간만 낭비했다. 지금도 그녀를 방해한 여선을 생각하면 속이 뒤틀리고 열불이 뻗쳤다.

'그걸 잡아다 아주 갈기갈기 찢어 줬어야 했는데!'

그러나 그렇게까지 할 여유가 당시의 호괴에겐 없었고, 결국 호괴는 쓸모없어진 선녀 자희의 몸을 버리고 도망쳤다. 도술의 유혼술로 영혼 상태로 빠져나와 급히 달아났다.

홀로 사초를 들고 도망쳐 버린 주석호를 절망의 구렁텅이로 밀어 넣기 위해 남선으로 가 선녀 도화의 몸을 빼앗으려고 남선 조현궁 주변에 숨어 있는 와중에, 그녀는 갑작스럽게 당장 북선으로 가라는 엄명을 받았다. 사초를 빼돌리려다 실패한 일로 불호령을 들을 줄 알았는데 의외였다. 호괴는 여러모로 눈엣가시였던 도사를 처리하길 잘했다고 생각했다. 남선에서 도사라도 처리하지 않았다면 정말로 그녀는 끝장이었을지도 몰랐다.

어쨌든 호괴는 명받은 대로 바로 북선으로 와 선인 화탁의 아내 화영의 몸에 들어갔다. 화탁을 처치하고 그 자리를 차지했다. 진짜 화탁은 그녀가 검안궁 아래에 묻어 두고 환술로 흔적을 감춰 둔 상태였다.

그렇게 호괴가 선녀 자희의 몸을 버리고 북선으로 향한 동안 안희제는 선인들을 불러 그녀를 잡으라고 명을 내린 모양이었다. 선인들이 북선의 제후인 화탁에게 보낸 편지를 찢고 씩씩거리고 있던 호괴는 방 너머에 갑작스러운 기척을 느꼈다. 호괴는 격렬한 분노와 솟아오른 짜증을 재빠르게 억눌렀다. 화가 나도 일단은 참고 견뎌야 했다. 물론 상대는 그녀가 성을 내건 말건 관심도 없겠지만, 그래도 호괴는 상대에게 최대한 조심스러운 태도를 취해야 했다. 얼굴 한가득 미소를 띤 호괴가 최대한 공손한 어조로 입을 열었다.

"오셨사옵니까?"

말을 한 호괴가 창을 쳐다봤다. 상대는 대답이 없었다. 그러나 열린 창의 발 너머, 그림자 하나가 서 있었다. 호괴는 그 그림자를 응시하며 천연덕스러운 얼굴로 투정 부리듯 말했다.

"이제 소녀는 어찌해야 하지요? 선군들이 온 선계를 뒤져 소녀를 찾고 있다니, 어쩜. 물론 소녀야 선군들 따위가 소녀를 찾든 말든 꽁꽁 숨어 있을 자신이 있사와요. 허나 숨어만 있으라고 소녀를 이 북선으로 보낸 건 아니시겠지요?"

호괴의 말에 그림자는 발 너머에서 편지 하나를 내밀었다. 발 뒤에서 나온 손은 사람의 손처럼 생겼지만, 호괴는 저 손이 술시의 손이라는 사실을 알고 있었다. 호괴는 공손히 두 손으로 그 편지를 받아 들었다. 편지를 펴서 읽은 호괴는 발 너머의 그림자를 응시하며 생긋 웃었다.

"무지한 소녀가 깊으신 혜안을 어찌 따라잡을 수 있겠사옵니까. 소녀 이제야 어찌하여 소녀를 북선으로 보내셨는지 잘 알겠사옵니다. 당연히 명하신 대로 따라야지요. 허나, 어찌 소녀의 충정을 의심하셔요? 소녀가 방해가 되는 도사를 해치운 공을 생각해 주셔요. 그때 소녀가 도사를 처리하지 않았다면 두고두고 후환이 되었으리란 걸 알고 계시지 않사옵니까?"

호괴는 천진난만한 얼굴로 그림자를 향해 투정을 부렸다.

"아무렴 소녀가 그 사초를 빼돌리려는 간 큰 짓이라도 획책했으리라 보십니까? 이러시면 섭섭하옵니다. 소녀가 그리할 수 없다는 사실을 잘 아시면서. 결과적으로는 다 잘되지 않았사옵니까. 변한 것은 아무것도 없사와요. 언제나 그랬듯, 진실은 끝내 감춰졌고 모든 것은 뜻하신 대로 흘러가고 있사옵니다."

호괴의 노력에도 불구하고 발 너머의 그림자는 말없이 돌아섰다. 그런 그림자를 향해 호괴가 가늘게 뜨고 있던 눈을 매섭게 치뜨며 말했다.

"소녀에게 내린 명을 이리 거두시면 아니 되지요."

그림자가 멈칫했다. 호괴는 바로 그녀의 본심을 감추고 고개를 숙여 조아렸다.

"기나긴 시간 동안 기다려 주셨음에도 불구하고 기대에 부응하지 못해 송구하옵니다. 허나 이러시면 소녀는 어찌하옵니까? 소녀 반드시 하명하신 대로 소녀의 임무를 완수할 터이니, 부디 믿고 기다려 주셔요. 소녀에게 다시 한 번 기회를 주시어요."

잠시간 서 있던 그림자가 침묵하다가 입을 열었다. 술시를 통해 그 주인이 호괴에게 말했다.

"이것이 마지막 기회가 될 것이다."

호괴는 눈을 가늘게 뜨고 입술을 위로 한껏 올리며 웃었다.

"아무렴요. 소녀가 이번만큼은 반드시, 끝을 보겠사옵니다."

발 너머의 그림자는 완전히 돌아서서 사라졌다. 발 너머의 술시가 완전히 사라지자마자 호괴는 얼굴 위의 만연하던 웃음을 싹 지웠다. 선녀의 얼굴이 삽시간에 일그러졌다. 부들부들 떨리는 손으로, 호괴는 손에 들고 있던 편지를 응시했다. 편지를 촛대로 가져간 호괴는 그대로 불을 붙여 태웠다. 불붙은 편지가 까맣게 타자 후 불어 불을 껐다. 재만 남은 자리를 보며 호괴는 잔인한 웃음을 지었다.

선인들은 끝내 진실을 알지 못했고, 여전히 두 눈이 가려진 채 살고 있었다. 백암의 사초가 세상 밖에 드러났어도 천하는 변하지 않았다. 선인들은 용에게 선택받지 못한 천제를 받들고, 아무것도 모르고 신수 황룡을 우러르며, 용수궁에 소중히 보관된 용주함 속 구슬을 보물로 간직하며 선계에게 살아갈 터였다. 용주함, 용의 구슬이 있는 함이라니. 호괴는 코웃음을 흘렸다.

'멍청한 놈들! 그건 용의 구슬이 아니야! 내 구슬이야!'

그 옛날, 호괴는 오랜 시간을 몸속에서 일궈 낸 힘의 결정체로 여우 구슬을 내뱉었다. 인고의 시간 후에 만들어 낸 소중한 구슬이었다. 아름다운 여우 구슬. 그 구슬을 통해 호괴는 인간과 요괴, 선인의 정기를 얻었다. 구슬은 닿는 사내의 정기를 빨아들였고, 그 정기가 바로 호괴의 힘이었다. 호괴는 그렇게 여우 구슬을 통해 얻은 정기로 요기를 쌓고 강해졌다. 여우 구슬은 그녀에겐 생명이었고 힘의 원천이었다. 호괴는 자신의 구슬에 더 많은 정기를 쌓고 그 정기를 얻는 데 제 삶을 바치고 살았다. 그러나.

지금 생각해도 치가 떨렸다. 그 소중한 여우 구슬이 사라졌다. 도둑맞았다. 그녀의 소중한 구슬은 어이없게도 용의 구슬이라는 거짓된 이름으로 용수궁 안 깊은 곳에 숨겨져 있었다. 그녀의 구슬을 훔쳐 간 파렴치한 도둑은 그녀에게 구슬을 돌려받고 싶거든 그의 개가 되라 명했다. 함이라도 훔쳐 봉인을 깨려고 했으나 그럴 수 없었다. 교활한 도둑은 용주함의 봉인을 억지로 깨면 그 안에 있는 그녀의 구슬 또한 깨질 것이라 단언했다. 결국 호괴에게는 다른 선택지가 없었다. 도둑은 말을 안 들으면 그녀의 구슬을 부숴 버리겠다며 수시로 협박을 감행했다. 도둑은 무엇이든 할 수 있는 이였고, 호괴는 소중한 구슬을 되찾기 위해 그의 말에 따를 수밖에 없었다.

그 후, 호괴는 그 도둑의 종으로 살아왔다. 요괴의 육체에 한계가 오자 도사에게 접근해 도술을 익혀 오래 살아남을 방도를 찾았다. 유혼술로 스스로의 영혼을 움직이며 선녀들의 몸을 전전했다. 그녀의 구슬이 혹여나 잘못될까 두려워 용수궁 주변을 떠날 수가 없었다. 구슬이 없으니 정기를 얻을 방도가 없어 그녀의 손으로 직접 인간과 요괴, 선인들의 간을 취하며 연명했다. 분노의 대상에게 입 안의 설탕처럼 굴며 머리를 조아렸다. 구슬만 되찾으면. 모두 가만두지 않으리라 다짐하며 그리 버텼다.

그러나, 최대한 빨리 끝내 버리고 구슬을 되찾겠다고 작심한 마음과는 달리 그녀는 오랫동안 그녀의 구슬을 되찾을 수 없었다. 도둑이 그녀에게 부과한 임무는 오직 하나뿐이었으나, 그 임무는 오랜 세월 끝나지 않았다. 끝나지 않는 임무로 인해 원망의 화살이 바뀌었다. 힘의 논리 때문에 분을 풀 수 없는 대상 대신 그녀가 사냥해야 할 사냥감이 분노의 대상이 되었다. 그들은 끈질겼고, 살아남았다. 호괴는 구슬을 되찾기 위해 포기하지 않았고, 그들 또한 살아남기 위해 포기하지 않았다. 그리하여 무려 천 년의 시간 동안 길고 긴 추적과 도망이 이루어졌다. 끝나지 않는 싸움이 무려 천 년이 지속되었다.

그런데 이제 와 그 명을 거두겠다니, 있을 수 없는 일이었다. 호괴는 백암의 사초를 빼돌려 여우 구슬과 거래하려고 했으나 실패했고, 결국 이것이 정말로 마지막 기회였다. 호괴는 반드시 사냥이라도 끝마치고, 그녀의 손을 떠나 있었던 소중한 여우 구슬을 돌려받아야만 했다.

'소녀와의 약조를 지키셔야 해요, 토문(土文) 님.'

호괴는 살기로 번뜩이는 눈을 치뜨고 그림자가 사라진 발 너머를 응시했다. 그녀의 구슬을 훔쳐 간 도둑이 그녀에게 약조했다. 진사담의 후손, 동하의 지배자인 진씨 가문. 그 가문의 씨를 말리면 그녀의 여우 구슬을 돌려주겠노라, 그리 약조했다.

※ ※ ※

소란이 가신 후의 명계는 이제 겨우 안정을 되찾은 상태였다. 귀제는 그의 자리로 돌아갔고, 동시에 그에게 대항한 귀군과 저승사자들에게 적합한 처결을 내렸다. 그는 마치 반성의 의미로 앞으로는 더 냉정하게 판결을 내리겠다는 다짐이라도 한 것 같았다. 아무리 의도가 선해도 잘못은 잘못이라는 논리하에 귀제는 귀군 일일오와 저승사자들에게 저승에서 50년을 더 머물도록 명했다. 그 덕분에 환생을 한 달 앞둔 말년 저승사자였던 이육삼은 또다시 50년 동안 저승사자의 역할을 수행하야 하는 입장에 처해 있었다.

동정인지 무엇인지 모를 저승사자들의 고집으로 여전히 동하 담당 저승사자들의 대표 자리를 고수하고 있는 이육삼은 자신이 팔에 아직껏 차고 있는 붉은색 완장을 짜증이 서린 눈으로 쳐다봤다. 술도 마실 수 없는 영혼의 몸이란 게 이럴 때면 정말 한탄스러웠다. 어쨌든, 저승사자 이육삼은 저승에서 명부를 보고 그가 지금 잡아가야 하는 영혼을 확인한 후 그 영혼이 죽은 남하로 날아온 상황이었다.

저승사자들은 각자 맡는 구역이 따로 정해져 있었고, 이육삼은 그중에서도 동하 지역 출신의 영혼을 담당하고 있었다. 그가 이번에 데리러 온 영혼은 동하에서도 소 출신의 인간이었지만, 죽은 시신이 있는 자리가 남하라서 영혼을 잡기 위해서는 남하로 와야 했다. 이 영혼은 사실 저승사자 명부에서도 특별히 관심 영혼으로 낙인찍힌 지 오래였는데, 이유는 아주 오래전 이 영혼을 데리러 간 저승사자가 끝내 해당 영혼을 명계로 데려가지 못해 명계에서 백 년을 더 저승사자로 일하게 되었기 때문이었다. 그리고 바로 지금, 놀랍게도 그 영혼의 번호가 다시금 이육삼의 명부에 나타난 것이었다. 그런데.

이육삼은 어둠이 내린 숲 사이 끔찍한 몰골로 죽은 시신을 빤히 쳐다봤다. 높은 곳에서 떨어지기라도 했는지 온통 부서지고 정상이 아니었다. 언제나 그렇듯, 죽은 인간의 시체 주변에는 저승사자가 자신을 맞이하러 오길 얌전히 기다리는 영혼 따위는 없었다. 영혼은 이미 저 멀리 도망가고 있었다. 짜증이 난 얼굴의 이육삼은 포승줄을 휘두르며 날았다.

「멈춰! 영혼 삼이오(三二五)! 난 널 데리러 온 저승사자다! 당장 안 멈춰?」

저승사자를 보곤 도망치던 영혼 삼이오가 급하게 소리쳤다.

「그럴 수는 없소이다!」

「지금 당장 저승으로 가야 한단 말이다! 멈춰!」

어두운 숲에 저승사자 이육삼과 영혼 삼이오의 질주가 이어졌다. 앞서 뛰어가는 삼이오는 저도 모르게 앞을 가로막는 나무를 피하면서 뛰어갔고, 이육삼은 나무 따위 피하지도 않고 그대로 통과하며 그런 영혼을 따라갔다. 당연히 삼이오는 금세 이육삼에게 잡힐 위험에 처했다. 뒤를 쳐다보고 놀란 삼이오가 급하게 멈췄다. 삼이오는 두 손을 들며 소리쳤다.

「잠깐, 잠깐, 잠깐!」

저승사자 이육삼도 거리를 두고 멈춰 섰다. 영혼 삼이오는 두 손으로 방어 태세를 취한 자세로 서 있었다. 삼이오가 이육삼에게 말했다.

「잠시 기다려 보시오. 인간이 죽으면 영혼은 저승사자를 따라가야 하는 것은 천하에 정해진 이치지.」

「그래. 그러니까 가자고.」

이육삼은 당장 포승줄로 영혼을 묶으려고 했다. 영혼 삼이오는 기겁을 하곤 소리쳤다.

「어허! 잠시만 기다려 보시오! 아직 소생의 말이 끝나지 않았소이다! 소생이 명계에 가지 않겠다는 게 아니외다! 그저 그 전에, 잠시 해결해야 할 문제가 있단 말이오!」

「웃기시네.」

이육삼은 영혼 삼이오를 비웃었다.

「뭔가 단단히 착각하고 있는 모양이군. 넌 무언가를 주장할 권리 따윈 없고 저승에서 귀제 폐하께서 물으시는 질문엔 무조건 사실대로 답해야 하며 네가 지금 이 자리에서부터 하는 모든 말은 저승에서 내려질 네 판결에 불리하게만 적용된다.」

이육삼의 말을 듣고 있던 영혼 삼이오가 의문을 표했다.

「허면 소생이 할 수 있는 건 뭐요?」

이육삼은 두 손으로 포승줄을 들며 말했다.

「나한테 잡혀가는 거.」

「……」

어이없어서 웃음을 흘린 삼이오는 고개를 절레절레 젓고는 이육삼을 설득하기 위해 노력했다.

「아, 일단 우리 통성명부터 합시다. 소생이 삼이오인 것은 이미 아시는 듯하고, 그쪽은 번이 뭐요? 칠칠삼? 칠칠사?」

「이육삼이다.」

「아, 그렇군. 보시오, 저승사자 이육삼 씨, 잘 들어 보시오. 소생은 명계로 갈 것이오. 아, 지당히 그리할 것이외다. 그러나 명계로 가는 길에, 잠시 들렀다 갈 곳이 있다 이 말이외다. 잠깐 들러서 소생이 할 이야기를 한 후, 바로 저승사자 양반과 함께 명계로 가겠소이다.」

「안 돼.」

「소생이 가지 않겠다는 게 아니라니까 그러네. 그저 잠깐 들렀다 명계로 가겠다니까? 정히 불안하면 저승사자께서도 소생과 함께 가시오. 그리 오래 걸릴 일도 아니오. 저승사자 양반께 피해 가지 않도록 최대한 빨리 명계로 가겠소이다.」

「안 돼.」

「진심이오! 소생이 불쌍하지도 않소이까? 저기, 저, 저, 소생의 시신을 좀 보시오! 이 얼마나 끔찍한 죽음이오! 저리 끔찍하게 죽었는데 그런 소생의 소원 하나 못 들어준단 말이오!」

「안 돼.」

「……명계로 가겠소이다?」

「돼.」

「아닛!」

영혼 삼이오가 화들짝 놀랐다. 포승줄을 준비하던 이육삼도 놀라 눈썹을 찌푸렸다.

「왜?」

「반사적으로 대답하는 것 같아 말을 바꿨는데! 제대로 대답을 하다니!」

「……..」

이육삼은 황당해하는 표정으로 삼이오를 쳐다봤다. 한숨을 내쉰 이육삼이 말했다.

「잘 들어라. 최근 명계에 일이 많았던지라 저승사자고 귀군이고 영혼의 사정을 봐줄 녀석은 절대 없을 거다. 물론 최근이 아니고 원래 그랬어야 하지. 저승사자에게 동정심 따위 기대하지 마라. 내게 말해 봐야 아무 소용이 없다. 진정 그리 중요한 일이라면, 귀제 폐하께 네가 직접 이야기를 해 보든가.」

「뭐라고 말이오?」

「해결해야 할 일이 있으니 잠시 바깥세상에 나갔다 오겠다고. 대신 그 대가로 네 환생은 네가 나가 있는 시간의 곱절은 늦어지게 되겠지만.」

이육삼의 말을 들은 영혼 삼이오는 정말로 그렇게 해야겠다고 생각했는지 고개를 끄덕였다. 이 영혼은 진즉 죽어야 했으나 천운으로 아주 오랜 시간을 살았기에, 긴 시간을 버티는 것이 그다지 큰 문제로 느껴지지 않았다. 스스로가 한 생각에 영혼 삼이오는 문득 허탈하게 웃었다. 그 시간이 그에게 아무 영향도 끼치지 않았다고 생각했는데, 그건 또 아니었던 모양이었다. 어쨌든, 영혼 삼이오는 결정을 내렸다.

「좋소이다! 명계로 갑시다! 소생이 귀제와 직접 담판을 짓겠소이다!」

호탕하게 내뱉는 말에 이육삼도 내심 놀랐다. 영혼 삼이오, 하계 인간이자 도사일 시절의 이름은 양상. 그는 결국 손을 내밀었고, 그의 손은 저승사자의 포승줄에 묶였다. 포승줄을 잡고, 포승줄에 묶인 채로. 두 영혼은 하계를 떠나 나란히 명계를 향해 날아갔다.

十
진실

용마(龍馬)는 용목(龍木)에서 열린다.

사예는 고개를 들고 용주당의 후원 한쪽에 심어진 용목들을 응시했다. 구름 위에서 자라난 거대한 나무들은 이리저리 뒤틀린 기이한 형상을 하고 있었다. 굽이치며 자란 나뭇가지 아래로 거대한 용마들이 주렁주렁 매달려 있었다. 이미 날개와 몸의 형상이 다 만들어진 녀석도 있었고, 아직 한참 더 자라야 하는 녀석도 있었다. 용마는 용목의 열매로 열려 햇빛을 받고 물을 마시고 자라 떨어지고, 그 후 천제가 선군에게 하사하여 선군의 말이 되었다. 용마는 선군에게 배정받은 후에도 물을 잘 주고 햇빛을 잘 받게 해 주면 건강했기에 관리하기도 수월했다.

"용목은 용의 기운을 받은 나무라 하지."

사예는 몸을 돌렸다. 그녀의 뒤편에 천제 무진이 서 있었다. 사예는 몸을 숙여 무진에게 인사했다. 웃으며 다가온 무진이 용목을 응시하며 말했다.

"그 옛날, 건원제께서 나눠져 있던 네 나라를 하나로 통일하자 각국의 왕이 충성의 의미로 정성이 담긴 선물을 바쳤다 하오."

그는 팔을 들어 용목 하나를 쓰다듬었다.

"기록에 확실하게 남은 것은 아니지만, 당시의 지명은 동주(東州), 그러니까 현재의 동하이지. 그 동주의 지배자였던 진사담이 신수인 청룡의 기운을 준 나무를 건원제께 바친 듯하오. 그것이 바로 이 용목이오. 그리고 이 용목에서 맺히는 열매가 용마지. 선군들의 말."

무진의 말을 듣고 있던 사예는 그래서 용마들이 청하의 말을 잘 듣는 걸지도 모르겠다고 생각했다. 청하가 진사담의 신수였으니 나무에 준 용의 기운이란 청하의 기운일 터였다. 고개를 끄덕이던 사예는 문뜩 의아해서 물었다.

"청룡이 진사담의 신수였다는 사실은 어찌 알고 계십니까?"

그건 사예 또한 귀제에게 들어 겨우 알게 된 사실이었다. 무진은 용목을 쓰다듬은 손을 털며 말했다.

"용수궁에 남은 옛 기록 중에 제후 가문의 신수와 처음으로 계약을 맺은 선인들에 대한 기록이 몇 가지 남아 있소. 전부는 아니고, 백호가 신수인 호가와 주작이 신수인 주가에 대해서요. 그리고 그들이 바로 각각 금행과 화행의 장서를 써 술법을 정리한 호가장과 주 염(朱 炎)이오. 나머지에 대한 기록은 없으나, 그 기록들을 통해 아마 신수 현무와 청룡 또한 당시 수행과 목행의 장서를 기록한 선인 류비완, 진사담과 처음으로 계약을 했던 게 아닐까 짐작하오."

처음으로 술법에 대해 정리한 다섯 선인에 대한 이야기는 전설처럼 전해 내려왔지만 명확하진 않았다. 당시는 천하가 네 나라로 나누어져 있었고, 서로가 서로의 땅을 노리는 혼란의 시기였다. 혼란을 보다 못한 무각도인이 도가로 선인들을 불렀고, 도인의 시험에 통과해 도가로 가 신선을 직접 만난 이들이 바로 처음 술법을 정리한 선인들이라고 알려져 있었다.

그러나 말하는 선인마다 달리 전해지는 부분도 있었다. 그들이 신선으로부터 신수를 가장 먼저 받아 그 힘으로 술법을 체계화했다는 말도 있었고, 그들이 체계화한 술법을 증명하고 도인에게 그 노력의 대가로 신수를 받았다는 말도 있었다. 혹은 그들이 도가로 가 신선에게 술법을 배운 후 술법의 장서를 썼고, 그와는 별개로 신선이 후에 선인들에게 신수를 보내 줬다는 이야기도 있었다.

그러나 어느 것 하나 명확하지는 않고 모두 가설일 뿐이었다. 이야기는 매번 달랐고, 확실하지 않았다. 애초에 너무 오래된 이야기였다. 무진이 말했듯 용수궁 정도가 아니라면 남아 있기도 어려운 옛날의 일이었다.

"그대 신수도 이 나무가 그리웠겠지. 혹 원할 때면 언제든 와서 봐도 좋소."

"제가 괜한 폐를 끼치는 것은 아닌지요?"

무진은 그 정도야 별일 아니라는 듯 가볍게 미소 짓고는 말했다.

"어차피 그리 볼 수 있는 날도 많지 않을 테니, 잠시 동안이라도 자유로이 볼 수 있다면 좋겠지. 이제 그만 짐을 따르도록 하시오. 전할 게 있으니."

애초에 무진의 부름을 받아 용주당에 온 것이었으므로, 사예는 바로 예, 하고 대답했다. 그녀는 앞장서서 용주당으로 돌아가는 무진의 뒤를 따라갔다.

❉ ❉ ❉

용수궁에 온 뒤로 사예는 천제의 용수궁 안에 있는 안빈당(安賓堂)에 머물고 있었다. 현재 용수궁의 최고 궁관이었던 자희에 대한 일로 선녀들 내에 많은 혼란이 있었다. 더불어 무슨 이유에선지 용수궁의 술시마저 없어진 터라 현재는 선녀들이 그들의 술시를 부려 궁의 일을 처리하고 있었다. 선녀들 사이에는 무진이 도술을 쓰는 요선을 잡기 위해 무언가 힘을 쓰느라 술시를 유지하기 힘든 상황이 아니냐는 소문이 돌았다. 어쨌든 그 결과 선녀들은 더없이 바빠졌다. 그녀들은 보통 아침에 입궐을 해 일을 하고 저녁에는 퇴궐을 했는데, 지금은 일이 하도 많아 퇴궐 시간이 계속 늦어지고 있었다.

도깨비들과 함께 용수궁에 왔던 사예는 객을 접대하는 임무를 맡는 궁관 사빈인 선녀 정화(正花)에게 처소를 안내받았다. 사예는 그녀를 보자마자 전에 서선에 그녀를 데리러 왔던 선녀를 떠올렸다. 이름도 제대로 기억나지 않는 선녀는 천제의 명으로 서선으로 왔다가 하늘에서 난 변고로 흔적도 없이 사라져 버렸다. 그때에도 분명 이상하다고 생각했던 일이므로 사예는 그 일에 대해 언젠가는 반드시 논해야 한다고 생각하고 있었다. 그러나 그 대상이 과연 천제여도 괜찮은지는 알 수 없었다.

"용수궁 생활은 좀 익숙해졌소? 불편한 점은 없소?"

"예, 폐하. 외려 선녀님들의 도움으로 너무 편해서 몸 둘 바를 모를 지경입니다."

용주당의 방에 들어와 두 사람은 마주 앉은 채로 말했다. 무진은 서안 너머의 보료에 앉아 있었고, 사예는 조금 거리를 두고 놓인 방석 위에 앉아 있었다. 실제로 사예는 지금 제후의 위를 받을 손님으로 와 있었고, 덕분에 선녀들과 술시들의 대우가 극진하기 짝이 없었다. 몸이 편해 마음이 늘어질 때마다 사예는 저절로 고된 일 겪게 하기 싫다고 말하던 시건의 모습을 떠올렸다. 시건이 만나러 간 그녀의 어머니를 생각하기도 했다. 그럴 때면 사예는 실제로 선녀들의 정성스러운 보살핌이 오히려 불편하게 느껴졌다.

그러나 무진의 면전에 대고 너무 잘해 줘서 불편하다고 말할 수는 없는 노릇이었다. 감사하다고 인사하는 사예를 보며 무진은 웃었다.

"그렇다니 다행이군. 다행히 달이 서둘러 선단을 만든 터라 이번 천서즉위일 연회를 예년처럼 치를 수 있게 되었소. 성대하게 연회를 열고 아기 선인들에게 선단 하사가 이루어질 예정이오. 모든 선인들이 용수궁에 모일 테니, 그대에게도 온 선인이 보는 앞에서 제후의 직위와 성을 하사하고 청진위 선군의 권한을 양도하도록 하겠소. 그대가 제후가 된다면 청진위 선군을 다시 재정비해야 할 텐데, 그대에게 너무 큰 짐이 아닐까 모르겠군."

사예는 조금 망설였다. 그러나 굳이 숨길 일이 아니라는 판단하에 어머니 하선에 대해 입에 담았다.

"송구하고나 저는 폐하께서 말씀하신 직위를 하사받을 수 없습니다. 그것을 받으실 분은 제 어머니이십니다."

사예의 말에 무진이 크게 놀랐다.

"모친께서 살아 계시오?"

"예."

"지금 어디에 계시오? 어찌 궁으로 올 때 함께 모셔 오지 않았소?"

사예는 뭐라고 말해야 할지 고민하다가, 정말 그녀가 아는 사실이 별로 없다는 걸 깨닫고는 답했다.

"어머니와는 제가 서선에서 폐하께 부름을 받기 전에 헤어졌습니다. 지금 어디에 계신지는 저도 정확히 모릅니다. 다만 어머니께서 때가 되면 저를 찾아오시겠다고 제게 기다리라고 말씀하셨습니다."

"그렇군……."

무진은 생각에 잠긴 얼굴로 중얼거렸다. 잠시 고민하던 그가 결단을 내린 듯 말했다.

"그럼 좋소. 천서즉위일 연회에 맞춰 그대 모친이 용수궁으로 와야만 하오. 그래야 제후의 위를 합법적으로 물려줄 수 있을 테니. 가능하다면 그 전에 그대 모친에게 연락을 취하고, 그때 반드시 용수궁으로 오시라 전하시오."

"예……."

사예는 남선에 하선을 찾으러 갔을 시건에 대해 생각하며 고개를 끄덕였다. 도깨비들이 있으니 연락을 하는 게 불가능한 일은 아닐 터였다. 무진은 대답한 사예를 보며 얼핏 미소 지었다.

"짐이 전할 게 있다고 했지. 이것을 받으시오."

무진은 그의 서안 위에 있던 검은 함을 들어 사예에게 내밀었다. 사예는 일어나 앞으로 걸어가서 그 함을 받아 왔다. 돌아와 다시 방석 위에 앉은 사예가 함을 바닥에 내려놓고 물었다.

"이것이 무엇입니까?"

"달이 보낸 것이오. 명계에서 구해 준 보답이라 하던데."

"아……."

사예는 단숨에 함 안에 들은 게 무엇인지 알 것 같았다. 사예는 금세 밝아진 표정으로 함을 내려다봤다. 그런 사예를 보며 무진이 고개를 갸웃거렸다.

"무엇인지 알겠소?"

"예. 선단입니다. 달님께 제 어머니와 제 몫의 선단을 달라 청했습니다."

"아, 선단. 그것이 선단이었나. 그런데 기이한 일이군. 그 함의 열쇠가 없소. 달께서 잊으신 건지, 아니면 중간에 사라지기라도 한 건지 알 도리도 없고. 아니면 혹 그대에게 열쇠가 있소?"

무진의 걱정에도 사예는 아무런 걱정도 느끼지 않고 답했다.

"아닙니다. 허나 저와 함께 온 도깨비들이 있으니, 그들에게 도깨비 요술을 써 열어 달라고 하면 됩니다."

"그렇소? 그런 방도가 있었군. 도깨비 요술이라."

감탄하듯 말하는 무진을 보며 사예도 그렇다고 답했다. 도깨비 요술이란 참으로 편리하고 유용한 것이었다. 사예는 달이 왜 열쇠도 없이 함을 보내 그녀를 번거롭게 만들었는지 알 수 없었으나, 그래도 쉬이 해결할 수 있는 방도가 있으니 대수롭지 않게 생각하고 넘겼다. 밝아진 표정으로 앉아 있는 사예를 보며 무진이 말을 건넸다.

"선단 하사식 때 모친이 꼭 오신다면 좋겠소. 짐은 마음의 짐을 덜고, 그대는 모친과 그 선단을 나눌 수 있을 테니 말이오."

"폐하께서 마음의 짐을 느끼시다니요. 당치 않습니다."

"그리 말해 주니 고맙소."

무진은 소리 없이 웃었다. 그는 전할 것은 그게 다였는지 이만 물러가 보라고 했다. 사예는 함을 들고 자리에서 일어나 공손히 인사를 했다. 그리고 그 방에서 조용히 물러났다. 본래대로라면 방 앞을 지키고 있어야 할 천제의 술시가 없어 그녀 손으로 조용히 문을 닫고 돌아섰다.

사예는 함을 품에 꼭 안고 용주당의 복도를 지나왔다. 처음 이 복도를 지나갈 땐, 아주 많이 긴장을 하고 있었다. 그간 그녀는 안희제 무진에 대한 이야기를 많이 들었고, 또 다양한 생각을 했지만 그녀에게 있어서 언제나 천제는 종잡을 수 없는 사람이었다. 그래서 그를 만나기 전에 제법 긴장을 했던 게 사실이었다.

그러나 처음 만난 무진은, 생각보다 불편하거나 어려운 상대가 아니었다. 그는 위압적이기보다는 부드러운 성미였고, 건네는 말씨 하나, 하나는 배려가 넘쳤다. 오히려 그간 사건을 바로 곁에서 봐 온 사예로서는 상대적으로 유약하게까지 느껴지는 인상이라 얼핏 하계에서 왜 감사와 선인들이 저들 마음대로 그리 살았는지 알 것 같다는 생각도 들었다.

가벼운 인사치레가 끝난 뒤에 무진은 사예에게 시건에 대해 먼저 물었다. 그 모습에 사예는 암굴에서 그녀가 선계의 사정에 대해 알려주자마자 가장 먼저 무진에 대해 묻던 시건의 모습을 떠올렸다. 암굴에서 나와 도망치던 와중에도 무진이 그럴 리가 없다고 부정하던 모습도. 어쨌든 사예는 시건의 뜻을 무진에게 전하기로 약조했기 때문에, 무진의 질문에 최대한 진지하게 답했다. 귀제로부터 시건이 부친의 유품에 대한 이야기를 들었고, 지금은 그 유품을 찾으러 가 용수궁에 오지 못했다고. 결단코 다른 마음을 먹고 명을 받들지 않은 것은 아니라 설명했다. 설명을 들은 무진은 대답 없이 고개만 끄덕였다.

사예는 어머니 하선에 대한 이야기를 할까 말까 계속 고민했다. 그러나 하선만 생각하면 왠지 모르게 천제도 그 누구도 믿지 말라고 했던 말이 생각났다. 덕분에 하선 이야기는 쏙 빠진 채로 시건에 대한 이야기만 전해야 했다.

사실 사예는 무진에게 묻고 싶은 게 많았다. 귀제에게 듣기로 어머니 하선이 백암의 사초를 가지고 있다고 했으니, 천제가 제대로 밝히지 않은 호괴에 대한 것은 하선을 만나 들을 수도 있을 터였다. 하지만 무진과 시건 사이에 대한 일은 조금 달랐다. 그건 그야말로 무진이 아니면 답해 줄 수 없는 문제였다.

그래서 사예는 무진에게 직접 시건에 대해 묻고 싶었다. 하지만 쉽사리 물을 수 없었다. 시건이 유품을 찾으러 갔다는 이야기를 들은 무진의 표정이 너무 좋지 않았기 때문이었다. 그 얼굴에 비치는 근심만으로도 무언가 남모를 사정이 있다는 것을 알았다. 무진의 그 근심은 그 이후에도 종종 그의 얼굴에 드러났다. 때때로 그것은 불안인지 무엇인지 모를 불편한 분위기로 다가오기도 했다. 무진은 더 이상 먼저 시건에 대해 입에 담지 않았고, 결국 사예는 그런 무진에게 당장 어떤 질문도 할 수 없었다. 그렇게 며칠간 궁금증을 해소하지 못한 채로 하루, 하루가 이어지고 있었다.

복도를 다 지나 용주당 밖으로 나온 사예는 구름 위를 밟고 걸었다. 도깨비신발을 신은 발로 그녀가 머무는 안빈당 쪽으로 향하다가, 용마를 끌고 다가오고 있는 선군을 발견했다. 낯이 익은 선군이었다. 사예는 아마도 천제를 찾아오는 중임이 분명한 선군에게 인사를 했다.

"오셨습니까."

"그간 잘 지냈소? 폐하를 알현하고 오는 길이오?"

혜강이 사예의 인사를 받았다. 사예는 손에 든 함을 보여 주며 얼른 말했다.

"예. 달님이 그때 제게 약조했던 선단을 보내 주셨습니다."

"아, 축하하오. 드디어 선단을 취할 수 있게 되었군. 헌데 모친께서도 선단을 취해야 한다고 하지 않았소?"

왜들 이리 우리 어머니께 관심이 많지. 사예는 그리 생각하며 답했다.

"예. 먼저 어머니께 선단을 드려야 합니다. 해서 어머니를 뵙기 전까지는 이 선단을 보관해 둘 생각입니다."

"그렇군. 모친께서 그대 효심을 안다면 참으로 기뻐하시겠소."

사예는 우리 어머니 같은 어머니라면 누구라도 지극한 효심으로 모실 수밖에 없을 거라고 말하려다가, 지나치게 푼수 짓인 것 같아 자제했다. 사실 그녀는 이미 자랑하듯 혜강에게 선단이 든 함을 보여 준 걸 후회하고 있었다. 사예는 애써 태연한 표정으로 말을 돌렸다.

"장군께서는 무슨 일로 오셨습니까? 혹, 그 요선에 대해 무언가 알아내신 게 있습니까?"

"유감스럽게도 그런 것은 아니오. 허나 모든 선군들이 성심을 다

하여 그 요선에 대해 찾고 있으니 너무 마음 쓰지 마시오."

예, 하고 대답하던 사예는 잠시 혜강의 하얀 용마에 시선을 두었다가, 혜강을 빤히 쳐다봤다. 사예의 시선에 혜강이 의아한 듯 물었다.

"내게 묻고 싶은 게 있소?"

사예는 손가락으로 잡은 함을 만지작거렸다. 사실 그녀는 혜강에게 묻고 싶은 게 있었다. 그러나 입을 열기가 쉽지 않았다.

"그때, 명계에서 저희와 장군이 제법 많은 이야기를 나누었지요."

"그렇소."

"사실 좀 궁금했습니다. 그간 모른 척만 하시던 천제 폐하께서 저리 마음을 돌리신 게, 과연 백암의 사초를 보셨기 때문인지, 아니면 혹⋯⋯. 그때 장군께서는 폐하께 저희에게 들은 이야기를 언급하셨습니까? 무언가 언질이라도."

그들이 나누었던 대화가 무진에게도 전달되었을까? 그래서 천제가 갑자기 태도를 바꾼 걸까? 사예는 그 답이 궁금했다. 그러나 대답은 바로 들을 수 없었다. 혜강이 망설였기 때문이었다. 그러나 혜강의 망설임은 길지 않았다.

"나는 천제 폐하의 명을 받아 명계로 갔던 선군으로, 당연히 그곳에서 보고 겪은 모든 일을 폐하께 고해야 했소. 한낱 내 보고가 폐하의 심중에 큰 영향을 끼치진 않았을 것이오. 폐하께서 내리신 판단은 폐하께서 가장 필요하고 적합하다고 생각하셨기에 내린 판단일 터."

사예는 그렇게 말하는 혜강을 유심히 쳐다봤다. 그 시선에 오히려 어색하게 미소 지은 혜강이 말했다.

"외려 고맙소. 그대 덕분에 내 받아야 할 처분이 있음을 잊고 있었군. 아무리 사정이 여의치 않았고 상황이 변했다고는 하나 나는 역적과 마주하고도 바로 잡아들이지 않고 그대로 보내 주는 죄를 저질렀지. 폐하께서도 잊고 계신 듯하니 말씀드리고 그에 적합한 처분을 받아야겠소."

혜강의 말에 오히려 사예가 화들짝 놀랐다.

"저는 그런 의도로 말씀을 드린 게 아닙니다! 이미 지난 일인데 뭘 그렇게까지 하십니까?"

"지난 일일수록 다시금 돌아봐야 한다는 걸 알았기 때문이오."

그 말에 사예는 갑작스레 무언가가 울컥 치솟음을 느꼈다. 유달리 특별한 말도 아니었는데 눈시울이 조금 뜨거워졌다. 그 반응에 스스로가 더 놀랐다. 저도 모르게 일그러진 얼굴을 감추려고 고개를 푹 숙여 품에 안고 있는 함만 쳐다봤다. 그런 사예를 보며 혜강이 놀라 물었다.

"내가 무언가 말실수를 했소?"

사예는 고개를 절레절레 저었다. 다만 사예는 방금 전, 어쩐지 혜강이 시건과 비슷하다는 느낌을 받았다. 한마디 던진 말이 제법 뜨겁게 그녀의 눈시울을 달궜다. 볼썽사납게 눈물 흘릴 일까진 아니었으나, 그래도 혜강이 한 말이 제법 마음에 박혔다. 숨을 크게 들이마신 사예가 겨우 고개를 들고 혜강에게 말했다.

"저는 이만 가 보겠습니다."

"……그럼."

혜강은 사예와 인사를 하고는 그녀의 용마를 데리고 걸어갔다. 사예는 몸을 돌려 등을 보인 채 걸어가는 혜강의 뒷모습을 빤히 쳐다봤다. 사예는 언제나 그녀가 본받고 싶고 따르고 싶은 선인은 그녀의 어머니가 일 순위라고 생각했지만, 그래도 혜강이 그녀가 아는 얼마 안 되는 선인들 중에서는 제법 성품이 괜찮은 선인이라고 생각했다.

'그래도 역시 우리 어머니가.'

성품이고 뭐고 뭐든 최고는 그녀의 어머니였다. 사예는 그렇게 생각하며 다시금 품에 안은 함을 쳐다봤다. 매끈한 함의 표면을 만지는 손이 조금 떨렸다.

아버지 백운은, 선단을 취한 선인이었다. 듣기로는 어릴 적에 할아버지가 달에 가 직접 선단을 받아 왔다고 들었다. 백운도 그리하려했다. 백운은 하선과 사예에게 줄 선단을 구하기 위해 신수인 자운영을 사예 곁에 남겨 두고 달을 찾아가곤 했다. 물론 흔적을 감출 수 있는 신수 없이 먼 길을 가니 술법을 쓰는 데 한계가 있어 오래가지 않아 무영의 추적에 발목이 잡혔고, 그 탓에 백운이 진짜 달까지 가 선단을 받아 온 일은 없었다. 운이 좋으면 무사히 무영에게서 도망쳐 돌아왔지만, 때로 운이 나쁘면 큰 상처를 입고 나타나기도 했다. 때로 사예는 정체 모를 추적자가 부러 달 주변에 무영을 보내 아버지가 선단을 가져오지 못하도록 방해를 하고 있는 건 아닐까 생각하기도 했다.

다쳐 오는 백운을 볼 때면 어머니 하선은 홀로 늙어 가는 내자의 꼴이 보기 싫어 밖으로 나도는 게 아니라면 선단을 구하러 달에 가는 것은 그만두라 말했다. 그러나 백운은 끝까지 포기하지 않으려 했다. 어떻게든, 하선과 사예에게 선단을 가져다주고 싶어서. 그래서 그리 아슬아슬 위험한 일을 반복했음을 알고 있었다.

끝내 그들이 헤어지기 전에, 백운은 그때도 달로 선단을 가지러 갔다 크게 다치고 돌아왔다. 이른 아침에 사예가 드디어 청하와 계약을 맺고, 대신 하선이 신수 자운영과 계약을 맺었다. 몸을 다치고 신수도 없는 반선이 된 주제에 백운은 딸의 손등에 생긴 표식을 보고 환하게 웃었다. 그런 백운을 보며 하선은 딸을 혼낼 때 보이는 엄중함으로 그녀의 지아비에게 다른 신수를 찾아 새로이 계약을 맺을 때까지는 어디에 갈 꿈도 꾸지 말라 못을 박았고, 그런 하선의 눈치를 보며 백운은 곤란한 듯 웃었다. 그들이 마지막으로 함께 맞이한 아침, 마지막으로 함께했던 아침 식사 자리에서 그들은 그런 이야기를 나누었다.

'돌이켜 보면…….'

딸에게는 오직 너 살 것만 생각하라 그리 귀에 못이 박히게 일러 놓고, 정작 그 자신들은 그리 안 살지 않았나. 어머니 하선은 아직 신수와 계약하지 못해 부적밖에 못 썼던 딸의 곁에서 한시도 떨어지지 않았고, 아버지 백운은 그런 가족에게 선단을 구해 주기 위해 제 몸 아끼지 않았다. 그것만이 그들의 최선인 듯이.

그녀에게 가르쳐 주던 최선이 그들의 최선은 아니었던가. 아니면…….

사예는 고개를 폭 숙인 채로, 품에 안은 함만 꼭 안았다. 백운이 그토록 가져다주고 싶어 하던 선단이 이제는 그녀의 손에 있었다. 백운이 결국 가져다주지 못한 선단이…….

하선을 다시 만나면, 제일 먼저 선단부터 보여 주고 싶었다. 사예는 숙이고 있는 고개를 똑바로 들었다. 이렇게 우물쭈물할 시간이 없었다. 일단 덕향에게 부탁해서 함을 열어 달라고 해야 했다. 빨리 돌아가서 선단을 확인하고 싶은 마음으로, 사예는 씩씩하게 발걸음을 옮겼다.

❋ ❋ ❋

"아이고, 여선님. 오셨어요?"

안빈당으로 돌아온 사예는 방문을 열자마자 안에서 그녀를 기다리고 있던 덕향과 도깨비 둘을 발견했다. 세 명의 도깨비들은 사예와 함께 용수궁에 머물기 위하여 현재 요술을 써 몸의 크기를 작게, 그러니까 일반적인 선인이나 인간의 체격으로 줄여 놓은 상태였다. 조심하겠다며 몸을 숙이고 돌아다니던 도깨비들이 궁 여기저기에 부딪치다 못해 기둥을 부술 기세라 선녀들이 기겁을 한 탓이었다. 처음에는 도깨비들이 작아져 어색하게 느끼던 사예도 이제는 익숙해진 상태였다.

도깨비들은 동선에서부터 입고 온 억새풀 갑옷도 벗고 평범한 옷을 입은 상태였다. 갑옷을 입고 돌아다니기가 불편하기도 했고, 궁 안에서 머무는 그들이 갑옷을 입고 위협적으로 돌아다니는 모습을 선녀들이 좋게 보지 않았기 때문이었다. 대신 세 도깨비는 갑옷에 꿰매 놓은 부적을 떼어 내 그들의 속저고리에 꿰매 놓았다. 갑옷은 사예의 방 안에 있는 장의 이불 아래 넣어 두고 요술을 부려 보이지 않게 만든 상태였다. 그런 노력 끝에 도깨비 셋은 용수궁에서 무사히 사예와 일상을 보내고 있었다.

사예가 왜 동선으로 돌아가지 않느냐고 묻자 이 도깨비들은 신랑이 각시 걱정이 심해 그녀들더러 곁을 지키라 했다고 말했다. 그들이 사예와 함께 용수궁에 온 것도 사실은 시건이 그리하라고 해서 따른 것이었다. 덕분에 사예는 헤어질 때 시건이 한 행동 때문에 만나면 아주 혼내 주겠다 생각했던 마음이 조금 풀린 상태였다.

선단이 든 함을 품에 꼭 안은 채로 방문을 닫고 들어온 사예는 오순도순 모여 앉아 있는 도깨비들의 옆에 자리를 잡고 앉았다.

"혹 가능하다면 이 함을 요술로 열어 주십시오."

"이게 뭔데요?"

사예가 바닥에 앉아 함을 서안 위에 놓자 덕향과 도깨비들이 모여들었다. 함을 요리조리 쳐다보던 덕향이 그녀의 도깨비방망이를 휘둘렀다. 굳게 잠겨 있던 토끼 모양의 금 자물쇠가 철컥, 소리를 내며 열렸다. 사예는 얼른 자물쇠를 고리에서 빼고 함을 열었다.

"뭔가요?"

"찹쌀떡?"

사예와 도깨비들은 머리를 모으고 함 안을 쳐다봤다. 함의 붉은 내부 안에 하얀 선단이 두 개 들어 있었다. 도깨비 말대로 꼭 찹쌀떡 같이 생긴 모양새였다.

"웬 떡이지요?"

"이건 선단입니다. 선인들이 태어나면 꼭 먹는 약이지요. 도깨비들이 도깨비방망이와 도깨비감투를 받는다면, 선인들은 이 선단을 취하는 겁니다."

도깨비들은 고개를 끄덕였다.

"그럼 여선님이 먹어야 하는 건가요?"

"예. 하지만 지금은 아닙니다. 이 자물쇠를 다시 잠가 주십시오."

"에구, 상하는 것 아녀요?"

덕향이 걱정스러워하는 얼굴로 물었다. 사예는 순간 고민했으나 설마 선인을 무병장수하게 해 주는 약이 그리 쉬이 상할까 싶었다. 어차피 어머니 하선도 먹어야 하니 상하고 안 상하고를 따질 입장도 아니었다.

'혹 상해도 도깨비 요술로 멀쩡하게 해 달라고 하면 되지 않을까?'

어느새 생겨 버린 요술에 대한 맹목적인 믿음으로 사예는 그리 생각했다. 사예는 괜찮으니 잠가 달라고 부탁하며 함을 닫았고, 자물쇠를 다시 채웠다. 덕향이 다시 도깨비방망이를 휘둘러 자물쇠를 잠가 줬다. 사예가 덕향에게 다시 한 번 부탁을 했다.

"계속 열어 주시기는 번거로울 테니 차라리 지금 이 자물쇠에 맞는 열쇠를 만들어 주십시오."

덕향은 그러마 하고 대답하고는 다시 도깨비방망이를 휘둘렀다. 사예의 손바닥 위에 작은 열쇠가 올려졌다. 금빛 쇳덩이로 이루어진 단순한 모양이었다. 사예는 고맙다고 인사를 하고는 열쇠를 어찌 보관할까 고민했다. 덕향의 옆에서 보고 있던 도깨비 금옥(金玉)이 손을 내밀며 말했다.

"이렇게 해 줄게요! 여선님!"

"응?"

사예는 금옥이 보여 주는 대로 열쇠 쥔 손을 내밀었다. 금옥이 도깨비방망이를 휘두르자 열쇠가 그대로 사예의 손바닥으로 파고 들어가 사라졌다.

"엇!"

사예는 놀라 고개를 숙여 자기 손바닥을 쳐다봤다. 손을 흔들고 손바닥을 위, 아래로 뒤집었다. 그러나 열쇠는 감쪽같이 사라졌고, 기이하게 손도 하나도 아프지 않았다. 금옥이 웃는 얼굴로 손바닥을 짝 소리 나게 치며 말했다.

"열쇠가 필요할 땐 이렇게 손뼉을 세 번 치면서, 금 나와라, 뚝딱! 하고 소리를 치세요."

"그럼 열쇠가 나옵니까?"

"그럼요."

사예는 신기해서 얼른 해 봤다. 손바닥을 세 번 부딪치며 소리쳤다.

"금 나와라, 뚝딱!"

손바닥에서 열쇠가 툭 튀어나와 손바닥 위로 떨어졌다.

"우와!"

사예가 감탄하자 도깨비들은 신나서 웃었다. 사예는 금옥을 향해 대단하다고 칭찬을 하다가, 열쇠를 만든 덕향에게 물었다.

"그런데 이 열쇠가 진정 금입니까?"

"그럼요. 왜요? 은이 더 좋으세요? 은으로 만들어 드려요?"

"……아니요."

조금의 망설임도 없이 고개를 저은 사예는 자꾸만 열쇠에 꽂히는 시선을 겨우 붙잡았다. 반짝거리는 금빛을 보다가 겨우 정신을 차린 사예가 금옥에게 물었다.

"그럼 뚝딱은 뭡니까?"

"그게 요술에 익숙하지 않은 어린 도깨비들이 방망이 휘두르며 주문처럼 외면 효과가 제법 좋거든요."

어린 도깨비? 사예는 어쩐지 어린 도깨비 취급 받은 것 같아 인상을 찌푸렸다. 금옥은 열쇠를 집어넣고 싶으면 박수를 치며 '금 들어가라, 뚝딱' 하라고 알려 줬다. 금옥이 가르쳐 준 대로 하니 과연 열쇠가 감쪽같이 사라졌다. 사예는 다시금 감탄하며 금옥에게 고맙다고 인사했다. 그때 또 다른 도깨비 애심(愛心)이 참, 하고 말하며 손으로 박수를 쳤다.

"그러고 보니 선녀들이 아까 여선님과 신랑 이야기를 했어요."

"뭐라고요?"

사예는 화들짝 놀라 목소리를 높였다. 그런 사예를 보며 맞아, 하며 금옥과 덕향도 고개를 끄덕였다.

"아무래도 보통 사이가 아니겠거니, 하던걸요. 전에 여선님이 류 장군하고 말 타고 하늘로 날아간 게 아주 감명 깊었던 모양이에요. 그런데 그 류 장군이 그간 땅 아래 갇혀 있었는데 대체 어찌 된 인연이냐 말이 많았대요. 그래서 저희가 혹여 곤란한 뒷말이라도 나올까 봐 선녀들에게 정리를 좀 해 줬는데, 자세한 사정은 모르겠고……."

"모, 모르겠고?"

사예는 침을 꿀꺽 삼키곤 되물었다. 덕향은 아주 당연한 사실을 입에 담는 사람처럼 태연한 얼굴로 말했다.

"둘이 혼인할 사이라고 했어요."

"혼……."

사예는 입을 꾹 다물고 함을 쥔 손을 부들부들 떨었다.

'어, 어머니께 허락도 안 받았는데!'

이러다 이놈의 도깨비들이 선계 이곳저곳에 정해지지도 않은 그녀의 혼사에 대해 떠들고 다닐 판이었다. 부글부글 끓는 사예의 속도 모르고 도깨비들은 어느새 또 깔깔대고 있었다.

"혼례는 도깨비식으로 올리겠다고 했어요!"

"신랑이 애정이 넘쳐서 누가 보든 말든 애정 표현이 넘친다고! 이마에 입도 맞추고! 깔깔깔!"

"무, 무슨 소리를!"

"솔직히 말해 봐요, 여선님."

사예는 목소리를 죽이는 애심을 불안에 가득 찬 시선으로 쳐다봤다. 애심이 손나팔을 만든 상태로 사예에게 물었다.

"신랑이 이마에만 입 맞춘 거 아니지요?"

"뭣!"

사예는 꽥 소리를 질렀다. 덕향도 사예의 옆구리를 찌르며 물었다.

"그게 처음 아니지요?"

"깔깔깔!"

"무슨 소리를! 큰일 날 소리 하지 마십시오!"

사예는 성이 난 얼굴로 목소리를 높이자 놀란 도깨비들이 알았다고 미안하다고 사과했다. 그러나 그녀들의 얼굴은 조금도 미안해 보이지 않았다. 웃는 낯으로 그녀들은 토라진 사예를 달래기 위해 그녀의 선단 함을 어디에 놓는 게 좋겠느냐며 말을 돌렸다. 그러고는 열성적으로 어디에 놓으면 함을 더 안전하게 보관할 수 있을지를 토론하기 시작했다. 도깨비들이 하도 열성적으로 나서서 사예는 혀를 차고는 함을 그들에게 넘겼다.

"다시 그런 말 하면 정말 가만있지 않을 겁니다!"

"아이고, 알았어요. 알았어."

사예는 두 눈에 부리부리하게 힘을 준 채로 돌아섰다. 그리고 도깨비들은 함을 들고 왔다 갔다 하며 이렇게 저들끼리 중얼거렸다.

"했네, 했어."

"아유, 난 몰라."

다행인지 불행인지 사예는 돌아선 바람에 그 대화를 듣지 못했다. 도깨비들은 선단함을 이불이 있는 장 안에 숨기며 안 보이게 요술을 걸자고 쑥덕거렸다. 그동안 옆으로 물러나 있던 금옥이 사예에게 다른 말을 걸었다.

"그런데 선인들은 원래 혼인을 언제쯤 하나요? 여기 하늘 임금님이 아직도 혼자라며 선녀들이 그 걱정도 하던걸요."

사예는 지금 천제가 과연 태평하게 혼례 치를 상황인가, 생각했다. 선단이 든 함을 들고 있던 덕향이 의아해했다.

"당장 혼례 치러야 할 정도로 연치가 많으신가?"

"좀 늦은 감이 있기는 한데……."

본래대로라면 제위에 오름과 함께 혼례를 이미 치렀어야 했다. 그러니 선녀들이 걱정을 할 만한 상황이긴 했다. 천서제 이래 대대로 천제들의 수명이 짧았지만, 상대적으로 선제였던 헌정제가 유달리 수명이 짧았고 따라서 이번 천제인 안희제 무진의 경우처럼 가례도 올리지 않고 제위에 오른 건 처음 있는 일이었다. 심지어 무진은 제위에 오른 지도 벌써 삼십 해가 넘게 지났는데 아직도 가례를 치르지 않았고, 덕분에 그의 뒤를 이을 천자도 없었다.

"하지만 듣기로는 임금님과 혼례를 치르려고 하는 선녀가 없을 거라고 했어요. 그 자리가 뭔가 악운이 낀 자리라고."

"큰일 날 소릴! 선녀들이 그런 이야기를 했단 말입니까?"

사예가 놀라서 물었다. 금옥은 고개를 끄덕였다.

"그 자리 앉은 여선치고 오래 산 여선이 없다고 했는걸요. 아드님이 임금님 자리에 오르는 걸 그 눈으로 본 경우가 없다고."

사예도 그에 대해서는 아는 바가 없어 딱히 할 수 있는 말은 없었다. 그러나 발언의 수위가 위험해지는 것만 같았다.

"……그래도 그런 이야기를 하다 들키면 큰일 납니다. 조심하십시오."

"아무렴요. 이런 말을 할 사람도 없는걸요."

도깨비들이 동시에 고개를 끄덕이며 말했다. 그럼 됐다고 말한 사예는 뒤에 물러서서 선단함을 숨기려고 도깨비방망이를 휘두르는 도깨비들을 쳐다봤다. 문득 그녀는 곧 아까 만나고 왔던 천제 무진에 대해 다시 생각했다.

지금 사예는 천제가 가례를 올렸는지 안 올렸는지를 신경 쓸 입장이 아니었다. 그보다는, 지금 그녀의 어머니를 만나러 떠난 선인에 대한 게 더 신경 쓰였다. 믿고 있던 벗에게 끝내 외면당한 선인. 그녀는 지금 그 벗의 코앞에 와 있었다.

'……그리한 까닭을 알고 싶은데.'

사예는 정말로 더는 미룰 수 없다고 생각했다.

※ ※ ※

사예와 헤어진 혜강은 용주당으로 무진을 찾아갔다. 자리를 지키고 있는 술시가 없는 용주당은 어딘가 싸늘하게 느껴졌다. 술시가 없어진 것은 아무래도 환술로 무진을 돕던 요선 호괴가 사라졌기 때문이려니 싶었다. 상황이 이대로 계속 지속된다면 확실히 여기저기서 의문의 시선이 많이 생길 텐데 아무래도 걱정이었다.

걱정을 하며 복도를 걸어가던 중 혜강은 우연히 지나가던 선녀 정화를 보고 인사를 나누었다. 선녀 정화 역시 자희나 도화처럼 혜강이 태산에서 수행하던 시절 동문수학한 사이였다. 정화는 선녀 자희가 사라지고 다른 선녀들의 일이 늘었다고 말했다. 혜강은 정화의 말을 듣고 다시금 그 요선을 떠올렸다.

"그 요선이 맡고 있는 일이 많았던가?"

"아무래도 그랬지요. 그나저나, 혹 상장군께서도 모르십니까? 폐하께서 용수궁의 술시들을 없애신 이유. 지금 선녀들이 말이 많습니다."

혜강은 곤란함을 느끼고는 그저 답을 피했다.

"내가 뭘 알 수 있겠소."

"허나 전에 명계로 가신 것도 그렇고, 폐하께서 상장군에 대한 총애가 남다르신 것 같아. 혹 무슨 이야기를 들은 바가 없으십니까?"

"말도 안 되는 소리. 감히 그런 말을 입에 담지 마시오. 나는 모르는 일이오."

정화는 물러나지 않고 말했다.

"그렇다면 하는 수 없지만, 안 그래도 선녀들이 상장군께 운을 떠보라 하였습니다. 혹 상장군께서라도 폐하께 배필을 맞이하실 때가 되셨음을 아뢰어 주실 수는 없는지요?"

"그게 무슨 소리요?"

"만일 폐하께서 가례를 올려 곁에 천후(天后)께서 계셨다면, 폐하께 여력이 없어 용수궁 상황을 돌보실 수 없더라도 천후마마께서 돌보셨겠지요. 진즉에 가례를 올리셨어야 했다고 선녀들이 아우성이랍니다."

"그건 일리가 있지만 지금 폐하께 그런 청을 넣는 것은 상황에 맞지 않는 듯하오."

"허나……."

혜강은 선녀들의 고생이 이만저만이 아니라는 말을 들으며 어색하게 웃어넘겼다. 붙들고 늘어지는 선녀에게 그녀가 논할 문제가 아니라고 딱 잘라 말했다. 정화는 못마땅한 눈치였으나, 조금의 여지도 허용하지 않는 혜강의 태도 때문에 하는 수 없이 물러났다. 혜강은 정화에게 인사를 하고 조금의 망설임도 없이 돌아섰다.

일언지하에 거절했으나, 무진의 방을 찾아가는 내내 혜강은 정화의 말을 되새겼다. 선녀의 말대로 무진에게 믿을 수 있는 비라도 있었다면 지금 상황이 한결 나았을 것이다. 그러나 헌정제가 갑작스레 생을 마감하고 급히 제위에 오른 무진에게 그럴 여유가 있었을 리 없었다. 더군다나 반선인 상황이었으니 더 그랬을 터였다. 상황이 공교롭긴 했으나, 혜강은 그녀 본인이 혼례 이야기 때문에 골치 아픈 입장이라 타인에게, 그것도 주군에게 그 문제를 들먹일 수가 없었다. 결국 혜강은 끝내 그 이야기는 입에 담지 않기로 했다.

혜강은 직접 방문을 고하고 무진의 방으로 들어갔다. 무진은 기다렸다는 듯 그에게 인사하는 혜강에게 바로 물었다.

"어서 오게. 혹 지금 선군 내부는 어떠한가?"

"아무래도 청진위 쪽이 가장 혼란스러운 듯합니다. 제후가 청진위의 권한을 양도받으면 군이 재편되어야 하니 그렇겠지요. 흑귀위 또한 상장군이 군을 이탈했으니 서로 간에 말이 많은 듯합니다."

"그래……. 알겠네."

혜강은 망설이다가 무진에게 물었다.

"오다가 진가의 후손인 여선과 마주쳤습니다. 혹 폐가 안 된다면 신이 한 가지 여쭈어도 괜찮겠습니까."

"물어도 좋네."

"폐하께서는, 그 여선에게 황룡에 대해 알리지 않을 생각이십니까."

무진은 얼핏 미소 지었다.

"글쎄……. 짐도 아직 결단을 내리지 못했네. 그런데 자네 혹, 명계에서 시건이나 그 여선의 사정에 대해 더 들은 바가 없는가? 시건이 찾으러 간 유품이나, 그 여선의 모친에 대해서."

"송구하오나 유품에 대해서는 처음 듣는지라 아뢰올 게 없습니다. 다만 그 여선의 모친에 대해서는……. 해님께서 그 여선의 물음에 모친이 당시 남선에 있다 말하는 것을 들었습니다."

"그랬나?"

예, 하고 혜강이 답하자 무진은 잠시 생각에 잠긴 얼굴로 침묵했다. 혜강이 의아해서 쳐다보자 곧 고개를 저은 무진이 말을 돌렸다.

"적오위에 명해 석호를 다시 유배지로 압송하라 명했네. 알려져선 안 되기에 밤에 떠날 예정이니, 그 전에 잠시 얼굴을 볼 수 있을 걸세. 걱정이 많을 테니 자네가 가서 안심을 시켜 주게."

"예, 폐하."

고개를 숙인 혜강은 그만 물러나도 좋다는 무진의 말에 인사를 하고 물러났다. 문을 열고 나가는 틈새로, 혜강은 깊은 생각에 잠긴 무진의 얼굴을 언뜻 엿봤다. 아직 고민이 많은 모양이라 혜강은 괜히 선녀에게 들은 비에 대한 이야기를 꺼내지 않길 잘했다고 생각했다.

문을 직접 닫고 나온 그녀는 급한 걸음으로 용주당에서 나갔다. 구름 위를 걸어간 혜강이 용수궁에 있는 옥사를 찾아갔다. 석호가 갇혀 있는 옥사는 용수궁을 지키는 좌우위가 감시하고 있었고, 혜강은 폐하의 명을 받아 왔다는 명분으로 석호가 있는 옥사로 안내를 받았다.

무진이 특별히 명을 내려서인지 석호는 굉장히 안쪽에 갇혀 있었다. 좌우위 선군에게 안내를 받은 혜강이 옥사의 창살 너머에 섰다. 석호는 고개를 푹 숙인 채로 누가 왔는지 관심도 없었다. 어찌나 정신을 딴 데 팔고 있는지 기척을 읽을 생각조차 하지 못하는 것 같았다. 혜강이 그녀를 안내한 좌우위에게 잠시 물러나 있으라고 말했다. 그 목소리가 들림과 동시에 석호가 고개를 번쩍 들었다. 그는 자리에서 벌떡 일어나 앞으로 달려 나왔다. 좌우위 선군이 물러나고, 혜강과 석호만 옥사 창살을 사이에 두고 서 있었다.

"폐하께는? 사초를 드렸느냐?"

"그래."

석호가 안도의 한숨을 내쉬었다. 혜강은 그런 석호를 보며 혀를 찼다. 석호는 급하게 생각이 난 듯 혜강에게 물었다.

"혹 자희는 어찌 되었느냐? 그때 사초를 가지고 오던 중 그 요괴가 갑자기 마음을 바꿔 곤욕을 치렀다. 혹 무언가 문제가 생긴 것은 아니냐?"

"지금 그 요괴는 사라졌다. 선녀 자희는 죽었는데, 그것만으로 그 요선이 죽은 것이라고 판단하기는 조금 문제가 있는 모양이다. 그 요선이 단순히 환술로 선녀 행세를 한 게 아니라고 한다."

"그럼?"

"도술이었다고 하는군. 현재 선군이든 천제 폐하든 신선과는 연이 닿지 않고, 하여 어찌 된 영문인지 알아볼 방도도 없다. 일단 폐하께서는 선군들에게 명을 내려 선계를 면밀히 감시하라 명하셨다. 그러나 여전히 그 요선의 흔적을 찾을 수가 없구나."

"그래……."

석호는 창살을 붙든 채로 시선을 내렸다. 혜강도 잠시 호괴에 대한 생각에 잠겼다. 선군들이 선계를 조사해도 도술로 모습을 감춘 요선을 찾아내는 것은 불가능했다. 조사해 봤자 선계를 날아다니며 무언가 수상한 점이 없는지 순찰을 도는 정도였다. 그리하여 모든 선군들이 성과 없이 지치는 나날을 보내고 있었다.

잠시간 그대로, 침묵이 흘렀다. 석호는 고개를 푹 숙이고 서 있었고, 혜강은 겨우 호괴에 대한 생각을 접고 석호를 쳐다봤다. 그녀가 석호에게 진짜 하고 싶었던 이야기는 따로 있었다.

"네 아들, 단우는…… 남선 관리들의 도움을 받아 어찌어찌 해내가고 있는 모양이다."

석호가 고개를 들었다. 석호는 어린 아들 이야기에 어떤 표정을 지어야 할지 알 수 없었다. 정왕이 없고, 석호까지 없으니 단우가 떠맡아야 할 짐이 너무 컸다.

"미안하지만, 종종 살펴 다오. 아직 어려 곤란한 점이 많을 거다."

석호가 우물쭈물 말하며 혜강의 시선을 피했다. 혜강은 스쳐 지나가듯 그래, 하고 답했다.

"그래도 도와주는 이가 많은 걸 보면 그 아이는 복이 있는 모양이지."

그 말에 석호는 안도의 한숨을 내쉬었다. 창살을 쥐고 있던 손을 주춤거리며 떼고, 뒤로 물러났다. 그 모습을 빤히 쳐다보던 혜강은 이상하다는 생각에 눈을 가늘게 뜨고 석호를 쳐다봤다. 분명 벌써 입에 담았어야 할 이의 이름이 석호의 입 밖으로 나오지 않았다. 혜강은 의아함을 감추지 못하고 운을 뗐다.

"도화는, 네 걱정을 많이 하고 있다."

시선을 피하고 있던 석호가 혜강과 눈을 맞췄다. 혜강은 놀란 듯 크게 떠진 석호의 눈이 결국 다시 바닥으로 내리꽂히는 모습을 눈도 깜빡이지 않고 지켜봤다. 별일이다 싶어 퉁명스럽게 말했다.

"뭐가 꼬여서 그리 묵묵부답이냐."

좋아서 감동의 눈물이라도 흘릴 줄 알았더니, 하고 덧붙여도 석호는 성을 내거나 얼굴 붉히지도 않았다. 그저 입을 보기 싫은 모양새로 꾸물거리며 시선만 피할 뿐이었다. 도화에게 무언가 앙금이 있는 것 같은 석호의 모습에 혜강은 눈썹을 찌푸렸다. 어차피 남선으로 한 번 갈 예정이니 그때 도화에게 물어야겠다고 생각했다. 할 말은 다 전했고 무사한 것도 확인했으니 용무는 끝났다.

"그럼."

뒤도 돌아보지 않고 떠나가는 혜강의 등에 대고 석호가 얼른 말했다.

"폐하를 잘 부탁한다."

혜강은 속으로 어리석게 우직한 놈, 하고 생각했다. 대답 없이 나가는 혜강의 뒷모습을 석호는 옥사 안에서 계속 쳐다보고 있었다. 혜강이 나가고, 어두운 옥사 안에는 다시 석호 홀로 남았다.

❊ ❊ ❊

남선의 서쪽, 황암(黃闇)의 구름 위에는 오랜 세월 목기를 모아 만든 숲이 있었다. 목행을 타고나는 선인은 거의 없었지만 선녀들은 날개옷을 받기 위해서는 모든 행에서 최소 오 장까지를 능숙히 다룰 수 있어야 했고, 그런 선녀들이 정신을 집중하면 구름 위에 나무를 키우는 것은 불가능한 일이 아니었다. 이 숲의 이름은 안창(岸昌)으로, 안창숲은 남선에 위치한 숲 중 가장 울창하고 위로는 서선의 선상태산을 마주하고 있었다. 태산에서 선녀가 되기 위해 수행을 하는 여선들이 목행의 술법을 수련하기 위하여 이 숲에 와 종종 나무를 키우곤 했기 때문에, 그 울창함이 남달랐다.

남선으로 향한 시건과 선인, 도깨비들은 그 울창한 숲의 나무 밑에 몸을 숨기고 있었다. 하늘에 달이 떠 있었지만 위를 가린 나무들 덕분에 숲은 온통 어두웠고, 도깨비들은 도깨비감투를 쓰고 선인들은 결계를 쳐 그들의 모습을 감췄다. 시건의 용마 흑뢰와 귀호의 용마는 한쪽에 묶어 둔 상태였다.

나무를 짚은 상태로 숲을 응시하고 있는 시건에게 옆에 있던 귀호가 물었다.

"어찌할까요?"

시건은 대답 없이 숲 한쪽을 응시했다. 그들이 이 숲에 온 지 얼마 안 되어 눈에 익은 검은 환술사들이 몰려들었다. 사예가 전에 무영이라고 불렀던, 요선 호괴의 환술사였다.

지금 시건은 사예가 준 추적부를 이용해 겨우 남선의 황암까지 온 상태였다. 해가 말했던 대로 사예의 어머니인 하선은 아직 남선에 있는 모양이었다. 그러나 과연 사관의 신수였다는 신수의 은신 능력이 뛰어나긴 한지, 겨우 추적부를 따라 여기까지 왔으나 그들은 하선을 찾을 수가 없었다. 추적부를 써 여기까지 오는 것도 중간중간 겨우 부적이 발동되어 가능했던 일이었다. 어제부터는 부적이 조금도 쓸모가 없었고, 덕분에 며칠을 기다리며 살폈지만 허탕이었다. 그래서 곤란함을 느끼고 있던 찰나에, 숲에 무영이 나타난 것이었다.

귀호의 옆에 있던 유신이 물었다.

"우릴 쫓는 것일까요? 아니면……."

답은 확실히 알 수 없었다. 시건이 고민을 하고 있는 와중에, 무영이 먼저 공격을 시작했다. 그건 목표가 불확실한 공격이었다. 무영은 닥치는 대로 나무 사이를 손톱으로 찌르고, 베어 냈다. 무영의 거친 공격에 나무가 하나, 하나 상처 입었다. 개중에는 벌써 기울어지는 나무도 있었다. 무영은 물밀듯이 몰려들어 아무 데로나 공격을 감행했다. 이건 피할 일이 아니었다. 무영은 지금 숲에 숨은 '무언가'를 찾기 위해 공격을 감행하고 있었다. 나무를 베고, 찢고 앞으로 돌격했다.

무영의 만행을 응시하던 시건이 도깨비들에게 말했다.

"도깨비들은 소란이 들리지 않게 요술로 이 주변을 감춰라."

도깨비들이 도깨비방망이를 휘둘렀다. 그들의 방망이 끝에서 도깨비불 같은 것이 쏘아지고, 이내 사라졌다. 파적이 도깨비 사이에서 고개를 끄덕였다. 시건은 기다렸다는 듯 본격적으로 나섰다. 그의 표식에서 신수 현무가 나왔다. 시건이 손으로 술법의 수인을 맺었다.

숲의 하늘을 가린 나무 위로 구름이 모여들다 못해 새카만 먹구름이 모여들었다. 순식간에 모여든 먹구름이 숲의 위를 덮었다. 구름과 구름이 충돌하고, 곧 구름에서 물줄기가 화살처럼 아래로 쏘아졌다. 숲에 폭우가 내렸다. 내리꽂히는 매서운 물줄기가 나뭇가지와 나뭇잎을 부수고 아래로 직격했다. 각각 뭉치고 응축된 먹구름에서 심상치 않은 소리가 울렸다. 모여드는 구름 소리와 함께 내리꽂힌 물줄기가 무영의 몸을 꿰뚫었다. 그 공격에 화살받이가 된 무영이 재가 되어 사라졌다. 그러나 아직도 무수히 많은 무영이 남아 있었다.

시건을 따라 귀호, 유신 등 선인들도 수기를 모아 공격을 퍼부었다. 쏟아지는 물줄기가 나무를 관통하고 무영을 쐈다. 나무가 선 구름 위, 무영의 검은 재 섞인 물이 쏟아지고 소나기 소리가 울렸다.

갑자기, 시건은 무언가 변화를 깨달았다. 그가 기를 모아 움직이던 물줄기들이 제멋대로 방향을 바꾸었다. 구름을 통과해 떨어지던 물들이 이끌리듯 다른 곳으로 향했다. 시건은 물이 빨려 들어가는 곳으로 시선을 돌렸다. 그 어떤 기척도 없었다. 움직임도, 소리도 없었다. 그러나 어느 한 곳의 중심으로 물이 빨려 들어가고, 그 물을 먹고 나무 한 그루가 괴이하게 꿈틀대고 있었다. 마치 물을 먹고 터지기 직전 같았다.

시건과 선인들은 결계 안에서 모든 움직임을 멈추고 그 광경을 응시했다. 그들이 끌어모은 수기가 온통 나무에 빨려 들어갔다. 아주 잠깐, 그 움직임이 멈췄다. 숨을 멈춘 순간, 잠시 웅크렸던 물 먹은 나무가 그대로 폭주했다. 먹이 노리는 야생 짐승처럼 날랜 속도로 제 가지를 사방으로 뻗었다. 사방으로 뻗어 나간 가지가 무영의 몸을 온통 찢었다. 시건이 친 결계를 뚫지 못하고 지나간 나뭇가지가 그대로 날아오던 무영의 머리를 찢고 뻗어 갔다.

"이게 대체 어찌 된 일입니까?"

그 모습을 보고 당황한 귀호가 물었다. 시건은 무영을 해치우는 나무의 공격을 보며 그 언젠가 봤던 모습을 떠올렸다. 그건, 암굴에서 사예가 요괴들의 사이를 뚫고 밖으로 나가기 위해 부렸던 술법과 유사했다.

단번에 무자비하게 가해지는 공격 탓에 나타났던 모든 무영이 사라지고, 자라나던 나무도 성장을 멈췄다. 드드득, 소리를 내며 나무가 몸을 뒤틀었다. 나뭇가지가 느린 속도로 원래 모습으로 돌아가고 있었다. 시건은 수인을 맺어 그의 결계를 없앴다. 그는 파적에게 말했다.

"파적. 도깨비감투를 벗어라."

"어? 그래도 돼?"

시건이 고개를 끄덕였다. 파적과 도깨비들은 시건의 말대로 했다. 결계에 숨어 있던 선인들과 도깨비감투를 쓰고 있던 도깨비들의 모습이 만천하에 드러났다. 그 가운데에서 시건은 엉망이 된 숲 한쪽을 응시했다. 다른 선인들도 마찬가지였다. 그러나 시건을 제외한 나머지 선인들은 아무리 집중해도 그 사이에서 누군가의 기척을 느낄 수 없었다. 자취도 흔적도 없이, 정말로 아무것도 느껴지지 않았다. 만일 아까 본 갑작스러운 술법이 아니었다면 그 존재에 대해 전혀 몰랐을 터였다.

그러나 시건은 그들이 찾던 여선이 바로 저 자리에 있음을 알았다. 그건 오로지 그의 태생이 준 힘 덕분으로, 그의 눈이 신수가 감춘 선인의 존재를 보았기 때문이었다. 다행히 숨어 있던 선인이 직접 모습을 드러냈다. 나무 그늘 아래에서 붉은 빛깔의 신수가 날아왔다. 모두들 그제야 그 뒤에 서 있는 한 여선을 볼 수 있었다. 감춰져 있던 기척이 그제야 느껴졌다. 아마도 무영이 찾고자 한 것은 그들이 아니라 바로 저 여선일 터였다.

걸어 나오는 여선의 발걸음이 가벼웠다. 나무 그늘 밖으로 나와 모습을 드러낸 여선을 본 모두가 조금 놀랐다. 작은 보따리를 팔 한쪽에 끼고, 머리를 올린 여선이었다. 그 여선의 얼굴이 그들로 하여금 바로 누군가를 떠올리게 해서, 모두 시건을 힐끔 쳐다봤다. 시건은 확인차 여선에게 물었다.

"이사예라는 여선과 어찌 됩니까."

질문을 받은 여선이 조금의 동요도 없이 답했다.

"내 딸이오."

헉, 하고 시건의 주위 선인들이 숨을 들이켰다. 도깨비들이 손가락질을 하며 답을 한 여선, 하선을 가리켰다. 그 모습을 지켜보고 있던 하선은 그들에게서 무신경하게 고개를 돌렸다. 하선의 시선이 시건에게 닿았다. 시건은 그 순간 그의 어여쁜 사예를 낳아 준 모친에게 절을 해야 하나 고민했다. 응당 절을 하고 제대로 소개를 해야 순리에 맞았다. 그러나 하선이 먼저 입을 여는 바람에 그 기회를 놓쳤다.

"내 선계 있는 동안 그간 하계에서부터 있었던 일에 대해 얼핏 귀동냥으로 들었소. 그러니 이번엔 내가 묻지. 내 딸과 어찌 되는 사이시오?"

시건은 망설였다. 도깨비들 앞에서는 당당히 혼례를 치를 사이라고 말했으나, 정작 그 혼례를 허락해 줘야 할 당사자 앞에서 그리 주장할 수는 없었다. 부모가 허락도 안 해 줬는데 무슨 혼인이냐며 노발대발한다면 시건은 할 말이 없었다. 시건은 그를 응시하고 있는 하선이 무슨 생각을 하고 있을지 전혀 알 수 없었지만, 그래도 지금 그가 하는 대답이 상당히 중요하다는 것 정도는 알았다. 그가 조금 말을 고르다가 겨우 합당한 답을 찾았다.

"가락지를 주기로 했습니다."

그 말에 하선의 눈썹이 한껏 찌푸려졌다. 그 모습이 놀랍도록 사예와 닮아서 시건은 내심 놀랐다. 처음 본 인상도 사예와 제법 닮아 있었으나 인상 쓴 모습이 훨씬 더 닮아 있는 것 같았다. 그의 어린 여선이 훗날 그와 함께 세월을 보내면 장차 저런 모습이 되는 걸까. 어쩐지 신기하고 감격스러운 마음에 바라보는데, 하선이 냉담한 어조로 되물었다.

"가락지를 주기로 했다?"

"……예."

시건은 되묻는 하선의 분위기가 심상치 않음을 느꼈다. 그는 어떤 가락지든 모두 사예가 원하는 대로 주기로 했다고 말할까 고민했다. 그가 고민하는 사이 하선은 어쩐지 아까보다 한층 차가워진 얼굴로 말했다.

"내 하계에서 딸이 저지른 일에 대해 얼핏 들었을 때, 워낙 갑작스러워 놀라기도 하였으나 그보다 다른 걱정이 앞섰소. 아무리 고심을 해 봐도 그 아이가 위험을 무릅쓰고 용과 함께 모습을 드러내 역도의 무리에 포함될 이유가 전혀 없으니, 이는 필시 세상 물정 모르는 것이 늑대 같은 사내 꾐에 넘어가 정절을 빼앗겨 인생이 저당 잡혔거나."

시건은 결단코 그런 것이 아님에도 불구하고 아무 말도 할 수 없었다. 하선은 시건에게 차가운 시선을 꽂은 채로 말을 이었다.

"아니면 적어도 천치는 아니니 문제의 사내가 확신할 만한 무언가를 주었겠거니 생각했소. 아니, 후자이기를 간절히 바랐지. 그런데, 아직껏 가락지를 준 것도 아니고, '주기로 했다?'"

"……."

아까 무영에게 내리꽂히던 공격처럼, 하선의 날 선 시선이 시건에게 미동도 없이 꽂혔다. 그리고 시건은 정말로 아무 말도 할 수 없었다. 덕분에 시건을 따라온 수하 선인들도 아무 까닭 없이 벌받은 기분으로 서 있었다.

❈ ❈ ❈

큰 술법을 쓴 영향으로 혹 선군들에게 발각당해 괜한 오해를 살까 싶어, 그들은 일단 급하게 그 자리를 떠났다. 있던 자리에서 남쪽으로 날아왔다. 무성한 나무 사이에 자리를 잡자 도깨비들의 요술로 모습을 감췄다. 파적이 도깨비방망이를 휘둘러 구름 위에 대나무돗자리를 만들었다. 용마 두 마리를 묶어 두고, 선인들은 돗자리 주위로 모였다. 도깨비들은 나름의 눈치로 이 선인들이 골치 아픈 이야기를 해 댈 것임을 알아차리고는 그들끼리 주변을 살피겠다는 핑계로 그 자리에서 벗어났다. 혹 결계를 벗어날 수 있으니 이 근방을 너무 벗어나지 말라고 도깨비들에게 신신당부를 한 유신이 돌아오자 모두 돗자리에 앉았다.

돗자리 위에 앉아 보따리를 내려놓는 하선을 바라보던 시건이 물었다.

"어디 불편하십니까."

113

"조금 다쳤소. 큰 문제는 아니오."

하선은 팔을 다쳤는지 짐을 내려놓는 움직임이 유연하지 못했다. 시건에게 시선조차 주지 않고 짧게 답한 그녀는 접힌 치마를 제대로 펴 앉고는 말했다.

"먼저, 명계의 귀제로부터 내 이야기를 들었으리라 생각하오."

"예. 제 아버님의 유품을 가져가셨다 들었습니다."

"그렇소. 우선 사과를 하겠소. 그대에게는 참으로 귀중한 물건일 터인데, 타인의 손에 들어갔다는 이야기에 마음이 편치 않았을 것이오. 허나 나는 꼭 그 유품을 확인해야만 했고, 또한 넓게 봐서 그대 선대인(先大人)의 죽음과 연관이 아예 없다고는 말할 수 없소."

그 말에 선인들 모두 놀랐다. 시건 또한 이미 사예에게 귀띔을 들었어도 하선의 말을 이해할 수 없었다.

"제 아버님과 연관이 있다니, 그게 무슨 말씀이십니까."

하선은 가라앉은 어조로 그녀가 아는 사실을 이야기했다.

"내 서방님께서는 천 년 전의 사관 이백암의 손자로, 물려받은 사초를 가지고 스스로의 존재를 숨기고 살아오고 있었소. 그것이 가능했던 이유는 사초와 마찬가지로 물려받은 신수 자운영 덕분이오. 자운영은 사관의 신수로, 사관이 은밀히 천하를 누비며 사초를 기록할 수 있도록 자취를 흔적도 없이 감춰 준다오. 아마 그대들도 내 기를 느낄 수 없었을 것이오."

그것은 분명 사실이었다. 시건이 고개를 끄덕이자 하선이 말을 이었다.

"사초를 가진 채 떠돌던 서방님께서는 언제까지 이대로 살 수는 없다 생각하셨소. 하여 천하를 돌아보고 사초의 진실을 밝힐 이를 고르고자 하셨소. 해서 그분께서 선택한 선인이 바로 전 간용군 상장군 류의민이었소."

시건은 북선에서 갑작스럽게 백암의 사초가 발견되었던 때를 떠올렸다.

"그럼 그때 북선에서……."

하선은 고개를 끄덕였다.

"그렇소. 내 서방님께서 부러 북선에 백암의 사초를 흘려 그대 선대인께 진실이 알려지게 하신 것이소."

하선은 그녀가 내려놓은 보따리에 시선을 꽂은 채로 말을 이었다.

"어쩌면 그에 대해서도 사과를 해야 할지 모르겠소. 서방님의 선택이 아니었다면 그대 가문이 멸문당할 일은 없었을 것이오. 사초를 확인한 선대인께서 진실을 밝히고자 하였고, 결과는 그 누구보다 그대가 잘 알고 있을 것이오. 멀리서 그 모든 정황을 지켜본 서방님께서는 많은 죄책감을 느끼셨던 모양이오. 결국 그분은 죄책감과 후회로 인해 사초를 가지고 다시 모습을 감추었소. 진실을 묻기로 하고, 백암의 사초를 오로지 스스로만 아는 장소에 감추고 떠났지. 그렇게 선계를 방황하며 떠돌던 중, 나와 만나게 되었소."

하선은 마치 그때를 돌이키기라도 하듯 시선을 내리깐 채로 있었다. 줄곧 냉랭하다 여기던 얼굴에 처음으로 일말의 감정이 맴돌았다. 그건 높게 쌓아 올린 경계의 벽 속에 감춘 그녀의 지아비에 대한 감정이었다.

"그분은 사초의 내용을 알고 있었으니 아마 나와 내 가문에 대해서도 알고 있었을 것이오. 신수 자운영이 자취를 감추는 데 천부적이니, 그 능력으로 나를 도왔소. 그것이 반복되어 결국 인연까지 맺게 되었고 딸도 낳았지. 우리는 줄곧 호괴에게 쫓겨 다녔으며, 매일 도망쳐야 했소. 그리고 내 어머님께서 돌아가시던 날 밤에, 서방님께서 그간 숨겨 왔던 스스로에 대한 사실을 내게 말해 주었소. 그분 본인에 대한 사실과 사초에 대한 것, 멸문당한 그대 가문 류가에 대한 것까지. 그분께서 북선으로 가 숨겨 둔 사초를 다시 찾아온 후, 내 가문에 대한 진실도 모두 알려 주기로 약조해 둔 상태였소. 그동안 나는 서방님께서 일러 주신 바가 있어 딸과 함께 서선에 다녀올 예정이었지. 무영의 추적으로 인해 결국 그 약조대로 하진 못했으나."

말이 이어지는 동안 짧은 시간 보여 준 그녀의 부드러운 감정이 자취를 감추고 숨어들었다. 하선은 다시금 냉정한 얼굴로 말했다.

"갑작스럽게 나타난 무영 때문에 서방님과는 급하게 헤어지게 되었소. 그 후 나는 일단 약조했던 대로 사예와 함께 서선으로 갔었소. 잠시 그 아이와 헤어져 일을 보던 와중에, 딸의 실수로 신수 청룡이 노출되었소. 천제가 신수 청룡의 주인을 불러들이는 교서를 내렸고, 나는 일단 딸과 헤어져 진실을 밝히기 위해 사초를 찾으러 갔소."

하선의 말을 듣고 있던 유신이 답답함을 참지 못하고 물었다.

"헌데 백암의 사초는 얼마 전 이 남선에서 발견되었습니다. 대체 어찌 된 영문입니까?"

"그건 내가 한 일이오. 내 부러 다른 이의 손에 사초가 들어가게 했소. 더불어 사과를 하자면, 그대들이 호괴, 선인과 대치할 때 나도 그 자리에 있었소. 요선이 아닌 그 선인의 손에 사초가 들어가게 한 게 바로 나요."

유신은 그때 어디선가 공격이 날아와 요선이 사초를 놓쳤던 것을 떠올렸다. 모두가 이해하지 못하는 얼굴로 하선을 쳐다보는 사이, 시건이 물었다.

"어찌하여 그런 일을 하신 겁니까?"

하선은 그 어느 때보다 차가운 얼굴로 답했다.

"확인을 하고 싶었기 때문이오. 현 천제가 믿을 수 있는 자인지, 아닌지. 사초에 진실이 있다곤 하나 그것은 사관 이백암이 살아 있던 시절에 그치므로 너무나 오래된 이야기지. 하여 부러 천제의 손에 사초가 넘어가게 해야 했소. 만일 사초를 받은 천제가 진실을 숨긴다면, 천제는 내게 분명한 적일 테니까."

유신과 다른 선인들은 시선을 교환했다. 그들 모두 천제가 진가에 대한 진실을 공표하고 복권시켜 주겠다고 공표한 덕분에 사예가 용수궁으로 갔다는 사실을 알고 있었다. 조용히 말을 듣고 있던 유신은 그래도 도통 이해할 수 없어 말했다.

"천제께서 가문의 진실을 밝히셔서 다행이지만, 만일 그렇게 하지 않았다면 어쩌실 셈이었습니까? 천제를 시험하기 위하여 사초를 넘긴 것은 너무 위험한 행동이었습니다."

"나 또한 알고 있소. 하여……."

하선이 내려놓았던 그녀의 짐 보따리를 풀었다. 모두의 시선이 짐 보따리로 향했다. 보따리가 풀어지고 내용물이 보였다. 그 안에는 검은 함과 서책들, 그리고 편지 등이 들어 있었다. 하선이 서책 한 권을 꺼내며 말했다.

"사초를 남선에 흘리기 전에 필사를 해 두었소. 사초 내용의 전부는 아니오. 다만 내 봤을 때 필요하다 싶은 부분만 급히 필사를 했소."

시건은 물론이고 모두 놀란 눈으로 하선을 쳐다봤다. 하선은 사초의 필사본을 그녀의 앞에 내려놓았다. 그리고 남은 서책과 편지들을 꺼냈다.

"그리고 이것이 바로 그대가 받아야 할 유품이오."

시건은 팔을 내밀어 그것들을 건네받았다. 늘 담담하기 짝이 없는 얼굴에 긴장이 서렸다. 그도 그럴 것이, 그의 아버지가 죽기 전에 명계까지 가 남긴 유품이었다. 유품을 건넨 하선이 말했다.

"그 서책은 아무래도 수행의 술법서인 수가장서의 13장인 듯하오."

"13장?"

선인들 몇이 의아해하는 얼굴로 되물었다. 하선은 고개를 끄덕였다.

"그 옛날 건원제가 천하를 통일하고 하늘의 제위에 오를 적에 하계 네 명의 지배자가 그를 축하하고자 선물을 보냈지. 그중 현 북하인 당시 북천(北川)의 선인 류비완의 선물은 바로 그 수가장서 13장의 술법이었소. 류비완은 그가 정리한 수가장서의 내용 중 13장의 술법을 사용하여 하늘 위에 구름을 모아, 현재의 용수궁이 세워질 거대한 터를 만들었소. 그리고 그 후 천서제 시절 북선으로 올라온 류가가 바로 류비완의 후손이지. 이리 오랜 세월 유지되고 있으니 보통 술법은 아닐 터. 아마도 그대 가문에만 특별히 전해지지 않았나 싶소."

본래 모든 술법서는 12장 10절로 이루어져 있었다. 그러나 지금 하선의 말대로라면 오로지 수행의 장서만이, 13장까지 존재한다는 이야기였다. 11장 이상을 넘어서는 선인조차 없는 현실을 생각해 보면 무려 13장의 술법을 사용했다는 선인의 이야기를 믿기는 힘들었다.

"그리고 이것은, 선대인과 제위에 오르기 전 천자 시절의 안희제가 주고받은 편지요. 선대인께서 백암의 사초를 확인한 이후, 천자에게 편지를 보냈지. 유품으로 남은 것은 당연히 천자가 답신으로 보냈던 편지요."

시건은 하선에게 건네받은 편지를 쳐다봤다. 시건의 옆에 있던 귀호가 물었다.

"한 가지 여쭈어도 괜찮겠습니까. 저희도 천제께서 내리신 공표를 통해 사초의 내용을 들었습니다. 허나 부군께서 구태여 돌아가신 전 간용군 상장군께 백암의 사초를 보일 이유는 아무리 생각해도 없어 보입니다. 누명을 쓰신 것과 그 사초의 진실이 대체 무슨 연관인지도 잘 모르겠습니다."

"그것은 천제가 사초의 모든 진실을 밝히지 않았기 때문이오. 안희제가 숨긴 사실은, 천서제 이후 모든 천제들이 황룡에게 선택받은 선인이 아니라는 사실이오."

선인들은 하선의 말을 듣고도 바로 이해하지 못했다. 천제가 용과 계약한 선인이라는 것은 그들에게는 너무나 당연한 사실이라, 그걸 부정하는 말이 와 닿지 않은 탓이었다. 그들이 하선의 말을 이해한 것은 그들 사이의 침묵이 잠시 흐르고 난 후였다. 하선은 당황한 얼굴로 서로를 마주 보기만 하는 선인들을 향해 말을 이었다.

"그대 선대인께서 나선 것 또한 그 때문이지. 사초를 읽고 그 사실을 안 선대인께서는 천자에게 선제였던 헌정제가 감춘 사실을 알렸고, 그 후 천자와 많은 편지를 주고받았소."

시건은 손에 든 편지를 빠르게 폈다. 편지를 펴자마자 익숙한 글씨가 눈에 들어왔다. 오해할 여지도 없이, 무진이 보낸 편지였다. 무진은 시건이 너무나 잘 아는 그의 필체로, 편지를 잘 받았다는 말과 함께 그의 고뇌를 담아냈다. 초반 몇 장은 대부분 그가 안 사실을 믿지 못하는 부정이 태반이었다. 북선에 나타났다는 사초를 부정하고, 류의민이 먼저 편지에 써 보냈을 말을 부정했다.

중간에 아버지 류의민이 만남을 청했는지 그에 응하는 내용이 있었고, 그 후에 진정 그의 아버지와 천자 무진이 따로 만나 이야기를 나눈 모양이었다. 그다음 편지는 그의 고뇌가 정리되고, 보다 차분한 어조가 이어졌다. 그의 아버지가 무진을 어찌 설득했는지는 알 수 없었다. 그러나 무진은, 선제가 반선이라는 사실을 받아들였으며 이를 묵과할 수 없다고 결단을 내린 듯했다.

......때에 맞춰 간용군, 흑귀위 선군과 함께 용수궁 북문으로 오시오. 용수궁을 지키는 좌우위만 해결하면 검용군은 내가 직접 설득하겠소. 폐하의 진실을 밝혔을 때 검용군 상장군이 우리와 함께 일을 도모할지 어쩌할지는 알 수 없으나, 만일 설득이 불가능할 경우, 이미 강왕과 이야기한 대로 그 즉시......

마지막. 시건은 마지막 남은 문장에 닿은 시선을 거둘 수가 없었다.

용수궁을 점령하도록 하시오.

역모와 누명. 지난 시간 동안, 그가 철썩같이 믿고 있었던 것은 단한 가지였다. 그의 아버지가, 그의 할아버지가 역모를 저질렀을 리 없다는 것. 누군가가 필시 그런 오명을 뒤집어씌웠을 것이라고. 그러나, 지금 무진의 편지는 그런 시건의 믿음을 뿌리부터 흔들고 있었다.

"천자 무진도 그가 안 진실을 밝히기로 했고, 그리하여 북선의 강왕, 전 간용군 상장군 류의민과 함께 손을 잡은 것이오. 그러나 그들이 논의한 대로 용수궁을 점령하기 전에, 앞서 그들이 손을 잡았다는 사실을 안 선제 헌정제가 검용군과 좌우위, 백호위, 적오위를 움직였소. 결과적으로는 선제 헌정제의 승리였소. 그대 가문이 역적으로 몰리고, 진실은 감춰졌지."

"그건......"

당시 시건과 한마음, 한뜻으로 선군과 맞섰던 전 흑귀위 선군들로서는 믿을 수 없는 이야기였다. 그러나 그것은 그 누구보다 시건 본인에게 그랬다. 편지에만 시선을 두고 있던 시건이 천천히 고개를 들었다. 무표정한 얼굴은 이 사실을 받아들인다고 여기기엔 지나치게 차분해서, 아예 아무 이야기도 듣지 못한 사람처럼 보일 지경이었다. 하선은 그런 시건을 향해, 다시금 그가 알아야만 하는 진실의 일부를 말했다.

"함께 일을 도모했으나…… 하나는 제위에 올랐고, 하나는 역적이 되었지."

✖ ✖ ✖

도깨비감투를 쓴 채로 아우들과 숲을 어슬렁어슬렁 날아다니던 파적은 숲 사이에서 무언가를 발견했다. 이상한 것이 지척을 맴돌고 있었다.

"저게 뭐냐?"

파적이 도깨비방망이를 어깨에 걸친 채로 묻자 파적의 아우 하나가 입을 열었다.

"어? 저거, 시커먼 것이 접때 봤던 저승사자 아닙니까?"

"그런데 왜 저러고 있지?"

"뭘 찾고 있는 모양인데요."

도깨비들은 모여서 쑥덕대다가, 좀 더 자세히 알아볼 요량으로 그들에게로 다가갔다. 감투를 쓴 채로 다가가던 도깨비들은 조금 날아가다가, 멈췄다. 그들이 본 건 정말 저승사자가 맞았다. 검은 두루마기에 검은 갓. 그러나 저승사자만 있는 것은 아니었다. 저승사자의 옆에는 영혼 하나가 또 있었다. 그리고 그 영혼이.

도깨비들은 눈을 크게 뜬 채로 굳어 있었다. 파적은 눈을 비비고, 옆의 도깨비를 주먹으로 한 대 쳤다.

"아!"

도깨비의 비명 소리에 저승사자와 영혼이 시선을 돌렸다. 영혼이 말했다.

「거기들 있소이까?」

파적은 얼른 감투를 벗었다. 저승사자의 옆에 서 있는 영혼은 눈에 익은 하얀 도포를 입고 있었고, 또 그가 잘 아는 얼굴을 하고 있었다. 다른 도깨비들 모두 입을 쩌억 벌렸다. 파적은 두 눈에 눈물이 가득 고인 채로 소리쳤다.

"너, 너!"

✖ ✖ ✖

하선과 시건, 선인들이 모여 있는 자리는 분위기가 좋지 못했다. 시건은 믿을 수 없는 이야기를 듣고도 여전히 그에 합당한 반응을 보이지 않았다. 크게 성을 내지 않았고, 고함을 친 것도 아니었다. 다만 시선을 내리깐 채로 무진이 썼다는 편지만 응시했다. 마치 다시금 확인하려는 것처럼. 진정 이 편지를 무진이 그의 아버지에게 보낸 게 맞는지. 진정 그의 아버지와 무진이, 그리 손을 잡았던 게 맞는지.

그러나 아무리 다시 봐도 편지는 변하지 않았고, 그 편지의 글씨는 그가 기억이 온전한 이상 헷갈릴 수 없는 명백한 무진의 글씨였다.

귀호나 다른 선인들 모두 조용히 시건이 입을 열기를 기다렸다. 그러나 한참이 지나도 시건은 말이 없었다. 잠시 시건의 눈치를 살피던 귀호가 시선을 들고는 하선에게 조심스럽게 물었다.

"헌데 어찌하여 신수 황룡은 계약을 하지 않은 겁니까? 말씀하신 바에 의하면 선제이신 헌정제 또한 반선이셨던 것 아닙니까?"

"정확히는 그보다 더 오래되었소. 용이 건원제의 후손을 차기 천제, 계약할 이로 선택하지 않은 것은 천서제 시절부터요. 그 이유와, 그대 선대인께서 천자와 합심하여 일을 도모하려고 한 이유 모두, 안희제가 끝내 밝히지 않은 진실과 관련이 있소."

"천제께서 반선이신 것 이외에 비밀이 또 있습니까?"

"그렇소. 그것이 전부가 아니오. 또한 요선 호괴도 그 진실과 연관되어 있소."

나오는 이야기마다 기함을 할 이야기뿐이라 선인들은 모두 입을 다물지 못했다. 헌정제와 안희제가 반선이라 말하더니 이제는 천서제였다. 남은 비밀은 또 얼마나 엄청난 것이란 말인가. 그 사이에서 겨우 정신을 차린 유신이 물었다.

"안 그래도 그 요선 때문에 의아한 점이 많았습니다. 분명 그 요선이 백암의 사초를 가진 주석호와 함께 사라졌는데, 왜 갑자기 사라졌다고 하는지 이해할 수가 없습니다."

"그것은 내가 그 요선을 방해했기 때문이오. 그대들에게서 멀어진 후 요선 호괴는 그 선인이 가져간 백암의 사초를 빼앗으려 하였소. 내 그 사초가 반드시 천제의 손에 들어가게 하기 위해 그런 호괴를 막아섰지."

"다치신 것은 그때 호괴 때문입니까."

"그렇소. 그러나 조금 시간을 끌다가 도망을 친 터라 그 이후 정확히 어찌 된 것인지는 모르겠소. 당시 내게 중요한 것은 그 호괴와 사생결단을 내는 것이 아니었기에 그리 오래 발을 묶지는 않았소. 무영의 추격은 그 이후 계속되었는데, 아까의 공격 또한 그 때문이었소. 그러고 보니 아까는 뜻하지 않게 그대들의 도움을 받았소. 고맙소."

시건은 겨우 입을 열어 하선에게 물었다.

"저희도 의도한 바가 아니니 감사 인사를 받을 일은 아닙니다. 허나 이해할 수 없군요. 사예에게 듣기로 그 호괴가 오랫동안 집요하게 추적을 해 왔다 들었습니다. 그런데 그 호괴보다 더 중요한 일이 있었다는 말입니까."

하선이 눈살을 찌푸렸다.

"사예?"

"댁의 귀한 따님에게 듣기를……."

귀호와 다른 선인들은 시건이 중얼거리는 소리를 못 들은 척했다. 혀를 찬 하선이 시건의 말에 그제야 답을 했다.

"내 긴 시간 동안 그 호괴의 정체를 궁금해하며 증오해 왔으나, 사초를 본 이후 더 중요한 사실을 알게 되었소. 호괴가 우리 가문을 쫓아온 연유는 따로 있었소."

"연유가 따로 있다? 하지만 천제 폐하께서는 연유든 뭐든 호괴에 대해서는 일언반구도 없지 않으셨습니까? 대체 천제께선 무엇을 숨기신 겁니까?"

유신이 의아해하는 얼굴로 물었다. 대답은 하선이 아닌 다른 이가 했다.

「그에 대해서는 소생이 말해 주겠소이다.」

동시에, 모두의 시선이 휙 돌아갔다. 도깨비들이 눈물 콧물 가득한 얼굴로 소리치는 게 보였다.

"야! 이거 봐! 어서 보라고!"

「사람한테, 아니 영혼한테 이거라니.」

선인들도 봤다. 유신이 자리에서 벌떡 일어났다. 그런 유신과 선인들을 보며 도깨비의 옆에 날고 있던 영혼이 웃었다.

「소생이 돌아왔소이다!」

곧 유신도 도깨비들과 같은 몰골이 되었다.

"도사님!"

「하하! 그간 잘들 계셨소이까!」

영혼 삼이오, 도사 양상이 저승사자와 도깨비들과 함께 서 있었다.

✽ ✽ ✽

저승사자와 영혼 삼이오가 선인들과 인사를 나누는 동안, 신난 도깨비들은 도사가 돌아온 기념으로 메밀묵을 먹으러 갔다. 도깨비들이 도사 없이 도사의 귀환을 축하하는 메밀묵 잔치를 하러 간 동안, 저승사자와 영혼 삼이오도 선인들이 모여 있던 대나무 돗자리 위에 함께 자리를 잡았다. 영혼 삼이오가 선인들에게 그간 그에게 있었던 일에 대해 설명했다. 본래 도사 양상이었던 그는 정말로 그때 호괴의 공격에 의해 목숨을 잃었노라 말했다. 그에 다른 선인들이 어찌 그리 요선에게 쉽게 당했냐고 묻자, 영혼 삼이오는 혀를 차며 이렇게 답했다.

「아, 소생이 그 바로 직전에 신선에게 불려 가 크게 혼이 나고 도사가 아니게 되었거든. 인간의 몸으로 그런 요선과 맞설 수가 있나……. 그래서 반항 한 번 못 해 보고 당했소이다……. 하하하…….」

영혼 삼이오가 뒷짐을 지고 웃었다.

"아, 인간이 되어서 지금 영혼 상태가 된 거군요."

「그렇소이다.」

옆에서 선인 하나가 말을 하자 영혼 삼이오는 고개를 끄덕였다. 유신은 철없이 그럼 인간이 되어서 다행이라고 말하다가 주변의 눈총을 받았다.

「어쨌든, 그리하여 하계로 떨어져 저승사자와 함께 명계에 다녀왔소이다. 가자마자 일단 귀제 폐하를 만나 담판을 짓고 기를 쓰고 돌아왔단 말이지. 아, 우리 장군들한테 꼭 가르쳐 줘야 하는 사실이 있는데 이리 끝낼 수는 없었단 말이외다. 캬, 이 빛나는 의리. 오죽 그 마음이 간절했으면 소생이 죽자마자 원귀가 될 뻔했단 말이오. 그렇지 않소이까?」

「글쎄.」

영혼 삼이오와 함께 온 저승사자 이육삼은 무성의하게 대답했다. 영혼 삼이오는 고개를 절레절레 젓고는 말했다.

「어쨌든, 소생이 사초의 내용을 꼭 밝히고자 했는데 그게 곤란하게 되었다 이 말이라오. 헌데 일이 이리 풀릴 줄 알았다면 소생이 괜히 왔나 싶기도 하고. 도깨비들에게 듣자 하니 여기 이 여선님은 곱단이 여선님의 어머니시라고?」

영혼 삼이오는 그렇게 말하며 시건을 쳐다봤다. 시건은 고개를 끄덕여 동의를 표했다. 영혼 삼이오의 말을 들은 하선은 곱단이 부분에서 눈썹을 찌푸렸다가 말했다.

"남선에서는 욕봤소. 내 도깨비들이 그대를 도사라 부르기에 요선의 공격을 피할 수 있겠거니 싶어 부러 관여하지 않았는데, 그리 쉬이 당할 줄은 몰랐소. 이상하다 생각은 했었는데 인간이 된 터라 그리 당했나 보오."

하선의 말에 영혼 삼이오는 빙긋 웃었다.

「뭐 그렇지요. 그나저나 이것은 무엇이오?」

영혼 삼이오가 돗자리 위에 있는 서책 하나를 가리키며 물었다. 유신이 그건 하선이 사초 내용을 필사한 필사본이라고 설명했다. 그 말에 영혼 삼이오는 감탄한 얼굴로 고개를 끄덕였다.

「아, 미리 준비해 둔 바가 있으셨군. 그렇다면 소생 혼자 입 아프게 떠들 필요는 없겠는걸. 사초부터 확인하고 이야기합시다.」

그 말에 하선은 옆에 내려놓았던 사초의 필사본을 집어 들었다. 사초를 그들 가운데에 내려놓은 하선이 그녀의 펼쳐 놓았던 보자기를 한쪽으로 치웠다. 유신은 하선이 사초 필사본과 시건이 받을 유품을 꺼내며 함께 꺼냈던 검은 함이 다시 하선의 짐 보따리 속으로 들어가는 것을 보았다.

"그런데 그 함은 무엇입니까?"

유신의 물음에 다른 이들의 시선이 하선이 챙긴 함으로 꽂혔다. 하선은 함을 보따리 속에 완전히 감추고는 짧게 답했다.

"아주 중요한 물건이오."

중요한 물건이 아직도 남아 있다니, 하고 유신은 내심 감탄했다. 호기심 어린 시선조차 닿지 못하도록 짐을 완전히 뒤로 치운 하선이 제대로 자리를 잡고 사초의 필사본으로 손을 뻗었다. 모두의 시선이, 사초의 필사본으로 가 꽂혔다.

하선이 잠시 시선을 들어 시건을 쳐다봤다. 눈을 마주친 시건이 고개를 끄덕였다. 하선은 손을 뻗어 사초의 필사본을 한 장 넘겼다. 그들 모두가 한자리에 앉아 확인했다. 오랜 세월 숨겨지고, 안희제 무진이 끝내 밝히지 않고 숨긴 진실을.

※ ※ ※

용수궁에 머무는 동안 무의미한 시간이 계속 흘러가고 있었다. 작심을 하고 기다리고 있던 사예는, 그녀의 거취를 살피는 선녀 정화에게 부탁해 무진을 알현하길 청했다. 사실 사예는 무진을 만나기까지 시간이 걸릴 거라고 생각했다. 그러나 답은 바로 왔다. 코앞으로 다가온 천서즉위일 연회로 모든 선녀들이 바쁜 와중에도, 다행히 선녀 정화는 잊지 않고 천제에게 사예가 방문을 원한다는 사실을 바로 아뢴 모양이었다. 날이 밝자마자 정화는 사예를 찾아와 점심경에 천제 폐하를 찾아뵈어도 좋다는 말을 전했다.

도깨비들과 함께 점심 식사를 한 후, 사예는 홀로 안빈당을 빠져나와 무진을 찾아갔다. 용수궁 전체가 천서즉위일 연회를 준비하느라 시끌벅적한 와중에도 천제가 있는 용주당은 유독 조용했다. 사예는 너무 조용한 복도를 서둘러 걸어갔다.

"어서 오시오."

사예는 방 안, 가장 끝에 앉아 있는 무진에게 인사를 했다. 가까이 오라는 무진의 허락에 사예는 놓인 방석까지 걸어가 자리에 앉았다. 가까이에서 본 무진은 표정이 좋지 않았다.

"제가 괜히 폐하께 폐가 되는 것은 아닌지 모르겠습니다."

"그럴 리가 있겠소. 궁금한 게 많았을 텐데 기다려 줘서 고맙소."

"아닙니다."

귓가에 궁금한 게 많았을 거라는 말이 기이하게 남았다. 사예는 무진이 어디서부터 어디까지 알고 있는지를 알 수 없었다. 무진이 때때로 그녀나 그녀의 가족, 신수 등에 대해 뭔가 아는 듯이 말을 던질 때면 자꾸만 궁금해졌다. 사초에 대체 무슨 내용이 숨겨져 있는지.

"알고 싶은 게 많을 테지. 짐은 사초를 통해 그대 가문이 요선 호괴에 의해 어떤 고초를 겪었는지 알았소."

다행히 무진은 그녀가 찾아온 이유를 잘 알고 있는 것 같았고, 물어보면 대답을 해 줄 것도 같았다. 사예는 마음이 초조해지는 것을 느끼며 말했다.

"폐하께서 말씀하신 그대로입니다. 가문에 대한 진실과는 별개로, 저는 그 호괴의 정체와 속내를 알고 싶습니다. 물론 폐하께서 저희 가문을 복권시켜 주신 것은 더없이 감사한 일이지만, 어찌하여 호괴에 대해서는 그리 말씀을 아끼셨는지 모르겠습니다."

사예의 말을 들은 무진은 잔잔한 미소를 입에 건 채 답했다.

"짐이 아낀 것은 호괴에 대해서만은 아니오. 실상 사초에는 짐이 밝히지 않은 더 많은 사실이 있었소. 그대 가문에 대한 것은 그중 아주 작은 부분에 지나지 않지."

"작은 부분이라고 하셨습니까?"

"그렇소. 짐이 그대에게 그 호괴에 대해서 밝히자면 그 모든 것을 말해야 하오. 그 진실은 짐을 위험하게 하고 선계를 위험하게 하며 더불어 천하를 위험하게 하오. 그러나 그대의 입장에서 호괴의 일을 그리 쉬이 묻을 수 없으리라는 사실을 알고 있소. 하여 짐이 그대 가문의 진실만은 밝힌 것이오."

"그 말씀인즉, 호괴의 정체에 대해 궁금해하지 말고 진실을 덮어야 한다 이 말씀이십니까. 저희 가문을 복권시켜 주신 것은 저희의 입을 막기 위한 것이었습니까?"

"부정하지는 않겠소."

"그런……."

받아들이기 힘들었다. 그녀의 짧은 생만을 따져도, 그 호괴에 의해 고통받은 기억이 수두룩했다. 그리고 그 고통은 무려 증조부 시절부터 꾸준히 이어져 온 것이었다. 그런데 그저 묻어 버리라니. 사예가 황망해서 말을 잇지 못하는 사이, 무진은 사뭇 진지한 얼굴로 말했다.

"솔직히 말해, 짐의 입장에서는 그대에게 가문을 복권시켜 주었으니 그 이상의 일에 대해서는 함구하라 명을 내리는 게 최선이오. 짐은 선군들이 호괴를 잡아 오는 즉시 즉결 처분을 명할 것이니까. 짐이 그것만으로도 충분한 보상이 될 테니 만족하라 명한다면 그대는 그리해야 하오. 그것은 천명, 짐이 이 자리를 걸고 내리는 명이니까."

사예는 입을 꾹 다물고 아무 말도 할 수 없었다. 그 호괴의 정체가, 천제의 자리를 걸어야 할 정도로 위험하단 말인가. 그리 말하니 더 궁금해진다고 말한다면 과연 천제가 뭐라고 대답할지 알 수가 없었다. 가문을 복권시켜 준 것에 대한 일말의 고마움이 마음속에서 삽시간에 식어 가기 시작했다. 혹시나 표정에 상한 마음이 드러날까 고개를 푹 숙였다.

내심 원망스러운 마음이 들어 사예는 어머니 하선에 대한 이야기를 무진에게 하지 않기를 잘했다고 생각했다. 하선을 떠올리자 사예는 조금 불편해졌던 마음이 다시 편해짐을 느꼈다. 천제는 하선에 대한 것도, 하선이 백암의 사초를 가졌다는 사실도 전혀 모르고 있었다. 그녀에게 천제가 숨긴 사실을 알 방도가 전혀 없는 것은 아니었다. 다만 조금 더 시간이 걸릴 뿐.

"허나, 그것이 그대의 입장에서 결코 받아들일 수 없는 일임을 알고 있소. 백호위 상장군에게 듣기를 감사부에서도 그 호괴에 의해 해를 당할 뻔했다고. 안 그래도 하계에 있는 선녀들이 감사부에서 행방불명된 청진위 대장군 허인의 시신을 찾은 참이오. 허인은 아무래도 그 호괴에게 해를 당한 듯하오. 어쩌면 그리 해를 당하는 게 그대였을지도 모를 일이니, 그대로서는 짐의 결정을 쉬이 받아들일 수 없겠지."

사예는 고개를 번쩍 들고 기대감이 서린 시선으로 무진을 응시했다. 무진은 아까와 조금도 다름없는 얼굴로 말을 이었다.

"하여 그대에게 모든 진실을 숨기는 것 또한 예의가 아니라 생각했소. 그러나 짐도 쉬이 그 진실을 입에 담기가 힘이 드니, 조건을 하나 걸겠소."

"……조건이라고 하셨습니까?"

"그렇소. 어쩌면 거래라고 볼 수도 있겠지."

사예는 무진이 그녀에게 뭘 바라는지, 그녀가 무진에게 뭘 해 줄 수 있는지 전혀 알 수 없었다. 사예로서는 그닥 아까울 게 없는 상황이었지만, 그래도 사예는 천제가 저렇게까지 하며 원하는 게 무엇인지 궁금해졌다.

"폐하께서 제게 원하시는 게 무엇입니까?"

"짐이 전날 하계의 일에 대해 전해 듣기로 그대와 시건이 보통 사이가 아니라고 하더군. 안 그래도 선녀들에게 전해 듣자니 혼인을 할 사이라고."

사예는 억지로 미소 지었다. 이놈의 도깨비들, 하고 이를 가는데 무진은 태연하게 말을 이었다.

"그런 사이라니 시건의 마음도 돌릴 수 있겠지. 짐이 어찌하여 암굴에 갇힌 시건을 외면하고, 신수 현무를 풀어 주지 않았는지 그대에게 말해 주겠소. 그리고 그대가, 그런 짐의 사정을 시건에게 전해 주어야 하오. 도깨비 요술을 쓰든, 술시를 보내든."

사예는 눈을 크게 떴다. 그것이야말로 그녀가 원하던 이야기였다.

"송구하오나 이해할 수가 없습니다, 폐하. 폐하께서 말씀하신 이유는 저 또한 궁금해 왔던 바이고, 류시건 장군 또한 그 누구보다 궁금해했던 일입니다. 굳이 조건으로 걸지 않으셔도 당연히 전할 말이었습니다."

"단순히 전하는 거라면 그렇겠지. 하지만 그게 아니니 조건이라 한 것이오."

그게 아니라고? 사예는 의문이 서린 시선으로 무진을 응시했다. 무진이 그런 사예에게 설명했다.

"그대는 시건이 부친의 유품을 찾으러 갔다고 말했소. 짐은 어쩌면 그 유품이 무엇인지 알 듯하오."

"그게 무슨 말씀이십니까?"

무진은 빙긋 웃었다. 그러나 아주 순식간에 스쳐 지나간 짧은 미소였다. 무진은 다시금 진지한 얼굴로 말했다.

"전 간용군 상장군 류의민의 역모에 짐이 연관되어 있소. 유품에는 아마 그와 관련된 내용이 있을 것이오."

사예는 뭐가 이렇게 역모에 연관된 게 많나 싶었다. 백암의 사초도 역모와 연관되고, 이제는 천제 또한 그 역모와 연관되어 있다고 말하고 있었다.

"짐의 조건은 이것이오. 어쩌면 시건은 이미 유품을 찾았을 수도 있고, 아닐 수도 있소. 못 찾았다면 계속 찾을 것이고, 찾았다면 어떤 마음을 먹을지 알 수 없지. 허나 유품만으로 시건이 모든 진실을 알 수 있다고 장담할 수 없소. 짐의 원하는 것은 한 가지요. 짐은 시건과 직접 대화를 나누길 바라오. 짐이 교서를 내려 명한 대로, 시건이 용수궁으로 와야 하오. 그대가 해야 할 일은 그게 가능하도록 돕는 것이오. 짐의 사정을 시건에게 전하고, 시건을 설득하는 것. 시건이 용수궁에 와 짐과 이야기를 나눈 후에, 그대에게도 남은 진실을 가르쳐 주겠소."

사예는 곤란해하는 얼굴로 입을 열었다.

"송구합니다만 폐하, 폐하께서 말씀하신 사정에 대해 알지 못하는 한, 저는 폐하께 어떤 다짐도 드릴 수 없습니다."

사예는 내심 무진의 사정이 상당히 개인적이고 이기적인 사정일 게 분명하다고 속단하고 있었다. 어쩌면 시건의 부친이 누명을 뒤집어쓰는 걸 알면서도 모르는 척했다거나, 아니면 누명을 쓰는 데 일조했다거나, 그런 안 좋은 짐작만 한가득 했다. 지나치게 조심스러운 태도로 시건을 만나고 싶다고 말하는 무진의 태도가 그런 사예의 상상을 키웠다. 만일 정말 그렇다면, 시건이 얌전히 용수궁으로 와 무진을 만나고 싶을까.

저변에 어떤 진실이 숨겨져 있는지 명확히 알지 못하는 상황에서, 지금 무진이 원하는 대로 다짐을 할 수는 없었다. 상대가 타인이라면 당장 진실을 알기 위해 남의 사정 볼 것 없이 무진의 말대로 다짐했겠지만, 그게 시건이라 그리할 수가 없었다.

그녀는 무진보다 시건을 먼저 알았고, 시건의 사정을 먼저 들어왔고. 그리고 어찌 보면 유치하지만, 그래도 구태여 말하자면 무진보다는 시건의 편을 들어야 한다고 생각했다. 그녀도 시건이 늘 그녀의 말을 듣고 그녀의 의견을 따라 준다는 걸 이미 알고 있었고, 그래서 조심스러웠다. 그동안 그녀에게 베풀어 준 시건의 배려를, 호괴에 대한 진실을 알기 위한 도구로 사용할 수 없었다. 눈앞의 천제는 이미 시건을 오십 년 동안 외면했고, 조쇄에 묶인 그의 신수를 또 한 번 외면했다.

"차라리 제게 폐하의 사정과 모든 진실을 허심탄회하게 말씀해 주십시오. 그럼 저 또한 기꺼이 류 장군에게 모든 사실을 전할 것입니다."

온갖 부정적인 마음으로 내뱉은 사예의 당돌한 말에 무진은 동요하지 않고 말했다.

"앞서 말했듯 짐의 사정은 말해 줄 것이오. 허나, 숨긴 진실 모두를 그대에게 당장 말해 줄 수는 없소."

"대체 어째서입니까?"

"짐이 그대를 믿을 수 없으니까."

사예는 멀뚱멀뚱 무진을 쳐다봤다. 무진은 차분하게 가라앉은 목소리로 말했다.

"백호위 상장군에게 들었소. 그대 모친께서 남선에 계신다는 사실을, 해께서 가르쳐 주셨다고. 허나 그대는 내게 그대 모친의 행방을 모른다 말했지."

"그건……."

사예는 말문이 막혔다. 무진은 사예가 변명할 틈을 주지 않고 이어 말했다.

"그대가 짐을 믿을 수 없다는 걸 알겠소. 그건 짐의 의도는 아니었지만, 그래도 어쩔 수 없는 일이지. 반대로 짐 또한 마찬가지요. 해서 짐은 그대에게 모든 진실을 당장 말해 줄 수가 없소. 그 진실을 안 그대가 어찌 행동할지 알 수 없고, 또한 그대를 믿을 수 없으니까. 짐의 사정이나마 말해 주겠다는 것은 짐이 할 수 있는 최대한의 배려요. 짐은 그나마 짐이 믿을 수 있는 시건과 먼저 진실에 대해 이야기하겠소."

사예는 입술을 꽉 깨물었다. 그녀는 속으로 안 그렇게 생겨서는 입이 싼 혜강을 욕했다. 무표정한 얼굴로 그녀를 쳐다보는 무진에게 불편함을 느꼈다. 사예는 하는 수 없이 한발 물러나기로 했다.

"알겠습니다. 하오나 폐하의 사정에 따라 제 행동도 달라질 것입니다. 먼저 말씀해 주십시오. 제가 류시건 장군에게 전해야 할 폐하의 사정이 대체 무엇입니까? 어찌하여 암굴에 갇힌 류시건 장군을 도와주지 않으셨습니까?"

그야말로 철썩같이 믿고 있었다. 답답하게도 늘 천제가 그럴 이가 아니라고, 그의 도움을 받으라고 했던 선인이었다. 그러나 그 답답한 믿음의 대상이었던 자는 지금, 스스로의 사정이나 운운하고 있었다. 아무렴 그 사정이 암굴에 오십 년 내내 갇혀 있던 사람의 사정만 할까. 내심 불신이 서린 사예의 눈을 마주 보며 무진이 답했다.

"짐의 사정……. 짐의 사정이기만 한 것은 아니지. 실상 그간 모든 천제들이 안고 있었던 비밀이니. 황룡이 더 이상 그 어떤 선인과도 계약 맺지 않는다는 사실 말이오."

꾸물꾸물 머릿속을 메우던 불손한 생각이 그대로 멎었다. 그녀가 생각했던 말이 전혀 아니었다. 사예는 놀란 얼굴로 무진을 쳐다봤다.

"그간 짐이 한 일은, 모두 그 사실을 감추기 위함이었지."

※ ※ ※

한참의 시간이 흐른 후에, 사예는 무진과의 대화를 끝내고 돌아왔다. 용주당에서 나와 멍한 얼굴로 구름 위를 걸어가면서, 사예는 그녀가 들은 이야기를 다시 생각했다. 그러니까, 그가 용에게 선택을 받지 못했다고 했다. 그리고 그 사실을 숨기려 했다고.

'천서제 시절부터 황룡이 없었다니.'

사예는 그녀의 귀로 듣고도 믿을 수가 없었다. 무심결에 고개를 돌린 사예는 용목이 있는 후원 쪽을 쳐다봤다. 고민을 하다가, 손을 들었다. 손등 위에서 표식이 빛나고, 청하가 빛을 뚫고 빠져나왔다. 긴 몸으로 주변을 휘감으며 나타난 청하를 보며 사예가 말했다.

"어쩌지?"

청하는 사예를 쳐다보다가, 시선을 피하고는 괜히 다른 방향으로 날아갔다. 더 이상 모습을 감출 필요가 없는 푸른 용은 그렇게 용수궁 한가운데를 활보하며 날아갔다. 사예는 그런 청하를 따라가며 무진에게 들은 말을 머릿속으로 정리했다.

천제는 사실 용의 선택을 받지 못했다. 용은 이미 오래전에 떠났으며, 제위에 오르기 전 천자는 거짓으로 제위를 지킨 천제에 대한 진실을 밝히기 위해 시건의 부친과 손을 잡았다…….

'그러나 결과적으로는 천자만 살아남고 제위에 올랐다 이거지.'

선제인 헌정제는 자신의 아들만 살렸고. 그 아들은 대신 시건을 살렸고. 그리고 제위를 이어받은 천제는 반선인 게 밝혀질까 두려워 시건을 그대로 암굴에 방치하고, 신수 현무도 되찾지 못하게 방해를.

'뭐가 이리 꼬였어.'

사예는 앞서 날아가다가 뒤를 돌아본 청하를 보며 한숨을 푹 내쉬었다. 청하가 뒤를 돌아 그녀에게 돌아왔다. 사예는 청하를 본체만체한 채로 고민에 잠겼다. 동선을 떠나기 전에 시건은 남선에 가 유품을 찾으면 그녀에게 돌아오겠다고 했다.

'유품을 찾았을까?'

어쨌든 시건의 가문이 멸문지화당한 것은 다른 누구도 아닌 선제인 헌정제 때문이며, 헌정제가 숨기고자 했던 비밀은 이제 현 천제인 무진의 몫이었다. 그리고 무진은 시건의 부친이 밝히기 위해 목숨까지 희생한 진실을 끝까지 감추려고 하고 있었다. 시건 또한 그의 비밀을 지켜 주기를 바라고 있었다.

사예가 용주당에서 나오기 전에, 무진이 마지막으로 말했다.

"말하자면 짐은 기회가 필요한 것이오. 시건에게 용서를 빌고, 그와 다시금 뜻을 함께하는 벗으로서 설 기회."

사예는 그게 가능할지 알 수 없었다. 시건이 끝내 아버지가 밝히고자 했던 진실을 밝히려고 할까. 아니면 오십 년을 외면당했어도 굳건하게 믿고 있던 벗의 사정을 받아들일까.

'어머니를 만나긴 했을까?'

사예는 그것부터 알아내야겠다고 생각했다. 시건이 도깨비들과 함께 갔으니 도깨비들을 통해 연락을 취할 방도가 있을 터였다. 시건이 만약 하선을 만났다면 유품을 확인하고 사초 내용도 알았을 게 분명했다. 지금 천제가 말해 준 사정만으로는 천제가 제법 안된 입장이긴 했지만, 그녀가 모르는 내막은 또 어떨지 알 수 없는 일이었다. 사예는 아직 속단하긴 이르다고 생각했다. 그녀는 우울하기 짝이 없던 무진의 얼굴을 머릿속에서 지워 버렸다.

'확인부터 해야겠어.'

마음을 정한 사예가 빠른 걸음으로 구름 위를 걸어갔다. 사예는 청하를 지나쳐 안빈당으로 걸어갔다. 사예를 따라 고개를 돌리던 청하가 잠시 고개를 반대로 돌렸다. 방금 사예가 나온, 천제가 있는 용주당에 시선을 뒀다. 푸른 용은 잠시 서서 용주당을 응시했다. 조용히 응시하다가, 천천히 시선을 내리깔고 고개를 돌렸다. 푸른 용은 기가 팍 죽은 상태로 사예의 뒤를 따라 날아갔다. 적막만 내려앉은 용주당의 모습을 다시 뒤돌아보지 않았다.

❈ ❈ ❈

안빈당으로 돌아온 사예는 바로 덕향을 찾았다. 그러나 덕향은 때마침 도깨비들과 함께 메밀묵 요리를 하러 간지라 보이지 않았다. 일단 사예는 덕향이 올 때까지 시건에게 보낼 편지를 쓰기로 했다.

선녀를 찾아가 종이와 벼루, 먹, 붓을 받아 온 사예는 바로 서안 앞에 자리를 잡고 앉았다. 서안 위에 종이를 펴고 문진으로 쫙 눌러놓은 후 먹을 갈며 고민했다. 전에 보니 시건이 글씨를 퍽 잘 쓰는 것 같으니 아무렇게나 막 써서 보낼 수는 없었다. 붓을 들어 먹을 묻히는 손에 땀이 고였다. 사예는 붓에 먹만 묻히며 고민에 고민을 거듭했다. 한참을 고민하다가, 붓을 종이 위에 들었다. 그런데.

"어……."

시작을 어찌해야 할지.

사예는 결국 붓을 벼루에 내려놓고 내용을 고민하기 시작했다. 사예가 서안에 팔을 걸치고 턱을 괸 채 고민하는 동안 나갔던 도깨비들이 방으로 돌아왔다. 도깨비들은 고봉밥처럼 메밀묵무침을 산처럼 쌓아 왔다. 모여 앉은 도깨비들이 사예에게 메밀묵무침을 들라며 것

가락을 내밀었다.

"여선님, 이것 좀 드시고 하세요."

"아닙니다. 저는 빨리 이 편지를 써야 합니다."

"뭘 하느라 그리 바쁘세요?"

"류시건 장군한테 보내야 할 편지입니다."

짧게 답한 사예는 턱을 괴고 앉아 편지에 뭐라고 쓸지 계속 고민했다. 옆에서 끙끙대는 사예를 보다 못한 도깨비 애심이 말했다.

"여선님, 그러다 올해가 가도 신랑한테 편지를 못 쓰겠어요. 이리 줘요!"

"예?"

"이런 건 제가 전문이니까!"

"전문……?"

사예는 미심쩍어하는 얼굴로 애심을 쳐다봤다. 애심은 자신만만하게 붓과 종이를 가져갔다. 사예와 다른 도깨비들은 그런 애심을 쳐다봤다. 애심은 손가락으로 붓끝을 조물조물 만져 모으더니 종이 위에 커다란 글씨로 이렇게 썼다.

존경하는 서방님께

"그게 뭐야!"

사예는 얼른 종이를 빼앗아 좍좍 찢었다. 그러곤 애심이 들고 있는 붓을 빼앗았다.

"어맛."

"전문은 무슨! 큰일 날 소리 하고 계시네!"

사예는 아예 서안을 두 팔로 들고 방구석으로 갔다. 쿵 소리 나게 서안을 내려놓은 사예는 벽을 보고 앉아 도깨비들이 보지 못하게 등을 돌리고 다시 붓을 잡았다. 뒤에서 도깨비들이 메밀묵을 쩝쩝대며 쑥덕거렸다.

"하긴 혼례도 아직 안 치렀는데 벌써 서방님은 좀 그렇지."

"그럼 도련님?"

"응, 사모하는 도련님께……."

사예는 도깨비들의 말을 꿋꿋이 무시했다. 그리고 도깨비들도 꿋꿋이 말했다.

"소녀 도련님이 그리워 묵 한 사발 뜨지를 못하고……."

"매일 뜬눈으로 밤을 지새우고……."

"……메밀묵이나 드시지요."

고개를 돌린 사예가 이를 악물고 말했다. 도깨비들은 굴하지 않고 계속 훈수를 뒀다.

"여선님, 신랑 보고 싶어 몸져누웠다고 해요."

"그래야 신랑이 애가 타서 빨리 오지."

"맞아, 맞아."

"말도 안 되는 소리!"

사예는 어이가 없어서 소리쳤다. 그녀는 도깨비들이 보지 못하도록 팔과 등으로 종이를 한껏 가리고는 최대한 빨리 글을 썼다. 쓸 말과 쓸 말만 급하게 써서 후후 불었다. 그러곤 다 썼냐고 어디 한번 보자고 말하는 도깨비들이 보지 못하게 얼른 접었다. 그녀는 손을 내민 도깨비들을 확 째려보며 말했다.

"딱 요대로 보내 주십시오. 당장."

"에이……."

도깨비들은 실망한 얼굴로 사예를 쳐다봤다. 사예는 조금도 물러나지 않을 셈으로 도깨비들을 엄한 얼굴로 쳐다봤다. 툴툴거리던 도깨비 애심이 결국 그녀의 도깨비방망이를 꺼내 휘둘렀다. 사예의 손에 잡혀 있던 편지가 그대로 사라졌다.

"……제대로 보낸 것 맞습니까? 무언가 장난을 친 것은 아니지요?"

"그럴 리가요, 여선님. 깔깔깔."

애심은 다시 메밀묵무침을 먹기 시작했다. 덕향이 옆에서 다시금 사예에게 젓가락을 내밀었다.

"여선님도 드세요."

사예는 젓가락을 받아 들었지만 메밀묵무침을 먹지는 않았다. 그저 질리지도 않고 메밀묵무침을 먹는 도깨비들을 쳐다보다가, 한숨을 푹 내쉬었다.

'너무 정 없이 썼나……'

글씨를 제대로 쓰지 못한 것은 그렇다 쳐도, 도깨비가 한 말대로 닭살 돋는 문구는 아니어도 뭔가 의미 있는 말을 써 보냈어야 됐나, 후회가 됐다. 그러나 후회를 해 봤자 이미 편지는 떠났고, 때는 늦어 있었다.

'이놈의 도깨비들 때문에……'

사예가 째려봐도 도깨비들은 메밀묵무침을 양념까지 다 긁어 먹느라 바빴다. 사예는 얼른 시건에게 답장이나 왔으면 좋겠다고 생각했다. 그녀는 문득 시건이 만약 어머니와 만났다면 그녀의 편지를 어머니도 볼 수 있지 않을까 생각했다.

'헉……'

사예는 다시 한 번 편지의 내용을 되새겼다. 도깨비들이 말했던 대로 낯간지러운 말이 들어갔다면 정말 큰일 날 뻔했다. 생각만으로도 진땀이 나고 소름이 돋았다. 사예는 안도의 한숨을 내쉬었다.

'어머니를 만났으면 나에 대해서 얘기를 했을까?'

사예는 그릇까지 다 집어삼킬 기세인 도깨비들 옆에서 혼자 얼굴을 붉혔다. 저절로 시건과 입을 맞췄던 밤을 떠올렸다. 괜히 입술을 잘근잘근 깨물었다. 시건이 양심이 있다면 그녀의 어머니에게 그녀에 대해 이야기를 하지 않았을 리가 없었다. 사예는 시건이 하선에게 자신에 대해 뭐라고 말했을지 궁금했다.

'설마 전처럼 정 없이 은인이라는 말로 끝내지는 않았겠지.'

그랬을 리가 없어, 하고 생각하며 사예는 눈에 불을 품었다. 머릿속에 시건이 그녀에게 했던 달디단 말들이 무수히 지나쳐 갔다. 도깨비들 앞에서 혼례를 치르겠다고 장담했으니 하선 앞에서도 그러지나 않았을까 걱정이 되었다. 그러나 머리 한쪽에서 그가 어머니 앞에서 혼인을 허락해 달라고 하는 모습을 상상했다. 화들짝 놀라 얼른 스스로의 상상을 지워 버리긴 했지만, 그래도 어쩐지 마음이 설레었다.

사예는 아무것도 묻지 않은 젓가락을 입에 물고 생각에 잠겼다. 시건의 말에 그녀의 어머니가 뭐라고 했을지도 궁금했고, 시건이 그녀의 어머니를 뭐라고 부를지도 궁금했고……. 여러 가지가 궁금했다.

✻ ✻ ✻

남선의 숲에는 다시 영혼 둘과 선인들이 모여 있었다. 지금 그들은 전날 그들이 모여 앉았던 그대로 다시 모여 앉아 있었다.

지난밤, 모두 함께 확인한 사초를 끝내 덮은 후 그들은 각자의 시간을 가졌다. 진실을 안 시건과 나머지 선인들은 사초에 담긴 진실만으로도 놀라운 터라 쉽사리 입을 열 수 없었고, 양상의 말을 들을 여유도 없었다. 그들이 알고 있던 모든 것, 너무나 당연하게 생각해 왔던 것들이 부정당했다. 진실을 알기 위해 사초를 확인하고, 거짓을 알았다. 그리하여 거짓 위에 거짓이 쌓이고, 그들이 아는 것 중 진실인 것을 분별하기가 더 힘들었다.

무거운 분위기가 흐르는 동안, 낮에 무영에게 쓴 술법의 영향인지 적오위 선군들이 숲에 왔다 갔다. 그들은 환술과 술법으로 숲을 조사하며 면밀히 살폈다. 그러나 도깨비 요술과 자운영의 힘으로 감춘 시건 일행의 흔적은 발견하지 못했다. 해가 지기 전에 선군들이 돌아가고, 그때까지 선인들과 함께 모여 조용히 기다리고 있던 도깨비들이 다시 자유의 시간을 되찾았다. 선군들 때문에 시간이 많이 흐른지라 일단 선인들은 밤을 보내고 날이 밝으면 다시 이야기를 하기로 했다.

그렇게 무거운 마음으로 그날 밤을 보내고, 날이 밝자마자 지금 그들은 다시 이야기를 하기 위해 모인 참이었다. 혼란이 제법 가셨는지 많이들 진정한 상태였지만 여전히 분위기가 좋지 않은 선인들 사이에서, 영혼 삼이오는 도사 시절의 경험과 그가 현재 알고 있는 것을 토대로 호괴에 대해 입에 담고 하선의 질문에 답했다. 하선 또한 그녀가 해야 할 일에 대해 시건과 선인들에게 말했다. 서로 간에 대화가 끝난 뒤 양상의 영혼 삼이오는 저승사자와 함께 자리에서 일어났다.

「그럼, 이제 소생이 할 일은 없으니 그만 가 보겠소이다. 이제 남은 것은 그대들 몫이라오.」

그런 영혼 삼이오를 보며 유신이 놀라 말했다.

"어디로…… 명계로 가십니까?"

영혼 삼이오가 웃었다.

「아니, 그 전에 하계에 좀 들를까 하오. 이 노인에게 전할 말도 있고 해서.」

옆에서 저승사자가 한숨을 내쉬었다. 그 모습을 본 시건이 영혼 삼이오에게 물었다.

"어제 말하길 귀제와 담판을 짓고 왔다고 하지 않았나? 영혼들은 환생 시기에 대한 문제에 예민한 듯했는데. 하계까지 오갈 정도라면 환생이 제법 많이 늦어지는 셈 아닌가?"

시건의 말에 유신과 다른 선인들이 놀라 양상을 쳐다봤다. 주변에 있던 도깨비들도 마찬가지였다. 영혼 삼이오는 아무렇지 않은 얼굴로 미소 지었다.

「소생이 하계에서만 400년을 살았소이다. 영혼 상태로 오랜 시간을 명계에 묵는다고 한들 그보다 긴 세월일까. 무엇보다…….」

영혼 삼이오가 수상한 웃음을 입에 건 채로 말했다.

「명계는 여전히 문제가 많더라고……. 허허허……. 그렇지 않소이까? 저승사자 양반.」

「그건 그렇지.」

「야, 이거 명계에서도 할 일이 많아, 할 일이…….」

저승사자 이육삼이 옆에서 고개를 끄덕였다. 두 영혼이 수상하게 눈빛을 교환했다. 그런 영혼 둘을 보고 있던 유신이 영혼 삼이오에게 물었다.

"어찌 그렇게까지 하셨습니까? 도사님."

「응?」

영혼 삼이오가 눈을 동그랗게 뜨고 유신을 쳐다봤다. 유신은 혼란스러워하는 게 여실히 드러나는 얼굴로 물었다.

"도사님은 도사로 불로불사할 수 있었는데 그도 잃고, 심지어 목숨도 잃었는데 이제는 환생마저 멀어지지 않았습니까. 어찌 그렇게까지 저희를 도와주십니까?"

다른 선인들도 비슷한 생각을 하는 와중에, 유신이 덧붙였다.

"솔직히 도사님과 우리 사이에 그렇게 지킬 의리가 어디 있……."

다른 선인들이 유신에게 눈치를 줬다. 유신은 얼른 입을 다물었지만 그래도 영 틀린 말이 아니긴 했다. 여러모로 이해할 수 없는 일이긴 했다. 양상은 선인도 아니고, 그렇다고 시건의 흑귀위 선군 시절부터 그의 수하로 뜻을 함께했던 사이도 아니었다. 천제의 명에 의해 하계에서 선인들이 물러나고 원하던 바를 이루었을 텐데도 양상은 그들과 줄곧 함께했다. 그때야 양상이 말했던 대로 그의 소망이 성취되었으니 하계에 더 미련이 없었을 수도 있지만, 그 이후에는 어떤가.

영혼 삼이오는 추억을 더듬듯 구름에 시선을 둔 채로 말했다.

「소생 오랜 시간 도가 신선들과 뜻을 달리하며 천하를 배회하고 소생만의 답을 찾기 위해 노력했소이다. 처음에는 그저 인간일 시절을 떠올리며 하계 인간들의 삶을 위해서 동분서주했고 선인과 인간의 세상을 분리해 인간 세상의 평화를 찾는 게 답이라 생각했지. 허나, 사초를 본 후에야 시작이 무엇이었는지 알 수 있었소. 신선들이 그들의 깨달음을 근거로 끝내 모든 것을 외면했으나, 소생이 찾은 답은 도가의 깨달음과는 다르오.」

선인들은 이해할 수 없어 영혼 삼이오를 쳐다보기만 했다. 삼이오는 한숨을 흘리며 말했다.

「눈앞에 엉킨 실이 보이고, 그 시작이 보이는데 어찌 손을 놓을 수 있으랴. 소생은 신선처럼 뒷짐지고 멀리서 지켜볼 수만은 없었고, 그리하여 나섰을 뿐이외다. 장군들을 위해 소생이 무언가를 했다 부담 느끼지 마시오. 그 모든 것, 소생이 찾고자 했던 답에 도달하기 위해 버린 것이니.」

허허 웃은 영혼 삼이오가 시건에게 말했다.

「기실 소생이 답을 찾은 건 장군 덕분이라고 말해도 과언이 아니오.」

시건이 영혼 삼이오를 빤히 응시했다. 주변의 선인들도 의아해서 시건과 삼이오를 번갈아 쳐다봤다. 삼이오는 그게 대체 무슨 말이냐고 묻는 유신의 물음을 외면하고 시건에게 물었다.

「장군. 소생과 일전에 음양오행술에 대해 이야기한 적이 있는데, 기억하시오?」

"그렇다."

시건이 고개를 끄덕였다. 시건이 신수를 찾지 못해 양상에게 도술을 가르쳐 달라고 했을 때의 일이었다. 영혼 삼이오가 웃으며 말했다.

「그게 바로 소생이 찾은 답이외다.」

시건은 영혼 삼이오를 물끄러미 쳐다봤다. 다른 이들은 도통 무슨 말인지 알 수가 없어서 둘을 쳐다만 봤다. 유신이 영혼 삼이오에게 물었다.

"도술보다 음양오행술이 더 센 겁니까?"

「하하하.」

소리 내어 웃은 영혼 삼이오가 저승사자에게 말했다.

「이제 그만 갑시다, 저승사자 양반. 하계까지 다녀오려면 서둘러야 하지 않소이까.」

저승사자 이육삼은 별 대답 없이 영혼 삼이오와 함께 나란히 섰다. 그런 영혼 삼이오를 보며 선인들도 따라서 자리에서 일어났다. 유신이 떠나려는 영혼 삼이오에게 손을 뻗으며 소리쳤다.

"아니, 도사님! 하던 말은 마저 하고 가셔야지요!"

「그럼 소생은 가 보겠소이다!」

저승사자와 영혼 삼이오는 망설임 없이 돌아섰다. 잠시 생각에 잠겨 있던 시건이 영혼 삼이오에게 말했다.

"잘 가라, 양상."

영혼 삼이오가 고개를 돌렸다. 이제 정말로, 저 이름으로 불릴 일이 더는 없을 터였다. 영혼 삼이오는 시건을 향해 환하게 웃어 보였다. 그 웃음을 끝으로 검은 두루마기의 저승사자와 하얀 두루마기의 영혼 삼이오는 등을 돌렸다. 선인과 도깨비가 남을 숲을 뒤로한 채, 두 영혼이 멀어졌다. 영혼 삼이오는 그렇게, 저승사자와 함께 양상으로서의 삶을 마감하기 위해 다시금 떠났다.

❈ ❈ ❈

영혼 삼이오가 떠나고, 시건은 선인들과 함께 있던 자리를 벗어났다. 그는 하선에게 받은 부친의 유품을 가져왔다. 무거운 한숨과 함께 시건은 홀로 구름 위를 걸어 나와 나무 사이를 걸었다. 그의 심정을 짐작할 수하들은 그를 따르지 않고 그저 기다렸다.

홀로 걸으며, 시건은 많은 생각을 했다. 지난밤 내내 했고, 그리고 아직까지 끝나지 않은 생각이었다. 그는, 태어난 순간부터 많은 시간을 무진과 함께했다. 얼굴만 봐도 서로의 기분이 어떤지 알았고 말없이도 무슨 생각을 하는지 알았다. 그러나 암굴에서 오십 년을 버티고 나온 후에, 그는 무진이 많이 변했다고 생각했다. 그는 전혀 이해할 수 없는 방식으로 행동하는 무진을 보며 어쩌면 실망도 했다. 그러나.

'시간만이 문제가 아니었구나. 무진.'

이제 시건은 단순히 시간의 흐름으로 인해 무진이 변한 것이었다면 나았겠다는 생각을 했다. 그가 함께하지 않았기에, 그가 모르는 시간 동안 변한 거라면. 하계에 가기 전에 인사했던 무진의 모습과, 그가 하계에 있을 때 역모에 휩쓸린 아버지를 도울 테니 걱정하지 말라고 하던 무진의 편지를 떠올렸다. 그때는 너무나 당연하게 생각했던 모든 행동들. 그 모든 게 이제는 당연하지 않았다.

그리고 그 변화의 근본적인 이유는 따로 있었다. 그를 암굴에서 나온 역적이라 칭하며 그를 외면하고 그의 신수를 놓아주지 않은 이유도. 시건과 무진이 함께 걷던 길은 오십 년 전에 이미 갈라졌고, 시간은 그저 그 사이를 돌이킬 수 없을 만큼 벌려 놨을 뿐.

시건은 손에 들고 있던 아버지의 유품을 쳐다봤다. 수가장서의 13장을 아래에 받쳐 들고, 무진이 보낸 편지를 다시 펴 봤다. 헌정제가 용의 선택을 받지 못했을 리가 없다고 부정하는 무진의 번뇌와, 끝내 상대가 그의 아버지임에도 불구하고 진실을 밝히겠다고 다짐한 무진다운 내용의 글까지 모두 빠짐없이 다시 읽었다. 이 편지 이후에, 그의 아버지와 할아버지가 무진과 함께 선제에게 반기를 들었음이 분명했다.

편지를 내려다보고 있는데, 그런 시건에게로 귀호가 다가왔다. 시건이 고개를 들어 쳐다보자 귀호가 말했다.

"상장군께서 암굴에 가신 후로, 현 천제 폐하에 대한 이야기가 함께 있었습니다."

귀호는 망설이다가 입을 열었다.

"천자께서 헌정제께 부디 상장군의 목숨을 살려 달라고 간곡히 청하셨다고, 그래서 상장군께서만 목숨을 연명하셨다고 그런 이야기가 돌았습니다. 이건, 말씀드려야 할 것 같아서……."

"……그래."

시건이 답을 하자, 귀호는 머뭇거리다가 그 자리를 떠났다. 귀호가 한 말은 시건의 마음을 더 무겁게 했다. 그는 진실을 알았고 그를 혼란스럽게 했던 모든 사실이 정리됐지만, 그로 인해 심경은 더 복잡해졌다. 지난 오십 년간 암굴에서 쌓인 응어리가 배로 늘어난 것만 같았다. 거짓과 얽힌 진실은 그의 마음을 더 갑갑하게 만들었다. 무진에 대해 생각하면 할수록 속이 쓰렸다. 그를 외면한 이유, 호괴에 대해 감춘 속내, 그 무엇도 알 수 없어 도무지 이해할 수 없었던 무진.

'무진. 네 나를 살리고…….'

그렇게, 그에게 죽는 것도 사는 것도 아닌 시간을 부과하고……. 거짓으로 스스로를 가린 안희제 무진이 있게 되었던가.

'어찌 그런 선택을 했느냐.'

답도 들을 수 없어 그의 답답한 마음도 해소할 수 없었다. 상황이 어쩔 수 없었다는 것은 알았다. 그러나 그럼에도 불구하고, 그래도, 하고 자꾸만 덧붙이는 것은 역시 돌이킬 수 없게 된 지금의 상황 때문이었다. 어쩌면 그 상황에서 무진에게는 그것이 최선이었을지도 모른다고 생각하면서도 그랬다. 손을 잡은 모든 이가 역적이 되고 홀로 남은 상황에 더 이상 헌정제와 맞설 방도가 없었으리란 것도 알았다. 심지어 당시의 천자 무진은 신수와 계약조차 맺지 않은 반선의 몸이었다. 부적 없이 제 몸 하나 지킬 수 없었을 무진이었다. 신수가 없던 때 그가 그랬듯, 그때의 무진에게도 달리 방도란 게 있었을 리 없었다.

그러나. 그래도. 계속 그리 덧붙였다. 의미 없는 일임을 알면서도 그리했다. 고마우면서도 안타깝고, 미안하면서도 원망스러웠다.

시건은 눈을 감고 혼란스러운 마음을 정리했다. 남은 것은 잔인한 현실뿐이었다. 하계에서, 무진이 변했다고 생각하면서도 여전히 그의 벗이라는 생각이 남아 있었다. 사예의 가문에 대해 밝히고 역모의 진상을 밝혀 주겠다 했을 때는 다시금 일말의 희망을 품었다. 그러나 이젠 아니었다. 그는 진실을 알았고, 그 진실을 감추고자 하는 천제로서 무진의 속내를 알았다. 이제 그가 알던 그의 벗은 없었고, 장차 충성을 바칠 주군으로서의 벗도 없었다. 남은 것은 허울뿐인 천제, 안희제일 뿐. 그 누구보다 가까웠고 믿었던 친우 무진과의 관계는 안희제의 시대가 시작되며 끝났다. 그리하여 이제 천제, 진실을 감추고 그 자리를 지키려 발악하는 위선자만이 남았다.

진실을 밝힐 기회는 얼마든지 있었다. 얼마든지 돌이킬 수 있는 기회가 있었다. 그러나 천제는 진실을 밝히지 않았고, 끝내 그 자리에 해가 되지 않을 사실만 밝히고 그 외에는 모두 감췄다. 시간이 흐르는 동안 진실에 대한 불안과 걱정이 판단의 잣대를 흐렸나. 그 자리, 온 천하를 다스리는 천제의 자리가 이미 오래전 모든 권위를 잃었음에도 불구하고, 천제는 여전히 그 자리를 지켜 낼 심사였다.

'안 될 일이다.'

이미 전부 잃지 않았나. 권위도, 명분도. 그 어느 것 하나 남아 있지 않았다. 더 이상 하늘의 제위에는 붙들어야 하는 그 어떤 것도 남아 있지 않았다. 무슨 명분으로 지난 시간 동안 천제의 자리가 유지되었든 간에, 그 명분은 이미 죽은 이들의 이름 아래 무너졌다. 그리고 그 이름 사이에 시건에게 소중한 이들의 이름이 있었다. 그 사실에 편지를 쥔 시건의 손에 힘이 들어갔다. 머리는 판단을 내렸고, 남은 것은 쓰린 가슴을 덮어 두고 행동하는 것뿐.

시건은 유품과 무진의 편지를 제대로 모아 들고 그의 수하들이 있는 쪽으로 걸음을 옮겼다. 암굴에서의 오십 년을 버티며, 그는 언제나 궁금했다. 누가 그의 아버지와 할아버지를 역적으로 몰았는지. 누가 감히 그런 죄를 뒤집어씌웠는지. 어째서 이런 일이 벌어졌는지. 시간의 흐름도 천하의 변화도 알 수 없는 그 칠흑 같은 어둠 속에서는 선단보다 분노가 그에게 더 적합한 약이었다. 되갚아야 한다는 생각으로 미치지도 못하며 그 속에서 괴로워만 했다. 살아남은 이상 숙명이라고 생각하고 그리 버렸다. 그리고 그 결과가 이거였다. 그의 아버지가 밝히고자 했던 진실과 감춰졌던 모든 것, 그리고, 무진.

그간 묻혀 있었던 감정이 다시금 마음 깊은 곳에서 솟구쳤다. 원망해야 할 상대조차 알지 못해 마음껏 욕하고 분노조차 할 수 없던 시절은 끝났다. 이제야 비로소, 그는 모든 진실을 알았다. 진실을 밝히는 것은, 이제 다른 누구도 아닌 그의 몫이었다.

※ ※ ※

마음 정리를 끝낸 시건이 선인들에게 돌아오자마자 파적이 다가와 그에게 무언가를 내밀었다. 시건이 쳐다보자 파적이 손에 든 얄팍한 것을 흔들며 말했다.

"네 각시가 보낸 거야."

시건은 바로 파적이 내민 것을 건네받았으나 눈썹을 찌푸리고는 바로 펴 보지 않았다. 그의 눈에 편지에 걸린 도깨비 요술이 보였기 때문이었다. 시건은 혹 편지가 다른 이의 손에 잘못 들어갈까 염려하여 요술을 걸었나 했다. 그래서 그는 일단 파적에게 편지에 걸린 요술을 풀어 달라 말했다. 편지에 요술이 걸려 있다는 말에 파적은 의아해하며 도깨비방망이를 휘둘렀다. 그렇게 시건은 도깨비 애심의 농간을 피해 무사히 사예가 쓴 담백하기 짝이 없는 편지를 받을 수 있었다.

시건은 손에 든 편지를 바로 펴서 확인했다. 편지 안에 글은 천제에게 사예가 말한 사실과 들은 사실이 적혀 있었고, 그에게 하선을 만났는지, 유품을 찾았는지 묻고 있었다. 그 편지를 보며 시건은 그가 용수궁으로 보낸 사예를 떠올렸다. 사예는 그의 말대로 교서를 가지고 용수궁에 가 천제 무진을 만났을 테고, 어쩌면 무진과 시건 본인에 대한 이야기도 나눴을 터였다. 아무것도 모르고. 그가 그랬듯, 단순히 잃었다 찾게 된 것에 한껏 들떠서.

용수궁에 있을 사예를 떠올리자마자 시건은 전에 감사부에 사예를 보냈을 때처럼 또 한 번 후회했다.

'보내지 말 것을.'

차라리 지금 함께 있는 편이 나았을 텐데. 후회를 하며 시건은 편지에 사예가 썼을 게 분명한 글자를 손으로 만졌다. 그는 붓을 들고 그 고운 손으로 글자를 썼을 사예의 모습을 상상했다. 가만히 있어도, 부끄러워하거나 화를 내도, 설령 따귀를 치더라도 어여쁘니 편지 쓰는 모습도 참 어여뻤을 텐데. 덕분에 갑갑하고 번잡스러웠던 마음이 조금이나마 가라앉는 듯했다.

그러나 그 시간은 오래가지 못했다. 누구에게 무슨 말을 전해 들었는지 하선이 시건에게 다가와 손을 내밀었기 때문이었다. 시건은 편지를 손에 꼭 쥔 채로 하선의 시선을 피했다. 하선은 손을 내리지 않고 말했다.

"현재 용수궁 상황에 대해 적혀 있는 것 아니오? 나도 좀 볼 수 있겠소?"

달리 피할 구실 따위 없었으므로, 결국 시건은 두 손으로 공손히 사예가 보낸 편지를 하선에게 바쳤다. 냉담한 얼굴로 딸이 보낸 편지를 읽은 하선은 허락이라도 하듯 고개를 끄덕이며 편지를 시건에게 돌려줬다. 혹 하선이 편지를 돌려주지 않을까 걱정하고 있었던 시건은 내심 편지를 돌려줘서 다행이라고 생각했다. 시건은 사예의 편지는 고이 접어 품속에 넣은 뒤, 아버지의 유품만 손에 든 채로 하선에게 물었다.

"사초를 필사하셨다는 사실을 아는 이가 더 있습니까?"

"그 사실을 아는 이는 여기 이 자리에 있는 이들뿐이오."

시건은 고개를 끄덕였다.

"일단 사예에게 답을 보내겠습니다. 천제가 요구한 대로 용수궁으로 가겠노라고. 천제는 제가 사초를 봤다는 사실을 아직 모를 테니 시간을 벌 수 있을 겁니다."

시건의 말을 들은 하선이 기다렸다는 듯 물었다.

"안 그래도 한 가지 물을 것이 있었소. 그대는 남선으로 왔는데 어찌 사예는 용수궁으로 간 것이오? 함께 동선에 있던 것이 아니었소? 아니면 그 애는 내가 여기 있다는 이야기를 듣지 못했소?"

하선은 전에 그녀가 딸에게 용수궁으로 가 어미가 찾아갈 때까지 기다리라고 말했던 걸 기억하고 있었다. 그녀는 사예가 어미 말을 따르느라 용수궁으로 갔을지도 모르겠다고 생각했다. 그러나 시건이 머뭇거리다가 한 대답이 그런 하선의 생각을 부정했다.

"……제가 요선의 행방을 알 수 없어 위험하니 용수궁에 가 있으라 했습니다."

"……."

"당시에는 그편이…… 안전하리라 생각하여."

하선의 표정은 점점 안 좋아졌다. 그녀는 시건을 보며 단호하게 말했다.

"편지는 내가 쓰겠소."

시건은 망설이다가 말했다.

"팔을 다치셨는데 괜찮으시겠습니까. 제가……."

"난 왼손잡이요."

"……."

시건은 하는 수 없이 물러났다. 하지만 계속 아쉬움이 남았다. 그의 여선에게 전하고 싶은 말이 참 많았다. 잠시간이지만 계속 곁에 두고 그 얼굴을 보지 못해 아쉬운 마음도 담고 싶었고, 홀로 용수궁에 있을 것을 생각하니 애타는 마음도 담고 싶었다. 그러나 하선이 저리 도끼눈을 뜨고 있으니 어쩔 도리가 없었다.

하선이 사예에게 편지를 쓰기 위해 그녀의 짐을 뒤지는 동안, 시건은 그 주변에서 벗어나지 못하고 서성거렸다. 그는 하선이 쓸 편지 내용이 굉장히 궁금했다. 혹 그에 대해 언급을 할지, 무언가 안 좋은 말을 쓰는 건 아닐지 걱정이 됐다. 드러나는 표정만으로도 하선이 그를 그다지 마음에 들지 않아 하는 게 분명했으므로 안심할 수가 없었다. 시건이 느끼기에 그의 무슨 말에도 웃어 주는 사예에 비하여 하선은 너무 어려운 상대였다. 하선은 그런 시건에게 신경도 쓰지 않다가, 종래에는 성가시다는 듯 말했다.

"편지는 내 알아서 도깨비에게 부탁할 터이니, 그쪽 할 일을 하시오."

그 말에 시건은 두말없이 물러나 그의 수하들을 찾았다. 이리된 이상 최대한 빨리 준비해서 그의 여선을 데리러 가야겠다고 생각했다. 시건은 주변으로 모인 그의 수하 선인들에게 명을 내렸다.

"도깨비와 선인 모두 떠날 준비를 해라. 천서즉위일에 맞춰 용수궁으로 갈 것이다. 귀호, 그 전에 너는 북선에 다녀와라. 나는 잠시 서선에 다녀와야겠다."

"서선 말입니까."

"그래. 만나야 할 이가 있다. 그리고 유신, 너는 그동안 동선에 있는 현록에게 연락해라."

"무엇이라 전할까요?"

시건은 그가 지금 내릴 명령이 돌이킬 수 없는 일이 되리란 걸 알았다. 그러나 반드시 해야 하는 일이었다. 그는 이미 진실을 밝히기로 했고, 방도는 하나뿐이었다.

지금 천제는 그들이 모든 진실을 알고 있다는 사실을 모를 터였다. 천서즉위일 연회가 열릴 용수궁에는 모든 선인이 모일 것이고, 시건은 그 자리에서 모든 진실을 밝힐 것이었다. 바로 그날이 모든 진실이 한 치의 거짓 없이 탄로 날 때.

"동선에 있는 모든 선군과 요선, 그리고 출병할 수 있는 도깨비는. 천서즉위일에 맞춰 무장을 하고 용수궁으로 오라."

❈ ❈ ❈

시건에게 올 답장을 기다리며 사예는 용수궁에서 여유로운 시간을 보내고 있었다. 이른 아침, 도깨비들과 모여 앉아 아침 식사를 하던 와중에 덕향이 신랑한테 답장이 왔다며 편지를 건넸다. 사예는 마지막 남은 한 숟갈을 얼른 입에 쑤셔 넣고 편지를 받았다. 그녀는 입안 가득 찬 밥을 우물우물 씹으며 밥을 먹는 도깨비들에게서 등을 돌리고 앉아 편지를 확인했다. 첫 문장은 이랬다.

어미다.

'헉.'
사예는 저도 모르게 고개를 편지에 들이댔다. 그러나 가까이에서 봐도 달라지는 건 없었다. 편지는 분명 어머니 하선이 쓴 편지였다.

서선에서 너와 헤어진 후 이 어미는 동선으로 돌아가 네 아버지를 찾았다. 간소하게 장례를 치른 후 백암의 사초와 역모로 몰린 류가 장수의 유품을 찾으러 명계로 갔다.

사예는 막 씹어 삼키려던 밥이 목구멍에 턱 걸리는 것을 느꼈다. 예상했던 일이었지만, 결국. 의심만 하는 것과 확인받는 것은 엄연히 달랐다. 편지를 받고 들떴던 어깨가 축 처졌다. 걸린 음식이 목구멍을 꽉 채우고 도통 넘어가질 않았다. 그러나, 힘을 내어 삼켰다. 질끈 감았다 뜬 눈과 함께 음식과 눈물을 동시에 삼켰다. 아까까지만 해도 술술 넘어가던 쌀알이 날 세우고 목구멍을 긁고 넘어갔다. 사예는 잠시 시선을 편지의 여백에 꽂았다가, 겨우 마음을 다잡고는 다시 편지를 읽었다.

명제에서 나온 후 남선으로 갔다가 네 이야기를 들었다. 듣자 하니 여기서 만난 류가의 장수가 네게 흑심을 품었다 하는데, 부모 된 입장으로 걱정을 하지 않을 수 없다. 네 아직 어리고 세상 물정을 몰라 판단을 내리기 어려울 테지만, 사내 마음이란 것이 본디 변덕스럽고 믿을 수 없는 것이다. 네 아버지께서 늘 말하기를, 사내 흑심을 쉬이 믿지 말라 하지 않았더냐. 더군다나 이자는 너는 물론 이 어미보다도 수십 년은 더 산 선인인데 네 어린 나이에 어찌 그런 이를 감당하려고 하느냐. 내 비록 이자를 오래 지켜보진 못했으나 잠시간 본바로, 도통 말이 없고 속을 알 수가 없어 음험한 기운이 서린다. 화를 내야 할 일에 화를 내지 않고 제 감정을 드러내는 일이 없으니 그 속으로 당최 무슨 생각을 하는지 알 길이 없다. 무릇 부부란 서로 간에 정을 나누고 평생을 함께하는 동반자와 같은 것인데 이런 사내와는……

"……"

사예는 장장 세 장 내내 이어지는 시건의 험담에 눈썹을 찌푸렸다.

……편지로 다 하기에는 무리가 있으니 직접 보고 이야기를 하자.

뭘 얼마나 더 하시겠다는 건지 알 수 없었다. 사예는 잠시 편지에서 시선을 뗀 채로 고민했다.

'어머니 마음에 안 들었나?'

왜 안 들었지, 하고 그녀가 의아해하는데, 뒤에서 혀 차는 소리가 들렸다.

"쯧쯧쯧⋯⋯."

"깜짝이야!"

사예는 화들짝 놀라 얼른 편지를 내렸다. 그녀의 뒤에서 도깨비 셋이 그녀의 편지를 쳐다보고 있었다. 편지를 뒤집어 가린 사예는 고개를 절레절레 젓는 도깨비들을 보며 왈칵 성을 냈다.

"지금 뭐 하는 겁니까?"

"아유, 신랑한테 뭐라고 왔나 궁금해서 그랬죠. 그런데 신랑이 아니네."

도깨비들은 실망이 여실히 드러나는 얼굴로 뒤로 물러나 다시 밥상머리에 모여 앉았다. 사예는 편지를 가린 채로 도깨비들을 째려봤다. 젓가락을 드는 금옥의 옆에서 애심이 진지하게 말했다.

"여선님, 그렇게 부모가 반대를 할 때는 방도가 한 가지 있어요⋯⋯."

"됐습니다! 난 우리 어머니가 반대하는 혼인은 하지 않습니다!"

사예는 성을 내고는 일어나서 도깨비들과 거리를 두고 방구석으로 가 앉았다. 뒤에서 응, 진짠데, 하고 중얼거리는 도깨비의 목소리가 들렸지만 무시했다. 도깨비들과 등을 진 채로 사예는 다시 편지를 펴 봤다. 시건에 대한 내용을 대충 건너뛰고, 사예는 뒷부분을 읽었다.

조만간 용수궁으로 갈 것이다. 친체에게 이 어미 이야기는 하지 말고⋯⋯.

'이미 하게 됐는데.'

교서를 따르겠다고 답장이 왔다. 그리 전해라. 그리고 아무 내색 하지 말고 있어라. 편지는 남겨 두지 마라.

그게 끝이었다.

사예는 편지를 뒤집었다. 세 장의 편지를 세 장이 맞나, 혹 겹쳐진 것은 아닌가 연신 확인하고 팔랑팔랑 소리가 날 정도로 흔들었다. 그러나 편지는 하선이 보낸 그 세 장이 다였다.

"……이게 다야?"

사예는 당연히 시건이 보낸 편지도 있을 줄 알았다. 그러나 없었다. 편지는 오로지 하선이 써 보낸 것뿐이었다. 시건이 전처럼 열심히 쓴 편지를 보냈을 거라고 기대했는데 그 기대가 와르르 무너졌다. 사내 마음이 변덕스럽다고 하더니 벌써, 하고 생각하며 사예는 하선의 편지를 접었다.

사예는 어쨌든 답장을 받았으니 무진을 찾아가야겠다고 생각했다. 시건이 무진과 만나겠다고 한 모양이니 어쩌면 사초에 숨겨진 남은 비밀이 그리 대단한 일은 아닌가 보다 싶었다.

'아니지, 그리 믿던 벗이니 그래도 말이라도 들어 보자 하는 심사일 수도.'

사예는 시건이 또 그 극진한 믿음으로 천제에게 기회를 주나, 생각했다. 어쨌든 어머니 하선도 용수궁으로 올 모양이니 다행이었다. 드디어 어머니를 만나게 되는 것이었다. 생각해 보면 청하와 계약을 맺기 전에는 아무래도 위험하니 늘 하선과 함께 있었고 이리 오래 떨어진 적이 없었는데, 스스로 참 잘해 냈다는 생각이 들었다. 하선을 만나면 하고 싶은 이야기가 많았다. 아버지를 어디서 찾았는지, 장례를 어찌 치렀는지 물어봐야 했고, 백암의 사초는 대체 어떻게 된 것이며……

'빨리 오셨으면 좋겠다.'

편지가 아까웠지만 하선의 말대로 편지를 없애야 했다. 사예는 바로 오행궁의 화기를 움직여 편지를 태웠다. 타는 편지를 떨어트리고, 튄 재를 소매로 대충 쓸어 한곳에 모아 놨다. 식사를 다 마친 덕향에게 재를 없애 달라고 부탁했다. 덕향이 요술로 재를 없애는 동안 사예는 하선을 다시 만나면 선단을 하나씩 나눠 먹을 생각을 했다. 선단을 먹는 상상은 어렸을 때부터 셀 수도 없이 많이 했지만 지금만큼 그 상상이 떨리고 기쁘긴 처음이었다. 선단을 보이면 하선이 어찌 반응할지 생각하는 것만으로도 입에 함박웃음이 걸렸다.

하선이 얼마나 놀랄지, 장하다 칭찬을 할지 궁금해하다가, 문득 편지 가득했던 시건에 대한 불만을 떠올렸다. 사예는 눈썹을 찌푸렸다. 어쩌면 하선의 입장에서는 단순히 시건이 역적인데다가 그로 인해 청하의 존재가 선계에 널리 알려졌으니 시건이 마음에 안 들었을 수도 있었다. 위험한 상황인 것만은 분명했으니, 그럴 만도 했다. 하지만 솔직히 사예도 할 말이 없는 것은 아니었다.

'어머니도 할머니 말을 거스르고 가출했다가 아버지와 만난 걸로 아는데.'

당시 백운도 선단을 취해 나이가 제법 있던 상태니 상황이 그리 다를 것도 없었다. 사예는 그때 얼마나 걱정을 했는지 모른다며 백운이 마음에 안 들었다고 두 손을 휘저으며 말했던 할머니의 모습을 떠올렸다. 그때는 그냥 웃고 넘겼지만 상황이 이리되니 생각이 났다. 사예는 그 이야기를 떠올리며 혼자 웃었다.

세 명의 도깨비들은 이제 다시금 상 주변으로 모여 앉아 그들끼리 수다를 떨고 있었다. 그들을 힐끔 쳐다본 사예는 바로 선단이 든 함을 찾았다. 도깨비들이 농의 이불 사이에 넣어 둔 함은 요술을 부려 보이지 않는 상태였지만, 그 존재를 아는 사예는 보이지 않는 함을 손으로 잡고 꺼냈다. 함을 꺼낸 사예가 그 매끈한 표면을 만졌다. 허공을 스치는 손에 매끄러운 함의 표면이 느껴졌다. 함 모서리를 따라 손을 움직여 보이지 않는 자물쇠를 확인했다. 자물쇠는 여전히 굳게 잠겨 있었다. 만족한 얼굴로 웃으며 사예는 함을 조심스럽게 다시 장 안에 넣었다. 그런 사예를 보며 금옥이 말했다.

"아유, 매일매일 아주 닳겠네, 닳아! 그게 굴비예요? 한 번씩 들여다보게?"

금옥의 질책에 사예는 멋쩍게 웃었다. 도깨비의 말대로 그녀는 매일 함을 꺼내 선단이 잘 있는지 확인했던 것이다. 혹 사라졌거나 꿈이었을까 봐 늘 확인하지 않을 수가 없었다. 사예는 선단이 든 함을 조심스러운 손길로 쓰다듬은 후에, 장 안에 넣고 장문을 닫았다. 선단이 든 함은 다시금, 장 안에 숨겨졌다.

❈ ❈ ❈

함을 다시 숨긴 후, 사예는 선녀 정화를 통해 무진에게 알현을 청했다. 전할 말이 있다 하니 무진은 바로 그녀의 방문을 허락했다. 사예는 선녀 정화와 함께 무진이 있을 용주당으로 향했다. 그녀는 무진에게 어찌 말을 전할지를 고민하며 걸어갔다. 몇 번 지나다녀 익숙해진 복도를 걸어가자 무진의 방이 보였다. 선녀 정화가 허락을 받고, 문을 열어 줬다. 사예는 정화에게 고맙다 인사를 한 후 방으로 들어갔다. 선녀 정화가 돌아가고 방에는 사예와 무진만 남았다.

방 끝에 앉은 무진은 각종 두루마리와 서책으로 어지러운 서안 위를 정리하고 있었다. 사예가 다가가 인사를 하자 무진은 펼쳐 놓고 있던 두루마리를 대충 말며 사예에게 앉으라고 권했다. 무진의 앞에 마주 앉은 사예가 먼저 말을 꺼냈다.

"바쁘신데 제가 폐가 된 것은 아닌지 모르겠습니다."

"아니오. 바쁜 것은 아니오. 바쁜 건 짐이 아니라 선녀들이지. 이것은 지금 하계에 있는 선녀들로부터 받은 상소요."

"하계라고 하셨습니까?"

무진이 만 두루마리를 하나 들며 말하자 사예가 놀라 되물었다. 무진이 웃으며 그렇다고 답했다.

"지금 감사부에 파견된 선녀들이 하계에 있는 인간들과 계속 만나며 대화를 나누고 있소. 선인 관리들을 불러들였으나 오랫동안 이어진 선계와 하계의 교류를 단숨에 끊어 낼 수는 없는 노릇이지. 하여 선계와 하계 간에 주고받았던 공물에 관하여 정리를 하고 있소. 그간 받아 온 세와, 선계에서 무상으로 받아 왔던 공물들에 값을 매겨 하계에 그 공물에 걸맞은 보상이 갈 수 있도록 조정 중이지."

사예는 그녀가 관심 없었던 하계 상황이 그리 흘러가고 있었구나, 하고 감탄했다. 확실히 그간 하계 인간들이 농사짓고 일을 해 바쳐 왔던 공물을 제값을 내고 선인들에게 팔 수 있다면 인간들의 사정도 전보다는 나아질 터였다.

"하오나 선인들이 쉽게 합의하겠습니까?"

"그래서 값을 매기는 게 쉽지 않아 시간이 오래 걸리고 있소. 하지만 짐이 이미 약조를 했고, 최대한 하계 상황에 맞춰 결단을 내릴 생각이오."

사예는 그리 말하는 무진을 보며 언젠가 시건이 했던 말을 떠올렸다. 시건은 무진이 약자를 생각할 줄 아는 좋은 이라고 말했었다. 이어진 정황으로 볼 때, 시건의 그 말이 완전히 틀린 말은 아니구나, 하는 생각이 들었다.

두루마리를 묶어 한쪽으로 치워 둔 무진이 화제를 돌렸다.

"그래. 시건에게서 답이 온 모양이오."

정확히는 어머니 하선에게 온 답장이었지만, 사예는 고개를 끄덕였다.

"예. 폐하의 말씀대로 용수궁으로 오겠다는 답을 받았습니다."

"그게 사실이오?"

"예."

믿기지 않는 듯 다시금 확인을 한 무진은 사예의 답에 잠시 생각을 하는 듯하다가 물었다.

"시건이 유품을 찾았다고 했소?"

"아마 그런 듯합니다. 허나 편지가 짧아 자세한 내막은 알 수 없었습니다."

사예가 말하자 무진은 알았다는 듯 느리게 고개를 위아래로 움직였다.

"고맙소. 그대 공이 크오."

"아닙니다."

"헌데 어찌 시건과 연락을 했소? 술시를 보내지는 않은 것으로 알고 있소."

"도깨비에게 부탁을 했습니다."

순간, 사예는 천제가 그녀를 감시하고 있나 생각했다. 그녀가 술시를 보냈는지 안 보냈는지 어찌 아는지 묻고 싶었다. 그러나 전에 하선에 대해 숨긴 일로 무진이 그녀를 믿지 못한다고 했던 말이 떠올라 입을 다물었다. 용수궁 내부에 온통 선녀와 선녀들의 술시투성이니 무진이 마음만 먹으면 그녀를 감시하는 것은 어려운 일이 아닐 터였다.

"전에도 말했지만 도깨비 요술이란 게 참으로 대단한 듯싶소. 그 옛날에는 도깨비가 붉은색을 두려워했으나 이제는 붉은색 또한 두려워하지 않으니, 도깨비 요술을 당해 낼 재간이 있겠소. 처음 그 사실을 알았을 때 모든 선군들이 놀라 우왕좌왕하였지. 아마 그건 도사의 도술 덕분이라고 알고 있소."

"예. 허나 저도 자세히는 모릅니다. 저도 그때는 감사부에 있었던 터라."

물론 지금 사예는 양상이 도깨비들에게 만들어 준 게 부적이고 지금은 그 부적이 도깨비들의 옷에 꿰매져 있다는 사실을 알았지만, 그걸 무진에게 말해 줄 생각은 없었다. 무진도 그녀에게 사초에 대한 진실을 다 가르쳐 주지 않았으므로, 이 정도는 숨겨야 덜 억울하지 싶었다.

"도깨비에게 부탁하여 어머니께도 연락을 드렸습니다. 어머니께서도 천서즉위일 전에는 용수궁에 오실 겁니다."

"그래. 수고했소. 그만 물러가 보시오."

무진의 말에 사예는 눈치를 조금 보다가 말했다.

"……송구하지만, 폐하. 정말 제게 말씀해 주시지 않을 겁니까? 호괴에 대한 사실."

무진은 조금의 망설임도 없이 답했다.

"그건 시건이 용수궁에 온 후에 이야기해 주기로 했지 않소."

무진은 차분하게 가라앉은 어조로 답했다. 시선을 내리깐 채로, 그는 말을 이었다.

"약조한 대로, 그대에게 지금 사실을 말해 줄 수는 없소. 짐이 시건을 만날 것이고, 그리고 그대 또한 언젠가는 진실을 알게 되겠지만. 짐은 그 진실을 만천하에 공개하지는 않을 것이오. 사실 짐이 시건과 만나 해야 할 이야기도 바로 그에 대해서지."

사예는 무진의 생각이 무엇인지 어렴풋이 깨달았다. 전에 그녀에게 했던 말, 그리고 지금의 말이 전하는 의미가 이어져 저절로 눈살이 찌푸려졌다.

"폐하께서는, 류시건 장군에게도 진실을 밝히지 말고 묵인하라 명하실 생각이십니까? 황룡에 대한 것은 물론이고, 호괴에 대해서도 말입니까?"

무진은 대답 없이 설핏 웃고는 말았다. 사예는 그게 긍정이라고 생각했다. 무진은 그녀에게 그 진실을 감춰야 한다고 말했던 것처럼, 시건에게도 그리 요구할 셈인 듯했다. 사예가 무진의 속내를 도통 이해할 수 없어 굳은 얼굴을 하고 있자, 무진은 한숨을 내쉬었다.

"짐은 황룡에 대한 이야기나 그 진실 모두 그저 없던 일처럼 묻히길 바라오. 지난 시간 동안 그래 왔듯, 아무도 모르게 숨겨지길 바라오."

"아무도 모르게, 라고 하셨습니까."

"그렇소. 짐이 그대에게 그간 숨겨 온 비밀을 털어놓았지. 허나 사초에 숨겨진 진실은 그보다 더 위험하고, 중대한 사실이오. 진실이 감추어져 있기에 천서제 이래 이토록 오랜 시간 동안 선, 하계의 평화가 유지될 수 있었소. 짐은 그 진실을 계속 안고 갈 생각이오. 짐은 이 제위에 오른 순간부터 진실을 감추고 이대로 선, 하계를 유지하는 것이 짐이 해야 할 일이고, 감수해야 할 몫이라 여겨 왔소. 지금도 마찬가지요. 아니, 지금은 더더욱 그렇소."

사예는 뭐라고 말해야 할지 알 수 없었다. 아까 먹은 밥이 위에서 걸린 것처럼 심장께가 답답했다. 아무 말도 하지 못하고 우물쭈물하고 있자, 무진이 말했다.

"대신 그대의 가문을 복권시켜 준 것이오. 류가의 역모에 대해서도 최대한 누명을 벗는 쪽으로 해결을 보기 위해 노력할 것이오. 진실을 감추는 것에 대한 대가로 치른다고 말할 수도 있겠지. 그것이 짐이 할 수 있는 최선이오."

그 말에, 사예는 더 이상 그 문제에 대해 말할 수가 없었다. 무진은 완고했고, 남은 문제는 정말로 시건이 용수궁에 온 후에나 해결이 가능할 듯했다. 사예는 그녀가 이쯤 물러나야 한다는 사실을 알았고, 결국 한발 물러났다.

"예, 잘 알았습니다. 저는 류시건 장군의 말을 전했으니 이만 물러가 보겠습니다."

무진이 허락하자, 사예는 바로 일어나 인사를 하고 방에서 나왔다. 방문을 닫는 틈새로 보이는 무진은 다시 서안 위의 상소들을 펴보며 집중하고 있었다. 조용한 무진의 방에서 나와 복도를 홀로 걸어오면서, 사예는 무진과의 대화에 스스로가 이렇게나 불편한 이유를 찾았다. 이유를 찾는 것은 어렵지 않았다.

'그건……'

그녀가 알고 있기 때문이었다. 천제가 저 제위에 오른 후 그 비밀을 감추기 위해, 암굴에 갇힌 채로 긴 시간을 보내야 했던 시건이었다. 그리고 천제는 조쇄에 묶인 신수 현무조차 풀어 주지 않았다. 그모든 게 진실을 감추겠다는 명목하에 이루어진 일이었다. 또한 그렇게 진실이 감춰지는 동안 그녀의 가문은 천 년 가까이 어찌 지냈는가. 그러나 천제는 다시금, 진실을 감추겠다고 주장하고 있었다. 그런 천제에게 사예는 묻고 싶어졌다.

'이번에도 있는 걸까.'

그 진실을 감추기 위해, 이유도 모른 채 무언가를 잃을 이가.

그게 또 시건일지, 아니면 그녀의 가문일지, 혹은 또 다른 누군가일지 알 수 없었다. 그런 이가 있을지, 없는지조차 알 수 없었다.

'진실을 감추는 게 정말 안정을 위해 필요한 일일까.'

진실이 무엇인지 알 수 없는 상태에서, 사예는 그에 대한 어떤 판단도 내릴 수가 없었다.

'그나저나 정말 알면 알수록 이상한 분이야.'

사예는 무진에 대해 그리 평가했다. 하계에서 시건에게 들은 바로
는 올곧고 바른 선인일 거라 생각했다가, 하계의 상황을 보고는 제
역할도 해내지 못하는 무능한 지배자라고 생각했다. 선녀 자희로 인
해 그 생각이 확고해졌다가, 신수 현무를 풀어 주지 않은 일로 벗을
버린 매정한 이라는 생각까지 더해졌다. 그러나 그녀의 가문에 대해
밝히고 복권시켜 준 일로 조금쯤 긍정적으로 생각하게 되었다가, 또
지금은……

'정말 종잡을 수가 없어.'

무진에 대해 그리 생각하며, 사예는 용주당을 다시금 돌아봤다.
곡선으로 휘어진 기와지붕 아래의 궁을 응시하며 무엇이 무진을 그
렇게 만들었을지 생각했다. 시건이 그 옛날에는 그리 올바르다 단언
했던 이가, 어찌 저리 복잡하고 알 수 없는 인사가 되었나.

'반선인 걸 감추고 살아온 삼십 년이 그리 만들었을까.'

진실을 감추기 위해 한 거짓 위로 또 거짓이 쌓이고, 쌓이며 결과
적으로 이도 저도 아닌 지금의 안희제 무진을 만든 걸지도 몰랐다.
그걸 생각하면, 왠지 모르게 그리 버텼을 무진보다, 그것도 모르고
계속 과거의 무진을 믿고 기다렸던 시건이 생각나 더 슬펐다.

❈ ❈ ❈

서선 포호궁의 주인인 지왕은 그의 아들과 마주 앉아 차를 마시고
있었다. 그는 선단을 취한 선인의 몸이지만 오랜 세월을 살아 이제
는 약하디약한 몸이 되어 있었고, 이미 서선의 관리는 장녀인 혜강
이 맡고 있는 실정이었다. 그나마 모든 일을 혜강에게 넘기고 쉰 덕

분에 이렇게 제 스스로 앉아 차를 마실 상황이나 되는 것이었다. 그리하여 궁 밖의 복잡한 상황에도 불구하고 지왕은 홀로 여유로운 한때를 보내고 있었다. 찻잔을 내려놓으며 지왕이 앞에 앉은 혜렴에게 말했다.

"그래, 너희 둘이 힘을 모아 달을 되돌리고 공을 세웠으니 이 아비 마음이 참으로 흡족하다. 진즉 그리 둘이 합심하였다면 못 이룰 일이 없거늘. 네 명계로 간다기에 걱정을 많이 했는데 참으로 장한 일을 했구나. 네 누이도 이번 일로 마음이 조금 바뀌었겠지."

지왕은 흡족해하며 말했지만, 혜렴의 표정은 좋지 않았다. 지왕도 아들의 표정이 밝지 않다는 사실을 눈치챘다.

"왜. 무엇이 마음에 걸리느냐."

지왕의 물음에 혜렴은 망설이다가 답했다.

"대체 뭘 기대하시는지는 모르겠습니다만, 아무것도 달라진 것은 없습니다. 애초에 달이 돌아온 것은 제가 세운 공도 아닙니다. 그리고 아무리 생각해도 누님의 결심이 확고한 듯합니다. 아바마마, 이만 누님께 왕위를 선양하시는 편이 낫겠습니다."

"뭐라?"

지왕이 인상을 찌푸렸다. 지왕은 쯧쯧쯧, 소리를 내며 혀를 찼다.

"어찌 사내대장부가 되어 그리 심지가 굳건하지 못하단 말이냐. 네 어찌 그리 벌써 기가 죽었어. 혜강이가 아들이고 네가 딸이었어야 하는데……."

"아바마마!"

지왕이 늘 그렇듯 제일 싫어하는 말을 담자 혜렴이 발끈해서 소리쳤다. 지왕은 귀 따갑다, 하고 말하며 고개를 절레절레 저었다. 혜렴은 놀라 죄송하다고 중얼거렸다.

"누님께서는 아무리 봐도 제가 아우 이상으로는 보이지 않으시는 모양입니다. 그러니 아바마마께서도 고집은 그만 부리십시오."

"어리석은 소리 하지 마라. 이건 우리 가문 내내 이어 온 전통이다. 네 반드시 혜강의 배필이 되어 그 아이의 힘이 되어 주어야 한단 말이다. 모르겠느냐?"

"배필이 되지 않더라도 누님의 곁을 지킬 수는 있습니다. 저와 누님은 한 배를 타고난 남매입니다. 혼인을 하지 않더라도 지당히 남매로서, 신하로서 누님을 도울 것입니다."

"혜렴아."

지왕이 달래려는 듯 혜렴의 이름을 불렀다. 혜렴은 지왕의 시선을 피한 채로 말했다.

"누님께서 하기 싫어하시는 혼인을 밀어붙이지 마십시오."

"뭐라?"

그 상대가 본인이 아닌 듯한 발언이었다. 지왕은 놀란 얼굴로 혜렴을 쳐다봤다. 혜렴은 담담한 척 말했다.

"누님께서 하고 싶으실 때, 하고 싶은 이와 혼인하시는 게 옳습니다."

혜렴은 혜강과의 문제에 있어 갈 길이 멀다는 사실을 알았고, 그로 인해 지왕이 계속 왕위 선양을 미루는 게 아무런 득도 되지 않음을 알았다. 사내로 인정받고 안 받고를 떠나, 기본적으로 혜강은 혜렴 본인에게 같은 선군으로서의 믿음조차 부족한 상태임이 분명했다. 명계에서 돌아오던 와중에, 혜강이 끝내 그녀가 아는 사실을 입에 담지 않는 모습에서 혜렴은 그걸 깨달았다.

혜렴은 여전히 혜강이 어디서부터 어디까지, 그리고 뭘 알고 있는지 알 수 없었고, 아마 바쁜 혜강도 그에게 말할 생각조차 하지 못하고 있음이 분명했다. 그건 그야말로, 그에게 그 정도의 가치밖에 두지 않고 있다는 의미였다. 그런 와중에 그를 사내로 봐 달라, 혼인하자 하는 것은 무리한 요구였다.

혜렴은 그간 그가, 그리고 지왕이 부려 온 고집에서 무엇이 문제였는지를 깨달았다. 태어나면서부터 정해져 있던 것, 잘 끼워 맞춘 자개처럼 완벽히 들어맞아 있던 믿음이 깨어지고, 그 믿음이 온통 산산조각 났는데 그 조각들을 다시 끼워 맞추기도 전에 당장 완벽히 맞춰진 함을 요구하고 있었다. 자신이 밟아 조각낸 것이라 뭐라 변명할 여지도 없었다.

태연한 척하려고 노력했으나 기죽은 게 여실히 드러나는 얼굴을 보며 지왕은 눈썹을 찌푸렸다. 혜렴은 끝내 지왕과 눈을 맞추지 않았다. 그대로 인사를 하고는, 자리에서 일어났다. 지왕은 나가는 아들의 뒷모습을 빤히 쳐다봤다. 제 누이가 늘 꼿꼿하게 등을 세우고 나가는 것과 비교되는 힘없는 뒷모습이었다.

✖ ✖ ✖

남선에 있던 시건과 일행은 그 이후에도 몇 번 무영의 공격을 받았다. 끊임없이 몰려드는 무영과 선계를 조사하고 다니는 선군들을 피해 움직이며 일행은 계속 남선에 숨어 있었다. 시건은 그 와중에 말했던 대로 귀호에게 북선으로 가라 명했다. 그러나 귀호가 북선으로 떠나기 전에 그에게 몇 가지를 물었다. 시건이 귀호에게 물은 것은 명계에서 만난 두 백호위 선군에 대한 것이었다. 시건이 암굴에 가기 전에 분명 혜강은 선녀였고, 혜렴과 혼인을 할 사이로 정해져 있었는데 현재는 둘 다 백호위 선군으로 있으니 의아한 노릇이었다. 그동안 시건과 함께 있던 선인들은 모두 굴에 갇혀 있던 이들인지라 자세한 정황을 아는 것은 귀호뿐이었다. 귀호는 시건의 질문에 의아해했지만, 머뭇거리지 않고 바로 시건의 물음에 답했다.

"선제께서 돌아가시기 바로 전 즈음에, 서선에 추문이 있었습니다. 당시 백호위 중랑장이었던 호혜렴이 다른 선녀와 눈이 맞아 도망가고, 그로 인해 선녀 호혜강과의 혼인이 흐지부지되었지요. 그 후 선제께서 승하하신 후에 호혜강이 선군에 자원했고, 백호위 선군이 되었습니다. 호혜렴은 지왕에 의해 선녀와 헤어지고 서선으로 돌아왔다고 들었습니다. 그 이후 호혜강이 백호위 상장군까지 승승장구했고, 호혜렴은 현재는 마음을 잡은 듯 보입니다만 외려 호혜강 본인이 호혜렴과의 혼사를 거부하고 있는 것으로 압니다."

"그래⋯⋯. 알았다."

귀호의 설명을 들은 시건은 알았다고 답하고는 도깨비 하나를 불러 귀호와 함께 북선으로 가라 했다. 시건이 귀호를 북선으로 보내는 이유는 흑귀위 선군을 살피고 움직이기 위함이었다. 안 그래도 귀호가 사라져 흑귀위 선군 내부의 상황이 혼란스러울 터였다. 정황도 알아볼 겸 겸사겸사 귀호가 도깨비와 함께 북선으로 간 사이, 시건은 도깨비 파적과 함께 흑뢰를 타고 서선으로 날아왔다. 그동안 하선과 나머지 선인들, 도깨비들은 남선에 숨어 기다리고 있을 셈이었다.

흑뢰를 탄 시건은 속도를 조절하며 파적과 나란히 날고 있었다. 파적의 요술로 둘은 빠르게 서선 포호궁에 도착했다. 모습과 기척을 가린 그들은 포호궁의 담 주변에 숨어 있었다. 그대로 해가 질 때까지 담을 따라 날고만 있으니 파적은 지루함을 견딜 수 없었다. 파적이 견디지 못하고 시건에게 뭐라고 하려던 찰나, 시건은 드디어 포호궁의 담을 넘어 그가 기다리던 선인이 나오는 것을 발견했다. 시건은 도깨비감투를 써 보이지 않는 파적에게 말했다.

"파적. 저 선군을 이리로 데려와라. 소리가 나면 안 되니 조용히."

"어? 그래!"

그제야 할 일이 생긴 파적이 신이 나서 얼른 도깨비방망이를 휘둘렀다. 포호궁에서 나오던 선군의 용마가 그대로 멈췄다. 용마는 그대로 뒤로 끌려왔다. 마치 뒤에서 무언가가 용마를 끌어당기는 것만 같았다. 놀란 선군이 크게 입을 벌렸지만 소리는 터져 나오지 않았다. 잘 날아가다가 갑작스럽게 봉변을 당한 용마는 그대로 시건과 파적이 있는 결계 앞까지 날아와 멈췄다. 선군은 고삐를 잡으며 얼른 놀란 용마를 진정시켰다.

"뭐야, 대체 뭐……!"

"잠깐 대화를 좀 할까."

용마째로 끌려온 선군은 포호궁에서 지왕과 대화를 하다가 답답한 마음에 궁에서 나온 혜렴이었다. 잡혀 오다시피 한 혜렴이 시건을 발견했다. 그는 당장 사인참사검을 뽑았다.

"이게 대체 무슨 짓이오!"

금방이라도 공격할 듯 검을 뽑았던 혜렴은 천제가 내린 명을 상기하고는 움직임을 멈췄다. 천제가 류시건을 용수궁으로 불러들인 이상 그를 계속 역적으로 대해도 되는지 알 수가 없었기 때문이었다. 그래도 사인검을 계속 든 채로 서 있는데, 파적이 도깨비방망이를 휘둘렀다. 파적이 도깨비감투를 쓰고 모습을 감추고 있는지라 혜렴은 파적의 존재도 알지 못했지만, 파적의 요술로 그들의 모습이 감춰지고 셋을 제외한 그 누구도 이 자리에서 무슨 대화가 이루어지는지 알 수 없게 되었다.

조금 진정이 된 혜렴이 사인검을 든 채로 말했다.

"대체 이게 무슨 짓이오?"

"할 말이 있다. 천제와 요선, 그리고 아마도 그에 대해 알고 있을 네 누이에 대해서지."

"뭐라고?"

혜렴이 놀라 되물었다. 그러나 그는 곧 놀란 마음을 가라앉혔다. 혜렴 또한 천제가 백암의 사초를 통해 요선에 대해 공표한 내용을 들었다.

"그에 대해 나와 무슨 이야기를 하겠다는 것이오?"

"아주 중요한 이야기지. 네 누이가 아무것도 모르고 천제에게 이용당하고 있으니까."

"무슨……"

일그러진 혜렴의 얼굴을 보며 시건은 명계에서 혜강과 했던 대화를 떠올렸다. 짐작건대, 호혜강은 무진이 황룡에게 선택받지 못했다는 사실 정도는 알고 있을 가능성이 컸다. 그러니 시건에게 무진의 이유를 받아들이라는 이야기도 했을 터였다. 그러나 그 이상도 알고 있을까. 안희제가 과연 온 천하에 숨긴 진실에 대해서도 호혜강에게 말했을 것인가. 시건은 그럴 리 없다고 생각했다.

"그 무슨 망발이오? 어찌 그런 말을 감히 입에 담을 수 있소?"

"어찌 이런 일이 벌어지고 있는지부터 따져야겠지. 백호위 대장군 호혜렴, 지난날 네 과오로 인해 서선이 아직도 새 왕을 맞이하지 못하고 너 또한 네 누이의 신임을 얻지 못하고 있음을 알고 있다."

혜렴은 시건의 그 말에 발끈했다.

"누가 그런 소릴! 연귀호가 그리 말하던가!"

"아닌가? 내가 가르쳐 주는 진실을 네 누이에게 전하고 모든 것을 바로잡는다면 네 누이도 너를 보는 눈이 달라질 텐데. 그게 아니더라도 너는 신수 인지의 선택을 받았으니 백호와 계약한 네 누이를 도와야 하는 것 아닌가? 누이가 그릇된 판단을 하고 있다면 바로잡아야지."

"내 누님께서 그릇된 판단을 하고 계시다고? 웃기는군. 폐하께서는 다른 이들의 반대를 무릅쓰고 그대 가문의 일에 대해 다시 진상 조사를 하겠다고 명하셨는데, 무슨 억하심정으로 폐하를 모함하고 내 누님을 모욕하는가!"

"이걸 보면 네 생각이 달라질 것이다."

시건은 손을 내밀었다. 파적이 도깨비방망이를 휘두르자, 시건의 손 위에 하선이 필사한 사초 필사본이 생겼다. 혜렴은 놀란 눈으로 사초를 쳐다봤다.

"이것은 천제의 손에 들어간 백암의 사초 필사본이다. 읽으면 천제가 숨긴 진실이 무엇인지 알 수 있다. 네 누이는 진실의 일부만을 알고 있고, 너와 다른 선인들 또한 마찬가지다. 만일 네가 이 사초를 통해 남은 진실을 확인한다면 네 누이에게 진실을 전할 수 있겠지."

혜렴은 시건이 혜강이 알고 있을 진실에 대해 입에 담자 놀랐다. 그러나 경계의 기색을 지우지 않았다.

"대체 무슨 연유로 내게 이것을 보여 주는 것이오? 또한 내 어찌 이것을 믿을 수 있소? 그대가 조작한 것인지 어찌 아오?"

"조작했을지도 모르는 이에게 물을 질문은 아니군."

"그, 그건……."

시건의 말에 혜렴이 당황했다. 시건은 사초를 손에 든 채로 이어 말했다.

"네 말대로 천제는 이미 내 가문의 역모에 대해 진상을 조사하겠다고 명했다. 진상이 밝혀지는 것은 그 누구보다 내가 원하는 일이다. 그런데 내가 왜 구태여 천제 모르게 너를 만나 이 사초를 보이고 있겠나."

"그 이유는……."

"보면 알 수 있겠지. 무엇이 진실인지."

시건은 사초 필사본을 혜렴에게 내밀었다.

"나는, 이 사초 안의 모든 진실을 밝힐 생각이다. 그게 바로 내 선택이다. 너 또한 선택할 수 있고, 네 누이 또한 마찬가지다. 나처럼 진실을 밝히기로 마음먹을 수도, 천제처럼 덮기로 마음먹을 수도 있겠지. 그러니 보아라. 선택은 그 후에 해도 늦지 않다."

혜렴은 긴장이 서린 얼굴로 사초 필사본을 응시했다. 저 말을 믿어도 될지 말지 계속 판단이 서지 않았다. 마음을 정하지 못한 채로, 혜렴이 시건에게 물었다.

"한 가지 묻겠소. 왜 이것을 누님이 아닌 내게 가져왔소?"

답은 간단했다. 사예가 혜강을 신경 쓰기 때문에. 시건은 감히 그의 여선으로 하여금 신경 쓰일 일을 만들 마음이 추호도 없었다. 그러나 그 본심대로 답하기 전에, 시건은 타인의 앞에서 늘 주의를 주던 사예의 모습을 떠올리고는 그대로 답하지 않았다. 쑥스러움 많은 그의 여선을 위해 그는 사예가 없을 때만이라도 언사에 더 주의하기로 했다. 물론 그런 주의는 사예가 눈앞에 있으면 넘치는 애정 표현하기에 급급해 불가능한 일이었지만, 지금은 사예가 곁에 없었으므로 입에 담기 전에 생각하는 게 가능했다. 그리하여 시건은 그보다 덜 중요한 부차적인 이유를 입에 담았다.

"네 누이는 이미 천제에게 들은 바가 있어 혹 객관적인 시각으로 보지 못할까 하여. 아무리 상황이 변했어도 너는 친아우이니 나보다 네 누이를 설득하기 쉽겠지."

혜렴은 시선을 떨어트렸다. 저도 모르게 그럴 자신이 없다고 생각하는 스스로가 한심했다. 그대로 고민을 하던 혜렴은, 결국 결단을 내렸다. 적어도 믿음직한 신하라도 되려면 이리 넋 놓고 있을 수는 없었다. 대체 저 사초가 어쨌다는 것인지 혜렴은 알 수 없었지만, 시건의 말대로 먼저 확인을 하고 생각해도 늦지 않을 터였다. 혜렴은 일단 확인이나 해 보자는 판단하에 팔을 내밀어 필사본을 잡았다.

"좋소. 보고 이야기하겠소."

시건이 손을 놓았고, 그렇게 사초의 필사본은 혜렴의 손에 넘어갔다.

※ ※ ※

낮에 들어온 갑작스러운 보고를 받고 하루 종일 서선을 살피고 돌아온 혜강은, 밤늦게 서선 포호궁에 도착했다. 보고는 아침에 서선의 북쪽에서 이상한 흔적이 발견되었다는 내용이었다. 혹 문제의 요선인가 하여 선군들이 흔적이 남은 곳을 조사해 봤으나 발견된 건 아무것도 없었다. 흔적은 단순히 서선 북쪽에 위치한 숲을 뒤엎은 것으로, 어떤 연유로 누가 그리했는지 밝혀지지 않았고 결국 호괴에 대한 것은 여전히 오리무중이었다. 심지어 백호위 선군은 숲을 뒤진 존재가 무엇인지조차 밝혀내지 못했다. 결과적으로 백호위 선군들은 빈손으로 돌아오게 되었고, 혜강의 마음도 지쳐 가고 있었다.

혜강이 겨우 포호궁으로 돌아오자마자, 지왕의 술시가 그녀에게 날아왔다. 용마를 담당하는 술시에게 용마의 고삐를 넘긴 혜강은 그녀를 찾아온 술시의 안내에 따라 지왕을 만나러 갔다. 안 그래도 명계에 다녀온 후로는 여러모로 여유가 없었던 터라 문안 인사도 겨우 짬을 내서 해 왔기 때문에 죄송한 점이 많았다. 혜강은 하루 종일 서선을 살피느라 힘들었지만 오늘은 조금 담소라도 나누어야겠다고 생각했다.

"늙으면 죽어야지. 이제 별의별 꼴을 다 보는구나."

방에 들어가 앉자마자 보료의 사방침에 팔을 대고 앉아 있던 지왕이 그렇게 한탄했다. 혜강은 지왕이 하는 말에 한숨을 내쉬었다. 대

174

화의 포문을 연 말은 남선의 정왕이 죽은 뒤로 지왕이 늘 입에 달고 다니는 말이었다. 보다 젊었던 정왕이 급작스럽게 세상을 뜬 후 지왕은 부쩍 죽음에 대해 입에 담는 일이 늘었다. 혜강은 불경하다는 것을 알면서도 저게 혹 얼른 혼인을 시키기 위한 새로운 방도신가, 하는 생각을 하기도 했다. 그러나 지왕이 연이어 꺼낸 말은 혼인이 아니었다.

"요선이 천제 폐하의 곁에서 용수궁 궁관 노릇을 하고 있었다니 기가 막힌 노릇이구나."

"그 요선에 대해서는 어찌 아셨습니까?"

"아까 저녁에 다른 선인들에게 이야기를 전해 들었다. 이 무슨 말도 안 되는……. 그것도 그리 오랜 세월을."

"아바마마."

지왕은 발이 반쯤 쳐진 창을 내다보며 나지막하게 읊조렸다.

"알 수 없는 일이구나. 어쩌면 내 선군이던 시절 눈앞의 요선을 보고도 아무것도 모르고 지나쳤을 수도 있는 노릇이니. 매년 한 번은 용수궁에서 그 선녀를 봤던 터인데, 짐작조차 하지 못하였구나. 몇백 년을 산 선인이라 하여 천하를 다 아는 것도 아니고, 자신하던 혜안은 한낱 눈속임에 가려졌을 뿐이라. 한 치 앞도 못 보는 게 인간이라더니, 선인이라 하여 다를 바가 없구나……."

혜강은 무거운 한숨을 내쉬는 지왕을 보며 아무 말도 할 수 없었다.

"그 요선에 대해서는 아직이더냐."

"예."

"그렇겠지……. 도술을 쓰는 요선이라니. 쉬이 손에 잡힐 것이었다면 선인 일생에 신선의 얼굴을 보기가 그리 어려울 리가 없다."

"허나, 반드시 잡을 것입니다."

혜강이 단호하게 말했다. 지왕이 고개를 돌려 그런 혜강을 쳐다봤다. 혜강을 물끄러미 바라보던 지왕이 웃고는 말했다.

"그래. 네 하겠다 마음먹어 못 이룬 일이 없으니."

혜강은 지왕의 말이 언뜻 평소와 다르다는 느낌을 받았다. 명확하지 않으나 무언가 달랐다. 지왕은 사방침에 대고 있던 팔을 내리고 비스듬히 기대 있던 몸을 똑바로 세우려고 했다. 혜강이 놀라 얼른 그를 부축하려 했다. 손을 저어 혜강의 도움을 거절한 지왕이 스스로의 힘으로 허리를 펴 앉은 채로 말했다.

"명계에서 있었던 일을 들었다. 네 천제 폐하께 직접 명을 받아 크나큰 임무를 맡고, 무사히 임무를 달성한 것은 능히 치하할 일이다. 허나…… 늙은 아비는 네가 혜렴이와 함께 명계로 가 그 일을 해냈다는 것이 더 기쁘구나."

혜강은 침묵했다. 그녀 또한 귀제의 공격을 받을 때 혜렴이가 제 역할을 잘해 냈다는 사실을 알고 있었다. 어쩌면 제 역할을 해내지 못한 건 그녀뿐일지도 몰랐다.

"제아무리 현명하고 뛰어난 선인이라 해도 늘 모든 것을 간파할 수 있는 게 아니고, 연륜 있는 선인의 판단도 늘 옳은 것은 아니다. 음양오행의 이치에서도 각 행이 홀로가 아니고 서로 상생과 상극으로 어우러지는 법이다. 네 언제까지고 무엇이든 너 홀로, 독불장군처럼 해낼 수는 없다. 응당 믿을 수 있는 이의 도움을 받아야 한다. 그것이 신하요, 벗이요, 형제요, 배필이라면 더없이 좋겠지."

혜강은 문득 그 언젠가 그녀 스스로 했던 말을 떠올렸다. 그녀는 석호에게 그의 아들이 어리지만 도울 이가 많아 복이 많다 했고, 무진에게는 믿을 수 있는 이를 곁에 두라 했다. 그런 이가 곁에 필요하다고 천제에게 그녀 스스로, 말했었다. 저도 모르게 시선을 내리까는데, 지왕이 말했다.

"이 아비의 생각은 여전히 변함없다. 허나, 천서즉위일이 지나면, 네게 왕위를 선양하겠다."

혜강은 고개를 들었다. 지왕이 놀란 얼굴의 딸을 보며 웃었다.

"네 무려 명계로 가 신선을 구출하고 선하계에 안정을 가져왔는데, 내가 그런 네게 자질의 부족을 운운할 수 있겠느냐."

"아바마마."

지왕은 진지한 어조로 말했다.

"아까 혜렴이 말하길, 네게 마음 없는 혼인하라 고집 피우는 짓 그만하라 했다. 구태여 혼인하지 않아도 저가 네 아우이니, 모자람 없이 네 충신이 되겠다고. 아비 된 마음으로 아들 녀석이 여인네 눈 밖에 나 기죽은 모습이 꼴 보기 싫으나…… 그래. 마음 없는 사내한테 딸자식 시집보내는 것도 아비 된 자가 할 일은 아니지. 네 왕이 되어 혜렴이와 혼례를 하든, 네 마음에 차는 사내를 찾아 혼례를 치르든 네 마음대로 해 보아라. 혜렴이 말대로, 끝내 배필이 되지 않더라도 너흰 피로 이루어진 남매이니 연 끊길 일은 없겠지."

혜강은 말문이 막힌 사람처럼, 내내 침묵만 유지했다. 어떤 말을 해야 할지 알 수가 없었다. 감사하다고? 죄송하다고? 벅차면서도 죄스럽고, 기쁘면서도 슬픈 그 마음을 단번에 표현할 말이 필요했다. 그러나 혜강은 그에 적합한 말을 찾을 수 없었다. 그 언젠가, 제 미래에서 누님을 제외해 본 적이 없다 말하던 혜렴의 모습을 떠올렸다.

평소 같지 않게 넋 나간 얼굴로 앉아만 있는 혜강을 보며 지왕이 웃었다.

"내 할 말은 다 했다. 이만 물러가 보아라."

혜강은 앉은 자리에서 일어날 수가 없었다. 그런 혜강을 보며 지왕이 손을 들어 휘저었다.

"그만 가 보라니까. 내 이 몸으로 천서즉위일에 용수궁 갈 생각만 하면 벌써부터 아주 골치가 다 아프다. 좀 쉬어야 기운 내서 용수궁으로 가지. 그러니 이만 물러가거라."

지왕은 다시금 사방침에 팔을 대고는 거의 눕다시피 늘어졌다. 일어나 도우려고 하던 혜강은 이번에도 지왕의 거부에 물러났다. 보료 위에 힘없이 누운 지왕을 가만히 바라보던 혜강은, 그에게 절을 하고는 일어섰다.

방에서 물러나며 문을 열고 나가기 전에, 혜강은 고개를 돌려 자리에 누운 지왕을 쳐다봤다. 언제부터인가 일어나 있는 모습보다 자리에 누워 있는 게 더 익숙했다. 그런 와중에도 왕위를 선양하지 않고 계속 그 자리를 힘겹게 지킨 이유가 그녀의 고집 때문이라는 사실을 알고 있었다. 혜강은 문에 손을 올린 채로 지왕을 바라보다가, 조심스럽게 문을 열고 나왔다.

문을 열고 나오는 발걸음이 너무 무거웠다. 그녀는 드디어 아버지의 마음을 돌렸고, 어쩌면 원하던 결과를 얻었다. 그러나, 마음은 마냥 가볍지 않고 어딘가 불편했다. 힘없이 말을 잇던 아버지의 얼굴이 자꾸만 떠올랐다. 걸어가는 걸음마다 묵직하니 방금 나온 지왕의 방 어딘가에 발목이라도 묶인 것만 같았다.

한숨을 내쉬면서 복도를 나오던 혜강은 익숙한 인기척을 느꼈다. 혜렴이었다. 혜강은 지왕이 했던 말을 떠올렸다. 아우가 배필이 아닌 그녀의 신하가 되는 것, 선군이 되고 홀로 왕위에 오르기로 결심한 이래 그것이 당연한 일이었음에도 불구하고, 늘 철없다 여긴 아우가 스스로 그걸 받아들였다고 하니 또 기분이 묘했다. 어쩌면 생애 처음으로 혜렴을 마주하기가 불편하다고 생각하는데, 그녀를 발견한 혜렴이 성큼성큼 다가왔다.

"누님."

혜강은 혜렴을 쳐다봤다. 혜렴은 더없이 진지한 얼굴을 하고 있었다. 마주하는 혜강 역시 굳은 얼굴이었다. 다가오는 혜렴을 보며 혜강은 무언가 달리 할 이야기를 생각했다. 그녀는 바로 괜찮은 이야깃거리를 찾았다.

"아바마마께서 천서즉위일에 용수궁에 간다고 하셨다. 아느냐?"

혜강의 말에 멈춰 선 혜렴이 인상을 찌푸렸다.

"예. 허나 아바마마께서 용수궁으로 가셔선 안 될 것 같습니다."

"그래. 내 보기에도 좀 걱정이다. 그리 먼 거리를 가시기에는······."

"아니요. 그게 아닙니다, 누님."

혜강은 의아해하는 얼굴로 혜렴을 쳐다봤다. 혜렴이 빠르게 말했다.

"아까 류시건이 나타났었습니다."

"뭐라고?"

혜렴은 기척을 세워 주변을 살폈다. 어떤 기척도 없는 것을 확인한 혜렴이 혜강에게 말했다.

"드릴 말씀이 있습니다. 아주 중요한 일입니다."

❈ ❈ ❈

묵은 진실이 드러나는 밤이 지나고, 해는 아침이 되자 언제나와 같이 떠올랐다. 얼마간의 부재를 만회라도 하려는 듯 요 근래 해는 유독 더 뜨겁고 밝게 타올랐다. 해가 중천에 뜬 때, 북선 검안궁에는 아름다운 선녀들이 모여 있었다. 선녀들은 북선의 제후인 화탁의 아내, 화영과 그녀의 방에 마주 앉아 차를 마시고 있었다. 동그랗게 모여 앉은 선녀들의 앞에 찻주전자와 찻잔, 다과가 한가득 놓인 소반이 있었다. 선녀들은 차를 따라 마시고 다과를 먹으며 잔잔한 담소를 나누었다. 평화로운 분위기에서 선녀 하나가 방을 둘러보며 말했다.

"그나저나 궁에 새 단장을 하셨나 봅니다. 그간 부군에 대한 걱정으로 스스로를 돌보시지 못하는 것 같아 많이 안타까웠습니다."

다른 선녀들도 방을 둘러보며 고개를 끄덕였다. 선인 화탁이 북선 제후가 된 후로 매일 불안과 불면증에 시달리고 있다는 사실은 북선의 모든 선인이 알고 있었다. 그러니 그의 아내인 화영도 평화로운 나날을 보낼 수 있을 리가 없었다. 그녀는 무려 북선 검안궁의 안주인이 되고서도 제 방 하나 단장하지 못하고, 스스로를 가꿀 생각조차하지 못한 채 그 자리를 지킨 지 오래였다. 북선의 검안궁은 제후가 사는 궁임에도 불구하고 줄곧 주인도 살지 않는 것처럼 적막하고 쓸쓸한 분위기만 감돌았다.

그러나, 최근 무슨 바람이 불었는지 화영이 스스로를 가꾸고 궁도 새로이 단장하고 있다는 소식이 들려왔다. 심지어 북선 출신의 선녀들까지 초대해 이리 다과회를 여니 선녀들로서는 놀랄 수밖에 없었다. 선녀들 사이에서는 천제가 역적 류시건에 대해 새로이 공표한 일 때문에 선인 화탁과 그의 아내가 그에게 뒤지기 싫어 제대로 북선 제후 노릇을 하고 싶어 하는 것 같다는 말이 돌았다. 사실은, 최근 선인 화탁이 정신 상태가 많이 안 좋아져 그 아내가 어떻게든 그 자리를 지키기 위함이라는 이야기도 있었다.

선녀들은 방 안의 화훼와 화려한 병풍을 구경하며 선녀 화영의 안목을 칭찬했다. 그 사이에서 선녀 하나가 걱정이 가득한 얼굴로 입을 열었다.

"헌데, 부군께서는 좀 괜찮으신지요? 요새 중궁(中宮)에 들어도 부군을 뵙기 힘들다는 말이 돌던데."

선녀들의 한가운데에서 함께 차를 마시고 있던 화영, 실제로는 요선 호괴가 찻잔을 조심스럽게 내려놓고 어색하게 웃었다.

"예. 저희 낭군께서는 수심이 깊으셔서 다른 이의 방문을 거절하고 계신답니다."

호괴에게 화탁에 대해 질문한 선녀가 고개를 끄덕였다.

"아무래도 그러시겠지요. 이런 때일수록 화영 선녀께서 힘을 내셔야지요."

"그럼요."

"아무리 천제 폐하의 명이라 해도, 이해할 수 없는 일입니다. 역모에 대한 진상 조사를 다시 하시겠다니요. 그 역적이 감사부에서 미란 선녀와 태중 아기를 해한 일만 생각하면 아직도 치가 떨립니다."

"안 그래도 그 관련 관리들이 폐하께 상소를 올렸는데, 폐하께서 달리 말씀하셨답니다. 듣자 하니 그것은 역적이 아니라 문제의 요선이 선녀 자희의 몸을 빌려 한 일이었다고."

또 다른 선녀가 저도 들었다고 말하자 이야기를 꺼낸 선녀도 겁을 먹었다.

"허면 참으로 무서운 일이 아닙니까. 그 호괴가 선녀의 모습으로 어찌 그리 잔인무도한 일을!"

"참으로 종잡을 수 없는 요선이지요. 그 요선이 대체 무슨 연유로 그런 일을 벌인 것인지……."

호괴도 그리 덧붙이며 혀를 찼다. 그녀가 그리 말하자 옆에 있던 선녀가 웃었다.

"요선 따위에게 연유 같은 게 있을 리가요. 그저 제 욕심 이기지 못하고 과한 것을 탐내며 악행을 일삼는 것이겠지요."

"아무렴요. 그러니 요괴를 살려 두어선 안 되는 것 아니겠습니까."

호괴는 찻잔을 손에 쥔 채로 소리 없이 웃었다. 말한 선녀들의 얼굴을 차례로 쳐다본 호괴는 시선을 내리깔고, 찻잔에 흔들리는 차를 쳐다봤다. 다행히 평화로운 얼굴로 웃고 있는 선녀 화영의 얼굴이 비쳐 보였다. 얼굴을 일그러트리지 않는 스스로를 대견하며 호괴는 별말 없이 차를 마셨다.

마음을 가다듬고 찻잔을 내려놓은 호괴가 화제를 돌렸다.

"요새 선군들도 노고가 크다 들었습니다. 문제의 요선을 도통 찾을 수가 없다지요?"

호괴의 말에 선녀들은 고개를 끄덕였다.

"그 요선이 진정 죽었는지 살았는지도 모르는 판에, 심지어 도술을 사용하는 요선을 어찌 그들 힘으로 찾을 수 있겠습니까? 신선들의 도움이라도 받지 않는 이상은."

"저런, 천제 폐하께서 응당 신선들에게 도움을 청하셔야 할 텐데요."

호괴가 혀를 차며 말했다. 선녀들은 고개를 절레절레 저었다.

"신선들이 도와줄 리가 있겠습니까. 실제로 존재하는지도 의문입니다."

"호괴가 도술을 쓴다는 걸 보면 존재는 하는 모양입니다만."

"참으로 곤란하게 되었군요."

호괴는 그렇게 말하며 찻잔을 들었다. 그녀가 두 손으로 찻잔을 들고 차를 마시는데, 그런 호괴의 옆에서 눈치를 보던 선녀 하나가 물었다.

"헌데 혹, 화영 선녀께서는 이번 천서즉위일에 어찌하실 요량이십니까?"

"예?"

호괴가 이해하지 못한 얼굴로 고개를 갸웃거리며 선녀를 쳐다봤다. 선녀는 다른 선녀들과 시선을 교환하고는 호괴를 쳐다봤다.

"천서즉위일 연회에 참여하실 수 있으시겠습니까? 본래라면 부군께서 참여하심이 옳지만 말입니다……."

선녀가 채 말을 잇지 못하고 눈치를 봤다. 호괴는 찻잔을 내려놓고는 입술 끝을 올려 미소 지었다.

"그날이 어떤 날입니까? 천서제께서 즉위하신 날이 아닙니까. 당연히 모든 선인이 연회에 참석해야지요. 서방님께서는 워낙 수심이 깊으신지라 어찌하실지 아직 결정을 내리지 못하셨지만, 여의치 않으면 저라도 참석하라고 신신당부를 하셨답니다."

"그 말씀은, 천서즉위일에……."

호괴는 환하게 미소 지었다. 활짝 미소 지은 입술 사이로 조금의 망설임도 없는 말이 흘러나왔다.

"용수궁으로 가야지요."

미소 짓느라 가늘어진 눈 사이, 눈동자는 눈앞의 선녀들을 보고 있지 않았다. 그녀의 눈은 그 궁에 있는 그녀의 구슬을 다시금 그렸다. 아름다운 자신의 구슬을 떠올리며 호괴는 되뇌었다. 이번이 마지막. 정말 마지막이 되어야 했다.

천 년의 역사

　어느덧 선계 제일의 행사인 천서즉위일 연회가 일주일 전으로 다가와 있었다. 그러나 어쩐 일인지 용수궁에 온다고 했던 시건은 지금까지도 모습을 드러내지 않고 있었다. 당연히 하선도 마찬가지였다. 덕분에 시건의 말을 무진에게 전했던 사예만 난감한 상황이었다. 대체 언제 오는지 궁금해서 사예는 중간에 시건에게 편지를 다시 보냈다. 도깨비를 통해 보낸 편지에 답장은 또 하선이 보냈다. 편지는 짧았다. 천서즉위일 연회 날에 맞춰 갈 것이라고, 하선이 편지에 쓴 글은 그게 다였다.

　그 짧은 편지 덕에 오히려 불안하고 걱정스러운 마음에 사예는 도무지 가만히 앉아 있을 수가 없었다. 그녀는 차라리 빨리 천서즉위일이라도 됐으면 좋겠다고 생각했다. 기나긴 낮을 견디다 못한 사예는 안빈당 밖으로 나왔다. 천서즉위일 연회 준비로 바삐 움직이는 선녀들 사이를 지나 용목이 있는 용주당 후원으로 향했다. 용마들이 주렁주렁 매달린 용목을 보며 사예는 크게 숨을 들이마셨다, 내쉬었다 반복했다. 그녀의 표식에서 나온 청하가 그런 용목 사이를 날아다녔다.

그 언젠가, 그녀의 먼 선조가 이 나무들을 천제에게 바쳤다는 사실이 잘 실감이 나지 않았다. 만일 진사담이 그가 인정한 천제의 핏줄이 내린 명으로 인해, 후손이 천 년을 도망쳐 다녀야 했다는 사실을 알았다면 어땠을까. 그간 사예는 대체 사라진 신수 황룡과, 그녀의 가문, 호괴 사이에 어떤 연결 고리가 있을까 고민했다. 그러나 아무리 생각해도 답은 찾을 수 없었다.

"마음의 준비는 마쳤소?"

"폐하."

사예는 구름 위를 걸어오는 무진을 보고 인사를 했다. 고개를 숙이는 참에, 문뜩 의아함이 생겼다. 사예는 천천히 고개를 들고는 무진에게 말했다.

"제가 준비할 게 있겠습니까. 선녀님들의 노고가 크시지요. 헌데, 폐하. 송구하지만 한 가지 여쭈어도 괜찮겠습니까?"

"물으시오."

"폐하께서는 어찌 구름 위를 걸으십니까?"

신수와 계약을 맺지 못했는데 어찌 운보를 써 구름 위를 걷는 선인들처럼 멀쩡히 걸어 다니는지 알 수 없는 노릇이었다. 사예의 질문에 무진은 놀라지도 않고 답했다.

"부적을 쓰지. 계약을 맺지 않은 어린 선인들도 그리하지 않소."

"아……."

사예는 저도 모르게 옷자락에 가려진 무진의 발 쪽을 쳐다봤다. 보이는 게 없어 알 수 없었지만, 어쩌면 저 안에 무진의 발에는 부적이 붙여져 있을지도 몰랐다. 줄곧 저리 생활해 왔다면 그 불편함이 참 컸으리라. 사예는 청하와 계약을 맺고 나서 부적 없이 구름 위를 날아다닐 수 있어서 가장 편했던 게 생각났다.

"어찌하여 폐하께서는 다른 신수하고라도 계약을 맺지 않으셨습니까?"

"제위에 올랐을 때 짐은 어찌하여 황룡이 선제와 계약을 맺지 않았는지 몰랐소. 언제라도 황룡이 돌아올 수 있다고 생각했기에 달리 계약을 맺지 않았던 것이오. 만일 황룡이 무려 천 년 전부터 선택을 하지 않았다는 사실을 알았다면 진즉에 다른 신수하고라도 계약을 맺었겠지."

"허면 이제라도 다른 신수와 계약을 맺을 마음이 있으십니까?"

무진은 용목을 응시하던 시선을 돌려 사예를 쳐다봤다. 그는 사예 주변에 날고 있던 청하를 빤히 쳐다보다가 곤란해하는 얼굴로 말했다.

"마침 그리 말해 주니 고맙소. 안 그래도 짐이 제위에 오른 천제의 몸으로 아무 신수와 계약을 맺을 순 없는 노릇이니, 황룡 대신 청룡이라도 계약을 맺었으면 하오."

"마, 말도 안 됩니다!"

사예는 화들짝 놀라 냉큼 소리쳤다. 소리치고 나서는 본인이 천제를 상대로 소리를 쳤다는 사실에 더 놀랐다. 그러나 놀랐음에도 사예는 옆에서 눈을 부릅뜨고 고개를 젓는 청하를 보며 조금도 물러날 수가 없었다. 경계가 잔뜩 서린 얼굴로 뒤로 물러난 사예를 보며 무진이 말했다.

"농이오. 그리 걱정하지 않아도 되오. 그대 신수를 빼앗을 마음은 없으니."

그제야 안도한 사예는 아예 그녀의 뒤에 숨어 버린 청하를 발견했다. 사예는 그런 청하를 힐끔 보고는 웃음을 겨우 참았다. 하긴 청하는 진사담 시절부터 오랜 시간 동안 오직 그녀의 가문과 계약을 맺고 있는 신수였다. 그녀가 태어나기도 전부터 이미 그녀의 신수로 낙점

되어 있었다.

사예가 당연히 싫어하지, 하고 생각하는 동안, 무진도 사예의 뒤로 숨은 청하를 쳐다봤다. 청하는 노란 눈을 내리깔아 꿋꿋이 무진의 시선을 피한 채로, 긴 꼬리와 몸을 구부려서 어떻게든 자신의 몸을 온통 사예의 뒤에 숨기려고 했다. 덕분에 무진은 사예의 등 뒤로 겨우 삐져나온 청하의 발이나 긴 수염, 뿔 등만 겨우 볼 수 있었다. 무진이 한숨을 내쉬고는 말했다.

"그대 말대로 다른 신수와 계약을 맺더라도, 일단 천서즉위일을 넘기고 볼 일이지. 시건은 물론이고, 그대 모친께서도 이날까지 기별 하나 없다니."

사예는 아무 말도 할 수 없었다.

"시건이 정말 용수궁으로 와 나를 만나겠다고 답을 한 것이 맞소?"

"예. 그것은 분명합니다."

사예가 조금의 망설임도 없이 답했다. 잠시간 말이 없던 무진은, 결국 고개를 끄덕이곤 등을 돌렸다.

"시건은 그렇다 쳐도, 그날까지 그대 모친께서 용수궁에 오지 않으면 짐은 그대에게 제후의 위를 하사할 것이오."

"그럴 수는 없습니다. 저희 어머니께서 오실 터인데……."

그런데 아직껏 감감무소식이니 사예의 목소리가 점점 작아질 수밖에 없었다. 무진은 등을 진 채로 고개만 살짝 돌렸다. 말을 하는 무진의 얼굴이 잘 보이지 않았다.

"짐도 그러길 바라오. 적어도 연회 시작 전에는 그대의 모친이 용수궁에 와야겠지."

"예……."

사예는 고개를 숙였다. 무진은 잠시 그대로 서 있다가, 발을 옮겨 구름 위를 걸어갔다. 사예는 그런 무진의 뒷모습에 대고 공손히 인사했다. 조금 후에 고개만 슬쩍 들어 무진이 사라졌는지 확인한 사예는, 얼른 허리를 펴고는 청하를 향해 중얼거렸다.

"천제 폐하가 네가 탐이 나나 봐……."

청하는 눈을 가늘게 뜨고 무진이 떠난 자리를 쳐다봤다. 사예는 혀를 차며 말했다.

"하긴 그럴 만도 하지. 너는 황룡보다 훨씬 의리가 있는 신수잖아."

조쇄를 채웠는데도 계속 우리랑 같이 있었으니, 하고 중얼거리며 사예가 청하를 봤다. 그리 말하고 보니 정말 청하가 대견하고 고맙게 느껴졌다.

"그리 보면 우리 가문이 이리 살아남아 다시 복권된 것은 다 네 덕이다."

사예가 고개를 끄덕이며 말했다. 가능했더라면 당장 청하를 끌어안고 머리라도 쓰다듬어 줬을 것이다. 그러나 사예의 말에 청하는 콧방귀만 뀌고는 용목 사이로 날아가 버렸다. 사예는 그런 청하를 따라 용목 가까이로 걸어갔다.

푸른 용이 날아다니는 용목에는 풍만한 양기가 가득 차 있었다. 날개로 몸을 감싼 용마들은 거대한 나뭇가지 사이에서 눈을 감고 얌전히 자고 있었다. 사예는 그런 용마들 사이에서 그녀에게 익숙한 빛깔을 찾으려고 시선을 돌렸다. 혹 지금 자라고 있는 녀석들 중에도 흑뢰처럼 새까만 녀석이 있는지, 용목 주변을 뱅뱅 돌며 용마 하나, 하나를 살폈다. 그러나 자라고 있는 용목 어디에도 그녀에게 익숙한 검은 빛깔은 없었다. 한참을 그 주변을 맴돌았던 사예는 끝내 실망을 한 채로 청하와 함께 안빈당으로 돌아갈 수밖에 없었다.

❈ ❈ ❈

서선 포호궁, 혜강의 처소에는 밤늦도록 불이 밝혀져 있었다. 요 며칠간, 혜렴에게 류시건의 이야기를 전해 들은 후로 혜강은 고심에 가득 차 밤마다 잠자리에 들 수가 없었다. 백호위 선군의 보고를 들으면서도 넋을 놓기 일쑤였다. 낮에는 온통 다른 생각에 빠져 있고, 밤에는 혜렴으로부터 건네받은 사초의 필사본을 다시 펴 보고, 또 읽었다. 오늘도, 그녀는 혜렴에게 건네받은, 백암의 사초를 서안 위에 올려 둔 채로 가만히 앉아 있었다.

"누님. 아직 안 주무십니까?"

혜강은 혜렴의 목소리에 퍼뜩 고개를 들었다. 방문을 알린 혜렴이 문을 열고 들어왔다. 혜강은 서안 위의 사초를 덮으며 답했다.

"도통 잠이 오지 않는구나."

혜렴은 혜강의 마음을 이해했다. 그 또한 사초에 적힌 사실을 받아들이기가 어려웠다. 혜강의 앞에 마주 앉은 혜렴이 말했다.

"이미 천서즉위일은 바로 앞으로 다가와 있습니다. 누님께서도 결단을 내리셔야 합니다."

"결단…… . 결단이라."

혜강은 사초에 시선을 내리꽂은 채로 헛웃음을 흘렸다. 그녀는 스스로가 이제껏 입을 다문 게 선군으로서 해서는 안 되는 일임을 알았다. 그러나 당장 무진에게 달려가 류시건의 속내를 알릴 수도 없었다. 그야말로 그녀는, 아무것도 할 수가 없었다.

"어떤 결단도 내리지 못하겠구나."

"누님답지 않은 말씀이십니다."

혜강은 스스로도 그렇다고 생각했다. 그러나 그녀는 정말로 결정을 내릴 수 없었다. 당연히 혜렴과 혼인하게 될 거라고 생각했으나 장래가 뒤바뀌었던 그때처럼, 그녀는 어찌해야 할지 알 수가 없었다. 쉽사리 입을 열지 않는 혜강의 눈치를 살핀 혜렴이 물었다.

"화가 나신 겁니까? 아니면 실망을 하셨습니까?"

"화가 났다. 실망도 했다. 그러나 그것이 천제 폐하를 향한 것은 아니다."

혜렴은 이해할 수 없어 눈썹을 찌푸렸다. 혜강은 사초에 향해 있던 시선을 들어, 혜렴을 쳐다보며 말했다.

"나는, 나 자신에게 실망했다."

그녀는 늘 실수 없도록 스스로를 채찍질하며 살아왔다. 매사 성급히 굴지 않고, 신중하게 결정을 내리려고 노력했으며, 그렇기에 홀로 지금의 자신을 이루었다 자신했다. 혼인하여 보좌할 배필 없이도 왕위에 오를 수 있다 단언한 것은 바로 그런 스스로에 대한 믿음에 기인했다. 그 믿음이 그녀를 지탱하는 원동력이었고, 오늘의 그녀를 있게 했다.

그런 스스로에 대한 믿음으로, 그녀는 천제의 말을 믿었고, 그가 말한 진실을 덮었다. 그의 신하로서 명을 따르고, 그에게 그녀의 손으로 백암의 사초를 올렸다. 무진이 덮은 진실이 무엇인지 차마 묻지 못했다. 그게 지독히 실망스러웠다. 무엇을 그리 순진하게 믿었는가. 천제가 어떤 진실을 감추었는지 알지도 못한 채, 무엇을 그리 믿고 현실을 받아들였는가. 조금의 의심이라도 했는가.

그리하여 지금 그녀는, 그런 스스로의 판단을 믿을 수가 없게 되었다. 그녀가 고민하고 판단한 모든 것이 어긋났다. 금 간 벽처럼, 갈라지고 부서지려 하고 있었다. 스스로의 판단을 믿고 행동할 자신이 없었다. 판단을 내릴 용기가 나지 않았다.

"아바마마께서 선인도 한 치 앞을 보지 못한다 하셨는데, 그 말이 진정 옳구나."

"누님."

두 눈을 비단 장막으로 가린 채로 천하를 다 굽어보았노라 자신한 꼴이었다. 그리하여 그녀는 지금 류시건의 말을 믿고 행동할 수도 없었다. 가라앉다 못해 하계까지 꺼진 것만 같은 혜강의 기분을 살피던 혜렴은, 조심스럽게 입을 열었다.

"누님께서 실수에 익숙한 분이 아니라는 사실은 압니다. 허나 저는 실수에 익숙한 자이니, 누님에게 감히 충언을 드리겠습니다. 누님, 산 자는 누구나 실수를 합니다."

혜강이 혜렴을 쳐다봤다. 혜렴은 안면이 굳은 듯 어색한 얼굴이었지만, 그래도 혜강의 시선을 피하지 않았다.

"늘 현명한 판단을 할 수 있는 것은 아닙니다. 저도 실수를 했지요. 그래서 지금도 후회를 하고, 바로잡으려고 노력합니다. 생각만큼 안 될 때마다 하는 생각은, 그래도 실수를 바로잡을 기회가 있다는 것은 천운이라는 겁니다. 지금 누님께서는 그 기회를 목전에 두고 계십니다. 고민하실 필요가 없는 문제입니다."

혜강은 제법 차분하게 말을 잇는 혜렴을 빤히 쳐다봤다. 갑자기 입을 다문 혜렴이, 어설픈 웃음을 입가에 건 채로 말을 이었다.

"실수를 하는 것은 당연하지만, 그래도 실수를 하고 싶지 않다면, 방도는 하나뿐입니다."

"방도라고?"

혜렴은 고개를 끄덕이고는 진지하게 답했다.

"생각과 마음을 나눌 수 있는 이와 연을 맺어 인륜대사를 의논하며 삶을 꾸려 가는 것이지요."

"……왜 그 얘기가 안 나오나 했다."

잘 나가다가 또 저 이야기였다. 혜강은 질린 얼굴로 혜렴을 쳐다봤다. 그러나 혜렴은 꿋꿋이 말했다.

"백지장도 맞들면 낫다고 하지 않습니까, 누님."

혜강이 막 한숨을 내쉬려는 찰나, 혜렴이 다시 진지한 태도로 말했다.

"저는 바로잡으려고 계속 노력하고 있습니다. 부족한 아우도 할 수 있는 걸 누님께서 못 하십니까?"

혜강은 대답 없이 시선을 내렸다. 내린 시선은 자연스레 사초 필사본으로 향했다. 혜렴의 말이 퍽 옳았다. 진실을 바로잡기엔 너무 늦었다. 그러나, 늦었기 때문에 더 돌이킬 수 없기 전에 바로잡아야 하는 것이다.

※ ※ ※

용수궁에서 잡혔던 주석호는 적오위 선군에 의해 다시 남선의 유배지에 돌아와 있었다. 그는 초라한 초가집 안에 앉아 마음을 다스리려고 노력했다. 낮에 밖을 지키는 적오위 선군에게 얼핏 듣기로 며칠 후에 용수궁에서 천서즉위일 연회가 열린다는 말을 들었다. 연회야 매년 열리는 것이고, 또 사초를 무사히 무진에게 전했으니 별다른 문제는 없겠지 생각했다. 오히려 천서즉위일 연회가 무사히 열린다는 사실에 석호는 안도했다. 유배지로 돌아오기 전에 혜강도 만났고, 분명 이제 안심해도 될 터였다.

그런데 어째선지, 한시도 마음 편히 앉아 있을 수가 없었다. 결국 석호는 자리에서 벌떡 일어나 좁은 방 안을 걸어 다녔다. 그가 급하게 몸을 틀며 걸어 다니는 바람에 방 안에 겨우 피워 준 촛불이 연신 불안하게 흔들렸다. 한참을 서성거리는데, 갑자기 밖에서 무슨 소리가 들렸다. 기척도 없이 들리는 소리였다. 당황한 석호는 뭔가 해서 문을 벌컥 열고 밖을 쳐다봤다. 어두운 하늘 사이, 그의 유배지를 가득 메운 탱자나무 담장이 허물어지고 있었다.

"무슨!"

놀란 석호는 경계를 하며 뒤로 물러났다. 담장을 베어 무너뜨리고, 그 사이로 선녀 하나가 걸어왔다. 석호는 걸어오는 선녀를 보고는 눈을 크게 떴다.

"너……."

담을 무너뜨리고 석호를 찾아온 선녀는 바로 백호위 상장군 호혜강이었다. 그러나 그녀는 언제나와 같은 백호위의 갑옷이 아닌, 선녀의 날개옷을 입고 있었다. 석호는 어안이 벙벙한 얼굴로 버선발로 뛰어나와 소리쳤다.

"이게 대체 무슨 짓이냐? 어찌 네가 이런 짓을 해? 밖을 지키고 있던 선군들은?"

"내가 실없이 이런 짓을 했다고 보느냐? 밖의 선군들은 알아서 처리했다."

혜강이 냉담한 목소리로 답하며 두르고 있던 쓰개옷을 곱게 접어 팔에 걸쳤다. 석호는 너무 오랜만에 봐서 익숙하지 않은 선녀 모습의 혜강을 멍하니 쳐다보다가, 표정을 일그러뜨렸다.

"무슨. 혹, 혹 폐하께 무슨 일이라도 생긴 것이냐?"

석호는 제발 아니길 바라는 심정으로 혜강에게 물었다. 혜강은 한숨을 내쉬고는 석호의 불안에 긍정으로 답했다.

"그래. 아주 중요한 일이다. 곧 천서즉위일 연회라는 사실을 알고 있느냐?"

"적오위 선군에게 들었다. 그런데 그게 왜?"

"지금 폐하께서 역적 류시건을 용서하겠다고 용수궁으로 불러들이셨다는 것도 아느냐?"

"……뭐?"

석호의 반응은 조금 늦었다. 석호는 혜강의 말을 믿을 수 없었다. 무진이 어찌하여 역적인 류시건을 불러들인단 말인가. 이해할 수 없는 상황보다, 그의 오랜 감정이 그를 흥분하게 했다. 질투와 분노 섞인 고함이 입 밖으로 쏟아졌다.

"그게 대체 무슨 소리냐! 폐하께서 왜! 왜 그놈을!"

"그걸 몰라서 묻느냐? 네가 이리 유배를 당했으니 폐하께서도 어떻게든 곁을 믿고 맡길 다른 이가 필요하지 않겠느냐. 하여 위험을 감수하고 류시건을 용수궁으로 부르신 게지."

"그런⋯⋯."

석호는 힘없이 어깨를 늘어트렸다. 머릿속에, 그 옛날이 스쳐 지나갔다. 그 누구보다 가까웠던 무진과 류시건. 천자 무진이 늘 제일 먼저 찾았던 벗은 자신이 아니었다. 무진만 그랬던 것은 아니다. 도화도⋯⋯. 늘, 언제나 그는 류시건보다 뒤에 서 있었다.

석호는 자신이 고개를 푹 숙이고 있다는 사실조차 알지 못했다. 울분이 가득 담긴 얼굴로 발치의 구름만 쳐다봤다. 울컥울컥 치솟는 분을 어찌해야 할지 알 수가 없었다. 말로 토해 내지도 못한 울분으로 숨만 씩씩거렸다. 울분은 곧 스스로에 대한 자괴감이 되었다. 이런 상황에 유배지에 갇혀 있는 자신.

그러나 혜강이 뒤이어 한 말 덕분에 석호는 그 모든 감정을 잊어버릴 수 있었다. 그와는 비교할 수 없는 큰 분노를 느꼈기 때문이었다.

"허나, 류시건이 아무래도 다른 꿍꿍이가 있는 것 같다."

"뭐?"

혜강의 말에 석호가 고개를 들었다. 혜강이 혀를 차며 말했다.

"은밀히 알아본 바, 류시건은 암굴에 갇힌 동안 쌓여 온 억하심정으로 폐하께 해를 가하려고 획책 중인 듯하다. 그는 지금 천서즉위일 연회를 노리고 도깨비들과 합심하여 용수궁을 공격하려 하고 있다."

"뭐라고!"

석호는 버럭 성을 냈다. 말도 안 되는 일이었다. 어찌 감히! 석호는 목에 핏대를 세운 채로 소리쳤다.

"그게 무슨 소리냐! 근데 넌 왜 지금 여기서 이러고 있는 거냐! 지금 당장 류시건을 잡아들여야지!"

"어리석은 놈. 내가 말씀드린들 폐하께서 내 말을 믿으시겠느냐. 폐하께서는 아무것도 모르고 용수궁에 류시건이 오기만을 기다리고 계신단 말이다."

"그러니 더 말씀을 드려야지! 지금 당장……."

"아니. 그럴 수는 없다. 무엇보다 이제 곧 천서즉위일이다. 괜한 소란을 피울 수는 없다. 해서 내 너를 찾아온 것이다."

"나, 나를?"

"그래."

혜강이 고개를 끄덕였다.

"네 비록 크나큰 죄를 지었으나, 폐하를 향한 충심만은 그 누구와도 비할 바가 아니지. 그러니 폐하께서도 제위에 오르신 이후 너를 줄곧 믿어 곁에 두신 게 아니냐."

"그, 그래……."

석호는 얼떨결에 고개를 끄덕였다.

"그러니 네가 나와 함께 가자, 주석호. 너도 알다시피 네 모습을 드러낼 상황은 아니다. 그러니, 모습을 감추고 폐하의 곁을 은밀히 지키도록 해라. 만일 류시건이 나타나면 그 역적의 공격을 막고 폐하를 지켜라."

"내, 내가……."

석호는 두 주먹을 꽉 쥐었다. 다시금, 그가 무진을 지킨다. 아니, 지켜야 했다. 그가 류시건 그 역적으로부터 무진을!

'류시건, 네 이놈!'

역모로 모자라 배신이라니, 대체 벗에 대한 의리와 인정은 어디에 갖다 버렸단 말인가. 아직까지도 류시건을 믿고 있는 무진이 안쓰러웠다. 어리석은 행동으로 무진의 곁을 지키지 못한 스스로에 대한 자책은 이 순간, 완벽히 시건에 대한 원망의 화살로 뒤바뀌었다.

원망으로 마음을 다잡은 석호는 문뜩 아직 그가 알아야 할 것이 많음을 깨달았다.

"그런데 혹, 그 요선은 어찌 되었느냐? 저번에 폐하께서 명을 내리셨다 하지 않았느냐? 잡혔느냐?"

"아니다. 그 요선이 폐하께서 잡아들이라 명한 사실을 알고는 류시건 쪽에 붙은 모양이다."

"그런……."

이보다 끔찍할 수는 없었다. 석호는 무슨 욕을 내뱉어야 그 요선과 류시건의 건방진 작태를 가장 적합하게 비난할 수 있을지 알 수가 없었다. 그 어떤 욕이라도 그 악독한 연놈들에게는 아까울 지경이었다.

"그럼, 그 여선은? 용과 계약했다던 여선 말이다."

"그 여선도 류시건과 한패다. 하계에서 류시건과 만나 손을 잡았던 모양이다. 도통 믿을 수 있는 상대가 아니다. 그러니 더 폐하께서 위험하신 것이다. 그 여선 또한 지금 용수궁에서 류시건을 기다리고 있으니 말이다."

"아……."

석호는 한탄이 섞인 신음 소리를 토해 냈다. 어찌 무진에게 이리 고난과 역경이 많은지 도통 알 수가 없었다. 안 그래도 힘든 게 많은 주군인데 어쩜 이럴 수 있나 싶었다. 일그러진 석호를 보며 혜강이 고갯짓을 하며 말했다.

"따라 나와라. 바로 용수궁으로 갈 것이다."

"알았다."

석호는 굳은 다짐이 서린 얼굴로 혜강의 말에 답했다. 둘은 탱자나무 담을 빠져나왔다. 석호는 그 어디에도 보이지 않는 혜강의 용마 천금을 찾으며 물었다.

"네 용마는 어디에 있냐?"

혜강이 한심해하는 얼굴로 석호를 쳐다봤다.

"내 은밀히 이곳에 찾아와야 했는데, 용마를 타고 위풍당당하게 남선에 나타날 수 있겠느냐? 이리 날개옷을 입고 나타난 걸 보면 모르겠느냐?"

"아……. 그, 그렇구나. 어쩐지 웬일로 익의를 입었나 했다. 오죽 어색했으면 내 네가 아니라 요선이 환술로 둔갑한 게 아닌가 의심을 했단 말이다."

"말도 안 되는 소리. 호괴는 내 근처에도 올 수가 없는데 내 머리카락 한 가닥 얻을 수 있을 성싶으냐?"

그런가, 하고 중얼거리던 석호는 문득 무언가가 떠올라 목소리를 높였다.

"그건 네가 몰라서 그러는 거다! 그 요선이 구렁이 비늘 하나 손에 들지 않은 상태로 구렁이로 둔갑하는 걸 내 두 눈으로 똑똑히 보았단 말이다."

석호의 그 말에 혜강이 놀랐다. 그녀는 믿을 수 없다는 듯이 말했다.

"그 요선의 환술 실력이 그 정도란 말이냐?"

"그래."

"허나 내가 그 요선이었다면 의심받게 익의를 입고 왔겠느냐? 선군의 갑옷을 입고 나타났겠지."

"그도 그렇군."

자희의 잔머리가 수준급이라는 사실을 잘 아는 석호는 바로 혜강의 말에 동의했다. 혀를 찬 혜강이 소맷자락 사이에서 부적을 꺼내 건네었다.

"네 발에 붙여라. 용수궁에 최대한 빨리 가기 위해 필요한 것이다."

"이게 무슨 부적이냐? 여기 적힌 것이 음양오행술은 아닌 듯한데."

석호는 눈썹을 찌푸리고는 부적을 쳐다봤다. 혜강이 냉정한 목소리로 말했다.

"쓰기 싫으면 내놔라. 폐하는 내가 알아서 지키겠다."

"아니! 아니다!"

석호는 얼른 고개를 젓고는 발에 부적을 붙였다. 그런 석호의 팔에 혜강은 이번엔 다른 부적을 붙였다.

"이것을 떼면 네 모습이 드러난다. 지금부터 절대 떨어지지 않도록 조심해라."

"대체 이런 부적은 어디서 난 것이냐?"

부적을 읽은 석호는 다시 한 번 혜강에게 물었다. 그러나 혜강은 그사이 그에게 등을 돌린 채 답이 없었다.

"호혜강?"

석호가 의아해서 그런 혜강을 불렀다. 혜강은 대답 없이 홀로 무언가를 하고 있었다.

"뭐 하는 거냐?"

석호가 혜강에게 다가가 그녀가 뭘 하는지 쳐다보려고 했다. 그러자 혜강이 바로 한 발 물러났다.

"아니, 아무것도. 익의가 하도 오랜만이라 좀 헤맸다. 부적을 다

붙였느냐?"

"그래. 그런데 이 부적은 대체 어디서 난 거냐고."

석호의 물음에 혜강은 그녀의 발에도 부적을 붙이며 귀찮아하는 어조로 답했다.

"길게 설명할 시간이 없다. 네가 이러는 동안에도 류시건은 시시 각각 폐하를 노리고 용수궁으로 날아오고 있을 것이다. 용수궁으로 가 이야기해 주마. 얼른 따라와라."

석호는 당황해서 얼른 혜강을 따라나섰다. 혜강은 망설임 없이 구름 사이를 날아갔고, 석호도 그녀를 따라 날았다. 혜강이 준 부적은 대체 무엇인지 그와 혜강은 단숨에 하늘 저 멀리로 날아갈 수 있었다.

석호는 무심결에 고개를 돌려 그의 유배지 방향을 쳐다봤다. 그의 유배지는 이미 보이지 않았다. 더불어 주위에 적오위 선군도 보이지 않았다. 어딘가, 기이하고 이상하다는 생각이 들었지만 잠시였다. 정말 이리 유배지를 떠나도 되나 걱정을 하다가, 혜강이 했던 말을 떠올렸다. 혜강의 말대로 류시건은 그가 망설이는 와중에도 무진을 노리고 있을 터였다. 그를 찾아온 상대는 다른 누구도 아닌 호혜강이 아닌가.

'폐하를 위한 일이다. 폐하를 위해서야.'

이제 그에게는 오로지 무진의 믿음만이 남아 있었다. 이대로 유배지에 갇혀 평생을 사느니 차라리 잠깐이라도 무진을 지키고 그 대가를 치르는 게 나으리라. 그것만이 그가 할 수 있는, 전부였다.

※ ※ ※

남선에 숨어 있던 시건의 일행은 이제 용수궁으로 갈 준비를 하고 있었다. 동선에 있는 현록과 도깨비들, 요선들은 모두 천서즉위일에 맞춰 도깨비 요술로 용수궁에 올 예정이었고, 북선으로 간 귀호는 동선으로 가 현록과 함께 용수궁에서 합류할 예정이었다. 시건과 함께 있는 선인들, 파적과 도깨비들도 그때에 맞춰 요술을 부려 바로 용수궁으로 날아가야 했다.

모든 준비를 마치는 동안, 선인들은 혹 어디서 또 무영이 공격을 하지 않는지 유심히 살폈다. 그리고 용마 흑뢰의 상태를 살피며 시건은 하선의 눈치를 봤다. 하선은 등을 돌리고 서서 그녀의 짐을 확인하고 있었다. 사초의 필사본도 넘기고 시건의 유품도 넘기고, 이제 남은 것은 정말 그녀의 짐뿐이었다. 옷가지를 확인하던 그녀는 짐 사이 있는 검은 함을 응시했다. 손을 뻗어 함의 모서리를 만졌다. 낡고 닳아 칠이 벗겨진 함을 만지고 있는데, 뒤에 시건이 다가왔다. 하선은 바로 그녀의 짐을 정리하고 몸을 돌렸다.

"슬슬 출발해야겠습니다."

"알겠소. 궁에 가면 일단 딸을 봐야겠소. 내 신수가 흔적을 감출 수 있으니 따로 다녀오겠소. 딸이 어디 머물고 있는지만 도깨비를 통해 알려 주시오."

하선의 말에 시건은 입을 다물고 망설였다. 하선이 떨어져 있었던 딸을 보고 싶은 마음은 이해하고 있었지만, 시건도 당장 사예를 보고 싶었다. 손도 잡고 싶고 품에도 안고 싶고 입도 맞추고 싶었다. 이전까지는 하선이 편지를 보내겠다 말해도 어쩔 수 없이 물러났지만, 어쩐지 이번만은 물러날 수 없었다. 그래서 시건은 용기를 내서 말했다.

"제가 도깨비와 함께 사예를 찾아가, 사정을 전하고 데려오겠습니다."

하선이 시건을 빤히 쳐다봤다. 시건은 결코 물러날 수 없는 심정으로 하선의 눈을 피하지 않고 쳐다봤다. 그대로 시건을 주시하던 하선이, 가끔 사예가 보여 주던 새침 가득한 얼굴로 고개를 끄덕였다.

"사정은 내가 전하겠소. 도깨비와 함께 가 사예를 데려와 주시오."

"예."

시건은 안도의 한숨을 내쉬며 그리 답했다. 그러나 시건은 아직 하고 싶은 말이 더 있었다.

"헌데 아무래도 사예와 함께 있는 것이 낫지 않겠습니까. 혹 위험에 처할까 싶어서."

"그건 이미 이야기를 끝낸 바가 아니오. 위험하기 때문에 결정한 것이오. 그 애도 제 몸 지키는 것 정도는 할 수 있소."

하선은 가차 없이 답하고는 몸을 돌렸다. 시건은 그런 하선에게 더는 뭐라고 할 수가 없었고 뒤에서 그런 그의 모습을 본 유신이 통탄했다.

"팔자에도 없었을 처가살이를……."

제 수하가 무슨 생각을 하는지 짐작도 하지 못한 채, 시건은 떠나기 위해 명을 내렸다. 시건의 명에 따라 선인들과 도깨비들이 모였다.

흑뢰 위에 올라탄 시건은 떨리는 마음을 진정하며 용마의 목을 쓰다듬었다. 표정은 차분했지만 마음만은 당장 확인하고 싶어 안달이 나 있었다. 그의 여선이 무사히 있는지, 그의 품에 안고 직접 확인하고 싶었다. 저도 모르게 하계에서 그에게 날아들었던 사예의 모습을 떠올렸다. 그의 시야와 온 품이 그녀로 가득 차는 것을 다시금 상상했다. 그리고 그 후에 있을, 안희제 무진과의 대면도.

도무지 진정할 수 없는 상황이었지만, 시건은 침착한 얼굴로 그를 기다리는 도깨비와 선인들을 둘러봤다. 하선도 그녀의 짐을 들고 기다리고 있었다. 모두 준비가 된 것 같아 짧게 말했다.

"출발한다."

시건이 시선을 주자, 도깨비들이 도깨비방망이를 휘둘러 요술을 부렸다. 요술의 효과로 도깨비는 물론 선인들, 용마의 발까지 가벼워졌다. 목적지는 선계 중심에 있는 궁. 연회에 맞춰 모든 선인이 모일, 사예가 있고 천제가 있는 용수궁이었다. 궁을 점령하고 진실을 밝히기 위해, 그들은 방향을 잡고 날아갔다.

❉ ❉ ❉

선계에서 가장 특별한 날의 아침이 밝았다. 용수궁의 궁관들은 아침 일찍부터 입궐해 구름을 움직이고 그 어느 때보다 맑은 하늘을 유지하기 위해 노력했다. 구름 위의 선계는 당연히 날씨가 늘 맑은 편이었지만, 이날은 그중에서도 유독 가장 맑게 갠 하늘을 유지해야 하는 날이었다. 선녀들은 술시를 부려 연회장을 정리하고 꾸몄다. 연회의 가무백희(歌舞百戲)를 맡을 술시들도 아침 일찍부터 악기를 옮기느라 분주했다.

별다른 이유도 없이 일찍 눈을 뜬 사예는 일찌감치 이부자리를 정리하고 방에 앉아 있었다. 천서즉위일 당일이 되었지만, 여전히 시건이나 하선에게서는 연락이 없었다. 당최 어찌 된 영문인지 알 수가 없었다. 전에 무사히 답장이 온 걸 보면 문제가 있는 건 아니겠거니 싶다가도, 중간에 혹 무언가 일이 생겼나 걱정이 됐다. 시건이 손가락이라도 부러진 게 아니라면 어찌 그녀에게 편지 한 통 안 쓸 수 있는지 이해할 수가 없었다.

걱정과 불안에 빠진 상태로 앉아 있는데, 얼마 지나지 않아 선녀들이 사예를 찾아왔다. 정화와 다른 선녀들, 그녀들의 술시들이 사예에게 입혀 줄 비단옷과 각종 치장을 위한 도구들을 준비해 왔다. 든

자 하니 도깨비들도 몸을 깨끗이 씻고 옷을 갈아입는 중이라고 했다.

술시들의 도움을 받아 깨끗하게 씻고, 머리를 단정히 땋고 옷을 갈아입었다. 사예는 옷을 갈아입는 와중에 고민을 하다가, 이제는 괜찮겠지 하는 생각으로 청하의 여의주가 든 노리개를 걷치마 끈에 찼다. 푸른 치마 위에 노리개가 늘어졌다. 옷을 다 입자 선녀들이 얼굴에 백분도 발라 주고 입술에 연지도 발라 줬다. 어느새 사예를 찾아와 구경을 하고 있던 도깨비 둘이 곱다고 박수를 쳐 줬다. 덕향은 사예의 도깨비신발에 요술을 부려 예쁜 꽃신으로 만들어 보여 주기까지 했다.

꽃신이 된 도깨비신발을 보며 사예는 덕향에게 고맙다고 인사하고, 선녀들에게도 고맙다고 인사했다. 인사를 받은 선녀 정화가 사예에게 말했다.

"선단 하사 후 폐하께서 귀빈께 제후의 위를 내리실 거랍니다. 어찌해야 하는지는 아시지요?"

"예에……."

사예는 일단 그리 대답하는 수밖에 없었다. 하선이 지금까지도 나타나지 않았으니, 어쩔 도리가 없었다. 무진은 결국 사예에게 제위를 하사하겠다고 명을 내렸고, 사예는 빼도 박도 못하고 어제 하루 종일 정화로부터 연회에서 제후의 위를 받을 때 어찌해야 하는지, 어떤 수순으로 이루어질지를 들어야만 했다. 대답은 알았다고 했지만, 솔직히 계속 불편하고 난감한 마음뿐이었다. 사예는 지금이라도 하선이 오진 않았는지 연신 도깨비들을 찾기 위해 눈동자를 굴렸다.

남의 속도 모르고 화사하게 웃은 선녀는 그럼 잠시 후에 데리러 오겠다고 하고는 물러갔다. 선녀들이 돌아가고, 사예에게 다가온 도깨비 덕향이 말했다.

"에구, 여선님. 이리 곱게 화장을 하고 표정이 왜 그래요?"

"왜긴, 이리 치장한 모습을 신랑한테 보여 줘야 하는데 못 보여 주니 속상해서 그렇지."

"아닙니다. 혹 우리 어머니께서 다른 연락은 없으셨습니까?"

불안해하는 얼굴로 질문한 사예를 보며 도깨비 금옥이 수상하게 웃었다.

"그래서 말인데. 이리 와요, 여선님."

"응?"

사예는 손짓을 하는 금옥을 쳐다봤다. 금옥은 큰 눈을 깜빡이며 연신 손짓만 했다. 덕향도 금옥을 따라가라고 손짓을 했다. 사예는 눈썹을 찌푸린 채로 금옥을 쳐다보다가, 결국 그녀를 따라 방에서 나갔다. 덕향을 남겨 두고 방문을 닫고 나오니, 금옥이 저리 가라고 손가락으로 가리켜 보였다. 구름밖에 안 보이는 난간 너머를 쳐다보고 있던 사예는 무언가 깨달았다. 그녀는 수상한 도깨비의 웃음을 쳐다보며 생각했다.

'설마 저기…….'

시건이 있는 것은 아니겠지. 도깨비와 함께 갔고, 더불어 신수 자운영이 있는 그녀의 어머니와 만났을 테니 영 불가능한 일은 아니었다. 사예는 낄낄대고 웃는 도깨비를 보며 시건은 아니더라도 시건 허깨비 정도는 있을 수도 있겠다고 생각했다. 사예는 얼른 가라고 등을 떠미는 도깨비 금옥을 계속 쳐다보다가, 결국 도깨비가 가리킨 방향으로 걸어갔다. 난간을 따라 걸어가다가 난간 끝에 도달했다. 난간 끝, 모서리에 서 있는 굵은 기둥이 시야를 가렸다. 그 기둥을 따라 돌면서 사예는 은근히 기대를 했다. 어쩌면 저 기둥 뒤에. 시건이나, 아니면 그녀가 어머니에 대해 물었으니 그녀의 어머니가. 저도 모르게 올라간 어깨가 경직되고, 기대로 눈이 커졌다. 그리고.

"에비!"

"엄마야!"

기둥 바로 뒤에서 도깨비 애심의 얼굴이 불쑥 나타났다. 깜짝 놀란 사예가 뒤로 물러났다. 낄낄대며 도깨비 애심이 뒤로 날아가는 동안, 사예는 얼굴을 굳히고는 기대에 가득 찼던 얼굴을 한껏 일그러트렸다. 그리고, 난간 너머 아득히 깔린 구름 위에서, 도깨비감투를 벗고 시건이 나타났다.

"헉."

사예는 손을 들어 눈을 비볐다. 그러나 그녀가 잘못 본 게 아니었다. 분명 방금 모습을 드러낸 시건이 그녀를 바라보고 있었다. 사예는 이미 예상하고 있던 상황이지만 그래도 저절로 입술 끝이 위로 올라가는 걸 느꼈다. 그 모습을 보고 시건의 주변에서 날며 도깨비방망이를 든 애심이 낄낄 웃었다.

"사예."

그리고 시건이 두 팔을 벌렸다.

'뭐, 뭐야.'

올라갔던 입술 끝이 그대로 굳었다. 사예는 당황한 얼굴로 다시 한 걸음 뒤로 물러났다. 물러나는 와중에 저리 사지가 멀쩡한 주제에 그녀에게 온다 간다 기별조차 하지 않은 시건에 대한 괘씸함이 물신 피어났다. 성난 얼굴로 뒤로 물러난 사예를 본 시건이 실망한 얼굴로 벌렸던 팔을 내렸다. 그러거나 말거나 사예는 일단 고개를 홱홱 돌려 주변을 살폈다. 다행히 주변에는 선녀도, 선군도 보이지 않았다.

"걱정 마요, 여선님. 아무도 모를 테니까."

도깨비방망이를 휘두른 애심이 안심을 시키듯 사예에게 말했다. 둘이 오붓한 시간 보내라고 말한 애심이 깔깔거리며 사예가 지나온 기둥 너머로 사라졌다. 그러나 사예는 애심이 하는 말 따위는 제대로 들리지도 않았다. 시건에게 할 말이 많아서 얼른 애심이 사라지길 바랐다. 그리고 애심이 사라지자마자 사예는 시건을 타박했다.

"대체 어찌 된 일이요? 왜 그간 내게 답장도 하지 않았소?"

"미안."

"미안하다면 다요? 내 물을 말도 많고 할 말도 엄청 많소!"

"나도 할 말이 있다."

"내 말부터 들으시오! 아주 중요한 말이오!"

"그대 모친과 함께 왔다."

"헉."

사예는 숨을 들이마신 채로 굳어 버렸다. 어머니보다 중요한 일 따윈 있을 수 없었다. 사예는 바로 울상이 된 얼굴로 소리쳤다.

"우리 어머니 어디 계시오!"

구름 위에 선 시건이 다시 두 팔을 벌렸다. 무표정하던 얼굴에 다시금 기대가 서렸다. 미간을 찌푸리고 그런 시건을 쳐다보던 사예는, 봐줬다, 하고 생각하고는 치맛자락을 두 손으로 잡았다. 그녀는 도깨비신발을 신고 오지 않은 것을 후회했다. 이건 본의 아니게 버선발로 나와 시건을 맞이하게 된 느낌이었다. 시건에게 무겁게 느껴지면 안 되므로 그녀는 운보를 써서 난간을 밟고 단번에 날았다.

난간 위로 뛰어 날아드는 사예를 그대로 시건이 받았다. 그는 활짝 벌렸던 두 팔로 사예를 있는 힘껏 안았다. 눈을 감고 품 안에 안긴 사예의 모든 것을 느꼈다. 안은 팔에 온기가 가득 차고 고개 숙여 가까워진 몸에서 좋은 향기가 났다. 그가 남선에서부터 날아오는 내내, 그리고 용수궁에 몰래 들어와 사예를 기다리는 내내 했던 상상과는 비교할 수 없었다. 그의 여선은 잠시 그와 헤어진 사이 더 어여뻐졌고, 더 향기로워졌고, 무엇보다, 무사했다.

힘껏 안은 시건 때문에 안기자마자 바로 벗어나려고 했던 사예는 벗어나지 못하고 그대로 시건의 옷자락만 붙잡았다. 이제껏 감감무

소식이었던 시건이 미웠지만, 그가 팔에 힘을 주고 주인 애정 갈구하는 새끼짐승처럼 목덜미 사이로 파고드는 탓에 어쩔 수 없었다. 새끼라기엔 좀 거대한 감이 있었지만, 사예는 어쩔 수 없이 그의 어깨를 토닥거렸다. 조금 속을 태우긴 했어도, 그는 약조한 대로 그녀에게로 돌아왔다.

※ ※ ※

서로 마주 앉은 상태로 조금 시간이 흘렀다. 신을 신지 않은 터라 슬슬 구름을 디디고 선 버선발이 시려 오는데, 시건은 도통 그녀를 놔줄 기미가 안 보였다. 힘 들어간 그의 손 때문에 답답하기도 했다. 결국 사예가 먼저 고개를 뒤로 빼고 시건에게 물었다.

"이제 말해 주시오. 우리 어머니는 어디 계시오?"

사예를 꼭 안고 있던 시건은 팔을 풀지 않은 채로, 숙이고 있던 고개만 들어 사예의 얼굴을 쳐다봤다. 사예는 하선의 행방이 궁금해 눈을 깜빡이며 시건과 시선을 마주했다. 잠시 사예의 눈을 바라보던 시건은 고개를 다시 숙였다. 그러곤 그대로 사예에게 입을 맞추려고 했다. 이를 악문 사예는 빠르게 손을 들어 시건의 입을 막았다.

"우리 어머니!"

"……."

시건은 하는 수 없이 물러났다. 그러나 영 포기하지 못한 얼굴로 계속 사예를 쳐다봤다. 사예가 결국 성을 냈다.

"발도 시리단 말이오!"

시건은 신도 없이 구름을 딛고 선 사예의 발을 그제야 발견했다. 놀란 그는 바로 팔을 뻗어 사예를 안아 들려고 했다.

"허면 내가……."

"됐소! 빨리 우리 어머니나 보게 해 주시오!"

사예가 말 끝나기도 전에 거절을 하는데, 다행히 잠시 물러났던 도깨비가 기둥 너머에서 나타났다. 훔쳐보고 있었을 게 분명하다고 생각할 수밖에 없는 절묘한 등장이었다. 애심은 무언가 잔뜩 실망한 얼굴로 아까 덕향이 꽃신으로 만들었던 사예의 도깨비신발을 내밀며 두 선인에게 손짓을 했다.

도깨비신발을 신은 사예는 시건과 애심과 함께 구름 위를 날아갔다. 사예가 지금 머무는 안빈당에서 다른 전각과의 경계를 나누는 담까지 나왔다. 그들이 나오자마자 거대한 도깨비가 방망이를 휘두르며 구름 위에 나타났다. 도깨비는 한 손에는 도깨비방망이를 들고, 다른 한 손에는 불만이 가득한 흑뢰의 고삐를 잡고 있었다. 주인이 없는 동안 흑뢰와 힘겨루기라도 했는지 파적과 흑뢰 둘 다 숨이 거칠었다. 파적은 시건을 향해 소리쳤다.

"이제 왔냐! 내 감투 빨리 내놔!"

그런 파적의 뒤에는 사예에게 너무나 익숙한 여선이 있었다. 그녀의 어머니, 하선이 구름 위에 서 있었다. 사예는 파적의 뒤에 있는 하선에게로 한달음에 달려갔다.

"어머니!"

그대로 날아가 하선의 품에 폭삭 안겼다. 너무 세게 안긴 바람에 하선이 손에 들고 있던 보따리를 떨어트릴 뻔했다. 사예는 있는 힘껏 하선을 안고 그 품에 파고들었다. 하선의 품에서 느껴지는 모든 익숙함에 저도 모르게 눈물이 찔끔 났다. 하선이 팔을 들어 그녀를 마주 안아 주는 것을 느꼈다. 쏟아져 나오는 것은 눈물 대신 안도의 한숨이었다. 그리고 사예는 그게 참 다행이라고 생각했다.

늘 하선의 곁에 있는 게 당연했는데, 예상치도 못하게 그녀와 떨어졌다. 하선이 대수롭지 않게 말하고 헤어졌던 서선의 옥사 이후 다시 만나기까지 생각보다 오래 걸렸다. 중간에 들은 이야기 때문에 혹여나 무슨 일이 생겼을까 걱정이 이만저만이 아니었다. 정말로 그녀의 어머니가 맞는지, 무사한 게 맞는지 확인하고 싶어서 그 품에서 떨어질 수가 없었다. 그리워했던 만큼 따뜻하고, 포근했다. 눈을 질끈 감은 사예는 머리를 쓰다듬는 손길을 느꼈다. 고개를 들어 하선의 얼굴을 확인했다. 그녀를 바라보는 눈, 그 아래 코와 입 모두. 정말로, 그녀의 어머니였다.

"왜 이제야 오셨어요?"

"찾을 게 많아 그리되었다."

"찾으려고 하신 건 다 찾으셨어요?"

"그래. 누가 네게 이리 고운 치장을 해 주었느냐?"

사예는 새삼스럽게 자신의 차림새를 살폈다. 그녀는 하선의 옷자락을 꼭 잡은 채로 숨도 제대로 쉬지 않고 빠르게 답했다.

"선녀들이 해 주었어요. 어머니께서 오시지 않아서, 천제 폐하께서 제게 동선을 맡기겠다고 하셔서……."

하선은 분까지 바른 딸의 얼굴을 빤히 봤다. 그리고 그렇게 대화를 나누는 모녀의 꼭 껴안은 모습을 한 선인이 부러움 가득한 시선으로 쳐다보고 있었다. 시선을 느낀 하선이 문득 고개를 들었다. 어느새 파적에게 도깨비감투를 돌려주고 흑뢰의 고삐를 돌려받은 시건이 모녀의 상봉에 시선을 고정하고 있었다. 하선은 사예를 안은 채로 시건에게 말했다.

"그만 가 보시오."

사예는 고개를 돌려 시건을 쳐다봤다. 시건은 미련이 흘러넘치다 못해 뚝뚝 떨어질 것 같은 얼굴로 사예를 쳐다보다가, 결국 알았다고 답하고는 파적과 함께 물러났다. 시건이 흑뢰에 타는 사이 파적이 도깨비감투를 써 모습을 감췄다. 그리고 잠시 후 흑뢰에 탄 시건의 모습도 사라졌다. 그리하여 그 자리에 애심과 사예, 하선 모녀만 남았다. 애심이 주변을 살피는 사이 하선이 안고 있던 사예를 품에서 떼어 내고 빈손으로 사예의 어깨를 잡았다.

"대체 저 선인과의 인연이 어찌 된 것이냐? 어찌 그리 위험한 일을 하였느냐? 타인의 일에 참견하지 말고 네 일신의 안위만 챙기라고 내 누누이 일렀거늘."

엄한 하선의 태도에도 사예는 이미 예상한 듯 물러서지 않고 답했다.

"예. 제게 최선만 하라고 하셨지요. 살아남는 것만이 최선이라고. 허나 그때 제 최선이 그거였어요. 늘 그랬듯 도망치고 숨으나 위험을 무릅쓰고 저자를 도우나 달라질 것은 없었고⋯⋯."

사예는 잠시 말을 끊고 그녀의 말을 듣고 있는 하선을 쳐다봤다. 편지에서부터 일관성 있게 단호하기 짝이 없는 하선의 태도 때문에 조금 망설이다가, 용기를 내서 말했다.

"제가 구할 수 있었고, 그리하고 싶었어요."

하선은 긴장한 얼굴로 서 있는 사예의 두 눈과 시선을 맞췄다. 똑바로 바라보는 눈에 담긴 감정을 느꼈다. 딸이 말하고자 하는 의미를, 그녀는 이미 알았다. 딸의 눈에는 흔적이 남아 있었다. 처음 세상 밖으로 나가 타인을 만났을 때, 그 타인이 처음으로 경계 안에 들어와 남긴 흔적이. 그 흔적이 어떤 건지 하선도 이미 알고 있었다. 그래서, 그녀는 손을 들어 다시금 딸의 머리를 쓰다듬었다.

헤어질 때는 그저 잠시간 떨어져 있을 거라 생각했는데. 그 잠깐의 시간 동안 딸이 그녀 없는 곳에서 달라진 것을 알았다. 그녀 또한 홀로 세상 밖으로 나와 백운을 만나며 겪은 일이건만, 딸은 유난히 어미 바라기였던지라 이런 상황은 아직 생각하지 못했다. 청하를 사예에게 보내면서 이제 딸이 제 몫을 해야 한다 생각했고, 그래서 서선에서는 뒤도 돌아보지 않고 헤어졌지만, 내심 헤어진 동안에도 딸은 그대로일 것이라 과신했던 모양이었다. 어깨를 잡고 있던 하선의 팔이 아래로 떨어졌다.

"어머니?"

조용해진 하선을 사예는 아직은 이해할 수 없는 마음으로 불렀다. 하선은 그런 딸을 보며 말했다.

"그래. 내 네게 오직 살기 위한 최선만 하라고 했지. 허나 내 네게 청하를 보내며 말하길, 너도 이제 어엿한 선인이 되었다 했다. 그러니 네 할 수 있는 바가 달라지는 것이 당연하다. 이제 그것을 결정하는 것은 네 몫이고⋯⋯."

하선은 말을 잇다 말고 입을 다물었다. 하려던 말을 그저 마음속에 간직한 채로, 하선이 말했다.

"진정 시집갈 때가 다 되었구나."

하선의 그 말에 사예가 깜짝 놀라서는 말했다.

"전 시집 안 가요! 안⋯⋯ 가는 건 아니어도. 가도 어머니와 함께 살 거예요!"

말이 미묘하게 변했지만 하선은 굳이 그 부분을 지적하지 않았다. 대신 다른 말을 꺼냈다.

"난 나이 많은 사위 눈치 보고 살고 싶지 않다."

"혁."

사예는 말도 안 된다고 생각했다. 그럴 리가 없다 싶으면서도 혹시나 해서 물었다.

"어머니에게 눈치를 줬어요?"

"눈치를 안 준다고 편히 대한다면 그건 내가 눈치가 없는 이인 게지."

당황스러운 마음으로 하선을 보고 있던 사예는 문득 그녀의 어머니에게 전했어야 할 가장 중요한 이야기를 떠올렸다. 그녀는 냉큼 하선의 손을 잡고 말했다.

"맞아! 제가 달님에게 선단을 받았어요! 어머니와 제 선단이요! 이제 우리도 선단을 먹을 수 있어요!"

"선단?"

"예."

사예는 들뜬 얼굴로 고개를 끄덕였다. 선단이라는 단어만 들어도, 둘은 자연스레 선단을 가져오겠노라 말하던 백운의 모습을 떠올릴 수밖에 없었다. 둘 다 서로가 같은 이를 떠올리고 있다는 사실을 알았다. 어느새 눈물 고인 눈으로 웃고 있는 딸을 보며, 하선이 웃었다.

"잘되었구나. 네 아버지도 참으로 장하게 생각하실 것이다."

그 말에 사예는 활짝 웃었다. 귀하디귀한 하선의 칭찬 앞에서는 웃음을 참을 수도, 감출 수도 없었다. 그럴 필요조차 없었다. 잡은 손을 가만히 내버려 둘 수 없었다. 오랜만에 잡는 하선의 손을 사예는 힘을 줘 꼭 잡았다. 손을 마주 잡은 채로, 하선은 새삼 진지한 얼굴로 사예에게 말했다.

"잘 들어라. 지금부터 아무것도 보지 못한 척, 머무는 처소로 돌아가라. 그리고 연회가 시작되면 은밀히 그 자리에서 빠져나와 도깨비들과 함께 용주당으로 가라. 중간에 조금의 소란이 생길 테니 그때 충분히 빠져나올 수 있을 것이다. 용주당으로 가, 거기 있는 용주함을 가져와야 한다."

소란이 생긴다는 말도 이해할 수 없었지만, 용주함은 더 이해할 수 없었다. 사예는 혹시나 싶어서 다시 한 번 되물었다.

"용주함이요?"

"그래. 용의 구슬이 보관된다고 하는 함이다. 전해지기로는 용주당 가장 안쪽 방에 있다고 한다. 몰래 그것을 가져와라."

"하지만, 천제 폐하께 듣자 하니 용은 선계를 떠났다고 했어요. 그런데 어찌 용의 구슬이 남아 있나요?"

의아함을 느낀 사예가 묻자 하선은 고개를 저었다.

"그 구슬은 용의 구슬이 아니다. 본래는 요선 호괴의 여우 구슬이다. 그 구슬을 손에 넣어야 호괴를 잡을 수 있다. 용주함을 손에 넣어야 한다."

"그럼 어머니는요?"

사예에게 고정되어 있던 하선의 고개가 잠깐 움직였다. 그녀는 담장 너머로 날아오는 선녀를 발견했다. 사예도 그녀들을 발견했다. 선녀 정화와 술시들이었다. 연회장에 사예를 데려가기 위해 데리러 오는 모양이었다.

사예가 나온 안빈당 쪽으로 향하는 선녀를 쳐다보던 하선은 다시 딸의 얼굴에 시선을 고정했다. 사예에게는 오랜만에 보는 하선의 모습이 전과 다름없겠지만, 그녀에게는 비단옷 입고 곱게 치장한 딸의 모습이 낯설었다. 어쩌면 본래 익숙해야 했을 모습은 저 모습이었으리라. 그리하여 그들이 가졌어야 했던 본연의 것들, 그 모든 걸 바로잡기 위해 하선은 다시금 딸과 헤어져야 했다.

"이 어미는 해야 할 일이 있다. 청하의 여의주는 잘 보관하고 있느냐."

"예."

사예는 치마 위에 건 노리개를 보여 줬다. 하선은 고개를 끄덕였다.

"용의 구슬을 잘 간수해야 한다. 만일…… 여의치 못한 상황이 되었을 때. 그때는 용에게 구슬을 돌려주어라."

사예는 놀랐다. 하선은 그녀의 할머니나 아버지가 위험할 때조차,

청하에게 구슬을 돌려주라는 말을 한 적이 없었다.

"구슬을요?"

"그래. 용은, 답을 알고 있을 것이다."

"……예."

사예는 망설이다가, 고개를 끄덕였다. 하선도 만족한 듯 딸의 머리를 쓰다듬었다. 그걸로 끝이었다. 하선은 점점 가까워지는 선녀 쪽을 다시금 응시하고는 급히 몸을 돌렸다. 짐 보따리를 품에 안은 채로, 그녀는 신수 자운영과 함께 자취를 감추었다.

❈ ❈ ❈

사예는 도깨비 애심과 함께 바로 안빈당 그녀의 방으로 돌아갔다. 방에서 그녀를 기다리고 있던 도깨비들이 그녀에게 말했다.

"여선님이 가 있는 동안 우린 갑옷을 입고 여선님 찹쌀떡을 챙기고 있을게요."

"우리가 연회장으로 가면 같이 나와요."

"예. 부탁드립니다."

사예는 도깨비들과 함께 방 안에서 선녀가 오기를 기다렸다. 기다리는 동안 사예는 청하의 여의주가 담긴 노리개의 향갑을 다시 확인하고, 옷 속에 숨겨 놓은 사진참사검도 다시 확인했다. 그렇게 확인을 하며 기다리니 얼마 기다리지 않아 선녀 정화가 그녀를 데리러 왔다. 사예는 도깨비들에게 잠시 시선을 준 다음, 선녀들을 따라 방에서 나왔다.

안빈당에서 나오는 동안 사예는 주변을 열심히 살폈다. 아까도 조금 이상하다 생각했는데, 여전히 선녀나 다른 선군은 볼 수 없었다.

"어찌 이리 선인들이 보이지 않습니까?"

"천제 폐하의 명으로 흑귀위를 제외하고는 모두 연회장에 모여 있답니다. 선군들 또한 연회장 주변으로 배치되었습니다."

"천서즉위일 연회에는 본래 그리합니까?"

"아니요, 그건 아니지만 올해는 안전을 위해 모든 선군을 연회장에 집중시키겠노라는 천제 폐하의 명이 있으셨습니다. 아무래도 문제의 요선 때문이 아니겠습니까. 덕분에 궁 전체가 비교적 한산하지요?"

선녀 정화의 설명에 사예는 언뜻 불안함을 느꼈다. 하선은 분명 연회 중에 조금의 소란이 있을 거라고 말했다. 그리고 천제는 연회장에 모든 선군을 집결시키지 않았는가.

'천제가 무언가 알고 있는 건 아니겠지?'

사예로서는 시건도 하선도, 심지어 천제의 생각도 알 수가 없어 답답하기만 했다. 선군들의 시선이 모조리 연회장에 향해 있다니 뭔지 모를 시건과 하선의 계획대로 되지 않을까 봐 우려도 되었다. 하지만 정화의 말대로 무진이 호괴 때문에 그런 명을 내린 것일 가능성도 있었다. 사예는 일단은 하선의 말대로 용주함을 챙기는 것만 생각하기로 결심하고 선녀들을 따라갔다.

연회는 용수궁 위정전 옆의 위용루(威龍樓)라는 전각의 앞에서 치러질 예정이었다. 연회장에 도착하니, 용수궁에서 가장 높이 올라선 위용루의 지붕이 보였다. 위용루 앞에 황룡이 그려진 기가 줄지어 세워져 있었다. 연회장은 과연 연회에 모일 모든 선인을 수용하기 위해 거대하게 펼쳐져 있었다. 앞에 앉으면 뒤가, 뒤에 앉으면 앞이 안 보일 웅장한 장소였다. 구름이 가득 쌓인 위용루의 하늘 위로 용마를 탄 선군들이 정렬해 있었다. 위용루 위를 가득 메우고 그 주변까지 선군의 대열이 늘어져 있었다. 하늘 위에 각양각색의 용마들로 인한 까만 물결이 일렁거렸다.

연회장의 구름 위에는 연회에 참여할 선인들이 모여 있었다. 연회장 끝, 가장 높이 올라선 상석에는 천제인 무진이 앉을 금빛 옥좌가 있었다. 무진이 앉을 옥좌 옆에는 아기 선인들에게 하사할 선단이 담긴 함이 쌓여 있었다. 고개를 돌린 사예는 연회의 시작을 기다리는 선인들 중 선단을 하사받을 아기 선인을 품에 안은 여선들을 발견했다. 어린 선인들을 데리고 기다리는 그들을 보니 하선이 조금의 소란이 있을 거라고 했던 말이 걱정이 되기 시작했다. 오늘 무언가 일이 생긴다면 과연 선단 하사가 제대로 이루어질 수 있을지 알 수 없었다.

"이쪽으로 오시지요."

정화는 사예가 앉을 자리를 안내해 줬다. 각 선계의 제후과 제후의 가족들이 앉을 자리는 천제의 자리와 상당히 가깝게 마련되어 있었다. 그중 사예는 남선 제후 일가의 뒤쪽으로 안내받았다. 그녀는 비록 아직 임명을 받은 것은 아니었지만, 연회 중에 제후로 임명을 받을 예정이었으므로 제후 일가와 한자리에 나란히 앉을 수 있었다. 제후 가문을 위한 자리에는 선인들이 앉을 방석과, 그들을 위한 다과가 올라갈 소반이 준비되어 있었다.

정화를 따라 걸어간 사예는 서선, 북선의 제후들이 앉을 자리를 지나쳤다. 서선 제후인 지왕의 자리는 비워져 있었고, 북선 제후의 자리 역시 마찬가지였다. 그리고 사예는 남선 제후의 자리에 앉아 있는 어린 선인을 보았다. 어린 선인의 옆에는 사예도 아는 얼굴의 여선이 앉아 있었다. 전에 그녀에게 흑뢰를 넘긴 여선이, 다가오는 그녀와 선녀 정화를 발견하곤 자리에서 일어나고 있었다.

잠시 놀라 눈을 크게 뜬 사이 도화와 눈이 마주쳤다. 어색하게 쳐다보던 사예는 마찬가지로 어색하게 바라보던 도화와 누가 먼저랄 것 없이 적당히 목례를 하고 지나갔다. 도화를 따라 자리에서 일어난 단우가 눈을 동그랗게 뜨고 사예를 쳐다봤다. 둘이 인사를 하는 모습을 보고 정화도 놀랐다.

"두 분 이미 면식이 있으십니까?"

"예에. 한 번 뵌 일이 있습니다."

대충 대답을 한 사예가 가서 앉는 동안 선녀 정화는 도화와 단우에게 인사를 했다.

"오랜만에 뵙습니다."

"예. 지왕 전하께서는 아직 안 오셨는지요?"

"백호위 상장군께서 직접 모시고 오신다고 들었습니다."

"그렇군요."

정화는 잠시 주변을 둘러보고는 말했다.

"이제 화영 선녀만 착석하시면 되겠군요."

"화영 선녀께서만 오신다고 하셨습니까? 안 그래도 준비된 자리가 적어 이상하다 여긴 참이었습니다."

"부군께서 피치 못할 사정으로 참여할 수 없다고 하셨습니다."

"올해 연회는 공석이 많은 것 같습니다……."

도화는 저도 모르게 그렇게 중얼거렸다. 가장 대표적으로 검용군 상장군으로서 천제의 곁을 지켜야 할 그녀의 지아비도 이 자리에 참여할 수 없을 터였다. 도화의 안색이 안 좋아지자 옆에서 단우가 그런 도화의 옷자락을 잡았다. 도화는 화들짝 놀라 그녀의 아들을 쳐다봤다. 그녀의 옆에는 어린 나이에 관모를 쓰고 주작이 수놓아진 예복을 차려입은 아들이 서 있었다. 모든 선인이 선단을 취해 장수를 하는 선계 역사상, 이리 어린 나이에 제후 대리로 천서즉위 연회에 참여한 선인은 단우가 처음일 터였다. 머리에 쓴 관이 작은 머리에 유독 무거워 보였다. 도화는 긴장한 아들의 얼굴을 보며 억지로 웃고는 고개를 돌렸다. 선녀 정화와 인사를 나눈 뒤, 그녀도 아들과 함께 자리에 앉았다.

선녀 정화는 자리에 앉은 사예에게 다가와 말했다.

"저는 하계 감사부에서 올라올 선녀들을 맞이하러 가 봐야 합니다. 폐하께서 납시기 전에 모두 착석을 마쳐야 하니, 귀빈께서는 여기서 기다리시면 됩니다."

"예."

인사를 한 선녀 정화가 몸을 돌려 바삐 걸어갔다. 사예는 불안한 마음을 겨우 누르며 방석 위에 앉았다. 자리에 앉고서도 연신 시선을 돌려 먼 구름 너머를 살폈다. 대체 하선이 해야 할 일이 무엇이며, 무슨 소란이 어찌 벌어진다는 것인지 알 수가 없었다. 주변엔 온통 아무것도 모르고 웃으며 기다리는 선인들뿐이었다. 모두들 웃고 있는 와중에 그녀만 동떨어진 느낌이었다. 사예는 손에 닿은 치맛자락을 세게 쥔 채로 연신 주변을 살피며 기다렸다.

❋ ❋ ❋

무진은 용주당에서 연회에 참석할 준비를 마치고 기다리고 있었다. 연회에 참석할 천제는 열두 줄의 구슬이 달린 면류관과 금수가 들어간 구장복(九章服)을 갖춰 입고 있었다. 어둠이 깔린 방 안에서, 무진은 방 가운데를 응시했다. 그가 바라보는 것은 방 한가운데 세워진 비석이었다. 처음으로 하늘의 제위에 올라, 하늘의 지배자가 된 건원제의 비석. 하늘의 시작. 분리되어 있던 나라를 통일하고 하늘의 제위에 올라선 선인. 그 아래 그의 유골함과, 용주함이 있었다.

무진은 소나무처럼 꼿꼿이 서서 그 모든 것을 응시했다. 비석 아래의 물건들은 현재 선하계의 기틀을 잡은 천서제보다도 더 이전부터 자리해 온 용주당의 보물들이었다. 천천히 비석을 향해 다가간 무진이, 손을 뻗어 비석을 만졌다. 술시들이 사라진 터라 며칠 관리가 제대로 안 된 비석 위에 먼지가 하얗게 앉아 있었다. 비석 위의 먼지에 그의 손가락 자국이 남았다. 무진은 시선을 내려 건원제의 유골함과, 용주함을 쳐다봤다. 용주함. 용의 구슬이 있는 함이라.

무진은 허리를 굽혀 용주함을 들어 올렸다. 그 매끄러운 표면을 만지며, 생각에 잠겼다. 이 용주함은 용주당에서 가장 귀한 보물로 여겨져 온 것이었다. 용의 상징. 소원을 들어주는 여의주.

'그러나.'

오랜 옛날부터 이 안에 든 것은 용의 구슬이 아니었다. 무진은 그걸 알고 있었고, 그에 대한 진실을 감췄다. 그뿐인가. 그는 그보다 더한 진실마저 감추고 여전히 이 자리를 지키고 있었다.

용주함을 잡은 손이 힘이 들어가다 못해 부들부들 떨렸다.

'어찌 지켜 온 자리인가.'

그가 어떤 다짐과 함께 이 자리에 올랐던가. 그걸 생각하면, 그는 지금 이대로 멈춰 설 수 없었다. 그는 이미 결단을 내렸고, 그의 칼을 뽑았다. 제위에 오른 순간부터 그는 진실을 묻고 이 자리를 지키기로 결심했다. 이제 와 달라질 것은 없었다.

무진은 손에 들고 있던 용주함을 다시 비석 앞에 내려놓았다. 그 함, 안에 든 것은 한낱 요선이 타인의 정기를 빼앗을 뿐인 하찮은 구슬이었지만, 이 함은 여전히 용의 구슬이 담긴 용주함으로 남을 것이고, 그는 하늘의 제위를 지키는 천제로 남을 것이다. 지금 그가 기다리는 것은 바로 천서즉위일 연회, 천서제가 즉위한 날을 기념하기 위한 연회였다. 하늘의 시초가 이 나라의 기틀을 잡고, 천 년의 역사가 이루어진 시작의 날.

무진은 턱을 들고 자세를 바로 세운 다음 몸을 돌려 방에서 나왔다. 그는, 이 자리를 지켜야 했다.

※ ※ ※

선인들과 선녀들이 바삐 오가는 위용루 담 너머에, 두 명의 선인이 숨어 있었다. 혜강이 준 부적은 참으로 기이한 힘을 가지고 있었다. 그 부적 덕분에 석호는 남선의 끄트머리에서 뒤늦게 출발했음에도 불구하고 연회에 늦지 않고 도착할 수 있었다. 석호는 담 뒤에 몸을 숨기고 선인들이 모인 연회장을 응시했다. 그는 참으로 기이한 것 투성이라고 생각하며 그의 뒤에 있던 혜강에게 물었다.

"아니, 어찌 저들이 우리를 발견하지 못하는 것이냐? 대체 이 부적의 정체가 뭐냐?"

"별게 다 궁금하구나. 이 부적들은 서선 포호궁에 보관되어 있던 것이다. 어찌 있는지는 나도 모르겠다. 그저 도움이 될 성싶어 가져왔다."

석호는 어딘가 찜찜한 기분이 들어 혜강을 쳐다봤다. 그러나 서선 포호궁에 무엇이 어찌 보관되어 있는지 그가 알 수 있을 리가 없었다. 혜강은 담 안쪽의 연회장을 살피며 말했다.

"그딴 하찮은 일에 정신을 쏟고 여유가 넘치는 모양이구나. 이제 나는 가 보도록 하겠다."

"가, 가는 거냐?"

"그럼 계속 여기 있겠느냐? 나는 가서 내 자리를 지켜야지. 폐하께서 납시면 은밀히 다가가 폐하의 곁을 지켜라. 수상한 이가 다가오지 못하도록. 알았느냐? 누군가 공격이라도 하면 바로 막아설 수 있도록 지키란 말이다."

"그래, 알았다."

석호가 고개를 끄덕였다. 혜강은 석호를 한 번 쳐다보고는 그대로 담을 따라 날아갔다. 날개옷을 입고 가는 혜강을 쳐다보다가, 석호는 마음을 다잡고 연회장을 살폈다. 진정하고, 류시건이 나타나면 바로 무진을 지켜야 했다. 이미 연회장 사이에 류시건 그 간악한 놈이 숨어 있기라도 하듯, 석호가 눈을 부릅뜨고 연회장을 둘러봤다. 그리고, 연회장을 쳐다보던 그는 당연하게도 익숙한 얼굴을 발견했다.

"……."

날 세우고 이리저리 방황하던 시선이, 온전히 한 곳에 박혔다. 오가는 선인들 너머, 천제가 앉을 상석 아주 가까운 곳에. 그의 식솔이 앉아 있었다. 늘 그 자리에 있어야 하는 정왕은 없었다. 그 대신, 어린 선인과 선녀가 앉아 있었다. 석호는 저도 모르게 담을 따라갔다. 그 둘이 더 잘 보이는 곳으로, 더 가까운 곳으로 가기 위해 발을 움직였다. 그러나 움직이던 발이 그대로 구름 위로 선 담에 턱 걸리는 바람에 멈춰야 했다. 그때 바로 곁을 바쁜 선녀 하나가 휙 지나쳐 갔다. 석호는 발작이라도 하듯 놀라 움찔했지만 다행히 선녀는 그를 눈치채지 못했다.

안도의 한숨을 내쉬며 석호는 다시 시선을 돌렸다. 예복을 차려입은 아들의 모습을 봤다. 먼 거리였으나 선단을 취한 선인의 눈은 아들의 얼굴을 또렷하게 볼 수 있었다. 그 옛날 정왕이 앉던 자리에 앉은 어린 녀석이, 영 밝지 못한 표정을 하고 있었다. 우울한 아들 옆에 앉아 있는 도화를 봤다.

날개옷을 입은 고운 선녀는 계속해서 아들의 얼굴에 시선을 두고 있었다. 언뜻, 한숨을 내쉬는 것 같았다. 아들을 보던 도화가, 불현듯 고개를 돌렸다. 석호는 놀라 숨을 들이켜고는 바로 허리를 숙여 담에 숨었다. 피하고 나서야 어차피 스스로의 모습이 보이지 않을 것임을 알았다. 당황한 스스로가 한심해서 석호는 그대로 헛웃음을 내뱉었다. 잠시 뒤, 석호는 조심스럽게 다시 몸을 들었다.

겁먹고 숨은 스스로가 부끄럽게도, 도화는 이미 고개를 돌린 상태였다. 틀어 올린 선녀의 머리만 응시하고 있는데, 저도 모르게 욱하고 감정이 차올랐다. 할 수만 있다면 지금 당장 소리 높여 묻고 싶었다. 왜 아직도 거기 있냐고. 류시건의 용마를 풀어 주고 그놈을 도와줬으면서 어째서 아직도 그 자리에 있는지.

어쩌면, 마음 약한 도화가 아들이 눈에 밟혀 차마 떠나지는 못했을지도 몰랐다. 그는 버려도 아들은 버리지 못했나. 복잡한 마음에 어느새 차오른 원망만 되뇌었다. 그때, 어린 아들을 생각할 마음의 자리가 있었다면, 그 마음에 그를 생각할 자리는 없었는지. 그걸 생각하면……. 그 자리에 남아 있음을, 그저 고마워할 수가 없다는 걸 아는지.

석호는 고개를 푹 숙였다. 볼썽사납게 우는 대신 두 손으로 얼굴을 가렸다. 저도 모르게 가빠진 숨을 몰아쉬며 차오르는 숨을 억눌렀다. 겨우 진정이 된 후에야, 손을 내리고 고개를 들었다. 굳은 다짐이 서린 얼굴로, 석호는 빠르게 날아 담을 타고 연회장 안으로 들어갔다. 그는 무진을 지키기 위해 이 자리에 왔고, 그 임무를 해내면 다시 유배지로 돌아가야 했다. 지금은 오로지, 그것만 생각해야 했다. 그렇게 그는 애써 다른 방향으로 향하는 시선을 바로잡았다.

❉ ❉ ❉

석호를 남겨 두고 홀로 날아간 날개옷 입은 혜강은, 그대로 계속 걸어 담을 한참 따라 돌았다. 이쪽저쪽에서 오늘의 연회를 위해 선인들이 날아오고 있어 자리를 고르기가 힘들었다. 그녀는 하는 수 없이 위용루에서 제법 먼 전각까지 나와야 했다. 다행히 위용루에서 벗어나자 선군도 선녀도 많이 보이지 않았다. 그녀는 서둘러 날아가 오가는 이가 드문 자리를 찾았다. 담의 모서리에서 그녀는 일단 모습을 감추기 위해 붙인 도술의 부적을 떼었다. 언제나 생각하지만 도술은 참 유용한 측면이 있었다.

부적을 떼자 날개옷을 입은 혜강의 모습이 만천하에 드러났다. 망설임 없이 부적을 찢어 버린 그녀가 얼른 두 손으로 수인을 맺으려고 하는데, 갑자기 누군가 그녀를 불렀다.

"어머? 상장군 나리?"

순간 혜강의 얼굴이 확 일그러졌다. 그러나 그녀는 바로 표정 관리를 하고 뒤를 돌았다. 당당한 얼굴로 고개를 돌려 그녀를 부른 선녀에게 인사를 했다.

"오랜만에 뵙소."

선녀 정화는 웃었다.

"예. 헌데, 어인 일로 익의를 입으셨습니까? 제가 얼핏 보고는 긴가민가하여 발에 불이 나게 날아왔는데, 이리 보니 불난 보람이 있습니다."

"아바마마께서 간절히 원하셔서 입게 되었소."

"그러셨군요. 이리 익의를 입으신 것을 보니 감회도 새롭고, 보기도 좋네요. 종종 입으셔요. 이리 고운 익의가 빛도 못 보는 것이 아깝지도 않으십니까."

혜강은 그저 입술 끝만 대충 올려 미소 지었다.

"연회 준비로 바쁘진 않소?"

"이제 얼추 끝나 갑니다. 헌데 지왕 전하께서는 어디 계십니까?"

"지금 백호위 대장군이 모시고 있소."

"그러시군요. 참, 저는 지금 다른 선녀들을 맞이하러 가던 참이었는데. 폐하께서 오시기 전에 어서 가서 착석하십시오. 그럼 저는 이만."

선녀 정화는 혜강의 인내심이 한계에 도달했을 즈음 웃는 얼굴로 인사를 하고 서둘러 등을 돌려 사라졌다. 혜강이 날아가는 선녀 정화의 모습을 계속 살폈다. 부적을 먼저 뗀 것은 어리석은 짓이었다. 그녀는 혀를 차며 두 손을 모아 환술의 수인을 맺었다. 펑, 소리와 함께 연기가 나고, 날개옷을 입고 있던 혜강의 얼굴은 북선 제후 화탁의 아내인 선녀 화영의 얼굴로 바뀌었다.

'귀찮은 선인들 같으니라고.'

선녀 화영의 모습을 되찾은 요선, 호괴는 코웃음을 흘리며 그렇게 생각했다. 그러나 어쩔 수 없는 일이었다. 그녀 또한 완벽한 선군 호혜강의 모습으로 선인들을 속이고 싶었다. 문제는 그녀가 백호위 선군 갑옷의 문양이 제대로 기억이 나지 않는다는 것이었다. 그렇다고 흑귀위 선군의 갑옷을 입고 주석호를 데리러 갈 수는 없었고, 대충 만들어 입자니 선군인 주석호의 눈을 속일 수 없을 게 분명해 걱정이 되었다. 해서 익의를 입은 채로 대충 둘러대는 상황에 이른 것이었다.

어쨌든 주석호 그 멍청이를 끌어들였고, 그녀도 무사히 용수궁으로 왔으니 우연히 마주친 선녀 하나 정도야 문제 될 것 없었다. 순간 당장 저 목을 잡아 뜯을까 고민했지만, 오지랖 넓은 선녀가 눈치를 챘더라도 달라질 것은 없으므로 호괴는 일단 그냥 두기로 했다. 그녀를 의심한 선녀가 그 의심을 고할 상대는 한정되어 있었고, 그 상대가 누구든 달라지는 건 없을 터였다.

호괴는 환술 수인을 맺어 그녀의 환술시를 여럿 만들었다. 호괴가 환술의 수인을 맺자 그녀의 검은 환술시가 북선의 검안궁에 있던 술시들로 둔갑했다. 가짜 술시들을 뒤에 대동한 채로, 호괴는 활짝 미소 지으며 위용루 방향으로 몸을 틀었다. 고운 날개옷의 비단 자락을 휘날리며, 호괴가 모든 선인이 모인 자리를 향해 날아갔다.

연회장으로 날아간 호괴는 그 사이에 앉아 있는 사예를 발견했다. 그러나 아무것도 보지 못한 것처럼 태연히 지나쳤다. 인사를 하는 선인들에게 마주 인사를 하며 호괴는 북선 제후를 위해 마련된 자리로 갔다. 자리에 앉은 그녀는 들고 있던 쓰개치마로 자신의 두 손을 덮었다. 쓰개치마 아래에서 그녀의 손이 무엇을 하는지는, 그 누구도 볼 수 없을 터였다.

호괴는 태연하게 고개를 들고 연회장의 선인들을 쳐다보다가, 하늘로 시선을 돌렸다. 토문은 문제의 선인 류시건이 도깨비와 함께 용수궁에 나타날 것이라 확신하고 있었다. 그의 예상대로 류시건이 도깨비와 함께 선인들의 앞에 나타날 때. 그때가 바로, 그녀가 움직일 때였다.

※ ※ ※

이제 위용루 앞에는 대부분의 선인이 자리를 잡고 앉았다. 개중에는 제대로 된 직책이 없어 변두리에 서 있는 선인들도 제법 있었다. 북적거리는 연회장에, 드디어 현재 선계 제일의 연장자인 지왕이 들어왔다. 담 밖에서 타고 온 가마에서 내린 지왕이 술시들의 부축을 받아 걸어오고, 그 뒤로 용마를 끄는 혜강과 혜렴, 백호귀 선군들이 따라왔다. 모든 선인이 자리에서 일어나 지왕에게 허리를 숙여 인사를 했다.

사예는 저번에 서선에 갔을 때 목소리밖에 듣지 못한 지왕을 유심히 쳐다봤다. 과연 육백여 년을 산 선인이라 하더니 선단을 취한 선인임에도 불구하고 얼굴 한가득 노쇠함이 드러났다. 지왕의 뒤를 따라온 혜강은 그가 자리에 착석하자마자 걱정이 가득한 얼굴로 말했다.

"진정 괜찮으시겠습니까?"

"물론이다."

"허나⋯⋯."

혜강이 좋지 못한 표정으로 말하자 지왕이 가벼운 웃음소리를 냈다.

"천서즉위일 연회는 선계 가장 중대한 행사다. 그런 자리에 어찌 빠질 수 있겠느냐. 너도 그렇고 혜렴이도 연회장을 지킬 터인데, 무엇이 두려우랴."

혜강과 혜렴은 시선을 교환했다. 연로한 선인인 아버지에게 차마 진실을 밝히지도 못한 남매는 결국 연회에 참석하겠다는 지왕의 고집을 꺾지 못했다. 둘은 나란히 불만이 가득한 얼굴로 고개를 숙이고는 물러났다.

지왕의 말대로 둘은 선군이므로 연회가 진행되는 내내 연회장을 지켜야 했다. 그러나 둘은 내내 정해진 자리를 지키지는 않을 예정이었다. 혜렴과 대화를 나눈 이후 고민에 고민을 거듭하던 혜강은 결국 결단을 내렸고, 그리하여 이날까지 류시건의 계획을 발설하지 않고 침묵했다. 그들이 오늘 해야 할 일은 천제의 명에 따라 이 연회장을 지키는 것이 아니었다. 혜강과 혜렴은 시선을 주고받았다. 둘은 지왕에게서 조금 거리를 두고 걸어와 목소리를 낮춰 속삭였다.

"예정대로 백호위를 움직이는 데 지체가 없어야 할 것이다."

"예."

"나는 아바마마에게서 한시도 시선을 떼지 않을 테니."

혜렴이 결의가 서린 눈으로 고개를 끄덕였다. 둘 다 일단은 용마를 타고 연회장 하늘로 올라가야 해서 제후들을 위한 자리에서 내려와야 했다. 몸을 돌리던 혜강은 지왕과는 다른 방향에 앉은 단우와 도화, 그리고 그 뒤의 사례를 발견했다. 가벼운 목례를 주고받은 후,

혜강과 혜렴은 그들을 기다리던 선군들에게로 돌아갔다. 그들이 각자의 용마에 끌고 연회장 밖으로 나오자, 선녀 하나가 급히 혜강에게 다가왔다.

"상장군 나리."

"무슨 일이오?"

멈칫한 혜강은 그녀에게 다가온 선녀 정화를 쳐다봤다. 선녀 정화가 손을 세워 입가를 가리곤 말했다.

"잠시."

정화의 눈짓에 혜강은 일단 선군들에게 기다리라고 명한 후 정화와 함께 자리를 피했다. 그녀를 부르는 선녀의 분위기가 심상치 않았기 때문이었다. 선군들과 조금 거리가 벌어지자 정화가 혜강에게 급히 말했다.

"오늘 익의를 입은 일이 없으시지요?"

"그렇소."

오늘은커녕 근 몇 년 동안 꺼낸 일조차 없었다. 혜강은 전혀 영문을 알 수 없었지만 일단 그렇다고 답했다. 정화가 숨도 쉬지 않고 빠르게 말했다.

"익의를 입은 상장군을 보았습니다. 표정 하나 바꾸지 않고 천연덕스럽게 상장군의 행세를 하였습니다. 예의 호괴임이 분명합니다."

"그게 사실이오?"

"일단은 모르는 척하였으나 분명합니다. 허나 먼저 상장군께 확인을 하고자 하여. 이 일을 어찌합니까? 그 요선이 악심을 품고 연회를 망치러 온 것이 분명합니다. 지금 당장 폐하께……."

"아니. 기다리시오."

"예? 기다리라니요?"

혜강의 단호한 말에 정화는 당황했다. 혜강은 주변을 살피고는 목소리를 낮춰 말했다.

"내게 그 사실을 알려 주어 고맙소. 허나 섣불리 호괴 이야기를 해 일이 생겼다간 그 호괴가 무슨 간악한 짓을 할지 알 수가 없소. 지금 연회장에는 모든 선인이 모여 있으니, 신중에 신중을 기해야 하오. 감사부에서 미란 선녀가 호괴에게 무슨 해를 당했는지 들었지 않소?"

"예. 그렇지요."

"함부로 입을 놀렸다가 오히려 그대가 큰 화를 자초하게 될지도 모르오. 이 일에 대해서는 내 은밀히 상장군들과 폐하께 고하겠소. 그대는 아무것도 보지 못한 척하고 계시오."

"예."

정화는 혜강의 말을 새기듯 주의 깊게 듣고는, 인사를 하고 몸을 돌렸다. 정화가 다시 연회장으로 날아가고, 혜강은 얼른 선군들과 그녀의 용마가 있는 쪽으로 날아갔다. 용마 천금의 위에 올라탄 혜강이 마찬가지로 용마에 타서 기다리고 있던 혜렴에게 말했다.

"서둘러야겠다. 지금 이 안에 호괴가 있다. 당장 류시건에게 술시를 보내 이 사실을 전해라. 지금부터 용수궁에서 빠져나가는 선인이 하나라도 있어서는 안 된다."

"예!"

혜렴은 거칠게 용마 고삐를 잡아당겼다. 그의 용마가 날개를 펼쳤다. 그 뒤를 따라 백호위 선군들이 날아갔다. 혜강은 위용루를 둘러봤다. 어느새 천제 무진이 연회장으로 나와 선인들의 인사를 받고 있었다. 선인들이 일어나 상석으로 향하는 천제를 향해 인사를 했다. 무진이 상석으로 향하는 모습을 바라보던 혜강이 고개를 들어 날아가는 선군들과, 하늘 위에서 대기 중인 선군들을 쳐다봤다.

천 년 동안, 선인들은 이날, 이 연회에 참여했고, 선군들은 연회가 치러지는 위용루의 하늘을 지켰다. 그 누구도 천서즉위일을 망칠 선인은 없었고, 감히 하늘의 용수궁을 노릴 요괴나 도깨비 따위도 있을 수 없었다. 그리하여 이날 선군들의 역할은 그저 자리를 지키는 것에 불과했다. 그게 해가 뜨고 지는 것처럼 천 년 동안 당연한 일이었다.

그러나 오늘은 아니었다. 오늘, 천 년 동안 이어진 천서즉위일 연회는 치러지지 못할 터였다.

❈ ❈ ❈

신수 자운영의 힘으로 모습을 감춘 하선은 연회장 한쪽에 서서 숨어 있었다. 그녀는 손에 짐 속에 숨기고 있던 검은 함을 들고 있었다. 사초 필사본은 시건에게 넘겼고, 그의 유품도 모두 넘겨준 상황에 그녀의 손에 남은 것은 오직 하나뿐이었다.

모습을 숨긴 상태로 하선은 은밀히 연회장 가장자리에 서서 상황을 살폈다. 사방이 온통 웃고 있는 선인들로 가득했다. 장대한 위용루와 그 앞에 준비된 연회장, 화려한 날개옷을 입은 선녀들과 갑옷을 입은 선군들, 상석에 마련된 천제의 자리까지. 모두가 평화롭기 그지없는 광경이었다. 모든 선인들이 매년 봐 왔을 이 광경을, 그녀는 오늘 처음 봤다.

하선은 저도 모르게 고개를 돌려 선인들 사이에 앉아 있는 딸의 모습을 찾았다. 오가는 선녀들로 인해 딸의 모습이 잘 보이지 않았다. 하선은 다른 이들의 모습 사이로 얼핏 보인 딸의 얼굴에 시선을 뒀다가, 조금 더 잘 보이게 자리를 옮겼다. 굳은 얼굴이 겨우 보이다가, 그 앞을 지나친 선인에 의해 다시 가려졌다. 이제야 겨우 제자리를 찾아간 딸의 모습이, 다시금 보이지 않게 가려졌다.

하선은 그만 딸에게서 시선을 돌렸다. 상황이 긴박하게 돌아가겠지만, 딸은 그녀가 말한 대로 잘해 낼 터였다. 비로소 그 자리를 되찾을 기회가 왔다고 하여 여기서 안주할 수는 없었다. 그녀에게는 해야 할 일이, 끝마쳐야 할 일이 있었다. 이 모든 걸 끝마친 후에야 진정 모든 것을 되찾았다 말할 수 있으리라.

그리고 그 모든 해결의 열쇠가, 지금 그녀의 손안에 있었다. 하선은 함을 쥔 손에 힘을 줬다. 매끈한 함의 표면이 손에 만져졌다. 손에 든 함은 백운과 헤어지고 사예와 서선으로 갔을 때 하선이 찾은 물건이었다. 헤어지기 전에, 백운이 반드시 되찾으라고 했던 것. 그사이 사예가 서선에서 사고를 쳐 청하의 존재가 발각되었지만, 어쨌든 그녀는 찾아야 했던 물건을 찾았고, 지금 딸도 그녀도 모두 이 자리에 있었다.

하선은 시선을 들어 연회장 안의 선인들을 다시금 응시했다. 그녀는 지금, 초식동물을 사냥하는 야생 짐승의 기세로 모습을 숨기고 숨어 있었다. 상대는 그녀와 그녀의 가문을 해치기 위해 무려 천 년을 숨어 기다렸다. 그녀라고 하지 못할 건 없었다. 상대가 만만치 않은 자라는 것을 하선도 잘 알고 있었다. 해서 그녀는 그 어느 때보다 신중하게 기다려야 했다. 상대가 홀로 남을 때. 긴장을 풀고 제 뒤를 보일 때. 숨겨진 이빨 드러내, 은밀하게 다가가 그 목을 잡아챌 때를.

아무것도 모른 채로 서 있는 선인들 사이에, 그녀의 원수가 있다. 그토록 긴 시간 동안 그녀의 가문이 도망 다니게 만든 이가. 그녀의 부모를 죽게 하고, 지아비를 죽게 한 이.

저 자리에. 토문이 있다.

❈ ❈ ❈

동선에서 기다리던 현록과 요선들, 그리고 도깨비들은 때에 맞춰 용수궁 주변에 나타났다. 지금 그들 곁에는 그들을 단숨에 용수궁으로 보내 줄 도사가 없었기에 도깨비들이 합심하여 요술을 써 용수궁 주변으로 날아와야 했다. 시건이 명한 대로 현록은 요선들과, 억새풀 갑옷으로 무장을 한 도깨비들과 함께 모습을 가린 채 대기 중이었다.

도깨비들은 도깨비방망이를 잡은 채로 용수궁을 바라보며 날고 있었다. 함께 온 요선들이 환술로 만든 녹두군사와 짱돌군사 또한 마찬가지였다. 그들은 얼마 기다리지 않아 남선으로 떠났던 시건 일행과 재회할 수 있었다. 감투 쓴 도깨비들이 서로를 발견하고 날아갔다. 도깨비감투와 요술로 모습을 감추고 있던 시건과 파적 외 도깨비들이 그들과 합류했다.

"상장군."

현록이 흑뢰와 함께 나타난 시건에게 인사를 했다. 신수 현무와 함께 하늘을 날고 있던 시건은 시선을 돌려 무장하고 대기 중인 도깨비들의 상태를 살폈다. 그가 살피는 동안 북선으로 갔다가 동선에 합류했던 귀호도 다가왔다. 인사를 하는 귀호에게 시건이 물었다.

"흑귀위는?"

"후방 대기입니다. 이미 대장군과 말을 맞춰 두었습니다. 연회장 상공 중심부부터 검용군과 좌우위, 적오위, 백호위와 청진위 순으로 지키고 있습니다. 천제의 곁은 간용군 군사들이 지킨다고 합니다. 일이 시작되면 백호위와 흑귀위가 내려가 위용루를 점령할 겁니다. 그리고, 백호위 대장군 호혜렴의 술시가 왔습니다."

시건은 귀호가 가리키는 방향으로 시선을 돌렸다. 날아온 혜렴의 술시가 시건에게 편지를 건넸다. 시건은 편지를 받아 짤막한 내용을 읽고는, 오행궁의 화기를 움직여 편지를 태웠다. 호괴. 편지에는 호괴가 이 자리에 있다고 써 있었다. 호괴는 아마 이 자리에 참석할 사예를 노리고 왔을 터였다. 시건은 사예와 함께 보낸 세 명의 도깨비를 떠올리며 그들이 제 역할을 잘해 내길 바랐다.

일단 혜렴의 술시를 주인에게 돌려보낸 시건이 아직은 멀리 있는 위용루 쪽을 응시했다. 높이 솟은 위용루의 하늘 위를 선군들이 가득 채우고 있었다. 제법 거리가 있었지만, 그래도 시건은 멀리 있는 선군들과 그 아래 연회장의 모습을 바로 보는 듯 상상할 수 있었다. 그 옛날 그가 매년 봐 왔던 광경이었다. 선인들이 함께 축하를 나누는 선계 제일의 연회. 그 자리에서 지금 모든 선인들이, 그가 그의 손으로 무너뜨릴 연회를 기다리고 있으리라.

잠시 지난날을 떠올린 시건은 호괴가 연회장에 있다는 혜렴의 보고를 떠올리며 겨우 마음을 다잡았다. 그는 그의 수하 선인들을 보며 단호하게 명했다.

"선군들의 움직임부터 차단한다."

"예."

시건의 명을 들은 선인들은 이미 준비가 된 듯, 술법을 부릴 준비를 했다. 시건의 주변을 날고 있던 현무 묵현으로부터 심상치 않은 수기가 흘렀다. 동시에 시건은 그의 손안 가득 수기를 모았다. 묵현의 힘과 그의 힘이 모여들었다. 그의 곁에 있던 수하 선인들 또한 그를 도와 수기를 모았다.

그들의 앞에, 구름이 빠른 속도로 모여들기 시작했다. 모여든 구름이 쌓이고 쌓여 검은 빛깔 먹구름을 이뤘다. 수기를 모으고, 또 모아 집중시킨 시건이 그 먹구름을 움직였다. 먹구름이 증식하듯 광활한 하늘을 가르며 퍼져 나갔다. 하늘이 먹구름의 층으로 인해 둘로 나뉘기 시작했다. 구름의 뒤를 따라 시건과 그의 모든 군사가 하늘을 날아갔다.

검은 새 떼처럼 순식간에 하늘을 가로질러 날아간 먹구름은 얼마 걸리지 않아 위용루 하늘 위의 선군들에게까지 도달했다. 가장 바깥쪽에 있던 청진위가 먼저 먹구름을 발견했다. 그들은 몰려온 구름을 술법으로 없애려고 했지만 신수 현무와 수하들의 힘을 동원한 시건의 힘을 당해낼 수는 없었다. 그사이 상황을 인지한 혜렴은 청진위를 돕지 않고 백호위를 움직여 아래로 날아갔다. 백호위가 갑작스러운 움직임을 보이는 동안 구름이 빠른 속도로 밀려 들어와, 가장 안쪽부터 지키던 검용군과 적오위, 좌우위 선군들은 상황을 파악하기도 전에 먹구름에 발목부터 잡혔다. 발아래 깔린 구름이 크기를 키우고 시야가 온통 어두운 먹구름으로 가득 찼다.

때마침 후방에서 대기 중이었던 흑귀위도 먹구름을 신호로 확인하고는 위용루로 날아왔다. 멀리서부터 먹구름과 그 먹구름에 잡힌 선군들을 확인하며 날아온 그들은 흑귀위 대장군의 진두지휘 아래 바로 먹구름을 피해 아래로 내려갔다. 구름 아래로 날아간 흑귀위와 백호위 선군은 물론 위용루의 모습이 온통 가려졌다. 놀란 선군들이 힘을 모아 수기를 움직여 먹구름을 없애려고 했다. 그러나, 도깨비들은 이미 먹구름과 함께 날아온 참이었다. 검은 용마를 몰고 날아가던 시건이 소리쳤다.

"도깨비들은 들어라! 모든 선군을 포위하고 위용루를 점령한다! 그 누구도 빠져나가지 못하게 막아라! 저 안에, 도사를 죽인 호괴가 있다!"

"이야아아아아!"

억새풀 갑옷과 도깨비방망이로 무장을 한 도깨비들이 거칠게 소리를 질렀다. 그 소리가 하늘에 쩌렁쩌렁 울려 퍼졌다. 요선 소군강을 필두로 요선들이 만든 녹두군사와 짱돌군사들이 제일 먼저 선군들에게로 날아갔다. 녹두군사와 짱돌군사들이 선군들을 공격하는 동안, 도깨비들 또한 자신만만하게 도깨비방망이를 휘두르며 나타났다. 시건의 옆에서 대기 중이던 귀호는 그의 용마를 몰아 흑귀위 선군들이 있는 아래로 날아갔다.

놀란 검용군 대장군이 어서 구름을 없애고 위용루로 내려가라고 소리를 쳤다. 그러나 도깨비들과 요선들이 선군들을 막아섰다. 허깨비가 날고 요선들이 날며 선군들을 방해했다. 하는 수 없이 선군들은 일단 도깨비와 녹두군사, 짱돌군사들을 향해 화살을 쐈다. 선군들을 맡은 도깨비 파적은 앞을 가로막은 녹두군사들을 뛰어넘으며 소리쳤다.

"받은 대로 돌려주마, 이놈들아!"

도깨비들이 도깨비방망이를 휘두르자, 선군들이 쐈던 화살들이 그대로 허공에서 멈췄다. 화살은, 모두 방향을 바꿔 그대로 선군들에게 도로 날아갔다. 선군들은 그들이 날린 화살을 술법을 써 막아 냈다.

"도깨비는 내버려 둬라! 위용루부터 지켜야 한다! 아래로 내려가라! 아래로!"

검용군 대장군은 검을 휘두르며 목이 터져라 소리를 질렀다. 당장 먹구름을 뚫고 아래로 내려가야 하는데 도깨비들이 허깨비까지 만들어 그들의 앞을 막았다. 선군들은 이러지도 저러지도 못하고 구름 위에 갇혀 버렸다.

그사이 시건은 흑뢰를 몰아 아래로 향한 흑귀위 선군들을 찾아 날아갔다. 그의 뒤를 따라 수하 선인들도 날아왔다. 빠르기로 유명한 흑뢰가 유연하게 날아 날뛰는 도깨비들 사이를 빠져나가고, 제일 먼저 먹구름을 통과했다. 그의 뒤로 신수 현무가 따라왔다. 먹구름을 뚫고 나오자 발아래 용수궁의 전경이 펼쳐졌다. 바로 용수궁 사이 가장 높이 솟은 위용루가 보이고, 지붕 처마에 닿을 듯 가까이에서 날아다니는 흑귀위와 백호위 선군이 보였다. 시건이 흑뢰를 더 채근하는 와중에, 뒤에서 시건을 따라 날아오던 현록이 소리쳤다.

"상장군! 위를 보십시오!"

시건은 고개를 돌렸다. 그들이 막 빠져나온 먹구름 위에서 얼핏 빛이 번쩍였다. 번쩍이는 빛이 구름 위에서 사라지고, 그 뒤로 귀를 후려치는 우렛소리가 울렸다. 하늘이 산산조각 나는 소리가 울렸다.

"어찌 된 일일까요?"

시건과 함께 날아가던 선인들 모두 멈춰서 먹구름이 가린 하늘 위를 쳐다보고 있었다. 구름 아래에 있던 흑귀위와 백호위도 마찬가지였다. 다른 선인들은 갑자기 벼락이 쳐 놀란 것이었지만, 시건은 그의 눈으로 저 번개가 환술로 인한 것임을 알았다.

그 순간, 그는 전에 하계에서 사예에게 들은 이야기를 떠올렸다. 마른하늘에 날벼락이 쳤다고, 그 벼락에 그녀의 신수마저 해를 입었다고. 하계에 있을 때 사예가 그렇게 말했었다. 그녀가 그로 인해 선계에서 하계로 떨어졌다고.

머리가 지난 기억을 떠올리는 사이, 처음 내린 벼락을 시작으로 곧 여기저기서 번쩍이며 벼락이 떨어지기 시작했다. 검은 먹구름 사이로 가려지지 못한 빛이 번쩍거렸다. 먹구름 위로 빗줄기처럼 낙뢰가 쏟아지고 있었다. 사방에서 연신 벽력 소리가 귀를 때렸다.

갑작스러운 큰 소리에 놀라 요동을 치는 용마를 진정시키며, 시건은 별안간 진정 벼락을 맞은 듯 깨달음을 얻었다. 호괴는 지금, 단지 사예를 노리는 게 아니었다. 그가 바로 현록에게 소리쳤다.

"구름을 없앤다! 모든 군사는 벼락을 막아라!"

선인들은 갑작스러운 명에 당황했지만 바로 시건의 명을 따랐다. 시건도 신수 묵현과 함께 그가 모았던 먹구름을 다시 없앴다. 먹구름이 서서히 가시자 그 위에 가려져 있던 참혹한 광경이 드러났다. 떨어지는 벼락이 곳곳에서 번쩍이고, 이미 벼락에 맞은 용마와 선군들은 타 버려 재로 흩날리고 있었다. 놀란 선군들의 용마가 제멋대로 날뛰는 바람에 선군들도 당황한 상태였고, 녹두군사와 짱돌군사들은 이미 부서지고 망가진 상태였다. 요술을 부린 억새풀 갑옷을 입은 덕택에 벼락에 해를 입지 않은 도깨비들과 요선들만 당황해서 검은 재 사이를 날아다녔다. 우왕좌왕하는 도깨비들 사이에서 파적이 시건이 탄 용마 흑뢰를 발견하곤 외쳤다.

"야! 이게 대체 어떻게 된 일이야! 지금 난리가 났다고!"

"저건 호괴의 짓이다!"

"뭐라고?"

우렛소리에 시건의 고함이 묻혔다. 그사이에도 쉼 없이 낙뢰는 하늘을 가로질렀다. 하늘은 몰아치는 벼락 소리로 귀 아프게 울렸다. 그 순간, 가까운 곳에서 빛이 번쩍였다. 시건은 바로 고개를 돌려 용수궁을 쳐다봤다. 이제 벼락은 더 멀리, 빠르게 날아가 용수궁의 선인들까지 노리기 시작했다. 높이 솟은 위용루를 향해 날아간 벼락이 지붕 위로 자취를 감췄다. 일말의 침묵 후에, 큰 소리와 함께 지붕 한쪽이 부서져 내렸다. 위용루가 부서지는 소리를 더 큰 우렛소리가 덮었다.

위용루가 무너지기 시작하고, 연회를 기다리던 선인들에게도 그대로 낙뢰가 내리꽂혔다. 갑작스레 몰려든 먹구름 때문에 놀라 몰려들었던 선인들의 대열에 혼란이 일기 시작했다. 한꺼번에 벼락을 피하는 탓에 무더기로 넘어진 선인들도 있었다. 혼란에 빠져 저들끼리 난리가 난 선인들 탓에 멀쩡한 선인도 발이 묶여 벼락을 맞을 판이었다.

용수궁 위에서 위용루를 향해 날아가던 시건은 그 모습을 보는 순간 아찔해졌다. 그는 일단 그의 수하들과 도깨비들을 향해 소리쳤다.

"용수궁으로 내려가 호괴를 찾아라! 궁에 호괴가 있다! 호괴를 잡아야 벼락을 멈출 수 있다!"

도깨비와 선인들이 시건의 명에 따라 날아가고, 시건 역시 흑뢰의 고삐를 잡아당겼다. 일단 그는 저 난장판이 된 연회장에서 사예를 찾아야 했다. 빠르게 날아간 용마의 뒤를 따라 신수 현무가 하늘을 날았다. 우렛소리 사이로 검은 우레가 우는 소리가 울려 퍼졌다. 거세게 운 흑뢰가 검은 날개를 펴고, 내리꽂히는 벼락과 경쟁하듯 날아갔다.

※ ※ ※

위용루 앞에서 연회를 기다리던 선인들에게는 이 모든 일이 과거 사예에게 그랬듯 그야말로 마른하늘의 날벼락이었다. 갑작스러운 벼락 소리에 선인들은 귀를 막았다. 그러나 벼락이 멈추지 않고 쏟아지니 시끄러운 소리도 멈추지 않았다. 벼락은 연신 하늘을 가르고 하늘 위에서 던지는 창처럼 선인들에게로 날아들었다. 가장 상석에 있던 천제 무진이 일어나 크게 소리쳤다.

"모든 선녀들은 자리를 지켜라! 선인들을 보호하라!"

무진의 명에 따라 선녀들이 결계를 치고, 내리치는 번개를 막기 위해 구름을 모았다. 그러나 역부족이었다. 하늘에서 무자비하게 내리꽂히는 벼락이 선인들을 단숨에 잿더미로 만들었다. 그리고 그 뒤로 거대한 도깨비들이 도깨비방망이를 휘두르며 위용루를 향해 날아오고 있었다.

쉼 없이 내리꽂히는 벽력과 나타나는 도깨비들로 인해 선인들은 더없이 당황한 상태였다. 선인들이 도깨비들을 피해 한곳으로 우르르 몰렸다. 그들이 모인 자리로 벼락이 떨어질 때마다 선인들은 속절없이 잿더미가 되었다. 도망친 선인들 중 급하게 결계를 쳐 스스로를 지키는 이들도 있었으나, 늦은 이들도 있었다. 손으로 수인을 맺다가 우렛소리에 놀라 겁먹는 이들도 있었다. 천제의 곁을 지키기 위해 연회장 가까이에 있던 간용군 상장군이 무진에게로 바로 날아왔다.

"폐하! 선군들이 너무 많은 피해를 입었습니다! 도깨비들이 계속 내려오고 있습니다!"

무진은 진노한 얼굴로 하늘에서 내려오는 도깨비들을 가리키며 소리쳤다.

"도깨비들이 요술을 부리고 있다! 두려워하지 마라! 역모다! 도깨비와 역적이 역모를 획책했다! 지금 당장 전 선군은 선인들을 보호하고, 저 역적들을 잡아들이라! 지금 당장!"

"예, 폐하!"

"선녀들은 선단을 지켜라! 모든 선군과 선인들은 당황하지 말고 자리를 지켜라! 저 역적들을 막아라! 어서!"

무진의 명을 들은 선녀들이 선단이 든 함들을 지키기 위해 모여서 결계를 쳤다. 선인들과 연회장에 있던 선군들은 날아온 도깨비들을 막아서며 벼락을 피하느라 정신이 없었다. 하늘 위에 다른 선군들과 도깨비들이 날아다니고, 벼락이 연신 번쩍였다.

선군, 선녀들이 바삐 움직이는 사이 연회장 한구석에 숨어 있던 석호가 무진에게로 날아왔다. 안 그래도 그는 류시건이 도깨비들과 함께 꾸몄을 게 분명한 이 천인공노할 짓에 기함을 하고 있던 참이었다. 석호는 다른 어떤 것도 따질 겨를 없이 무작정 무진의 팔을 잡아당겼다.

"폐하! 몸을 피하셔야 합니다!"

부적을 붙인 터라 아무것도 보이지 않았지만, 무진은 목소리를 알아들었다.

"석호?"

"어서!"

석호는 당장 무진을 잡아끌었다. 무진은 그 기세에 못 이겨 위용루의 상석에서 벗어났다. 무진을 잡아끄는 석호가 잠깐 고개를 돌렸다. 시선은 자연스레 단우와 도화에게로 향했다. 용마를 탄 선군들과 움직이는 선녀들의 몸에 가려 그들을 찾을 수 없었다. 보이지가 않았다. 급한 대로 석호는 일단 무진을 데리고 그 자리에서 벗어났다.

천제가 자리에서 사라진 동안, 사예는 입을 벌린 채로 그 상황을 지켜보고 있었다. 그녀는 이미 이 같은 상황을 마주한 일이 있었다. 마치 계획된 것처럼, 그녀와 함께 가던 선녀, 선군들을 태워 버리던 뜨거운 불길. 그녀만 제외하고 모두를 재가 되어 바스라지게 만들었던 벼락을. 그녀를 하계로 떨어지게 만든 주범이었다. 그 주범이, 이번엔 용수궁에 벼락을 내리고 있었다.

'대체 누구야!'

사예는 고개를 돌려 주변을 살폈다. 사예가 이리저리 고개를 돌리며 살피는 와중에, 소란 사이에서 웃는 얼굴이 보였다. 사예는 그대로 멈췄다. 섬뜩하게 찾아든 직감이었다. 선녀 하나가, 그녀를 똑바로 보며 웃고 있었다. 분명 처음 보는 얼굴이었으나 입술 끝을 올려 환하게 짓는 미소가 누군가를 떠올리게 했다. 그 순간 선녀가 손으로 환술의 수인을 맺었다. 그리고, 빛이 번쩍였다.

"아!"

사예는 본능적으로 눈을 감았다. 검은 시야가 눈 감았음에도 언뜻 하얗게 번쩍였다. 그 기미가 가시자 사예는 겨우 눈을 떴다. 무사한 스스로를 확인하며 겨우 숨을 내쉬었다. 그녀에게 내리꽂히던 벼락을 요술로 막은 덕향이 바로 사예에게로 날아왔다. 다른 도깨비 둘 또한 어느새 본래의 크기를 되찾고 갑옷까지 차려입은 채로 날아오고 있었다.

"빨리 가요, 여선님!"

금옥과 함께 날아온 애심이 사예의 손을 잡아당겼다. 사예는 애심에 의해 끌려가며 필시 호괴일 게 분명한 선녀를 찾았다. 선녀는 다시금 손을 모아 수인을 맺고 있었다. 그 뒤로 내리꽂히는 벼락, 그리고 재가 되어 사라지는 선인들이 보였다.

"여선님! 빨리요!"

도깨비 몸에 의해 선녀의 모습이 가려졌다. 분한 마음과 당황을 억누른 사예는 일단 하선이 말했던 대로 용주함을 가져오기 위해 용주당을 향해 달렸다. 그녀가 지나가는 자리마다 벼락이 내리쳤다. 사예의 뒤를 따르며 도깨비들이 도깨비방망이를 휘둘렀다. 도깨비들이 노골적으로 사예를 노리고 몰아치는 벼락을 요술로 막았다. 그사이 사예가 빨리 날아갈 수 있도록 요술을 부려 준 금옥이 위풍당당하게 호괴의 앞을 막아섰다. 선녀의 모습을 한 호괴가 혀를 차며 환술을 부렸다. 분신술로 호괴가 둘 더 생겨났다.

"질 수 없지!"

금옥도 도깨비방망이를 휘둘러 그녀의 허깨비를 둘 만들었다.

"귀찮은 도깨비 같으니라고!"

호괴와 그 분신을 막아서며 금옥과 그녀의 허깨비가 요술을 부렸다. 요술로 만든 도깨비불과 벼락이 연신 번쩍이며 충돌했다.

사예가 위용루의 연회장을 빠져나가는 사이에도 벼락은 쉼 없이 용수궁 위로 쏟아졌다. 먹구름 너머에서 내려온 선군들과 도깨비들, 요선들도 이제 위용루 앞에서 날아다니며 술법과 요술, 환술을 부렸다. 위용루 앞은 선군과 선인들, 도깨비와 요선들이 얽혀 난장판이었다.

아들 단우와 함께 앉아서 기다리고 있던 도화는 자리에서 일어나 술법을 쓰며 아들을 지키고 있었다. 맞은편에서 혜강은 그녀의 아버지인 지왕이 번개에 맞지 않도록 술법을 써 지키고 있었다. 그녀는 선녀, 선군들에게 소리쳤다.

"모두 이 자리에서 벗어나라! 어서!"

그러나 선군들은 도깨비들을 상대하느라 여전히 그 자리를 지키고 있었다. 그들은 역적들을 막아야 한다는 사명감으로 열심히 도깨비들을 공격했다. 어떤 선군 하나가 도깨비에게 화살을 쐈다. 그 모습을 보고 도깨비는 얼른 도깨비방망이를 휘둘러 화살을 도깨비불로 태워 버렸다. 선군이 다시 화살을 겨누려는 찰나, 다른 도깨비가 다시금 도깨비방망이를 휘둘러 그 선군에게 떨어지는 벼락을 지푸라기 더미로 만들었다. 도깨비들은 그들을 공격하는 선인들에게 불만을 터뜨렸다.

"야! 우리가 뭘 잘못했냐! 왜 우릴 공격하는 거야!"

"열성이 뻗쳤네! 가라잖냐!"

그러나 선인들은 도깨비들의 말을 곧이곧대로 듣지 않았다. 지금 그들에게는 도깨비가 적이었다. 그 탓에 벼락을 막고 호괴를 찾으려던 도깨비들은 계속 방해를 받았다. 그 사이에서 도깨비 파적이 소리쳤다.

"아, 대체 어쩌라는 거야!"

호괴고 뭐고 다 혼쭐을 내 줄까 보다, 하면서 파적은 지척에 내리꽂히는 번개를 없앴다. 위용루 하늘 위를 날던 시건의 흑뢰가 그런 파적의 옆을 순식간에 훅 지나쳤다. 흑뢰는 위용루를 크게 돌며 날았다. 도깨비들과 선군, 선인들로 정신없는 위용루를 살피고 살핀 시건은 이 자리 어디에도 그의 여선이 없음을 알았다. 그는 바로 고삐를 몰아 흑뢰의 방향을 틀었다. 사예를 찾기 위해 흑뢰는 이제 위용루를 넘어 날아갔다.

도깨비들은 계속 도깨비방망이를 휘둘러 날아드는 호괴의 환술을 막았다. 요술과 부딪친 빛들이 파편이 되어 사방으로 튀었다. 혼란의 틈새에서 지왕을 데리고 연회장을 벗어나려던 혜강이 주변을 살피는 사이, 선녀들과 함께 선단을 지키고 있던 선녀 정화가 무언가를 발견하곤 소리쳤다.

"상장군! 저기에!"

혜강은 고개를 돌려 정화를 쳐다봤다. 정화가 손가락으로 어느 한 방향을 가리키며 소리쳤다.

"저 익의!"

그와 동시에, 심상치 않은 기운으로 온몸에 소름이 돋았다. 혜강은 본능적으로 몸을 날려 지왕을 가렸다. 그리고 빛이 번쩍였다. 수인을 맺어 막을 틈도 없었다. 온몸이 순간 뜨거워졌다. 그러나 그 뜨거움은 삽시간에 가셨다. 혜강은 잠시 숨을 멈췄다가, 겨우 시선을 들었다. 눈앞에서 익숙한 검이 불길을 품은 채로 흔들렸다. 사인참사검이었다.

"누님! 아바마마! 괜찮으십니까!"

술법을 써 벼락을 막아 낸 혜렴이 등을 보인 채로 소리쳤다. 우렛소리가 그 뒤를 따라 울렸다. 지왕과 혜강을 향해 빠르게 날아와 지친 용마가 다리에 힘이 풀려 뒷걸음쳤다. 혜렴이 얼른 용마에서 내리고, 다른 백호위 선군들의 용마도 그들 앞에 내려서고 있었다. 혜강은 지왕의 안위를 확인하려고 고개를 돌리던 찰나, 시선 한쪽이 텅비었다는 것을 깨달았다. 고개를 돌린 혜강은 아까 그녀에게 소리를 친 정화의 모습이 없다는 사실을 깨달았다. 그 자리에는 번개로 인한 불씨만 타오르며 재가 쌓이고 있었다.

"……정화!"

얼굴을 일그러트린 혜강이 고개를 돌렸다. 그녀는 정화가 가리켰던 익의의 주인을 찾았다. 검을 뽑아 든 혜강이 혜렴에게 소리쳤다.

"아바마마를 모셔라!"

"허나 누님!"

"미적거릴 틈이 있느냐!"

혜강의 불호령에 혜렴은 일단 선군들과 함께 지왕을 데리고 그 자리를 벗어났다. 그들이 가는 길을 등진 채로 혜강은 바로 검을 뽑아 들어 도깨비와 맞서고 있는 호괴에게 날아갔다. 도깨비 금옥과 맞서고 있던 세 명의 선녀 화영 중 하나가 그녀에게로 고개를 돌렸다. 호괴는 입술 끝을 비틀며 웃었다. 호괴가 환술 수인을 맺자 혜강 주변의 구름이 득달같이 일어나 혜강을 덮쳤다. 혜강은 검을 세워 들고 구름을 피했다. 몸을 피하는 사이 코앞에서 번뜩이는 눈을 보았다. 어느새 그녀의 바로 앞까지 날아온 호괴 하나가 혜강의 목을 노리고 팔을 뻗었다. 혜강은 뒤로 물러나며 그녀의 검을 휘둘렀다. 혜강의 검은 가짜 호괴의 몸을 베었다. 베인 호괴의 분신이 검은 재를 날리며 사라졌다.

혜강은 몸을 바로 세우고 웃고 있는 호괴를 응시했다.

"네 이년. 네가 이런 사달을 내고 무사할 줄 아느냐. 당장 멈추지 못할까."

서릿발 같은 기세에도 호괴는 상냥하기 짝이 없는 얼굴로 웃었다.

"멈추고 안 멈추고는 소녀가 정하는 게 아니랍니다."

그와 동시에, 등 뒤로 다시금 벼락이 내리쳤다. 비명 소리와 함께 선녀 몇이 타들어 갔다. 순간 번쩍이는 빛으로 인해 미소 지은 호괴의 얼굴이 기이하게 일그러져 보였다. 귀가 먹먹한 소리만 남은 후에는 다시금 상냥한 미소만 남았다. 호괴는 미소 짓는 얼굴 그대로 손으로 수인을 맺었다.

"소녀도 해야 할 일이 많으니, 최대한 빨리 끝내도록 하지요."

호괴가 만든 무영이 주변을 에워쌌다. 혜강이 긴장한 채로 호괴에게 검을 겨누고 있는데, 도깨비방망이를 휘두르며 내려오던 도깨비 하나의 고함 소리가 울려 퍼졌다.

"어딨냐아아! 도사를 죽인 요괴는 어딨냐아아!"

"아니, 진짜 어딨냐! 없잖냐!"

내려오던 파적도 열이 받아서 소리쳤다. 그사이 도깨비와 함께 날아오고 있던 귀호가, 무영에게 둘러싸인 혜강을 발견했다. 언뜻 혜강과 귀호의 시선이 마주했다. 혜강은 그 순간 망설임 없이 검을 휘둘러 호괴에게 달려들었다. 그 모습을 보고 귀호가 소리쳤다.

"저기 있다! 저 선녀가 그 요선이다!"

"뭐라고!"

혜강의 공격을 피하던 호괴의 뒤로 푸른 도깨비불이 쏘아졌다. 무영이 도깨비불을 막아서고, 호괴는 높이 뛰어올라 혜강의 공격을 피했다. 분신들과 함께 그 자리를 벗어나는 호괴를 쫓아 도깨비들이 날아갔다.

"저 요괴를 잡아라!"

"잡아라아!"

도깨비와 허깨비들이 호괴를 향해 돌진했다. 발이 묶인 호괴는 쉬지 않고 손으로 수인을 맺어 무영을 만들어 냈다. 그러는 동안에도 벼락은 멈추지 않고 내리꽂혔다. 선계에서 가장 특별한 날, 그날을 축하하기 위한 연회장은 이미 돌이킬 수 없을 정도로 아수라장이 되어 있었다.

✻ ✻ ✻

위용루의 담을 넘어간 사예는 숨겨 뒀던 사진검을 꺼내 들고 도깨비들과 함께 날아갔다. 사예를 따라오던 청하는 이미 사진검에 깃들은 참이었다. 그녀들은 등 뒤에서 몇 번이고 빛이 번쩍여도 뒤도 돌아보지 않았다. 참으로 넓디넓은 궁이라 담을 아무리 넘어도 용주당이 안 보여, 결국 그들은 요술을 써서 바로 위정전 앞까지 날아왔다. 위정전의 지붕 너머로 드디어 용주당의 기와가 보이기 시작했다. 사예가 서둘러야겠다고 생각하며 용주당 방향으로 몸을 트는데, 갑자기 무진의 목소리가 들렸다.

"어디를 그리 급히 가시오?"

사예는 우뚝 멈춰 섰다. 도깨비들도 마찬가지였다. 사예는 위정전 앞에 서 있는 무진을 발견했다. 위용루에서 빠져나간 무진은 지금 위정전 앞에 홀로 서 있었다. 무진을 발견하고 당황한 그녀가 뭐라고 입을 열기도 전에 무진이 말했다.

"짐이 위험하니 모든 선인들은 위용루에서 자리를 지키라 명했거늘."

"허나 그곳은 호괴가 환술을 부리고 있어……."

사예는 일단 급하게 답하는데, 그 답을 자르고 무진이 말했다.

"호괴. 지금 위용루에 내리는 번개가 도깨비들 짓이 아니고 호괴의 짓이란 말이오?"

"예! 호괴가 또 선녀 행세를 하며 연회장에 숨어들었습니다!"

"그러니까, 그대 가문을 천 년이나 쫓아온 호괴가 지금 이 위용루까지 와 저리 소란을 피우고 있단 말이오?"

"그렇습니다!"

사예가 급하게 답을 했다. 무진이 그런 사예를 보며 혀를 찼다.

"참으로 끈질긴 호괴로군. 지난 천 년만으로도 모자라 끝내 오늘까지."

"예, 예."

"허나, 아무렴……."

목소리의 높낮이가 달라졌다. 한층 내리깔린 목소리로, 무진이 말했다.

"그 끈질김이 너희 집안만 하겠느냐."

사예는 그 상태로 멈췄다. 마주하는 이는 웃음기 하나 없는 메마른 시선으로 그녀를 쳐다보고 있었다. 그 눈과 눈이 마주치는 순간, 먼 곳에서, 우렛소리가 울렸다. 그리고 불길이 날아들었다.

"여선님!"

덕향이 도깨비방망이를 휘둘러 날아오는 불꽃을 반대 방향으로 날아가게 만들었다. 사예는 화기가 집중된 쪽으로 시선을 돌렸다. 거기엔 사예는 처음 보는, 주석호가 있었다. 상대가 누구인지 모르고 영문도 알 수 없었지만, 사예는 일단 그녀의 사진참사검을 휘둘러 술법의 인을 허공에 그렸다.

사진검의 양기를 머금고 목기가 형상을 갖추고 자라났다. 구름 사이 뿌리를 내리며 자라난 나뭇가지가 석호를 향해 뻗어 나갔다. 석호는 빠르게 손으로 수인을 맺었다. 그의 불꽃이 사예가 술법으로 만든 나무를 태웠다. 그사이 사예의 뒤에 있던 도깨비들이 도깨비방망이를 휘둘러 도깨비불을 만들었다. 도깨비 요술이 석호의 불꽃을 푸른 도깨비불로 만들며 석호에게로 날아갔다. 그러는 사이 덕향이 소리쳤다.

"여선님! 먼저 가세요! 여긴 저희가!"

"어딜!"

석호의 손을 따라 붉은 신수, 주작이 하늘을 날았다. 붉은 새가 날아가는 궤적을 따라 후끈한 기운이 퍼졌다. 석호가 술법의 수인을 맺자 주작의 꼬리를 따라 퍼진 양기에 불이 붙었다. 놀란 도깨비들이 뒤로 물러나고 사예 역시 이를 악문 채로 뒤로 물러났다. 목행을 타고난 그녀에게 화행을 타고난 선인은 좋은 상대가 아니었다. 여긴 정말로 도깨비에게 맡겨 두는 수밖에 없었다.

그녀가 일단 도깨비들 말대로 이 자리를 벗어나려고 하는데, 신수 주작의 날갯짓을 따라 열기 가득한 기가 다시금 그녀를 덮쳤다. 사예가 반사적으로 사진참사검을 들어 몸을 가리는데, 뜨거운 화기를 날아든 차가운 수기가 그대로 식혀 버렸다. 후끈하던 열기가 사라지고 시원한 기운이 퍼졌다. 그 기운에 사예가 퍼뜩 고개를 들었다. 도깨비들이 외쳤다.

"신랑이 왔다!"

검은 용마가 눈으로 잡을 수 없는 속도로 위정전 위를 날았다. 그러나 크게 호선을 그리며 돌아온 용마는 그대로 사예의 곁에 내려서지 않았다. 오히려 사예를 지나쳐 계속 날아갔다. 흑뢰를 타고 날아간 시건은 수인을 맺어 수기를 모았다. 모인 수기가 구름이 되어 모이고 주변의 구름을 모두 끌어들였다. 자란 구름이 회오리 치며 공격할 대상을 향했다. 그러나 그 대상은 석호가 아니었다. 시건이 모은 회오리는, 빠른 속도로 무진을 향해 돌진했다.

"안 돼!"

놀란 석호가 바로 수인을 맺어 불꽃을 만들었다. 그러나 이미 너무 늦었다. 무진은 지금이라도 당장 시건이 만든 회오리에 휩쓸려 날아갈 것만 같았다.

"폐하!"

석호가 목이 터져라 소리를 질렀다. 사예도 놀라 입을 벌리고, 석호는 결국 눈을 질끈 감았다. 회오리가 무진의 머리를 노리고 날아갔다. 그러나, 무진이 그대로 날아가거나 쓰러지는 일은 일어나지 않았다.

조용히 서 있던 무진이 소리 없이 손을 들어 수인을 맺었다. 그와 동시에, 그의 전신에서 강력하고도 묵직한 토기가 느껴졌다. 그의 몸으로부터 흘러나온 토기가 시건이 보낸 회오리를 휘감으며 그 흐름을 방해했다. 구름의 속도가 점점 느려지고, 무진이 든 손으로 주먹을 세게 쥐자 마치 그의 손아귀에서 사라지듯 구름이 사라졌다. 메마른 기운이 그대로 날아든 수기를 빨아들였다. 그 모습을, 사예와 석호 모두 멍하니 쳐다보고 있었다.

정작 술법을 쓴 당사자인 무진이나 술법이 무효화된 시건은 놀란 얼굴이 아니었다. 시건이 몬 흑뢰가 사예의 앞에 내려섰다. 사예는 거센 바람에 날리는 치맛자락을 붙잡으며, 겨우 정신을 차렸다.

"대체 이게……."

분명, 무진은 신수 황룡과 계약하지 못했다고 했다. 더군다나 그는 아까 이상한 말을 했다. 그녀의 가문에 대해 뭐라고 하지 않았던가. 도무지 이해할 수 없어서 눈만 깜빡이는데, 그런 그녀에게로 얼른 도깨비들이 다가왔다.

"여선님! 괜찮아요?"

"예, 저는."

괜찮은데, 하고 중얼거리는 사이 시건은 흑뢰에서 내렸다. 그는 구름 위에 발을 딛고 서서 석호에게 물었다.

"대체 여기서 뭘 하고 있나, 주석호. 유배를 당한 것으로 알고 있는데."

석호의 경악은 사예가 놀란 것과는 비교할 수 없었다. 그는 삼십 년의 세월 동안 반선인 무진의 곁을 지켰고, 그가 부적을 쓰는 모습을 봐 왔다. 그런데 방금 무진이 그의 손으로 직접 술법을 부렸다. 석호는 아무런 말도 할 수가 없었다. 갑자기, 날린 불꽃에 제 머리가 타버린 듯 머릿속이 뜨겁고 생각이 되지 않았다. 아무 생각도 할 수가 없었다. 그사이, 뒤에서 무진이 말했다.

"석호는 짐을 지키러 온 것이다. 짐을 공격한 너와는 달리 말이지."

그 말에, 석호는 겨우 정신을 차렸다. 그는 스스로를 모자란 놈이라 욕했다. 지금 제일 중요한 건, 류시건 저 배은망덕한 놈이 무진을 공격했다는 사실이었다. 석호는 두 주먹을 불끈 쥐고 하늘에서 계속 울리는 우렛소리에 지지 않을 기세로 소리쳤다.

"그래, 류시건! 나는 폐하를 지키기 위해 왔다! 너는 벗으로서 폐하에 대한 의리와, 신하로서의 충성을 모두 잊었느냐!"

흥분해서 목이 나갈 정도로 소리친 석호완 달리, 시건은 차분한 어조로 답했다.

"아니. 잊지 않았다. 나는 무진을 주군으로 모시고 그에게 충성을 바치기로 맹세했다."

"그래! 그런데 어찌 이런 일을 벌이느냐! 어찌 이 중요한 날을 더럽히고, 폐하께 해를 가할 수가 있느냐! 네놈은 뼛속까지 역적인 것이 분명하구나!"

말을 하다 보니 점점 더 참을 수 없는 분노와 혐오감이 들었다. 무진이 저를 얼마나 믿었는데, 어떤 괴로움을 안고 저 자리를 지켜 왔는데! 아무것도 모르는 류시건은 그저 제 가문의 일에만 집착하며 무진의 목에 칼을 들이밀고 있었다.

'나였다면!'

그였다면 그리하지 않았을 터였다. 그는 가문이 어떤 위험에 처했어도, 무진의 마음을 이해하려고 노력했을 터였다. 그러나 류시건 저놈은 무진의 입장을 살필 배려나 의리 따위는 없는 놈이 분명했다.

"네놈을 절대 용서할 수 없다! 폐하께서 네게 어떤 기회를 주셨는지 다 알고 있다! 내 이 자리에서 죽더라도 네놈만은 절대 살려 두지 않을 것이다! 충성도 의리도 뭣도 모르는 네놈은, 그야말로 개보다도 못한 놈이란 말이다!"

"안됐군, 주석호."

"뭐?"

시건은 석호의 얼굴을 응시하던 시선을 무진에게로 돌렸다. 시선에 오랜만에 보는 무진의 얼굴이 담겼다. 그 얼굴을 보며 시건은 석호에게 말했다.

"너는 아무것도 모르고 있다."

비록 세월이 흘렀어도, 선단을 취한 선인의 얼굴은 그 옛날과 많이 다르지 않았다. 기억하는 지난날의 모습과 거의 그대로였다. 줄곧 그 곁을 지킨 주석호의 입장에서는 아마 전혀 달라지지 않았을 터였다. 하지만, 시건은 알고 있었다. 그의 눈앞에 선 천제는, 저 익숙한 얼굴에도 불구하고 전혀 익숙한 자가 아님을.

마음속에서 그간 덮어 왔던 불길이 치솟았다. 어둠 속에서 그토록 원망하고, 궁금해하며 찾아왔던 그의 원수. 이 모든 일의 시작.

"네 말대로 나는 무진에게 충성을 맹세했다."

얼굴 가득 긴 시간 쌓이고 쌓인 분노가 담겼다. 암굴 안에서 오로지 어둠을 향해서만 드러냈던 울분이 이제 그 상대를 향했다. 참으로 그답지 않은 얼굴로, 시건이 말했다.

"그러니 무진 아닌 이에게 바칠 충성도, 의리도 없다."

그 말과 동시에, 석호는 저도 모르게 고개를 돌렸다. 그가 지키고 서 있던 무진을 쳐다봤다. 시선이 향하는 곳에 천제가 서 있었다. 그가 줄곧 그 곁을 지켰고, 벗으로서 같은 비밀을 안고 함께했던 이였다. 그를 끝까지 믿어 준 단 한 명. 그런데.

석호와 시선을 마주한 천제가 웃었다. 그에게 너무나 익숙한 옷을 입고, 익숙한 얼굴을 한 이가. 지금은 천하에서 가장 낯선 미소로 웃고 있었다.

✖ ✖ ✖

신수 황룡, 토문은 도가의 신선 무각도인의 세계에서 잠자고 있던 신수였다. 아주 먼 옛날, 한 오만한 선인이 그런 용을 찾아왔다. 선인은 신선의 경고를 무시하고, 강한 힘을 원한다며 신수 황룡을 찾았다. 그의 앞에 머리를 조아리고 무릎을 꿇으며 힘을 달라 했다. 천하를 호령할 힘을 달라. 그의 나라를 세울 힘을 달라고.

그리하여, 용은 드디어 세상 밖으로 나왔다. 황룡은 그 어떤 신수보다 위대한 신수로 가장 강력한 힘을 가지고 있었고, 그런 황룡과 계약한 건원제는 혼란스럽던 천하를 하나로 통일하고 천하를 그의 발밑에 두었다. 그리하여 선계의 천제가 천하를 다스리고, 하계의 네하를 천제가 임명한 왕이 다스리게 되었다. 선인이 신수와 계약을 맺는 것이 당연해지고, 오행의 각 술법이 명확히 자리를 잡았다. 심지어 선단까지 취하게 되자 선인들의 힘은 더없이 강해졌다. 천하의 그무엇도 선인과 힘을 겨룰 수가 없었고, 선인들은 온 세상이 그들 것인 양 기고만장해졌다. 그 결과 신수들에게 더없이 지독했던, 신수사냥기가 시작된 것이다. 선인들은 더 강한 신수, 더 강한 힘을 원하며 사냥에 나섰고, 신수들은 조쇄에 묶이고 의지를 잃으며 말과 지혜를 잊었다. 하늘 위에서 그 모습을 지켜보며 신수 황룡은 수없이 분노했다.

심지어 건원제 이후 이어진 천제의 핏줄들은 점차 황룡에 대한 감사함을 잊고 그의 충고를 받아들이지 않았다. 그들의 제위가 존재하는 것은 용의 은덕임에도 불구하고, 마치 저들의 힘으로 제위에 오른양 오만방자해졌다. 용은 때론 이런 식이라면 더 이상 천제의 후손

따위와는 계약하지 않겠다고 협박했고, 그럴 때면 천제들은 당연하게도 그에게 다시 머리를 조아렸다. 기린과 여타 신수들이 결국 선인들을 버리고 떠나는 모습을 보며 용도 다시 도가로 떠날까 지독히 고민했다.

용이 그렇게 오만한 천제들을 억압하며 그 자리를 지키던 와중에, 천제 평치제와 천자가, 그를 구속할 조쇄를 만들었다. 그 둘은 겉으로는 그에게 머리를 숙이며, 뒤로는 감히 그를 짐승처럼 부릴 생각을 하고 있었다. 그때의 분노와 배신감을 떠올리면 용은 지금이라도 건원제의 비석과 유골함을 산산조각 내고 싶은 마음뿐이었다. 이 더러운 천하의 시작을 연 선인의 마지막 남은 흔적을 모조리 태우고 발로 짓밟고 싶었다. 분노를 겨우 다스리며, 용은 이 건방지고 오만한 선인들에게 가장 합당한 벌을 내리기로 했다. 가엾은 신수들을 지키고 천하를 바로잡기 위해서라도, 선인들을 그대로 내버려 둘 수는 없었다.

본디 신수와 선인이 계약을 맺는 것은 도술인 유혼술을 토대로 하고 있었다. 그러나 이 유혼술은 본래는 혼을 육체와 상관없이 움직일 수 있는 도술로, 사실 신수들은 굳이 계약을 하지 않더라도 혼을 옮겨 선인의 육체를 빼앗을 수 있었다. 그러나 신선의 명으로 구태여 계약을 맺고 서로 간의 공생을 추구한 것이다.

그러나 용은 이제, 그 어떤 선인과도 계약하지 않기로 마음먹었다. 그럴 가치를 못 느꼈다. 용은 치가 떨리는 평치제와 그의 아들을 몰아내기 위해, 아무것도 모르고 있던 또 다른 평치제의 아들을 이용했다. 용은 계약 없이 그의 몸을 차지했다. 육체의 주인은 육체를 빼앗기고 그 기가 흩어져 사라졌고, 이제 그 몸은 용의 것이었다. 혐오해 마지않는 선인의 몸이었으나, 용은 그의 대의를 위하여 스스로의 자유를 포기하고 모든 불쾌감이나 희생을 감수했다. 토문은 평치제와 천자를 몰아내고, 용주함에 보관되어 있던 여의주를 되찾아 천제가 되었다. 그리하여, 건원제 이후의 천하를 뒤바꾸고 천 년 동안 이어질 나라의 기틀을 새로 잡을 천서제의 시대가 도래했다.

천서제로서 제위에 오르고, 황룡은 많은 것을 바꾸었다. 치가 떨리는 조쇄를 만드는 이들을 모조리 잡아 죽이고 조쇄를 없애 버렸다. 멍청한 선인들은 그들이 선계로 승천한 것이 무언가 대단한 존재임을 증명하는 일인 것처럼 여겼지만, 그건 실상은 오행의 기를 모으기 힘든 환경으로 선인들을 몰아넣어 그들의 힘을 약화시키기 위함이었다. 선인들로 하여금 음양오행의 술법을 이루고 있는 신선들의 문자를 잊어 술법을 쓰는 데 한계가 생기도록, 인간들의 문자를 공식적인 문자로 삼았다. 힘 있는 선인들을 감시하기 위하여 그들의 행적을 적은 선인행적을 작성했다. 선인들을 철저히 감시하기 위해 선단을 직접 하사하며 모든 선인의 생과 사를 관장했다.

천하는 그의 지배 아래서 겨우 질서를 찾아가고 있었고, 모든 것이 제자리를 찾아가고 있었다. 더 이상 조쇄에 묶여 고통받는 신수는 없었고, 신수를 탐내며 사냥을 다니는 나쁜 선인들도 없었다. 용은 모든 게 잘되고 있다고 생각했다. 여선과 혼인하여 아들을 얻고, 어린 천자를 직접 앉혀 놓고 어리석었던 건원제의 후손들처럼 되지 않도록 교육시켰다. 그의 아들이라고 볼 수도 있을 천자가 장성하면, 그와 계약을 맺고 다시금 자유로운 신수로 돌아가도 좋으리라. 그리 생각했다.

그러나, 생각처럼 되지 않은 것은 몇몇 문젯거리 때문이었다. 그건 바로 사초를 가진 채 사라진 사관 백암과, 동하에서 올라온 진씨 가문이었다. 사라진 사관 백암도 그랬지만, 진씨 가문은 용에게는 제일가는 문젯거리가 되었다. 제위에 오른 후 선인들을 선계로 불러들이기 위해 하늘 위에 궁을 세우며 준비를 하는 동시에 황룡은 조쇄를 쓴 선인들을 색출했다. 그리고 그 와중에, 동하의 진가가 바로 그를 구속할 조쇄를 만든 가문이었다는 사실을 알았다. 토문은 망설일 것도 없이 가차 없는 징벌의 철퇴를 가했다. 진씨 가문은 선계에 올라오자마자 그대로 용이 보낸 선군들에 의해 도륙당했으며, 그들에 대한 기록은 진사담에 대한 사실 일부만 제외하고 모조리 제거되었다. 동하는 완전히 버림받은 땅이 되었다.

그러나 그 와중에도 진가의 후손 하나가 끈질기게 살아남아, 도망쳤다. 용은 천제로서 할 일이 많았고, 그리하여 하계에서 그 힘이 남다르고 참으로 간악하여 골칫덩어리였던 요괴인 호괴를 이용했다. 그는 잠시간 하계로 내려가 호괴의 여우 구슬을 훔쳤고, 구슬을 되찾고 싶거든 진사담의 살아남은 후손을 죽이라고 호괴에게 명했다.

호괴가 그의 도움으로 도사를 찾아가 유혼술을 배우고서도 진씨 가문의 선인들을 모조리 처리하지 못했을 때는 당장 여우구슬을 부수고 싶었으나, 그때 용에게는 더 큰 문제가 있었으므로 일단 호괴를 살려 두었다.

당시 황룡에게 닥친 더 중요한 문제는 바로 빼앗은 선인의 육신이었다. 용이 빼앗은 선인의 몸은 선단을 취했음에도 불구하고 오래 버티지 못했다. 진즉에 몸의 주인이 가진 기가 흩어지고 그 자리를 억지로 용이 차지한 바람에 선단조차 그 효험을 제대로 발휘하지 못하는 게 틀림없었다. 이백 년을 넘게 살았으니 인간보다 많이 살았지만, 그래도 일반적인 선인을 기준으로 했을 때는 턱없이 일렀다. 피치 못하게 용은 생각보다 빨리, 처음부터 그의 것이 아니었던 육체를 떠나야 할 때가 되었음을 알았다. 그걸 깨닫는 순간, 용의 고민이 시작되었다.

'선인에게 다시 천하를 맡겨도 되겠는가? 선인들을 믿을 수 있는가?'

천자는 아직 어렸고, 용은 선인들에 대한 불신으로 가득 차 있었다. 용은 몇 날 며칠을 고민한 후, 결국 결단을 내렸다. 이건 그가 생각했던 것보다 훨씬 빨랐고, 그는 아직 해야 할 일이 많았다. 선인들이 언제 다시 조쇄로 신수를 구속하려 들지, 천하를 제멋대로 휘두르려고 들지 모를 일이었다.

무엇보다 어린 천자는 아직 할 수 있는 것이 별로 없었다. 그가 훌륭히 교육을 시켰어도 마음을 달리 먹은 선인들이 어찌 흔들지 알 수 없는 노릇이었다. 망설임이 있었으나 어쩔 수 없었다. 그는 가엾은 신수들을 지키고 선인들의 폭정을 막기 위해 다시금 제위에 올랐다. 사관 백암은 신수의 힘으로 숨어 버려 여전히 찾을 수 없었고, 쓸모없는 요선은 제 구슬 곁을 떠나지 못하고 진씨 가문의 후손을 죽이지 못했다. 여기서 이대로 멈추면 그 모든 게 헛수고가 될 터였다.

그리하여 용은 다시 한 번, 선인의 몸을 빼앗았다. 한계에 도달한 천서제의 몸을 버리고, 어린 천자의 몸을 차지했다. 오래전에 본래의 주인은 기가 되어 흩어진, 이제는 빈껍데기가 된 천서제의 몸은 그 어떤 천제보다 극진한 예우를 받으며 화장됐다. 천서제는 모든 선인에게 가장 존경할 만한 선인으로 기록되었다. 그리고 용은, 두 번째로 제위에 올랐다.

천자의 몸으로 두 번째 제위에 오른 날 밤, 신선이 황룡을 찾아왔다. 용은 갑작스레 나타난 무각도인을 보고 놀랐다. 신선은 삿갓으로 얼굴을 가린 채로 말했다.

"네 진정 신수이기를 포기했구나."

발을 묶는 것만이 조쇄이더냐.

신선은 그 말만 내뱉고 다시 도가로 떠났다. 신선의 그 같은 방문은 용으로 하여금 참을 수 없는 기분을 선사했다. 실망이 가득했던 신선의 말은 용을 분노하게 만들었다. 애초에 신선이 아니었다면, 신수들이 그리 고통받을 일도 없었다. 선인들이 저리 날뛸 일도 없었을 터였다. 신선은 그를 탓할 권한이 없었다. 비록 선인의 몸을 빼앗고 거짓으로 다시금 제위에 올랐으나, 그는 원대한 뜻으로 이 자리에 올랐고, 여전히 위대한 신수였다!

그 상황에서 결국 할 수 있는 건 한 가지뿐이었다. 토문은 스스로의 선택이 최선이었음을 보여 주기 위하여, 그날 이후로 더 엄격해졌다. 마음의 벽을 더없이 높게 세웠다. 오해를 받지 않기 위해 혼인하는 여선과 그녀가 낳은 천자 또한 그에게는 가족이 아니었고, 그저 이 나라를 유지하고 다스리기 위한 도구일 뿐이었다. 선인들은 아무것도 모르고 천서제를 찬양했고, 천하는 용의 의도에 따라 평화롭게 흘러갔다. 평화가 유지될수록 토문은 스스로의 선택이 옳았다고 생각했다. 이 평화를 유지하기 위해서는, 공정함을 유지할 수 있는 용 자신이 계속 선인들을 다스려야 했다. 선인들은 언제 마음을 달리 먹을지 알 수 없고 믿을 수 없으니, 그가 공정하고 엄격하게 천하를 다스려야 했다.

물론 그 와중에도 조금의 문제는 있었다. 그가 버린 동하에 요선이 모여들고 횡포를 부리기 시작한 것이었다. 그 문제가 제법 심각해 여러 번 선계까지 보고가 오르내렸다. 황룡은 드문드문 그것이 동하를 다스리던 가문을 그가 도륙했기 때문인가 의심했으나, 어쩔 수 없는 일이었다며 합리화했다. 그 때문에 동하의 인간들이 살기 힘들게 되었더라도, 다 그들의 팔자고 돌이킬 수 없는 일이었다. 그렇게 용은 동하를 버리고 그곳에서 시선을 거두었다. 애초에 용은 하계에는 큰 관심이 없었다. 그는 신수를 지키고 선인을 감시하기 위해 제위에 올랐다. 동하를 제외한 모든 천하는 그의 지배 아래 여전히 평화로웠다.

그 후로, 용은 몇 번이고 선인의 몸을 갈아치우며 제위를 지켰다. 신선은 그 이후에는 모습을 드러내지 않았고, 용은 불안해하면서도 안도했다. 신선이 그의 행태를 묵과한 것이 신수들에 대한 죄책감인지, 단순히 천하의 일에 나서지 않기 때문인지는 황룡도 알지 못했다. 다만 용은 만일 그가 정도에서 크게 벗어나면 신선이 언젠가 직접 나설지도 모른다는 불안감에 시달렸다. 끝내 안 되겠다고 생각한 신선이 나설까 봐, 용은 아슬아슬한 줄타기하듯 그의 제위를 지켰다.

그렇게 황룡 토문이 하늘의 시초가 된 천서제 이후, 길고 긴 시간이 흘렀다. 이제 용은 거짓을 입에 담으며 선인 행세를 하는 것이 익숙하다 못해 당연한 일이 되었다. 몇 번이고 제위에 오르고 이제 헌정제로서 살아가고 있던 와중에, 문제가 생겼다. 북선 강왕과 간용군 상장군 류의민이 심상치 않은 일을 꾸미고 있다는 사실을 알게 된 것이다. 안 그래도 어리석은 호괴가 흑귀위 선군 류시건에게 그 정체가 발각되어 궁에서 내쫓았는데, 북선에 숨어 들어가 그들의 역심과 그들의 손에 들어간 백암의 사초에 대해 알렸으니 그나마 제 노릇을 했다고 볼 수 있었다.

류의민에 의해 진실을 알게 된 천자 무진이 강왕, 류의민과 손을 잡고 역모를 꾀했으나, 황룡은 이미 천하의 주인이었고 오랫동안 제위를 지켜 온 존재였다. 그에게 거스르는 역도들을 잡아들인 용은 그의 손바닥 위에 있는 것이나 다름없는 천자로 하여금 천하를 무너뜨리고 싶지 않다면 그의 말을 따르라 명했다. 그는 무슨 소원이든 들어줄 수 있는 여의주를 가지고 있었고, 이 여의주는 한낱 호괴의 여우 구슬과는 차원이 달랐다. 여의주는 그가 원하는 것은 어떤 불가능한 일이라도 소원만 빌면 이뤄 주는 영험한 구슬이었다.

용은 천자 무진에게, 만일 진실이 밝혀지고 그가 이제껏 세운 공든 탑이 무너진다면, 그가 다스려 온 이 천하를 스스로 무너뜨리겠다고 말했다. 당시 천자 무진은 대신 그의 벗만은 살려 달라고 말했고, 결국 진실을 묻고 용이 부과할 스스로의 죽음을 받아들였다. 용으로서도 잘된 일이었다. 비록 천자를 협박하긴 했지만, 스스로 천 년을 쌓아 온 공든 탑을 부수는 것은 황룡 또한 원한 일은 아니었으므로 용도 그쯤해서 물러났다.

비록 백암의 사초는 갑자기 사라져 끝내 그의 손에 넣지는 못했지만, 결국 류가가 멸문하고 유일한 생존자인 류시건이 암굴에 갇히며 모든 일은 수월히 해결되는 듯했다. 그간 류가에 이어지는 신안이 진실을 보는 눈이라 하여 번거로운 점이 많았는데, 그 가문을 멸문하고 신안의 당사자인 류시건을 잡아 가두었으니 용으로서도 만족스러운 결과였다.

긴밀한 사정을 알지 못하는 정왕, 당시의 검용군 상장군은 천제가 아들인 천자의 청 때문에 역적인 류시건을 살려 두었음에 분통을 터뜨렸고, 심지어 천자 무진에게 어떠한 벌도 내리지 않았음에 대해 그의 부정(父情)을 탓했다. 우스운 일이었다. 물론 용은 천자 무진을 벌하지 않았지만, 그에게는 어떠한 부정도 없었다. 대신 황룡은 제위 선양을 서둘렀다.

헌정제로서 마지막을 보내던 날 밤, 용주당에는 천자 무진과 헌정제였던 황룡만이 함께 있었다. 천자 무진이 마지막으로 용에게 물었다. 그를 핏줄로 생각한 일이 있는가. 용이 대답하는 데에는 일말의 지체도 없었다.

「단 한 순간도.」

네가 진실을 안 순간부터 그리하였듯이.

그것이 마지막 대화였고, 천자 무진은 그대로 눈을 감았다. 제위에 올랐던 순간부터 본주인을 잃은 헌정제의 육체는 그대로 버려졌다. 천자 무진이 아닌, 안희제로서 제위에 오를 무진이 눈을 떴다. 그는 그가 그간 사용했던 육체가 화장되는 모습을 바라보며 절을 하고, 새 시대의 천제, 안희제가 되었다.

그러나 다시금 제위에 올라 새로운 천제로서의 삶이 시작됐을 때, 철없이 허락도 받지 않고 용주당으로 쳐들어온 주석호에게 표식이 없다는 것이 들켰다. 용은 당장 남선의 주가를 처리해야 하나 고민했다. 그러나 그리할 수 없었다. 진가를 없앤 후 동하는 요선들이 차고 넘치는 상태가 되었고, 류가를 처리한 이후에는 북하의 상태가 이상했다. 용은 그가 유지해 온 평화가 생각지 못한 곳에서부터 금이 가기 시작한 것을 알았다.

하는 수 없이 토문은 일단 주석호를 그의 편으로 끌어들이기로 했다. 다행히 열등감에 사로잡힌 주석호를 그의 수족으로 삼는 것은 어려운 일이 아니었다. 주석호는 저가 대단한 비밀의 파수꾼이라도 되는 양 안달이었다. 류시건이 암굴에 갇힌 후 호괴가 선녀 자희의 몸으로 다시 용수궁으로 돌아오고, 주석호는 그런 호괴를 경계하며 용을 지켰다. 줄타기는 점점 더 위험해졌고, 용은 그 위에서 절묘하게 거짓을 입에 담으며 안희제의 역할을 해냈다.

그러던 와중, 용은 드디어, 청룡과 진씨 가문의 후손에 대해 들었다. 사실 그간 용은 그 지독한 선인들에게 궁금한 점이 많았다. 그토록 오랜 시간을 쫓겨 왔는데, 그 이유를 알고 있는가? 그들을 쫓는 이가 누구인지 알고 있는가? 용은 너무나 오랜 시간이 흘렀다는 것을 알았고, 그리하여 확인해 볼 필요성을 느꼈다. 그래서 일단 교서를 내려 문제의 여선을 용수궁으로 불렀다. 듣자 하니 해당 여선은 순순히 용수궁으로 오는 모양이었고, 황룡은 아무래도 그들이 지난 일에 대해 모를 가능성이 크다고 판단했다.

하지만 모른다고 하여 그들의 죄가 사라지는 것이 아니었다. 해서 용은 호괴와 함께 직접 나섰다. 용은 직접 구름을 타고 날아가, 용수궁으로 오는 여선을 처리하기로 했다. 호괴는 용의 명에 따라 환술을 부려 그 여선이 탄 가마 위로 번개를 떨어트렸다. 가마와 선군, 선녀들을 모조리 태워 버렸다. 그러나 또다시, 황룡은 진가의 후손을 놓쳤다. 여선은 그사이 운도 좋게 하계로 떨어졌다.

놓칠 듯했지만 결국 여선은 하계에서 감사를 찾아왔고, 그의 명대로 감사부로 내려간 호괴가 처리할 계획이었다. 귀찮은 도사와 암굴에서 뛰쳐나온 류시건만 아니었다면, 모든 일은 용이 계획한 대로 흘러갔을 터였다. 그러나 멍청하기 짝이 없는 주석호가 감사와 손을 잡고, 감히 용서할 수 없는 짓을 저질렀다. 그 역겨운 머저리들이, 지난날 그가 그토록 엄히 금지한 조쇄를 사용한 것이었다. 심지어 하계를 관리하던 선인들은 제 뱃살 찌우기에 급급하며 그들의 역할을 하나도 해내지 않고 있었다.

분노한 황룡은 일단 쓸모없는 주석호를 버렸다. 대신 그보다 쓸 만한 말을 찾았다. 그게 바로 호혜강이었다. 이 여선은 주석호같이 단순하지 않으므로 그로서도 많은 고심을 해야 했다. 그래도 호혜강은 아둔한 주석호보다는 위험할지언정 제법 쓸 만한 패였다.

거짓에 거짓을 반복하며, 그 자리를 지키는 게 점점 힘들어졌다. 도깨비들마저 날뛰기 시작하자 마침내 용은, 그 스스로가 제일 처음 제위에 오르며 세운 법을 거슬렀다. 신수 현무의 조쇄를 풀지 않고, 그에 대한 결단을 유보했다. 그 상황에서는 어쩔 수 없는 선택이었다. 오랜 세월, 그가 거짓을 무릅쓰고 지켜 온 천하였다. 그가 다스려온 그의 나라, 기초를 다지고 그 위에 기둥을 세우고, 지붕 올리는 것까지 모두 그의 손길 아래에서 이루어졌다. 류시건이 선계로 오는 것은 용납할 수 없었다. 이렇게, 그가 세운 모든 것이 무너지게 할 수는 없었다.

그가 온갖 힘을 써 역사에서 지워 버린 진가의 후손이 청룡과 대놓고 선인들 앞에 모습을 드러냈을 때에는 첩첩산중이라고 생각했다. 명계의 귀제가 달을 납치해 간 것은 오히려 황룡에게는 다행으로 느껴졌다. 다시 백암의 사초가 나타났을 때는, 버려둔 패나 다름없었던 주석호를 다시금 꺼내 들었다. 오직 그의 믿음에 매달리는 주석호를 이용하는 것은 어려운 일이 아니었다. 그때만큼은, 용은 영악한 호괴보다 주석호를 믿었다. 중간에 호괴가 같잖은 수로 그를 배신하려 했기에 당장 여우 구슬을 부술까 하였으나, 도사를 처리한 보상으로 내버려 두었다.

온갖 사건, 사고 끝에 드디어 백암의 사초가 손에 들어오고, 황룡은 너무나 지쳐 버렸다. 사초에 진실이 얼마나 기록되어 있는지, 도망친 진씨 가문이 어찌 살아남은 것인지, 그들이 얼마나 알고 있는지, 그가 궁금해했던 모든 것을 확인한 용은 이제껏 이끌어 온 천 년을 되짚었다. 그는 결국 그가 이어 온 외줄타기를 끝낼 때가 되었음을 알았다. 호혜강이 믿을 수 있는 이를 곁에 두라 말했으나 말도 안 되는 일이었다. 황룡은 그 홀로 오롯이 완벽했고, 강했으며, 타인의 도움, 특히 선인의 도움 따위 더더욱 필요하지 않았다.

오랜 시간 버텨 온 결과 그는 이미 줄의 끝에 도달해 있었고, 진정 결단을 내릴 때가 되었다. 황룡 토문은 드디어, 오만한 선인들을 끝내야 될 때가 왔음을 알았다.

'애초부터 실책이었다.'

그가 이토록 노력하고 지켜 왔음에도 불구하고 선인들은 여전히 조쇄를 사용하고, 폭정을 저지르고 있었다. 선인들은 결코 구제할 수 없는 이들이었고, 이제 용은 천하를 위해서는 선인들이 사라지는 것이 가장 합당하다고 판단했다. 그 언젠가 입에 담으며 미뤄 두었으나, 결국 이리 다가올 결정이었다.

의지 잃은 푸른 용이나 선인들 따위는 그에게 어떤 위험도 되지 않기에 이날까지 방치했다. 사초는 이미 그의 손에 들어왔고 어린 진가의 후손은 과거의 일에 대해 아무것도 모르고 있으니 경계할 필요도 없었다. 유품인지 뭔지를 확인한 역적 류시건이 도깨비들과 그의 선인들을 모조리 끌고 용수궁으로 날아온다면 토문으로서는 오히려 잘된 일이었다.

그에게는 단지, 시간이 필요했다. 선계의 모든 선인을 한자리에 모을 시간. 그가 기다리는 시간이 올 때를 기다리며 최대한 물러나 숨을 죽이고 기다렸다. 오늘, 이 용수궁에서 선계의 모든 선인들이 몰살될 터였다. 여우 구슬을 되찾기 위해 안달 난 호괴는 언제나 그랬듯 그의 명을 따를 것이고, 그리하여 오늘의 모든 분란은 악심을 품은 요선 호괴와 반역을 저지른 류시건의 과오로 남을 것이었다. 그는 모든 선인들을 처리하고, 호괴를 처리한 뒤 혼란을 바로잡고 다시 평화로운 그의 나라를 세울 것이었다. 천 년 전, 그가 하늘의 시초로서 그리하였듯이.

※ ※ ※

도깨비와 선인들이 함께 있는 위정전 앞엔 침묵이 흘렀다. 진실을 아는 이가 노여움을 보이는 앞에서도 황룡 토문은 별다른 감정을 느끼지 않았다. 웃음을 지운 그는 얼어붙은 석호의 표정을 보며 혀를 찼다.

"무슨 소리를 하는지 모르겠군. 짐이 분명 류가의 역모에 대해 진상 조사를 하겠다고 명했거늘. 어찌 이런 일을 벌인단 말이냐. 네 진정 역심을 품은 것이냐?"

"틀린 말은 아니군."

시건은 나직한 목소리로 답했다. 용이 이어 온 천 년을 무너뜨릴 마음을 먹었으니 역심이라 칭해도 비단 틀린 말은 아니었다.

"허나 역심을 품어도 모자람이 없지. 너는 지난 시간 동안 모든 선인들을 속이고 거짓을 일삼으며 그 자리에 집착해 왔다. 그렇지 않나. 황룡."

석호와 사예 둘 다 잠시 스스로가 들은 말을 의심했다가, 천천히 고개를 돌려 천제를 쳐다봤다. 천제는 조금의 표정 변화도 없이 서 있었다. 석호는 류시건이 진정 미쳤구나 생각했다.

"대체 무슨 소리를 하는 거냐? 폐하께 무엄하게……. 네놈이……."

"줄곧 이상하다 생각하면서도 믿어 왔다. 그간 보여 준 그 어떤 행적도 본래의 무진답지 않았지. 허나 그리한 이유가 분명히 있을 거라고, 분명 피치 못할 사정이 있으리라 여겼다. 그래……. 돌이켜 보면, 무진은 거짓으로 제위에 오를 바에는 차라리 죽음을 택했을 테지. 반선인 사실을 숨기면서도 그 자리를 지키는 데 혈안이 될 이가 아니다. 그걸 모르겠나, 주석호."

그 말에 석호는 다시금 성이 났다. 그와 무진이 견딘 삼십 년을 알지도 못하면서 함부로 말하는 류시건에게 참을 수 없는 노여움이 일었다. 가능만 하다면 하늘에서 떨어지는 벼락을 제 손으로 던져 류시건 저놈의 심장에 박아 넣고 싶은 심정이었다.

"무슨 말을 하는 것이냐! 폐하께서 어떤 마음으로 제위에 오르셨는데! 아무것도 모르면서 네 마음대로 지껄이지 마라! 넌 모르겠지! 하지만 난 알고 있다! 나는 지난 삼십 년간 바로 곁에서 폐하를 지켰다! 내가 알고 있단 말이다!"

"넌 아무것도 모른다, 주석호."

"나는……!"

"저건 무진이 아니다."

시건은 무표정한 얼굴로 서 있는 토문을 응시하며 말했다.

"무진의 몸을 차지하고 무진 행세를 한 황룡일 뿐이다. 천서제 시절부터 긴 세월, 천자들의 몸을 빼앗으며 천제 역할을 해 왔지. 지금 용수궁의 혼란 또한 황룡이 요선 호괴에게 명해 벌어진 일이다."

석호는 차마 천제를 쳐다보지 못했다. 분노로 덮어 버린 일말의 불안감이 틈새를 잡아 벌리고 그의 생각을 잠식했다. 지난 삼십 년간, 반선의 몸으로 제위를 지킨 무진이 바로 그가 알고 있는 무진이었다. 그러나 그는 바로 직전에, 술법을 쓰는 무진의 모습을 보지 않았던가. 너무나 능숙하게, 아무렇지 않게 술법을 사용하는 모습을.

석호가 원했던 것과는 반대로 자신이 아닌 류시건이 그의 심장에 의심과 불안을 박아 넣었다. 멀리서 들리는 벽력 소리가 그의 불안을 부채질했다. 오로지 무진에 대한 믿음으로 버티던 심장에 한순간에 금이 갔다. 석호는 계속 그와 함께해 왔던 무진에 대해 생각했다. 반선의 몸으로 제위에 오를 수 없다 말하던 무진, 스스로가 자격이 없다 말하던 무진……. 그리고 그런 무진을 지키는 것만을 생각한 자신.

석호는 이를 악물고 그가 들은 말을 부정했다.

'거짓말!'

용수궁에 쳐들어온 것은 도깨비와 역적 류시건이었다! 지금 역적이 그를 흔들고, 무진과 그의 사이를 이간질하고 있었다!

"네 이놈! 허튼수작 부리지 마라!"

석호는 당장 시건에게 달려들었다. 그를 따라 신수 주작이 열로 가득한 기운을 뿌리며 날았다. 시건의 신수 현무 또한 피하지 않았다. 시건도 수기를 모아 만든 구름을 움직이며 그런 석호와 맞섰다. 그사이 토문이 수인을 맺어 토행의 술법으로 시건을 공격했다. 시건의 수행은 토행과 상극, 시건이 모은 구름의 움직임을 무진이 모은 토기가 봉쇄했다. 갑작스러운 이야기를 듣고 당황하고 있던 사예가 그 즉시 정신을 차렸다. 그녀는 사진참사검을 휘둘렀다. 뻗어 나간 목기가 토기를 짓누르고 시건이 모은 수기를 먹고 빠르게 자라났다. 어느새 자라난 나뭇가지가 토문을 향해 뻗어 나가자, 석호가 바로 자라난 나뭇가지를 불꽃으로 태워 버렸다. 그렇게 선인들끼리 상극과 상생으로 의미 없는 싸움을 반복하는 와중에, 도깨비 애심이 요술을 부려 그 흐름을 끊었다.

"받아라!"

도깨비가 도깨비방망이를 휘두르자 석호의 불꽃이 그대로 팥알이 되어 쏟아졌다. 도깨비 애심이 험악한 표정을 지으며 소리쳤다.

"난 이제 팥도 던지는 도깨비다! 무섭지!"

애심은 그대로 도깨비방망이를 휘둘러 떨어지는 팥알들을 모조리 한 방향으로 날아가게 만들었다. 날아가는 팥알들이 그대로 토문에게 향했다.

"무엄한!"

석호는 기겁을 하여 얼른 토문을 지키기 위해 날아갔다. 그사이 시건이 흑뢰를 몰아 사예에게 날아갔다. 날아온 시건이 머리카락을 하나 뽑고 수기를 모으며 손으로 수인을 맺었다. 모인 수기와 함께 머리카락이 사람의 형상으로 커다랗게 자라났다. 시건의 술시였다. 사예는 놀란 얼굴로 처음 보는 그의 술시를 쳐다봤다.

"내가 시간을 끌 테니 서둘러 용주당으로 가라."

시건은 사예에겐 말할 틈도 안 주고 이제 아예 검을 뽑아 석호와 천제에게로 날아갔다. 그리고 시건의 술시가 사예를 지키려는 것처럼 그녀에게 가까이 다가왔다. 흑뢰의 날갯짓으로 인한 바람 때문에 눈을 질끈 감았다가 뜬 사예는 일단 시건의 말대로 하기로 했다. 천제가 황룡이라니 뭐가 어떻게 된 건지 알 수 없었지만 우선은 하선이 그녀에게 하라고 했던 일을 해야 했다. 용주당 쪽으로 방향을 틀며 사예는 그녀를 따라오려고 하는 도깨비들에게 소리쳤다.

"한 분만 오십시오! 류 장군을 도와주어야 합니다!"

"제가 갈게요!"

덕향이 사예를 따라오고, 애심이 시건의 흑뢰를 따라 날아갔다. 사예는 덕향과 함께 그들을 지나쳐 용주당으로 날아갔다. 그 모습을 천제의 앞을 지키고 있던 석호가 목격했다. 석호 또한 급히 그의 술시를 만들었다. 그는 천제를 지켜야 했으므로 절대 그의 곁을 떠날 수 없었다. 화기가 모인 그의 술시가 사예와 덕향을 따라갔다. 그러나, 석호의 술시가 사예와 덕향의 지척에 접근하기도 전에 시건의 술시가 그를 막아섰다. 시건의 술시는 두 손을 모아 수인을 맺었다. 모인 구름으로 석호의 술시를 휘감자 석호의 술시는 정신을 못 차리고 발이 묶였다. 그 모습을 본 사예는 놀라서 입을 벌렸다. 술시가 제 손으로 수인을 맺어 술법을 쓰고 있지 않은가!

"아니, 저게……."

덕향이 잠깐 놀라 발을 멈춘 사예의 팔을 잡아끌고 용주당으로 날아갔다. 그 모습을 본 토문 또한 몸을 움직여 용주당으로 향했다. 그 모습을 보고 석호가 놀라 소리를 질렀다.

"폐하! 안 됩니다! 위험합니다!"

그러나 토문은 뒤도 돌아보지 않고 위정전을 떠났다. 남아 있던 도깨비 애심이 놀라 얼른 그런 토문을 따라가고, 시건 또한 마찬가지였다. 그의 흑뢰가 용주당을 향해 방향을 틀자, 석호는 얼른 술법으로 시건의 앞을 막았다. 흑뢰가 앞을 가로막은 불기운에 놀라 날개를 접었다.

"멈춰라!"

"비켜라, 주석호."

"난, 난! 폐하를 지킬 것이다! 감히 네놈 따위가……."

그때까지 그래도 나름 차분한 목소리로 일관하던 시건도 결국 참지 못하고 소리쳤다.

"지키겠다고? 대체 뭘 지키겠다는 거냐!"

결국 흑뢰를 탄 시건이 검을 들고 석호에게 날아갔다. 그의 검날을 따라 구름이 작은 소용돌이를 그리며 휘몰아쳤다. 석호도 물러서지 않고 그의 화기를 모았다. 시건이 거침없이 검을 휘두르고, 석호는 무작정 불꽃을 날려 시건을 공격했다. 공격을 하는 석호의 얼굴이 점차 일그러졌다. 그의 화기가 차가운 수기의 영향으로 자꾸만 식어 갔다. 류시건이 야비하게 흘려 넣은 말처럼, 그의 몸과 기를 온통 차게 식히고 있었다. 부서진 심장도 이미 온통 금이 갔다.

그러나 석호는 끝까지 물러서지 않았다. 금 간 믿음이 완전히 흐트러지지 않도록 억지로 붙잡았다. 그를 믿는다고 말했던 무진과, 선군으로서 천제의 곁을 지키던 때를 돌이키며 스스로를 다잡았다. 있는 힘껏 두 손에 화기를 모아, 시건에게로 돌진했다. 시건 또한 그의 손을 따라 흐르는 소용돌이를 휘두르며 소리쳤다.

"모르겠나, 주석호!"

답답한 마음에, 시건의 얼굴 가득 노기가 담겼다.

"우리가 알던 무진은 이미 없단 말이다!"

석호는 이를 악물었다. 가능하다면 지금 당장 류시건의 입을 찢고 목을 막아 아무 말도 못 하게 만들고 싶었다. 류시건은 아무것도 모르면서 제멋대로 떠들어 대고 있었다. 류시건이 암굴에 있던 오십 년 동안 그는 줄곧 무진의 곁을 지켰다. 그가 무진의 아픔을 알았고, 무진이 오로지 그만 믿었다. 오로지 그 믿음만으로!

그런데 그 모든 게 거짓이라고!

"아니야아아아!"

주체하지 못한 화기가 그대로 폭주했다. 석호는 제 몸에서 흐르는 화기를 주체하지 못하고 그대로 시건에게 달려들었다. 시건도 물러나지 않고 그의 검을 휘둘렀다. 석호와 시건의 공격이 허공에서 맞부딪쳤다. 흔들린 마음처럼 석호의 공격도 흔들렸다. 크게 번진 불꽃이 찬 구름 기운에 먹히고, 거세게 휘몰아치는 수기에 그대로 석호가 날아갔다. 날아간 석호는 용주당 기둥에 부딪쳐 그대로 구름 위로 떨어졌다. 부딪친 충격으로 쓰러진 석호가 신음과 함께 겨우 몸을 웅크렸다. 구름 위에 쓰러진 상태로, 그가 중얼거렸다.

"아니야⋯⋯. 그럴 리가 없어⋯⋯."

그의 주군이 누구인가.

그가 믿은 이가 누구인가.

부서진 기억과, 믿음이 온통 흩뿌려졌다. 석호는 어떻게든 다시금 되찾기 위해 발버둥 쳤다. 그를 살게 한 이유, 그가 버틸 수 있게 지탱해 준 믿음. 모든 것을 잃어도 오직 그 믿음 하나로 버틸 수 있었기에, 조금의 흔적이라도 긁어모으려고 애썼다. 그러나, 그 모든 게 이미 조각나고 가루가 되어 그가 잡아채려는 손길에도 불구하고 속절없이 빠져나갔다. 겨우 잡고, 웅크리고 붙들어도 어느 것 하나 남지 않았다.

주인들의 곁을 날던 신수 둘이 구름 위로 내려앉았다. 그 사이에서 시건은 흑뢰를 몰아 쓰러진 석호에게서 등을 돌렸다. 그의 신수 현무도 조용히 그의 뒤를 따랐다. 등 뒤에서 계속 중얼거리는 석호의 목소리가 들렸다. 그런 석호에게 등을 돌린 채로, 시건은 그대로 멈쳐 있었다.

부정하고 싶은 건, 그 누구보다 바로 그였다. 날 때부터 훗날 제위에 오를 무진의 신하가 되리라 생각하며 자랐다. 오십 년을, 무진이 그를 잊지 않고 부를 거라고 믿고 기다렸다. 그를 부르지 않는 것을 이해하지 못하고, 그가 모르는 시간 동안 변했음을 안타까워했다가, 그래도 역시 무진이라고, 그리 생각했다. 그러나…….

시건은 손 하나를 들어 참혹하게 일그러진 그의 얼굴을 가렸다. 하계에 내려가기 전에 마지막으로 보았던 무진의 얼굴을 떠올렸다. 잘 다녀오라며 웃던 얼굴. 그때 너는 어떤 마음으로 웃고 있었나. 이제 다시는 그 얼굴을 볼 수 없을 것이다. 진실에 대해 고뇌하고 끝내 진실을 밝히고자 결심하던, 다시는 받아 볼 수 없을 그의 편지와……. 모든 결과 후에 끝내 내린 무진의 선택을 안타까워하기를 수차례.

'무진. 네 나를 살리고…….'

그 누구도 알지 못할 죽음의 길을 홀로 걸었더냐.

그의 물음을 들을 이도, 대답할 이도 남아 있지 않았다. 멀쩡하게 살아 움직이는 무진의 얼굴, 이제는 무진이 아님을 알면서도 그 얼굴이 뇌리에 남아 그의 마음마저 흔들었다. 손을 들어 가린 눈가에 억눌러 온 마음이 맺혔다. 긴 시간 어둠 속에서 토악질하고 이제는 남지 않았다고 생각한 감정이, 무진에 대한 생각으로 다시금 새어 나왔다.

그가 모르는 시간 동안 그다지도 변했나 생각했는데, 그의 벗은 이미 그 시간을 잃은 후였다.

❈ ❈ ❈

용주당 안으로 들어갔던 사예와 덕향은 정신없이 복도를 뛰어갔다. 둘의 뒤를 시건의 술시가 따라왔다. 덕향은 그녀의 큰 몸 때문에 벽에 부딪치고 머리를 박자 도깨비 요술로 그녀의 머리를 가로막는 기둥과 서까래를 치우며 달려갔다. 덕분에 사예는 용주당 천장이 기이하게 휘어지는 광경을 뒤로한 채 뛰어가야 했다.

복도를 따라 달려가던 중 사예는 갑작스럽게 움직이는 토기의 흐름을 느끼고는 우뚝 멈췄다. 그녀의 머리 위에서, 천장이 쩌적 금이 가며 무너지고 있었다. 이건 도깨비 요술이 아니었다. 다행히 뒤에 있던 시건의 술시가 결계를 쳐 무너지는 천장을 막았다. 덕분에 사예와 덕향은 술법이나 요술을 쓸 필요도 없이 용주함을 찾는 데 집중할 수 있었다. 사예는 결계를 치는 술시라니, 술시 주제에 결계라니, 하고 연신 중얼거리며 달렸다. 그녀는 용주당 제일 안쪽의 방에 용주함이 있을 거라고 말한 하선의 말을 떠올렸다.

"여선님, 어디로 가야 해요?"

"제일 안쪽! 깊이 있는 방으로 가야 합니다!"

그들이 함께 열심히 달려가는데, 뒤에서 무슨 일이 생겼는지 큰소리가 났다. 사예는 점점 가까워져 오는 토기를 느꼈다. 시건이 황룡이라고 했던, 무진이 가까이에 있는 모양이었다. 사예와 덕향은 서로를 한 번 마주 보고는, 더 기다릴 것 없이 계속 앞으로 달려갔다. 이리저리 꺾인 복도를 정신없이 달려가, 제일 끝에 있는 방까지 도달했다. 덕향이 도깨비방망이를 휘두르자 미닫이문이 저절로 쾅 소리를 내며 열렸다. 사예는 아무래도 심상치 않은 분위기의 방을 보며 옳다구나 했다. 방 가운데에 무언가 큰 것이 서 있는 게 보였다. 처음으로 천제의 자리에 오른 건원제의 비석이었다. 사예는 그 아래 놓인 사기 항아리와 네모진 함을 발견했다. 손에 들고 있던 사진검의 검집을 덕향에게 넘긴 사예는 얼른 손을 뻗어 네모진 함을 들어 올렸다.

"여선님!"

그 순간, 불이 번쩍했다. 놀란 사예의 앞에서 토기와 시건의 술시가 친 결계가 부딪쳤다. 뒤로 물러난 사예는 겨우 고개를 들었다. 열린 문 너머에 황룡포를 입은 천제가 서 있었다. 사예는 용주함을 한 팔로 품에 안고 사진검을 세워 앞을 가렸다.

"가까이 오지 마십시오!"

"가까이 오면 이걸 부숴 버릴 거니까!"

"어?"

사예가 놀라서 덕향을 쳐다봤다. 사예가 든 용주함에 도깨비방망이를 대고 있던 덕향도 놀라서 사예에게로 고개를 돌렸다.

"왜? 이게 아니에요?"

"아니……."

그 모습을 빤히 보고 있던 황룡 토문은 조금의 표정 변화도 없이 다시 술법의 수인을 맺었다.

"그 함을 부숴도 상관없다. 짐의 구슬은 거기 없으니까."

모여든 토기가 긴 형상으로 구체화되었다. 용은 장검처럼 긴 형태로 굳은 토기를 그대로 휘둘렀다. 시건의 술시가 친 결계가 그대로 부서지고, 술시는 용의 거센 공격에 그대로 날아가 술법이 풀리고 사라졌다. 황룡이 이번엔 사예와 덕향을 노리고 검을 휘둘렀다. 사예와 덕향은 서로 반대편으로 몸을 날렸다.

둥근 기둥 너머로 몸을 피한 사이, 갑자기 쩌저적 금이 가는 소리가 났다. 놀란 사예는 용주함을 품에 안고 기둥에서 멀리 도망쳤다. 그녀가 숨었던 기둥이 그대로 반이 잘려 무너지고 있었다. 무너진 나무 기둥은 그대로 흙처럼 부서져 가루로 흩날렸다. 용이 손에 든 검은 날이 서거나 제대로 벼려진 검은 아니었지만, 휘두르는 족족 나무 기둥과 벽을 베고, 모든 것을 부쉈다. 부서진 파편들이 흙이 되어 무너져 내렸다. 베이는 자리마다 패이고 가루가 되어 부서졌다.

용의 공격이 이어질수록 방은 점점 더 부서지고 바스러진 흙이 쌓여 갔다. 사예는 주변이 온통 물기 없는 퍽퍽한 토기로 가득 찼음을 느꼈다. 방 안에 가뭄이라도 내린 듯, 바싹 마른 건조한 기운만 느껴졌다. 사예가 연신 이어지는 황룡의 공격을 피하며 사진참사검을 휘둘렀지만, 아무리 목기를 뿌려도 메마른 방 안에서 목기가 제대로 싹을 틔우지 못했다. 아무리 목행이 토행의 상극이라도, 이건 그 상극을 누르고 남을 막대한 힘의 차이였다. 더군다나 용주함을 안고 있느라 한쪽 팔에 제약까지 있었다.

그때 쩔쩔매는 사예의 앞을 가로막으며 덕향이 소리쳤다.

"여선님! 저치는 제게 맡기세요!"

사예는 덕향의 듬직함에 감동해 버렸다. 사예를 대신해 덕향이 도깨비방망이를 휘둘러 용의 공격을 막아 냈다. 덕향이 도깨비방망이를 휘둘러 도깨비불을 날리자, 토문은 그의 토기를 겹겹이 쌓아 덕향의 도깨비불을 막아 냈다. 그리고 바로 검을 휘둘러 덕향을 공격했다. 덕향이 몸을 피하는 바람에, 용의 공격은 그대로 그녀의 뒤쪽에 있던 거대한 비석에 작렬했다. 쩌적, 소리와 함께 건원제의 비석에 금이 갔다. 먼 옛날 천하를 통일한 선인의 비석이 무너졌다. 그대로 쪼개져 떨어진 비석 아래 깔린 유골함은 어찌 됐는지 보이지 않았다. 용은 그럼에도 멈추지 않고 계속 무차별 공격을 감행했다.

사예와 덕향은 금세 방 안에서 벽이 가로막은 구석으로 몰렸다. 덕향이 도깨비불, 허깨비, 뜨거운 팥죽 따위를 만들어 황룡을 공격하는 동안 사예는 사진참사검을 휘둘러 목기를 겨우 끌어모았다. 사진검을 휘둘러 술법의 인을 그리자, 벽 한가운데에서 겨우 목기가 싹을 틔웠다. 그 작은 싹만으로도 벽 전체에 균열이 가게 하기는 충분했다. 사예는 온 사력을 다해 싹을 키워 균열을 키우고, 벽을 부쉈다.

벽 한가운데에 생긴 구멍을 넘어가며 덕향을 불렀다.

"이리 오십시오!"

토문을 막아서던 덕향이 얼른 사예를 따라 방을 넘어왔다. 그리고 황룡 또한 멈추지 않고 그런 사예와 도깨비를 따라왔다. 벽을 부수고, 또 부수면서 덕향과 사예는 방을 통과해 달아났다. 그 뒤를 황룡이 따라가며 검을 휘둘렀다. 용의 공격이 이어질수록 그들이 지나가는 방들은 점점 더 부서지고 바스러진 흙이 쌓여 갔다. 용주당을 떠받치는 기둥들이 하나, 하나 흔들리고 천장의 서까래가 기울어지는 소리를 냈다. 이대로는 진정 끝이 없겠다 싶어 결국 사예는 달려가던 발을 멈췄다. 그러곤 용을 향해 물었다.

"대체 어찌 이런 일을 하십니까? 황룡은 하늘의 천제를 상징하는 신수가 아닙니까! 당신이 신수 황룡이라니, 대체 이게 어찌 된 일입니까!"

용은 잠시 검을 내린 채로 무감정한 어조로 말했다.

"짐에게 그 이유를 묻다니, 뻔뻔하기 그지없구나. 애초에 너희 가문이 조쇄를 만들지 않았다면, 너희 선인들이 신수들에게 조쇄를 채우고 사냥 따위를 감행하지 않았다면 이 모든 일은 일어나지 않았을 것이다. 너희는 죽음만이 속죄할 길이란 것을 모르느냐."

황룡의 답을 들은 사예는 아까 그녀의 가문에 대해 입에 담았던 천제의 모습을 떠올렸다. 그때도 그렇고 지금도, 천제는 마치 그녀의 가문을 오랜 시간 증오해 온 듯했다. 차게 식은 목소리와 얼굴에서 그득한 경멸과 혐오가 느껴졌다.

"조쇄? 조쇄 때문에 그리 오랜 시간 우리 가문을 쫓아온 것입니까?"

"그렇다. 너희 선인들은 간악한 마음으로 조쇄를 만들어 신수를 구속하고, 천하를 제멋대로 휘둘렀다. 신수들은 판단력을 잃고 한낱 금수처럼 휘둘렸지. 푸른 용을 보아라. 조쇄에 묶여 말을 잃고, 그리 오랜 시간 쫓겨 다닌 지금도 아직도 어리석게 너희 가문의 종노릇을 하고 있구나! 그래, 기실 아직까지도 모든 신수가 그렇지!"

무표정하던 토문의 얼굴이 흉포한 기세로 일그러졌다. 이제까지 계속 봐 왔던 유약하던 미소는 온데간데없었다. 긴 시간 동안 쌓아 온 진노가 일그러진 얼굴에서 그대로 드러났다. 이제까지 어찌 숨겼는지 알 수 없을 정도였다. 그야말로 치를 떠는 기세였다. 그러나, 저게 바로 숨겨져 있던 용의 진짜 얼굴일 터였다. 그는 긴 검을 다시 들어 올리며 일갈했다.

"짐은 그 모든 걸 바로잡기 위해 제위에 올랐다! 그 때문에 지금, 이 자리에 있는 것이다!"

토기를 흘리는 검이 그대로 내리꽂혔다. 사예는 천만다행으로 날아든 용의 공격을 피했지만, 황룡의 검에 의해 금 간 기둥이 그녀의 머리 위로 우지끈 부서졌다. 비명과 덕향의 고함이 기둥이 떨어지는 소리에 묻혔다.

"여선님! 여선님!"

검에 베여 부서진 벽과 기둥이 토기의 영향으로 바스러지고, 자욱한 먼지가 일었다. 사예가 들고 있던 용주함은 저 멀리 날아가 있었고, 기둥과 바스러진 천장의 잔해 때문에 덕향은 사예의 모습을 찾을 수가 없었다.

"덕향!"

당황한 얼굴로 사예만 찾던 덕향이 놀라 고개를 돌렸다. 무진을 따라왔던 애심이 용주당을 헤매고 있다가 그제야 큰 소리를 듣고 그들을 찾아온 것이었다. 덕향은 쓰러진 기둥을 가리키며 소리쳤다.

"저기 여선님이!"

그 와중에 황룡이 덕향을 향해 검을 휘둘렀다. 놀란 덕향이 얼른 도깨비방망이를 휘둘러 용의 공격을 막았다. 그 사이 애심이 요술을 부려 떨어진 기둥을 치워 버렸다. 기둥이 날아간 자리에서, 흙먼지 때문에 기침을 하며 웅크려 있던 사예가 몸을 세웠다. 비록 사진검을 휘둘러 급하게 결계를 만든 덕택에 기둥에 깔리진 않았지만, 그래도 온몸이 엉망이었다. 사예는 사진검을 든 손이 저릿저릿 저려 오는 것을 느꼈다. 사진검을 겨우 들고 있을 정도로 손에서 힘이 빠져나갔다. 지친 팔에 사진검이 무겁게 느껴지기 시작했다.

사예는 용주함을 놓친 손을 들었다가, 도통 힘이 들어가지 않아 다시 내렸다. 그녀는 일단 검을 들고 서 있는 천제를 응시했다. 상대는 바로 아까까지만 해도 그녀가 아무렇지 않게 대화를 나누었던 이였다. 그러나 같은 사람이라도, 얼굴의 기색이 전혀 달랐다. 이제 용은 다시금 그의 진노를 갈무리한 채, 냉정하기 짝이 없는 얼굴로 사예를 응시하고 있었다. 마치 그 어떤 감정도 없이 죄의 대가를 물으려는 심판자처럼, 당연한 죗값을 묻겠다는 듯 오만하게 턱을 들고 그녀를 응시하고 있었다.

그 얼굴을 마주 보며 사예는 사진검을 쥔 손에 겨우 힘을 주었다. 계속 쥐고 있던 터라 손바닥이 닿은 부분이 뜨거웠다. 신수 황룡이 그녀의 신수에 대해 이야기했다. 그의 말대로, 청하는 조쇄에 묶였었고 말도 하지 못하게 되었지만 여전히 그녀의 가문과 계약을 맺고 있었다. 그러나, 그녀의 신수는 조쇄에 묶인 후 의지를 잃어 그녀의 가문과 계속 계약을 맺어 온 것이 아니었다. 푸른 용은 지금 사진참사검에 깃들어 그녀와 의지와 행동을 함께하고 있었다.

그녀는 조쇄에 대한 이야기를 할 때마다 그녀를 이해시키려고 노력했던 청하의 모습을 떠올렸다. 떨리던 손에 다시금 힘이 들어가기 시작했다. 그녀는 그녀의 신수가 깃든 사진검을 있는 힘껏 쥐었다.

모든 선인들이 악한 마음으로 신수에게 조쇄를 채운 것이 아니었다. 그녀의 신수는 그걸 알았고, 그들 간의 계약은 그 이해와 신뢰를 기반으로 맺어진 계약이었다. 그리고, 무엇보다.

사예는 용이 그의 검과 함께 그녀의 목까지 들이댄 명분에서 그의 위선을 찾았다.

"조쇄 때문에 신수가 선인 행세를 하고 제위에 올랐다고…… 허면, 어찌하여 신수 현무는 풀어 주지 않은 겁니까?"

"뭐라고?"

사예는 자신만만한 얼굴로, 황룡이 꺼내 든 명분에 비수를 던졌다.

"조쇄에 묶인 신수 현무는, 어찌하여 바로 풀어 주지 않은 겁니까?"

그녀는 조쇄에 묶여 어둠 속에 갇혀 있던 신수를 직접 그 눈으로 봤다. 스스로의 명분을 거스르고 지켜 내야 할 더 중요한 것이 대체 무엇이었는가. 무얼 위해 구속당한 신수를 그대로 방치하겠다고 결정했나. 어째서 신수가 자유를 되찾고 주인을 찾아갈 것을 두려워했는지, 그 이유는 용 스스로가 더 잘 알 터였다.

용을 비웃으며, 사예가 말했다.

"바로 그때, 당신은 남은 명분을 모두 잃은 겁니다."

어떤 명분으로 용이 그 오랜 시간 동안 선인들을 속이고, 농락해 왔든지 간에. 천 년이라는 긴 세월이 이어지는 동안 용은 서서히 그의 명분을 잃었고, 현무 묵현을 외면한 그날을 기점으로 실낱같이 남아 있던 그의 마지막 명분을 모조리 잃어버렸다. 명분이 있다고 하여 그가 한 모든 잘못마저 묵인될 수 있는 게 아니었다. 시작에 명분이 존재한다고 한들 그 끝으로 가는 여정이 피로 얼룩진다면 그를 어찌 옳다고 하랴. 그리하여 그녀의 어머니 말하길, 옳은 것은 만들어 가는 것이라 한 것이었다.

서서히, 물드는 것과 같은 기세로. 황룡 토문의 얼굴이 일그러졌다.

"감히!"

그와 동시에, 용의 옆에서 쩌저적 하고 금 가는 소리가 들렸다. 황룡은 물론이고 사예, 세 도깨비 모두 그대로 멈췄다. 너나 할 것 없이 눈을 크게 뜨는 사이 벽에 금이 갔다. 한 줄, 벽 가운데에 간 금이 곧 심지를 타고 흐르는 불꽃같은 기세로 벽 사방으로 퍼졌다. 벌어진 틈 사이로 수기가 샜다. 벽 너머에서 폭발하는 소리와 함께, 노도와 같은 기세의 수기와 구름이 벽을 무너뜨렸다. 무너지며 쏟아진 벽과 수기가 함께 황룡의 머리 위를 덮쳤다. 황룡은 바로 결계를 쳐 그 공격을 막았다.

그러나 사예 역시 그 잠깐의 틈을 놓치지 않았다. 사예는 사진검을 들어 당장 덮쳐드는 수기를 빨아들이고, 그대로 목행의 술법 인을 그렸다. 그제야 폭발하듯 기세를 드러낸 목기가 황룡과 그 주변을 향해 뻗어 나갔다. 뻗어 나간 목기가 황룡의 손을 묶고 천장의 대들보들을 그대로 무너뜨렸다. 대들보가 떨어지고 천장이 무너져 기왓장이 쏟아졌다. 황룡은 그대로, 무너진 대들보와 천장의 잔해에 완전히 묻혔다.

사예가 거친 숨을 내쉬며 사진검을 내림과 동시에, 무너진 벽 너머에서 검은 용마가 나타났다. 흑뢰에 탄 시건이 사예에게 날아오자 사예는 얼른 땅을 딛고 날아올라 시건에게로 향했다. 사예는 청하가 깃든 사진검을 그대로 손에 든 채로 다른 손으로는 시건의 손을 잡고 그의 뒤에 올라탔다. 흑뢰의 위에 자리를 잡은 사예가 도깨비들에게 소리쳤다.

"용주함! 함이 어디 있습니까!"

"저기요!"

애심이 도깨비방망이를 휘둘러 떨어져 있던 용주함을 사예에게로 보냈다. 용주함을 받은 사예는 고개를 돌려 다시금 용이 있던 자리를 살폈다. 무너진 잔해는 조금의 미동도 없었다. 일었던 먼지마저 그대로 뿌옇게 가라앉았다. 시건 역시 사예처럼 용이 묻힌 방향을 쳐다봤다. 비록 정체가 황룡이라고는 하나, 그 몸은 본래 그의 벗인 무진이었다. 그러나, 시건은 미련 없이 흑뢰를 몰아 그 자리에서 벗어났다. 여기서 머뭇거릴 틈이 없었다. 도깨비들, 그리고 그의 신수 현무가 흑뢰의 뒤를 따라 날아왔다.

검을 휘두른 시건이 용주당 벽을 무수자 흑뢰는 그대로 밖으로 날아갔다. 밖으로 나오자마자 수기 가득한 하얀 구름을 스쳐 지나갔다. 잠시 잊고 있었던 벼락 소리가 다시 들리기 시작했다. 아직도 호괴가 날뛰고 있는 모양이었다. 날아가는 사이에도 쉼 없이 벼락 치는 소리가 울렸다. 이제 벼락은 단순히 위용루뿐만이 아닌 용수궁 곳곳으로 내리꽂히고 있었다.

어느새 해가 져 가고 곳곳으로 붉은빛이 감돌고 있었지만, 벼락은 붉어진 하늘을 가로지르며 계속 용수궁으로 내리쳤다. 하늘 곳곳이 날아다니는 선군들의 용마와 도깨비들로 정신이 없었다. 검은 용마와 도깨비 셋이 그런 하늘을 쏜살같이 날아갔다. 하늘을 날아간 그들은 높이 솟은 위용루를 크게 돌았다.

"저기!"

사예는 위용루 앞에서 날뛰는 파적을 발견했다. 워낙 거대해서 그들 모두 이미 그를 발견한 참이었다. 문제는 파적이 하나가 아니라는 점이었다.

"야! 이 거짓말쟁이야! 이 녀석은 가짜야! 내가 진짜라고!"

"닥쳐! 내가 진짜란 말이다! 이 허깨비 자식아!"

파적과 파적이 서로에게 도깨비방망이를 휘둘렀다. 그 주변에서 그의 아우 홍례가 이러지도 저러지도 못하고 날아다니고 있었다. 그뿐만이 아니었다. 호괴임이 분명한 선녀 화영도 하나가 아니고 여럿이라 도깨비들은 분신들을 공격하며 허탕만 치고 있었다. 또 어떤 도깨비들은 선단을 지키는 선녀들을 공격하고, 또 다른 도깨비들은 선군들과 대치하고 있었다. 한쪽에서는 혜강과 또 하나의 혜강이 혜렴과 검을 들이대고 있었다. 그 사이에 현록과 유신이, 그리고 또 다른 유신과 귀호가 싸우고 있었다. 요선들은 저들끼리 환술을 부려 싸우고 있었고, 도깨비들이 날아다니며 선인들과 선군들을 공격하고 있었다. 그 와중에 무영이 도깨비들을 공격하고, 벼락은 연신 내리꽂히고 아주 가관이었다.

"이게 대체 어찌 된 일이오?"

사예가 놀라 소리쳤다. 우왕좌왕하고 있던 금옥이 도깨비방망이를 휘두르며 소리쳤다.

"요선 짓이에요! 모두 저 요선의 농간이라고요!"

시건은 주변을 훑어봤다. 그의 눈은 환술과 진짜를 단번에 가려냈다. 이 이상 요선의 수작에 놀아나 줄 수는 없었다. 시건이 수기를 모으자 구름이 위용루 위로 모여들었다. 신수 현무가 위용루 지붕 위를 가로질렀다. 모인 구름이 움직이며 아래로 비를 뿌렸다. 구름이 뿌리는 물줄기가 일정한 대상만을 노리며 쏟아졌다. 진짜 아닌 가짜들에게로 공격이 퍼부어졌다. 그의 공격을 맞은 도깨비나 파적, 유신과 요선 등이 무영으로 바뀌었다가, 이내 사라졌다. 선녀와 선군들과 맞서고 있던 도깨비들도 둔갑술이 풀리고 무영의 모습이 드러났다. 시건의 공격을 피하던 선녀 화영 중 진짜 호괴만 남아 얼굴을 일그러뜨렸다.

호괴가 당장 환술을 부려 무영을 만들어 내는 사이, 사예는 조심

조심 사진검과 용주함을 바꿔 들었다. 시건을 안은 팔로 사진검을 조심히 잡고, 용주함은 호괴에게 잘 보이도록 높이 세워 들었다. 들린 함 안에 묵직한 덩어리 하나가 움직인 게 느껴졌다. 그녀는 의기양양하게 소리쳤다.

"지금 당장 부리고 있는 환술을 멈춰라! 그렇지 않으면 네 구슬을 부숴 버릴 것이다!"

물론 멈춰도 부술 거야, 하고 움직이려는 혀를 겨우 간수하며 사예가 입을 다물었다. 용주함을 발견한 호괴의 얼굴에 악귀 같은 흉포함이 서렸다.

"내놔!"

호괴는 앞뒤 안 가리고 사예 쪽으로 달려들었다. 제 구슬에 대한 집착과 분노로 대책 없이 덮치려고 했다. 흑뢰가 약 올리듯 뒤로 확 물러났다. 그사이 혜강이 검을 휘둘러 호괴를 공격했다. 무영이 날아와 그런 혜강을 막아섰다. 그 와중에도 벼락은 쉼 없이 용수궁의 선인들을 노리고 내리꽂히고 있었다. 상황 파악도 못 하고 덤벼드는 호괴를 보며 쾌씸함을 느낀 사예는 아예 구슬을 손에 들고 호괴를 약 올려야겠다고 생각했다. 그녀는 바로 도깨비에게 소리쳤다.

"이 함을 열어 주십시오!"

"안 돼!"

"지금 당장!"

호괴가 찢어질 듯 고함을 지르자 사예는 더 기세등등해져서 소리쳤다. 그와 동시에 곳곳에 퍼져 있던 무영들이 단숨에 용주함 쪽을 향해 달려왔다. 호괴 또한 당장 사예에게 달려들려고 했다. 그러나, 그보다 도깨비가 손목을 한 번 흔드는 게 더 빨랐다. 허공에서 도깨비방망이가 가볍게 흔들렸다. 그와 동시에, 용주함에 걸린 봉인이 깨졌다. 용주함을 묶고 있던 토기의 봉인이 깨어지고, 굳게 걸어 잠근 자물쇠에서 철컥, 소리가 났다. 묘하게도 우렛소리 사이에서 그 소리가 더 크게 들렸다. 모두의 시선이 용주함에 집중됐다. 호괴 또한 마찬가지였다. 입을 벌리고 눈을 크게 치켜뜬 채로, 호괴는 용주함만 쳐다보고 있었다. 그리고.

쩌저적.

손안에서 금이 가는 소리가 났다.

"……."

사예는 눈썹을 찌푸렸다. 그녀는 손에 든 용주함을 쳐다봤다. 용 모양의 자물쇠가 열리긴 했지만 부서지진 않았다. 손에 들린 용주함 또한 멀쩡하긴 매한가지였다.

'그럼 뭐가 부서진 거지.'

사예는 슬그머니 호괴를 쳐다봤다. 호괴는 석상이 된 것처럼 팔을 뻗고 눈을 크게 뜬 채로 굳어 있었다. 호괴에게 시선을 고정한 채로, 사예는 손에 든 용주함을 위아래로 흔들었다. 절그럭절그럭. 소리가 났다. 사예는 이번엔 얼굴 전체를 찌푸렸다.

'자물쇠 소린가?'

사예는 앞에 앉은 시건에게 함을 내밀곤 자물쇠를 빼 달라고 말했다. 시건이 팔 하나를 들어 자물쇠를 빼 던져 버렸다. 사예는 다시 용주함을 흔들었다. 이번에도 같은 소리가 났다. 느낌까지 확실했다. 분명 아까까지만 해도 함 안에서 큰 물건 하나가 움직였는데, 지금은 무언가 작은 것들 여러 개가 마구 흔들리고 있었다. 손안에 든 용주함의 안에서, 그 안에 든 것들이.

"……."

사예는 그제야 부서진 것이 뭔지 알 수 있었다. 그것은 내내 용주함에서 시선조차 떼지 않고 있었던 호괴 또한 마찬가지였다. 굳어 있던 얼굴이, 입가 한쪽부터 실룩거리기 시작했다. 옛날에, 그녀의 구슬을 훔쳐 간 황룡이 말했다. 함의 봉인을 억지로 푸는 순간, 네 구슬은 산산조각이 날 것이다.

"내…… 내."

눈가가 바들바들 떨리고, 입술은 덜덜 떨렸다. 부딪치는 이가 딱딱 소리를 냈다. 뻗었던 손은 경련이라도 이는 듯 제 흔들림을 주체하지 못했다. 무너진 얼굴, 분노로 떨리는 눈가 사이로 천 년간 쌓아 온 인내의 눈물이 터졌다.

"내 구스으으으을!"

귓전을 찢는 비명과 함께 벼락이 사예에게로 내렸다. 이곳저곳으로 내리치던 벼락이 사예만을 노리고 한곳으로 내리치기 시작했다. 덕향과 애심이 얼른 도깨비방망이를 휘둘러 흑뢰에게로 몰아치는 벼락을 막아 냈다. 흑뢰가 날아다니는 궤적을 따라 연신 빛이 번쩍거리고 쾅쾅 우렛소리가 울렸다. 호괴는 앞뒤 안 가리고 광인과 같이 소리 지르며 사예에게로 달려들었다. 다른 이들이 막아설 새 없이 재빠른 기세로 돌진했다.

그 광경을 지켜보던 이들도 구경만 하진 않았다. 다른 도깨비들이 도깨비방망이를 휘두르고 선인들이 술법을 부렸다. 그러나 어느새 달려온 무영들이 그 모든 공격을 막아섰다. 다른 이들이 무영과 상대하는 사이, 호괴는 당장이라도 날아다니는 흑뢰의 날개를 쥐어뜯을 것처럼 손을 휘둘렀다. 흑뢰 위에서 정신없이 흔들리던 사예는, 손에 들고 있던 용주함을 허공으로 던져 버렸다. 날아가며 뒤집힌 함의 뚜껑이 열리고, 그 안에서 조각조각난 구슬 편린이 흩날렸다. 후두두둑 떨어지는 조각들과 함께 그 안에 갇혀 있던 여우 구슬의 정기가 구름 사이로 흩어졌다. 그 모습을 본 호괴는 안달 내며 소리를 내질렀다.

"안 돼애애애!"

호괴는 당장 떨어지는 구슬 조각을 붙잡기 위해 내려갔다. 아래로 날아가며 있는 힘껏 팔을 뻗었다. 다른 것은 살필 여유가 없었다. 오직 떨어지는 그녀의 구슬, 그 구슬을 잡기 위해 날아갔다. 그제야 흑뢰에게, 그 위에 타고 있던 시건과 사예에게도 조금 여유가 생겼다.

용주함을 던져 버린 사예는 사진검을 제대로 고쳐 들었다. 양기를 머금은 사진참사검이 허공을 가로질렀다. 그려진 술법의 인을 따라 모여든 목기에 시건이 수기를 더해 줬다. 수기를 물씬 머금은 목기가 그대로 폭발했다. 수인을 기점으로 싹 틔운 목기가 조각을 찾아 날아가는 호괴에게로 뻗어 나갔다.

"안 돼, 안 돼!"

호괴는 뒤도 돌아보지 않고 오로지 떨어지는 여우 구슬 조각에 집중하고 있었다. 그 무엇보다 빨리 날아, 구슬을 붙잡으려 했다. 팔을 늘려서라도 떨어지는 구슬을 붙잡아야 했다. 기어코, 떨어지던 조각 하나에 그녀의 손가락 끝이 닿았다. 살짝 닿는 순간 저도 모르게 입술 끝이 올라갔다. 기대에 부풀어 있는 힘껏 팔을 뻗는 순간, 뒤에서 거센 충격이 가해졌다.

"커헉!"

그대로 몸이 멈췄다. 뻗었던 손도 그대로 멈췄다. 겨우 닿았던 구슬 조각은 그대로 구름 아래로 멀어졌다. 호괴는 어떻게든 다시 따라가려고 버둥거렸다. 어느새 멀어져 반짝이기만 하는 그녀의 구슬을 향해, 손을 뻗어 온몸을 던지려고 했다. 그러나 아무리 사지를 버둥거려도 그녀는 더 이상 아래로 내려갈 수 없었다. 그녀의 몸은 뒤에서 뻗어 온 나뭇가지에 꽂혀 허공에 그대로 멈춰 있었다. 몸이 붙들리고 온 가슴과 배가 꿰뚫렸다. 버둥거릴수록 나뭇가지는 그녀의 몸에 더 깊숙이 박혔다. 날개옷이 점점 피로 물들었다. 아래로 내려가던 와중에 잡힌 터라 피가 역류해 입 밖으로 터졌다. 버둥거리던 그녀는 완전히 멀어져 이제는 보이지 않는 그녀의 여우 구슬만 쫓았다.

"닿았는데……."

중얼거림과 함께, 호괴의 팔이 힘없이 축 처졌다. 무려 천 년 만에, 그녀의 구슬에 손끝이 닿았다. 그토록 애닯게 기다렸던 그녀의 구슬에. 그러나 그녀의 손은 다시 빈손이었다. 호괴는 아무것도 잡지 못한 주먹을 꽉 쥐었다. 온갖 고통에 욱신거리는 몸이 다시금 떨리기 시작했다.

"이제야…… 겨우."

말을 제대로 이을 수가 없었다. 숨도 제대로 쉬어지지 않았다. 목구멍이 턱턱 막혀 오는데 그게 피 때문인지 분노 때문인지 알 수가 없었다. 뿌드드득, 소리 나게 이가 갈렸다. 호괴는 내리깔았던 눈을 번쩍 떴다. 그녀가 버틴 천 년, 하루하루의 인내와 분노가 호괴의 영혼을 뒤흔들었다. 그 순간, 남은 것은 아무것도 없었다.

호괴는 오로지 하나를 노리고, 그녀의 영혼을 움직였다. 여우 구슬은 그녀의 생명의 원천. 그것이 부서진 이상 이 육체를 버리면 유혼술이라도 그녀의 영혼은 오래 버틸 수 없었다. 힘의 원천이 부서지고 분노한 영혼이 이미 요동치고 있었다. 그러나, 지금 호괴에게는 이딴 육체를 붙잡고 살아남는 게 중요한 게 아니었다.

'죽여 버릴 거야.'

내 구슬 빼앗아 간 놈들. 모조리 다.

붙잡혀 버린 쓸모없는 선녀의 육체를 버리고, 진짜 호괴의 영혼이 밖으로 모습을 드러냈다. 여우 요괴의 영혼이 하늘을 날아 위로 솟구쳤다. 하늘을 나는 검은 용마를 향해 호괴가 먹이를 쥐어 잡을 듯 네발로 뛰어 돌진했다.

「키야아아아악!」

그야말로 악귀와 다름없는 기세에 모든 시선이 집중됐다. 다른 이들을 공격하던 무영들도 모조리 호괴의 영혼에 모여들었다. 호괴와 함께 검은 환술사들이 흑뢰에게 몰려들었다. 흑뢰를 발견한 호괴가 있는 힘껏 도약했다. 흑뢰 위의 사예가 사진참사검을 휘두르려는 찰나, 주변의 도깨비들이 먼저 그들의 도깨비방망이를 휘둘렀다. 허공을 날아가던 요괴의 영혼에 도깨비들의 요술이 직격했다.

머리끝에서부터, 호괴가 돌이 되어 굳어지기 시작했다. 호괴는 산 채로 저 스스로의 머리부터 차게 식어 가는 것을 느꼈다. 마치 위에서부터 쏟아진 찬물이 온몸을 타고 흐르듯, 찬 기운이 아래로 내려가며 몸을 점령했다. 당장 목을 잡아 뜯으려고 쩍 벌린 입과 뾰족한 이가, 발톱 뽑아 든 앞발도 모두 그대로 굳었다. 있는 힘껏 도약한 자세 그대로, 호괴의 영혼은 돌이 되어 버렸다. 호괴를 따라 날던 무영이 하나하나 재가 되어 사라졌다.

그리고, 파적이 그런 호괴에게로 날아갔다. 그는 있는 힘껏 도깨비방망이를 내려쳤다. 돌이 된 호괴의 머리가 도깨비방망이에 맞아 그대로 박살이 났다. 부서진 머리 파편이 사방으로 튀었다. 금 간 몸이 뒤집히다가, 그대로 구름 아래로 떨어졌다. 구름이 가리고 가려, 이윽고 떨어진 호괴의 모습은 보이지 않게 되었다. 떨어지는 호괴를 확인한 파적이 두 팔을 들어 올리고 소리쳤다.

"야! 우리가— 도사의 원수를— 갚았다!"

"우와아아!"

신난 도깨비들은 얼싸안고 빙글빙글 돌았다. 돌이 되고 부서진 호괴의 몸은 떨어져 이제 아예 보지도 않았다. 옆에서 날고 있던 유신은, 문득 하늘을 쳐다보며 말했다.

"헌데 어찌하여 아직도 벼락이 치는 겁니까?"

모두 하늘을 쳐다봤다. 주변으론 여전히 빛이 내리꽂히고, 하늘을 울리는 소리가 연신 그치지 않고 이어지고 있었다. 가까이로, 벼락이 내렸다.

"안 돼!"

도깨비 하나가 놀라 소리를 질렀다. 요술을 부린 억새풀 갑옷을 입은 도깨비 하나가, 벼락에 맞았다. 도깨비가 그대로 숨이 멎고 바위가 되자, 놀란 도깨비가 당장 그 바위를 부여잡고 떨어지지 않도록 지탱했다. 주변에 있던 다른 도깨비 몇과 요선 몇도 벼락을 맞고 그대로 바위가 되고, 잿더미가 되었다. 지금 내리는 벼락은 요술의 힘으로도 막을 수 없는 벼락이었다. 그리고, 갑자기 큰 비명 소리가 들렸다. 모두 놀라 고개를 돌렸다. 위용루가 아래에서부터 무너지고 있었다.

"대체 무슨!"

놀란 혜강이 혜렴에게 어찌 된 일인지 알아보라고 명을 내렸다. 용마를 타고 날아가 용수궁 위를 둘러본 혜렴이, 다시 돌아와 혜강에게 고했다.

"전각이 하나씩 무너지고 있습니다! 원인은 구름이 흩어지고 있기 때문입니다!"

"뭐라고?"

모두 놀라 혜렴을 쳐다봤다. 혜렴이 다시 소리쳤다.

"용수궁을 떠받치는 구름이 흩어지고 있습니다!"

시건은 눈을 가늘게 뜨고 위용루의 전경을 둘러봤다. 혜렴의 말대로, 구름이 움직이고 있는 게 분명했다. 구름이 움직이고 그 위에 선 전각들이 와르르 무너지기 시작했다. 주춧돌이 아래로 쏟아지고 나무 기둥이 무너졌다. 고르게 깔린 지붕의 기와가 우수수 떨어져 내리기 시작했다. 시건은 자연스레 하선이 그에게 줬던 수가장서의 13장을 떠올렸다. 류비완이 그 13장의 술법으로 이 용수궁의 기초를 다졌다고 했다. 그리 모은 구름이 흩어진다면, 그 술법으로 다시 모을 수도 있어야 했다. 그러나.

시건의 눈, 그 무엇이든 본질을 꿰뚫어 보는 눈이 흩어지는 구름과, 떨어지는 벼락을 응시했다. 그 모든 것이 술법이 아니었다. 심지어 요선의 환술도 아니었다. 도술조차 아니었다. 흩어지는 구름, 내리치는 벼락 모두 그의 눈으로는 처음 보는 것이었다. 그조차도 알지 못하는 것!

시건은 흑뢰를 몰며 급한 대로 소리쳤다.

"모든 도깨비는 요술로 저 벼락을 막아라! 선인들은 수기를 모아 구름이 흩어지지 않도록 막아라! 이대로는 용수궁이 무너진다!"

그 또한 신수 현무의 도움으로 수기를 모아 흩어지는 구름을 붙잡았다. 그러나, 그의 힘을 쓰더라도 그 구름들을 움직이는 것은 생각만큼 쉽지 않았다. 장서의 11장 이상에 이르는 선인도 존재하지 않고, 심지어 바로 얼마 전까지만 해도 암굴에 갇혀 신수를 잃었던 시건이었다. 그가 얼마 전 겨우 되찾은 장서 13장의 술법을 바로 쓸 수 있을 리가 없었다. 이상하게도 조금 전까지와 달리 도깨비 요술조차 저 벼락을 막을 수 없었다. 그러나 그렇다고 두 손 놓고 구경만 할 수도 없었다.

"다른 선군들, 아니 모든 선녀, 선인들에게 이 사실을 전하라!"

혜강은 명하자 혜렴은 바로 그의 용마를 몰아 그녀의 명을 전하기 위해 날아갔다. 그리고 혜강도 할 수 있는 한 구름들을 움직이기 위해 노력했다. 시건의 수하 선인들 또한 시건을 돕기 위해 그의 옆에서 수기를 모았다. 도깨비들은 날아다니면서 생겨나는 벼락을 없애기 위해 도깨비방망이를 휘둘렀지만 날아다니다 오히려 벼락을 맞았다. 그 모습을 쳐다보던 사예가 갑자기 시건을 잡아당기며 물었다.

"그런데, 우리 어머니는?"

시건은 그를 잡은 손에 힘을 준 사예를 쳐다봤다. 사예는 절박한 마음으로 시건에게 답을 요구했다. 해야 할 일이 있다고 했던 하선은 아직껏 모습조차 드러내지 않고 있었다. 애타는 마음으로 보는 사예를 보며, 시건은 남선에서 그들끼리 했던 대화를 떠올렸다. 호괴와 용에 대해, 도사 양상이 말했었다.

"용이든 호괴이든 마찬가지일 것이오. 그들이 스스로의 영혼을 움직일 수 있는 이상, 육체에 해를 가하는 것은 아무 의미가 없소이다. 그들의 영혼을 붙잡아야 하오."

"허나 용은 본디 신수로 영혼 그 자체가 본질이다. 그런 용의 영혼을 어찌 붙잡는단 말인가?"

그 말에, 하선이 그녀의 짐을 안은 채로 말했었다.

"용은 내가 잡겠소."

시건은 그들이 황룡을 묻어 두고 온 용주당 쪽으로 고개를 돌렸다.

※ ※ ※

미동도 없이 멈춰 있던 용주당의 잔해 일각에서, 갑작스레 큰 충격이 일었다. 반쯤 무너져 쓰러져 있던 기둥이 파괴되고, 파사삭 소리 내며 부서졌다. 잔해가 날아가고 겨우 비워진 틈 사이에서 갇혀 있던 황룡이 천천히 걸어 나왔다.

온몸을 덮었던 용주당의 잔해와 흩날리는 흙먼지 사이에, 용이 섰다. 머리에 쓰고 있던 면류관이 떨어지고 옷은 비록 흙먼지에 더러워졌으나 그는 조금도 흔들림 없는 자세로 그의 손에 들고 있던 검을 휘둘렀다. 검의 움직임 한 번에 그의 앞을 가로막고 있던 잔해의 일부가 날아갔다. 그리고, 용의 다른 손에는 백색의 구슬이 있었다. 그 누구에게도 보이지 않고, 맡기지 않은 채로 줄곧 그가 품고 있었던, 황룡의 구슬이었다.

한 손에는 검을, 다른 한 손에는 여의주를 든 상태로, 토문은 시끄러운 소리가 울리는 궁 저편을 응시했다. 벼락이 용수궁 전체에 내리고, 궁의 전각들이 무너지고 있었다. 요선이 어찌 됐는지에 대해서 황룡은 관심도 없었다. 선인들이 용주함을 가져갔으니 무사하진 않으리라 생각했다. 용은 차라리 그편이 낫다고 생각했으므로, 관심도 없이 몸을 돌렸다.

그의 손을 더럽히지 않고 요선 호괴를 이용할 셈이었으나, 이대로 더 시간을 끌 수가 없었다. 그는 도깨비가 생각보다 위험한 존재라는 것을 알았고, 이 이상 시간을 낭비할 수 없었다. 결국 용은, 그의 구슬에 소원을 빌었다. 참으로 한탄스러운 일이나 어쩔 수 없는 일이었다. 토문은 오늘로 선계를 멸망시켜야만 한다고 결단을 내렸고, 결국 그의 소중한 구슬을 사용해야만 했다.

용의 구슬은 단 하나의 소원을 들어주는 영험한 구슬이니, 선인들과 도깨비들이 무슨 수를 쓰든 그가 여의주에 빈 소원을 거스를 수는 없을 터였다. 그에게서 벗어난 진가의 후손이나 역적 류시건도 모두 살아남을 수 없을 터였다. 소중한 구슬을 이런 일에 쓰게 됐음이 안타까웠으나, 용은 그마저도 그가 감수해야 할 몫으로 여겼다. 그가 자유로운 신수로서의 삶을 포기하고 추악한 선인의 껍데기를 뒤집어

썼던 때처럼, 이번에도 역시 그는 결단을 내렸다. 지금, 이 용수궁에서. 모든 선인과 도깨비는 죽고, 선계는 멸망할 터였다.

그때부터 다시금, 새 나라의 기초를 다지면 된다. 그는 이미 하늘의 시초가 된 천제가 아니던가. 선인들 따위가 그의 깊은 뜻을 이해하지 못한다 해도, 그는 이미 오래전 그 일을 이루었다. 지금 그에게 필요한 것은 기다리는 것뿐이었다.

그런 생각으로, 황룡이 무너진 용주당의 잔해 위를 걸어가고 있을 때였다. 홀로 남은 상태로 이제껏 날 세우고 있던 그의 분위기가 조금 누그러들었다. 그의 뒤로 울리는 벼락 소리와 궁이 무너지는 소리는 그에게 있어 천하를 바로잡는 소리였다. 손에 들고 있던 검을 내린 채로 황룡이 긴장을 조금쯤 풀고, 무너지는 용수궁을 뒤로한 채로 무심히 걷고 있을 때.

불현듯, 갑작스러운 기척 하나가 날아들었다. 정말로 갑작스럽고, 그야말로 뜬금없는 등장이었다. 용은 거의 본능적으로 검을 세워 들며 몸을 돌렸지만, 저도 모르게 마음 놓고 있던 터라 대응이 조금 늦었다. 상대는 무모하다 싶을 정도로 그에게 가깝게 돌진했다. 갑작스럽게 덮쳐든 목기를 그의 검이 겨우 막았다. 충격으로 큰 소리가 울려 퍼졌다. 은밀히 나타난 불청객을 비웃듯, 용의 검은 상대의 결계를 부수고 크기를 키우며 그의 등을 노린 이를 찔렀다. 그러나 그에 대한 통쾌함을 느끼기 전에, 용은 제 손목의 저릿함을 먼저 느꼈다. 무언가가 검을 쥔 그의 손목을 세게 조였다. 시선이 바로 손목에 닿았다.

"……."

용의 얼굴이 삽시간에 구겨졌다. 손목을 쥐어짜듯 묶인 것이 무엇인지 그도 알고 있었다. 어찌 잊을 수 있겠는가. 그것은 신수를 구속하는 조쇄, 그중에서도 목행의 목(木) 자가 새겨진 조쇄였다. 그 옛날, 평치제의 명으로 동하의 진씨 가문이 만들었던. 무려 천 년 전, 참고 참았던 용을 기어코 분노하게 만들었던 조쇄가, 지금은 그의 손목을 구속하고 있었다.

"어찌 이것을!"

이것을 어찌 찾았단 말인가!

조쇄에 새겨진 피가, 그 피가 타고난 목행의 기운이 용의 기운을 누르고, 그의 사지를 결박하기 시작했다. 그러나 아직 용의 의지까지 구속하지는 못했다. 용은 분노로 그의 기운을 끌어모았다. 가로막힌 그의 검이 크기를 더 키웠다. 휘어지며 자라난 그의 검이 찌른 선인의 온몸을 휘어 감으며 앞뒤로 파고들었다.

"크흑!"

용의 노여움이 등을 노리는 걸 알면서도 벗어날 수 없었던 하선이, 피를 토해 냈다. 결계가 깨지고 몸은 용의 공격에 고스란히 노출되었다. 그러나, 이리 물러날 수는 없었다. 어떤 각오로 지금까지 기척을 숨기고 숨어 있었는데. 오로지 틈만 노리며 기척을 죽이고 숨어 있었다. 그리고 지금이 처음이자 마지막일, 유일한 기회였다.

하선의 몸을 휘감으며 자라난 토문의 검이 그녀의 팔까지 찌르고 거칠게 파고들었지만, 조쇄를 잡은 그녀의 손에는 외려 힘이 들어갔다. 조쇄를 잡은 팔은 일전에 이미 다친 팔이었으나 하선은 조금도 물러서지 않았다. 전에 났던 상처가 터져 이제 팔 한쪽이 완전히 검게 물들었다. 그러나 뚝뚝 흐르는 피는 외려 조쇄의 힘을 더 강하게 했다. 손목을 옥죄는 조쇄의 힘이 강해질수록, 하선을 찌른 용의 검도 크기를 키우며 그녀를 괴롭게 했다.

"놓아라."

기침하며 피를 토해 내는 하선에게 용이 치를 떨며 말했다.

"당장 놓지 않으면 가장 고통스러운 죽음을 맛보게 될 것이다."

그 말과 동시에 용의 검은 더더욱 깊게 하선의 몸을 파고들었다. 용은 그제야 놓치고 있었던 하선의 존재에 대해 깨달았다. 용수궁에 온 진가의 후손. 남선으로 갔다던 그 여선의 어미.

"이 조쇄를 어찌 찾았느냐."

대답 대신, 하선이 신음을 흘렸다. 토문이 날 선 기세로 연달아 물었다.

"어찌 찾았느냐 물었다! 필시 그 존재조차 몰랐을 터인데!"

백암의 사초에, 진씨 가문의 후손이 이 조쇄를 서선의 북쪽 숲에 숨겨 두고 도망친 것으로 되어 있었다. 그러나 그가 죽기 전에 자식에게 조쇄나 가문에 대한 사실을 제대로 일러 주지 못했기에, 그 이후 이어진 후손이 이 조쇄를 되찾는 것은 불가능에 가까웠다. 무엇보다, 얼마 전 사초를 확인한 용이 이 조쇄를 찾기 위해 제 술시를 서선으로 보냈으나 그의 술시 또한 조쇄를 찾지 못했다. 그런데 그 조쇄가 지금, 그의 눈앞에 있었다.

신음만 흘리던 하선이, 서서히 고개를 들었다. 그녀는 피를 흘려 입술 아래가 온통 붉게 물든 주제에 웃음을 흘리며 입을 열었다. 그러나 그녀가 한 말은 용의 질문에 대한 대답이 아니었다.

"놓아라."

그 말 한마디에, 검을 잡은 황룡의 손이 떨려 오기 시작했다. 그의 손끝에서부터 토기가 흩어졌다. 그의 의지가 아니었고, 그가 원한 바도 아니었다. 그러나, 그의 손은 순순히 검을 잡은 손을 놓았다. 손을 놓자 놓은 부위에서부터 검이 흙이 되어 부서졌다. 부서진 흙이 아래로 떨어졌다. 하선의 몸을 찌르고 있던 검 또한 아래로 새어들어 그대로 구름을 지나쳐 새어 버렸다. 그 모습을 보며 황룡은 치욕과 모멸감으로 굳어 버렸다. 검이 사라지자 고통에 찬 신음을 흘리며 휘청한 하선이 겨우 다리를 디디며 몸을 세웠다. 그녀는 이를 악물고, 숨을 몰아쉬었다. 용을 붙든 조쇄가 그녀를 지탱했다. 그게 바로 그녀로 하여금 버틸 힘이었다. 두 다리가 떨려 오는 와중에도 조쇄를 잡은 손만큼은 조금도 흔들림이 없었다. 당장 무너지려는 몸을 두 다리로 겨우 지탱한 채로, 하선은 할 수 있는 한껏 용을 비웃었다.

"머리를 조아리고 무릎 꿇게 해 주랴. 금수처럼 네 발로 기게 해 주랴."

"네 이년!"

"그 입 닥쳐."

조쇄를 잡은 하선의 손에 힘이 들어갔다. 그녀는 그녀의 의지로, 용의 입까지 막아 버렸다. 말조차 하지 못하고 황룡은 그대로 멈춰 버렸다. 분노로 떨리는 두 눈을 똑바로 마주하며, 하선이 읊조렸다.

"참으로 길고, 긴 시간이었다."

용은 대답하지 못하고 이를 갈았다. 당장 고함치려 했으나 부질없는 시도였다. 하선은 조쇄로 하여금 더 강하게 용을 압박하며, 말을 이었다.

"다시 말하자면 우린 그 시간 동안, 줄곧 도망치고, 빼앗기며 살아온 것이다."

태어난 순간부터 살기 위해 발버둥 치고, 조금만 지체하면 금세 몰려드는 무영을 피해 도망치며 살아왔다. 당연히 누려야 할 권리를 누리지 못하고, 식솔을 잃는 데에 더 익숙해졌다. 용이 느낄 감정마저 억누르지 않은 것은 그녀가 겪은 세월에 대한 분통함, 잃은 것에 대한 슬픔 때문이었다. 그녀는 이제 아무것도 할 수 없는 용이 그 사실에 고통받고, 괴로워하길 바랐다. 원통해하고, 제 신세를 한탄하길 바랐다. 그간 그녀가 그래 왔듯이. 그녀의 낭군이, 어머니가, 아버지가, 그리고 쫓겨난 그녀의 조상들이 그래 왔듯이.

"내 마음 같아서는 네 사지육신을 난도질하고 싶으나, 실체 없는 신수에겐 그것이야말로 자유를 되찾아 주는 격이겠지. 그러니, 영원히 그 육신 속에 잠들어라."

팔에 채운 조쇄, 그 조쇄가 채워진 육신이 자유로운 신수를 구속하는 족쇄가 될 터였다. 스스로 빼앗은 육신이 그 안에 갇힌 용에게 영원한 옥사였다. 바로 이날을 위해, 천 년 전 그녀의 조상이 품에 안고 도망친 조쇄였다. 멸문의 상황 속에서도 지켰고, 훗날을 위해 숨겨 두었던 조쇄였다. 또한 그녀가 그 무엇보다 소중히 짐 속에 숨겨 온 검은 함 속의 물건이기도 했다. 모든 짐을 버리고 용을 기다리며 손에 들고 있었던 유일한 것.

"선단을 취한 선인의 몸은 썩지 않으니, 결코 그 육신이 썩어 이 조쇄가 풀릴 일도 없을 터. 그 누가 깨운다 해도, 설령 천하가 뒤집혀도 결코 눈뜨지 마라. 결코, 깨어나지 마라."

그 말과 함께, 정말로 용의 눈이 감기기 시작했다. 용은 버티기 위해 이를 악물었다. 하선의 의지에 의해 스스로의 몸을 움직일 수도 없는 상황에서, 용은 눈 감지 않기 위해 발악했다. 그러나 그의 근본은 신수, 신수를 구속하는 조쇄의 힘을 이길 수 없었다. 용의 몸이 서서히 무너지기 시작했다. 기어코 용의 몸이 무너진 잔해 위에 쓰러졌다. 용은 끝까지 눈을 뜨기 위해 노력했다. 그리고 하선이 그런 용의 노력을 마지막으로 짓밟았다. 그녀는 마지막으로 반항하고자 하는 용의 의지마저 억누르며 말했다.

"이제 끝이다."

버티고 버티던 눈꺼풀이, 결국 감겼다. 황룡은 선인의 육신에 갇힌 상태로, 그렇게 잠들었다. 그리고, 그때까지 겨우 버티고 있던 하선의 몸도 그제야 무너졌다. 무너진 잔해 위에 피 흘리는 하선의 몸이 쓰러졌다. 피는 멎지 않고 계속 흘러 주변의 무너진 잔해를 붉게 적셨다.

토문의 검에 찔린 상처를 누른 채로 하선은 점점 빨라지는 숨을 겨우 몰아쉬었다. 그녀는 어떻게든 일어나 술법을 써 황룡을 묶어 두려 했다. 그러나 피를 많이 흘린 몸은 이미 힘을 잃어 가고 있었고, 그녀가 원하는 대로 손에 기를 모을 수가 없었다. 호괴에게 당했던 상처마저 터져 피가 계속 흘렀다. 덕분에 아까 그리 흔들림 없이 조쇄를 잡고 있던 손에, 이제는 조금도 힘이 들어가지 않았다.

주먹조차 제대로 쥐어지지 않는 손을 보며 인상을 쓰는데, 무언가가 그녀의 방향으로 굴러 왔다. 하선은 그게 용의 손에서 벗어난 여의주라는 걸 깨달았다. 구슬을 발견한 그녀가 놀랐다. 그 무엇보다 신비로운 빛깔로 빛나는 용의 구슬은 그 빛을 잃은 채였다. 굴러 온 것은 빛깔 잃은 단순한 흰 구슬에 지나지 않았다. 그 모습을 보고, 하선은 눈을 크게 떴다.

"이건……."

그녀는 차마 고개를 들지 못하고 시선만 돌렸다. 하늘에, 여전히 벼락이 내리치고 있었다. 황룡이 그 눈을 완전히 감았음에도 불구하고, 우렛소리가 여기저기서 울렸다. 그 모습을 보고 하선은 탄식했다. 그녀는 눈 감은 황룡을 보며 생각했다.

'용이 결국…… 구슬에 소원을 빌었단 말인가…….'

그토록 소중한 구슬에, 그다지도 의미 없는 소원을 빌었더냐.

한탄스러운 일이었으나, 하선은 용이 빈 소원에 대해 그다지 깊게 고민하지 않았다. 어차피 청하 또한 여의주를 가지고 있었다. 용이 어떤 소원을 빌었든, 그게 어떤 위험한 소원이든, 푸른 용이 제 구슬로 해결할 수 있음을 알았기에. 그녀는 청하가 가장 적합한 소원을 빌 거라고 믿고 있었다. 사예가, 그녀와 약속했듯 용에게 구슬을 돌려주리라 믿었다.

그리하여 다른 모든 걱정은 버린 채로, 그녀는 다른 고민을 했다. 생명의 열기가 끝내 다 빠져나가 흐르다 굳어 버리고, 남은 것은 늘어진 몸과 그 몸의 차가움뿐일 상황에 대해 고민했다. 딸이, 피로 물든 어미의 시신이라도 찾는 게 나은가? 아니면 피 묻는 시신 따위 보고 괴로워하지 못하게, 지금이라도 구름 아래로 떨어지는 편이 나은가.

하선은 그 답을 알 수 없었다. 그녀는 이미, 두 경우를 다 겪었다. 시신조차 찾을 수 없는 아버지의 죽음을 알았고, 온통 피로 물든 어머니의 죽음을 보았다. 둘 다 겪은 그녀로서도 도무지 둘 중 어느 쪽이 나은지를 결론지을 수 없었다. 그 눈으로 확인하지 못하면 확인하지 못한 탓에 애통했고, 확인하면 그 모습 영원히 뇌리에 남아 애통했다. 죽음 앞에 어느 것이 낫다, 못하다를 가릴 수가 없었다.

'어차피…….'

이제, 스스로를 움직일 힘조차 남아 있지 않았다. 하선은 시선만 움직여 잔해 너머에 아득히 쌓인 구름을 응시했다. 하얀 구름……. 갑작스레 그녀를 찾아왔다가, 기어코 떠나간 인연. 백운은 저와 헤어져도 하늘 가득한 구름 보며 그리워하지 말라 그리 말했다. 정처 없이 떠돌아다니는 것이 구름의 운명이라. 그러니 혹 아픈 광경을 눈으로 확인하게 되어도, 자유 찾아 떠나갔다 그리 생각하라고.

'어찌 그럴 수가 있냐고, 그리 물었지…….'

헤어짐을 당연하게 입에 담았던 백운을 탓했으나, 이제는 그 마음 백번 이해할 수 있었다. 그녀도 그리 전하고 싶었다. 이제야말로 다른 이들처럼 제 삶 누리고 살 수 있을 딸에게, 이 어미도 이제야 자유로워졌다……. 그렇게.

하선은 그 어느 때보다 무거운 눈꺼풀을 느끼며 결국 눈을 감았다. 끊어지기 일보 직전의 숨을 겨우 내뱉으며 딸과 나눈 마지막 대화를 떠올렸다. 잠시 떨어진 사이 그녀의 손이 닿지 않는 곳에서 변한 딸을 발견했다. 할 수 있고, 하고 싶었던 것. 어미 없는 곳에서 그리했다 딸이 말했다.

하선도 그녀가 할 수 있고, 하고 싶었던 것을 떠올렸다. 그녀만의 일은 아니었다. 사람은 누구나 제 최선의 경계를 가지고 있으니. 그 최선 안에 오로지 자기 자신만 존재하다가 이윽고 타인이 들어오고, 더 많은 타인이 들어오고. 그 최선 안에서 제 자리가 줄어들고 그 자리에 많은 타인을 품을수록 제법 가치 있는 삶 살았다, 그리 평할 수 있을 터.

그러나, 그녀는 그리 살 수 없었다. 그녀의 최선 안에 오로지 단 하나만 품고 살았다. 그 이상의 욕심은 부릴 수 없는 삶을 살았다. 그녀의 어머니가 일러 주었듯 오로지 그녀 스스로를 최선으로 삼고 살다가, 백운을 만나 그 선 안에 타인이 발을 걸치고, 끝내 스스로가 최선 안에서 벗어났다.

선단을 취하지 못한 아기 선인, 배 아파 낳은 딸을 그 품에 처음 안은 순간부터 그랬다. 그녀의 최선 안에 오로지 사예만 품고 살았다. 사예에게 늘 너 살 것만 생각하고 살라고 말했고, 그녀 또한 사예 살 길만 생각하며 살았다. 그리고, 그녀는 언젠가 사예에게도 그녀가 말해 준 사예만의 최선이 변하는 날이 올 거란 걸 알고 있었다. 그녀의 어머니가 그랬고, 그녀가 그랬듯이. 그리고 딸은, 가르쳐 주지도 않았는데 이미 그걸 배우고 있었던 모양이었다.

하선은 마지막으로 봤던 딸의 모습을 떠올렸다. 어미 품에 안기던 모습과, 그녀를 걱정하던 모습, 선단을 손에 넣었다 들떠 말하던 모습…….

'잘되었다.'

해 주지 못한 많은 일 중에, 가장 마음 아팠던 것. 백운이 그렇게나 가져다주려고 했던 선단을 드디어 딸이 갖게 되었다고 그리 말했다. 입술 움직일 힘도 없어 차마 미소 짓진 못했으나, 하선은 마음만으로 웃었다.

'참으로 잘되었다.'

그것으로 이 어미는 되었다.

이 말만이라도 전할 수 있다면 참 좋을 텐데.

※ ※ ※

무너진 잔해 위에, 작은 그림자가 올라섰다. 삿갓을 쓴 자그마한 노인이 구름 위 쌓인 잔해를 밟고 걸어왔다. 노인은 도가의 최고 신선, 선인들에게 신수를 보내 주고 실질적으로 현재 선, 하계의 시작을 연 무각도인이었다.

도인은 뒷짐을 지고 서서, 쓰러진 이들을 응시했다. 조쇄에 묶인 황룡과, 쓰러진 여선을. 신선은 눈을 가늘게 뜨고 황룡을 응시했다. 그 옛날, 선인들이 신선을 찾아왔다. 신선은 그들에게 신수들을 만날 기회를 주었고, 힘을 얻을 기회를 줬다. 그러나 단 한 가지. 힘을 원하는 선인에게 경고했다.

"수심 가장 깊은 곳의 황금색 용은 깨워선 안 된다. 그 용의 성미가 포악하고 잔인하니, 큰 화를 부르게 될 것이다."

그러나, 선인은 그런 신선의 경고를 듣지 않고 황룡을 깨웠다. 황룡과 계약을 맺고, 그 힘으로 제위에 올랐다. 그리 천제의 자리에 오른 이가 바로 건원제. 이 모든 역사의 시작이었다.

신선은 선인들의 폭정에 분노한 황룡이 저지른 짓을 알았으나, 제지하지 않았다. 그에게도 분명 고통받고 돌아온 신수들에 대한 죄책감과 미안함이 있었다. 그의 경고를 무시하고 황룡을 세상 밖으로 끌어낸 게 건원제이니, 어쩌면 그에 따른 대가라고도 여겼다. 감당 못할 힘을 선인들에게 준 자신의 잘못이라는 생각에, 더 이상 세상일에 나서지 않을 것이라 다짐하며 황룡의 결정을 묵과했다.

그리하여 흘러간 시간 속에서, 황룡은 신수로서의 스스로를 완전히 잃었다. 선인의 육신으로, 선인으로서 살았다. 유한한 것, 끝이 있는 것, 그리하여 그 이후를 갈구하게 되는 게 살아 있는 자들의 숙명이었다. 그리하여 신수 또한 선인의 삶을 살면서 그 갈증을 본능적으로 깨닫고, 두려워하고 집착했다. 스스로의 선택이 저 자신을 어찌 구속하는지도 알지 못한 채 용은 조쇄에 묶였던 다른 신수들보다 더 많은 것을 잃었다.

'발을 묶는 것만이 조쇄이더냐.'

용은 이미 천 년 전, 선인으로서 제위에 올라설 때 스스로를 구속한 것이었다.

고개 숙인 신선은 문득 젊은 도사가 했던 말을 떠올렸다. 칼 쓰는 방도. 그걸 가르쳤어야 한다고 주장했던 도사 양상과는 달리 그는 그 방도를 그가 가르쳐 주었어야 했다고는 생각하지 않았다. 칼을 준 이는 그였으나 나머지는 그의 몫이 아니었다. 애초에 이 모든 건 하계의 존재들이 스스로 칼 쓰는 방도를 깨닫게끔 시작된 일이었으니.

무거운 한숨과 함께, 신선은 손을 들었다. 그의 손이, 그의 시야 속에서 잔해 위에 쓰러진 황룡을 반쯤 가렸다. 신선은 메마른 그의 손을 움직여, 황룡의 몸을 완전히 가렸다. 신선이 주름진 자신의 손등만 바라보고 있을 때였다.

"어머니!"

날 선 고함이 비명처럼 울려 퍼졌다. 신선은 느리게 고개를 돌렸다. 검은 용마가 빠른 속도로 날아왔다. 시건과 사예를 태운 흑뢰였다. 그 뒤를 따라 신수 둘이 날아왔다. 사예는 잔해 위에 쓰러진 하선을 발견하자마자 당장 흑뢰에게서 뛰어내렸다. 그녀에게 다른 것은 보이지 않았다. 그저 피 흘리며 쓰러진 어머니와, 그 앞에 서 있는 노인 하나가 보일 뿐이었다.

"어머니!"

사예는 당장 하선에게로 날아왔다. 시건도 바로 그런 사예를 따라왔다. 들고 있던 사진검을 내던지고 주저앉은 사예가 하선의 몸을 들어 품에 안았다. 피로 젖은 몸을 보는 눈에 눈물이 고였다. 시야 가득 붉은색만 가득 차서 숨이 턱턱 막혀 왔다. 사진검에 있던 청하가 빠져나와 그런 사예의 주변을 우왕좌왕 맴돌았다.

"어찌…… 어찌 이리…….."

온통 붉게 물들어 성한 구석이 하나도 없었다. 온통 상처투성이인 몸이 조금의 미동도 보이지 않아, 사예는 쩔쩔맸다. 어찌할 바를 몰라 하선의 팔을 만지고, 손만 잡았다. 떨리는 손이 늘어진 팔을 흔들고, 몸을 흔들었다. 아무 반응 없는 하선을 꽉 안다가, 원망을 가득 담은 시선으로 그 옆에 서 있던 노인에게로 고개를 홱 돌렸다. 시선을 돌리던 와중에 사예는 그제야 그 뒤에 가려져 있던 황룡을 발견했다. 용 역시, 구름 위에 쓰러져 있었다. 시건 역시 쓰러진 황룡의 모습을 보았다.

"뉘시오."

시건이 노인을 향해 물었다. 삿갓에 시선을 가린 채로, 신선은 답했다.

"나는 도가 신선으로, 너희 선인들에게 신수를 보내 주고 이 하늘의 시작을 열 단초를 준 무각도인이다. 잠든 황룡을 데리러 왔다."

"잠든 황룡?"

"그렇다."

신선은 다시금 등을 돌렸다. 그리고, 들었던 손으로 다시 쓰러진 황룡을 가렸다. 그의 손이 움직임에 따라, 쓰러진 황룡의 몸도 사라졌다. 신선은, 그렇게 손짓 한 번으로 황룡을 그의 세상으로 돌려보냈다. 세상 밖으로 나와 피투성이가 된 그의 칼을, 다시금 물 밑에 묻었다.

무각도인은 사예와 시건을 돌아보고는 말했다.

"용이 조쇄에 묶여 잠들었고, 천 년간 이어진 역사도 마감 지을 때가 되었구나. 이제 이 나라도 그대들 몫이다. 그러나 단 한 가지, 용이 빈 소원만은 어찌할 도리가 없구나."

그 말에, 시건은 하선의 주변에 있는 하얀 구슬을 발견했다. 용의 구슬임이 분명했다.

"그 말은……."

"용이 구슬에 소원을 빌었다. 모든 선인을 몰살하고 이 선계를 모조리 멸망시키겠다고. 용의 구슬은 단 하나의 소원을 반드시 이루어주는 영험한 구슬. 이대로라면 이 궁은 무너지고 하늘의 모든 선인들이 사라지겠지."

그 말에, 사예는 하선이 했던 말을 떠올렸다.

"만일…… 여의치 못한 상황이 되었을 때. 그때는 용에게 구슬을 돌려주어라."

"어머니……."

사예는 하선을 있는 힘껏 끌어안았다.

"알 수 없는 일이지. 또 하나의 용이 무엇을 원할지, 그 구슬이 무슨 일을 할 수 있는지는."

그 말을 끝으로, 신선은 사라졌다. 이제 용주당의 잔해 위에 시건과 사예, 그리고 하선만이 남았다. 그리고 그들의 곁을 나는 신수들과 용마가 남았다. 사예는 그녀의 치마에 매어 둔 노리개를 떼었다. 향갑을 열어 그 안의 여의주를 꺼냈다. 용의 구슬. 오색 빛깔을 품은 구슬이 손안에 담겼다. 손안의 구슬을 바라보다가, 사예는 청하를 쳐다봤다. 푸른 용은 기다리고 있었다. 익숙한 노란 눈동자를 마주하면서, 사예는 저도 모르게 구슬을 그녀의 손안에 숨겼다. 앙다문 입술 위로 눈물이 주룩주룩 흘렀다. 그녀의 손안에, 용의 구슬이 있었다. 소원을 들어주는 구슬. 단 하나의 소원을 반드시 들어주는 구슬이.

"어머니…… 우리 어머니를."

우리 어머니를 살려 줘.

그렇게, 말하고 싶었다. 다른 건 다 필요 없었다. 생각하고 싶지도 않았다. 그저 그녀의 어머니. 눈감은 그녀의 어머니를…….

구슬을 든 손이 덜덜 떨렸다. 입은 끝내 하던 말을 끝맺지 못했다. 간절하게 원하고 있으면서도 더 말할 수 없었던 건 하선이 했던 말 때문이었다. 어찌하여 할머니를 살리지 않았냐고 물었을 때, 하선이 했던 말 때문에. 용의 구슬은 더없이 소중한 것. 그 구슬은 가장 좋은 일에 좋게 써야 한다고.

"현명한 용은, 그런 소원을 빌지 않는다."

겨우 연 입술 사이로 눈물의 맛이 스며들었다. 청하는 어떤 반응도 보이지 않고 그녀를 응시하고 있었다. 언제나처럼 대화는 없었지만, 사예는 이번만큼은 청하의 눈이 말하고자 하는 바를 알았다. 그녀의 신수는 기다리고 있었다. 만일 그녀가 원하면, 정말로 그걸 원하면.

구슬을 차마 놓아주지 못한 채로 망설이고 있는데, 그녀를 지켜보고 있던 시건이 그녀의 손을 잡았다. 사예는 화들짝 놀라 시건을 쳐다봤다. 그와 눈이 마주쳤다. 사예는 들켜선 안 되는 속내를 들킨 것처럼 당황한 얼굴로 더듬거렸다.

"나, 나는……."

"그대 원하는 대로 해라."

"……."

시건이 손을 뻗어 사예의 양 뺨을 감쌌다.

"그대가 슬퍼하길 바라서, 목숨을 거신 게 아닐 테니까. 그러니 그대가 원하는 대로 해."

사예는 그 순간, 그에게로 날아갔던 때를 떠올렸다. 그녀가 찾았던 최선. 그리고 하선이 말했던 것을 떠올렸다. 고개를 내려 품에 안은 하선을 다시 쳐다보니 피로 젖은 채로 눈 감은 하선이 보였다. 눈 감은 얼굴은 새하얗게 질려 있고, 입술 주변은 붉게 물들었다. 차마 더는 볼 수가 없어서 고개를 돌리는데, 다시금 확인하고만 싶어 또다시 하선을 봤다. 눈을 질끈 감았다 뜬 사예는 고개를 돌려 하늘 높은 곳을 응시했다.

아직도 온 용수궁 하늘에 벼락이 내리치고, 구름이 흩어지고 있었다. 신선의 말대로, 이대로는 모든 선인, 도깨비가 이 하늘에서 그 생을 마감하리라. 그러나, 그녀의 손에 든 것 또한 용의 구슬이었다. 단 하나의 소원을 빌 수 있는, 용의 여의주. 이제 그녀의 최선은 스스로의 몫이라고 하선이 말했고. 사예는 지금 스스로가 할 수 있는 최선이 무엇인지 알았다.

사예는 눈을 질끈 감았다. 손안의 구슬 표면을 느끼며, 천천히 시선을 들었다. 청하가 여전히 그녀를 바라보며 기다리고 있었다. 눈물로 젖은 입술을 악물었다. 저도 모르게 어머니를 살려 달라, 그리 제욕심이 새어 나오지 않도록 이로 입술을 누르고 손에 든 여의주를 놓았다. 아무 말 없이, 청하의 구슬을 청하에게 돌려주었다. 돌려준 구슬을 청하도 기꺼이 받았다. 푸른 용이 날아와 입을 벌렸다. 용은 실체가 없음에도 그 입으로 여의주를 받아 날아갔다. 푸른 용이 뿌리는 빛이 위로 솟아올랐다. 용의 입에 물린 여의주에서 빛이 퍼져 나왔다.

"아⋯⋯."

퍼져 나가는 빛을 보며 사예는 저도 모르게 탄식을 흘렸다. 비어버린 손을 그대로 든 채로 청하를 바라봤다. 하선을 살릴 수 있는 단하나의 방도가, 그렇게 그녀의 손을 떠났다. 위로 날아가 버린 용과반대로 고여 있던 눈물은 아래로 흘러내렸다. 뺨을 타고 흘러내린미련이 끝내 떨어지고 알알이 흩어져, 날아간 용의 구슬과 더없이멀어졌다. 그녀 스스로 놓아 버린 기회를 다시 붙잡을 수 없고, 돌이킬 수도 없듯이. 푸른 용을 따라 춤추던 빛은 그대로 온 하늘로 퍼져나갔다. 사예는 본능적으로 눈을 감았다 떴다. 시건도 마찬가지였다.

하늘 위를 잠식한 빛이 자취 없이 사라지고, 감았던 눈을 다시 떴을 때는 하늘에서 내리던 벼락이 멈춘 후였다. 우렛소리도 내리치는빛도 더 이상 보이지 않았다. 황룡이 그의 여의주에 빈 소원은 없던일처럼 사라지고, 무너지던 전각들이 멈추고 구름도 다시금 모여들었다. 날아갔던 푸른 용도 이제는 빛을 잃은 여의주를 입에 물고 사예에게로 돌아왔다.

그리고, 누워 있던 하선의 손등에서 표식이 빛났다. 멍한 얼굴로 청하가 내미는 빛 잃은 구슬을 돌려받던 사예는 놀라 하선의 손을 쳐다봤다. 빛나는 표식 밖으로 신수 자운영이 모습을 드러내고, 하선의 손등 위의 표식이 사라졌다. 구름 사이, 신수는 붉은 그림자만 남기고 날아갔다. 사예는 멀어져 가는 신수를 향해 손을 뻗었다. 뻗었던 손은 결국 아무것도 잡지 못하고 힘없이 떨어졌다.

"어머니······."

계속 흐르던 눈물이, 이제는 완전히 터져 양 뺨을 적셨다. 주인 잃은 신수는 그대로 뒤도 돌아보지 않고 날아갔다. 아득히 멀리, 신수는 잡을 수도, 찾을 수도 없는 곳으로 사라졌다. 남겨진 것은 피투성이 된 시신뿐이었다. 사예는 그 순간, 그녀의 온몸과 감정으로 하선을 붙들고 오열했다. 이제 곧 식어 갈 몸이 결코 식지 못하도록 타오르는 슬픔으로 안았다. 그녀의 울음이 떠난 신수를 붙잡고, 눈 감은 하선을 붙잡길 바라며 울었다.

그런 사예에게 시건이 해 줄 수 있는 것은 오로지 뒤에서 안아 주는 것밖엔 없었다. 그에게는 부둥켜안고 슬퍼할 이들의 몸이 남아 있지 않았다. 그의 부모도 벗도, 모두 이 자리에 없었다. 해서 그는 사예만 세게 안았다. 그가 할 수 있는 게 슬피 우는 사예를 꼭 붙드는 것밖에 없어, 오로지 사예만 안고 있었다.

용수궁을 계속 헤매던 다른 이들도, 무언가 상황이 변했음을 알았다. 알 수 없는 빛이 지나간 후에, 벼락이 멈추고 흔들리던 구름들이 그대로 멈췄다. 도깨비들도 도깨비방망이를 내리고, 선군, 선녀들도 모두 움직임을 멈췄다. 선인들 또한 마찬가지였다. 그들을 위험으로 몰아넣던 벼락이 멈추고 흔들리던 구름이 다시 제자리를 잡았다. 더 이상 벼락에 맞아 타 버리는 이들도, 구름 때문에 무너지는 전각도 없었다.

그러나 그뿐이었다. 이미 재가 된 이들은 돌아오지 않았고 다친 이들 또한 그대로였다. 무너지던 전각들과 선녀들이 열심히 준비한 위용루의 연회장은 여전히 엉망이었다. 청룡은 선인들이 저지른 과오의 대가, 분노했던 황룡의 흔적을 고스란히 용수궁에 남겨 두었다. 그리하여 황룡의 소원으로 인한 모든 파괴가 그치고 쓰러지던 기둥들과 떨어지던 기와들이 멈췄어도, 여전히 무너지는 게 있었다.

하늘에서, 용이 세운 천 년이 무너지고 있었다.

十二
분리

　역대 최초로 처참한 선단 하사식이었다. 아침 해가 뜨자마자, 전날 내내 술시들을 부려 겨우 정리한 위용루 앞에서 각 선계 왕들의 선단 하사가 있었다. 궁의 궁관들은 전날 무너진 연회장을 정리하느라 밤새 쉬지 못하고 일했으나, 선단 하사식 때도 선단을 하사하고 그 선단을 하사받는 아기 선인을 선적에 올리는 등 그 모든 일을 해내야 했기 때문에 계속 쉴 틈이 없었다. 그래도 그녀들의 노력 덕분에 삭막한 연회장에서라도 선단 하사는 무사히 이루어질 수 있었다.

　남선의 선인들에게는 죽은 정왕을 대신하고 있는 단우가, 서선의 선인들에게는 용수궁에 왔던 지왕이 선단을 하사했다. 북선의 선인들에게는 북선 제후였던 선인 화탁의 생사를 확인하느라 선단 하사가 조금 늦어졌다. 전날 저녁에 도깨비 요술로 북선으로 보낸 흑귀위 선군들은 날이 밝은 후에 용수궁으로 돌아와 화탁의 죽음을 고했고, 덕분에 선단 하사는 흑귀위 선군들을 움직이고 선인들의 혼란을 정리한 시건이 맡았다. 갑작스러운 상황에 대해 선인들에게 이해시키느라 시간이 지체되어, 북선 출신 아기 선인들에 대한 선단 하사는 한낮에 이르러서야 시작될 수 있었다.

모든 아기 선인들에 대한 선단 하사는 그날 해가 질 무렵에 겨우 끝이 났다. 그리고, 각 선계의 제후들과 선군, 선녀들은 각자 관할 지역 선인들의 상황을 살피기 위해 돌아가야 했다. 가장 먼저 지왕을 데리고 혜강과 백호위 선군이 서선의 선인들과 함께 서선으로 떠나고, 그다음 위정전에 있던 주석호를 데리고 그의 아들 단우와 아내 도화, 적오위가 남선으로 떠났다. 남은 북선은 제후 화탁의 죽음으로 상황이 복잡했기 때문에, 시건 또한 흑귀위 선군들을 데리고 북선으로 돌아가야 했다.

그러나 그는 바로 북선으로 떠날 수가 없었다. 도깨비들과 동선으로 돌아가 하선의 장례를 치르려고 하는 사례 때문이었다. 그리하여 시건의 명을 받은 그의 수하 선인들과 흑귀위 선군이 먼저 북선으로 귀환하고, 시건은 일단 사례를 따라 동선으로 향했다. 도깨비들도 함께 동선으로 귀환할 예정이었다.

도깨비들의 요술로, 그들은 단숨에 동선의 도깨비집에 도착했다. 도깨비집에 남아 있던 어린 도깨비들과 늙은 도깨비들도 하늘에 벼락이 치고 난리가 나는 소리 정도는 들은지라 뭐가 어떻게 된 일인지 궁금해하고 있던 참이었다. 도깨비들 또한 용수궁의 일로 희생자가 있는지라 서로 간에 시간이 필요했다. 용수궁에서 돌아온 도깨비들은 용수궁에서 벼락을 맞은 도깨비들이 죽어 변한 바위를 도깨비방망이 장인들에게 전달했다. 그들의 장례는 그 바위를 깎아 도깨비방망이가 완성된 이후에 가능했다.

도깨비들이 그들 나름의 장례를 준비하는 동안에도 시간은 무심히 흘렀다. 모든 소란이 끝나고 억새풀 갑옷을 곳간에 넣어 둔 도깨비들은 갑옷에 붙여 둔 부적의 힘을 잃어 다시 붉은색을 두려워하게 되었다. 따라서 그들 모두가 노을 지는 시간에는 집 안에 틀어박히거나 낮잠을 자는지라 도깨비집 전체가 조용했다.

그 고요 속에서, 사예는 하선을 화장했다. 해가 먼 태산 구름 사이에 걸리고 하늘이 노을 질 즈음, 도깨비집에서 벗어난 구름 한쪽에서 제 손으로 화기를 움직여 하선의 몸을 태웠다. 시건이 그녀의 옆에 있었고, 청하가 뒤에서 몸을 말고 있었다. 사예는 타는 불의 화기에 온몸이 뜨거워져도 내내 하선의 앞에서 떠나질 못했다. 어쩌면 영영 그 자리에 있을 것처럼, 그 자리를 벗어나지 못했다. 타오르는 불길을 도무지 쳐다보지 못하다가, 다 타 버린 후에야 겨우 고개를 들어 쳐다봤다.

오전에 도깨비가 만들어 준 흰 수의가 검게 변한 것을 보며 사예는 현실을 부정했다. 사실은, 잠시 헤어진 것 아닐까, 하고 몇 번이고 생각했다. 서선에서 잠시 하선과 헤어지고 홀로 하계로, 용수궁으로 갔던 때처럼. 그렇게 아직도 잠깐 헤어져 있느라 그녀의 곁에 하선이 없는 것이길, 몇 번이고 바랐다. 하선이 그때처럼 그녀에게 꼭 돌아오길 약조하고, 잠시 어딘가로 간 것이라면.

'아아, 그때.'

내내 곁에 있던 시건이 울기만 하는 그녀를 품에 안았다. 그의 품에 안긴 상태로, 사예는 서선에서 하선과 헤어지던 때를 떠올렸다. 그때 하선은 그녀에게 돌아올 거라고 말했고, 그녀도 반드시 그리해야 한다고 말했다.

"내 답을 찾는 즉시 너를 찾아갈 것이다."
"예, 어머니. 반드시 저를 찾아오셔야 해요."

돌이켜 보면 후회만 막심이었다. 그때도 분명히 다짐받을 것을.

용수궁에서 다시 하선과 만났다가 헤어질 때도. 서선에서 헤어졌던 그때처럼, 다시 그녀에게로 돌아올 거라는 확답을 받았어야 했다. 만일 그랬다면, 그녀의 어머니는 딸과의 약조를 지키기 위해 어떻게든 살아남고자 했을까. 무슨 수를 써더라도. 아니, 해야 할 일이 있다고 말하던 하선을 붙잡았다면……. 홀로 가던 하선을 그녀도 따라나섰다면…….

생각할수록 눈에 몰아치는 눈물을 참을 수가 없어 얼굴만 가렸다. 밑 빠진 독에 물이 아닌 그간의 기억을 들이부었다. 부서진 틈새로 기억이 후회가 되고 눈물이 되어 쉼 없이 새어 나왔다. 돌이켜 봐야 달라지는 것은 아무것도 없었다. 그녀는 그전처럼 다짐받지 않았고, 하선도 그때처럼 돌아오지 않았다.

❈ ❈ ❈

"이제 그만 가시오."

하선의 재가 담긴 유골함을 안은 채로, 도깨비집 앞에서 사예가 말했다. 사예를 뒤따라온 청하와 시건은 그런 사예를 빤히 쳐다봤다. 사예는 유골함만 쳐다보며 코 막힌 갈라진 목소리로 말했다.

"북선으로 가야 하지 않소. 이제 그만 가시오."

"그대 곁에 있겠다."

"지금껏 있었으니 됐소."

"하지만……."

"북선에 서둘러 가 봐야 하지 않소. 여기 무슨 일이 날 것도 아니고 어디 갈 것도 아니니까 그만 성가시게 하고 가란 말이오."

사예는 그렇게 웅얼거리며 뒤돌았다. 시건이 그런 사예의 팔을 잡았다.

"사예."

사예는 퉁퉁 부운 눈을 느리게 깜빡거리며 한숨만 깊게 내쉬었다. 그녀는 지금 시건이 북선으로 가지 않고 그녀의 곁에 있는 게 결코 도움 될 일이 아니란 걸 알았다. 그쪽 상황도 말이 아닐 텐데 그녀 때문에 부러 동선으로 온 것이었다. 결국 그녀는 짜증이 서린 어조로 시건에게 말했다.

"내가 그쪽이 가랄 때 두 번이나 갔잖소. 그러니 이번엔 그쪽이 가시오."

시건은 가지 않았다. 그는 등 돌린 사예의 팔을 잡은 채로 계속 우두커니 서 있었다. 사예는 시건을 쳐다보지 않다가, 결국 그를 보내기 위해 이렇게 말했다.

"이만큼 했으면 되었다니까. 내가 지금 그쪽까지 신경 써야겠소? 안 가면 다신 안 볼 것이오."

시건은 그 말에 망설이다가, 뒤에서 그녀를 두 팔로 안았다. 꽉 안으며 결국 그녀의 말을 따랐다.

"오래 걸리지 않을 것이다. 북선 상황이 정리되는 대로 돌아오겠다."

사예는 대충 고개를 끄덕이고는 신을 벗고 마루로 올라가 버렸다. 그러곤 뒤도 돌아보지 않고 그녀의 방으로 들어가 버렸다. 어두운 방은 방문이 닫히고도 불이 켜지지 않았다. 청하는 그녀의 방문 앞에 날아가 마루 위에 축 늘어졌다. 시건은 한동안 서서 그런 사예의 방문을 쳐다봤다. 한참을 그대로 서 있다가, 결국 돌아섰다. 서두르는 걸음으로 그는 그의 용마를 찾아갔다.

방문을 닫고 주저앉은 사예는 품에 유골함을 안은 채로 중얼거렸다.

"가란다고 진짜 가냐."

계속 울어 부운 눈을 떴다 감는 게 힘이 들었다. 손을 들어 부운 눈을 비빈 그녀는 팔에 안고 있던 유골함을 내려놓았다. 방 안의 어둠에 눈이 익고, 방 한쪽에 도깨비가 치워 둔 그녀의 물건이 보였다. 검은색 함과 그녀의 사진첩. 사예는 사진첩 옆에 놓인 함이 무엇인지 알았다. 그녀는 주저앉았던 몸을 움직여 무릎으로 기어 검은 함 쪽으로 다가갔다. 무릎 꿇고 앉은 채로 함을 앞에 두고 쳐다봤다. 그 함은, 달이 보냈던 선단이 든 함이었다. 도깨비 중 하나가 그녀와 약조했던 대로 이 함을 챙겨 왔던 모양이었다.

손을 들어 함의 겉 표면을 만지던 사예는, 도깨비가 가르쳐 줬던 대로 손을 들고 손뼉을 세 번 쳤다.

"……금 나와라, 뚝딱."

손바닥에서 금으로 된 열쇠가 튀어나왔다. 사예는 열쇠를 꽂아 넣어 자물쇠를 열었다. 철컥, 소리와 함께 자물쇠가 열렸다. 함의 뚜껑을 조심스럽게 열었다. 함 안에 가지런히 놓인, 두 개의 선단이 보였다.

"……."

잠깐 사이 그쳤던 눈물이 다시금 눈가를 타고 넘쳤다. 그녀는 울음소리가 새어 나가지 않게 이를 악물었다. 이 선단을 보며 계속 상상했었다. 어머니 하선과 함께 선단을 먹을 모습을. 함께 나누어 먹을 모습. 늘 상상에 그쳤으나 이제 정말로 그게 가능하게 되었다, 그리 좋아했다. 하선에게도 그리 말했었다. 드디어 선단을 얻었다고. 잘되었다며 장하다고 말하며 웃던 얼굴이 지금도 눈에 선했다.

목구멍 깊은 곳에서부터 새어 나와 입 밖으로 쏟아질 것만 같은 울음을 겨우 억누르고 입을 제 손으로 덮어 가렸다. 말 못하는 벙어리처럼 숨넘어가는 소리만 흘리며 한참을 끅끅댔다. 온통 젖은 눈으로 입을 가리고 있던 손을 떼고 손안을 쳐다봤다. 도깨비가 만들어 준 열쇠. 함의 자물쇠를 열 수 있도록 만들어 준 열쇠가 손안에 있었다.

열쇠를 보며, 사예는 더 이상 터져 나오는 울음소리를 막을 수가 없었다. 그녀는 바로 다시 함의 뚜껑을 닫았다. 손에 든 열쇠로 다시 함의 자물쇠를 잠갔다. 그러곤, 몸을 벌떡 일으켜 방 안의 창을 열고 열쇠를 던졌다. 멀리, 최대한 멀리 날아가도록 있는 힘껏 던졌다. 열쇠가 구름 사이로 날아가 흔적도 없이 사라졌다. 사예는 열쇠가 보이지 않는 어두운 구름을 멍하니 응시하다가, 힘없이 주저앉았다. 느릿하게 고개를 돌려 그녀가 닫아 버린 함을 보다가 견딜 수 없어져서, 끝내 고개 숙이고 웅크렸다.

어둠 속에 남은 함은 이제 굳건히 잠겼고, 그 자물쇠를 열 열쇠는 더 이상 그녀에게 없었다. 어차피 저 자물쇠가, 저 함의 뚜껑이 다시 열릴 일은 없을 터였다. 그녀의 어머니를 만나면 함께 선단을 먹을 상상을 했다. 그녀의 손에 들어온 순간부터, 아니 만들어지던 순간부터 두 개의 선단 중 하나는 하선의 몫이었고 또 하나는 그녀의 몫이었다. 그러나 이제 그럴 수가 없었다. 함 속의 선단이 하선의 몫이 되지 못했다. 그리하여, 남은 선단도 그녀의 몫이 될 수 없었다.

❖ ❖ ❖

남선 조현궁의 밤은 조용했다. 오전에 선인들에게 선단을 하사했던 어린 선인 단우는 며칠을 날아 조현궁으로 겨우 돌아와 피곤할 텐데도, 바로 적오위 선군들 및 남선 선인들의 피해 상황에 대해 보고를 들으며 상황을 파악해야 했다. 내내 선인들과 현 상황에 대해 대화를 나눴던 단우는 이제 겨우 그들을 돌려보내고, 지금은 그의 어머니를 만나러 온 참이었다.

단우는 이제 조현궁으로 돌아와 무거운 예복과 금관을 벗고 편한 복식을 갖추고 있었지만, 도화의 눈에는 그런 아들의 작은 어깨에 그보다 더 무거운 짐이 얹어져 있음을 알았다. 약관도 채 되지 못한 어린 나이. 이 모든 걸 감당하기에는 지나치게 어림에도 불구하고, 그녀의 아들은 대견하게 꿋꿋이 버티고 있었다.

"오늘 하루가 고되지는 않았느냐."

마주 앉은 도화의 물음에 단우는 고개를 저었다.

"아닙니다, 어머니."

"장하구나."

도화는 아들을 향해 미소 지었다. 무릎 꿇고 공손히 올린 작은 손바닥 위의 표식에 시선이 닿았다. 그녀의 아들이 남선 제후 가문의 신수인 주작과 새로 계약을 맺었음을 선명히 드러내 보이는 표식이었다. 단우는 그녀의 시선이 닿았다는 걸 알았는지 손을 조금 움직여 옷자락 속으로 손등을 감췄다. 그 모습을 보며 도화가 물었다.

"어찌 감추느냐. 네 벌써 신수와 계약을 맺었으니, 그 표식을 자랑스럽게 여겨야 할 것이다."

"허나 어머니……."

단우는 차마 말을 끝맺지 못하고 고개를 숙였다. 차마 이어 하지 못한 말을 듣지 않아도 알 수 있어서, 도화 또한 시선을 내리깔았다. 그 신수를 전에 계약했던 이에게 공식적으로 대물림 받아 모두의 앞에서 계약을 했다면, 단우 또한 그 표식을 숨김없이 드러낼 수 있었을 터였다. 허나 현실은 그렇지 못했고, 그리하여 단우에게 제 표식이 껄끄러울 수밖에 없었다. 불편하게 느껴질 수밖에 없었다.

"어머니, 아버지는……."

용기 내어 아비에 대해 입에 담은 단우는, 수심 가득한 어미의 얼굴을 보고는 끝내 말을 잇지 못했다. 도화는 그 와중에도 아들을 안심시키고자 어떻게든 미소를 지으려고 했다. 그 모습에 외려 단우는, 더 말을 잇기가 힘들었다. 고개 숙인 아들을 보며, 도화가 조심스럽게 말했다.

"단우야……."

단우가 고개를 들어 그의 어머니를 쳐다봤다. 도화는 아프게 웃는 얼굴로, 그녀의 아들을 위로했다.

"네가 걱정할 것은 아무것도 없다. 너는 지금 잘하고 있다. 네가 할 수 있는 것 이상을, 잘해 내고 있어."

단우는 들었던 고개를 다시금 푹 숙였다. 결국 아무 말도 하지 못한 채로, 단우는 자리에서 일어났다. 인사를 하고, 방에서 물러나는 뒷모습을 보며 도화는 깊은 한숨을 내쉬었다. 아들이 돌아간 후에, 그녀 또한 자리에서 일어났다. 그녀는 술시와 함께 그녀의 방에서 나섰다.

복도를 걸어간 그녀는 적오위 선군이 지키고 있는 방 앞에 도달했다. 그녀는 적오위 선군을 한 번 응시했다. 선군은 고개를 저어 보이고는 옆으로 물러났다. 술시가 문을 열어 주고, 도화는 홀로 방 안에 들어섰다.

어두운 방 안에 초가 하나 켜져 있었다. 그 지척에 누운 사내는, 등만 보이게 돌아누운 채였다. 도화는 소리도 내지 않고 조심스럽게 누운 사내에게로 다가갔다. 보료 앞에 놓인 방석에 앉는 치맛자락 소리에도 사내는 미동도 하지 않았다. 웅크린 등을 빤히 쳐다보며, 도화가 입을 열었다.

"목이 마르지는 않으십니까."

상대에게서 대답은 없었다. 도화는 다시금 물었다.

"허기가 지지는 않으십니까."

의미 없는 물음이라는 것은 알고 있었다. 상대는 선단을 취한 선인, 목이 마르거나 허기가 지는 신체의 현상은 그에게 큰 의미가 없었다. 그러나, 그럼에도 불구하고 그녀는 물어야 했다.

용수궁의 상황을 정리하던 와중에, 궁을 살피던 적오위 선군들이 위정전 앞에 있던 주석호를 발견했다. 유배지에 있어야 할 그가 어찌 용수궁 위정전 앞에 있는 건지 도통 모를 일이었지만, 문제는 주석호 본인 또한 그에 대한 답을 하지 않는다는 것이었다. 석호는 말없이, 시선 두는 곳 없이 그렇게 구름 위에 있었다. 그저 가만히 있기만 했다. 그리고 그런 석호의 주변으로 신수 주작이 날고 있었다.

적오위 선군들이 그런 그를 급하게 데려왔을 때 단우와 도화 또한 놀랐다. 특히 단우는, 오랜만에 본 그의 아버지를 보고 많은 충격을 받았다. 단우도 그간 그의 아버지가 한 잘못에 대해 알고 있었고, 천제에 의해 어떤 벌을 받게 되었는지도 들어 알고 있었다. 단우가 기억하기에 그의 아버지는 천제를 바로 곁에서 지키는 선군이었고, 그래서 그간 석호에 대해 들은 이야기만으로도 충격이라 믿을 수 없다고 부정하기도 했다. 언젠가 그의 아버지가 다시 돌아올 거라고, 다시 옛날처럼 당당한 모습으로 그의 앞에 설 거라고 믿었다. 그러나, 마주하게 된 모습은 단우로 하여금 모든 믿음을 놓아 버리게 만들었다.

적오위 선군들이 석호를 발견했을 때부터 신수 주작은 더 이상 석호의 신수가 아니었고, 그리하여 단우가 급하게 주작과 계약을 맺었다. 천제가 사라진 지금 석호에게 죄를 물을 이도, 다시 유배 보낼 이도 없었다. 그리하여 석호는 적오위 선군들에 의해 조현궁에 오게 되었다.

돌아오고 나서도 석호는 줄곧, 말이 없고 움직임도 없었다. 그는 그저 눕혀 준 상태 그대로 꼼짝없이 누워 있었다. 누가 말을 걸어도 아무 반응도 보이지 않았고, 불러도 대답도 없었다. 도화가 그를 불러도 마찬가지였다. 넋이 나간 사람처럼, 끈질기게 쥐고 있던 무언가를 놓아 버린 사람처럼. 마치 육신만 존재하는 사람 같았다. 가끔 입을 열어 빠르게 중얼거리는 말은 그저 부정이었다. 아니야. 그럴 리가 없어. 그 같은 중얼거림만 드문드문 반복했다.

그런 그를 그날 하루 몇 번씩이나 찾아와 도화는 말을 걸었다. 얼굴조차 보이지 않는 석호의 등을 보며 필요한 것은 없는지, 불편한 점은 없는지 물었다. 그때마다 대답 없는 석호의 모습을 바라보다가 조용히 일어섰다. 이리 찾아온 것만 해도 벌써 오늘만 다섯 번째였다. 그러나 석호는 여전히 답이 없었다.

도화는 어떤 움직임도 없는 석호를 계속 응시했다. 불러도 대답 없는 이, 마음을 온통 다른 곳에 둔 이를 상대하는 것이 이다지도 힘든 일이라는 걸, 그제야 알았다. 쳐다보고, 말을 걸고, 관심을 끌기 위해 안달을 내고. 홀로 그 모든 것을 해낸다는 것은 굉장히 지치는 일이구나. 돌아보지 않는 그녀를 기다렸던 그의 무수한 시간을 떠올렸다. 그 지침을 반복하며 그토록 긴 시간을, 그녀의 옆에서 있었다. 웅크린 등이 답지 않게 작아 보여 저도 모르게 눈물이 고였다.

'저 등이 저토록 작았던가.'

기억할 수 없는 게 당연했다. 늘 등 뒤에서, 그녀를 기다리고 있던 저 등을 그녀는 단 한 순간도 돌아보지 않았으므로.

이제, 늘 뒤에서 기다리던 석호는 그녀에게 등을 돌리고 있었고, 그 등을 바라보는 건 석호가 아닌 그녀였다. 물어도 답을 들을 수 없고 바라봐도 시선조차 맞출 수 없었지만, 도화는 어느덧 그녀에게 익숙해지기까지 한 눈물과 함께 그 모든 걸 받아들였다. 그가 지금껏 그녀의 빈껍데기를 안고 살았고, 이제 그녀의 차례였다.

※ ※ ※

서선은 여러모로 다른 선계보다 상황이 나았다. 일단 제후인 지왕이 무사히 용수궁에서 살아 돌아왔고, 그 뒤를 책임질 백호위 상장군 혜강도 있었기 때문이었다. 선단 하사가 가장 빠르고 원활하게 이루어진 곳도 서선이었다. 백호위 선군들 또한 그들 상관의 지도하에 빠르게 피해 상황을 정리했다.

무사히 지왕을 데리고 포호궁으로 돌아온 혜강은 지금은 다시금 자리에 누운 지왕을 살피고 있었다. 술시들이 이부자리를 봐 준 후에 나가자, 방 안에는 혜강과 지왕만 남았다. 지왕이 자리에 누운 상태로 혜강에게 말했다.

"천서즉위일이 지나면 내 네게 왕위를 선양하기로 하였지……. 상황이 이리되었는데 네게 큰 짐을 떠미는 것 같아 걱정이구나."

"아닙니다, 아바마마. 저는……."

혜강이 망설였다. 지왕이 말을 잇지 못하는 혜강의 얼굴을 쳐다봤다.

"제가 많이 경솔했습니다. 저는 왕위를 선양받을 자격이 없습니다."

"그게 무슨 말이냐."

"저는 바로 지척에서 안희제를 봐 왔고 그간 그의 사정을 직접 들어 왔으나, 스스로의 정체를 숨기고자 하는 황룡의 속내를 조금도 알아차리지 못했습니다. 오히려 용이 숨기는 진실을 일견 묵과하기까지 했습니다. 뒤늦게나마 바로잡으려 했으나 그럼에도 불구하고 선계의 피해가 막심합니다. 이런 제가 어찌 서선을 다스릴 왕위에 오를 수 있겠습니까."

"네 지금 나를 놀리느냐. 네 말인즉 용의 속내도 알아보지 못하고 평생을 속아 온 나는 그간 서선을 헛으로 다스렸다 그리 말하고 싶으냐?"

"아바마마, 어찌 그런 말씀을 하십니까."

"틀린 말은 아니지. 그 어떤 왕도, 그 어떤 선인도 그 진실을 알지 못했으니. 그러니 그를 두고 누구의 잘잘못을 논하겠느냐. 그러니 그것은 네 잘못이 아니다."

"허나 아바마마……."

"네 왕위를 거부함으로써 죄책감을 덜고 싶은 모양이구나. 허나 너는 내 앞에 네 죄책감을 운운할 수 없다. 아무렴 몇 백여 년의 세월을 아무것도 모른 채 용의 신하로 살아온 이 아비의 죄만 할까. 그러니 이 아비의 짐 먼저 덜어 다오."

혜강은 이해할 수 없어서 그녀의 아버지를 바라봤다. 지왕이 내려놓았던 손을 들었다. 혜강은 두 손으로 그 손을 잡았다. 딸의 손을 꼭 잡은 채로 지왕이 말했다.

"기나긴 세월 이어진 천하가 끝나고, 이제 앞으로는 새 시대가 시작될 것이다. 지난날의 그림자가 새 시대에까지 발을 얹는 것은 과욕일 터. 이제 이 아비는 손을 떼련다. 책임과 의무, 그 모든 것에서 자유로워지고 싶구나. 그리해야 지난날 진실도 모른 채로 살아온 내 자신의 삶을 부끄럼 없이 돌아볼 수 있을 것 같다. 그러니, 이제 네가 이 서선의 제후가 되어라. 네 스스로 왕의 책임을 다하고 있다 자신하던 너는 어디로 갔느냐? 아직 모든 정황이 정리되지 않았으니 무어가 어찌 바뀔지는 알 수 없으나, 너는 네 말대로 이미 이 포호궁의 주인이요 신수 백호의 주인, 서선의 지배자이니라. 네 아무것도 모르고 속아 온 게 분하고 원통하다면, 밝혀진 진실을 지키기 위해서라도 더더욱 노력해야 한다. 네가 잘못을 바로잡을 결심을 하였기에 지금의 선계라도 존재하는 거겠지. 그러니, 전날 약조한 대로 왕이 되어라."

지왕은 허허 웃으며 말했다.

"정히 죄스러우면 널 도우려 하는 혜렴이에 대해서도 다시 생각해 보고……. 허허."

"……."

혜강에게서 대답은 없었지만 그래도 전과 같이 대차게 자른 것도 아니라 지왕은 나름 만족했다. 혜강은 여전히 귀에 지겹도록 혜렴에 대해 입에 올리는 지왕이었지만, 그래도 그가 무사해서 천만다행이라고 생각했다. 그 많은 죽음과 피해가 있던 용수궁에서, 그녀의 아버지가 무사해서 정말 다행이었다. 지겨운 지왕의 혼인 타령이 안도로 느껴지게 될 날이 오리라고는 혜강 그녀 또한 생각도 해 보지 못했다.

그리하여 그 순간만큼은, 지왕의 혜렴에 대한 언급이 귀찮거나 불편하게 느껴지지 않은 것도 사실이었다. 용수궁에서 혜렴이 줄곧 지왕의 곁에서 그를 보호했다는 사실을 혜강도 알고 있었다. 그리하여 무사한 지왕을 확인했을 때만큼은, 혜강은 그 어느 때보다 혜렴을 장하게 여겼다.

지왕에게 인사를 하고 나온 혜강은, 포호궁 밖으로 나와 기다리고 있는 백호위 선군들을 발견했다. 그 와중에 백호위 대장군인 혜렴도 있었다. 선군들이 혜강을 발견하고는 고개를 숙여 인사했다. 혜강이 혜렴에게로 다가가자 혜렴이 먼저 입을 열었다.

"전하께서는 괜찮으십니까?"

"무탈하시다. 네가 큰 역할을 했다. 수고했다."

"아닙니다."

혜강의 말에 혜렴은 기쁜 얼굴로 부정했다. 그 얼굴을 보며 설핏 웃은 혜강이 금세 미소를 지우고 물었다.

"백호위 선군들에 대한 확인은 끝났느냐."

"예."

"다른 선계에서 무언가 연락이 온 것이 있느냐."

"없습니다. 남선은 적오위 선군의 피해가 크고, 북선은 아직 내부 혼란이 있는 것으로 압니다. 동선은 큰 문제는 없는 듯합니다."

"그렇겠지……. 상황이 정리되는 대로 각 선계로 기별을 보낼 것이다."

"예."

혜강은 고개를 끄덕이고는 선군들과 함께 발을 돌렸다. 백호위 선군 피해 상황에 대해 자세히 보고를 받기 위함이었다. 북선 상황까지 정리되면 각 선계의 왕이 다시금 한자리에 모여야 했다. 천하를 다스리던 천제가 사라졌고, 이제 이 천하를 어찌 다스려야 할지 아무것도 정해진 바가 없었다. 무너진 기반과, 앞으로의 상황에 대해 논의가 필요할 터였다.

※ ※ ※

며칠이 지난 후에, 동선에 서선으로부터 기별이 왔다. 며칠 동안 방 안에 틀어박혀 있던 사예는 끼니라도 채우라며 숭늉을 가지고 온 덕향 때문에 억지로 자리에서 일어나야 했다. 먹을 생각 없다고 우기다가 덕향의 고집에 못 이겨 겨우 숭늉을 조금 마시는데, 덕향이 편지가 왔다며 사예에게 내밀었다. 숭늉을 반쯤 마시다 말고 내려놓은 사예가 편지를 확인했다.

편지는 서선의 백호위 상장군 호혜강이 보낸 것으로, 추후 선계의 미래에 대해 논하기 위해 각 선계의 왕을 불러 모은 것이었다. 혜강은 비록 아직 왕위를 선양받진 못했지만 그래도 이미 오래전부터 명실상부 지왕의 역할을 대신하고 있었기 때문에 이 모임을 주최할 자격이 충분했다. 남선의 주단우는 너무 어렸고, 북선은 비록 흑귀위 선군을 시건이 움직이고 있으나 아직 합법적인 권한은 아니었다. 동선도 상황이 애매했지만, 애초에 안희제가 진사담의 후손인 사예에게 제후의 위를 내리기로 정해져 있었으므로 사예를 그 자리에 부른 것 같았다. 그들이 모일 장소는 용수궁, 날짜는 사흘 뒤였다.

편지를 물끄러미 쳐다보던 사예는 그녀가 남긴 아까운 숭늉을 대신 마시고 있던 도깨비 덕향에게 부탁했다.

"북선으로 간 류 장군에게, 상황이 정리되면 구태여 동선으로 오지 말고 그냥 용수궁으로 가라고 연락을 해 주십시오."

"궁이요?"

사예는 예, 하고 대답했다. 고개를 끄덕인 덕향에게 고맙다고 말한 사예는 편지를 접어 대충 두고는 오랜만에 방 밖으로 나섰다. 함께 나온 덕향이 그릇을 놓으러 부엌으로 간 후, 급히 모습을 드러낸 청하가 밖으로 나오는 사예의 뒤를 따라 느리게 날아왔다.

사예는 그녀를 따라오는 청하가 그녀의 눈치를 보는 것을 알았다. 청하가 소원을 빈 여의주는 이제 평범한 흰 구슬에 불과했고, 그 구슬은 다시금 사예가 찬 노리개의 향갑 안에 들어가 있었다. 사예는 계속 그녀의 곁을 맴도는 청하를 힐끔 쳐다보고는 그대로 고개를 돌렸다. 청하는 긴 수염과 두 팔을 축 늘어트린 채로 계속 사예를 따라왔다.

사예는 담장 안쪽에 있는 그녀의 나무 쪽으로 걸어갔다. 나무 앞에 쭈그리고 앉아 동선에 오고서도 그간 신경을 못 쓴 나무들의 상태를 살폈다. 나무를 만져 보던 사예는 그녀의 뒤에서 얼쩡대는 청하를 불렀다.

"이리 와."

놀란 청하가 얼른 날아왔다. 사예는 수기와 함께 목기를 더 모아

322

두 나무에게 더해 줬다. 청하가 목기를 보내는 데 보탬이 되도록 열심히 기를 보았다. 과할 정도로 열성적인 기세라 사예가 오히려 손을 떼고 물러났다. 사예는 한껏 싱싱한 기운을 머금은 나무들을 쳐다보다가, 그녀의 바로 옆에 붙어 있는 청하를 쳐다봤다.

신수 또한, 명계의 귀제와 마찬가지로 죽음에 초월한 존재였다. 그런 신수의 입장에서 선인은 당연히 죽는 존재이고, 청하도 그간 많은 주인의 죽음을 봐 왔을 터였다. 그녀에겐 어머니 하나지만, 청하의 입장에서는 그간 계약을 맺었던 수많은 선인이 죽었다. 만일 신수가 죽은 전 주인에 계속 미련을 떨치지 못한다면, 새로운 선인과 계약을 맺고 관계를 형성하는 것은 쉽지 않을 게 틀림없었다.

그래서 사예는 궁금했다. 어쩌면 청하에게는 어머니 하선의 죽음이, 이미 오랜 시간 봐 왔듯 당연히 겪어 온 스쳐 지나가는 바람 같은 것일까. 그녀는 만일 그녀가 훗날 자식을 낳으면 청하가 이제껏 그래왔듯 당연히 그녀의 자식과 계약을 맺으리라는 걸 믿어 의심치 않았지만, 그녀 스스로의 죽음에도 초연할 청하를 생각하면 어쩐지 기분이 이상했다.

"너도 슬퍼?"

하선이 죽은 게 슬프긴 한지, 그녀는 그게 궁금했다. 사예가 물었고, 청하는 사예를 쳐다봤다. 깜빡이는 눈이 그녀에게 답을 전달했다. 그럼. 당연한 것에 응답하듯, 그렇게 표정으로 답했다.

사예는 차고 있던 노리개를 들었다. 향갑 안에 이제는 아무것도 아닌 용의 여의주가 담겨 있었다. 이제 구슬이 그 힘을 잃었음에도 불구하고 청하는 바로 눈을 또랑또랑하게 뜨며 사예의 주변을 맴돌았다. 그 모습을 보며, 사예는 구슬을 돌려주기 전을 떠올렸다. 그녀가 망설이던 그 순간. 그녀는, 그녀가 끝내 부탁하면 청하가 그녀의 소원을 들어줄 것을 직감적으로 알았다.

사예는 끝내 그녀의 입으로 하선을 살려 달라고 말하지 않았고, 청하는 스스로가 해야 할 일을 했다. 사예는 노리개를 다시 내려놨다. 청하와 함께, 쪼그리고 앉아 있던 자리에서 일어났다. 치마를 털며 일어나 발길을 돌렸다. 줄곧 그래 왔듯, 푸른 용이 그런 그녀를 따라 함께 날았다.

나무를 등진 채로 마당을 지나가는데, 어쩐지 시끌벅적했다. 어린 도깨비들이 마당의 구름밭에서 씨름 경기를 하고 있기 때문이었다. 온 도깨비가 모여 씨름하는 것을 구경하며 신이 나 소리를 지르고 있었다. 한 도깨비는 하얀 샅바를, 다른 도깨비는 푸른 샅바를 메고 서로를 붙들고 있었다.

"또 씨름."

사예는 도깨비들을 쳐다보며 말했다. 그녀를 발견한 홍례가 다가와 말했다.

"엇! 여선님! 그냥 씨름이 아니에요! 이 씨름은 도깨비방망이가 걸린 씨름이라고요!"

"도깨비방망이?"

"예. 지금 새 도깨비방망이 세 개가 생겼거든요. 오늘 경기에서 승리한 순위대로 저 도깨비들이 도깨비방망이를 고를 수 있어요! 여선님도 구경하실래요?"

"아니."

뭐가 어쨌든 결국 씨름이라는 거 아닌가. 씨름을 보고 흥분할 기분이 아닌 사예는 고개를 저었다. 청하도 사예의 옆에서 고개를 절레절레 저었다. 그러나 그런 사예를 홍례가 잡아끌었다.

"왜요? 이 재밌는 걸 왜 안 봐요?"

그러자 주변에 있던 어린 도깨비들도 그녀를 향해 말했다.

"맞아요! 씨름하는 걸 봐야 기운도 나고! 힘도 솟고!"

"나는 별로."

사예의 말을 무시한 채로 어린 도깨비들은 그녀를 붙들었다. 그리하여 사예는 원치 않는 마음으로 도깨비들에게 붙잡혀서 씨름 경기를 관람해야만 했다. 도깨비들 사이에 무릎을 세워 앉은 채로 사예는 팔 한쪽을 무릎 위에 얹어 턱을 괴었다. 그 삐딱한 자세에도 옆에 있는 홍례는 빨리 저거 보라며 씨름판을 가리키며 성화였다.

사예는 심드렁한 얼굴로, 부둥켜안고 씨름을 하는 도깨비들을 응시했다. 주변의 도깨비들이 온통 소리를 질러 대고 난리였다.

"야! 다리! 다리를 걸어야지!"

"들어! 들어!"

"아오!"

옆을 지나가던 도깨비 금옥이 소리쳤다.

"엿 먹을 도깨비? 여선님 엿 드실래요?"

엿판을 들고 돌아다니던 금옥이 어린 도깨비들에게 엿을 나눠 주고 사예에게도 엿을 내밀었다. 고개를 저어 엿을 거절한 사예는 엿을 하나씩 입에 문 어린 도깨비들과 나란히 앉아 씨름을 쳐다봤다. 시끌벅적하고, 소란스러웠다. 죽은 도깨비들로 만들어진 바위를 깎아 만든 도깨비방망이가 한구석에 나란히 세워져 있었다. 이제 저 방망이들은 다른 어린 도깨비들의 손에 넘어가, 그들로 하여금 요술을 부리게 도와주며 평생을 함께할 터였다. 그녀가 하선의 죽음을 슬퍼하며 울 때, 도깨비들은 바위를 깎고 도깨비방망이를 만들며 다음 그 방망이의 주인이 될 이를 찾았다. 그들의 장례는 저 도깨비방망이가 주인을 찾음으로써 치러질 것이었다.

사예는 어쩐지, 그런 도깨비가 부러웠다. 도깨비방망이를 남기고, 그 도깨비방망이가 다른 이에게 소중한 것이 되고, 그 도깨비방망이를 가지기 위해 소란스러운 씨름 대회를 여는 게. 그에 비하면, 선인의 죽음은 너무나 허탈했다.

'인간도 영혼이 남고 도깨비는 도깨비방망이가 남는데.'

선인은 무엇이 남나. 지금 그녀에게 하선의 무엇이 남아 있는지를 생각했다. 그녀에게 남은 것⋯⋯. 부서지는 재와 결국 함께 취하지 못한 선단. 사예는 어쩐지 눈이 아려져, 저도 모르게 인상을 쓰고 고개를 숙였다. 신난 도깨비들 사이에서 청하만 그런 사예를 살폈다. 어느새 눈물 고인 눈을 소맷자락으로 아플 정도로 세게 눌러 닦았다. 눈물 번져 주변이 젖은 눈으로 시선만 내리깔고 있다가, 다시금 시야가 흐려지는 것을 느끼고는 애써 다른 생각을 하려고 하며 신이 난 도깨비들을 쳐다봤다.

소란스러운 도깨비들 사이에서, 그녀만 소리가 사라진 것 같았다. 그 소란, 시끌벅적함이 그녀와는 완전히 별개의 것처럼 느껴졌다. 다들 움직이는데 그녀만 멈춘 듯했다. 경쾌한 선으로 그리고 다채로운 색 입혀 표구해 놓은, 잘 만들어진 족자 그림을 구경하는 심경으로 도깨비들을 응시했다. 그러나 우습게도 움직이는 것은 도깨비들이고, 멈춰 있는 것은 그들이 아닌 사예의 시간이었다. 그녀의 시간은 아직도 용수궁의 그날에 멈춰 있었다.

그녀 홀로 공감할 수 없는, 확실한 차이를 느꼈다. 슬퍼하는 방식이 달랐고, 즐기는 방식이 달랐다. 씨름 한 판에 인생이라도 걸듯 소리소리를 지르는 도깨비들 사이에서 그녀는 조금의 들뜸도, 흥분도 느끼지 못했다. 단순히 도깨비는 씨름을, 혹은 메밀묵을 좋아하는구나 생각했던 것이 지금처럼 피부로 맞닿은 적은 없었다. 마치 인간을 이해하지 못한 선인들처럼, 죽음에 대한 두려움을 이해하지 못하던 저승의 지배자처럼, 도깨비는 저들 나름의 방식으로 그들의 장례를 준비하고 있었고, 그녀는 그 방식을 이해할 수도, 따라 할 수도 없었다.

고개를 들어, 신난 도깨비들 뒤로 보이는 도깨비집을 응시했다. 이곳, 동선은 본래 그녀가 그녀의 가족과 오가며 숨어 살았던 곳이었다. 그들의 나무를 심고, 무영을 피해 도망 다니던 중간중간 고향으로 귀환하듯 다시 돌아왔던 동쪽의 하늘. 사는 이는 그 누구도 없었고, 어쩌면 오로지 그녀의 가족들 몫이었던.

그러나, 이제 그 구름 위로는 거대한 도깨비의 집이 서 있었다. 도깨비들이 씨름하는 씨름판과 그들이 가꾸는 밭, 그들의 도깨비방망이를 깎기 위한 공방이 세워지고 감투를 엮는 감투장인들이 모여 앉아 일하는 평상……. 그 사이 겨우 자리 잡은 그녀의 나무는 잘 보이지도 않았다. 온통 거대한 도깨비가 오가며 씨름 이야기를 하고, 메밀묵을 먹는 곳. 이제 이곳은 누가 봐도, 도깨비들의 하늘이었다.

"아이고!"

"그렇지!"

어린 도깨비의 등이 구름 위에 닿을 때, 온갖 도깨비가 환호성을 터트리며 소리를 질렀다. 심판이 승리한 도깨비의 팔을 붙잡아 함께 들었다. 왁자지껄한 목소리 사이에서, 사예는 미세하게 웃었다. 새로운 선수가 올라서는 씨름판과, 그 씨름에 목숨이라도 걸 수많은 도깨비들의 모습에서, 그녀와 다른 확연한 차이를 느꼈다.

사예는 시선을 내려, 아까 덕향으로부터 건네받았던 편지를 떠올렸다. 동선의 대표로, 조만간 있을 용수궁에서의 만남에 참여하라는 부름을 받은 것은 다름 아닌 그녀였다. 그러나, 그녀는 스스로가 동선의 그 무엇도 대표할 수 없음을 깨달았다. 도깨비들의 집이 서고, 도깨비들이 사는 이 동선에서…….

인간의 땅을 인간이 다스리고. 도깨비는, 도깨비가 다스려야 하는 것이다.

※ ※ ※

"잠깐 나 좀 보시오."

사예는 씨름을 끝내고 메밀묵을 먹으려고 마당에 모인 도깨비들을 향해 말했다. 마당에 돗자리를 여러 개 깔고 앉아 있던 도깨비들이 큰 눈을 사예에게 고정했다. 사예는 그런 도깨비들에게 그녀가 방에서 가지고 나온 편지를 펴 보이며 말했다.

"조만간 용수궁에서 각 선계의 대표들이 모인 회의가 있을 예정이오. 동선에서도 누군가 동선을 대표하여 그 자리에 참석해야 하오. 도깨비들끼리 대표를 뽑아, 용수궁에 가도록 하시오."

메밀묵을 내오던 덕향이 의아해서 고개를 갸웃거렸다.

"하지만 그건 여선님한테 온 편지잖아요?"

"그러게. 여선님이 가면 되는 거 아닌가?"

홍례가 덧붙이자 사예는 한숨을 내뱉으며 답했다.

"여기 도깨비가 이리 많고 선인이 나 하난데 내 어찌 동선의 대표가 된단 말이오? 도깨비 중에 하나 뽑아서 가시오."

그 말에 도깨비들은 서로를 응시했다. 잠시 망설이다가, 그들은 어리둥절해하는 얼굴로 말했다.

"그런데 대표를 어떻게 뽑지? 우린 그런 게 없어서."

"맞아, 맞아."

"그런 걸 뽑아 본 적도 없어."

사예에게 모여든 도깨비들은 눈을 동그랗게 뜨고 두 주먹을 쥔 채로 그녀의 답을 기다렸다. 도깨비들에게 둘러싸인 사예는 별 질문을 다 듣는다는 표정으로 도깨비들을 올려다보며 답했다.

"씨름으로 뽑으시든가."

그녀의 말에 도깨비들은 또 한 번 서로를 쳐다봤다. 아주 잠깐의 정적이 흐른 뒤, 그들은 목이 터져라 고함을 질렀다.

"야아아아!"

"씨름이다!"

"천하장사가 우리 대표가 된다!"

"당장 준비해!"

도깨비들은 갑작스레 야단법석 난리가 났다. 그들은 바로 방금 전까지 씨름을 했지만 마치 아주 오랜만에 씨름을 할 기회가 생긴 것처럼 흥분했다. 그렇게 난리 난 도깨비들의 사이에서 몇 명의 도깨비가 그녀에게 다가와 물었다.

"그런데 대표가 되면 뭘 해야 되나?"

"궁에 가서 뭘 해야 되지? 거기서 씨름을 할 것도 아니잖아."

"맞아. 씨름이면 잘할 수 있는데……."

사예는 눈썹을 찌푸린 채로 편지를 다시 확인했다. 그녀는 편지 내용을 쓱 훑었다.

"딱히 뭘 할 것은 없습니다. 도깨비들이야 그냥 지금 살던 대로 살면 되니까. 용수궁에 가도 어차피 도깨비가 할 일은 별로 없을 테고……. 뭐 구태여 다른 선계처럼 구색을 갖추고 싶다면 그 외적으로 대표가 군대도 정비하고 규칙도 만들고 그럴 수는 있겠지요."

사예는 그렇게 말하면서도 도깨비들에게 그런 게 필요할 것 같다고 생각하지는 않았다. 그녀가 생각하기에 도깨비들은 씨름과 메밀묵만 있다면 법도 없이 살아갈 수 있는 이들로 보였기 때문이었다.

그 와중에 사예는 도깨비들에게 진짜로 중요한 이야기를 입에 담았다.

"그런데 용수궁에 가서 제가 말하는 것만은 꼭 이루고 와야 합니다."

"그게 뭔데?"

"그건 천하장사에게 말할 거라."

사예는 그렇게 답하며 편지를 접었다. 도깨비들은 어느새 씨름에 참여할 선수를 지원받고 있었고, 온갖 도깨비가 손을 들며 저가 나서겠다고 자원했다. 대표를 정하는 것 따윈 어느새 뒷전으로 밀린 느낌이었다. 도깨비집이 있는 동선은 다시금, 치열한 씨름 경기가 치러질 준비가 한창이었다.

※ ※ ※

구름 뒤덮인 하늘을 용마 한 마리가 재빠르게 날아갔다. 뒤를 따르던 용마들이 이미 저 뒤로 뒤처졌을 정도로 홀로 독보적인 빠르기였다. 용마의 주인은 그 어느 때보다 거친 손길로 용마의 고삐를 잡아당겼다. 시야를 가로막는 구름을 돌파하며 검은 용마, 흑뢰는 쉼 없이 날았다. 그렇게 날아간 흑뢰는 날개를 쭉 펴고 날아 그대로 무너진 용수궁의 하늘 위까지 도달했다.

다른 전각에 비해 그나마 많이 부서지지 않은 위정전의 앞에, 흑뢰가 내려섰다. 흑뢰가 제대로 서기도 전에 시건은 그 위에서 고삐를 집어 던지고 뛰어내렸다. 내리자마자 빠른 걸음으로 위정전 안으로 들어갔다. 거의 뛰다시피 들어가 바로 보이는 문으로 손을 뻗었다. 급히 날아온 마음이 순식간에 기대로 부풀었다. 벌컥 문을 열었다. 그리고 그 안에 드디어 눈에 넣어도 안 아플 그의 여선…… 이 아니고.

"야! 씨름하자!"

눈에 넣으면 큰일 날 도깨비들이 그를 기다리고 있었다. 멈춰 선 시건이 저도 모르게 인상을 썼다. 문을 거세게 열었던 손이 아래로 툭 떨어졌다.

"왜 네가 여기 있지?"

"왜긴! 내가 바로!"

시건의 앞까지 걸어온 도깨비 파적이 위풍당당하게 말했다.

"천하장사니까 그렇지! 아하하!"

전혀 납득할 수 없는 설명에 시건의 인상이 펼 수 없을 지경으로 찌푸려지는 사이, 위정전에 시건을 따라온 혁록과 유신 등 시건의 수하 선인들이 도착했다. 그들은 아직 상황이 채 정리되지 않은 터라 흑귀위 선군으로서 이 자리에 참석하지는 못했다. 해서 그들이 입은 건 흑귀위 선군의 갑옷이 아닌 도깨비 요술이 걸린 억새풀 갑옷이었고 발에는 도깨비신발을 신은 상태였다. 연이어 서선에서 날아온 혜강과 혜렴이 위정전에 도착했다. 덕분에 시건은 결국 파적에게 이 자리에 온 이유에 대한 자세한 설명을 들을 기회를 놓쳤다.

잠시간의 시간이 흐른 뒤, 남선의 주단우가 적오위 선군들과 뒤늦게 도착함으로써 이 자리에 참석해야 할 선인과 도깨비가 모두 모였다. 혜강이 편지를 보내 앞으로에 대해 논의하기 위해 부른 이들 모두. 그러나 그들이 전부가 아니었다. 선녀들이, 선교정 가마를 타고 온 하계의 인간들을 데리고 왔다. 이 선녀들은 천제의 명에 따라 그간 하계 감사부에 머물다가, 천서즉위일 때문에 선계로 올라왔던 선녀들이었다. 이들이 다시 하계로 내려가 인간들을 데려온 이유는 혜강의 연락을 받은 시건이 이 자리에 필요한 이들이 더 있다며 불러들였기 때문이었다. 그중에 하나가 바로 지금, 하계에서 올라온 인간들이었다.

시건의 의견인즉 선계의 천제, 황룡의 문제가 인간들과도 전혀 연관이 없다 볼 수는 없으므로 그들 또한 이 자리에 함께할 자격이 충분하다는 것이었다. 그 인간들은 하계에서 감사부 선녀들과 하계 상황에 대해 논의를 하던 인간 관리들이었고, 그사이 본의 아닌 구심점 역할을 하고 있던 이 노인도 있었다. 그들은 천교를 타고 선계로 올라온 후 선녀들의 도움으로 구름 위를 걸어와, 위정전의 바닥에 다리를 딛고 서서는 연신 지금 상황을 신기해하고 있었다.

위정전을 신기해하고 있는 인간들 옆에는 시건이 불러들인 또 하나의 무리가 있었다. 그들은 바로.

"어! 그때 그!"

도깨비 파적이 검은 두루마기를 입은 상대를 보며 손가락질했다. 그들은 명계에서 온 저승사자 넷이었고, 그중 하나는 영혼 삼이오를 데리고 남선으로 왔던 저승사자 이육삼이었다. 이 자리에 도착한 저승사자 넷은 모두 각 하의 대표를 맡고 있는 저승사자들이었다.

그리고, 그 자리에 그들이 예상하지 못한 또 다른 이들이 끼어들었다. 닫혀 있던 문을 열고, 세 명의 선인이 위정전 안으로 들어왔다.

"벌써 시작들 하셨소?"

위정전 안에 있던 이들의 시선이, 갑작스레 찾아온 세 명의 선인들에게 향했다. 세 선인은 이 자리의 누구도 본 일이 없는 낯선 이들이었다. 그들을 의아함에 물든 얼굴로 쳐다본 혜강이 시건을 쳐다봤다. 시건 또한 고개를 저었다. 혜강은 더 영문을 알 수가 없어 그들 선인 셋에게 말했다.

"신분을 밝히시오."

선인 셋 중 가운데에 서 있던 이가 자신들을 설명했다.

"우리는 안희제 제위 후부터 사초를 새겨 온 사관들이오. 본래 사관은 넷이나 천서제 시절 이후 한 명의 사관은 제 역할을 해내지 않았고, 그리하여 그 이후 줄곧 세 명의 사관이 그 역할을 나눠 왔소. 그대들이 이 자리에서 내릴 결론에 의해 우리 사관의 향후 미래도 달라질 터. 그간 기록해 온 사초를 정리하고 사관으로서의 임무를 끝내기 위해 왔소."

"사관으로서의 임무를 끝낸다?"

"그렇소. 천제가 죽으면 사관들은 그간 서로가 작성한 사초를 모아 필요한 기록만 남기고 불필요해진 사초를 폐기하오. 그것으로 그대의 사관의 역할은 끝이오. 신수와의 계약의 지속 여하에 따라 해당 사관이 한 번 더 사관이 될 수도 있고, 아닐 수도 있지. 새 사관은 다음 대의 천제가 제위에 오를 때부터 새 사초를 기록하기 시작하오. 헌데……."

사관이 선인들과 도깨비들, 인간들, 그리고 저승사자들을 둘러봤다.

"이번엔 어찌 될지 알 수가 없군."

천제가 사라졌다. 그 뒤를 이을 자식도 없다. 하여 지금, 이 자리의 모두가 용수궁으로 모인 것이었다. 이 자리를 처음 제안한 혜강이 먼저 입을 열었다.

"여기 있는 선인들은 각 선계를 대표하는 선인들이오."

파적이 손가락을 들어 자기 자신을 가리켜 보였다. 혜강은 그런 파적을 보고는 덧붙였다.

"도깨비는 동선을 대표하지. 안희제가 사라지고 천서즉위 연회 때의 소란으로 선, 하계 모두 혼란이 컸소. 이제 추후 이 선계를 어찌 다스릴지에 대한 논의가 필요하오. 누가 하늘의 제위에 올라 천하를 바로잡을 것인지, 천제의 군사인 검용군과 간용군의 주인이 될 것인지. 또한 새로이 천제가 될 이는……."

혜강이 뒤로 물러나 있던 선녀들을 쳐다봤다. 뒤에서 기다리고 있던 선녀들이 앞으로 나서서 그녀들이 들고 있던 물건들을 보였다. 그들은 낡고 두꺼운 서책 두 권과, 어두운 빛깔의 함 하나를 들고 있었다. 혜강은 선녀가 든 물건들을 가리키며 말을 이었다.

"선계 선인들의 선적을 받고. 하계 인간들의 생사를 관장하는, 인적과 명수인의 새로운 주인이 되어야 하오."

모두가 서로 시선을 교환하는 와중에 혜강이 말을 이었다.

"문제는 누가 제위에 오를 것인가. 누가, 어떤 기준으로 제위에 오를 것인지 결정해야 하오."

아무 생각 없이 서 있는 도깨비들을 제외하고, 모두 곤란한 마음으로 서로를 쳐다만 보는 와중에 혜강은 이 자리에 참석하지 않은 사례를 떠올렸다. 그녀는 황룡의 참혹한 결단을 무효화시키고 선계의 멸망을 막은 게 그 여선의 신수 청룡이 한 일이라는 사실을 알고 있었다. 그러나 그 당사자는, 지금 이 자리에 참석하지 않았다.

침묵이 흐르는 와중에 그 침묵을 깬 건 시건이었다.

"꼭 누군가 천제의 자리에 올라야 하는가?"

"그게 무슨 말이지?"

혜강이 시건의 말에 되물었다. 혜강뿐만 아니라 다른 모든 이들 또한 시건의 말을 이해하지 못하고 영문을 알지 못하는 얼굴로 그를 응시했다. 시건은 그에게 집중된 모두의 시선을 마주하며 차분히 답했다.

"내 하계에 있을 적에……. 도사 양상과 그런 대화를 한 적이 있었지. 음양오행술이 무엇인지. 나는 음양오행술이 조화라고 말했고, 도사 양상은 그 근본이 분리에서 시작된다고 말했다."

언뜻 전혀 연관 없어 보이는 이야기가 나오자 선인들은 더더욱 영문을 알 수 없었다. 그러나 시건은 담담한 어조로 말을 이었다.

"도사 양상의 말이 틀린 것은 아니다. 그러나, 내 생각은 여전히 바뀌지 않았다. 음양오행은 그 근본이 다른 다섯 가지 행으로 시작되지만, 그중에 우월하거나 열등한 것이 없다. 그렇기에 그 상생과 상극을 이해하고 조화를 꾀해야 하지. 그것이 바로 선인이 받아들이는 천하의 원리다. 그런데 어찌 다스림에 있어서는 그 조화를 추구하지 않는가?"

시건은 영혼의 모습으로 찾아온 양상이 이 모든 문제의 시작에 대해 논하던 것을 떠올렸다. 그가 찾은 답에 대해 시건에게 말했었다. 그게 무슨 의미인지, 시건은 이제야 비로소 명확히 알 것 같았다.

"건원제 통일 이후 천하는 과연 어땠나? 천하 모든 것을 선인의 잣대로 구분하고, 또한 선인의 방법으로 선인은 물론 인간, 도깨비를 모두 다스리려 하지 않았던가. 그 다스림에 균형은 무너지고 조화는 깨졌다. 천하가 하나고 여럿이고가 중요한가?"

시건은 그의 말에 놀라 당황한 얼굴의 선인들을 보다가, 인간들에게로 시선을 돌렸다.

"각 선계 제후는 어찌하여 존재하는가? 더불어 하계는 이미 인간의 몫이 되지 않았나. 다시금, 선인 하나가 천하제일의 자리에 올라 천하를 다스려야 하는가."

하나여도 조화 이루지 못하던 시절을 끝낼 때가 되었다. 시건의 말을 듣고 있던 인간 하나가 동조라도 하듯 말을 덧붙였다.

"저희는 이제 겨우 각 하끼리 의견을 모으고 안정을 찾아가고 있사온데, 이제 와 다시 선인들이 나선다면 다시금 혼란만 초래할 것입니다."

조용히 있던 선인들 중 단우가 걱정에 가득 찬 얼굴로 입을 열었다.

"하계의 문제야 그렇다 쳐도, 허면 인적과 명수인은 어찌한단 말입니까?"

단우의 물음에 모두의 시선이 선녀가 가지고 있는 인적과 명수인에게로 향했다. 조용히 시건의 말을 듣고 있었던 혜강은 문득 단우의 질문에 시건의 시선이 향하는 곳을 알았다. 그 시선이 닿는 곳에 답이 있었다. 혜강은 설마, 하는 마음으로 입을 열었다.

"이 자리에…… 저승사자가 있는 이유인가."

모두의 시선이 이제껏 병풍처럼 서 있던 저승사자들에게로 가서 꽂혔다. 인간들은 저승사자가 보이지 않아 그저 고개를 갸웃거렸지만, 다른 이들은 위정전 한쪽에 서 있는 네 명의 저승사자를 볼 수 있었다. 시건은 고개를 끄덕였다.

"그간 천제가 받아 본 인적에 문제가 많았다. 선계와 하계는 멀고, 인적에 하계의 모든 사항이 늘 조금의 거짓도 없이 새겨질 것이라 기대하는 것도 무리지. 하계를 직접 돌보지 못하는 천제에 의해 인간의 생사가 관장되는 것 또한 곤란한 일. 하여, 저승사자들을 이 자리에 부른 것이다."

「대체 우리에게 원하는 바가 무엇이오?」

저승사자의 물음에 시건은 인적과 명수인을 가리키며 말했다.

"나는 저승에서 본 바로, 너희 저승사자가 사사로이 판단 내리지 않으며 정도에서 벗어나지 않는 동시에 적법한 길을 걷는 이들이라는 것을 알았다. 또한 너희는 하계를 오가며 인간들을 바로 곁에서 지켜보는 자들인 동시에, 인간의 삶을 살아 죽음의 의미를 아는 이들이기도 하다. 인적과 명수인에 대한 책임을 맡기에 모자람이 없다. 하여 저 인적과 명수인을 너희 저승사자가 나눠 가져 직접 인간의 생사를 주관하라는 것이다. 업무가 늘어나게 되겠지만, 그 권한이 있다면 귀제 또한 너희에게 함부로 할 수 없을 터."

저승사자들이 그들끼리 눈짓을 하며 고민하는 사이, 사관 하나가 입을 열었다.

"허면, 선계는. 앞으로 선계는 그대로 각 선의 제후들이 다스리는 것으로 결론짓는 것이오?"

"여기 이 자리에 모인 선인들이 왕위에 오른다면 그때부터 새 사관이 새로운 사초를 새기게 될 것이오."

"저, 그런데……."

인간 하나가 우물쭈물 손을 들었다. 그의 옆에서 다른 인간들이 불안한 표정으로 시선을 교환했다. 손을 든 이가 겨우 말을 이었다.

"이번에 새로 정하기를, 하계 또한 왕을 세우기로……."

"뭐라?"

놀란 선인들이 도끼눈을 뜨고 인간들을 쳐다봤다. 옆에서 이 노인이 거들었다.

"음, 실은 도사님이 저를 찾아와 이야기하기를, 하계는 아직 갈 길이 머니 일단은 현명하고 혜안이 있는 인간이 하계의 왕위에 오르고 각 하의 관리들과 하계를 다스리라 하였습니다. 그것으로 끝이 아니겠지만, 인간도 그것부터 시작하자고."

놀란 얼굴의 단우가 고개를 저었다.

"다른 선인들은 이 이야기를 결단코 받아들이지 못할 겁니다. 저 또한 마찬가지입니다. 허면 각 선계를 다스리는 제후와 하계의 인간이 동급이 된다는 것 아닙니까?"

"동감이오. 선인들을 이해시키기 쉽지 않을 것이오. 안 그래도 천서즉위일 문제로 모든 선인들이 혼란에 빠져 있는 상황에, 이 소식까지 알려진다면 많은 선인들이 불안해할 것이오."

혜강 역시 우려가 섞인 어조로 말했다. 그런 게 대체 뭐가 중요한 건지 알 수 없는 도깨비들은 뒤에서 얼굴만 긁적이고 있고, 이 노인이 입을 열었다.

"허나 하계에 통솔력 있는 지도자가 필요한 것도 사실입니다."

그 말에 시건은 어려운 문제가 아니라는 듯 답했다.

"방도가 영 없는 것은 아니다. 각 선계를 다스리는 제후가 왕위가 아닌, 제위에 오르면 된다. 하나의 천제가 아닌 네 명의 천제가 선계를 다스리는 것이다. 기실 크게 달라질 것은 없을 것이다. 어차피 각 선계를 다스리던 제후가 그대로 각 선계를 다스리는 것이니."

"……달라지는 것은 없으나, 선인들의 표면적인 위신은 세울 수 있다 이 말인가."

"제위와 왕위의 차이가 있어도 그 사이에 예의가 존재한다면 저희 또한 받아들이지 못할 일은 아니지요."

이 노인이 그리 답하며 다른 인간들과 시선을 교환했다. 시건이 단우와 혜강을 응시하며 말했다.

"그것은 각 선계 제후가 지금 이 상황을 확실히 이해하고, 그들 백성을 얼마나 잘 설득하느냐의 문제겠지."

혜강은 침착한 얼굴이었고, 단우는 걱정스러운 얼굴이었다. 그리고 그사이 뒤로 물러나 서로 간의 이야기를 나누고 있던 저승사자들이 앞으로 나섰다. 선인들과 도깨비들의 시선이 저승사자들에게로 향했다. 저승사자 이육삼이 말했다.

「인적과 명수인에 대해, 우리 저승사자가 맡기로 합의를 보았소. 저승에는 환생을 책임지는 귀선사가 있으니 인적을 작성하는 게 어려운 일이 아니며, 명수인을 우리가 찍으면 명부 확인과 바로 이루어질 수 있으니 영혼을 찾으러 가는 저승사자들의 업무도 한층 수월해질 것이오.」

시건은 고개를 끄덕이곤 다른 선인들을 보며 물었다.

"반대 의견이 있는가?"

단우는 저절로 그나마 안면이 있는 혜강을 쳐다봤다. 혜강은 단우의 시선을 느끼고는 그를 쳐다봤다가, 고개를 끄덕이며 시선을 돌렸다.

"없다."

"그렇다면, 파적. 요술로 이 인적을 셋 더 만들고, 명수인을 넷으로 나눠 다오."

그제야 할 일이 생긴 파적이 도깨비방망이를 들고 앞으로 나섰다. 선녀가 내민 인적과 명수인에 대고, 파적이 요술을 부렸다. 똑같이 생긴 인적이 넷으로 늘어났다. 선녀가 함을 열어 그 안에 들어 있던 명수인을 꺼냈다. 용 조각이 올라간 황금 인장은 그대로 네 등분이 되어 나누어졌다. 각 하를 맡은 대표 저승사자들이, 인적과 명수인을 나눠 가졌다.

저승사자들이 물러나는 와중에, 파적이 말했다.

"기다려! 나도 할 말이 있다!"

선인들이 파적을 쳐다봤다. 파적은 품에 접어 온 편지를 꺼내 들었다.

"이건 나한테 동선 대표 역할을 넘긴 여선이 준 편지……."

파적의 말이 끝나기도 전에 시건이 그의 손에서 편지를 빼앗아 갔다. 그는 당장 편지를 펴 봤다. 편지 안에는 분명 그가 전에 본 사예의 글씨가 있었지만, 그에 대한 언급은 일언반구도 없었다. 대신 편지는 다른 내용으로 채워져 있었다. 시건은 내심 실망했지만 최대한 평정을 가장한 얼굴로 편지를 접으며 말했다.

"용목에 대한 것이다."

"용목?"

"그렇다. 용수궁에 있는 용목이 본래는 사예의 조상인 진사담이 건원제에게 바친 것이라 한다. 하여 용목은 그 후손인 그녀의 몫이니 다른 이가 탐내지 말라고."

그 말에 단우와 함께 온 적오위 선군이 놀란 얼굴로 말했다.

"용마는 선군에게 있어 더없이 중요하니 용목에 대한 것도 함부로 정할 문제가 아닙니다. 또한 그 여선의 말대로 용목의 소유권을 가졌다는 사실을 어찌 입증할 수 있단 말입니까. 그것은 기록도 명확히 남지 않은 바입니다."

"필요하다면 그녀의 신수인 청룡이 그를 입증할 수 있다고 한다. 그 용목에 서린 용의 기운이 청룡의 것이라고. 선군에게 용마가 필요한 것은 사실이나 용수궁 상황이 이리된 이상 누군가가 용목에 대한 권한을 가져야 하는 것만은 분명하다. 그리고 사예만 한 적임자가 없다."

그 말에 적오위 선군은 결국 물러나야 했다. 한쪽에서 그들의 말을 듣고 있던 사관들은 선인들 간의 논의가 조금 정리가 됐다 싶자 다시 입을 열었다.

"그렇다면, 우리 사관의 새 임무는 그대들 선인들이 각 선계의 제위에 오르는 때부터 시작되는 것으로 하겠소."

"허면 남은 것은, 안희제 시절까지 새긴 이 사초를 어찌할 것인지에 대해서요."

사관들은 그들이 이제껏 새긴 사초를 꺼내 들었다. 안희제가 제위하고 고작 삼십여 년이 흐른 터라, 그들이 손에 든 사초는 그리 두껍지 않았다. 사관은 자신의 사초를 보이며 말했다.

"이 사초 안에는, 안희제의 정체가 무엇이었는지, 안희제가 어찌 죽었고 호괴가 어찌 되었는지 모든 진실이 담겨 있소. 아마도 그간 천제의 주도하에 역사에서 지워졌을 진실이 고스란히 기록되어 있지. 이제 그대들은, 앞으로 남을 역사에 그 모든 진실을 남길 것인지, 아니면 흔적 없이 지울 것인지를 정할 수 있소."

"그대들이 만일 진실을 감추기로 한다면, 우리 사관들은 전날 용수궁에서 있었던 이 모든 분란을 요선 호괴의 죄악으로 기록할 것이오."

"그리된다면……."

사관은 그 이후를 말하진 않았지만, 말하지 않아도 그 의미는 명백했다. 선인들의 행동에 분노한 황룡에 의한 천 년간의 참사가 모조리 묻힐 터였다. 지금껏 그래 왔던 것처럼, 먼 훗날의 선인들은 나라의 기틀을 잡은 천서제를 존경하고 이제껏 이어진 천서제의 틀 안에서 그럭저럭 그들의 삶을 살아가게 될 터였다. 반면 진실을 밝히면, 선인들의 과오와 용의 분노, 모든 것이 역사에 남을 터였다.

시건은 사관을 응시하며 말했다.

"용수궁에서의 모든 일은, 없던 일이 될 수 없다."

청룡은 황룡이 벌인 참사를 무위로 만들지 않았고, 용이 만든 분노의 흔적을 그대로 남겨 두었다. 수없이 쌓인 과거가 지금을 만들었고, 이제 앞으로를 만들어야 했다. 그러나 그 앞으로가 지난 시간처럼 감추고 지켜야 할 거짓된 평화를 의미하는 것은 아니었다.

"사관 하나가 남긴 사초가 없었다면……. 진실은 영원히 묻히고, 이미 이 선계의 모든 선인들이 사라졌겠지. 그 진실 덕분에 살아남은 선인들이, 어찌 그 모든 걸 다시금 묻을 수 있겠는가."

과거를 감춘다는 것이 어떤 것인지를, 이제 그들은 알았다. 침묵하는 선인들 사이에서 사관 하나가 웃었다. 다른 사관은 고개를 끄덕였다.

"그간 제 역할을 해내지 못한 사관을 부끄럽게 만드는 말이군."

세 사관은 그들이 들고 있던 사초를 모았다. 세 권의 사초를 모아 든 사관이 말했다.

"이것으로 이 모든 사달에 대한 일단락이 지어진 것 같소. 지금부터 우리는, 오늘의 이 논의를 포함하여 사초에 남은 진실을 정리해 각 선계 궁과 하계로 보내겠소."

선인들이 고개를 끄덕이고, 인간들 또한 마찬가지였다. 그렇게, 새로 시작될 미래에 대한 결론은 지어졌다.

✖ ✖ ✖

용수궁에서 일했던 궁관들은 갑작스레 일을 잃었지만, 아직 용수궁 상황을 정리해야 하기 때문에 완전히 실직했다고 말하긴 어려웠다. 이 선녀들은 일단 용수궁에 남은 서책들과 기록들, 물건들을 정리한 후 그들의 향후 거취를 정할 예정이었다. 그녀들 중에는 다시 서선의 태산으로 돌아가는 선녀들도 있었고, 가족들의 곁으로 돌아갈 선녀들도 있었다. 선녀들 사이에는 정황에 따라 각 선계의 궁에서 선녀 일부를 궁관으로 들일지도 모른다는 기대도 있었다.

용수궁의 많은 일을 떠맡게 된 궁관들을 돕기 위해, 현재 서선 태산에서 또 다른 선녀들이 지원을 나와 있었다. 그중에는 태산의 선녀들을 지도하는 선녀 비연진도 있었다. 다른 선녀들과 함께 날아오던 선녀 비연진은 때마침 아래로 내려가는 가마를 발견했다. 가마에는 인간들이 타고 있었고, 그녀는 저도 모르게 멈춰 서서 가마에 탄 인간들을 빤히 응시했다.

과거 언젠가는, 그녀 또한 설레는 마음으로 탔던 가마였다. 끝내 돌아올 때는 배신감과 분노로 얼룩져 있었지만, 이제는 모두 다 옛날 일이었다. 그 증거로 그녀는 바로 얼마 전에 천제의 명을 따라 선녀들과 함께 하계로 내려갔다 오기까지 했다. 비록 그 후 역적과 도깨비의 무리가 동선에 나타나 감사부에 남은 선녀들과 인사를 하고 급히 다시 돌아오긴 했으나, 그래도 이번엔 무난했던 하계행이었다. 그리고 지금은, 내려가는 천교에 탄 인간들을 보고도 그럭저럭 평정심을 유지할 수 있을 정도였다.

이제는 진정 과거가 되었을 뿐이라는 사실에 생경한 기분을 느끼며, 비연진은 선녀들과 함께 서서 내려가는 가마를 응시했다. 가마 안에는 가장 늙은 인간 하나와 제법 나이가 든 인간들 몇이 함께 타고 있었다. 비연진이 선녀들에게 다가가는데, 선녀들이 저들끼리 사담을 나누는 게 들렸다.

"그나저나 인간치고는 과한 이름이지."

"그러게, 꿈(夢)에 용(龍)이라니."

그 말에, 다가가던 비연진은 우뚝 멈춰 섰다. 그녀는 눈썹을 찌푸렸다. 지금 뭐라고.

"뭐라 했느냐?"

화들짝 놀란 선녀들이 얼른 비연진을 돌아봤다.

"비연진 선녀님."

"지금…… 이름이 무엇이라고?"

선녀들이 딱딱하게 굳은 비연진의 얼굴을 보고는 눈치를 보다가, 급히 말했다.

"그저, 인간의 이름에 용 자가 들어가 있어, 흔한 일이 아닌지라."

"……그 인간의 이름이 무엇이냐?"

비연진은 저도 모르게 심장이 빠르게 뛰는 것을 느꼈다. 선녀는 비연진의 질문이 이어질수록 의아해하는 얼굴이었지만, 그래도 순순히 답했다.

"이가 몽룡이라고 하였습니다."

그 말에, 비연진은 숨이 턱 멎는 것을 느꼈다. 그녀는 그 이름을 알고 있었다. 꿈에 용을 보았다. 그리하여 지어 줬던 이름. 그녀는 저도 모르게 손을 뻗어 선녀의 어깨를 붙들었다.

"누가! 누구의 이름이!"

"예, 예? 위정전으로 부름을 받아 왔던 하계 인간 중에, 가장 나이 많은 인간의 이름이 이몽룡이라 하였습니다."

비연진은 놀란 선녀를 뒤로한 채 몸을 휙 돌렸다. 그녀는 내려가는 가마를 따라 내려갔다. 하얀 구름 사이를 뚫고 내려가는 가마 안에, 모여 있는 인간들이 보였다. 비연진은 저도 모르게 우뚝 멈췄다. 그녀가 급히 나타나자 놀란 인간들이 고개를 돌려 그녀를 쳐다봤다. 그중에, 한눈에 보기에도 나이가 많아 보이는 노인 하나가 있었다.

다가간 비연진과 노인의 시선이 마주쳤다. 비연진은 그 얼굴을 확인한 순간부터 소스라치게 놀랐다. 주름이 가득 쌓이고 수염 난 얼굴, 그야말로 노인이라 칭할 수밖에 없는 그 얼굴에서는 아무리 찾아봐도 그녀가 마지막으로 봤던 매끈한 어린아이의 얼굴을 볼 수 없었다.

그럼에도 불구하고, 비연진은 그대로 굳어서 아무것도 할 수 없었다. 약 칠십여 년이 흘렀고, 어쩌면 그녀의 아들은 이미 죽었을 거라고 생각했다. 그런데 설마 아직도 살아서, 무려 인간의 몸으로 선계까지 올라왔단 말인가. 아직 젊은 모습을 하고 있는 그녀의 앞에서, 곧 죽어도 이상하지 않을 연로한 얼굴로 서 있단 말인가.

시선이 마주치고, 분명, 그녀에게 그 시선이 꽂혔다.

비연진은 어떤 얼굴을 해야 할지 알 수가 없었다. 스스로가 어떤 얼굴을 하고 있는지도 알 수 없었다. 그러나 그녀의 고민은 헛된 고민이었다. 그녀의 아들임이 분명한 노인은, 표정 변화 없이 그대로 고개를 돌려 버렸다. 그 모습에 비연진은 저도 모르게 심장이 쿵 떨어졌다. 그녀를 알아보았나. 아니면 못 알아보았나. 선단을 취한 비연진은 아들과 헤어지던 그 시절과 얼굴이 심하게 달라지진 않았다. 어쩌면 상대는 그녀의 얼굴을 기억하지 못했을 수도 있었다. 아니면, 기억을 하고, 알아보고서도.

비연진은 저도 모르게 식어 가는 마음을 추슬렀다. 그 옛날 그녀가 그랬듯, 알아보고서도 모른 척한 것일지도 모른다는 생각이 들었다. 그녀가 아들을 버리고 선계로 돌아왔듯, 아들 또한 그녀를 버리고 하계로 돌아가는 것일지도 몰랐다.

어느새 내려가던 가마가 흰 구름에 완전히 가려지자, 비연진은 겨우 정신을 차렸다. 그녀는 고개를 젓고는 그대로 등을 돌렸다. 그녀는 저도 모르게 비식 웃었다.

'버린다는 말도 우습지.'

누가 누구를 버린단 말인가. 알아본다고 하여 달라질 것도 없었다. 모른 척하고 하계로 돌아간다면 그녀야말로 고마워해야 할 일이었다.

그러나 그렇게 생각하면서도, 구름 위를 걸어가는 발이 어쩐지 무거웠다. 그녀가 기억하고 있던 얼굴이 저렇게나 늙어 버렸다는 것이, 이상하면서도 불편하고, 왠지 모르게 슬펐다. 그는 그녀의 아들이 아닌 그녀를 속인 남자의 아들이었고, 그리하여 인간이었고, 늙었고, 머지않아 그 생을 마감할 터였다. 그녀는 그보다 더 오랫동안, 노인 아닌 모습으로 건강하게 살아갈 동안. 과정 없이 늙어 버린 그 얼굴만 기억하고 다시 살아갈 동안.

❊ ❊ ❊

"저기 뭐가 있던가? 울긋불긋했는데."

가마를 타고 내려가던 이 노인이 손을 들어 눈가를 비볐다. 그런 이 노인의 옆에서 인간 하나가 말했다.

"선녀가 서 있었습니다."

"그래? 잘 안 보여……."

이 노인은 연신 눈을 비볐다. 그런 이 노인을 보며 그 옆의 또 다른 장정이 걱정스러운 듯 말했다.

"눈이 많이 안 좋아지셨습니까? 눈에 좋은 약을 알아봐 드릴까요?"

"허허, 세월 앞에 장사 있나. 늙어 그런 건데, 괜히 약만 버리지."

"그래도 혹시 모르지요. 결명자가 눈에 좋다고 하던데요."

"그래?"

계속 눈을 비비적거리던 이 노인은 결국 제대로 보이지도 않던 선녀를 완전히 잊어버리고 돌아섰다. 내려가는 가마를 붙잡은 채로 구름 쌓인 하늘을 쳐다봤다.

"거, 하늘나라도 올라오고 참……."

어릴 적에는 하늘나라가 어떤 곳일지 참 궁금했다. 얼마나 아름다운 곳인지, 얼마나 멋진 곳인지. 그를, 그의 아비를 버리고 선녀가 돌아갔을 그곳은 얼마나 좋은 곳이기에, 뒤도 안 돌아보고 그리 떠나갔는지.

"허허……."

그러나 겨우 올라와 마주한 광경은 폐허와 잔해뿐. 이 노인은 허탈한 웃음만 흘릴 수밖에 없었다. 인생 참 알 수 없다, 하는 생각이 연신 들었다. 하늘나라로 떠나 버린 선녀는 저 광경을 보았는가. 입 밖으로는 계속 웃는 것 같지 않은 웃음만 새어 나왔다.

웃고 있어도 그의 기분이 편치 못하다는 사실을 알았는지 옆의 청년이 다른 이야기를 꺼냈다.

"그나저나 요새는 귀신을 안 보십니까?"

"응? 귀신?"

"예. 왜, 며칠 동안 밤마다 귀신이라고 소리를 지르지 않으셨습니까."

"아…… 하하. 그랬지. 그랬어. 하하하."

이 노인은 저도 모르게 진짜로 웃음을 터트렸다. 그는 어둠 사이에서 그를 부르며 서 있던 하얀 옷의 앙상 귀신을 떠올리고는 웃음을 참을 수가 없었다. 처음에는 당연히 귀신이 나타난 줄 알고 무서워서 어쩔 줄을 몰랐지만, 양상의 끈질김으로 이 노인은 한동안 귀신 양상을 곁에 두고 그의 조언을 듣는 상황에 처해야 했다. 며칠 동안 찾아오며 이 노인에게 앞으로 하계를 어찌 이끌어 가야 할지를 설토하던 양상은 이제 제 몫을 다했다 하고는 사라졌고, 그 이후로는 다신 나타나지 않았다.

어쨌든 귀신 양상의 조언을 토대로 하계 상황이 많이 정리되고 있는 것은 사실이었다. 양상이 미리 선계에 큰일이 생길 거라고 귀띔을 해 준 덕택에 선계에서 벼락이 내내 쳐도 이 노인은 당황하지 않고 인간들을 진정시킬 수 있었다. 이 노인은 덕분에 하계 인간들이 그를 뭔가 계시라도 받은 대단한 인물처럼 여기는 것이 낯부끄러웠다.

"그새 귀신이랑 정이라도 들었나 봐. 좀 더 봤으면 했는데 말이야."

"큰일 날 소리 하십니다."

"하하하."

이 노인은 그렇게 웃으며 인간들과 함께 하계로 내려갔다. 가마는 구름을 지나치며, 가마에 탄 인간들을 그들의 땅으로 인도하고 있었다.

❄ ❄ ❄

위정전 앞에서는, 긴박한 대치가 이루어지고 있었다. 혜강과 단우가 각자 그들의 선군들을 데리고 각 선계로 돌아가고, 사관들도 그들의 사초를 정리하겠다며 모습을 감췄다. 저승사자들도 인적과 명수인을 가지고 명계로 돌아간 참이었다. 그리하여 위정전에는 북선에서 온 선인의 무리와 동선에서 온 도깨비 무리만 남아 있었다. 도깨비 무리 중 파적을 막아선 시건은 굳은 얼굴로 아까 했던 질문을 고

대로 했다.

"왜 네가 왔나? 사예는."

시건으로서는 속이 탈 수밖에 없었다. 기다리고 기다리던 날이 되어 미친 듯이 날아왔는데, 정작 그 자리에 사예가 없었다. 그는 북선 상황을 대충 정리하자마자 동선으로 날아가지 않은 것을 계속 후회하고 있었다. 울던 사예의 모습이 자꾸만 눈에 서려 안절부절못했다. 그는 북선으로 돌아가던 순간부터 사예의 곁을 떠난 것을 후회했지만 시간이 지날수록 더 후회했고 지금은 아주 후회막심이었다. 그리고 그런 시건의 답답함을 알 리가 없는 파적은 태연하게 말했다.

"씨름하자."

"사예는?"

"씨름!"

파적은 목소리를 높였다.

"그 처자에 대해 알고 싶다면 나와 씨름을 해! 해서 이겨! 그럼 알려 주겠다! 왜 내가 왔는지!"

그 말에 시건의 눈썹이 찌푸려졌다. 시건은 파적을 무시하고 그냥 동선으로 가 사예에게 묻기로 작심했다. 그가 몸을 돌리려고 하는데, 파적이 얼른 그런 시건의 앞을 막아섰다.

"멈춰! 나와 씨름을 다시 하기로 하지 않았냐! 어서 약속을 지켜! 네놈의 일이 해결된 건 다 알고 있다고!"

파적은 시건이 피하면 마치 도깨비방망이라도 휘둘러 그를 붙잡을 기세로 팔을 휘적거렸다. 시건은 한숨을 내쉬었다. 지금 당장 날아가 사예를 보기에도 부족한 시간이었지만, 하는 수 없이 그는 파적의 요구에 응하기로 했다.

"좋다. 너와 씨름을 하겠다."

"진짜? 드디어!"

파적은 신이 나 구름 위에서 덩실덩실 춤을 췄다. 씨름 구경을 할 생각에 한껏 달아오른 도깨비들이 얼른 요술을 부려 둘이 씨름을 할 만하게 구름을 많이 모았다. 한쪽에 도깨비들이, 한쪽에는 시건과 함께 온 선인들이 섰다. 현록이 다른 선인들과 함께 시건의 용마 흑뢰를 데리고 서 있었다.

모은 구름 위에 시건과 파적이 마주 보고 섰다. 심판을 맡을 도깨비가 요술을 부려 흰색 샅바와 푸른 샅바를 만들어 냈다. 시건과 파적이 샅바를 받아 들었다. 샅바를 묶은 시건과 파적은 서로를 마주 보고 샅바를 붙잡고 섰다. 워낙 거대한 도깨비인 파적은 조금만 힘을 쓰면 바로 시건을 넘어트릴 수 있을 것 같았다. 선인들은 불안해하는 마음으로 서 있었고, 도깨비들은 신난 얼굴로 구경을 하고 있었다.

"자, 그럼!"

심판을 보는 도깨비가 손을 들며 물러났다. 그와 동시에, 파적의 손에 힘이 들어갔다. 그러나 시건은 아니었다. 그는 애초에 파적을 들거나 그에게 다리를 걸 생각 따윈 하지도 않았다. 시작과 동시에 몸이 들리려던 찰나, 샅바를 잡고 있던 시건은 그 샅바를 쥔 팔을 움직이는 대신 손가락을 움직여 수인을 맺었다. 그의 의지대로 아래 깔려 있던 구름이 움직였다. 움직인 구름이 그대로 위로 날아올라 파적의 등에 달라붙었다.

"엉?"

당장 시건을 들어 올리려고 했던 파적은 고개를 돌려 축축해진 등을 쳐다봤다. 등 뒤에 구름을 업은 상태로 파적이 물었다.

"이게 뭐냐?"

시건은 샅바를 놓으며 냉정하게 대답했다.

"네 등이 먼저 구름에 닿았다. 내가 이겼다."

"……."

도깨비들은 물론이고 선인들도 아무 말도 하지 못했다. 파적은 얼떨결에 샅바를 놓고는 멀뚱히 서 있다가, 잠시 후에 분노했다.

"무슨 소리야! 이건 네가 반칙을 한 거잖아!"

"반칙이라니. 씨름에 구름을 움직이면 안 된다는 규칙은 없다."

"그거야 당연한 거지! 어떤 도깨비도 씨름을 할 때 요술을 쓰지 않아!"

"난 도깨비가 아니다."

"뭐, 뭐라고!"

파적은 흥분해서 목소리를 높였다. 그의 등에 달라붙은 구름은 아직도 그 자리에 그대로 있었다. 거친 손길로 구름을 떼어 낸 파적은 목에 핏대를 세우고 소리쳤다.

"도깨비가 인간과 씨름을 할 때도 요술은 쓰지 않아!"

"그거야말로 당연하다. 인간은 술법도 요술도 쓰지 못하니까. 하지만 난 선인이다."

그건 그렇네, 하고 심판을 보는 도깨비가 고개를 끄덕였다. 그 모습을 보곤 말문이 막혀 어버버, 하고 있던 파적이 아! 하고 탄성을 터뜨리고는 시건에게 삿대질을 했다.

"저번에! 저번에 너와 내가 씨름을 할 때도 요술은 절대 쓰지 않는 거였잖아! 난 그 증거로 도깨비방망이도 놓고 갔었다고! 잊었냐!"

"기억하고 있다. 하지만 그땐 내가 분명 요술이나 술법을 쓰지 말자고 사전에 네게 말했었지. 하지만 이번엔 아무 얘기도 하지 않았다."

"뭐……."

"요술을 쓰지 않을 셈이었다면 경기 전에 내게 말했어야지."

파적은 이제 정말 아무 말도 할 수가 없었다. 파적의 정당한 불만

제기는 시건의 야비한 철통방어 앞에 완전히 짓밟혔다. 옆에서 시건의 말을 듣고 고개를 끄덕이던 심판 도깨비는, 시건의 팔 하나를 잡고 위로 들며 말했다.

"승리."

그 모습에 파적은 충격을 받았다가, 곧 원통함에 눈물을 흘리며 울부짖었다.

"크으으윽! 내가 또 지다니! 또! 또 류시건 저놈에게! 말도 안 돼!"

"상대가 나빴어요, 형님."

"그러게요."

다른 도깨비들이 우는 파적을 위로했다. 억지나 다름없는 씨름의 승패를 받아들이는 도깨비 파적을 보며 선인들이 나름 감탄하고 있을 무렵, 시건은 슬슬 인내의 한계를 느끼며 다시 한 번 파적에게 물었다.

"사예는?"

"크으으윽! 이럴 수는 없어!"

유감스럽게도 파적은 패배의 쓰라린 상처 때문에 시건에게 대답을 해 줄 수 있는 상태가 아니었다. 대신 다른 도깨비가 대답했다.

"그 처자는 동선을 떠난다고 하던데?"

그 말만 남긴 채, 도깨비들은 이제 그만 동선으로 돌아가기 위해 충격받은 파적을 위로하러 갔다. 시건은 자신의 용마를 데리고 있는 선인들에게로 돌아가 용마 고삐를 넘겨받았다. 용마 위로 올라타는 시건의 심정이 복잡해 보였다. 현록이 그를 시건에게 물었다.

"왜 동선을 떠나신다는 걸까요?"

시건이라고 답을 알 수 있을 리가 없었다. 그저 머릿속에는 울던 사예의 모습만 맴돌았다. 시건이 서둘러 동선으로 날아가려고 하는데, 유신이 의미심장한 얼굴로 말했다.

"저는 알겠습니다."

시건과 현록은 무시했다.

"일단 난 동선으로 가야겠다. 너희는 북선으로 돌아가라."

"예."

"아니, 제가 알겠다니까요."

시건과 현록은 그제야 유신을 쳐다봤다. 현록은 못 미더워하는 얼굴로 유신에게 물었다.

"왜?"

유신이 답답하다는 듯 그의 가슴을 주먹으로 쳤다. 그는 어찌 그리 당연한 걸 모르냐고 답답해하며 시건을 가리켰다.

"상장군과 혼례를 치르면, 북선으로 와야 되잖아요!"

"……."

"……."

그런가? 시건과 현록은 인상을 찌푸린 채로 서로를 쳐다봤다.

※ ※ ※

동선에서 사예는 청하와 함께 그녀의 술시인 나무 두 그루를 돌보고 있었다. 그녀는 오전에 용수궁으로 간 도깨비들이 어찌 됐는지, 그녀가 하란 대로 잘했는지 걱정이 됐다. 이미 해는 중천을 지나 조금 있으면 해가 질 저녁 시간이었다.

사예가 청하와 함께 나무 앞에서 오행궁의 수기를 움직여 기운을 나눠 주는데, 멀리서 날아오는 검은 물체가 보였다. 그녀에게 제법 익숙한 용마였다. 기세가 남다른 것이 단순히 흑뢰가 빠르기 때문이 아니라 도깨비가 요술을 부려 준 모양이었다. 하긴 도깨비 요술이 아니라면 아무리 용마라도 용수궁에서 이렇게 빨리 동선까지 도달할 수는 없을 터였다.

사예는 그녀에게로 날아오는 용마에게서 시선을 돌리고는 나무에
만 집중했다. 손으로 나뭇잎만 만지작거리고 있는데, 바람을 일으키
며 검은 용마가 내려섰다. 그 위에서 내린 시건이 바로 사예에게로
걸어와 기대 가득한 얼굴로 물었다.

"북선으로 올 건가?"

이게 무슨 소리야. 사예는 인상을 한껏 쓴 채로 시건을 쳐다봤다.

"무슨 소리요. 난 서선으로 갈 것이오."

보나마나 용수궁에서 도깨비를 통해 말을 전해 들었으리라 생각
했다. 그러나 뜬금없는 북선 타령이라니 이해할 수 없었다. 시건도
이해하지 못한 얼굴이었다.

"서선? 서선으로 간다고?"

사예는 나뭇잎 건드리던 손을 탁탁 털고는 뚱한 얼굴로 말했다.

"나도 이제 태산으로 가 수행을 하려고. 그래야 선녀가 되고 날개
옷도 받지."

선녀가 되는 것은 모든 여선의 꿈이었다. 사예는 그간 그녀의 사
정 때문에 서선으로 수행을 떠나지도 못하고 날개옷도 받지 못한 게
한이었다. 따라서 모든 상황이 정리되자마자 가장 처음 하고 싶었던
일은 역시, 선녀가 되는 것이었다.

그러나 시건은 서선으로 수행을 떠나겠다는 사예의 말에 충격을
받은 것 같았다. 그의 얼굴은 기묘하게 일그러져 있었다. 뭐라고 말
을 하고 싶은데 차마 하지 못하는 기색이었다. 그는 말을 잇지 못하
다가, 최대한 침착한 어조로 사예에게 되물었다.

"……날개옷이 가지고 싶나?"

사예는 고민할 것도 없이 고개를 크게 위아래로 흔들었다. 청하도
사예의 옆에서 고개를 크게 위아래로 움직였다.

"당연하지."

그 말에 시건은 입을 꾹 다문 채로 잠시 고민에 잠겼다. 그는 시선을 내리깐 채로 고민하다가, 결국 고개를 끄덕였다.

"그래. 알았다."

그러곤 다시 흑뢰를 타고 날아가 버렸다. 흑뢰의 날갯짓에 바람이 세게 일었다. 사예는 그 바람 때문에 눈을 제대로 뜨지 못하고 깜빡이면서 흑뢰를 그대로 보내야 했다. 바람결에 옷이 날려 흐트러진 상태로, 사예는 멍하니 흑뢰가 날아간 하늘만 쳐다봤다.

"……저게 다야?"

싱거운 대화만 남긴 채, 시건은 정말 그대로 돌아가 버렸다.

✖ ✖ ✖

시건이 다시 나타난 것은 그로부터 삼 일이 지난 후였다. 시건은 산처럼 쌓인 비단 더미와 함께 등장했다. 그는 사예의 방 앞에 도깨비의 도움을 받아 가져온 비단을 쌓아 놓고 손에는 금속 경첩이 붙은 나무함 하나를 든 채 서 있었다.

방 안에서 짐을 싸고 있던 사예는 방에서 나와 그 광경을 발견하고는 굳어 버렸다. 그녀는 시건을 황당해하는 얼굴로 쳐다봤다. 방문 앞, 마루에 쌓인 비단을 한 장 들추며 사예가 물었다.

"이게 뭐요?"

"비단이다."

그거야 보면 알지. 사예는 들춰 본 비단을 내려놓고 시건을 응시했다. 명확한 설명을 요구하는 시선에 시건이 설명했다.

"태산에서 하사하는 날개옷은 선녀로서 시험을 통과해야 받을 수 있다. 하지만 도깨비가 요술을 부리면 이것으로도 충분히 날개옷을 만들 수 있을 것이다."

사예는 그래서 도깨비가 그렇게 해 준다더냐, 하고 물으려다가 더 중요한 문제를 상기하고는 제대로 중심을 잡았다. 삼 일 만에 찾아와 당당하게 하는 말이 아주 가관이었다.

"내가 원하는 건 선녀님이 되는 거라, 이 말이오. 날개옷이 가지고 싶은 건 날개옷이 선녀의 상징이니까 그런 거고. 도깨비 요술로 암만 날개옷을 만든다 한들 내가 선녀가 되는 게 아니지 않소."

그녀는 비단에서 손을 떼 버렸다. 곤란해하는 얼굴로 서 있던 시건이 그런 사예에게 말했다.

"그대 실력이 좋으니 구태여 태산까지 가 수행을 하지 않아도 능히 선녀가 될 수 있을 것이다."

그 말에 사예는 헛기침을 했다.

"그거야 당연하지만."

사예의 기분이 조금 나아질 기미가 보이자 시건이 얼른 손에 들고 있던 함을 내밀었다. 함을 힐끔 쳐다본 사예가 이번에도 물었다.

"이건 또 뭐요?"

사예는 말없이 내밀기만 하는 시건을 빤히 쳐다보다가, 결국 손을 뻗어 고리를 내리고 함을 열었다. 그리고 뚜껑을 연 함의 붉은 내부에는 온갖 가락지가 한가득 있었다.

"......"

사예는 함 안을 뚫어져라 쳐다봤다. 천하에 있는 가락지를 종류별로 모아 수북이 쌓아 놓은 듯했다. 정밀한 세공이 들어간 금지환에 칠보가 된 은지환, 비취빛의 매끈한 옥지환 등 각양각색이었다. 말없이 함을 보던 사예가 함을 조심스럽게 닫았다. 소리도 나지 않게 함 뚜껑을 덮은 그녀는 시건의 안색을 살피고는 슬쩍 뒤로 물러났다.

"일단, 내 얘기부터 들으시오."

가벼운 분위기가 아니라는 것을 알았는지 시건은 진지한 얼굴로 사예를 응시했다. 사실은, 함을 그대로 덮어 버린 사예의 행동으로 인해 마음이 조금 불안해졌다. 사예는 마치 시건이 가락지를 들이밀 기회도 주지 않으려는 듯 손을 뒷짐 져 가린 채로 말했다.

"내 얘기부터 듣고…… 그래도 상관이 없으면 내게 이 가락지와 비단을 내밀어도 되오."

"……그래."

시건은 함을 내민 팔을 내리지 않은 상태로 답했다. 사예는 꿋꿋하게 내민 그 팔을 외면하고 그녀에게 꽂힌 채로 미동도 않는 시건의 눈도 피했다.

"난 선단을 취하지 않을 것이오."

"……왜?"

되묻는 물음이 조금 늦게 나왔다. 사예의 대답도 조금 늦었다.

"……내 달에게 받은 선단을 우리 어머니와 함께 먹을 예정이었소. 헌데 우리 어머니께서 선단을 취하지 못하셨는데, 어찌 나 홀로 저 선단을 취할 수 있겠소."

말을 잇는 도중 저도 모르게 얼굴이 일그러졌다. 어느새 또 나와 버린 눈물에 참으려고 이를 악물었다. 결국 사예는 고개를 숙인 채로 자신의 버선발만 쳐다봤다. 시건은 말이 없었고, 해서 사예는 지금 그가 어떤 생각을 하고 있을지 어떤 표정을 짓고 있을지 알 수가 없었다. 사예는 점점 이 자리를 피하고 싶은 마음이 들었다. 시건이 무슨 말이라도 했으면 좋겠다고 생각하는데, 잠시간 그렇게 미동도 말도 없이 그대로 서 있던 시건이 결국 나지막하게 말했다.

"그래. 알았다."

사예는 고개를 들고 시건을 쳐다봤다. 그러나 시건은 이미 그녀를 등지고 몸을 돌린 상태였다. 그는 함을 들고 있던 그대로 몸을 돌려,

돌아갔다. 말 그대로, 바로 흑뢰를 타고 도깨비집을 떠나 하늘을 날아가 버렸다. 사예는 비단 더미 사이에 홀로 덩그러니 남았다. 나왔던 눈물이 쏙 들어갔다. 그녀는 흑뢰의 날갯짓 때문에 엉망으로 펼쳐진 비단 사이에서, 멍하니 하늘을 쳐다봤다. 흑뢰는 언제나처럼 빠른 속도로 날아갔고, 눈 몇 번 깜짝거릴 새에 어느새 보이지도 않았다. 그렇게, 시건은 삼 일 만에 찾아와 잠깐 만에 다시 떠나가 버렸다.

❈ ❈ ❈

밤에 사예는 이부자리에 누웠으나 도통 잠이 오지 않았다. 그녀는 눈을 동그랗게 뜬 채로 어두운 천장을 응시했다. 눈을 두어 번 깜빡거리다가, 시선을 돌렸다. 그녀의 방 한구석에는 도깨비들이 정리해 준 비단이 쌓여 있었다. 사예가 여기 두지 말라고 몇 번이고 소리를 높였음에도 불구하고 도깨비들은 그녀의 방에 비단을 쌓아 놔 그녀의 마음을 싱숭생숭하게 만들었다.

'……내일 다시 오겠지?'

사예는 그렇게 생각했다. 그녀는 두 눈으로 보고서도 아직도 믿을 수가 없었다. 시건은 선단을 취하지 않겠다는 그녀의 말 한마디에 그대로 가락지를 가지고 돌아가 버렸다. 뭐 이런 경우가 다 있단 말인가.

'나 원 참, 화도 안 나.'

사예는 이불을 꼭 잡은 채로 그렇게 생각했다. 아무리 그녀가 선단을 취하지 않겠다고 말했기로서니, 그대로 돌아가 버리다니. 그대로.

'내일 다시 오면 뭐? 와도 안 볼 거야.'

생각할수록 괘씸한 마음이 들었다. 진정 그 사내가 그녀를 은인이라 칭하고 낯부끄러운 소리를 입에 담으며 그녀와 혼인할 거라 단언했던 사내가 맞는가. 오십 년이 어쩌고저쩌고할 땐 언제고, 그녀의 말 한 마디에 홀랑 줄행랑을 치다니.

'우리 아버지는 그래도 상관없다고 어머니와 혼례를 올렸는데.'

비교를 안 하려 했으나 안 할 수가 없었다. 덕분에 백운과 하선만 생각나 눈물이 샘솟았다. 이불자락을 들어 올려 고인 눈물을 눌러 닦았다. 그러나 눈물이 멈추지 않아 손으로 대충 닦은 다음 그대로 이불을 머리끝까지 덮었다.

선단에 대해 입에 담았던 그녀의 마음도 좋지는 않았다. 미안하다고 생각하기도 했고, 그가 어떤 반응을 보일지 궁금했던 것도 사실이었다. 그래도 선단을 취하라고 설득을 할지, 그녀의 아버지처럼 그래도 상관없다고 말할지. 저도 모르게 기대를 하기도 했다. 그러나, 그녀의 그 말에 그렇게 뒤도 안 돌아보고 도망을 칠 거라고는 조금도 생각하지 않았다!

'그래도 상관없다, 그리 말하면. 어차피 있는 선단, 내가 미안해서라도 생각을 다시 해, 안 해?'

사예는 서운한 마음에 그렇게까지 생각했다가, 바로 생각을 고쳐먹었다. 물론 다시 생각을 해도 그 선단은 취하지 않을 거지만, 그래도 어쩐지 시건에게 배신을 당한 것만 같았다. 낮에 그가 내민 온갖 종류의 가락지를 보자마자 미안하고 불편했던 마음이 흔적도 없이 사라졌다. 그녀는 저도 모르게 덮고 있던 이불을 발로 차 버렸다. 괜히 성나는 마음에 허공에 발을 굴렀다. 홀로 씩씩대다가, 사예는 몸을 다시 이불 위에 축 늘어트렸다.

'……내일 다시 오겠지?'

가다가 다시 돌아오겠지, 돌아올 거야, 하고 생각했으나 밤이 늦을 때까지 시건은 돌아오지 않았다. 어쩌면 시건은 그리 매몰차게 떠났다가 지금 후회를 하고 다시 돌아오고 있는 중일지도 몰랐다. 흑뢰가 매우 빠르니 너무 멀리 가서 다시 동선으로 돌아오는 데도 시간이 걸리는 걸지도. 아니, 어쩌면 돌아오던 와중에 흑뢰가 지쳐서 쉬고 있느라 늦어지는 걸지도 몰랐다. 그녀는 흑뢰가 명계에서 그렇게 날뛰어도 지치지 않았던 용마라는 사실을 외면했다.

'······오겠지?'

안 오면 진짜 안 봐, 하고 중얼거리며 사예는 이불을 다시 끌어당겨 덮었다. 눈을 떠도, 감아도 알았다고 답하곤 그대로 날아가 버린 시건의 모습만 자꾸 떠올랐다.

'어떻게 설득 한 번을 안 해?'

이율배반적인 마음으로 자꾸만 서운한 마음이 들었다. 설마 정말로 마음을 바꾼 건 아닐 거라고, 사예는 몇 번이고 중얼거렸다. 그러나 선단이 선인에게 허락하는 무수한 시간을 생각하면 그가 마음을 바꿔 먹을 만도 하다는 생각이 들었다. 그러나 곧 다시, 겨우 그런 걸로 시건이 그녀에 대한 마음을 바꿀 수가 없다고 생각했다. 몇 번이고, 몇 번이고 생각을 바꾸며 혼란스러워하다가, 화딱지가 나 다시 이불을 발로 찼다. 그랬다가 다시, 이불을 덮고 다시 차고. 그 밤 내내 몇 번이고 반복했다. 아침이 되면 그녀를 다시 찾아온 시건을 어떤 얼굴로 볼지 고민하며 밤을 새웠다.

그러나 시건은 다음 날도, 그다음 날도 나타나지 않았다.

❈ ❈ ❈

사예가 미안함을 덮어 버린 혼란과 배신감에 빠져 허우적거리고 있는 동안, 시건은 흑뢰를 타고 달에 와 있었다. 그는 달에 오자마자 달을 만나고, 지금은 달을 기다리고 있는 중이었다. 시건은 사예가 하선의 일로 많이 상심했다는 것을 알았고, 해서 가지고 있는 선단을 취하지 않으려는 사예의 마음도 충분히 알았다. 제 욕심 때문에 그래도 그를 보아 그 선단을 취해 달라고 고집을 부릴 수는 없었다. 그는 사예의 결정을 무시하고 싶은 마음은 없었다.

하여 아예 새 선단을, 그의 손으로 직접 가져가 사예에게 전해 주기 위해 달까지 한걸음에 날아온 참이었다. 사예가 말했듯 그 선단을 먹지 않아도 괜찮았다. 대신 그가 가져간 새 선단을 먹으면 되는 것이다.

그리하여 당장 새 선단을 받아 올 작심을 하고 달까지 날아온 그가 기다리며 보게 된 광경은, 가히 충격적이었다. 시건은 그가 서 있는 월궁, 그 앞마당을 뛰노는 옥토끼들 사이에서 심상치 않게 표정을 굳히고 말았다. 마루 위에 앉은 달을 향해, 시건이 한없이 가라앉은 어조로 물었다.

"……지금 뭐 하는 거지?"

막 돌절구 안에 동글동글한 옥토끼 배변을 넣은 달이 시건을 쳐다봤다.

"예? 지금 그 여선님께 보내 드릴 선단을 다시 만……."

"지금 거기에 뭘 넣은 거지?"

달은 눈을 깜빡이다가, 돌절구를 쳐다봤다. 돌절구 안에는 늘 그렇듯 동그란 토끼 똥이 들어 있었다. 달은 그제야 왜 시건이 저리 험악한 표정을 짓고 있는지 이해하고는 웃었다.

"아, 이것 때문에 그러시는군요. 걱정하지 마십시오. 모든 선단에 들어가는 약이고, 옥토끼는 이 달에서만 풀을 뜯어 먹고 자라 아주 깨끗합니다."

달은 순수하기 짝이 없는 얼굴로 웃으며 그렇게 끔찍하기 짝이 없는 소리를 입에 담았다. 시건은 아무 말도 할 수 없었다. 기억도 안

나는 어린 시절 먹은 선단에 저 옥토끼 배변이 들어간다는 건 둘째
치고, 그럼 지금 그가 사예에게 저 흉물이 든 선단을 가져가야 한다
는 게 아닌가.

시건은 달에게서 등을 지고 서서 일생일대의 고민에 휩싸였다. 그
는 그의 정인과 추후 오랫동안 오순도순 살아가기 위해 저 선단을 가
지고 가야만 했다. 사예에게 저 선단을 먹여야 했다. 그러나 그는 감
히 그의 소중한 여선에게 토끼의 배설물 따위를 먹일 수는 없었다.
보기 좋고 맛도 좋고 몸에도 좋은 것만 구해다 갖다 바쳐도 모자랄
그의 사예에게 한낱 미물의 똥 따위를……. 그의 생각 한편에서 사예
와 혼례를 치르고 서로를 닮은 자식도 낳고 오순도순 사는 미래가 그
려졌다. 또 한편에서는 끊임없이 입으로 풀떼기를 가져가 오물거리
는 옥토끼가 뛰어다녔다. 시건은 손으로 얼굴을 가린 채로 계속 고민
했다.

고뇌에 휩싸인 시건의 주변을 아무것도 모르는 옥토끼들이 폴짝
폴짝 뛰어다녔다. 흑뢰는 두 눈을 매섭게 뜨고 그런 옥토끼들을 쳐다
보고 있었다. 비록 근본이 식물이어도 난폭한 성정을 지닌 이 용마는
사냥감을 노리는 야생 동물의 얼굴을 하고선 옥토끼들의 토실토실한
몸을 어떻게 처리해 줄지 고민하고 있었다. 검은 용마의 본성을 아는
옥토끼 한 마리만 아무것도 모르고 뛰어다니는 무리에서 멀찌감치
떨어져 눈치를 봤다.

고민하는 시건의 뒤에서 달이 방망이를 든 채로 어찌할까요, 하고
물었다. 손을 들어 얼굴을 가린 채로 깊은 수심에 잠겨 있던 시건은,
결국 결단을 내렸다. 그는 생각지도 못하게, 그의 여선에게 절대로
말하지 못할 비밀 하나를 만들고 말았다.

"……서둘러 만들어 다오."

"그럼요, 잘 생각하셨습니다."

고개를 끄덕이며 달은 옥토끼 배변을 한 움큼 삽으로 퍼 돌절구에 쏟아 넣었다. 동그란 토끼 똥이 우수수 떨어져 돌절구 안으로 직행했다. 그 모습을 보고 놀란 시건이 소리쳤다.

"왜 그리 많이 넣는 것이냐!"

달이 움찔 놀라 어깨를 움츠렸다.

"왜냐면 여선님께서는 아기 선인이 아니니까요. 최대한 빨리 효험을 보기 위해서는 아무래도 약의 강도를 진하게 해야겠기에."

"······."

사예에게 절대로 말할 수 없는 비밀이 한 가지 더 늘어났다. 시건은 결국 선단을 만드는 달의 모습을 보지 않기로 했다. 그는 연신 속으로 다 사예를 위한 것이라 합리화하며 등을 돌리고 귀를 막은 채로 달이 선단을 완성하기를 기다렸다.

❉ ❉ ❉

시건이 패물함을 도로 들고 훌쩍 떠나 버린 지 일주일이 지났다. 그사이 서선에서는 서선 백제(白帝) 호혜강의 즉위식이 있었다. 가례도 없이 그녀 홀로 제위에 오른, 급한 즉위식이었다. 그 즉위식에서 지난 선계의 진실과 앞으로의 미래에 대한 공표도 이루어질 예정이라 들었으니 이변이 없는 한 황룡에 대한 사실도 이미 선인들에게 알려졌을 터였다. 사예야 공식적으로 정해질 동선의 청제(靑帝)라는 칭호보다 천하장사라는 칭호를 더 좋아할 도깨비들 사이에 있으니 그 이상 다른 선계의 상황이 어찌 돌아가고 있는지 명확히 알 수는 없었다.

도깨비는 씨름도 열리지 않는, 앉아서 따분하게 치러질 즉위식 따위에는 관심이 없었고, 따라서 서선에서 열리는 혜강의 즉위식에 참여하지 않았다. 사예 역시 남의 즉위식에 앉아 좋은 음식 먹고 귀에 즐거운 음악 들으며 박수 쳐 줄 기분은 아니었다. 그래서 사예도 혜강의 즉위식에는 참석하지 않았고, 대신 도깨비들이 열심히 만든 메밀묵만 고이 싸서 축하 선물로 보냈다.

도깨비들은 그 이후로도 몇 번 용수궁으로 날아가 다른 선인들과 이루어지는 논의에 참여했지만, 용수궁에서 한 대화 중 대부분은 도깨비의 뇌리에 인식되지 않아 사예가 전해 들을 수 있는 소식은 얼마 없었다. 용수궁에서는 천제의 선군이었던 검용군과 간용군, 용수궁을 지켰던 좌우위 선군 및 궁관들을 각 선계에 어찌 배분할지에 대해 선인들 간의 갑론을박이 뜨거웠지만 도깨비에게는 영 관심 없는 이야기였다. 다른 선인들과 달리 파적은 선녀들에게 전해 받을 선적도 없는지라 그야말로 가벼운 몸과 마음으로 용수궁에 가서 반쯤 졸다 역시 가벼운 몸과 마음으로 동선으로 돌아왔다. 도깨비의 머리는 오로지 씨름 규칙을 이해하고 적용하는 데만 특화되어 있는 게 분명했다.

그나마 사예가 직접 장문의 편지를 써 보낸 터라 용수궁에 있는 용목에 대한 결정과 책임은 모두 그녀의 몫이 되었지만, 사예는 아직 용목을 어찌해야 할지 결정할 수 없었다. 그녀는 아직 직접 용수궁으로 가 무너진 위정전의 후원에 멀쩡히 서서 용목을 돌볼 자신이 없었다. 그 자리와 그곳의 잔해가 그녀에게 다시금 불러일으킬 감정이 두려웠다. 그 부서진 모습을 보는 순간 겨우 다스린 그녀의 마음도 다시 부서질 터였다. 혹시나 그 잔해 사이 기억 속의 붉은 핏자국이 남아 있을까 두려웠다. 그리하여 사예는 용목에 대해서 판단 내리는 것을 일단 보류해 둔 상태였다.

도깨비들이 겨우 전한 몇 가지 이야기 중에는 머지않아 도깨비 기준으로 볼 때 아직 꼬맹이에 불과한 남선의 선인 주단우도 남선 적제

(赤帝)로서 제위에 오른다는 이야기도 있었다. 도깨비가 전하는 이야기 중엔 정말로 중요한, 북선 흑제(黑帝) 자리에 오를 시건에 대한 이야기도 있긴 했다. 그러나 유의미한 이야기는 아니었다.

파적을 통해 전해 들자니 시건은 저번 용수궁의 회의에 참석하기는 했으나 그 회의에서 몇 마디만 내뱉고는 그대로 쌩하니 돌아가 버렸다는 것이었다. 그래도 시건과 함께 왔던 선인들이 다른 선군들처럼 갑옷을 쫙 빼입고 왔다는 이야기를 들으니 북선 상황도 정리가 되고 있긴 한 모양이었다.

용수궁에 가 저 할 일은 하면서, 정작 그녀에게는 그야말로 코빼기도 보이지 않는 시건 때문에 사예는 점점 열불만 났다. 이건 그야말로 진정 시건이 마음을 바꿔 먹었다고 볼 수밖에 없지 않은가. 그럼에도 불구하고 사예는 그를 기다렸다. 하루에도 몇 번씩 시건이 만약 찾아와도 얼굴도 안 볼 거라고 생각했다가, 검은 용마가 하늘 어디에서 나타날지 몰라 하늘을 열심히 쳐다봤다. 그녀는 드문드문 시건에게 선단 이야기를 괜히 했나 후회하기도 했다.

시건 때문에 꾸물거리던 사예는 결국 서선으로 떠날 짐을 거의 다 쌌다. 도깨비가 챙겨 준 옷가지와 혹시 몰라 만든 부적, 사진검을 몇 번이고 확인했다. 두 개의 선단이 담긴 함과 하선의 유골함을 어찌할지만 정하면 바로 서선으로 떠날 예정이었다. 그리고 전에 시건이 와서 놓고 간 비단들은 여전히 그녀의 방에 차곡차곡 쌓여 있었다. 사예는 이제 그 비단 쪽은 아예 쳐다보지도 않았다.

남은 짐을 어쩔지 고민이 많아 한숨을 내쉬면서 방문을 열고 나오는데, 드디어 하늘 사이 검은 용마의 모습이 보였다. 사예는 눈을 몇 번이고 감았다 떴다. 분명 검은 용마였다. 내부에서 잠자고 있던 분이 순간 되살아난 활화산처럼 팍 터졌다. 사예는 당장 방 안으로 들어가 쾅 소리 나게 문을 닫고는 고리를 걸어 문을 잠가 버렸다. 그대로 방문에 등을 진 채로 풀썩 주저앉았다.

그사이 시건은 흑뢰의 위에서 내린 모양이었다. 그가 밖에서 사예를 불렀다.

"사예."

사예는 대답하지 않았다. 시건이 이제 와 무슨 생각으로 마음을 고쳐먹었든 그건 그녀가 알 바가 아니었다. 시건은 잠시 기다리다가, 다시 사예를 불렀다.

"사예."

사예는 대답하지 않았다. 그리고 밖에서도 말이 없었다. 사예는 설마 겨우 두 번 부르곤 가 버린 건가 의심하며 눈을 부릅떴다. 그러나 굳게 닫은 방문의 창호지에 그림자가 비치자 아님을 깨달았다. 문 너머에 선 채로, 시건이 말했다.

"그대에게 줄 것이 있다. 구해 오느라 조금 늦었다."

'줄 거?'

"그대가 나오지 않으면 내가 들어갈 수밖에 없다. 그대에게 무례를 저지르고 싶지 않다."

사예는 문 너머의 그림자를 열심히 쩨려보다가, 슬그머니 문 쪽으로 다가갔다. 문고리를 잡고 문을 아주 살짝 열어서 틈새로 얼굴을 보였다. 문 바로 앞에 서 있는 시건은 손에 납작한 함 두 개를 들고 있었다. 사예는 설령 시건이 선물을 갖다 바쳐도 절대 마음을 돌리지 않을 생각이었지만, 그가 뭘 구해 오느라 일주일이나 아무 기별도 없었는지 궁금하긴 했다.

그런데 하나는 아무리 봐도 전에 그가 가락지를 쌓아 왔던 그 함인 것 같았다. 사예는 눈썹을 미세하게 찌푸리고는 시건의 얼굴을 쳐다봤다. 시건은 틈새로 보이는 사예의 눈을 뚫어져라 마주 보며 기다리고 있었다. 사예는 괜히 헛기침을 한 번 하고는, 결국 문을 열고 마루로 나왔다. 턱을 꼿꼿이 들고 성가셔 죽겠다는 표정으로 나와서는 마루에 앉았다. 시건이 그녀의 옆에 마주 앉아 손에 든 함을 내밀었다. 사예는 함을 대충 곁눈질하며 퉁명스럽게 말했다.

"일단 보긴 하겠소."

사예는 함의 뚜껑을 열었다. 그리고 열자마자 붉은 함의 내부 안에 참 뽀얗고 동그란 떡 하나가 보였다.

"……."

사예는 보자마자 그것이 무엇인지 알았다. 선단. 선단이었다. 사예는 쾅 소리가 나게 함을 닫았다. 순간 솟아오른 화를 억누르고 낮은 목소리로 물었다.

"이게 뭐요?"

"선단이다."

"……."

사예는 벌써 그녀의 마음속에 참을 인(忍) 자를 두 번 새겼다. 그녀는 침을 한 번 삼키고는 다시 시건에게 물었다.

"이걸 왜 나한테 주는 것이오?"

"그대가 지금 가진 선단은 취할 수 없다고 하지 않았나."

"그래서?"

"그러니 내가 주는 것을 취해라."

사예는 뒷골이 당기는 것을 느꼈다. 항상 시건과의 대화는 미묘한 부분에서 이렇게 어긋나곤 했다. 사예가 표정을 확 굳히고 심상치 않은 얼굴로 시건을 쳐다봤다. 그녀는 지금 뭐라고 화를 내야 이 답답하게 말귀 안 통하는 사내를 가장 적절하게 혼내 줄 수 있을지를 고민하고 있었다. 그러나 사예의 속도 모르고 시건은 태연한 얼굴로 이렇게 물었다.

"왜. 마음에 들지 않나?"

그걸 말이라고 하나! 선단을 취하지 않겠다는 그녀의 말은 귓등도 아니고 콧등으로 들었나 싶었다.

"그렇소! 마음에 들지 않소!"

"그래도 먹어라."

"뭐…… 뭐?"

어이가 없어서 목소리가 튀었다. 시건은 함을 사예에게로 더 가까이 내밀며 말했다.

"내 성의를 봐서 마음에 안 들어도 먹어라. 그게 예의다."

"뭐……."

똑같은 말만 반복하며 입만 벙긋거리던 사예는, 문득 기묘한 기시감을 느꼈다. 그러니까, 방금 시건이 한 말이 묘하게 귀에 익었다. 사예는 언제 그녀가 시건에게 저런 말을 했었는지 기억을 되짚었다. 그 사이 시건이 말했다.

"나는, 이미 암굴에서 오십 년을 홀로 보냈다."

사예가 시건을 쳐다봤다. 말을 하는 시건의 얼굴이 긴장한 것 같다고 생각했다.

"그대가 이 선단을 취하지 않으면, 나는 그보다 오랜 시간을 홀로 보내야 한다. 그때는 아무것도 모르고 암굴에 갇혔었지. 하지만 지금 나는 그 시간이 어떤지 잘 알고 있다. 그래서 두렵다."

사예의 시선이 잠깐, 함 안의 선단에 닿았다. 시건이 함을 잡고 있던 손을 뻗었다. 손이 올라오자 사예가 다시 눈을 들어 시건을 응시했다. 손가락이 뺨을 스치고 그의 손이 얼굴선을 따라 내려갔다.

"그대 없이 그보다 긴 시간을 보낼, 자신이 없다."

손이 닿은 감촉이 얼굴을 따라 흐르다가, 아래로 떨어졌다.

"그러니 받아 다오."

시건이 선단을 들어 사예에게로 내밀었다. 입가로 다가온 선단을,

사예는 망설이는 얼굴로 쳐다봤다. 마음이 흔들리지 않았다면 거짓말이었다. 그가 달에 가 그녀에게 줄 선단을 가져왔다는 것도 그제야 그녀의 마음을 건드렸다. 그러나, 선단을 포기했던 때의 마음이 움직이려는 그녀의 입을 막아 버렸다. 쉽사리 입을 벌리지 않는 사예를 보며 시건이 덧붙였다.

"받아 다오. 내 지난 시간이 그대로 인해 바뀌었듯, 남은 시간 또한 그대 몫이다."

시건이 손에 든 선단을 좀 더 사예에게로 내밀었다. 사예는 시건을 쳐다봤다. 그는 오로지 그녀의 입술이 열리기만을 기다리고 있었다. 오로지 그녀의 입술만 쳐다보고 있는 시건의 눈이 너무나 간절해서, 사예는 결국 그의 억지 아닌 억지에 설득됐다. 고민하다가, 결국 입을 벌려 선단을 한입 베어 물었다. 손을 들어 입을 가리고 입안에 문 선단을 씹었다. 그녀가 선단을 먹는 모습을 시건은 긴장이 서린 얼굴로 쳐다보고 있었다. 사예가 선단을 씹다가, 인상을 찌푸렸다.

"응?"

"……왜?"

시건이 움찔했다. 사예는 선단을 씹어 삼키고는 눈을 크게 뜨며 말했다.

"이게 생각보다 맛이 있네. 난 그래도 약이라, 맛이 없을 줄 알았소."

"……그런가? 맛이 있나?"

"그냥 팥 앙금 같소."

"그래……. 다행이군."

시건은 진심으로 그렇게 생각했다. 그는 다시금 그가 달에서 본 모든 것을 잊어버리기로 결심하며 선단을 다시 내밀었다.

사예는 그가 내미는 선단을 받아먹었고, 시건은 계속 선단을 사예의 입에 직접 먹여 줬다. 시건은 고분고분 선단을 먹는 사예를 당장 안아 주고 싶은 마음을 억누르며 인내심 있게 그녀가 선단을 다 먹기를 기다렸다. 그리고 마침내 선단이 마지막 한 입이 남았을 때, 사예가 갑자기 시건에게 말했다.

"남은 것은 드시오."

"어?"

시건의 반응이 묘하게 과했다. 사예는 제 딴에는 시건을 생각해서 말했다.

"생각해 보니 그쪽이 나보다 이미 몇십 년은 더 살았잖소. 그 남은 거라도 먹어야 선단 효과로 나 사는 만큼 더 살 것 아니겠소. 난 과부가 되고 싶은 생각이 없소."

실제로 정말 효과가 있을지 없을지 알 수는 없었지만, 어쨌든 사예는 그렇게 말하고는 시건이 선단을 먹기를 기다렸다. 시건은 긴장인지 두려움인지 모를 감정으로 한층 더 굳은 얼굴을 하고는, 저도 모르게 사예가 먹다 한 입 남긴 선단을 쳐다봤다. 그는 사예가 보여 준 마음 씀씀이가 참 어여쁘고 고마웠지만 그녀의 배려에 순수한 마음으로 기뻐할 수 없었다. 침을 꿀꺽 삼킨 시건은 마음을 다잡았다. 그는 그녀의 마음을 당장 고맙게 받아들이지 못한 스스로에 대해 자책했다. 이 안에 든 게 무엇이든 그런 게 뭐가 중요하단 말인가. 사예는 그가 남은 선단을 먹길 기다리고 있었다.

"……그래, 알았다."

시건은 설령 그의 손에 든 것이 오물이라도 해도, 아니 진짜 오물이긴 했지만 어쨌든 사예가 원한다면 몇 개고 먹을 수 있었다. 시건은 얼굴 한가득 긴장을 담은 채로 그의 손에 든 선단을 먹었다. 사예는 선단의 맛이 제법 괜찮다고 했지만 그는 선단의 맛 따위를 전혀 느낄 수 없었다. 그는 선단을 씹으며 그의 머릿속에서 뛰어다니는 것 같은 옥토끼 녀석들을 잊어버리기 위해 노력했다.

어쨌든 사예가 원하는 대로 그는 선단을 씹어 삼켰다. 그 모습을 본 사예는 어색한 얼굴로 앉아 있었다. 손을 턴 시건은 그가 먹은 선단의 내용물에 대해 잊기 위해 바로 그가 가져온 다른 함을 들었다. 그가 뚜껑을 열자 저번과 같이, 온갖 종류의 가락지가 쌓여 있었다. 시건이 사예를 향해 말했다.

"그대 원하는 것은 무엇이든 가져도 좋다."

사예는 쌓인 가락지를 보며 어찌해야 할지 몰라 망설이다가, 저도 모르게 투덜거리는 어조로 시건을 탓했다.

"이걸 어찌 다 모았는지는 모르겠지만. 아니, 이 중에 나한테 어울리는 가락지를 고를 성의조차 없소?"

"미안."

시건은 변명 따위는 하지 않았다. 사예는 날카로운 시선으로 함 안을 뒤적거리며 가락지를 고르다가, 불현듯 아까와 비슷한 기시감을 느꼈다. 다행히 이번에는 시건과 전에 명계에서 가락지에 대해 했던 이야기가 바로 기억이 났다. 그때 스스로가 홧김에 입에 담았던 말도 떠올랐다. 그녀는 고개를 번쩍 들고 시건을 쳐다봤다. 그녀는 내심 아니길 바라며 물었다.

"혹, 내가 전에 명계에서 가락지가 다 갖고 싶다고 말해서 이리 모아 온 것이오?"

"……그렇다."

시건은 사예가 그의 대답에 미안해할까 봐 어찌 대답을 할지 고민하다가, 더 이상 사예에게 무언가를 숨기고 싶지 않았으므로 결국 사실대로 대답했다. 아니나 다를까 그의 대답이 떨어지자마자 사예의 얼굴이 낭패감으로 일그러졌다. 바로 방금 전에 입 밖으로 꺼낸 불평이 엄청나게 미안해졌다. 그녀는 미안한 마음에 오히려 또 한 번 시건을 타박했다.

"그럼 그렇다고 얘기를 하지……."

시건이 그저 사과만 한 바람에 더 미안해진 사예는 이놈의 입이 방정이다 싶었다. 그녀는 얼른 함 안의 옥가락지를 꺼내 들고 말했다.

"다 마음에 드는데, 그중 이게 제일 마음에 드오."

"그래."

시건이 사예의 손을 잡고 그녀가 내민 옥지환을 끼워 줬다. 사예는 가락지 낀 손이 있는 팔을 멀리 뻗어 조금 거리를 두고 보았고, 시건은 그가 준 가락지를 낀 사예를 더 가까이에서 보고 싶었다. 고개를 갸웃거리며 반지 낀 손을 쳐다보고 있는 사예에게, 시건이 조금 더 가까이 다가갔다. 가락지를 쳐다보며 아직 머리도 안 올렸는데 가락지부터 낀 게 좀 그런가 생각하고 있던 사예는, 다가온 시건을 발견하고는 조금 웅크렸다. 그녀는 손에 낀 가락지를 만지작거리며 말했다.

"그런데 내가, 당장 혼례를 치르긴 어려울 것 같은데."

"……서선으로 갈 건가?"

어쩐지 우울해진 시건의 물음에 사예는 선녀가 되기 위해 가려고 했던 서선의 태산에 대해 겨우 떠올린 그녀가 아니라고 말하며 고개를 저었다.

"선녀는, 내 실력으로 준비해도 충분히 될 수 있을 것이오. 해서 태산은 안 가기로 했소."

그녀의 말에 시건의 표정이 삽시간에 좋아졌다. 방금 충동적으로 마음을 바꿨지만 사예는 그리 정하길 잘했다고 생각했다.

"내가 돕겠다."

"그러든가. 근데 혼례는 그 때문이 아니고……."

사예는 우물쭈물하며 어떻게 말해야 할지 고민했다. 생각도 감정도 도무지 정리가 되지 않아, 그녀는 그냥 있는 그대로 말했다.

"내 혼례를 올려도 식에 우리 어머니가 안 계시잖소. 내가 아직은, 그걸 견딜 수가 없을 것 같소."

겨우 그 말을 꺼내는데, 벌써 눈가에 눈물이 고였다. 사예는 일그러지는 얼굴을 보이기가 싫어서 고개를 푹 숙였다. 이미 흉하게 우는 얼굴을 다 보였지만 그래도 본능적인 것이었다. 생각만으로도 이런데, 진짜 혼례를 올리면 보나 마나였다. 그녀는 혼례날 엉엉 우는 각시가 되고 싶지 않았다.

하선 생각에 어김없이 시작된 그녀의 눈물 바람에 시건은 알았다고 대답하는 수밖에 없었다. 그는 말없이 고개 숙인 사예의 머리만 쓰다듬었다. 가만히 그 손길을 받고 있다가, 사예가 고개를 들었다. 그녀는 문득, 시건을 봤던 초반을 떠올렸다. 그가 스스로 그의 부모에 대해 언급한 적은 그때 말고는 거의 없었다. 사예는 궁금하지 않을 수 없었다.

"암굴에 갇혔을 때 어찌 버텼소?"

새삼, 부모가 모조리 역모로 처형되고 홀로 암굴에 갇혔어야 했을 시건이 안됐다 싶었다. 그녀는 이제야, 그때 괴로웠을 시건의 심정을 돌아보게 되었다. 그 심정이 어땠을지 상상도 하기 힘들어 저절로 낯빛이 어두워지는데, 정작 당사자인 시건은 담담하게 답했다.

"버틸 수밖에 없어 버텼다. 지금 돌이켜 보면, 이리 그대를 만나려고 버텼나 싶다."

시건은 울적한 얼굴의 사예의 손을 잡았다.

"나는 암굴에서 그리 버티며 오십 년을 기다렸다. 그대가 선단을 취했으니, 이제 언제까지고 기다릴 수 있다."

그 말과 함께 시건이 팔을 뻗어 품에 안았다. 사예는 얌전히 그의 품에 안겼다. 그녀는 손을 들어 그녀를 안은 시건의 등을 안았다. 정작 그 자신이 아팠을 때는 그 누구의 위로도 받지 못했을 시건을 위해, 그녀의 슬픔과 함께 그를 위로했다. 어둠만 남은 고통 속에서도 스스로를 지킨 사내를 두 팔로 껴안았다.

꼭 안고 있는데, 정작 하려던 말의 일부를 못 했다는 사실을 깨달았다. 사예는 시건에게 안긴 채로 그를 안고 있던 손을 슬그머니 내리며 운을 뗐다.

"혼례는 못 치르겠는데…… 내 어차피 이미 동선은 떠나겠다고 해서. 서선으로 갈 것도 아니고, 그래서……."

중얼중얼 이어지는 말에 시건이 잠시 고개를 돌려 사예를 쳐다봤다.

"……그래서, 북선으로 가도 괜찮소."

시건이 안 어울리는 멍한 얼굴로 사예를 쳐다봤다. 그 표정에 사예는 순간 너무 앞서 갔나 생각했다. 그가 반응을 보이지 않자 민망해져 얼른 덧붙였다.

"아니면."

"그래."

"응?"

시건은 내린 사예의 두 손을 꼭 붙들었다.

"그래. 북선으로 와라. 궁에서 제일 좋은 방을 주겠다."

사예는 저절로 볼이 달아오르는 것을 느꼈다. 그녀는 시건의 시선을 피한 채로 작게 그래, 하고 답했다. 시건은 그런 그녀의 손을 연신 만지작거렸다. 그가 끼워 준 가락지가 있는 손가락을 계속 만졌다.

그리고 둘 모르게, 요술로 스스로를 가리고 그 모습을 숨어서 지켜보는 도깨비 하나가 있었다.

✻ ✻ ✻

도깨비집 안에 모여 있는 도깨비들의 분위기는 심상치 않았다. 천하장사가 되어 일단 동선도깨비의 대표 자리를 맡고 있는 파적은 두 눈을 감은 채로 인상을 쓰고 있었고, 다른 도깨비들도 굳은 얼굴로 앉아 있었다. 이 도깨비집에서 가장 큰 방인 터라 앞뒤로 그 면적이 굉장했지만, 거대한 도깨비들이 다 함께 모여 있어 방은 가득 차 있었다. 방 안을 채운 도깨비들이 답지 않게 무거운 분위기를 유지하고 있는데, 갑자기 그들이 모인 방의 문이 벌컥 열렸다.

"왔다!"

방문을 열고 들어온 것은 방금까지 시건과 사예를 염탐하고 돌아온 도깨비 홍례였다. 모든 도깨비의 시선이 홍례에게로 꽂혔다. 파적이 홍례에게 손짓을 했다.

"빨리 와라! 어서!"

홍례는 승전보라도 가지고 돌아온 장수의 기세로 도깨비들의 중심으로 걸어갔다. 파적이 가까이 다가온 홍례에게 물었다.

"그래! 어떻게 됐냐! 뭐라고 하든?"

모든 도깨비가 눈을 크게 뜨고 홍례의 답을 기다렸다. 홍례는 아주 진지한 모습으로 답했다.

"제가 분명히 들었습니다. 류 장군이."

"그, 그 녀석이?"

도깨비들은 숨이 넘어갈 지경으로 긴장을 하며 홍례의 말을 기다렸다. 빨리 말하라고 손을 막 휘두르는 도깨비도 있었다. 홍례가 그런 도깨비들을 한 차례 훑어본 후에, 목소리를 높였다.

"류 장군이! 혼례도 올리지 않고 여선님을 자기 집으로 데려가겠다고 합니다!"

"뭣이라!"

"말도 안 돼!"

"그럴 수는 없어!"

도깨비들이 모두 경악을 했다. 파적 또한 마찬가지였다. 파적은 흥분한 얼굴로 소리쳤다.

"말도 안 돼! 혼례도 치르지 않은 처자를 그대로 홀랑 보쌈해 가겠다니! 이런 간악한 놈! 여우 요괴 같은 놈!"

"아니, 그렇게 말한 적은 없는데요."

그러나 아무도 홍례의 말을 듣지 않았다.

"천하에 그런 법도는 없어! 어디 젊은 처자를 그냥 데려갈 생각을 해! 이거 완전히 도둑놈 심보 아냐!"

"맞아, 맞아! 데려가려면 혼례를 올려야지!"

"그래! 혼례가 뭐냐! 혼례 하면 잔치! 잔치 하면 씨름! 씨름 하면 씨름! 이건 씨름에 대한 모욕이야!"

"맞아! 맞아!"

온갖 도깨비가 벌 떼같이 들고 일어나 이럴 수는 없다고 난리였다. 파적이 두 손을 들어 그런 도깨비들을 진정시켰다.

"야, 내 말을 잘 들어 봐라! 지금 내가 천하장사고, 여기 있는 도깨비들의 대표지! 그리고 전에 그 여선이 말하길, 대표가 규칙을 정할 수 있다고 했다! 맞냐!"

"응. 맞아."

고개를 끄덕이는 도깨비들을 향해 파적이 힘껏 소리쳤다.

"그래서 나는 지금부터 규칙을 정하도록 하겠다! 지금 이 순간부터! 이 동선의 처자를 데려가려는 놈은 무조건 혼례를 올리고 데려가야 돼! 혼례는 당연히 도깨비식이야! 알겠냐!"

"우와아아!"

도깨비들이 흥분해서 열성적으로 소리를 질렀다. 씨름! 씨름! 도깨비들이 연신 씨름을 울부짖었다. 파적도 그 사이에서 두 주먹을 불끈 쥐며 소리쳤다.

"두고 봐라, 류시건! 반드시 나와 다시 씨름을 하게 만들어 주마! 아하하하!"

그렇게 동선 전체의 첫 번째 법이자 열광한 도깨비들의 막무가내 규칙이 세워지고 있었다.

❈ ❈ ❈

정작 아무것도 모르고 있는 당사자 사예는, 여전히 마루에 시건과 마주 앉아 있었다. 이제 그녀는 시건을 붙들고 협박을 하고 있었다.

"난 궁에 있는 자리마다 온통 나무를 심고 그 나무들을 다 내 술시로 만들 것이오. 그래도 괜찮겠소?"

"그대가 원한다면 궁의 기둥뿌리를 모조리 뽑아 그대 술시로 삼아도 좋다."

"우리 아버지는 우리 어머니께서 노곤하실까 염려해서 직접 손으로 우리 어머니께 세족(洗足)을 해 주시곤 하셨소. 난 그 모습을 볼 때마다 나도 혼인하면 꼭 저리 해야겠다 생각했소. 나와 혼인하면 매일 내 발을 닦아 주어야 하오. 할 수 있겠소?"

"그대가 원한다면 발뿐만이 아니라 어디라도……."

"다른 덴 필요 없소!"

시건은 실망했다. 그녀는 그런 시건에게 매서운 눈빛을 쏘아 보내고는 협박을 계속했다.

"난 사실 엄청난 게으름뱅이요. 매일 밤마다 늦게 자고 아침에는 해가 중천에나 떠야 느지막하게 일어날 것이오. 그래도 괜찮소?"

"알았다. 노력하겠다."

"……뭐?"

사예가 되묻는 도중에, 도깨비들이 그들에게로 우르르 몰려왔다. 사예와 시건은 그런 도깨비들에게로 시선을 집중했다. 몰려온 도깨비들이 그들 주변을 에워쌌다. 제일 앞에서 달려온 파적이 소리쳤다.

"그냥은 못 간다!"

"응?"

두 선인은 파적의 기세에 놀랐다. 파적은 그 거대한 몸으로 두 사람의 앞을 막은 채로 고함을 질렀다.

"저 여선을 데려가려면 씨름을 해야 한다!"

"옳소!"

뒤에서 함께 몰려온 다른 도깨비들이 파적의 말에 맞장구를 쳤다. 그리고 사예와 시건은 그런 도깨비들의 말이 하도 얼토당토않아서 그게 무슨 소리냐고 묻는 것조차 잊어버렸다.

※ ※ ※

도깨비들로부터 자초지종을 들은 사예는 파적이 세웠다고 단언하는 그놈의 규칙이 온통 말이 안 되는 구석투성이라 대체 어디서부터 지적을 해 줘야 할지 알 수 없었다. 뜬금없는 규칙은 무엇이며, 도깨비식 혼례는 또 웬 말인가. 다른 이유들은 둘째 치고, 사예는 그녀의 혼례식에 신랑이 씨름을 하는 모습 따위는 보고 싶지 않았다. 그녀는 제일 먼저 파적을 탓하면서 시작했다.

"아니, 대표라는 자가 그리 막무가내로 규칙을 정하면 어찌한단 말이오? 그건 대표 자격이 없는 것이오. 씨름에 심판이 제멋대로 규칙을 정하면 어디 씨름하겠소?"

사예의 마지막 말에 파적은 충격을 받았다. 그러나 그는 개의치 않고 말했다.

"그럼 좋아! 두 번째 규칙이다! 정한 규칙은 다른 도깨비들이 반대하면 없어진다! 어때!"

"좋아!"

"모두 찬성이지!"

"그럼, 그럼!"

도깨비들은 열렬히 응답했다. 사예는 이미 파적과 한마음 한뜻이 되어 있는 도깨비들을 한심하다는 듯 쳐다봤다. 그녀는 또 다른 문젯거리를 짚어 냈다.

"그럼 그딴 규칙도 규칙이라고 치고. 그런데 이 일을 어쩌나. 여기 동선에 내 가족은 없소. 내 신랑과 씨름을 할 형제도, 아비도 없단 말이오."

그 말에 도깨비들은 아무 말도 못 하고 크게 뜬 눈만 깜빡거렸다. 옆에서 조용히 듣고 있던 시건이 사예의 '신랑' 발언에 감복하고 있을 즈음, 파적이 겨우 정신을 차리고 두 팔로 허리를 짚은 채로 말했다.

"야— 정말 서운하다. 난 우리가 모두 한 식구라고 생각했는데!"

"맞아! 맞아!"

"대체 언제부터!"

도깨비들은 씨름에 대한 열정으로 대동단결했다. 사예는 뻔뻔한 얼굴로 서 있는 도깨비들을 향해 지친 어조로 말했다.

"무엇보다 난 지금 당장 혼례를 치를 생각이 없소. 우리 어머니 상 당하신 지 얼마 되지도 않았는데 무슨 혼례요?"

"이그, 쯧쯧."

혀를 차며 도깨비 사이에서 덕향이 나왔다. 그녀가 앞으로 나서자 도깨비들이 기대가 잔뜩 서린 눈으로 그녀를 보며 양옆으로 쫙 갈라 졌다. 사예가 이번엔 또 뭐야, 하는 마음으로 덕향을 쳐다봤다. 덕향 이 사예에게로 두 팔을 벌리며 말했다.

"여선님, 우리 도깨비들의 혼례는 모두가 즐기는 잔치예요. 우리 도깨비의 방식으로 혼례를 치르면 여선님도 슬프지 않을 거예요. 그 리고, 여선님 어머니도……."

덕향이 말을 하다 멈칫했다. 잠시 눈동자를 굴려 허공을 쳐다보던 덕향이 품을 뒤적거려 종이 하나를 꺼냈다.

"가만, 가만. 그다음이 뭐였더라……."

"뭘 보고 따라 읽는 겁니까!"

사예가 어이가 없어서 소리쳤다. 아랑곳하지 않고 꾸깃꾸깃한 종 이를 확인한 덕향이 아! 하고 탄성을 흘렸다.

"여선님 어머니도 여선님이 좋은 신랑과 제대로 부부간 혼례를 올 리고 가정을 이루길 바랄 거예요!"

"암만! 그렇고말고!"

옆에서 다른 도깨비가 맞장구를 쳤다. 사예는 당황스러운 와중에 다 함께 고개를 끄덕이는 도깨비들의 모습이 우스워서 헛웃음을 흘 렸다. 도깨비들은 반짝반짝 빛나는 눈으로 그녀의 혼례, 가 아닌 사 실은 씨름을 기다리고 있었다. 그들의 주장은 대부분 억지였지만, 그 래도 그녀의 어머니를 운운한 건 제법 그녀의 마음을 움직였다. 그러 나 아무리 그래도 혼례에 씨름은 싫다고 생각하는데, 덕향의 옆에서 애심이 설명을 더했다.

"다시금 생각을 해 보세요, 여선님. 도깨비 혼례는 인간들이나 선 인들이 하는 양으로 지루하거나 재미없는 게 아니에요. 도깨비식 혼 례를 올리면 씨름을 통해 신랑과 각시 간의 정을 확인할 수 있어요. 신랑이 여선님을 위해 씨름을 해서 여선님을 향한 마음을 보여 줄 수 있다고요."

"그건 별로……."

애심은 그렇게 보여 줄 필요 없다는 사예의 말을 무시했다. 그녀는 두 손을 모아 잡고 감격에 찬 목소리로 외쳤다.

"씨름을 하고, 첫날밤을 보낸 후에 신랑과 여선님이 함께 신행을 떠나는 거예요!"

"그래! 그땐 고이 보내 줄게!"

도깨비들이 마치 한 수 양보하듯 너그러운 척 말했다. 사예가 그 럴수록 더 별로, 라고 덧붙이는 와중에 그때까지 조용히 있던 시건이 말했다.

"그래. 내 생각에도 그게 맞는 거 같다."

"뭐라고?"

사예는 갑작스러운 시건의 말에 놀라 그를 쳐다봤다. 시건은 사예의 시선을 피하며 말했다.

"……혼례도 올리지 않고 그대를 데려가는 것은 아무래도 예의가 아닌 것 같다."

"그럼, 그럼!"

시건까지 그렇게 말하자 도깨비들은 한껏 신난 얼굴로 사예를 쳐다봤다. 커다란 눈에 한가득 담긴 부담스러운 시선이 온통 사예에게 꽂혔다. 사예는 그 시선을 애써 무시하며 황당해하는 얼굴로 시건을 쳐다봤다.

※ ※ ※

그야말로 휩쓸렸다고밖에 말할 수 없겠지만, 정말로 폭풍 같은 속도로 사예는 본의 아닌 도깨비식 혼례를 치르게 됐다. 사예는 그녀의 방으로 몰려 들어와 시건이 전에 가져왔던 비단을 펼치며 난리가 난 도깨비들을 물끄러미 쳐다봤다. 몸집이 큰 도깨비들이 들어오니 방이 꽉 차서, 도깨비들은 도깨비방망이를 휘둘러 그녀의 방 크기를 키워 버렸다. 사예의 치수를 잰 도깨비 금옥이 푸른색 비단을 펼치며 콧노래를 불렀다. 그런 금옥을 향해 사예가 눈썹을 찌푸리곤 말했다.

"아니, 신부 옷은 붉은색을…… 아."

상대가 도깨비임을 깨달은 그녀가 말을 하다 입을 다무는데, 도깨비들은 이미 그녀의 말을 들은 후였다. 방 안의 도깨비들이 경악을 했다.

"떽! 큰일 날 소릴!"

"그런 색 입었다가 신랑한테 첫날밤부터 소박맞으려고!"

"……."

사예는 얌전히 있기로 했다. 옷 만드느라 신난 도깨비들 사이에서, 그녀는 걱정스러운 마음으로 앉아 있었다. 합심하여 난리를 치는 도깨비들을 보아하니 정말로 시건이 그들과 씨름을 하지 않는 한 그녀를 동선에 영영 눌러앉힐 모양새였다. 백번 양보해서 씨름 정도야 시건이 괜찮다고 하니 할 수도 있었다. 하지만 씨름을 한다고 쳐도, 이걸 진정 혼례를 치렀다고 할 수가 있을지 알 수 없었다. 무엇보다 사예는 씨름 후가 더 걱정스러웠다. 설마 그 후에 정말로…….

'초야까지 치르는 건 아니겠지?'

사예는 설마 아니겠지 생각했다. 그러나 옷을 준비하고 음식을 장만해야겠다고 들락날락하는 도깨비들의 기세로 볼수록, 신방을 꾸며야 한다며 도깨비방망이로 이것저것 만들어 대는 도깨비들을 볼수록 이게 쉬이 웃어넘길 일이 아니구나 싶었다. 벌써 방 너머 마루에서는 도깨비들이 메밀전 부치는 기름 냄새가 퍼지고 있었다. 이건 정말 아니라는 생각으로 더는 참지 못하고 고개를 들고 뭐라고 하려고 하는

데, 도깨비 애심이 그녀에게 아주 진지한 얼굴로 다가왔다.

"자, 여선님. 혼례를 준비할 동안에, 진지하게 해야 할 이야기가 있어요."

"……그게 뭡니까?"

사예는 다가와 그녀 주변으로 둘러앉은 여자 도깨비들을 보며 왠지 모를 불안함을 느꼈다. 애심의 옆에서 다른 도깨비가 말했다.

"아주 중요한 얘기지요."

"그럼, 그럼."

"첫날밤 치를 처녀들은 꼭 들어야 해."

그 말에 경계심이 치솟았다. 사예가 얼른 뒤로 물러나 도망치려고 하는데, 도깨비 하나가 그녀의 뒤에 앉아 그녀의 도주로를 차단했다. 그리고 애심이 손가락 하나를 세운 상태로 말했다.

"잘 들어요, 여선님. 남자 도깨비들은 여자 도깨비와 달리, 도깨비 방망이를 두 개 가지고 있어요."

사예의 얼굴이 기묘하게 일그러졌다. 어쩐지 이 이상 들어서는 안 되겠다는 생각이 머릿속에 경종을 울렸다. 사예는 그 자리에서 벌떡 일어났다.

"전 됐습니다!"

"안 돼! 꼭 들어야 해요!"

"어서 잡아!"

도깨비들이 도망치려고 하는 사예를 붙잡았다. 거대한 그녀들의 손길에 의해 사예는 꼼짝도 못 하고 붙들렸다.

"이 이야기를 꼭 들어야 해요! 그래야 첫날밤을 무사히 치를 수가 있다고요!"

"무슨 말도 안 되는 소리를!"

사예가 얼굴이 빨개져 소리를 치니까 도깨비들이 하나같이 심각한 얼굴로 말했다.

"말이 안 되긴요. 말이 되지요."

"이건 아주 중요한 일이에요. 여선님이 아침에 놀라 기절하지 않으려면 꼭 우리 말을 들어야 해요."

사예는 왜 기절 얘기가 나오는지 알 수 없었다. 애심은 수상한 미소를 지으며 말했다.

"처녀가 첫날밤을 치르면 세상에서 제일 무서운 피를 보게 될 거예요. 미리 준비를 못한 도깨비 각시들은 그걸 보고 아침에 기절을 하곤 하지요. 하지만 걱정하지 말아요, 여선님. 그건 전혀 무서운 게 아니에요. 어차피."

애심과 도깨비들이 저들끼리 시선을 마주했다가, 사예를 쳐다봤다. 애심이 손을 들어 입가를 가리고는 은밀하게 말했다.

"신랑의 도깨비방망이는 각시가 휘두르기 나름이니까."

얼굴을 구긴 사예는 다시 한 번 탈출을 감행했다. 그러나 바로 도깨비들에 의해 붙잡혔다.

"엇! 어딜!"

"안 돼요, 여선님! 이제 시작이라고요!"

"됐습니다!"

그러나 사예가 아무리 버둥거려도 그녀를 붙잡고 방문을 몸으로 가린 도깨비들에게서 벗어날 수는 없었다. 그렇게 사예는 그녀의 의사가 완전히 무시된 채로, 도깨비가 늘어놓는 초야 교육을 받아야만 했다.

❈ ❈ ❈

하늘이 온통 붉게 물드는 노을 질 시간이 되자, 도깨비들은 모든 창과 문을 걸어 잠그고 집 안에 숨어 버렸다. 단단히 작심한 도깨비들은 밤새도록 씨름을 할 예정이었으므로, 해질녘에 집 안에 숨는 김에 그때 모두 낮잠을 자기로 하고 그 전에 최대한 서둘러 준비를 마쳤다. 도깨비방망이를 가지고 열심히 요술을 부린 결과, 그들은 해가 지기 전에 음식을 다 준비하고, 합방이 이루어질 신방을 꾸미고, 그 무엇보다 중요한 씨름판까지 마련할 수 있었다.

그리고 사예는 바로 이때라고 생각했다. 도깨비들 사이에서 같이 낮잠을 자는 척 누워 있던 그녀는 도깨비들이 잠에 들자마자 몰래 방 밖으로 나와 시건을 불러냈다. 방에 홀로 있던 시건이 그녀를 따라 마루로 나왔다. 사예는 낮에 도깨비들에게 들은 이야기를 잊으려고 노력하며 시건과 마주 섰다. 그녀는 괜히 주변을 살피는 척하며 말했다.

"지금 북선으로 가는 게 좋겠소. 도깨비들 모두 자고 있으니 지금이 바로 적기요."

"안 된다."

시건은 단호하게 반대했다. 사예는 당황해서 저도 모르게 시건을 쳐다봤다.

"그새 도깨비한테 물들기라도 했소?"

"훔쳐 가듯 그대를 데려가고 싶지 않다."

사예는 시건이 이 말도 안 되는 도깨비들의 잔치를 진지하게 받아들이고 있는 게 아닌가 하는 의심이 들기 시작했다. 그녀는 혹시나 하는 마음에 말했다.

"……혹 씨름에서 정말로 도깨비에게 져 줄 생각은 하지 마시오."

"왜?"

시건의 되물음에 사예는 설마가 사람 잡는다는 게 괜히 있는 말이 아니라는 걸 실감했다. 그녀는 한숨과 함께 말했다.

"씨름에서 이기고 지고야 도깨비들한테나 중요한 일이고. 괜히 그렇게 해서 시간 버리고 몸 버릴 필요 없소. 그냥 술법을 써서 최대한 빨리 이기고 씨름을 끝내시오."

"그럴 수는 없다."

"응?"

단호한 대답에 사예가 놀랐다. 대답을 하는 시건의 태도가 완강했다.

"신랑이 친정 식구들을 얼마나 상대하는지에 따라 각시에 대한 마음이 얼마나 깊은지를 짐작한다고 들었다. 씨름에 져 주는 게 각시에 대한 배려고 예의라는데, 난 그대를 부끄럽게 하고 싶지 않다."

사예는 지금 시건이 한 말이 부끄러웠다.

"그것참…… 고마운 말이긴 한데……."

정말로 고맙긴 한데 그다지 달갑지는 않고, 그렇다고 그러지 말라고 막아서기엔 그가 던진 말이 제법 간지러웠다. 결국 사예는 한발 물러났다.

"그럼, 원하는 대로 하시오."

씨름하는 본인이 그렇게 하겠다는데 별수 있나 싶었다. 시건이 알았다고 대답하자, 사예는 바로 몸을 돌려 그녀의 방으로 돌아가려고 했다. 그런 그녀를 시건이 흘린 말이 잡았다.

"밤이……."

사예가 몸을 틀다 말고 시건을 쳐다봤다. 마주한 얼굴이 경직되어 있다고 생각할 즈음, 시건이 이어 말했다.

"밤이 깊어지기 전엔 끝내겠다."

그 말을 하는 얼굴의 긴장과, 얼핏 들린 목소리의 떨림으로. 사예는 지금 눈앞의 사내가 도깨비들이 준비하는 잔치를 생각 이상으로 더 진지하게 받아들이고 있다는 걸 알았다. 아니 사실은, 잔치보다 그 후를.

이번에야말로 가볍게 생각한 혹시나가 멱살까지 휘어잡고 그녀를 뒤흔든 것이나 진배없었다. 애써 외면하고 있었던, 낮에 도깨비들이 해 준 적나라한 합방에 대한 이야기가 다시 떠올라 그대로 생각이 날아가 버렸다.

사예는 아무 말도 못 하고, 그저 고개를 푹 숙인 채로 그녀의 방으로 도망쳤다. 서둘러 방으로 돌아가 문을 열고 들어간 다음 문을 닫고 숨어 버렸다. 문 닫는 순간부터 울린 쾅 소리를 따라 심장도 쾅쾅 뛰기 시작했다. 사예는 저도 모르게 손을 들어 제 몸을 살폈다. 괜히 손으로 자기 몸을 더듬으며 살피다가, 안절부절못하는 얼굴로 문가에서 서성거렸다.

'어쩌지?'

일단 씻고, 옷도 갈아입고, 속곳도 갈아입고……. 거기까지 생각하던 사예는 눈을 질끈 감고는 소리 없이 소리를 질렀다. 저도 모르게 마음이 급해졌다. 아까 도깨비들이 그녀를 붙들고 해 준 이야기가 자꾸만 떠올라 어찌할 바를 몰랐다. 당황한 얼굴로 문가에서 서성거리던 그녀는 퍼뜩 정신을 차렸다. 이대로 있을 일이 아니었다. 그녀는 바로 방 안에서 자고 있는 도깨비 애심을 찾았다. 그녀는 세상모르고 잠에 빠진 애심을 마구 흔들어 깨웠다.

"언제까지, 언제까지 자는 겁니까!"

"에, 예? 왜요, 여선님……."

눈을 제대로 못 뜨는 애심을 향해 사예가 야단법석을 떨며 소리쳤다.

"해가 다 졌습니다! 빨리! 빨리 일어나야……."

준비를 하지!

그녀의 소란에, 그 방에서 잘 자고 있던 도깨비들이 모두 일어났다.

❋ ❋ ❋

해가 지고, 도깨비들이 슬슬 일어나기 시작했다. 어둠이 내린 도깨비집 마당의 구름 위로 씨름판이 마련되었다. 씨름 경기를 위해 남자 도깨비들이 바쁘게 준비하는 동안, 사예는 여자 도깨비들의 도움으로 목욕재계를 하고 옷을 갈아입었다. 시건이 가져왔던 비단으로 도깨비들이 요술을 부려 만든 새 옷을 입었다. 흰 비단 저고리에 푸른색 치마를 입고, 그 위에 금빛과 쪽빛 자수가 들어간 백색 원삼을 입었다. 붉은색을 두려워하는 도깨비들이 준비한 옷답게 옷 어디에도 붉은색은 없었다. 원삼 위의 곤색 대대(大帶)까지 묶고 나니 옷차림새는 다 갖춘 셈이었다. 옷을 입는 동안 잠자코 하란 대로 따르는 사예를 보며 애심은 만족했다.

"아유, 얌전히 있으니 얼마나 좋아."

사예는 그 즈음 초조하고 여유가 없어 그런 애심의 말에 대답조차 할 수가 없었다. 사예의 뒤에서 손이 커서 스스로의 손 크기만 작게 만든 덕향이 사예의 머리를 땋아 올려 주고, 비녀를 꽂아 줬다. 머리 위에 족두리까지 씌워 주며 부산스럽게 움직이던 덕향과 다른 도깨비들이 겨우 그녀에게서 손을 떼었다.

"이제 나가요! 여선님!"

면경을 쳐다보며 제 모습을 확인하고 있던 사예는 긴장을 해서 말로는 차마 대답을 못 하고 그저 고개만 끄덕였다. 머리에 족두리의 묵직한 무게가 어색해서 고개를 제대로 들지 못한 채로 사예는 도깨비들과 함께 방을 나섰다. 머리도 무겁고 몸도 무거운 게 이게 겹쳐 입은 옷과 족두리 때문인지 아니면 긴장 때문인지 알 길이 없었다. 그녀는 원삼 입은 그녀의 모습을 시건이 어떻게 볼지 궁금한 걱정이 됐다. 그렇게 잔뜩 굳은 상태로 마루를 지나 마당으로 나간 순간.

"이야아아아!"

"나도! 나도 할 거야, 씨름!"

"그다음은 내가!"

마당엔 씨름을 하기 위해 두 팔, 두 다리 걷어붙이고 미쳐 날뛰는 도깨비들 천지였다. 사예는 긴장으로 힘이 들어가 있던 어깨를 축 늘어트렸다. 사예는 그 사이에서 씨름을 하기 위해 샅바를 잡고 있는 시건을 발견했다. 시건이 고개를 돌리자, 눈이 마주쳤다. 그의 눈이 커지는 걸 보며 사예가 다시금 긴장을 하는 순간, 도깨비들이 거대한 몸으로 그들의 사이를 가렸다.

"씨름!"

"이기지 않으면 각시 못 데려간다!"

"우하하하! 절대 못 이길걸!"

사예는 도깨비들에게 붙잡힌 인질의 모양새로 끌려갔다. 그녀는 여자 도깨비들과 함께 도깨비들이 내내 준비한 음식이 차려진 상 너머에 가 앉았다. 그녀의 주변에 앉은 도깨비들은 그들이 씨름에 참여하지 못하는 걸 제일 아쉬워했다.

"이게 아주 고리타분하기 짝이 없는 구닥다리 방식이야! 각시도 씨름을 해서 신랑을 쟁취해야지!"

"맞아! 나도 시누이를 모래판 위에 메다꽂고 신랑을 데려오고 싶었단 말이야!"

"그 전에 시어머니한테 메다꽂혔겠지."

메밀묵을 먹으며 이어지는 도깨비들의 수다 사이에서 사예는 한숨을 내쉬며 씨름판 위에 선 시건을 쳐다봤다. 그녀가 꽃단장하고 난리를 피운 것과 달리 그는 씨름에 참여하기 위해 간편한 차림새를 하고 있었다. 사예는 걷어 올린 그의 팔 한쪽에 언젠가 그녀가 준 댕기

가 매어져 있는 것을 발견하고는 올라가려는 입술을 꽉 물었다. 팔에
찬 두 개의 오행궁 중 하나도 그녀가 끼워 준 것이었다. 남은 하나는
북선에서 되찾은 가문의 오행궁임이 분명했다. 씨름엔 별로 관심 없
었지만, 그래도 그녀를 위해서 경기를 할 사내를 기다리는 마음은 제
법 떨렸다.

"야! 이제 시작할 거야! 다 자리에 앉아 봐라!"

심판을 볼 도깨비가 두 손을 들어 도깨비들을 진정시켰다. 도깨비
가 소리쳤다.

"시작하기 전에 우리 천하장사의 말에 의해 확실히 해야 할 게 있
다! 선수들 다 명심해! 이 씨름판에서 요술이나 술법을 쓰면 안 돼!
그럼 반칙이야! 알았냐!"

"그럼! 당연하지!"

도깨비들이 신이 나 대답하는 와중에 시건이 사예를 쳐다봤다. 사
예는 낭패감으로 얼굴을 일그러트린 채로 시건을 쳐다봤다. 그리고
씨름판 주변에서는 신난 도깨비들이 하나같이 자기도 씨름 경기를
하겠다며 소리를 질러 대고 있었다. 그리고 제일 먼저 도깨비 하나가
샅바를 들고 일어나 구름 위에 올라섰다. 그렇게, 첫 번째 씨름 경기
가 시작됐다.

거대한 도깨비와 시건이 마주 앉고 서로의 샅바를 잡았다. 심판
도깨비가 둘을 보고 있다가, 경기 시작을 고하며 물러났다. 시작과
함께 도깨비가 시건의 샅바를 쥔 손에 힘을 줬다. 사예는 눈을 질끈
감았다. 별다른 이변 없이 시건은 그대로 구름 위에 넘어졌다.

"도깨비 승리!"

"우하하! 이겼다! 이겼다!"

"우와아아!"

"잘한다! 신랑!"

신난 도깨비들은 저들끼리 덩실덩실 춤을 추고 난리였다. 눈을 뜬 사예는 얼굴을 일그러트린 채로 구름 위에서 일어나는 시건을 쳐다 봤다. 모래밭이 아니라 구름이니 그나마 나을 테지만, 그래도 아무렇지 않을 리가 없었다. 그러나 새신랑과 씨름을 하기 위해 기다리는 도깨비는 아직도 두 손이 넘어가게 남아 있었다.

한 번, 두 번, 세 번이 넘게 이어질 동안 시건은 쉼 없이 도깨비에 의해 씨름판 위로 넘어졌다. 다리를 거는 도깨비도 있고 넘어트리는 도깨비도 있었다. 시건이 계속해서 도깨비들에게 당하는 모습을 보며 사예는 점점 한숨만 내쉬었다. 그녀의 옆에 앉은 도깨비들은 어쩜 신랑이 반항 한 번 안 하는 것 좀 보라고 웃어 댔지만 사예는 웃음이 조금도 나오지 않았다. 그들의 말대로 시건은 도깨비의 샅바를 쥔 손에 힘도 주지 않았고, 계속 도깨비들에게 패배했다. 이미 하늘은 어둠이 쌓이고 쌓여 깜깜해지고 한밤중이 되어 가고 있었지만, 도깨비들은 지치지도 않고 계속 씨름을 하겠다며 손을 들었다.

정작 사예가 지친 상태로 삐뚤어진 자세로 앉아 그 모습을 보고 있었다. 그녀는 상에 팔을 걸치고 턱을 괸 채로 한숨을 푹푹 내쉬었다. 씨름 경기가 이어질수록 그녀는 이 상황이 지겹다 못해 짜증이 나기 시작했다. 대체 여기서 왜 이러고 있는지 알 수가 없었다. 그녀의 불량한 자세와 한숨 소리에도 불구하고 도깨비들만을 위한 씨름은 그대로 속행되었다. 한 번 더 구름 위에 넘어진 시건이 찌푸린 얼굴로 자리에서 일어났다. 아직도 도깨비들은 저들끼리 신이 나 그런 시건에게 계속 몰려들었다. 술법을 쓰지 못하는 시건이 힘으로 도깨비를 이기는 것도 물론 어려운 일이지만, 그에겐 그럴 의지조차 없어 보였다. 그 모습을 본 사예는 더 이상 참을 수가 없어졌다.

'이제 더는 안 되겠다.'

그녀의 결심과 함께, 이번엔 씨름판 위로 파적이 올라섰다. 파적은 수상한 웃음을 흘리며 샅바를 묶었다.

"류시건! 이번엔 반드시 네놈을 이기고야 말겠다! 이번에야말로 반칙 없이 정정당당하게 승부를 보는 거다!"

파적의 말에 도깨비들이 에이, 하고 손을 저었다.

"좀 치사하네요, 형님."

"그러게. 저쪽은 신랑이잖아."

그 말에 파적이 버럭 화를 냈다.

"무슨 소리야! 사내대장부라면 전심전력을 다해 씨름에 임해야지!"

파적이 씩씩거리며 씨름판 가운데로 걸어갔다. 전의 경기에서 구름에 닿은 팔이 조금 안 좋은지 팔을 돌려 풀고 있던 시건 또한 파적의 앞으로 걸어왔다. 둘이 서로의 샅바를 잡고, 심판이 물러나는 순간. 벼르고 있던 사예가 원삼에 가려진 손으로 술법의 수인을 맺었다. 파적의 아래 쌓여 있던 구름이 움직이고, 파적의 발과 다리를 붙들었다.

"어엇!"

시건은 그 순간을 놓치지 않았다. 올라온 구름이 파적을 못 움직이게 감싸는 순간, 시건이 다리를 걸고 그런 파적의 몸을 넘어트렸다. 힘을 줘 버텨야 하는 발을 구름이 잡은 바람에 파적은 버티려고 했으나 버틸 수가 없었다. 그 결과, 거대한 도깨비 몸이 그대로 뒤로 넘어갔다. 쿵 소리와 함께 구름이 사방으로 흩날렸다.

"어어! 닿았다! 닿았다!"

도깨비들이 벌떡 일어나 소리치는 와중에, 파적이 구름 속에서 버둥거리며 소리쳤다.

"반칙! 반칙이야!"

"무슨 소리!"

사예가 벌떡 일어나 소리쳤다.

"신부가 술법을 쓰면 안 된다는 규칙은 없었잖소!"

그 말에 도깨비들 사이에 침묵이 흘렀다. 파적도 겨우 상체만 일으킨 상태로 멍해졌다. 제일 먼저 심판 도깨비가 고개를 끄덕이며 말했다.

"그건 그래."

심판 도깨비는 시건의 팔을 들어 올리며 말했다.

"신랑이 승리!"

"무슨 소리야! 각시가 승리!"

"맞아! 맞아!"

도깨비들이 와하하, 웃음을 터트리며 박수를 쳤다. 그 사이에서 파적이 울부짖었다.

"말도 안 돼! 내가! 또 지다니! 또!"

그렇게 시건과의 씨름에서 무려 삼전 삼패를 기록한 파적을 남겨 둔 채로 도깨비들은 자리를 털고 일어났다. 도깨비들이 부산스럽게 움직이며 다시금 소란을 떨었다.

"씨름이 끝났다!"

"에이, 너무 빨리 끝났잖아!"

"신방을 열어라!"

왁자지껄 시끄러운 와중에 사예의 옆에 앉아 있던 도깨비들도 일어났다.

"여선님! 빨리 가요!"

애심이 사예를 잡아끌었다. 도깨비들이 막무가내로 그녀의 팔을 끌고 갔다. 사예가 고개를 돌렸지만 일어선 도깨비들에 의해 가려 시건이 보이지 않았다. 그렇게 사예는 시건을 보지 못한 채로 도깨비들 손에 이끌려 도깨비집 안으로 들어갔다. 그들이 낮 내내 준비한, 신방의 문이 열렸다.

❈ ❈ ❈

도깨비들은 신랑과 각시가 초야를 맞이할 이부자리가 깔린 방으로 사예를 밀어 넣었다. 도깨비들이 얼른 사예의 상태를 확인해 주고, 구겨진 옷자락도 펴 주고 정리해 줬다. 메밀묵과 전, 떡 등이 올라간 주안상을 내와 앉은 사예의 앞에 내려놨다. 사예는 눈을 멀뚱멀뚱 뜨고 도깨비들이 부산스럽게 움직이는 모습을 지켜봤다. 그리고 방을 다 살핀 도깨비들은 사예를 보며 아까 낮에 가르쳐 준 것을 잊지 말라고 신신당부를 했다. 도깨비들이 분주하게 움직일 때는 괜찮았는데, 그들이 방에서 하나, 둘 나가자 사예는 그제야 긴장이 되기 시작했다.

"여선님. 잘해야 돼요. 제가 한 말 기억하죠?"

"예예……."

마지막으로 남은 애심이 다시금 사예에게 물었으나, 무슨 말을 듣고 뭐라고 대답하고 있는지 잘 인식도 되지 않았다. 사예는 눈을 부릅뜨고 신신당부를 하는 애심을 보며 대충 알았다고 대답했다. 애심은 두 주먹을 불끈 쥐어 보이고는 여선님은 잘할 수 있을 거라고 말하고 방에서 나갔다. 조용한 방 안에 사예만 남았다.

애심이 방에서 나가자마자 숨이 턱 막혀 왔다. 사예는 애심을 보내지 말 걸 후회했다. 이불이 깔린 자리와 굳게 닫힌 방문, 앞에 차려진 주안상 등 온갖 것이 낯설고 불편했다. 흔들리는 촛불마저 묘하게 느껴졌다. 사예는 슬쩍 시선을 돌려 나란히 놓인 원앙침을 쳐다봤다가, 혼자 지레 놀라 바로 고개를 휙 돌렸다. 저도 모르게 입 안이 바짝 말라 왔다.

사예는 먼저 시건이 방에 들어오면 무슨 말을 해야 할지 생각했다. 씨름하느라 수고했다고? 덕분에 이겼으니 고마워하라고 해야 하나. 고민을 하던 그녀는 문득 시선을 돌려 도깨비가 준비한 주안상을 쳐다봤다. 사예는 저거다, 생각했다. 시건이 들어오면 어색할 게 분명하니 저 주안상을 가지고 얘기하기로 했다. 저놈의 지겨운 메밀묵흥도 보고, 도깨비 얘기도 좀 하다 보면 어색하고 이상한 분위기로 흘러가지는 않겠지 싶었다.

사예는 원삼 자락에 가려진 손가락을 꼼지작거리며 열심히 머리를 굴리는데, 드디어 방 너머에 기척이 느껴졌다.

'헉.'

사예는 고개를 푹 숙이고 침을 꼴깍 삼켰다. 창호지 너머에 그림자가 졌다. 힐끔 시선을 들어 그림자를 확인한 사예는 저도 모르게 문 쪽을 외면한 채 고개를 돌렸다. 심장이 북을 치기 시작했다. 그리 크게 울리는 심장 소리에도 불구하고 문고리가 움직이는 소리, 문이 드르륵 밀리는 소리가 너무나 잘 들렸다.

곧, 방문이 열리며 바람이 들어왔는지 방 안의 촛불이 흔들렸다. 입고 있는 원삼이 너무 덥게 느껴지고, 머리의 족두리가 한층 무겁게 느껴졌다. 비녀가 삐뚤어졌으면 어쩐다. 아니 쪽 진 머리가 이상해 보이면 어쩐다. 입은 원삼이 어색하면. 안 어울리면.

온갖 고민을 하며 쩔쩔매다가, 사예는 문득 이상하다는 걸 느꼈다. 아무 소리도 들리지 않았고 아무도 다가오지 않았다. 분명 문이 열렸는데. 그녀는 여전히 방 안에 홀로 덩그러니 앉아 있었다. 그 순간 소박맞는다는 소릴 입에 담았던 도깨비가 떠올랐다.

'뭐, 뭐지.'

사예는 슬쩍 고개를 돌려 문 쪽을 쳐다봤다. 그리고 아직도 문을 잡고 서 있는 시건과 눈이 마주쳤다. 소스라치게 놀란 사예가 얼른 고개를 돌렸다. 그러곤 기다렸다. 그러나, 시건은 여전히 방 안으로 들어오지 않았다. 사예는 다시 문가를 쳐다봤다. 시건은 여전히 거기 서서 그녀를 보고만 있었다. 사예는 황당한 마음이 들어 물었다.

"……왜, 왜 안 들어오는 것이오?"

그녀의 물음에 시건이 느리게 입을 열었다.

"두려워서. 고개 돌려 얼굴 확인하면 그대가 아닐까 봐 두려워서 못 들어갔다."

"……허면, 얼굴을 봤는데도 안 들어오고 게 있는 심보는 뭐요?"

"그것도, 두려워서. 그대가 거기서 날 기다리고 있는 게 꿈일까 봐."

사예는 입을 꾹 다물었다. 긴장을 한 탓인지 속까지 꼬이는 것 같아서 그녀도 차라리 꿈이었으면 좋겠다고 생각했다. 사예는 이젠 완전히 그에게 등을 지고 앉았다. 그리고 문가에 서 있기만 하던 시건이 드디어 방 안으로 들어왔다. 사예에게로 다가온 그가 허리를 숙여 그녀의 앞에 도깨비가 준비해 둔 주안상을 옆으로 치워 버렸다. 사예는 놀라 숨을 들이켰다. 주안상을 그야말로 방해물 치우듯 치워 버린 시건이 그녀의 바로 옆에 앉았다. 당황한 사예는 애써 고개를 돌려 시건을 외면했다. 원앙침을 외면하고 깔린 이부자리도 외면했다. 괜히 어둠이 내린 방구석만 이리저리 쳐다보며 어떻게든 머리를 굴려 물고를 텄다.

"힘들지 않소? 계속 도깨비들한테 시달렸잖소."

"힘들다. 그러니 그대 얼굴 좀 보여 다오."

"……아까 봤잖소."

두려워서 못 봤다 할 땐 언제고. 사예의 투덜거림에도 시건은 개의치 않고 손을 뻗었다. 그의 손이 고개 돌린 사예의 턱을 잡고 그녀의 고개를 그의 방향으로 돌렸다. 고개가 돌아가고 눈이 마주쳤다.

사예는 그제야 시건을 제대로 살펴볼 수 있었다. 그는 그녀가 신방에 들어와 기다리는 사이 옷을 갈아입고 차림새를 바로 한 모양이었다. 씨름판에서의 흐트러진 모습은 더 이상 보이지 않았다. 검은빛의 비단 단령을 걸친 모습을 보며 사예는 새삼 그가 잘났다 생각했다.

촛불이 비쳐 일렁이는 시건의 눈이 얼굴을 지나 아래로 떨어졌다. 턱을 받치고 있던 손도 시선과 함께 아래로 떨어져 늘어진 비단 옷자락을 따라 내려갔다. 시선 내리깐 얼굴이 얼핏 피곤해 보이는 듯도 했다. 저녁 내내 그 거대한 도깨비들에게 의해 넘어지고 엎어지고 했으니 기운이 날 리가 없겠다 싶었다. 사예는 시건을 쳐다보다가, 조심스럽게 말을 꺼냈다.

"그렇게 힘들면…… 그럼 오늘은, 그냥 잘까?"

떠보듯 묻는 마음이 왠지 모르게 초조했다. 사예는 스스로가 긍정의 답을 기다리는지, 부정의 답을 기다리는지 알 수가 없었다. 사예의 말이 떨어지자마자 시건이 시선을 들어 사예를 쳐다봤다. 그는 사예가 바로 얼마 전에 봤던 얼굴을 하고 있었다. 언제 저 얼굴을 봤더라, 하고 생각하던 사예는 곧 그 얼굴이 그녀가 서선으로 수행을 가겠다고 말했을 때 보였던 얼굴임을 기억해 냈다.

잠시 그대로 있던 시건이, 아예 사예에게로 더 다가왔다. 놀란 사예가 앉아 있던 상체를 뒤로 뺐지만 시건이 팔을 뻗어 그런 사예를 그의 품으로 끌어당겼다. 사예는 그의 품 안에서 웅크린 채로 눈만 깜빡거렸다. 사예를 안은 채로 시건이 곤란함에 물든 얼굴로 말했다.

"그게 더, 힘들 것 같다."

그 말과 함께 그가 입을 맞췄다. 사예는 눈을 꼭 감았다. 시건의 어깨를 잡고 완전히 기댔다. 새삼 낯설게 다가온 찬 입술이 입 안에서부터 열기를 삼켜 갔다. 그래도 파고드는 그의 움직임이 한층 조심스러웠다. 등을 안고 있다가 올라와 얼굴을 매만지는 손길도, 대대로 묶은 원삼 옷깃을 벌리는 손길도 마찬가지였다. 전에 성급히 탐한 것을 만회라도 하듯, 손길은 급하지 않고 느긋했다. 입술도 거칠게 탐하지 않고 조심스럽게 다가갔다.

그러나 그 같은 시건의 노력에도 불구하고 사예는 조금도 집중을 할 수 없었다. 그녀는 당장 시건에게 해 주고 싶은 말이 있었다. 일단은 참고 기다렸지만, 그렇게 조심스러운 시건의 손이 진짜로 해야 할 일을 도통 모르는 것 같아 결국 그녀는 참지 못하고 고개를 뒤로 빼 버렸다.

"머리…… 머리부터 내려 줘야지!"

"……미안."

그제야 뭘 깨달은 시건이 그녀의 뒤로 갔다. 그가 머리 뒤로 묶은 끈을 풀어 족두리를 내려 주고 머리에 꽂은 비녀를 조심조심 빼 줬다. 비녀를 빼고 시건은 틀어 올린 머리를 내려 줬다. 그동안 사예는 시건이 헤집어 놓은 원삼을 제대로 끌어 올려 다시 입었다. 그러나 등 뒤에 있던 시건이 손을 내려 등 뒤에 묶은 대대를 푸는 바람에 그 노력은 무용지물이 되었다. 대대 탓에 함께 묶여 있던 원삼이 벌어졌다. 묶었던 대대 끈이 풀어져 비단 자락 위를 미끄러지자, 사예는 몸을 굳히고 긴장했다. 그리고 그녀의 등 뒤로 갔던 시건이 다시 그녀의 앞으로 와, 그대로 그녀를 넘어뜨렸다.

"윽?"

사예는 그대로 뒤로 넘어가 곱게 펴진 이부자리 위에 쓰러졌다. 그런 그녀의 위를 덮쳐누른 시건이 그녀의 얼굴을 손으로 감싸고 급하게 입을 맞췄다. 사예는 얼어붙었다. 머리 내려 주는 새에 조심스럽던 사내는 사라지고 다시금 제 욕망에 넘어간 사내가 나타나 그녀를 탐하고 있었다. 그가 거칠게 입을 맞추며 그녀가 입은 원삼을 벗겼다. 그가 벌어진 원삼 속의 저고리 고름을 푸는 동안, 사예는 자꾸만 머릿속에서 애심이 했던 말이 맴돌았다.

"목석처럼 가만히 있으면 안 돼요, 여선님……. 도깨비방망이는 휘두르기 나름이라니까요!"

'아, 몰라!'

사예는 눈을 질끈 감았다 떴다. 그녀는 시건의 급한 손길에도 거부하지 않고 긴 원삼을 벗고, 그가 그녀의 저고리와 치마에 손을 대는 동안 그녀도 그의 옥대로 손을 뻗었다. 걸이쇠를 당겨 옥대를 푸르고 그가 입은 단령의 고름을 풀었다. 그와 그녀가 입고 있던 고운 비단옷이 그 순간만큼은 둘 사이를 가로막는 방해물이었다. 몸을 가리고 있던 옷자락이 서로의 몸을 떠나가는 와중에 그야말로 치부 중의 치부만 가린 상태가 되자 사예는 어디에 시선을 둬야 할지 몰라 눈동자를 이리저리 굴리다가, 뭐가 문제인지를 깨달았다. 그녀가 얼른 시건에게 소리쳤다.

"초! 초가 켜져 있잖소!"

"……그래?"

느지막하게 대답은 했지만 시건은 초 따위에는 관심도 없었다. 사예가 이를 악물고 얼른 그를 두 팔로 밀었다. 그녀가 있는 힘껏 밀자 버티던 그가 결국 상체를 세웠다. 시건이 몸을 반쯤 일으켜 초를 불어 끄는 동안, 사예는 눈앞에 선명한 그의 맨몸 때문에 눈을 꼭 감고 기다렸다. 불이 혹 꺼지고 눈 감은 시야 너머가 어두워지자, 사예는 안도의 한숨을 내쉬며 눈을 떴다. 그리고 어둠이 채 눈에 익기 전에 그녀는 완전히 무장 해제가 됐다. 이제 그와 그녀의 사이에는 아무것도 없었다. 사예는 다시금 긴장했다.

가려 온 신체 모든 부분이 그의 손길에 잡혔다. 점차 어둠에 눈이 익어, 입 맞추는 그의 얼굴이 눈에 들어왔다. 사방이 어두워 다른 것은 보이지 않고, 오로지 가까이에 마주하는 그의 이목구비, 얼굴의 선만 겨우 들어왔다. 사예는 손을 뻗어 그의 목을 둘러 안았다.

어둠과 타인의 손길, 맞닿은 살갗이 적나라하게 이 밤의 의미를 전달했다. 이 밤, 시건과 함께 보내는 이 밤이 지나고 나면, 그녀는 그와 가족이 된다. 더는 함께할 수 없는 이들과의 관계는 과거로 유리되고, 다른 관계가 그녀의 삶이 된다. 힘들었으나 그랬기에 더 소중했던 관계가, 그 시간으로 멈춰 버린다. 그녀의 어머니, 아버지가 아니라, 다른 이와 한 가정을 이루게 된다.

저도 모르게, 눈에 눈물이 핑 돌았다. 눈물이 귓가를 스치며 떨어지는 소리를 남겼다. 그녀의 목덜미에 고개를 파묻고 있던 시건이 고개를 들다 그 물기를 느꼈다. 그가 사예를 빤히 쳐다보다가, 그녀의 양 뺨을 두 손으로 감쌌다. 젖은 그녀의 뺨을 그의 손으로 조심스럽게 닦았다.

"왜 울지?"

"그냥……."

사예는 그 이상은 말할 수가 없었다. 그가 왜 우냐고 묻는 순간 한 방울로 그쳤어야 했을 눈물이 몇 방울 더 흘러내렸다. 생각만 하면 저절로 흘러나오는 것을 막을 길이 없었다. 그 상태로 그녀가 대답을 피했다. 얼굴을 감싼 손 아래, 팔목에 그녀가 묶어 줬던 댕기가 있었다. 사예가 손을 내려 그 댕기를 잡았다. 그런 사예의 눈물을 닦아 준 시건이 고개를 숙여 그녀의 귓가에 속삭였다.

"오늘 밤은, 날 위해서만 울어 다오."

그 말에, 사예는 입을 꾹 다물고 고개를 끄덕였다. 눈을 질끈 감고 그의 목을 더 힘껏 안아 끌어당겼다. 손에 닿은 그의 등을 쓰다듬었다. 잠시 멈췄던 행위가 그녀의 손길을 시발점으로 다시 불타올랐다.

몸이 달아오를 대로 달아오르고 슬픔으로 닫혔던 잠시간을 잊은 채로 오로지 그가 들어오기만을 기다렸다.

시건은 더 이상 기다릴 수 없었고, 그대로 그녀에게 저 스스로를 물었다. 시건은 모든 사예의 다른 아픔이 새어 나오지 못하게 그로 그녀를 가득 채웠다. 숨 몰아쉴 틈도 없이 사예에게 다가갔다. 더 깊고 강하게 그의 흔적을 새기고 싶었다. 그가 밤마다 그녀를 원했던 것처럼, 그녀도 해가 지고 어둠이 내리면 그 어둠에서 그와의 밤만을 떠올리길 바랐다.

시건이 말한 대로, 그 밤 사예는 그로 인해, 그를 위해서 울었다. 그녀의 울음소리 사이로 시건의 신음 소리가 섞여 들었다. 흔들리는 움직임, 몰아치는 감각 모두 그와 그녀가 함께 공유하는 것이었다. 닫힌 신방 안에는 오로지 둘만이 있었고, 하나 된 둘의 시간은 그 너머의 모든 것과 분리된 채로 멈춰 있었다. 거대한 도깨비집, 그 안에 준비된 신방의 밤은 오직 그들만의 몫이었다.

종장

　해가 뜨고 도깨비집에도 다시금 햇볕이 내리쬐었다. 아침 일찍부터 도깨비들은 바쁘게 움직이고 있었다. 어린 도깨비들이 마루를 다다다 뛰어갔다. 마루 너머 구름이 쌓인 마당에는 검은 용마가 씩씩거리며 서 있고, 그 너머에 도깨비들이 가마를 두고 서 있었다. 오늘 동선을 떠날 신랑 각시의 신행은 그렇게 도깨비들에 의해 준비되어 있었다.

　도깨비 몇이 도깨비방망이를 휘둘러 가마를 손보는 동안, 애심과 금옥이 사예의 짐을 들고 구름 위를 날아왔다. 가마 주변에 서 있던 도깨비들이 유골함과 선단이 든 함, 남은 비단들을 건네받았다. 홍례는 다른 도깨비와 함께 나무를 품에 안고 날아오고 있었다. 사예의 술시인 두 그루의 나무였다.

　도깨비집 안에서, 아침 소세와 준비를 먼저 마친 신랑은, 차마 자리에 앉지 못하고 서서 방을 서성이고 있었다. 시선을 내리간 채로 서성대던 시건이 갑자기 고개를 들었다. 닫혀 있던 문이 밀리고 그 너머에서 비단옷을 입은 사예가 나왔다. 시건의 눈은 이전처럼 댕기를 땋아 내린 게 아닌 틀어 올린 그녀의 머리에 꽂혔다. 지난밤 그와 그녀가 함께했고, 이제 자나 깨나 그녀와 함께할 수 있다는 증거가 바로 그의 눈에 보였다. 중요한 건 그 증거가 올린 머리뿐만이 아니라는 점이었다. 함께한 밤의 흔적과 비단옷에 가려진 그녀의 속살에 남았을 자국과, 그녀의 손가락에 그가 끼워 준 옥가락지까지. 시건은 그게 참 좋았다.

시건이 그의 곱디고운 여선에게로 손을 뻗었다. 사예가 그런 시건에게로 가까이 걸어왔다. 지금 사예는 도깨비들이 만들어 준 비단옷을 입고 그 위에 청하의 여의주가 든 노리개를 차고 있었다. 지금 그녀가 입은 비단옷은 전날 입었던 옷과 마찬가지로 시건이 가져왔던 비단으로 만든 옷이었다. 시건이 날개옷으로 삼으라고 가져온 비단인지라, 오늘 입은 옷은 특별히 도깨비들이 날 수 있게 요술을 부려 줬다.

사예가 손을 내밀며 그의 손을 잡는 척 다가오다가, 손가락이 닿기 직전에 그대로 팔을 벌리며 한 바퀴 빙글 돌아 그에게서 멀어졌다.

"어때? 날개옷 입으니 곱소?"

놓쳐 버린 손을 아쉬워하며 시건이 답했다.

"안 입어도 곱다."

날개옷을? 사예는 인상을 찌푸리고 시건을 쳐다봤다. 그러자 시건이 그녀에게 직접 다가와 그녀의 손을 잡았다.

"몸은 괜찮나."

"괜찮겠소? 그걸 지금 말이라고 하는 것이오? ······왜 좋아하는 것이오? 안 괜찮다는데."

사예가 새침하게 대답하며 방에서 나가려고 걸음을 옮겼다. 시건이 그녀의 손을 잡은 채로 따라갔다. 방문을 열고 마루로 나가자마자 도깨비들이 잘 가라고 인사를 했다. 파적은 시건에게 꼭 다시 씨름을 하자고 말하며 잘 살라고 말했다. 그리고 마당에 있던 덕향이 사예에게 손짓을 했다.

"여선님, 빨리 이리 와요. 여선님이 탈 가마예요."

"끄악."

사예는 덕향의 말에 뒤로 한 걸음 물러났다. 진짜였다. 구름 위에 가마가 있었다. 그리고 그 주변엔 가마를 들어 줄 도깨비들과, 그녀의 짐을 들어 줄 도깨비들, 사예의 술시 나무들을 북선까지 옮겨다 줄 도깨비 홍례와 또 다른 어린 도깨비 하나가 있었다. 시건이 기분이 나빠 보이는 그의 용마를 진정시키기 위해 흑뢰에게로 다가간 동안, 사예는 도깨비들의 눈치를 살폈다.

"저기, 제가 가마에 별로 안 좋은 기억이 있어서."

"그래서요?"

"그래서 가마는 타고 싶지 않습니다."

사예는 얼른 손가락을 들어 흑뢰를 가리켰다.

"대신! ……서방님과 용마를 함께 타고 가겠습니다."

그 말과 동시에 덕향과 시건이 그녀에게로 가까이 다가왔다.

"뭐라고요?"

"뭐라고?"

"뭐가?"

사예는 당황해서 되물었다. 덕향이 완강하게 두 손을 저었다.

"안 돼요, 여선님! 어디 각시가 신랑하고 같이 말을 타고 가요? 신행에 신랑은 말 타고, 각시는 가마 타고 가는 거지!"

주변에 있던 다른 도깨비들도 안 된다고 잔소리를 해 댔다. 생각 외로 확고한 도깨비들의 태도에 당황한 사예에게 시건이 물었다.

"아까 뭐라고?"

"아니, 용마를 타고 가겠다고 했소."

"그 전에 뭐라고?"

"……."

사예는 한없이 진지한 그 때문에 얼굴을 붉혔다. 그럼 초야도 치렀는데 뭐라고 부른단 말인가. 사예는 부끄러운 마음에 시건을 외면하고 덕향에게 말했다.

"아무튼! 전 가마는 안 탈 겁니다."

"떽! 안 돼요, 여선님! 빨리 가마에 타요! 각시가 말 타고 가서 시댁에 무슨 책을 잡히려고."

"시댁 같은 게 어디 있다고."

실망한 시건이 흑뢰의 목을 쓰다듬고 있는 동안 도깨비들은 정말로 흔들림 없는 태도로 그녀를 가마에 태우려고 했다. 절대 타고 싶지 않다며 도깨비들과 옥신각신하던 사예는 하는 수 없이 부끄러움을 무릅쓰고 다시금 시건을 불렀다.

"서방님!"

제 귀를 의심한 시건이 흑뢰를 끌고 사예에게 다가왔다. 검은 용마의 거친 날갯짓에 도깨비들이 급하게 뒤로 물러났다. 사예는 얼른 그녀에게 날아온 시건의 손을 잡고 흑뢰의 위로 올라타려고 했다. 그러다 멈칫했다. 곤란한 얼굴을 한 그녀가 시건을 쳐다봤다. 그 얼굴마저 곱다고 생각하고 있는 시건에게 그녀가 두 팔을 뻗었다. 그제야 시건은 사예를 두 팔로 안고 용마 위에 앉혀 줬다. 사예는 두 다리를 모으고 몸을 옆으로 틀어 흑뢰의 위에 앉았다.

"아이참, 안 된다니까 그러네!"

그러나 사예는 이미 고삐까지 잡고 앉은 상태였다. 그런 그녀의 뒤로 시건이 올라탔다. 시건이 손을 들어 사예의 허리를 안았다. 만족한 얼굴로 앉아 있던 사예는 흠칫 놀랐다가 고개를 돌려 시건을 쳐다봤다. 옆으로 앉았기 때문인지 몰라도 그가 유독 가까웠다. 사예는 헛기침을 하며 고개를 돌렸다. 그러나 그녀를 안은 시건의 팔을 뿌리치지는 않았다.

"아유, 남사스러워! 그럼 가마는 어째요?"

사예는 덕향의 말에 콧방귀를 뀌고는 말했다.

"저기 들고 있는 내 짐을 넣으면 되겠네. 도깨비들도 괜히 많이 움직일 필요 없고!"

그리하여 신행 가마에는 신부가 아닌 신부의 짐이 실리게 되었다. 비단과 선단이 든 함, 유골함 등을 들고 있던 도깨비들은 물러나고, 가마를 들어 주기로 한 도깨비들만 가마에 실린 짐을 들기 위해 남았다. 사예는 가마에 싣는 그녀의 짐을 불안해하는 얼굴로 쳐다봤다. 비단이야 그렇다 쳐도, 함께 실린 선단이 든 함과 하선의 유골함은 아무래도 걱정이 되었다.

"아, 내가 안고 갈까……."

덕향이 이때다 싶어 말했다.

"그래요, 여선님. 여선님이 가마에 타서 안고 가요."

"……넘어지거나 떨어지면 큰일 나니까 안 움직이게 해 주시오!"

사예가 가마의 짐을 가리키며 신신당부를 하자, 도깨비들이 도깨비방망이를 휘둘러 사예의 소중한 짐이 흔들리지 않도록 고정해 줬다. 사예는 고개를 쭉 뺀 상태로 몇 번이고 가마를 쳐다봤다. 도깨비들이 가마뚜껑을 덮는 와중에 가려지는 하얀 유골함을 계속 쳐다봤다. 기어코 가마가 닫히고, 그 속의 짐은 보이지 않게 가려졌다. 마음을 다잡은 사예는 앞을 보고 제대로 앉았다. 못마땅한 얼굴로 서 있는 덕향을 외면한 사예는 서 있는 홍례에게 물었다.

"내 나무는?"

"저희가 잘 들고 있어요, 걱정 마세요! 고이 가지고 따라갈 테니까!"

홍례와 다른 어린 도깨비가 그녀의 나무를 들어 보여 줬다. 고개를 끄덕인 사예가 뒤에 앉은 시건에게 물었다.

"북선에 이미 기별을 해 두었소?"

"그래."

그럼 됐다고 말한 사예가 흑뢰의 고삐를 잡아당겼다. 흑뢰가 검은 날개를 쭉 펴고 날갯짓을 했다. 검은 용마가 구름 위를 달리고 그 위를 날아가기 시작했다. 사예의 나무를 든 도깨비들이 그 뒤를 따르고, 짐이 든 가마를 멘 도깨비들이 그 뒤로 날았다. 사예가 날아오른 흑마 위에서 소리쳤다.

"안녕히 계십시오!"

"여선님! 잘 가요! 가다 힘들면 가마로 바꿔 타요!"

덕향이 손을 흔들며 외쳤다. 사예는 구태여 그럴 일이 없을 거라고 소리치지는 않았다. 대신 크게 손만 흔들었다. 애심과 금옥도 질세라 사예에게 팔을 크게 휘저었다. 도깨비집에 남은 도깨비들도 다같이 손을 높이 들고 흔들었다.

날아가는 흑뢰의 몸 위를 펄럭이는 사예의 치맛자락이 덮었다. 사예와 시건이 탄 용마가 도깨비집 지붕 위를 날아가고, 그 뒤로 가마를 든 도깨비들, 사예의 나무를 든 도깨비 둘이 따라갔다. 도깨비집 마당에 서 있던 도깨비들이 요술을 부려 신행 속도가 빨라지게 도왔다. 단숨에 멀어지는 사예와 시건을 향해, 도깨비들이 계속 소리쳤다.

"잘 가요! 여선님!"

"잘 가!"

도깨비들의 배웅을 뒤로한 채, 흑뢰는 훌쩍 날아 거대한 도깨비집에서 멀어졌다.

용마에 탄 선인과 도깨비가 함께하는 실로 기이한 신행이었다. 그 기이한 신행의 선두는 신랑과 각시를 함께 태운 용마였다. 흑뢰가 날개를 편 상태로 그대로 날아가는 와중에, 사예는 고삐를 잡고 있던 손 하나를 놓고 하늘로 뻗었다. 손등 위의 표식이 빛나고 푸른 용이 허공을 갈랐다. 사예를 안고 있던 시건의 신수 현무도 날아오는 청하를 따라왔다.

도깨비 요술의 힘으로 빠르게 날아간 신행은 금세 동선을 벗어나, 어느덧 선계 중심이었던 용수궁 위를 날아갔다. 사예가 몸을 세우고 구름 쌓인 용수궁을 응시했다. 저도 모르게 눈이 용주당을 제일 먼저 찾았다. 무너진 용주당을 찾느라 한껏 돌린 얼굴에 시건이 가까워졌다. 한껏 다가와, 상처 헤집을 아픈 기억을 확인하는 시야를 그로 덮었다.

용수궁은 금세 멀어지고, 시야 가득 시건의 얼굴만 남았다. 시건이 고개를 숙여 어느새 다시 눈물 맺힌 눈가에 입을 맞췄다. 사예는 눈을 감았다 떴다. 그사이 흑뢰는 훌쩍 날아 용수궁에서 멀어졌다. 용수궁이 어느덧 등 뒤로 저만치 멀어졌다. 이제는 보이지 않을 정도로, 멀어졌다. 사예는 시건에게 몸을 기댄 채로 고개를 돌려, 뒤가 아닌 앞을 응시했다. 날아가는 용마에 의해 펼쳐진 하늘을 응시했다.

날아가던 사예의 눈에 구름 아래 하계가 보였다. 사예는 고개를 빼고 구름 아래를 제대로 쳐다봤다. 시건도 그녀를 따라 시선을 내렸다. 둘은 함께 아래를 내려다봤다. 살짝 걷힌 구름 아래로 저 멀리 있는 하계가 얼핏 보였다. 처음 그녀가 보고 놀랐던 초가지붕들과, 무수히 늘어선 나무의 숲. 그들이 처음 만나고, 함께했던 하계를 뒤로한 흑뢰가 구름을 뚫고 더 높이 날았다.

시건은 사예의 고삐 쥔 손에 힘이 많이 들어간 것을 보았다. 그것이 뒤로한 아픔 때문인지, 아니면 앞으로 있을 낯선 곳에서의 낯선 생활로 인한 긴장 때문인지 알 수 없었다. 시건은 그저 조용히 손을 뻗어 고삐 쥔 사예의 손을 잡았다. 둘이 함께, 날아가는 흑뢰의 고삐를 잡고 그들의 신행을 이끌었다.

사예와 함께 고삐를 잡고 날아가며 시건은 그의 고향으로 돌아가는 감흥을 이제야 비로소 느꼈다. 그는 지금 암굴에서 그토록 고대했던 대로 그의 신수를 데리고, 그의 용마를 타고 자유롭게 날며 북선으로 돌아가고 있었다. 지난밤에 생각했듯, 다시 한 번 생각했다. 이게 꿈인가. 눈뜨면 다시 그 어둠 속에 갇혀 있는 것은 아닌가. 그러나, 그의 팔 안에는 그가 되찾고자 했던 그 모든 것을 한 아름에 안겨준 소중한 여선이 안겨 있었다. 그는 이제 정말로, 암굴에 갇혀 있던 오랜 세월을 지나, 그의 모든 것을 찾고 그보다 소중한 이를 품에 안은 채 북선으로 돌아가고 있었다.

날아갈수록 해는 더 선명하게 빛나고, 그들 앞에 펼쳐진 창천은 눈이 아리게 푸르렀다. 신랑과 각시를 태운 용마가 날갯짓에 더더욱 박차를 가해 신행의 목적지로 빠르게 날아갔다. 시건이 잃었으나 되찾은 하늘, 이제 둘의 새로운 시작이 될 북선의 하늘로.

〈용의 나라 완결〉

외전 一
무진(務眞)

    높이 솟은 위용루 지붕 위로 하얀 구름이 걸렸다. 위용루 앞에 마련된 연회장은 연회를 기다리는 선인들로 붐볐다. 한쪽에는 악기를 연주할 술시들이 자리를 잡고 있고, 하늘 위로는 선군들이 용마를 타고 날아다니고 있었다. 그리고, 위용루 앞에 준비된 가장 상석에 앉은 사내는 그 모습을 내려다보고 있었다. 그는 몸이 좋지 않아 외부에 모습 드러내길 삼가는 천제를 대신하여 연회를 주관할 천자, 무진이었다.

    무진은 연회장을 둘러보는 척 시선을 돌리며 주변을 살폈다. 시선이 잠시, 가까운 곳에 서 있는 선녀에게 닿았다. 아주 잠깐 닿았다가, 곧 아무렇지 않게 다른 방향으로 돌아갔다. 태연한 얼굴로 고개를 돌리는데, 그 처세가 통하지 않는 이가 있었다.

    "시선조차 돌리지 마라."

    냉정하기 짝이 없는 목소리로, 그의 뒤에 서 있던 시건이 말했다. 흑귀위 선군의 갑옷을 입은 그는 연회가 시작되면 흑귀위 선군으로

서 자리를 지켜야 했지만, 지금은 아직 여유가 있어 그의 벗과 함께 있었다. 시건의 말에 무진은 영문을 모르는 얼굴로 물었다.

"지금 나는 아바마마를 대신하여 이 자리에서 선인들의 동태를 살피고 연회를 주관해야 하는데, 어찌 한곳만 볼 수 있단 말이냐? 지당히 골고루 살펴봐야지."

"그런데 왜 네 시선이 한곳을 맴돌지."

"잘못 봤다."

"폭군이 될 자질을 갖추었군."

시건의 가차 없는 평가에 무진이 쓴웃음을 흘렸다. 결코 티 나지 않을 거라고 생각했는데 이미 간파당했던가.

"과대평가인걸."

무진은 그리 말하며 화두에 오른 선녀에게서 아예 고개를 돌려 버렸다. 상대는 날 때부터 혼처가 정해진 여선이었다. 시건의 말대로 그가 그런 자질을 갖추었다면, 말 한 마디 걸지 못하고, 시선 한 번 주지 못하고 이리 망설일 이유가 없었다.

"빼앗을 배포가 없다면 가능한 한 빨리 포기해라."

"그리 쉬운 일이었다면 나도 좋겠다."

무진은 진심으로 그리 생각했다. 포기하고자 하여 잘라 내듯 그 감정 끊을 수 있다면 얼마나 좋을까. 제대로 면을 마주한 일 없고, 말을 나눈 일도 없었다. 그러나 그럼에도 불구하고 그는 그 선녀를 마음에 품었다. 그녀에 대해 홀로 알고, 홀로 남몰래 지켜보고, 홀로 은애했다. 늘 꼿꼿한 기세로 서 있는 강인한 선녀를, 저 스스로도 이해 못할 마음으로 연모했다. 언제부터, 어째서라는 질문에 어떤 대답도 할 수 없어 무진 자신도 의아했다.

그러나 목석같은 그의 친우는 전혀 이해하지 못하는 얼굴이었다. 시건을 보며 무진이 피식 웃었다.

"너는 나 같은 짓 하지 마라, 시건."

"무슨 말이냐."

"마음 드러내고, 온전히 나눌 수 있는 상대와 연심 나누어라. 쉼 없이 표현하고, 쉼 없이 아껴 줘."

시건이 여인에게 그리 대하는 것은 도무지 상상할 수 없는 일이었지만, 무진은 진심으로 그리 바랐다. 그 자신은 당장 마음에 품은 이에게 그리할 수 없겠지만.

그러나 무진의 진심 어린 충고에도 불구하고 시건은 아무런 대답도 하지 않았다. 무진은 무미건조하기 짝이 없는 표정으로 서 있는 시건을 보고는 픽 웃었다. 류가에서는 이미 시건의 배필로 염두에 둔 선녀가 있었고, 두 가문 간에는 공식적으로는 아니어도 이미 혼담에 대한 이야기가 오간 상황이었다. 이변이 없는 한, 시건은 그의 부모가 정해 준 선녀를 거부하지 않고 백년가약을 맺을 게 분명했다. 무진은 시건이 그 선녀를 연모하게 될 가능성은 그다지 없어 보이니 차라리 그녀와 혼인하기 전에 저 목석의 마음을 빼앗는 다른 여선이 나타났으면 좋겠다고 생각했다. 물론 그게 더 가능성이 없어 보이긴 했으나.

무진은 의미 없는 생각을 끝내고 그만 자리에서 일어났고, 시건은 그의 용마와 함께 물러났다. 무진이 일어섬과 함께, 연회의 시작을 알리는 악기 소리가 울렸다. 기다리던 선인들, 앉아 있던 선녀 또한 자리에서 일어났다. 위용루 앞에 선인들의 움직임이 물결치듯 흔들렸다. 그 많은 선인들을 둘러보며, 무진은 환영 인사로 연회의 포문을 열었다. 그가 주관하는 연회 내내, 다시는 그 선녀를 쳐다보지 않았다.

※ ※ ※

길고 긴, 시간이 흘렀다. 길지 않게 느껴지면서도, 더없이 긴 시간이었다. 천자 무진은 여전히, 천제 헌정제를 대신하여 천서즉위일 연회를 주관하기 위해 상석에 앉아 있었다. 그러나, 지금 그의 곁에는 늘 그의 곁을 지켰던 친구가 없었다. 많은 것이 변했다. 류가는 역적이 되어 몰살당하고, 그중 시건은 하계 암굴에 갇혀 버렸다.

무진은 메마른 시선으로 연회장의 선인들을 응시했다. 연회는 이미 막바지에 도달해 있었다. 온 하늘이 깜깜히 물들었음에도 불구하고 사방이 아직 밝았고, 선인들은 돌아갈 생각도 하지 못하고 이야기 꽃을 피우는 데 한창이었다. 악기 소리가 그들의 귀를 즐겁게 하고, 음식이 그들의 입을 즐겁게 했다. 아무것도 모르는 이들의 얼굴이 얼마나 평화로운지. 모든 진실은 감춰지고, 밝혀진 것은 아무것도 없었다. 진실을 밝히려던 이들은 모두 그 자리를 잃고 목숨을 위협당하고, 지금 이 자리에 진실을 아는 선인은 오로지 그 하나였다.

무진은 아직도 알 수 없었다. 그의 선택이 옳았는가. 헌정제, 그러나 그의 아버지가 아닌 신수 황룡은 구슬의 힘으로 선계를 멸망시키겠다고 단언했다. 무진은 용이 진정 그리할 수 있음을 알았다. 그걸 피하기 위해 결국 입을 다물고 그 대신 시건의 목숨만 겨우 살린 무진이었다.

'스스로가 이다지도 무력하게 느껴지다니.'

자신의 입으로 해야 할 말조차 하지 못하고. 손끝 발끝에 줄이 묶인 것처럼 하라는 대로 움직이고, 하지 말라는 대로 멈추었다. 그리하여 남은 선인들은 여전히 아무것도 모른 채 살아가고, 그는 마음을 좀먹는 진실을 내뱉지 못한 채 내부에서부터 썩어 가고 있었다. 부패되어 가는 죽은 시신처럼, 그야말로 저 스스로가 흔적도 없이 사라질 날만을 기다리고 있다.

이제 황룡은, 서둘러 헌정제의 몸을 버리고 새로이 제위에 오르기를 바랐다. 그리하여 오늘 이 천서즉위일 연회가 무진에겐 마지막이었다. 그는 오늘 밤, 용주당으로 가 황룡의 제물이 된다. 천자 무진이 온데간데없이 사라지게 된다. 그러나 그 사실에 대해 당사자인 무진은 아무 감흥도 못 느꼈다. 이미 마음의 준비를 마쳐서 그런 건지, 아니면 남은 삶의 희망도 없어서 그런 건지 무진 스스로도 알지 못했다.

그는 그저, 그를 응시하는 선인들 앞에서 정해진 말을 내뱉고, 정해진 수순을 마쳤다. 그리고 정해진 대로 돌아섰다. 부적을 붙인 발로 힘없이 구름 위를 걸어, 위용루를 벗어났다. 걷는 내내 시선이 발치에 가 닿았다. 아직도 신수와 계약하지 못한 반선인 그는, 부적 하나라도 없으면 지금 당장 구름 아래로 곤두박질할 처지에 불과했다. 물론 그를 기다리는 신수가 그리 놔두지는 않을 테지만. 그 생각에 머리에 쓴 면류관이 유독 무겁게 느껴졌다.

순간, 무진은 저 홀로 실소를 터트렸다. 그 옛날, 아직 어리던 시절엔 이 무게가 장차 스스로가 짊어져야 할 이 나라의 무게라고 생각했던 때가 있었다. 그 무게를 잊지 않았기에 진실을 밝히고자 했다. 그 얼마나 가당찮은 생각이었던지. 아무것도 못 하는 스스로에 대한 한탄과 자책이 그 외의 모든 것을 잡아먹었다. 머리에 쓴 면류관의 무거움이 그가 느끼는 자괴감의 무게에 비할 바가 아니었다.

무진은 느릿한 걸음걸이로, 용수궁을 방황했다. 오가는 선인들에게 아무렇지 않게 웃어 보이는 것은 이제는 익숙한 일이었다. 태연하게 안부 인사까지 물었다. 용이 스스로를 자연스럽게 꾸며 냈듯, 이제는 무진도 아무렇지 않은 스스로를 꾸며 냈다. 아무렇지 않은 스스로를, 너무나 아프게 꾸며 냈다.

한참을 방황하던 발길이 돌고 돌아 위용루 후원에 이르렀다. 후원 너머 위용루 쪽은 아직도 소란스러웠다. 악기가 우는 소리, 선인들 간의 웃음소리가 귀를 간질였다. 그와는 이제 결코 만날 수 없는 세상의 소리가. 그 소리가, 너무나 당연히 그의 것이던 시절이 있었다. 그가 아직 진실을 모르고, 그의 곁에 그의 친우가 있고, 스스로가 아는 모든 것을 믿을 수 있을 때.

그러나 지금의 그는 진실을 알았고, 그의 곁에 아무도 없었고, 스스로가 아는 그 무엇도 믿을 수가 없었다. 허탈함과 패배감, 실망과 고통으로 점철되어 그의 삶이 얼룩졌다. 무진은 무너진 얼굴로 구름을 밟고 구름 위의 나무를 지나가다가, 문뜩 갑작스러운 인기척을 느꼈다. 무진은 몸을 반쯤 틀었다. 그리고 후원에 들어서는 이를 확인한 순간, 저도 모르게 굳어 버렸다.

'아, 이런.'

상대가 그를 발견하고 놀란 얼굴로 고개를 숙인 채로 다가오는 순간, 무진은 온갖 감정에 휩싸였다. 당황과 혼란, 낭패감과 떨림, 혼란과, 그리고 격정. 그 순간만큼은, 내내 그를 짓누르던 자괴감을 완전히 잊어버렸다. 저도 모르게 가슴속이 세게 뛰기 시작했다. 그건 저 멀리서 들리는 악기의 흐름을 완전히 무너뜨리고 전혀 어우러지지 않는 불협화음을 만들었다.

날개옷을 입은 선녀가, 그가 그간 말 한 마디 걸지 않고 외면해 온 선녀가 그를 향해 먼저 입을 열었다.

"송구합니다. 계신 줄 모르고 방해가 되었습니다."

그에게 말을 걸었다. 목소리는 타인에게 말을 할 때와 똑같았다. 당연한 것을 신기하게 받아들이며 저절로 입이 움직였다.

"아니오. 계속 있어도 좋소."

지금 내가 뭐라고 했지.

무진은 당황했다. 그러나 뒤늦게 당황한 그가 이미 입 밖으로 흘러나가 타인의 귀까지 가 닿았을 소리를 붙잡을 수는 없었다. 놀란 와중에도 그는 왜 스스로가 섣불리 입을 열었는지를 알았다. 그러니까 그는 지금, 들떠 버린 것이다. 눈앞의 선녀와 이리 가까이 면을 마주하고 대화를 나누게 된 상황에.

그러나 들뜬 것도 잠시, 그는 선녀가 거절을 할 거라고 생각했다. 그러나 예상 외로 아니었다. 선녀는 시선을 내리깐 채로 고개를 살짝 숙이곤 답했다.

"감사합니다. 잠시나마 폐를 끼치겠습니다. 저는 서선 제후이신 지왕 전하의 장녀인 선녀 호혜강입니다."

들뜬 마음이 들뜨다 못해 술법이라도 쓴 듯 이성을 누르고 신이 나 날뛰기 시작했다. 그래서 무진은 저도 모르게 대답할 뻔했다. 알고 있다. 알고 있다고. 그는 이미 알고 있었다. 선녀의 이름, 누구인지, 어떤 이인지. 그에게 스스로를 소개하는 그녀의 모습에 더 놀라 말조차 꺼내지 못한 게 다행이라면 다행이었다.

'이래선 안 된다.'

다행히 그에게는 아직 이성이 남아 있었고, 무진은 스스로의 마음을 다잡았다. 지나치게 제 마음을 드러내지 않기 위해 노력하며, 무진은 최대한 태연한 낯을 유지하고자 애썼다. 그러나 어쩔 수 없이 새어 나오는 연심이 그를 저도 모르게 괜찮은 말을 건네기 위해 고심하는 풋풋한 사내로 만들었다.

"연회가 한창인데 어찌 이리 나와 있소?"

"……지금 제 상황이 여의치 못해, 자리를 지켜 봐야 다른 선인들에게 폐만 되는지라 피해 있었습니다."

무진은 대답하는 혜강의 얼굴을 빤히 쳐다봤다. 이렇게까지 가까이에서 보는 것은 기실 처음이었다. 마주하는 안색이 조금 수척해 보였다. 그 이유 또한 무진은 이미 알고 있었다.

서선 호가의 자녀가 날 때부터 서로의 배필로 정해진다는 것은 선계에서는 모르는 이가 없는 사실이었다. 그러나 그 날 때부터 결정되

어 있던 혼인에, 금이 갔다. 다른 선녀와 도피를 떠났던 사내는 다시
금 서선으로 돌아왔지만, 그들에 대한 추문은 이미 많은 선인들이 알
고 있었다.

무진은 혜강의 기색을 살피며 최대한 조심스럽게 말했다.

"큰일이 있었던 것으로 아는데, 참 유감이오. 그래도 의연한 듯해
다행이오."

말하고 나서 그냥 모르는 척을 하는 게 나았다고 후회를 했다. 말
한 마디 내뱉을 때마다 일희일비하는 스스로를 깨닫는 순간, 혜강이
답했다.

"의연해 보인다니 저야말로 다행입니다."

덕분에 무진은 이보다 더 당황할 수 없는 심정으로 당황했다. 말
을 내뱉은 혜강 또한 마찬가지였다. 무진은 그녀의 눈썹이 미세하게
찌푸려졌다 펴지는 것을 놓치지 않고 보았다. 그녀도 그녀의 말이 천
자의 위로에 대한 답으로 부적합하다는 것을 알았다. 이 무슨 건방지
기 짝이 없는 답인가. 혜강이 얼른 고개를 숙이며 말했다.

"무례를 범해 송구합니다. 저도 모르게 부적절한 언사를……."

"아니……."

그리고 정적. 무진은 어찌할 바를 몰라 그저 시선을 먼 구름에 둔
채로 서 있었고, 혜강은 고개를 살짝 숙인 채로 서 있었다. 잠시간 그
대로 있던 무진이, 열심히 말을 골라 입을 열었다.

"내가 괜한 이야기를 꺼낸 모양이오. 사과하겠소."

"당치 않습니다. 제 잘못입니다. 저 또한 제가 의연하다고 생각했
는데, 아무래도 아니었던 모양입니다."

그럴 만도 하지, 하고 생각하며 무진이 고개를 끄덕였다. 굳은 얼
굴의 혜강을 바라보는 마음이 아팠다. 장차 낭군이 될 사내가 다른
선녀와 도주를 했으니 그 마음이 어땠겠는가. 슬펐을까. 화가 났을

까. 그는 화가 났다. 그는 차마 티도 못 내고, 시선조차 주지 못한 이를 날 때부터 독점한 주제에 그녀를 외면한 얼간이에게.

그는 눈앞의 선녀가 얼마나 강인하고, 곧은 심성을 지닌 이인지 잘 알고 있었다. 그러나 호혜렴과의 일이 얼마나 상처였으면 그런 그녀가 입 밖으로 거름 없는 말을 내뱉었겠는가. 무진은 당장 그녀에게 위로를 해 줘야겠다고 생각했다. 그러나, 그보다 혜강이 더 빨랐다.

"궁에 오고 싶지 않았습니다. 이 상황이 되어서도 아직도 혜렴이와 혼인을 운운하시는 아바마마는 물론이고, 한심하게 끌려온 아우도 보고 싶지 않습니다. 그 일에 대해 알고 입방아를 찧어 댄 선인들이, 돌아온 아우와 함께 앉아 있는 저를 어찌 보겠습니까. 가장 화가 나는 것은, 그럼에도 불구하고 제가 할 수 있는 일이 없다는 겁니다. 저는 서선의 왕위를 이어야 하고, 아우와 혼인하지 않으면 왕위를 선양받을 수 없습니다. 하오나 저는 혜렴이와 혼인을 할 수가 없습니다. 하고 싶지 않습니다. 왕위고 뭐고 이제 다 모르겠습니다. 대체……."

숨도 쉬지 않고 쏟아 내던 혜강이, 입을 닫았다. 그녀는 말을 쏟아 내느라 조금 빨라진 숨을 가다듬었다. 꾹꾹 짓밟아 온 분이 입을 열자 단번에 밖으로 터져 나왔다. 막는 방법은 다시금 입을 다무는 수밖에 없었다.

그리고, 무진은 스스로의 성급함을 반성하고 있었다. 분명 스스로가 더 놀랄 수 없을 거라 생각했음에도 불구하고, 지금 무진은 그 이상으로 놀라고 있었다. 그는 눈을 크게 뜨고, 입을 벌린 채로 혜강을 쳐다만 봤다. 그에게 속내를 털어놓다가 그만 입을 다물어 버린 혜강을, 빤히 쳐다봤다.

어쩐지, 간지러운 기분이었다. 꽃 주위를 맴도는 꿀벌조차 되지 못하고 천적 피하듯 마음에 둔 이를 멀리했다. 저절로 향하는 시선

붙잡아 두는 것이야 일상다반사였다. 그러나 지금. 그의 앞에서 혜강이 그녀의 울분을 토하고, 감정을 쏟아 내고 있었다. 저절로 웃음이 나올 것만 같았다. 생각지도 못한 모습을 눈앞에서 직접 목도한 탓에 절로 기분이 들떴다.

마음속에서, 있는지도 몰랐던 용감한 사내가 불쑥 앞으로 나섰다. 잠깐의 행복에 취한 그 용감한 사내는 당장 눈앞의 선녀를 안고 이리 말하라 했다. 그냥 내게 오라. 내가 책임지겠다. 다 잊고 내 품에 안기라고. 당장, 팔을 뻗어 품어 온 연심 고백하라고 그를 몰아세웠다. 저도 모르게 입을 열어 말할 뻔했다. 당장. 지금 당장.

'그러나······.'

무진은 쓸쓸하게 웃었다. 밤. 이미 하늘은 어둡고 달은 구름에 가려졌다. 약조한 날은 다가왔고 그는 끝을 앞두고 있었다. 난데없이 치솟은 만용을 물으며 한 생각은 오직 한 가지였다.

'안 될 인연이니 이리도 안 되는구나.'

호혜렴이 다른 선녀와 도주를 했을 때, 무진은 이미 모든 진실을 알고 삶의 시한이 정해진 후였다. 바로 오늘, 이 밤. 그 끝을 앞둔 상황에 감히 자신에게 오라 말할 수 없었다. 스스로가 책임지지 못할 마음을 던져 안 그래도 사나울 마음에 파문을 남길 수 없었다. 열리려고 수십 번을 달싹거린 입술을 깨물었다. 어려운 일은 아니었다. 수백 번도 넘게 열렸던 마음과 반대로 입은 그만큼 계속해서 다물어왔다.

그리하여 입 밖으로 나온 말은, 결국 그의 본심이 아니었다.

"혼약이 깨졌어도······ 달리할 수 있는 바가 많을 것이오."

상투적이기 짝이 없는 위로에, 혜강이 고개를 들었다. 그녀는 한숨과 함께 말했다.

"서선에서는 신수 백호, 인지와 계약한 선인이 혼례를 치러야 왕위에 오를 수 있습니다."

"고리타분한 관습이지. 혼인하기 싫다지 않았소? 그럼 홀로 왕위에 오르시오."

기이하게도, 완전히 포기하는 순간 말이 술술 잘 나왔다. 그러나 혜강은 전혀 이해할 수 없다는 어조로 말했다.

"어찌 그럴 수 있겠습니까."

그 말에 무진은 쓰게 웃었다. 어찌 그럴 수 있겠냐고, 그 또한 물었다. 진실을 알았을 때 간용군 상장군 류의민에게. 그러나 그때의 무진은 결단을 내렸다. 비록 실패했으나, 그는 그 결단을 후회하지는 않았다. 그의 후회는 실패한 것에 대한 후회, 좀 더 미리, 철저히 준비하지 못한 스스로에 대한 후회였다.

"본래 그리 정해진 규율을 깨는 것은, 아주 조금만 용기를 내면 되는 것이오."

"예?"

"큰 용기일 필요도 없지. 그저 아주 조금만. 더 중요한 것을 생각하면, 조금 용기 내는 것쯤이야 어려운 일도 아니지."

그 말에, 혜강은 아무 말도 하지 않고 무진을 빤히 쳐다봤다. 그 시선을 마주할 수 없어, 무진은 혜강의 시선을 피했다. 시선을 내리깐 채 구름 위에 솟은 후원의 나무를 응시했다. 그녀의 시선이 자신의 얼굴에 향해 있다는 게 환상 같다. 그야말로 꿈에서조차 꾸지 못한 일이었다. 지금 이 순간 그가 이 자리에서 겪은 일은. 꿈조차 꾸지 못한 일이 현실로 나왔으나, 그는 이 일을 그의 꿈속에 묻어 두어야 했다. 곧 흩어져 사라질 그의 현실에, 이 행복한 꿈을 끌어들일 수 없었다.

"그저 더 중요한 것이 무엇인지를, 생각해 보시오."

그 말을 끝으로, 무진은 돌아섰다. 자꾸만 다시 뒤돌리려는 발걸음을 겨우 이끌었다. 그의 말에 혜강이 무슨 결정을 내릴지, 그로서는 알 수 없었다. 정말로 홀로 왕위에 오르려고 할까? 모를 일이고, 알 수도 없는 일이었다. 어차피 그때가 되면 그는 없을 테니.

'다만……'

그는, 혜강 스스로가 답을 깨닫고, 결단을 내리고, 스스로 행동하길 바랐다. 정해진 이와 정해진 대로 혼인하여 정해진 자리에 오르는 것이 아니라, 그녀 스스로 원하는 일을 하고 원하는 자리에 올라, 원하는 이와 함께하길 바랐다. 그리하여 스스로 자신이 삶을 이끌어 가길. 타인이 정한 답에 따라 사는 것보다 그게 훨씬 잘 어울리는 여인이므로. 충분히 그리할 수 있는 여인이라 믿어 의심치 않았다.

그 자신은, 끝내 실패했으나.

그렇게, 그가 처음이자 마지막으로 마음에 담은 여인을 뒤로한 채 무진은 그 자리를 떠났다. 어떤 표정, 어떤 마음으로 뒤에 있을지 알 수 없는 혜강을 남겨 두고 뒤도 돌아보지 않았다. 천자 무진은 스스로 안 된다 선 그은 바는 발 디딘 자리가 무너져도 넘지 않을 이였다.

그리하여 그의 몫이 아닌 설렘을 떠나온 그 자리에 남겨 두고, 무진은 그대로 용주당으로 향했다. 후원을 빠져나오니 잠깐의 솟구친 모든 감정이 사라져 버린 듯했다. 애초부터 그에게 합당하지 않은 감정이었다. 잠깐의 꿈에서 완전히 깨어난 사내의 앞에는 이제 지독한 현실만 기다리고 있었다. 무진은 그가 마주해야 하는 현실, 어둠만 내린 용주당 안으로 들어갔다. 몸이 좋지 않다는 이유로 용주당에 있는 헌정제가 만나는 이는 현재 그의 아들인 천자 무진이 유일했다. 그러나 그 유일함이 조금도 달갑지 않았다. 실상 헌정제가 모습을 드러내지 않는 것은 몸이 좋지 않기 때문이 아니었다.

고요한 복도를 걸어간 무진이 헌정제가 있는 방에 도착했다. 손을 뻗어 문을 열고, 그는 방으로 들어섰다. 조심스레 문을 닫고, 소리 없이 조용히 걸어 방 안으로 들어갔다. 방 안에는 보료가 깔려 있고, 그 위에 헌정제가 누워 있었다. 너무나 익숙한 얼굴. 이 나라의 천제. 그의 아버지. 아니 그리 생각했던 선인.

깔린 방석 위에 자리를 잡고 앉자마자, 기다렸다는 듯이 용이 모습을 드러냈다. 금빛 찬란한 황룡이 그 긴 몸으로 방 안을 가득 채웠다. 폐부를 짓누르는 토기에 그의 심장은 물론 촛불마저 겁먹고 흔들렸다.

'너도 아느냐.'

한낱 촛불조차 지금이 꺼질 때임을 아느냐.

지금 황룡의 앞에 있는 무진 자신이 바로 바람 앞의 등불이었다. 약조의 때는 왔고, 그들 간의 거래를 끝낼 때가 되었다. 무진은, 그 거래를 통해 겨우 살린 그의 벗을 떠올렸다. 아무것도 모른 채 홀로 암굴에 갇혀, 오랜 세월을 괴로움 속에 살게 될 그의 친우.

'미안하다, 시건.'

진실을, 너의 가족을. 그리고 너를 지키지 못해서.

'너를 살린 게 내 최선이었다.'

무진은 북선에 나타났던 백암의 사초가 류가의 난이 불거지던 시점에 불현듯 사라졌다는 사실을 알고 있었다. 갑작스레 사초가 나타난 것이 이상하듯, 갑자기 사라진 것도 이상했다. 해서 무진은 아직 무언가 그가 모르는 단초가 남아 있을 것이라 짐작했다. 아니, 제발 무언가, 혹은 누군가 남아 있길 바랐다. 누군가, 그의 벗을 그 어둠 속에서 구해 줄 이. 오랜 세월 감춰진 진실이 다시 빛을 보게 해 줄 이가.

무진은 그의 앞에 누운 헌정제를 응시했다. 황룡이 빠져나간 헌정제의 몸은 이미 차게 식어 굳은 것처럼 보였다. 무진은 용이 아닌 헌정제를 응시하며 저도 모르게 물었다. 그건 그야말로 불현듯, 저도 모르게 찾아든 의문이었다.

"저를 핏줄로 생각한 일이 있으십니까."

답은 헌정제가 아닌 용에게서 들렸다. 용은 조금의 지체도 없이 답했다.

「단 한순간도. 네가 진실을 안 순간부터 그러했듯이.」

무진은 눈을 감았다. 누군가는, 헌정제가 아들에 대한 부정으로 역적과 모의한 천자의 죄를 덮었다고 비난했다. 차라리 진정 그런 것이었다면. 그를 살려 둔 이유가 그래도 아들이기 때문이라면 지금 들은 답이 이리 아프지도 않았으리라.

어차피 이제, 그 아픔마저 끝낼 때가 되었다. 이 밤, 공식적으로 생을 마감했다 기록될 헌정제의 죽음을 온 선계의 선인이 슬퍼할 테지만, 그 누구도 진짜 죽음을 맞이할 이가 누구인지 아는 이는 없을 터였다. 죽는 이는 헌정제요, 남는 이는 새 천제였다. 그렇게, 묻힌 진실처럼 그의 죽음도 묻히리라. 그는 이 자리에 그을음조차 남기지 못하리라.

끝이 다가왔고, 빼앗기듯 정신을 잃었다. 빈 몸을 차지한 것은 거대한 기운을 지닌 신수로, 다시 눈뜰 때는 더 이상 예전의 무진이 아니었다. 소리도, 조금의 움직임도 없이. 그 누구의 슬픔도, 눈물도 받지 못한 채. 그렇게, 천자 무진은 죽지 않고 죽었다.

흰 구름처럼 살아라.

그의 아버지가 그리 말했다. 떠도는 구름처럼 살라고. 평생을, 흔적 남기지 말고. 자유롭게 떠돌라 그리 말했다.

※ ※ ※

"그래서. 이 아비가 뭐라고 했지?"

부적을 그리고 있던 사예가 백운을 쳐다봤다. 구름과 자라난 나무 사이, 신수 자운영의 힘으로 기척을 감춘 채로 부녀는 숨죽이고 나란히 앉아 부적을 그리고 있었다. 사예는 노란 괴황지 위에 다시금 붓을 움직이며 답했다.

"외간 사내가 말을 걸면 흑심이 있어 그런 것이니 상대하지 말라고요."

"그래."

백운은 만족한 듯 고개를 끄덕였다.

"뭣 모르고 낯선 사내 따라가면 큰일 난다. 사내란 본디 흑심으로 가득 찬 음험한 존재야. 사내가 여인에게 품는 건 수상한 흑심밖엔 없단다."

그 말에 붉은 주묵이 묻은 붓을 내려놓은 사예가 물었다.

"그럼 아버지는요?"

"응?"

"아버지도 어머니께 흑심이 있나요?"

"……."

백운은 자승자박의 상황에 빠져 버렸다. 그러나 아무렇지 않은 척 웃으며 말했다.

"그럼. 이 아비도 네 어머니에게 흑심이 있지…… 하하."

사예는 어딘가 못 미더워하는 얼굴로 백운을 쳐다보며 고개를 끄덕였다. 곧 그녀는 다시금 부적으로 시선을 돌렸다. 신수와 계약을 맺지 않은 그녀가 어떻게든 부모에게 폐라도 되지 않기 위해서는 틈날 때마다 부적을 만들어 둬야만 했다. 부적이 없으면 구름 위에 거닐 수도 없는 게 바로 반선이었다. 그래도 오늘은 백운이 옆에서 도와줘서 한결 수월했다. 부적의 개수를 세며 사예가 말했다.

"아무튼 걱정하실 것 없어요. 낯선 사내 따위 따라가지 않아요. 전 시집가지 않을 거예요. 평생 어머니와 함께 살 거예요."

"그래. 어머니랑, 아버지랑……."

"어머니!"

사예가 그들에게 돌아오고 있는 하선을 발견하고는 부적을 집어 던지고 뛰어갔다. 뒤에 홀로 남은 백운이 중얼거렸다.

"아버지랑……."

그는 허탈하게 웃으며 딸이 던져 사방으로 날리는 부적에 파묻혔다. 부적을 모아 들다 든 시야에 꼭 안고 걸어오는 두 여선이 보였다. 하선과 사예가, 서로를 팔로 안고 백운에게로 걸어오고 있었다.

❋ ❋ ❋

어둠이 내린 동선의 구름이 차게 식었다. 사는 이 없는 하늘을 밝히는 것은 먼 별과 화기 모아 피운 모닥불 하나. 요 며칠 뒤를 쫓는 무영의 기세가 심상치 않아 장소를 고를 여유가 없었다. 사예 가족은 결계를 치고 기척을 감추고 급한 대로 이 밤을 보낼 자리를 잡았다. 구름 사이에 만들어진 그들의 침소는 나뭇잎과 가지를 겨우 엮어 만들어 초라하기 그지없었다. 추위를 막아 주는 것은 따뜻하고 보드라운 이불이 아닌 오행궁에서 모아 움직여야 하는 화기였다.

사예는 나뭇잎 모아 만든 자리 위에서 자고 있고, 하선과 백운은 모닥불을 곁에 두고 마주 앉아 있었다. 하선이 옷을 내리고 있는 백운의 어깨를 살폈다. 상처 난 자리를 닦고 약을 바르고 천으로 세게 감쌌다. 그녀가 집중하여 상처를 봐 주는 동안 백운은 그녀의 시선을 피하고 있었다. 상처에만 시선을 꽂고 있던 하선이 상처 보느라 내린 옷을 올려 주다가, 그제야 그런 그를 발견했다. 첫날밤 제 속살을 처음 보이는 처녀의 모습으로 수줍어하는 백운의 모습에 하선이 외려 부끄러워졌다. 사내가, 그것도 정을 나누고 슬하에 딸자식까지 둔 처에게 제 몸 보이는 걸 쑥스러워하고 있었다. 하선은 그의 옷을 잡은 손을 얼른 뗐다. 백운은 끝내 하선의 시선을 맞추지 못하고 내려간 제 옷깃을 추켜올렸다. 하선은 헛기침을 하고는 말했다.

"피가 멎어 다행이지만 상처가 나으려면 아무래도 시일이 걸릴 듯합니다. 완쾌될 때까지는 사예와 계십시오. 오늘 밤은 제가 주변을 살피도록 하겠습니다."

"아닙니다. 그럭저럭 운신할 만합니다. 어제도 밤을 새셨는데 오늘까지 그리할 순 없습니다."

"그러니 제가 몇 번이고 말씀드리지 않았습니까. 홀로 달을 찾아가는 무모한 짓은 하지 마시라고."

답답한 마음에 바로 질책이 나왔다. 하선이 엄한 어조로 혼내자 백운은 어설픈 미소만 지었다.

"제가 못나 염려만 끼치는 모양입니다. 허나 제가 가장 노릇은 해야 하지 않겠습니까."

"곁에 있어 주는 것이야말로 저희에게 필요한 가장 노릇입니다."

하선은 시선을 돌려 피운 모닥불을 응시했다. 백운이 그런 하선의 눈치를 보다가 조심스럽게 말했다.

"저는 이 시간, 이 잠깐의 흐름도 아깝습니다."

하선이 고개를 돌려 백운을 봤다. 백운이 그녀와 눈을 마주했다.

"함께하는 이 시간이 제게만 더없이 느리게 흘러가고 있는 게 슬픕니다. 부인께서……."

백운은 말을 하다 멈췄다. 그는 눈앞에 있는 하선의 얼굴 요모조모를 뜯어봤다. 처음 만났을 때는, 분명 그보다 어렸던 얼굴이었다. 뺨 위에 솜털이, 이목구비 사이에 덜 여문 생기가 있었다. 그러나 이제는, 어느덧 그보다 성숙해졌다. 생기가 사라지고 어느새 그 자리를 메운 것은 시간의 흐름이고 세월의 그림자였다. 처음 본 날의 어린 소녀가 이제는 없었다. 하선은 그보다 빠르게, 그녀의 시간을 맞고 있었다. 홀로 어른이 되어 버린 얼굴로, 하선이 말했다.

"서방님도 사내이니 늙은 내자는 보기 싫으신 것이지요."

"그런 게 아닙니다!"

백운은 놀라 두 손까지 저으며 부정했다. 그러나 윽, 하고 신음을 내뱉었다. 움직인 팔이 욱신거린 탓이었다. 동시에 그는 잠든 딸의 눈치를 살폈다. 잠시 팔을 든 채로 굳어 혹 딸이 그의 목소리에 잠에서 깼는지 살폈다. 사예는 움직이지 않았다. 마찬가지로 시선을 돌려 딸을 쳐다본 하선이, 눈을 매섭게 뜨고 다시 백운에게 말했다.

"그런 게 아니라면 더는 선단을 구하러 달에 가지 마십시오."

"그래도……."

하선이 엄한 얼굴로 백운을 쳐다봤다. 백운은 미련 남은 얼굴이었지만 일단 입을 다물었다. 하선의 시선에 눈치만 보고 있던 그가, 결국 말을 돌렸다.

"날이 밝으면, 청하를 사예에게 보내십시오."

하선의 날 선 시선이 조금 풀렸다. 그녀가 잠든 딸을 쳐다봤다. 이제 딸은 어린아이가 아니고, 부적을 놓고 신수와 함께 술법을 써야 할 때가 됐다. 예정되어 있던 수순이었다. 그녀의 어머니가 그녀에게 그러했듯, 이제 그녀가 딸에게 신수를 보내 줄 때가 왔다.

"그리고 자운영과 계약을 하십시오."

그러나 이 말은 전혀 예정에 없던 말이었다. 숨어 있던 신수가 고개를 내밀었다. 하선이 그런 자운영을 외면하고는 백운을 향해 고개를 저었다.

"말도 안 되는 소리 하지 마십시오."

자운영이 힘없이 백운에게로 날아갔다. 백운은 기죽은 채 그의 표식으로 들어가는 신수를 가련해하는 얼굴로 쳐다보고는 하선에게 말했다.

"말이 왜 안 됩니까. 계약을 하고 사예와 함께 서선으로 가십시오. 자운영이 기척을 감춰 줄 테니 무영의 추적을 피하기 수월할 것입니다."

"허면 서방님은요?"

하선은 답답한 마음으로 물었다. 그녀는 과거의 조상이 숨겨 놓은 진씨 가문의 물건을 찾으러 서선으로 갈 예정이었지만, 백운은 오십 년 전에 그 스스로가 감춰 놓은 백암의 사초를 되찾으러 북선으로 갈 예정이었다. 그런데 신수를 내어주고 그녀를 서선으로 보내면, 북선으로 갈 백운 본인은 어찌한단 말인가.

"더군다나 팔도 다치지 않으셨습니까."

"저는 무영의 추적에서 비교적 자유롭습니다. 그들이 쫓는 것은 제가 아니니까요."

"그래도 안 됩니다. 기어이 제게 자운영을 보내시겠다면, 서방님께서 새 신수와 계약을 맺은 후에 서선으로 가겠습니다."

하선이 백운에게서 고개를 돌린 채로 확고하게 단언했다. 그러자 백운이 손을 뻗어, 하선의 손을 잡았다. 옷 내리고 살 보이며 새색시처럼 부끄러워했던 주제에 지금 손을 잡는 그의 손은 거침이 없었다. 하선이 놀라 백운을 쳐다봤다. 한층 가까이 다가온 그가 목소리를 최대한 낮춰, 하선의 귓가에 속삭였다.

"빨리 진실을 알고 싶지 않으십니까."

바로 가까이에서 눈이 마주쳤다. 눈동자 속에 서로가 보였다. 백운은 쓸쓸한 미소를 지었다. 보이는 얼굴은 옛날과 달라졌지만, 가까이서 보는 눈은 그가 처음 봤던 때와 조금도 달라지지 않았다. 처음엔 그저 호기심. 대체 그 가문의 후손은 어찌 사는가에 대한 호기심으로 찾았다. 비밀을 안고서도 담대하게 몰아닥친 현실을 감내하던 소녀. 백운은 홀로 싸우는 그녀를 모른 척할 수 없었다. 그리하여, 다가가 내민 손을 차갑게 쳐 내는 그녀의 뒤를 따랐다. 냉정하게 말하지만 속은 그렇지 않은 어린 여선의 곁을 떠날 수가 없게 되고, 끝내는 그 곁에 남는 게 당연해졌다.

혼란과 걱정이 담긴 하선의 눈을 보며, 백운이 물었다.

"제게 화가 나지 않으십니까."

사초에 대해 알고, 청룡에 대해 알면서 그 사실을 숨겼다. 그 비밀을 입에 담은 것은 그의 장모가 죽은 후였다. 슬퍼하며 분노하는 그녀를 보고 차마 더 이상은 묵과할 수 없어, 자신이 그토록 궁금해하는 진실과 가장 가깝게 맞닿아 있었노라 이야기했다. 미련하게 미뤄온 일을 장모가 죽고 나서야 겨우 말했다. 그러나, 그가 그때까지 숨긴 사실에 대해 들으면서도 하선은 화내지 않았다.

그에게 화내지 않은 이유가, 그가 무언가를 숨기고 있다는 사실을 이미 알고 있었기 때문이라는 설명은 충분하지 않았다. 백운은 그저, 하선의 그 침묵이 더는 무언가를 잃고 싶지 않은 이의 침묵이라 여겼다. 그녀 곁에 남은 이는 이제 그와 딸. 이렇게 둘뿐이었다. 그의 내자는 화내고 질책하는 것보다 중요한 게 무엇인지 아는 현명한 여인이었다.

그가 사초에 대해 입에 담으며 사초를 찾아와 모든 진실을 보여 주겠노라 했을 때도, 그녀는 당장 진실을 가르쳐 달라며 채근하지 않았다. 그리고 어쩌면 그때 보여 줬어야 할 단호함을, 하선은 지금 보여 주고 있었다.

"화가 납니다. 그러니 더 화내기 전에 제 말 들으세요."

백운은 이때다 싶어 냉큼 말했다.

"화나게 했으니 책임지고 사죄를 해야지요."

하선이 무서운 기세로 째려보자 백운은 찔끔 놀라 시선을 피했다. 그는 얼른 부스럭거리며 낮에 만든 부적을 꺼내 보였다. 부적을 손에 잔뜩 들은 채로 그가 말했다.

"낮에 사예와 부적을 많이 만들어 두었습니다. 제 한 몸 건사할 정도는 되니 걱정하지 마십시오."

"부적이 수백, 수천 개가 되어도 불가합니다."

부적을 내려놓은 백운은 그녀의 반대에도 아랑곳하지 않는 얼굴이었다. 그는 목소리를 최대한 죽이고 하선에게 속삭였다. 집중하여 귀 기울여야 겨우 들릴 목소리로, 귓가에 속삭였다.

"사초는, 북선 운천의 담랑(淡朗)숲 안에 있습니다. 가면 표시를 해 둔 나무가 있습니다. 알고 계시지요? 만일 사초를 찾으러 북선으로 간다면 그곳에서 표시된 나무를 찾으십시오."

백운이 수기를 모아 움직여 눈에 익은 표시를 허공 위에 그려 보였다. 하선은 그런 백운을 보며 점점 더 마음이 안 좋아졌다. 잠든 사예 쪽을 한 번 쳐다본 하선은 그녀 또한 목소리를 죽이고 말했다.

"어찌 제게 그것을 말해 주십니까."

"만에 하나라는 건 늘 존재하니까요. 만일……. 제가 돌아오지 못해도, 그러려니 하십시오. 아무렇지 않게 털고 일어나 북선으로 가십시오. 눈 돌리면 사방 천지가 온통 백운(白雲)일진대 그리워할 필요도 없겠지요. 본디 정처 없이 떠돌아다니는 것이 구름의 운명입니다."

백운은 그저 웃으며 그리 말했다. 그의 아버지가, 그리 살라 지어 준 이름이었다. 숨어 사는 삶에 지치고 지친 아버지가, 그저 그 떠도는 삶을 네 운명으로 받아들여라 그리 말했다.

그는, 젊은 혈기에 그리 살지 않겠다고 결심했다. 그러나 현실로 인해 다시금 숨어 살기로 작심하여 마음 돌려먹기를 수차례. 그는 이제 눈앞의 여인에게 정착했다. 그 정착을 통해 마음은 오히려 그간 느낀 바 없는 자유와 풍족함을 느꼈다. 더없는 안정감과 행복을 느꼈다. 그녀에게 스스로에 대해 털어놓고 제 삶에 없었던 후련함을 느꼈다. 이름 따라 삶이 정해진다는데, 그의 아버지는 그의 이름을 잘못 지었음이 분명했다. 아니면 그의 마음이 이름의 힘을 억누를 정도로 강한 힘을 지녔던가. 사실은, 자유롭게 살라던 아버지의 말이 외려 그에겐 몸과 마음을 묶는 족쇄였다. 놀랍게도 그는 혼자인 시간을 지나 눈앞의 여선과 한 가정을 꾸리고 나서야 자유로울 수 있었다.

그러나 언제고 다시금 홀로 떠나게 될 상황이 올지도 모른다는 것을 그도, 그의 여인도 알고 있었다.

"혹 아픈 광경을 눈으로 확인하게 되어도, 슬퍼하지 마십시오. 자유 찾아 떠나갔다, 그리 생각하십시오."

그러나 입 밖으로 내뱉는 말은 진심과는 달랐다. 진심은, 실상 결코 그리될 수 없음을 그 스스로가 제일 잘 알았다. 그가 이미 머무를 곳을 찾았고, 그리하여 저 스스로가 모조리 쏟아져 내려 남은 것이 아무것도 없을 때 그는 그가 찾은 자유를 모두 잃으리라.

하선은 그런 마음 감추고 미소 담은 얼굴로 말하는 백운에게 원망까지 느꼈다. 어느새 속삭임이 아닌 본래 목소리로, 백운을 탓했다.

"어찌 그럴 수가 있겠습니까. 반드시 돌아오겠노라 약조해도 보내줄까 말까인데, 그런 말씀을 하십니까."

백운은 조용히 웃었다.

"나중에, 조금 더, 라는 변명으로 시기를 놓칠까 걱정이 되어 그렇습니다. 나중에 정말 필요할 때, 그때 말하려면 너무 늦으니까."

한숨과 함께 하선이 잡힌 손을 잡아당겼다. 백운은 말없이 그 손을 놔줬다. 멀어지는 손을 아까운 듯 계속 쳐다보다가, 등 돌리고 앉은 하선을 쳐다봤다. 그 모습을 물끄러미 응시하던 백운이, 자리에서 일어났다. 그는 자고 있는 딸에게 가 사예를 살폈다. 눈 감은 딸의 얼굴을 조용히 바라보다가, 손을 뻗어 딸의 머리를 쓰다듬었다.

"이제 그만 자라."

누워 있던 사예가 몸을 웅크렸다. 눈 감고 있던 얼굴을 그대로 가려 버렸다. 감추지 못하고 떨린 어깨를 백운의 손이 따뜻하게 덮었다. 미소 지은 백운이 손을 떼고 일어나 하선에게 다가갔다. 그를 쳐다보지 않는 그녀의 바로 옆에 엉덩이를 붙이고 앉았다. 굳은 얼굴로 고개도 돌리지 않는 하선의 얼굴을 연신 살폈다.

"수마가 느껴지지 않으십니까."

하선은 대답 없이 고개를 저었다. 백운이 그런 하선을 쳐다보다가, 등 뒤로 손을 뻗어 그녀의 머리를 제 방향으로 이끌었다. 하선이 백운을 째려봤다.

백운은 부끄러워하는 얼굴로 시선을 피했다. 그러나 그의 손은 포기하지 않고 그녀의 머리로 하여금 그의 어깨에 기대게 이끌었다. 하선은 백운을 째려봤지만 그 손을 거부하진 않았다.

"잠시 눈이라도 붙이십시오."

하선은 이번에는 거절하지 않았다. 대신 머리를 그의 어깨에 기대며 다시 한 번 말했다.

"신수와 계약할 때까지 홀로는 아무 데도 못 가십니다."

"……."

백운은 졌다, 하는 심정으로 허탈하게 웃었다. 백운의 어깨에 머리를 기댄 채로, 하선은 눈을 감았다. 백운은 제 어깨에 기댄 하선의 얼굴을 유심히 뜯어보다가, 고개를 들어 하늘을 응시했다. 눈 감은 이도, 눈 뜬 이도 쉽게 잠들 수 없는 밤이었다. 붙어 앉은 서로의 몸이 온기를 전달하고, 서로의 존재만이 서로를 지탱하는 게 전부인 밤. 그간 그들이 무수히 반복해 온 그 밤을, 또 한 번 보냈다.

그 밤이 지나고, 백운이 말한 대로 아침에 사예는 청하와 계약을 했다. 그리고 하선과 사예는 백운을 뒤로한 채 동선을 떠났다. 언젠가 그리할 것으로 정해진 바였으나 의도된 대로는 아니었다. 백운은 다른 신수와 계약하지 못했고, 북선으로 가지 못했다. 그는 동선에 남았다. 말했던 것과 달리 그는 떠나지 않고 그대로 그 자리에 남아 있었다. 하선이 그를 다시 찾아갈 때까지. 그녀가 찾아간 후에야 겨우 자유롭게 모든 걸 훌훌 털고 날아갔다. 그의 자유가 돌아와 그에게 자유를 찾아 주고서야, 말했던 대로 떠나갔다.

외전 三
경과

북선 흑제 류시건의 하루는 이사예를 중심으로 돌아간다.

아침에 눈을 뜨면 품 안의 사예를 유심히 쳐다본다. 눈뜨자마자 보이는 얼굴이 사예의 얼굴이라 그는 매 아침마다 눈뜨는 게 즐거웠다. 새벽같이 눈을 뜨고는 사예의 눈과 코, 입에서 시선을 떼지 못했다. 마음 같아서는 머리도 쓰다듬어 주고 뺨도 만져 주고 싶으나 사예가 잠귀가 밝아 차마 그리하지 못하고 쳐다보기만 했다. 참고 참다가 결국 참다못해 뻗은 손길에 사예가 눈을 뜨면 그의 하루가 시작되는 것이다.

의관을 정제하고 사예와 함께 나란히 마주 앉아 아침 식사를 하거나 가볍게 숭늉을 마셨다. 그 후에 시건은 사예가 머무는 동궁(東宮)을 벗어나 중앙에 있는 중궁에서 그의 업무를 봐야 했다. 이유인즉 오전 중에는 사예가 검안궁에 심은 그녀의 나무들을 돌보기 바쁘므로 곁에서 안고 만지며 방해하면 성을 내기 때문이었다.

현재 검안궁에 심어진 나무들은 대부분 사예가 머리카락을 심고 피를 더해 그녀의 술시로 삼은 나무들이었고, 따라서 검안궁의 술시들 또한 그런 사예가 부리는 술시들이었다. 물론 시건이 그런 나무들에 수기를 더해 주는 일도 많았으므로 그 술시들이 오로지 사예가 키우는 술시들이라고 말하기는 애매했다. 심지어 시건의 하나뿐인 술시는 검안궁에 심어진 나무들에 수기를 퍼부어 주는 역할로 전락해 있었다.

오전에 북선 관련 보고를 받고 하계 및 다른 선계와의 교류를 살피며 업무를 보다 보면 사예가 검안궁 나무들을 다 돌보고 쉴 시간이 된다. 시건은 필사의 노력으로 그의 오전 업무를 그 전에 끝낸 다음 시간을 맞춰 다시 동궁으로 찾아갔다. 이때 찾아가면 사예는 여유롭게 쉬는 와중이라 그런지 아무리 성가시게 해도 성을 내지 않았다. 그럼 눈앞에 차려진 다과 따위와는 비교할 수 없을 정도로 달고 향기롭고 어여쁜 그의 여선을 품에 안고 여유로운 시간을 보낼 수가 있었다. 그날 사예의 기분이 좋으면 품에 안고 입도 맞출 수 있었다. 기분이 안 좋을 때 입 맞추면 대낮에 무슨 짓이냐고 혼이 났다.

그리 시간을 보내고 나면 그다음에는 사예가 술법 수련을 하기 때문에 그도 그간 미뤄 두었던 술법 수련을 하러 남궁(南宮)으로 향한다. 흑귀위 선군을 확인하고 음양오행술을 수련하며 낮에 사예를 보는 동안 타오른 마음을 가라앉힌다. 본래는 선녀가 되기 위해 수련을 하는 사예를 도울 예정이었으나, 혹여나 사예에게 티끌만 한 상처라도 날까 감싸고돌기 바쁜 시건이 그녀의 수련을 도와주는 일 따윈 불가능했다. 그리하여 그는 외려 방해가 된다는 이유로 사예가 수련할 동안 접근이 금지됐다.

그 후로는 눈물을 머금고 그도 술법을 수련하거나 흑귀위 선군들과 술법 연습을 하며 시간을 보내게 된 것이었다. 덕분에 흑귀위 선군들만 죽을 맛이었다. 시건에 의해 금욕부가 심어져 북선에 머무는 요선들 또한 같은 입장이었다. 그들은 환술로 녹두군사와 짱돌군사를 무수히 많이 만들며 시건에게 시달려야 했다.

사예가 선녀가 되기 위해 열심히 수련을 하는 동안 그는 그렇게 수련을 하고 오후 정무를 본 후 다시 동궁으로 찾아간다. 그럼 저녁에 다시금 아리따운 사예의 얼굴도 보고, 힘들었을 그녀의 다리도 주물러 주고, 혼인 전에 약조한 대로 발도 닦아 주고 그러면서 시간을 보내는 것이었다. 사실 공식적으로 시건이 머무는 전각은 북궁(北宮)이었지만 그가 그곳에서 하는 일은 거의 없었고, 그는 정무를 보거나 술법 수련을 하는 시간 외의 대부분을 사예의 동궁에서 머물고 있었다.

그러나 요 며칠간, 시건의 일상은 그대로 흘러가지 않았다. 그리 흘러갈 수가 없었다. 이유인즉, 사예가 선녀 시험을 보러 서선의 태산으로 떠났기 때문이었다. 그녀가 태산에 간 동안 시건은 타는 마음으로 그녀를 기다리며 홀로 궁을 지켜야 했다. 사예와 함께할 때는 눈 깜짝할 새였던 밤이 어찌나 긴지. 사예가 없을 때 그녀의 향기라도 맡으려고 빈 동궁에 와서 밤을 보냈다. 그러나 품 안에 그녀가 없으니 잠도 잘 오지 않았다. 늘 함께 누워 있던 이불에 홀로 누워 있는 기분이란 그야말로 처참했다.

중간에 너무 사예가 보고 싶어서 당장 채비를 하고 그도 서선으로 갈까 생각도 했다. 그러나 사예가 서선으로 떠나기 전에 절대 찾아오거나 뭘 보낸다거나 그런 짓은 하지 말라고 신신당부를 하고 간 탓에 차마 그럴 수가 없었다. 대신 사예와 약조한 대로 그녀가 돌보지 못하는 사예의 술시 나무를 대신 살피고, 그녀와 약조한 대로 검안궁에 용수궁의 용목들을 옮겨 오기 위해 준비하며 시간을 보낼 뿐이었다. 사예는 그를 달래며 그녀가 보고 싶을 때마다 밖으로 나가 나무들에게 수기를 주라고 말했고, 덕분에 동궁 후원의 일부 나무들은 수기를 듬뿍 머금고 무서운 속도로 자라나고 있었다. 낮에는 사예가 키우는 나무들을 쳐다보고, 밤에는 홀로 어둠 속에 남아 그가 갇힌 암굴로 날아왔던 사예를 생각했다.

그렇게 우울하게 하루, 하루를 보내던 시건은 해가 다 진 저녁 무렵에 급히 그의 용마 흑뢰를 타고 검안궁 밖으로 나갔다. 흑뢰는 그 이름에 버금가는 속도로, 다른 흑귀위 선군들이 쫓아오지 못할 정도로 빠르게 날아갔다. 검은 용마는 거칠게 고삐를 잡아당기는 주인의 손길을 따라 북선의 하늘을 가로질렀다. 차가운 바람을 그대로 맞으며 날아갔지만 조금도 아프거나 힘들게 느껴지지 않았다. 눈이 오로지 그가 찾고자 하는 이의 모습을 찾았다. 어느덧 그의 용마는 북선과 서선의 경계에까지 도달했다. 그리고 붉게 물든 구름 저 멀리, 시건은 드디어 그리워 마지않던 사예의 모습을 발견했다. 선녀가 여럿 모여 있었지만 그의 눈에는 그 사이에서 오로지 사예만 보였다. 그는 흑뢰를 더 채근해 빠르게 날아갔다.

검은 용마를 발견한 사예가 곤란해하는 얼굴로 멈췄다. 함께 북선으로 돌아오던 선녀들도 미친 속도로 돌진하는 검은 용마를 발견한 후였다. 태산에서 받은 날개옷을 입고 날아오고 있던 사예는 어색하게 웃으며 선녀들을 쳐다봤다. 그녀가 막아설 새도 없이 흑뢰는 이미 그들의 코앞까지 날아온 후였다.

"사예."

사예는 아무 말도 못 하고 흑뢰에서 내리는 시건을 쳐다만 봤다. 그가 당장 날아와 그대로 사예를 품에 덥석 안았다. 그에게 안긴 채로 사예는 굳어 있었다. 뒤에서 놀란 선녀들이 호들갑을 떠는 목소리가 들렸다. 그녀를 안은 채로 그리웠던 감촉과 향기를 모조리 느낀 시건이 팔을 풀고 다시금 그녀의 얼굴을 살폈다. 시건은 이제 두 손으로 그녀의 얼굴을 감싸 쥐고 질문 세례를 퍼부었다.

"괜찮나. 다친 곳은 없나. 어디 상하거나, 힘들거나……."

사예는 억지로 미소를 지어 보이며 대답했다.

"그러엄……. 내가 전쟁을 나갔다 온 것도 아닌데……."

잠시 그러고 있는 사이 검안궁에서 아내를 맞이하기 위해 탈출한 흑제를 따라온 흑귀위 선군이 지척까지 날아왔다. 용마를 타고 선군의 갑주를 차려입은 선군들이 시건의 뒤에 일렬로 섰다. 흑귀위 선군까지 끌고 온 것을 확인한 사예가 경악한 표정으로 시건을 쳐다보다가, 얼른 표정 관리를 하며 뒤에 서 있는 선녀들에게 말했다.

"아쉽지만 저는 그만 가 봐야 할 것 같습니다. 그럼, 모두 조심히 돌아가십시오."

"예. 조심해서 가십시오."

선녀들이 사예를 향해 인사를 하고 그들도 몸을 돌렸다. 그녀들은 북선 출신의 선녀들로 사예와 함께 이번 선녀 시험을 치르고 선녀가 된 여선들이었다. 그녀들을 보내고, 사예는 최대한 웃는 얼굴을 유지하려고 노력하며 시건과 함께 흑뢰에 올라탔다. 사예를 앞에 태운 시건이 그녀를 세게 안았다. 사예는 흑뢰가 출발하기를 기다리는 흑귀위 선군을 애써 외면하며 흑뢰의 고삐를 잡아당겼다. 흑뢰가 다시 날갯짓을 시작하자 흑귀위 선군들도 그런 흑뢰의 뒤를 따라 날아왔다. 북선의 중심인 검안궁을 향해 흑뢰와, 흑귀위 선군들이 날아가기 시작했다. 흑귀위 선군들을 거느린 채로 날아가는 흑뢰 위에서 사예는 바로 시건을 질책했다.

"예까지 오면 어찌하오? 지금 누가 시험 보러 간 선녀들을 여기까지 마중 나왔소? 내가 애도 아니고!"

"그대가 너무 보고 싶어 어쩔 수 없었다. 정말로 다친 곳은 없나. 힘들지는 않나."

"그렇소! 그리고! 내가 다른 이들 보는 데에서는 그런 짓 하지 말라고 했잖소. 낯부끄럽게 자꾸 뭐 하는 짓이오?"

"왜 부끄럽지?"

"뭐?"

사예가 당황해서 시건을 쳐다봤다. 사예를 꼭 안은 채로 시건이 이해할 수가 없어 물었다.

"왜 부끄럽지? 부부간에 정이 깊은 게 어찌하여 부끄러울 일인가."

사예는 잠시 말문이 막혔다. 그 말을 듣고 보니 그런 것 같기도 했다. 그러나 그래도 부끄러운 건 부끄러운 거였다. 고민하던 그녀는 금방 그에 합당한 답을 찾았다.

"서방님이 자꾸 그리하면, 다른 이들이 북선 흑제는 팔불출이다, 뒤에서 욕을 할 것이오! 이 얼마나 부끄러운 일이오?"

사예의 말에 시건은 고개를 끄덕였다. 그의 평판까지 걱정해 주다니 역시 마음씨도 비단결 같은 그의 사예였다.

"그대가 그리운 마음에 그런 건 생각하지 못했다. 앞으론 조심하겠다."

"그래, 제발 부탁이오."

사예가 그리 말하며 한숨을 내쉬었다. 그녀는 그래도 시건의 등장이 꼭 불편한 것만은 아니었다고 생각하며 입을 열었다.

"그래도 잘 왔소. 예까지 날아오느라 수고 많았소. 사실 나도 저 선녀들과 함께 오는 길이 불편했소."

"왜?"

"저 선녀들이 태산에서 오랜 시간 함께 수련을 해서 그런지, 이미 우정이 돈독하여 나를 병풍 취급을 하지 뭐겠소. 오는데 저들끼리만 아는 얘기를 하며 웃는데, 난 그냥 꿀 먹은 벙어리였소."

사예가 분한 어조로 투정을 부리자 시건은 정색을 했다. 그는 태산에 가기 전에 처음으로 또래 여선들 사이에 낄 생각으로 들떴던 그의 여선을 기억하고 있었다. 그가 삽시간에 가라앉은 저음으로 물었다.

"어찌해 줄까? 말만 해라."

"……."

사예는 평소보다 더 낮아진 시건의 목소리에 당황했다. 어찌해 주냐니, 그녀가 저 선녀들을 혼쭐내 달라고 요구하면 정말 그렇게 하겠단 말인가. 사예는 설마 그러지는 않을 거라고 생각하면서도 혹시나 싶어서 얼른 부정했다.

"아니, 대놓고 그리했다는 게 아니고. 가끔 그랬다고. 뭐 어찌해 줄 것까지야 없소."

"그래."

그러나 시건의 목소리는 그다지 달라지지 않았다. 사예는 헛기침을 하고는 얼른 말을 바꿨다.

"그나저나, 나와 한 약조는 지켰소?"

"용목 말인가. 그래."

그 말에 사예가 놀라 시건을 돌아봤다.

"참말이오? 용수궁에서 용목들을 옮겨 왔소?"

"그래. 그대 궁인 동궁에 옮겨 두었다."

사예의 들뜬 얼굴을 보며 시건의 표정도 조금 풀어졌다. 사예는 고삐를 제대로 고쳐 쥐며 자세를 바로 했다.

"먼저 용목부터 확인해야겠소."

그녀는 그 말과 함께 흑뢰의 고삐를 세게 잡아당겼다. 흑뢰가 거침없이 속도를 높여, 검안궁을 향해 날아가기 시작했다.

❈ ❈ ❈

흑뢰를 타고 날아온 사예와 시건은 제일 먼저 검안궁 동궁의 후원으로 향했다. 흑귀위 선군들이 후원 너머에서 지키고 서 있고, 후원 안에는 사예와 시건만 들어갔다. 사예는 후원에 가득한 용목을 보며 하나, 하나 확인을 했다. 날개로 몸을 가리고 잠든 용마들이 나뭇가지마다 매달려 있었다. 청하도 얼른 나와 그런 용목들 사이를 날아다녔다. 푸른 용은 나무 사이를 움직이며 고개를 끄덕였다. 청하와 용목을 보며 사예가 흑뢰를 끌고 따라오는 시건에게 물었다.

"정말 내가 서선으로 떠난 동안 수가장서의 13장을 익혀 구름을 옮겨 온 것이오?"

떠날 때 그녀의 입으로 그리 말했지만, 솔직히 그게 가능할 거라고는 생각하지 않았다. 그런데 지금 그녀의 눈앞에 용목이 모여 있으니 믿지 않을 수 없었다. 그녀가 내심 감탄하는 마음으로 쳐다보자 시건은 머뭇거리다 말했다.

"아니다. 도깨비에게 부탁해 요술로 옮겨 왔다."

정말 '부탁'을 했을까? 사예는 저도 모르게 그런 의문을 품었다.

"……그래도 잘했소. 수고했소. 정말 고맙소."

어쨌든 그녀와의 약조를 지킨 건 맞았다. 사예는 용목에서 시선을 떼지 못했다.

"나도 이참에 건강한 놈을 내 용마로 삼아야겠소."

"안 된다."

시건은 엄한 목소리로 대답했다. 제 수하에게 명을 내릴 때나 보이는 엄격함에 사예가 놀랐다. 그는 그녀의 말이라면 도깨비가 선녀보다 아름답다고 말해도 그렇다고 고개를 끄덕일 위인이었으므로 이렇게 단호한 태도로 반대하는 경우가 거의 없었다.

"왜? 왜 안 된단 말이오?"

"용마를 길들이는 것은 너무 위험하다."

그 말에 사예의 곁으로 날아온 청하가 콧방귀를 뀌었다. 사예가 생각하기에도 말도 안 되는 이유였다.

"어떤 용마든 내 말은 잘 듣소. 딱히 길들일 필요가 없소. 내가 언제까지 나갈 때마다 흑뢰를 탈 수도 없는 노릇 아니오. 물론 이제 내겐 익의가 있긴 하지만, 그래도. 흑뢰도 매번 선인 둘을 태우기가 힘들 것이오."

"흑뢰는 조금도 힘들지 않을 것이다. 오히려 그대가 다른 용마를 길들여 타면 서운해할 것이다."

그 말에 사예가 흑뢰를 쳐다봤다. 흑뢰는 이게 웬 옥토끼가 말고기 뜯어 먹는 소리인가 하는 얼굴로 시건을 쳐다보고 있었다. 사예는 헛웃음을 흘렸다.

"흑뢰는 전혀 그렇게 생각하는 것 같지 않은데. 그리고 서방님도 매번 번거롭기만 하지."

"조금도 번거롭지 않다. 그대와 함께 흑뢰에 타는 게 내 기쁨이다."

그 말에 웃음이 터진 사예는 얼른 손을 들어 올라간 입술을 가렸다. 그녀는 그럼 생각해 보고, 하고 대충 둘러대며 발걸음을 옮겼다. 시건이 서둘러 그런 사예를 따라가 그녀의 손을 잡았다. 손을 잡힌 사예가 뒤를 돌아보고는 그에게 말했다.

"태산에서부터 날아오느라 너무 힘드오. 다리도 아프고, 발도 아프고."

시건은 사예의 발을 쳐다봤다. 그리 힘들었다니 진즉에 그가 태산까지 데리러 갈 것을, 후회가 들었다. 사예가 뭐라고 하던 무조건 서선으로 갔어야 했는데 어리석었다. 시건은 자책을 하며 사예에게 팔을 뻗었다.

"이리 와라."

당장 그녀를 들어 궁으로 옮겨 줄 기세에 사예는 놀라 뒤로 물러났다. 무슨 엄살 한번 못 피우겠다고 생각하며 사예가 손을 저었다.

"됐소! 내 발로 갈 것이오. 대신, 서방님이 약조한 대로 내 발 좀 닦아 주시오. 내 발이 너무 곤하오."

팔을 내리고 사예의 발을 응시한 시건이 조심스럽게 물었다.

"그대 옥지(玉趾)만?"

"……"

사예는 묘하게 기대감이 섞인 시건의 물음을 외면했다.

❈ ❈ ❈

용목을 확인한 사예는 그다음으로 후원에 세워 둔 사당으로 향했다. 사실 가장 먼저 갔어야 했는데 밖에 있는 용목부터 확인을 하느라 늦어졌다. 사당에 보관해 둔 선단함과 하선의 유골함을 확인했다. 소원을 빌어 힘을 잃은 청하의 여의주도 지금은 사당에 함께 보관되어 있었다. 후원에서부터 따라온 청하가 사당에 들어오자마자 제 여의주로 날아갔다. 사예는 유골함을 향해 절을 하고, 그 앞에 서서 함을 빤히 응시했다.

"저 왔어요, 어머니. 아버지."

함 옆의 빈자리가 안타깝다. 그녀는 백운이 남긴 물건은 가진 게 없었다. 대신 그 옆에 놓인 것은 하선과 함께 나누기로 했던 선단이 든 함이었다. 백운이 그녀들에게 가져다주고자 했던 것. 시건의 부모가 남긴 것 또한 거의 없어 옆에는 수가장서의 13장과 무진이 남긴 편지만 있었다. 이 사당 안에는 죽은 이가 남긴 것보다 산 자의 그리움이 더 많았다.

"저 선녀가 되었어요."

사예는 하선의 유골함을 향해 입은 날개옷 치마를 펴 보이며 말했다. 촛불 켜진 사당 안에서 날개옷의 비단 자락이 유달리 고와 보였다. 그러나 그녀의 말에 대답은 없었고, 잘했다 칭찬할 이도, 입은 날개옷이 곱다 말해 줄 이도 없었다. 제 목소리만 울리는 사당 안에서 홀로 선보이는 날개옷이 눈물 났다. 사예는 급하게 손을 들어 옷소매로 두 눈에 고인 눈물을 찍어 눌렀다. 새로 입은 비단옷에 눈물 자국이 남았다.

유골함 앞까지 걸어가 두 손으로 함을 매만지고, 그 옆에 있는 선단함을 몇 번이나 만진 후에야 그 자리에서 일어났다. 사당에서 나가기 전에 다시금 뒤를 돌아 유골함과 선단함을 응시했다. 잠시간 응시하다가, 겨우 고개 돌리고 문을 열고 나갔다. 청하는 그제야 여의주에서 시선을 떼고 사예의 표식으로 사라졌다.

사예가 사당에서 나왔을 즈음엔 이미 밖이 완전히 어둠에 물든 후였다. 문 앞에는 시건이 홀로 그녀를 기다리고 있었다. 시건과 사예는 손을 맞잡고 동궁으로 들어갔다. 동궁에 들어간 사예는 술시들의 도움을 받아 목욕재계를 했다. 술시 중에서도 가장 그녀와 인연이 오래된 청아가 그녀의 바로 곁에서 목욕을 도와줬다. 피로로 지친 몸을 뜨거운 물로 닦으며 피로를 풀고, 특히 발을 뽀득뽀득 열심히 닦았다. 다 닦고 옷을 갈아입고 온 사예는 그녀의 방에서 먼저 와서 그녀를 기다리는 시건을 마주할 수 있었다.

앞에 와 앉은 사예의 손을 잡은 시건이 술시에게 주안상을 가져오라고 명했다가 사예의 눈총을 받았다. 사예는 그녀의 술시 청아에게 주안상 따윈 필요 없으니 발 닦을 물이나 가져오라고 시켰다. 이 문제의 주안상은 본래는 동선 도깨비집에서 첫날밤을 보낸 날 이후로 그들이 밤을 함께할 때마다 술시들이 열심히 방으로 들였지만, 줄곧 시건이 조금의 관심도 주지 않아 아침에 그대로 다시 밖으로 내보내지는 수많은 역사가 있었다. 해가 지고 사예의 처소에 드는 순간부터 잠시간의 틈도 아까운 시건이 술이나 음식 따위를 입에 댈 여유가 없었기 때문이었다. 그리하여 언젠가 한 번은 남겨지는 음식이 아까웠던 사예의 고집에 의해 시건이 주안상을 제대로 받아야만 했던 일이 있었다.

문제는 그날 주안상에 올라왔던 술을 시건이 사예에게도 나눠 주면서 발발했다. 사예는 도통 기억하지 못했지만 어쨌든 처음 맛본 술은 사예에게 상상 이상의 효과를 발휘했다. 술 몇 잔을 입에 든 그녀는 금방 술에 취했고 다음 날 일어났을 때 전날 밤의 일이 하나도 기억이 나지 않았다. 그러나 기이하게도 시건은 그날 이후 자꾸만 관심도 없었던 주안상을 들이려고 하는 것이었다. 그날 일을 기억하지 못하는 사예가 대체 무슨 일이 있었냐고 물으면 제 얼굴을 붉힐 뿐 아무 말도 하지 않았다. 그리하여 이제는 시건이 주안상을 들이려고 하고 사예가 주안상을 한사코 거부하게 되는 상황의 역전이 이루어졌다.

사예가 기억이 나지 않은 것에 대한 찜찜함으로 주안상을 또 한 번 거절한 탓에 시건이 아쉬워하는 사이, 술시 청아가 발을 닦을 수 있는 물이 든 대야를 가져왔다. 따뜻한 물이 담긴 대야와 수건을 내려놓고 청아가 나가자, 시건이 사예의 앞에 대야를 끌고 왔다. 버선을 벗어 옆에 가지런히 내려놓은 사예가 다리 하나를 세워 발을 대야 안에 담근 후 치마가 벌어지지 않게 치맛자락을 두 팔로 붙잡았다. 남은 다리는 접어서 치마로 덮고 앉았다. 시건이 손을 넣어 대야 안에 있는 그녀의 발을 만져 줬다. 치마 아래 드러난 발목부터 시선이 내려갔다. 물 안에 들어간 하얀 발을 볼 때마다 시건은 사예는 발도 어여쁘다고 생각했다. 말 그대로 머리끝부터 발끝까지 다 어여쁘구나. 옥지라는 말이 그야말로 사예 발을 표현하기 위해 존재한다고 생각했다. 사예의 발을 만지며 그는 다시금 이리 곱게 사예를 낳아 준 돌아가신 장모에 대한 감사와 이리 곱게 자라 준 사예에 대한 고마움을 느꼈다.

사예는 그녀의 발을 잡은 시건의 손에 시선을 둔 채로 물었다.

"용목을 가져왔으니 이제 어찌해야 하오?"

용목에 열린 용마는 각 선계 선군들에게 배부되어야 했다. 그러나 무작정 모든 용마를 다 나눠 줄 수는 없는 노릇이었다.

"내일 현록이 그대를 찾아와 현재 자라고 있는 용마와 각 선계에 있는 용마에 대해 보고할 것이다. 그걸 확인하면 된다."

"그래?"

시선을 위로 한 채로 잠시 고민하던 사예는 갑자기 아까 헤어진 선녀들을 떠올렸다.

"검안궁에도 이제 궁관으로 선녀를 들여야 하지 않소? 그 궁관은 내 소관인 게 맞소?"

"그래."

사예는 고개를 끄덕였다. 각 선계가 분리된 이래 본래 용수궁과 하계에서 일하던 선녀들을 각 선계의 궁에서 궁관으로 들이기로 했으나, 검안궁은 사예의 사정으로 그간 궁관을 들이지 못했다. 흑귀위 선군은 시건의 지위 아래 재정비가 끝나 귀호가 다시금 흑귀위 상장군이 되고, 현록이 대장군, 유신이 중랑장 등 모든 선인이 직책을 받았지만, 궁관은 달랐다. 궁내 살림을 돌볼 궁관들을 뽑고 관리하는 건 이제 시건과 혼인한 사예의 몫이었다. 그러나 북선에 온 이후 사예는 선녀가 되기 위해 준비를 하느라 다른 일에 신경을 쓸 경황이 없었다. 따라서 북선 검안궁 궁관의 선발은 사예가 선녀가 된 후에 그녀가 뽑기로 결정하고 미뤄 둔 참이었다. 이제 사예가 선녀가 되어 돌아왔으니 궁에서 일할 궁관을 뽑아야 했다.

어쩌면 태산에서 함께 시험을 봤던 선녀들 중에 궁관이 되겠다고 오는 이들이 있을지도 몰랐다. 사예는 태산에서 함께한 선녀들과 그녀 간에 존재했던 어색한 거리감이 단순히 오랜 시간 함께한 우정이 없기 때문만은 아니라는 걸 알고 있었다. 그들 중 일부는 후에 북선의 궁에 와 그녀의 밑에서 일하게 될 입장인 것이었다. 그들에게 있어 함께 동문수학한 것도 아닌, 심지어 훗날 그들을 부리게 될 여선이 불편하게 느껴졌을 만도 했다.

어쩐지 용수궁에서 함께 복작댔던 도깨비들이 그리워졌다. 서선에서 돌아왔으니 동선에도 조만간 기별을 할 생각이었다. 덕향과 도깨비들은 아마 선녀가 된 걸 축하한다는 의미로 그녀에게 메밀묵을 보낼 터였다. 사예는 메밀묵은 보내지 말라고 미리 말해 둬야겠다고 생각했다.

사예가 그렇게 생각에 잠겨 있는 동안, 시건이 발 한쪽을 다 씻고 든 상태로 수건으로 물기도 닦아 줬다. 시건이 술시 청아를 불러 대야의 물을 가는 사이, 사예가 반대쪽 발을 내밀었다. 술시가 쓴 물을 가지고 방에서 나가자, 사예는 시건을 힐끔힐끔 쳐다봤다. 시건은 갈아서 깨끗한 물에 담근 그녀의 발만 쳐다보고 있었다. 그런 그를 계속 쳐다보던 사예가, 슬그머니 치마를 잡고 있던 손을 내렸다. 무릎 세운 다리를 감싸고 있던 치맛자락이 떨어져 치마 속이 벌어졌다. 그러나 시건은 꿋꿋이 두 손으로 그녀의 발만 붙들고 참 어여쁘다 생각하고 있었다. 그는 그녀의 발 씻겨 주는 데 온 신경을 집중하고 있을 뿐이었다. 사예는 그런 시건을 쳐다보며 답답함을 느꼈다. 마음을 다잡은 사예는 도깨비방망이는 휘두르기 나름이라고 했던 말을 되새기며 괜히 다리를 조금씩 움직이며 헛기침을 했다.

"서방님이 세족해 주니 참 좋네."

사예의 말에 내가 더 좋다고 대답하려고 고개를 들던 시건이 움찔 굳었다. 그의 표정이 굳었다. 물속에서 발을 잡은 채로 그대로 그의 손이 멈췄다. 시건은 치마 아래 드러난 그녀의 다리에 시선을 꽂았다. 그 너머에 내려앉은 속치마가 보이고, 그 속이 얼핏 보였다. 교묘하게 치마를 누른 사예의 손 때문에 차마 깊은 곳까지 보이지 않았으나, 속치마 사이 맨다리가 드러났다. 시건은 도깨비 요술이라도 걸린 듯 굳은 상태로 가만히 있었다. 그는 시선을 자신의 손이 닿는 곳에 고정한 채로 움직이지 않았다.

잠시간 그대로 굳어 있던 시건이, 두 손으로 잡고 있던 사예의 발을 들었다. 그의 손과 사예의 발에서 물이 떨어졌다. 사예는 발 하나가 시건에게 잡혀 들린 채로 어색하게 앉아서 연신 눈을 깜빡였다. 발이 들린 바람에 덮여 있던 치마와 속치마가 더 벌어졌다. 시건의 눈이 그 치마 속 맨다리로 향했다. 정말 맨다리였다. 치마 안에, 다리를 가리고 있어야 할 속바지가 없었다.

이제 시건의 얼굴은 다른 표정은 절대 지을 수 없는 사람처럼 진지한 상태 그대로 굳어 있었다. 치마를 누른 사예의 손 하나로 인해 그의 눈이 확인할 수 있는 건 한계가 있었다. 그의 눈 대신 그의 손이, 치마 속 깊은 곳까지 확인하고자 했다. 발을 잡고 있던 시건의 손 하나가 발목의 볼록한 복사뼈를 따라 움직였다. 물기 젖은 손이 발목을 타고 올라갔다. 다리를 덮은 속치마 안으로 들어간 손이 종아리를 쓸며 위로 향했다.

사예는 자세와 그의 시선이 너무 부끄러웠지만 시건의 손을 뿌리치지 않았다. 시건의 손이, 계속 다리를 따라 올라갔다. 손은 그 어떤 방해도 받지 않고 매끈한 다리 위로 물 자국을 남겼다. 그의 손을 막는 속바지가 없고, 존재하는 것은 그의 손에 잡히는 다리와 손등 너머에 닿는 부드러운 비단 속치마뿐. 그의 손이 세운 무릎을 지나고, 이제 손이 허벅지를 따라 내려갔다. 사예는 연신 눈동자를 이리저리 굴리며 시선을 가만히 두지 못했다. 손이 안으로 들어갈수록 시건의 얼굴이 긴장으로 굳어졌다. 다리를 만지는 시건의 손에 점점 힘이 들어갔다. 그리고 그 손이 기어이 깊은 곳까지 들어가 닿았을 때.

누가 터트렸는지 모를 신음 소리와 함께 시건이 더 이상 참지 못하고 잡고 있던 사예의 발을 그에게로 잡아당겼다. 사예는 그대로 뒤로 넘어가며 시건에게 끌려갔다.

"아!"

시건이 그런 그녀의 상체를 위에서 덮쳐눌렀다. 그의 급한 움직임에 중간에 있던 대야가 엎어져 물이 바닥에 쏟아졌다. 놀란 사예가 누운 채로 고개를 돌려 바닥을 쳐다봤다. 쏟아진 물이 퍼져 바닥에 닿은 그녀의 등을 적셨다. 그러나 다시 일어날 새도 없이 시건이 급하게 그녀의 입술에 입을 맞췄다. 그의 손은 이미 사예의 치마 속을 점령하고 있었다. 치마 속에 그의 손을 막을 수 있는 것이 아무것도 없었다. 사예는 막무가내인 시건을 미는 척하며 소리쳤다.

"자, 잠깐만! 너무 급하잖소!"

"미안, 내가…… 여유가 없어."

신음과 함께 말하며 시건이 그녀에게 몸을 가까이했다. 어떤 사내도 제 여인의 도발 앞에서 여유를 부릴 수는 없을 터였다. 그에게 급하다 탓을 하는 사예가 가혹했다.

사예는 안달 내는 시건의 모습과 여실히 느껴지는 그의 흥분에 얼굴을 붉혔다. 목덜미를 따라 내려간 그의 숨결에 어깨를 움츠렸다가, 손을 뻗어 그의 옷 사이로 손을 집어넣었다. 비단 옷자락 안에 만져지는 그의 몸이 단단했다. 시건은 자신의 찬 피부에 닿은 사예의 손이 더 뜨겁게 느껴져 거친 숨을 내뱉으며 고개를 들었다. 그가 간절해 보이기까지 하는 시선으로 말했다.

"그대가 없는 동안 밤에 잠을 못 잤다."

사예는 위로 쭉 올라갈 것 같은 입술을 필사의 노력으로 참아 내며 시건을 약 올리듯 말했다.

"안됐소, 난 매일 밤 두 발 뻗고 잘 잤는데."

"……그럼 오늘은 안 자도 되나?"

"……."

사예는 차마 대답은 하지 못하고 입술만 꽉 깨물었다. 그 탓에 피 몰린 입술이 붉어져 시건으로 하여금 더 애달프게 했다. 시건은 눈앞에서 그를 자극하는 입술을 당장 물었다. 사예도 그의 옷 안으로 손을 뻗었다. 옷을 헤집고, 차가운 그의 피부를 그녀의 팔과 손으로 안았다. 이제 그녀와 그를 구분할 수 없을 지경으로 서로가 뜨거워지고, 그 이후로는 그녀 또한 급한 시건을 탓할 정신이 없었다. 서둘러 그녀에게 다가선 시건 때문에 견디지 못하고 소리를 내질렀다.

며칠 비어져 있던 동안 방 안에 내려앉았던 싸늘한 적막은 이제 없었다. 주인이 돌아온 방의 한기는 어느덧 둘이 함께하는 열기로 가득 찼다. 채 끄지 못한 촛불로 인해 닫힌 문의 창호지 너머까지 환했고, 그 아래 비친 둘의 그림자가 함께 흔들렸다. 가린 벽도 그들의 열기와 소리를 다 막아 내지 못했다. 그 어느 때보다 길어질 밤이, 시작되고 있었다.

※ ※ ※

다음 날 일어난 사예는 시건과 함께 사당으로 향했다. 서선에 간 이후 여러모로 무리를 해선지 오전 내내 도무지 몸을 일으킬 수가 없어 누워만 있다가, 겨우 정신 차리고 일어나 나왔다. 본래 이 시간은 아침 정무를 다 본 시건이 동궁으로 사예를 찾아올 시간이었다. 평소 사예는 시건이 이 시간 때쯤이면 더 이상 참지 못하고 그녀를 보고 싶어 찾아온다고 알고 있었으므로, 검안궁 술시나무들을 확인하고 목기를 더하던 와중에도 이 시간 즈음이면 부러 하던 일을 정리하고 방으로 돌아와 시건을 맞이하곤 했었다. 그러나 오늘은 그 시간에, 둘이 함께 나란히 동궁의 후원으로 나갔다. 둘은 후원에 있는 사당으로 향했다.

사당으로 들어가 시건과 나란히 절을 하고, 그녀는 좀 더 사당에 있을 요량으로 시건에게 그만 중궁으로 가 일을 보라고 말했다. 오전 내내 일을 안 했으니 지금이라도 가 봐야 할 터였다. 그러나 시건은 도통 그녀의 옆을 떠날 기미가 안 보였다. 동궁에 눌러앉다 못해 정무마저 동궁에서 볼 기세의 시건을 내쫓고, 사예는 마음을 가다듬고 사당에 제대로 자리를 잡고 앉았다.

새하얀 유골함을 쳐다보며 사예는 앞으로 뭘 해야 할지 고민했다. 선녀가 되었고, 이제 오후에 용마를 제대로 확인하고, 궁관을 뽑기 위해 교지를 내려야 하고. 그녀가 서선에 간 사이 술시들이 잘 자라고 있었는지도 서둘러 확인해야 했다. 그리고……

사예는 서선에서 만났던 선녀들과 그녀들에게 들은 이야기를 떠올렸다. 화두에 올랐던 것은 서선의 백제인 호혜강에 대한 이야기였다. 선녀들은 서선 역사상 처음으로 홀로 그 자리에 올라 서선을 다스리는 그녀와, 그 옛날 그 아우와 관련된 추문을 꺼냈다. 태생부터 정해져 있었던 아우와의 혼약이 깨지며 홀로 제위에 올라 아직껏 혼례를 치르지 않은 혜강인지라, 선녀들은 허면 서선의 대는 어찌 이어지는 것이냐, 이대로 끊기는 것이냐 수군거렸다. 누군가는 요즘은 그래도 문제의 아우 호혜렴과 그녀의 사이가 제법 나아졌다고 들었다며 운을 떼기도 했다.

당시 사예는 서선의 대가 이어지든 끊기든 남이사, 하고 생각하고 말았지만 사실은 남의 일만은 아니었다. 그녀의 서방인 시건의 혼사도 상당히 늦은 편이었다. 사예 본인이야 늦은 혼인이 아니었지만 시건과 그녀는 연배 차이가 제법 되었다. 예시로 시건과 비슷한 연배의 주석호는 이미 그 아들이 남선의 제위에 오른 상황이었다. 물론 거기엔 남선 나름의 어쩔 수 없는 사정이 있었지만, 그래도 그 아들이 이미 남선에서 제 역할을 해내고 있는 것만은 사실이었다.

'아이……'

시건도 원할까. 그와 그녀의 아이. 시건은 단 한 번도 그녀에게 자식에 대한 이야기를 한 적이 없었다. 하지만 그도 사내인데, 그를 닮은 아이를 갖고 싶지 않을 리가 없었다. 사예 또한 이제 선녀도 되고 자리도 잡았으니 아이에 대해 생각해 볼 때도 되었다 싶었다.

'어머니가 된다……'

사예는 반사적으로 그녀의 어머니를 떠올렸다.

'좋은 어머니가 될 수 있을까?'

그녀는 답을 할 수 없었다. 그 단어를 입에 올리는 것도, 귀에 담는 것도 쉽지 않았다. 그녀에게 어머니는 아직, 아픈 단어였다.

겨우 마음을 진정시키고, 그녀는 다시 절을 하고 사당에서 나왔다. 사당에서 나온 그녀는 그녀의 술시들과 함께 검안궁의 나무들을 살피기 위해 후원을 돌아보기로 했다. 술시들을 확인하기 위해서였다. 그리고 후원을 돌며 술시로 삼은 나무들을 확인하던 와중에, 사예는 놀라 뒤로 자빠질 뻔했다.

"뭐야! 언제 이리 컸어!"

그녀는 당황해서 나무들을 하나, 하나 세세히 살폈다. 후원 뒤쪽에 그야말로 우람하기 짝이 없는 나무들이 줄지어 서 있었다. 그러나 그 자리에 있는 나무들은 분명 그녀의 머리카락과 피를 묻은 그녀의 술시나무들이었다. 삭막하고 후원 관리가 되지 않았던 북궁의 후원 여기저기에 나무를 많이 심은 이는 분명 사예였지만, 그녀는 하계에서 겪은 늙은 나무에 대한 충격으로 나무를 구태여 서둘러 키우지 않은 상태였다. 해서 현재 검안궁에 돌아다니는 술시들은 대개 덜 큰 어린 술시들이었다. 그런데 그랬던 나무들이 이리 크다니, 대체 어찌 된 일인가.

사예는 저도 모르게 고개를 돌려 그녀의 뒤를 따라온 술시들을 쳐다봤다. 작달막한 술시들의 제일 앞에 선 청아와 청하는 워낙 오래 함께했으니 조금 컸어도 그러려니 할 수 있었다. 하지만 다른 나무들이 갑자기 이리 성장을 한 것은 도무지 이해하기가 힘들었다. 다시금 고개를 돌려 훌쩍 자라난 나무들을 보던 사예는 문득, 그녀가 서선으로 떠나기 전에 시건에게 했던 말을 떠올렸다. 그녀는 그녀가 보고 싶을 때 나무들에 수기를 나눠 주라고 그에게 말하고 떠났었다.

이 사달의 원흉이 자기 자신이라는 사실을 깨달은 사예는 헛웃음을 흘렸다. 수기를 얼마나 퍼부었으면. 나무가 이리 자랐으니 술시들도 많이 컸을 터였다. 이 나무들의 술시는 부르면 아마 이미 성인의 모습을 하고 있을 게 분명했다. 안 그래도 시건이 자꾸 그녀 대신 수기를 나눠 줘 이놈의 술시들이 누가 제 주인인지 헷갈리는 판국인데, 이 녀석들은 완전히 틀려먹었다 생각했다. 시건 딴에는 사예를 힘들지 않게 하기 위해 도와주려는 거였지만, 결과적으로 사예에게 있어서 만족스러운 결과는 아니었다. 술시들을 만든 건 그녀의 머리카락과 피였지만 키운 것은 엄연히 시건이었다. 사예는 고개를 절레절레 저으며 남은 다른 나무들을 확인하러 발걸음을 돌렸다. 그녀의 뒤를 술시 청아와 청하, 그리고 아직 덜 자란 어린 술시들이 졸졸졸 따라왔다.

동궁을 다 돌고 북궁의 나무들까지 확인한 그녀가 동궁으로 다시 돌아왔을 때는 이미 해가 질 무렵이었다. 오후 내내 오전에 처리하지 못한 정무를 처리한 시건이 모든 정무를 마치고 동궁으로 그녀를 찾아왔다. 그러나 시건은 혼자가 아니었다. 그는 흑귀위 대장군인 현록과 함께 사예를 찾아왔다. 어제 시건이 말했던 대로 용마에 대한 보고를 올리기 위함이었다.

동궁에 있는 그녀의 방에서, 사예는 시건과 나란히 앉아 현록에게 보고를 들었다. 그녀는 현록이 써서 올린 용마의 총 마릿수와 곧 떨어질 정도로 성숙한 마릿수, 상태 등을 기록한 서책을 보며 그의 설명을 들었다. 설명을 듣던 사예가 현록에게 물었다.

"그럼 용마를 보내는 대신 각 선계에서는 북선에 뭘 보내는 거요?"

사예의 물음에 현록은 고개를 끄덕였다.

"서선 백호위의 경우 서선에 선군들의 갑주와 무기를 제작하는 대장간이 있는지라 무기와 일부 교환하는 것으로 논의 중이었고, 남선은 용마 마릿수에 따라 값을 치를 예정입니다. 동선은 논외이고요."

"서선과의 교환에 대해서는 내가 결정을 내린 후 정해질 것이고, 그대는 남선과 의견을 조율하면 된다."

시건이 덧붙인 설명에 사예는 고개를 끄덕였다. 일단 현록의 보고를 제대로 살핀 후 용마와 용목을 돌볼 술시들도 정해야 했고 만약 궁관을 뽑으면 용목을 담당할 궁관도 배정해야 했으므로 시간이 좀 필요했다. 그런데 문득 빠진 부분을 발견했다.

"그런데 여기 흑귀위에 대한 부분이 빠져 있소. 흑귀위는 용마가 필요 없는 것이오?"

"……."

"……."

순간 정적이 흘렀다. 현록은 눈을 또랑또랑하게 뜨고 그의 답을 기다리는 사예를 보며 말문이 막혔다. 흑귀위의 주군이 그녀의 지아비인데 어찌하여 흑귀위가 그녀에게 대가를 바쳐야 하는가. 그렇게 사예가 들으면 그런 게 어딨냐고 노발대발할 생각을 하며 답을 미룬 현록이 일단 시건을 쳐다보는데, 시건은 매우 진지한 태도로 이렇게 말했다.

"그대가 원하는 것은 뭐든 주겠다."

"아니……."

그런 말이 아니잖소, 하고 핀잔을 주며 사예가 시건을 째려봤다. 그러나 더없이 진지한 시건의 얼굴을 보고는 그와 이 문제에 대해 운운하는 게 아무 의미가 없다는 사실을 깨달았다. 시건은 정말로 사예가 용마의 대가로 무언가를 원한다면 다 가져다줄 심산이었다. 실제로, 그는 용마에 대한 대가가 아니더라도 사예가 원하는 것은 오로지 한 가지를 제외하고 무엇이든 갖다 바칠 셈이었다.

유일하게 제외된 하나는 바로 전에 술에 취했던 사예가 연신 달라고 칭얼댄 도깨비방망이였다. 사실 도깨비방망이도 마음만 먹으면 어리석은 도깨비를 꾀어내어 못 가져다줄 것도 없었지만, 그는 사예에게 도깨비방망이를 가져다주지 않을 생각이었다. 그 밤, 그녀가 없는 도깨비방망이 대신 발견한 대안이 그를 매우 흥분시켰으므로.

시건은 술 취한 사예가 뜬금없이 도깨비방망이 달라고 투정 부릴 때는 당황해서 당장 동선에 다녀오겠다고 일어났지만, 그녀가 그를 붙잡으며 어디 가냐고 도깨비방망이 달라고 성화인 통에 이러지도 저러지도 못했다. 다행인지 불행인지 그때 사예는 술에 취해 있었고 사리분별이 제대로 되지 않는 상태였다. 술기운에 정신이 없던 사예는 가까운 곳에서 도깨비방망이를 찾았다. 그리하여 그녀가 가짜 도깨비방망이를 향해 뻗은 열 오른 손길은 취한 사예의 모습에 취해 있던 시건에겐 그야말로 이성의 벽을 단숨에 무너뜨려 버린 재해와 같았다. 사예는 그날 밤을 아예 기억 못 했지만 시건도 그 이후를 잘 기억할 수가 없었다. 그저 그의 몸이 그 밤 뜨거웠던 열기만 기억했다.

그날 이후 시건은 자꾸만 사예와 함께 있을 때 주안상을 들이려고 시도를 하게 되었다. 그는 내심 술 취한 사예가 또다시 도깨비방망이를 찾길 바랐다. 그는 진짜 도깨비방망이는 없었지만 그날 사예가 대신 가졌던 가짜 도깨비방망이는 언제든 내어줄 생각이 있었다. 그는 저도 모르게 그날 밤 도깨비방망이다! 하고 소리치며 그에게 달려들던 사예의 모습을 떠올렸다.

티가 날 듯 말 듯 얼굴이 붉어진 시건이 무슨 생각을 하는지도 모르고, 사예는 일단 현록을 향해 말했다.

"일단 용목에 대한 건 내 좀 더 자세히 확인을 해야 할 것 같소. 확인하고 다시 이야기하는 게 나을 것 같소. 수고하셨소."

"예."

고개를 숙여 인사를 한 현록이 방에서 물러났다. 마침 세 사람이 마실 차를 내온 술시 청아가 당황했지만 현록은 그대로 나가 버렸고, 결국 차는 시건과 사예의 몫만 남았다. 이제 방에 둘만 남은 상태로, 사예는 현록이 올린 용마에 대한 서책을 다시금 확인하고 있었다. 시건이 앞에 차려진 찻잔으로 손을 뻗는데, 현록이 올린 서책을 확인하던 사예가 흘리듯 말했다.

"대장군이 참 사람이 성실하고 일도 잘하고 듬직하니 괜찮은 것 같소."

"……."

툭, 소리와 함께 시건이 손에 들고 있던 찻잔이 떨어졌다. 찻물이 쏟아지고 찻잔이 방바닥을 굴렀다.

"깜짝이야!"

소리와 튄 찻물에 사예가 놀라서 시건을 쳐다봤다. 그러나 시건은 찻잔을 떨어트린 자세 그대로 굳어 움직이지 않았다. 사예는 얼른 그의 옷과 손 등을 살펴 뜨거운 찻물에 대이진 않았는지 잔이 깨져 다친 건 아닌지 확인했다.

"괜찮소? 다치지 않았소?"

"……."

시건은 답이 없었다. 몇 번 연달아 눈을 깜빡이다가, 입을 겨우 벌렸다. 그러나 차마 말을 하지 못하고, 벙긋벙긋 벌리다 다시 다물었다. 누가 보면 지인의 부고라도 들었다고 생각할 만큼 충격으로 굳은 모습이었다. 사예가 한 말이 그를 옭아맸다. 현록이. 현록이 괜찮다고. 듬직하다고. 방금 그의 사예가, 다른 사내를 괜찮다고 말한 게 맞는가.

그 모습을 보며 사예는 눈썹을 찌푸렸다.

'설마.'

그러나 그녀는 시건과 관련하여 설마가 사람 잡는 경우를 많이 봤다. 사예는 어색하게 미소 지으며 시건의 팔을 괜히 만지며 말했다.

"저런 선인을 수하로 두고 있다니, 역시 우리 서방님이 제일 잘났소!"

그렇게 둘은 다시금 평화를 되찾았다. 술시가 얼른 들어와 쏟아진 찻물을 닦고 차를 다시 따라 줬다. 술시가 나간 후에, 사예는 슬그머니 운을 뗐다.

"저기 말이오."

술시가 다시 따라 준 찻잔을 들던 시건이 사예를 쳐다봤다. 사예는 계속 잠시 망설이다가 에라, 모르겠다 하고는 숨도 쉬지 않고 말해 버렸다.

"왜 내게 아이 얘기는 한 번도 하질 않소?"

그 말에 시건의 표정이 변했다. 그는 찻잔을 바로 내려놓고 사예에게 팔을 뻗으며 다가왔다.

"아이가 가지고 싶나."

"아니, 나 말고!"

사예가 당장 그녀를 안을 기세의 시건을 두 팔로 밀쳤다. 시건은 그녀의 손길에 아쉬움 가득한 얼굴로 뒤로 물러났다. 사예는 다시 제대로 앉은 그를 째려보고는 치마 위의 손가락을 만지작거리며 말했다.

"나 말고……. 서방님 말이오. 아이 생각이 없소?"

이야기가 나올 법도 한데, 당장 가지자는 말은 아니어도 언급 정도야 나올 법도 한데 전혀 나오지 않아 혹 시건은 아이가 싫은가 싶기도 했다.

"나이도 있는데……. 아이 가질 맘이 없소?"

"아니."

"……그럼?"

사예는 무슨 생각을 하는지 알 수 없는 얼굴의 시건을 차마 더 쳐다볼 수가 없어서, 시선을 피했다.

"내 그간은 선녀가 되기 위해 수련하느라 신경 안 썼는데…… 이제 선녀도 됐고. 그러니까……."

차마 그 뒤까지 스스로의 입으로 말할 수는 없어서 사예는 말을 멈췄다. 사실 그녀 스스로도 알 수 없었다. 아이가 가지고 싶은지. 솔직한 속내로는 아직 모르겠다, 가 정답이었다. 하지만 시건의 생각도 그녀와 같을지는 알 수 없었다. 혼란스러워하는 사예를 말없이 바라보던 시건이, 그녀에게 다시 다가왔다. 팔을 뻗어 그녀를 품으로 끌어당겼다. 사예는 이번에는 그의 손을 뿌리치지 않고 얌전히 안겼다.

"그대 말대로 이제 겨우 선녀가 되었지."

"응?"

의아한 눈으로 쳐다보는 사예의 얼굴을 시건이 손을 들어 만졌다.

"계속 힘들게 달려온 것을 안다. 원하던 대로 선녀까지 되었으니, 이제 좀 쉬어라. 그대 아직도 지난 일 때문에 마음이 아프다는 걸 알고 있다. 내가 기다릴 수 있다고 말했지 않나. 쉬고, 아픈 게 다 나아져서, 그대가 오로지 기쁜 마음으로 아이에게 애정 줄 수 있을 때. 그때, 부모가 되자."

뺨을 잡은 손, 마주하는 눈이 진지하게 그녀에게 그의 마음을 전했다.

"부모가 되는 게 아프지 않고 행복할 수 있을 때, 아이를 갖자."

시건의 말에 사예는 아무 말도 할 수 없었다. 별것도 아닌데 저도 모르게 울 것 같았다. 그러나 그게 슬퍼서는 아니었다. 아무 말도 할 수가 없어서 사예는 시건을 보며 그저 고개만 끄덕였다. 어느새 또 젖은 사예의 눈가를 시건이 손을 들어 만졌다. 고개를 숙여 그녀의 눈가에 입을 맞추고, 치마 위에 있는 그녀의 손을 꼭 잡았다. 사예는 빈 팔을 뻗어 시건의 허리를 안았다.

시건이 말한 때가 지금 당장은 아니더라도, 그리 오래 걸리지 않을 거란 건 그녀도 알 수 있었다. 놀랍게도, 그의 말을 들은 후에 부모가 되는 것에 대한 생각이 조금 변했다. 어머니라는 말, 그 역할이 단지 아픈 과거를 헤집는 것만은 아니었다. 과거에 타인과 이리 한 가정을 이루고 살아갈 거라고 상상하지 못했던 것처럼, 시간이 지난 후에는 그녀가 예상하지 못한 또 다른 모습으로 있을 것만 같았다. 어쩌면 머지않은 미래에. 그녀도 닮고 시건도 닮은 아이를 가지고,

성심성의껏 기를 모아 키운 후 낳아 이곳에서 시건과 함께 키울 수도 있으리라. 그게 슬픔보다 큰 설렘과 행복을 주게 될 즈음에.

그대로 시건의 품에 안겨 있던 사예는, 문뜩 무언가를 떠올렸다. 분명 시건이 말했듯 그는 동선에서도, 그녀를 기다릴 수 있다고 말했다. 그의 말에 제법 감동했던 것 같기도 했다. 하지만 기다리기는커녕 도깨비의 수작에 넘어가 그녀와 급하게 혼례를 치르지 않았던가. 물론 북선에 돌아와 시건이 흑제의 위에 오르며 제대로 식을 치르긴 했지만, 그래도 어쨌든 그들이 처음 연을 맺은 게 도깨비들에 의해 하루 만에 혼례를 치른 동선이었다는 사실은 변하지 않았다.

사예가 눈을 가늘게 뜨고 시건을 응시했다. 시건은 골이 난 것 같은 그 얼굴도 귀엽다고 생각하며 물었다.

"왜?"

사예는 어쩐지 괘씸한 마음이 들어서 이대로 그냥 넘어가고 싶지 않았다.

"서방님의 말이 구구절절 옳은 것 같소. 내 이제 좀 쉬어야겠소. 그래서 말인데, 오늘 밤은 동궁에 들지 마시오."

"……."

시건에게 사예의 '괜찮은 현록' 발언에 버금가는 두 번째 충격이 가해졌다. 그는 잡고 있던 사예의 손을 툭, 떨어트렸다. 사예는 얼음이 되어 버린 시건에게 이어 말했다.

"오늘 밤은 서방님 말대로 좀 쉬어야겠소. 그러니 오늘은 북궁에서 주무시오."

그야말로 사형 선고와 다를 바 없는 사예의 말에 시건이 급히 입을 열었다.

"어찌……."

그 고운 입으로 그리 잔인한 말을. 저가 있는 동궁에 오지 말고 외롭고 차디찬 북궁에서 밤을 지새우라니. 차마 말을 끝맺지 못하는 시건을 보며 사예는 저도 모르게 웃음이 나올 것 같았다. 그러나 웃음을 눌러 참은 그녀는 새침한 태도로 말했다.

"어찌하긴 뭘 어찌해."

"그리할 수는 없다."

"내가 좀 쉬어야겠다고 서방님이 직접 그 입으로 말하지 않았소. 내 어제도 푹 쉬지 못해 지치고 힘이 드오. 오늘은 푹 쉬어야겠소."

"성가시게 굴지 않겠다. 그대 잠을 깨우지도 않겠다."

"그럼 침소에 들어 내 얼굴만 쳐다보고 잘 것이오?"

시건에 얼굴 한가득 고뇌가 스쳐 지나갔다. 시건은 고민에 고민을 거듭하다가, 최대한 물러났다.

"품에…… 안고만 자겠다."

"거짓말."

시건은 거짓이 아니라고 부정하지 못했다. 콧방귀도 뀌지 않고 고개를 돌리는 사예를 설득하기 위해 시건은 쩔쩔맸다. 그러나 쩔쩔매면서도 품에 안고 자겠다는 의지는 물러섬이 없었다.

뜨거웠던 밤 이후 다시 모여 앉은 방 안에서, 두 사람은 그렇게 한참 밤에 침소에 드네, 마네 하며 옥신각신했다. 두 사람의 투닥거림은 사예의 확고한 태도에 시무룩해진 시건이 아무 말도 못 하고 그녀의 손만 만지작거리면서 끝났다.

사예는 그의 가련한 모습에 결국 웃음을 참지 못하고 마음을 바꿨다.

"알겠소. 그럼 정말 안고만 주무시오."

"그래. 알았다."

진심으로 안도의 한숨을 내쉬며 시건이 대답했다. 사예는 그녀의 말 한 마디에 일희일비하는 그의 모습에 저절로 웃음이 났다. 어디 정말 그럴 수 있나 한번 보자. 수상하게 웃는 사예에게서 시선을 떼지 못하던 시건이, 머뭇거리다 말했다.

"……오늘도 씻어 줄까?"

사예는 그가 어제 씻어 준 발에 대해 언급하고 있음을 알았다. 그녀는 붉어진 얼굴로 시건의 시선을 피했다. 지금은 지난밤과 달리 치마와 속치마 안에 모든 것을 다 갖춰 입었음에도 불구하고 저도 모르게 치마를 만져 보이지도 않는 하체를 감췄다. 시건은 전날 밤 세족을 핑계로 그를 앙큼하게 유혹한 제 여인을 품에 안고 다시금 입을 맞췄다. 가볍게 입술이 닿았다 떨어지는 소리가 연신 울렸다.

애정 행각이 벌어지는 검안궁 동궁 위로 해 진 하늘의 검은 구름이 걸렸다. 하늘엔 달이 빛을 발하고 궁 안을 바삐 오가던 술시들은 각자의 나무로 돌아갔다. 북선의 궁에 어느새 또다시, 밤이 오고 있었다.

참조

소설에 차용된 전래 동화는 선녀와 나무꾼, 춘향전, 해와 달이 된
오누이이고, 참조한 설화는 아기장수 우투리 설화입니다.

음양오행, 신수, 사진검 및 사인검 관련 정보는 아래 사이트 검색
정보를 참조했습니다.

두산백과(두산동아 사서편집국, 두산동아, 1997)
문화콘텐츠닷컴(한국콘텐츠진흥원, 2003)
한국민족문화대백과(한국학중앙연구원, 웅진출판, 1991)

1판 1쇄 찍음 2016년 04월 20일
1판 1쇄 펴냄 2016년 04월 29일

지은이 선 지
펴낸이 정 필
펴낸곳 (주)뿔미디어

출판등록 2002년 9월 11일 (제1081-1-132호)
주소 경기도 부천시 원미구 소향로 17, 303(두성프라자)
전화 032)651-6513 팩스 032)651-6094
E-mail bbulmedia@hanmail.net
홈페이지 http://bbulmedia.com

ISBN 979-11-315-7076-0 04810
ISBN 979-11-315-7073-9 04810 (SET)